Romanzo

Prima edizione presso Magazzini Salani, marzo 2023

TEA - Tascabili degli Editori Associati S.r.l., Milano
Gruppo editoriale Mauri Spagnol

Prima edizione SuperTEA giugno 2025

Valentina Ferraro è nata a Roma ma ha vissuto gran parte della sua infanzia e adolescenza in giro per il mondo. Dopo la laurea in Giurisprudenza nella Capitale, si è trasferita di nuovo all'estero per vivere nuove esperienze lavorative. Dal 2014 abita a Verona con il marito Francesco e la loro bambina Mia, e si dedica a tempo pieno alla scrittura. Con Magazzini Salani ha pubblicato anche *After Midnight* e *Before Dawn*.

Alle autrici della Red Oak Manor Collection.
È stato un viaggio bellissimo ed emozionante
dall'inizio alla fine.
Grazie

Prologo

Red Oak Manor, Natale 2005

Non sento più la punta del naso.

Miss Maribel tornerà fra pochi minuti e mi troverà ancora qui, in ginocchio sul mio letto, con il viso premuto contro la finestra gelida a fissare il grande cancello in ferro battuto del maniero, in fondo alla collina. Il vetro si appanna di nuovo, lo pulisco con la manica del vestito, stirato per l'occasione.

Il giorno di Natale è il mio preferito. L'istituto si riempie di calore, di luci, e i corridoi profumano per giorni di pan di zenzero e cannella.

Stamattina, di buon'ora, abbiamo addobbato l'albero di Natale nella grande sala da ballo, con le decorazioni prese a noleggio dal proprietario. I ragazzi più grandi hanno strofinato i pavimenti fino a scorticarsi i palmi, mentre i più piccoli hanno dato una mano in cucina. A turno ci siamo lavati, pettinati e abbiamo indossato i migliori abiti che abbiamo a disposizione, quelli che vengono rispolverati solo per le ricorrenze speciali, come il Natale, il 4 luglio o le giornate dedicate alle adozioni. La camicia mi va larga, era quella che indossava Isabel fino all'anno scorso.

Sono rimasta sola nel mio dormitorio e non riesco a smettere di fissare la neve che volteggia in aria per poi posarsi sui rami spogli delle vecchie querce rosse che abbracciano il viale d'accesso. Cerco Toto, lo spaventapasseri portafortuna costruito dai ragazzi più grandi l'anno scorso, sotto la quercia più imponente di tutte. Intravedo solo la sua camicia a quadratoni grigia e rossa mentre il cappello di paglia è sepolto da un quintale di neve soffice. Più che uno spaventapasseri sembra un pupazzo di neve e non ho dubbi che, più tardi, i membri della NASA correranno a dargli una ripulita.

Ogni anno il signor Sherman organizza il pranzo di Natale nella sala da ballo del maniero. Ogni anno i ricchi signori di Red Oak Town partecipano a questa festa e si presentano con regali di seconda mano e donazioni che ci permettono di andare avanti.

Red Oak Manor è la mia casa.

La mia e quella di altri trenta ragazzi che, come me, non hanno nessun altro al mondo disposto a prendersi cura di loro.

«Lily-Rose June!» tuona una voce alle mie spalle.

Raddrizzo la schiena, mi volto al rallentatore. Miss Maribel è in piedi sulla soglia della stanza, le mani chiuse a pugno sui fianchi e l'espressione più contrariata che le abbia mai visto sul viso dolce.

«Non è ancora arrivato nessuno!» mi giustifico.

«Al piano di sotto sono già tutti in fila, manchi solo tu» mi sgrida.

Sbuffo, ma soltanto nella mia testa. Non mi permetterei mai di farlo ad alta voce. Volevo solo ammirare la lunga colonna di auto che dal cancello principale risale lungo la collina e si ferma davanti al portone imponente. Lancio un'ultima occhiata e il cuore mi schizza in gola quando scorgo la limousine nera del signor Sherman che avanza lentamente. Lui apre sempre la fila, come in una processione solenne.

«Eccoli!» esclamo con l'eccitazione che mi arriva fino alla punta delle orecchie. Incollo di nuovo il naso e i palmi aperti al vetro ghiacciato e sgrano gli occhi. Le automobili avanzano caute sulla spessa coltre di neve che ricopre il terriccio. I tergicristalli della limousine del signor Sherman sembrano impazziti, ho l'impressione che si muovano alla stessa velocità dei battiti del mio cuore.

«Svelta!» mi richiama ancora una volta Miss Maribel.

Salto giù dal letto, infilo ai piedi le scarpe vecchie e larghe che mi hanno costretto a indossare e stringo i lacci a più non posso, per assicurarmi di non perderle per strada.

Miss Maribel allunga una mano e io l'afferro con decisione. Ci precipitiamo verso la scala principale e mi manca il fiato quando la maestosa sala da ballo, tirata a lucido, si apre sotto di me. Da quassù la vista è stupefacente. Respiro a pieni polmoni, memorizzo ogni dettaglio: l'albero di Natale alto tre metri, i candelabri sparsi dappertutto; il lampadario con pendenti in cristallo, acceso per l'occasione; i miei compagni disposti in due file, dal più basso al più alto.

«Signorina June!» mi rimprovera Miss Price, la direttrice, prima ancora che riesca a posare il piede sull'ultimo gradino della scala. «Doppio turno in mensa, domani».

Annuisco e, con le labbra sigillate, mi vado a sistemare fra Lisa, alla mia sinistra, e Dylan, alla mia destra. Miss Maribel ci sfila davanti e si assicura che non abbiamo nemmeno un capello fuori posto. Due secondi dopo è Miss Price a spalancare i grandi battenti in legno intarsiato. Una folata di vento gelido fa tremare le fiammelle delle candele e le ginocchia dei più piccoli. Io non tremo, fisso dritto davanti a me, con il cuore in gola e la postura di una statua.

Gli ospiti entrano a uno a uno, portandosi dietro pacchetti incartati alla perfezione e invadendo l'aria con una quantità eccessiva di profumi diversi che mi fa pizzicare le narici. Si guardano intorno, elargiscono apprezzamenti alla struttura, all'albero sfavillante, alla lunga tavolata apparecchiata con candide tovaglie in raso, ma nemmeno una volta gli adulti guardano noi: gli orfani di Red Oak Manor.

Lisa, accanto a me, freme e io allungo la mano per pizzicarle il fianco. La ammonisco con la coda dell'occhio. Per lei è più difficile starsene ferma immobile e fingersi invisibile di fronte a questi uomini in giacca e cravatta e alle loro bellissime e profumate mogli. Lei è arrivata solo due anni fa, quando ne aveva quattro. È stata sballottata da una casa-famiglia all'altra, da una mamma all'altra, ma nessuno ha voluto tenerla con sé, e ora vive qui con noi. Non si rassegna all'idea di non essere stata scelta, di dover seguire le rigide regole dell'istituto, di non avere una famiglia.

Ha solo sei anni, eppure certe volte ha il temperamento di un'adolescente ribelle.

L'ultimo a entrare è il proprietario del maniero, il signor Kevin Sherman. La curiosità ha la meglio su di me, così distolgo lo sguardo da Isabel, nella fila di fronte, e mi azzardo a guardare lui. Indossa un cappotto di lusso e si stringe nella sua arroganza infinita. Nei miei incubi, lui è l'equivalente dell'uomo nero, quello che ti viene a prendere nel cuore della notte e ti rinchiude nei sotterranei di Red Oak Manor. Non che mi abbia mai fatto nulla, o che sappia della mia esistenza, eppure mi mette i brividi. E in realtà nessuno viene rinchiuso nei sotterranei... non che io sappia, almeno. Tiene sottobraccio sua moglie, una donna con la faccia arcigna, molto più giovane di lui.

Trattengo il fiato quando mi passano davanti e sono così concentrata a gestire l'aria nei polmoni che solo all'ultimo momento vedo che dietro di loro c'è un ragazzino dai capelli biondo cenere, con gli occhi più azzurri e vivaci che abbia mai visto. Avanza strusciando i piedi e non sembra particolarmente entusiasta di essere qui. Butto fuori l'aria con un colpo di tosse e lui mi sente.

Volta la testa di qualche centimetro e mi sorprende a fissarlo. Mi rivolge una smorfia a metà fra il curioso e l'infastidito.

Sono la prima a distogliere lo sguardo, fisso la punta delle mie scarpe e intreccio le dita con forza dietro la schiena. Lui mi supera, io ho l'impressione di esser stata buttata dentro una lavatrice.

«Chi è quello?» bisbiglia Lisa accanto a me.

«Shhh» la rimprovero con un filo di voce.

Quando gli ospiti sono tutti accalcati di fronte al grande albero di Natale, Miss Price, con due colpi secchi delle mani, ci dà il segnale di 'rompere le righe'. Corriamo tutti in una direzione diversa, pronti ad assolvere i nostri compiti. I più grandi serviranno i drink e il pranzo; i più piccoli distribuiranno le tartine al formaggio, ricoperte da una poltiglia nera. Ho sentito dire a

Miss Claire, la cuoca, che si tratta di uova di pesce. Pare sia un piatto prelibato, riservato ai grandi di buona famiglia. Prelibato o no, quella schifezza granulosa puzza, e storco il naso quando mi ritrovo in mano un vassoio pieno di quei *cosi*.

Giro in punta di piedi fra gli invitati, tentando di non inciampare nelle mie scarpe larghe, di non rovesciare nulla. Scandaglio la stanza in cerca del bambino dagli occhi bellissimi e l'aspetto da piccolo lord, e lo trovo seduto su una poltrona in tessuto vellutato blu. Sta fissando il fuoco scoppiettante nel maestoso camino. Mi dirigo dalla parte opposta.

Due signore si stanno passando di braccio in braccio il piccolo Tyler, arrivato al maniero solo pochi mesi fa. È un bambino magrissimo e dall'aspetto malaticcio. Non mi stupisco quando le due signore si stancano di coccolarlo dopo pochi minuti, ma sono certa che Tyler avvertirà il loro rifiuto fin dentro le viscere. Io lo sentivo, l'ho sempre sentito. Quella sensazione di pietà che ti appiccicano addosso non va mai via. Gli sguardi compassionevoli, i buffetti sulla testa senza toccarti davvero i capelli, i sorrisi forzati, impari a riconoscerli con il tempo. Impari a non illuderti.

Io, cinque anni fa, ci ero cascata.

Quando al maniero, durante il pranzo di Natale, si era presentata una giovane donna dai lunghissimi capelli biondi e gli occhi di un verde acceso, come i miei, avevo creduto che mi avrebbe portata via con sé. Era rimasta a giocare con me sul grande tappeto davanti al camino della sala da ballo senza allontanarsi mai, mi aveva tenuta in braccio per tutta la durata del pranzo, nonostante le proteste di Miss Price. Mi aveva fatto assaggiare la torta al cioccolato direttamente dalla sua forchetta. Mi lisciava i capelli e non faceva altro che ripetermi che ero la bambina più bella e più dolce che avesse mai conosciuto. Pensavo che quella sera avrei dormito nella sua casa, ovunque fosse. Che mi sarei svegliata in un nuovo letto, con una mamma tutta mia. Avevo solo tre anni, eppure capivo bene l'importanza di non rimanere per sempre al maniero. Speravo di riuscire a scamparla.

Se n'era andata con il sorriso stampato sulle labbra, dopo

avermi regalato l'abbraccio più materno che avessi mai ricevuto, e non era più tornata.

Scaccio via il pensiero e faccio lo slalom fra gli invitati. Afferrano quelle minuscole tartine e se le infilano in bocca con avidità. Non ci guardano mai, siamo invisibili ai loro occhi. Vado a sbattere contro un signore corpulento che, ridendo in modo sguaiato, si sbilancia all'indietro. Una stupida tartina salta nel piatto e si capovolge, fermandosi sul bordo. Trattengo il fiato, poi con la punta dell'indice la spingo al centro del vassoio per evitare che cada a terra. Alzo appena gli occhi e Miss Price mi fulmina con un'occhiataccia capace di pietrificarmi. Sospetto che sia dotata di poteri paranormali.

Deglutisco a fatica, non riesco a muovermi. So già che questa svista mi costerà un turno extra in mensa, oltre ai due che mi sono beccata solo un'ora fa.

Corro verso la cucina, con le guance in fiamme.

«Sta' attenta!» mi sgrida Axel, schivandomi non so come e riuscendo a mantenere in equilibrio il vassoio stracolmo di alti bicchieri eleganti, riempiti fino all'orlo di liquido dorato. Imbocca il corridoio e sparisce anche lui.

«Hai già finito con le tartine?» mi domanda la cuoca.

Faccio 'no' con la testa, mi impongo di respirare.

«Che succede?»

«Un signore mi ha dato una botta. Mi è quasi caduto il piatto dalle mani» rispondo trafelata.

Miss Claire mi sorride, cerca di rassicurarmi con lo sguardo.

«Una tartina si è capovolta» spiego, indicando quel quadratino di pane a testa in giù che ha sporcato di nero il piatto.

«Suvvia, June. Non è mica la fine del mondo!» Mi toglie il vassoio dalle mani, fa sparire la tartina – presumo nella sua grossa pancia, perché la pattumiera è dall'altra parte della stanza – e lo riempie di nuovo. «Forza, forza!» mi incita.

Ritorno in sala, stavolta facendo molta attenzione a non toccare nessuno. Il bambino dagli occhi azzurri è ancora seduto sulla poltrona di velluto, sta giocando con un videogioco e sembra completamente preso.

Il pranzo va a rilento. I compagni più grandi fanno avanti e indietro dalla cucina alla sala da ballo con le portate, Miss Claire è ricoperta di schizzi di sugo, mentre noi più piccoli siamo già seduti sulle vecchie panche di legno ad aspettare. Non potremo mangiare finché gli ospiti non avranno finito. Tengo in braccio Sandy, una bimba di due anni con i capelli rossi che le hanno tagliato cortissimi perché si è presa i pidocchi. Afferro una fetta di pane dal centro del tavolo e gliela passo di nascosto. Mi poggio il dito sulle labbra e le faccio segno di non dire niente. Sandy nasconde il pane fra le manine e si infila in bocca un pezzo di mollica alla volta, con discrezione. È una bimba sveglia. Mi sorride come se stessimo condividendo un segreto tutto nostro.

Axel è l'ultimo a sedersi a tavola, è uno dei ragazzi più grandi qui al maniero. Lo fissiamo carichi di aspettativa, così, quando allunga una mano e afferra il mestolo nella zuppiera, servendo a Israel, che gli siede accanto, una dose generosa di minestrone, ci affrettiamo a riempirci i piatti. I più grandi aiutano i più piccoli, i più piccoli aspettano pazienti. Funzioniamo come una catena di montaggio. Niente è lasciato al caso a Red Oak Manor. Tutti hanno un ruolo e le regole vengono rispettate. Quasi sempre.

Lasciamo la mensa solo quando siamo sicuri che gli ospiti se ne siano andati. Potremo aprire i regali dopo le sei di sera, così per adesso abbiamo due ore di tempo per svagarci.

«Andiamo a giocare con il domino?» mi domanda Lisa, attaccandosi alla manica della mia camicetta e tirandola in giù con forza.

«Non adesso» rispondo distratta. Miss Maribel è andata a cambiare i più piccoli, la direttrice è ancora chiusa nel suo ufficio e le altre tutrici sono tutte impegnate a sistemare la cucina e la sala da ballo.

È il momento perfetto.

«Perché?» insiste Lisa.

Alzo gli occhi al cielo. «Ho da fare! Tu vai su nel nostro dormitorio, aspettami lì».

Lisa non ne è convinta, ma io ho solo questo momento. O adesso o mai più.

Sgattaiolo fuori dalla mensa, supero la cucina in punta di piedi. Imbocco il corridoio che porta alla sala da ballo, dovrò attraversarla. Rimango immobile a spiare da dietro l'angolo, aspettando il momento giusto per passare. Solo quando sono sicura che né Miss Eloise né Miss Georgie mi vedranno, mi lancio in una folle corsa verso la porta di servizio che conduce all'ala ovest del maniero. Scricchiola un po', perciò la apro quel tanto che basta a sgusciare dall'altra parte.

Butto fuori l'aria dai polmoni lentamente, cercando di controllare il cuore che mi è arrivato in gola. Nessuno è autorizzato ad aggirarsi per questa parte del maniero. Le stanze sono polverose e i corridoi bui. Solo la luce fioca del sole al tramonto che filtra dalle grandi vetrate mi aiuta a non perdere l'orientamento. Poso il palmo aperto sul muro alla mia destra e lo costeggio fino in fondo. La vecchia biblioteca è un cumulo di polvere e libri ammuffiti. I raggi obliqui del sole attraversano le finestre squarciando il buio e illuminano il pianoforte al centro della stanza. Milioni di minuscoli granelli danzano nella luce e spariscono nell'ombra. Mi avvicino alla candela che lascio sempre sopra il coperchio del pianoforte a coda e l'accendo con uno dei pochi fiammiferi che mi sono rimasti. È Amos a regalarmi le candele e i cerini. Non ho idea di dove li prenda, forse li compra al bazar in paese. Lui frequenta il primo anno di scuola superiore ed è autorizzato a uscire il sabato pomeriggio. Ogni settimana torna al maniero con un regalino per i più piccoli.

Ho trovato il piano per caso, dopo aver perso una scommessa contro Noah, che, come penitenza, mi aveva costretta a passare un'ora nell'ala ovest del maniero. Avevo una paura folle. Ricordo ancora il rumore dei miei denti che battevano furiosamente. I membri della NASA – è così che si facevano chiamare i quattro ragazzi più grandi – si divertivano a spaventare noi piccoli con storie assurde su cosa si nascondesse dietro quella sottile porta in legno. Parlavano di teschi, teste di animali selvatici mozzate, catene appese ai muri e schizzi di sangue sulle pareti.

Alla fine, l'ala ovest del maniero non è altro che un cumulo di spazzatura e mobili abbandonati. Eppure avevo trovato in quella biblioteca il mio piccolo posto nel mondo, l'unico in cui potessi immaginare di essere altrove, da qualunque altra parte tranne che all'istituto di Red Oak Town. Sognare un mondo in cui mia madre non era morta dandomi alla luce e vivevamo insieme in un castello fiabesco. Non c'erano i turni per pulire i dormitori o per aiutare in cucina. Frequentavo una scuola bellissima e indossavo abiti della mia taglia, sempre nuovi e stirati. Erano rosa. Indossavo solo vestiti rosa.

Poggio i polpastrelli sui tasti e respiro a fondo. Miss Georgie, l'anno scorso, ci ha insegnato le note musicali. Non sono molto brava, ma sono mesi che mi esercito sulla melodia di *Twinkle Twinkle Little Star* e la eseguo fino alla fine, senza sbagliare. Non riesco a leggere gli spartiti complicati, lasciati a marcire sul leggio, così vado a memoria.

Sto suonando da circa dieci minuti quando qualcuno, alle mie spalle, si schiarisce la voce e mi fa balzare sullo sgabello. Mi volto di scatto e rimango senza fiato quando mi trovo davanti una sagoma scura che crea un'ombra sul pavimento. Il sangue defluisce tutto insieme dal mio viso e l'aria si rifiuta di entrare nei polmoni. Soffoco uno strillo, in preda al panico.

«Chi è?»

Deglutisco a vuoto. L'ombra fa un passo avanti e mi ritrovo faccia a faccia con il bambino dagli occhi bellissimi.

Non riesco a muovermi, lui continua ad avanzare e arriva di fronte a me.

«Che cavolo ci fai qua?» mi domanda. La calma nella sua voce mi paralizza invece di tranquillizzarmi.

Riesco faticosamente a rispondere: «Niente!»

«Adesso torno di là e lo dico a nonno Kevin» mi minaccia lui.

«No, ti prego, non farlo». Mi alzo in piedi e mi porto le mani giunte davanti alla bocca, come se stessi recitando una preghiera. «Miss Price si arrabbierà tantissimo».

«Fai pena a suonare» ribatte lui, brusco. Sfiora la cassa nera e lucida del pianoforte, riporta i suoi occhi azzurri su di me. Io faccio un passo indietro.

«Non è vero!» protesto. Perché non sto scappando?

«Sì, invece. Hai sbagliato tutto il ritornello. Le note sono troppo veloci».

«È colpa del pianoforte. Non lo vedi quanto è vecchio?» mi difendo.

Il bambino dai capelli biondo cenere mi rivolge una smorfia saccente, solleva solo un angolo della bocca come a sfidarmi, poi si siede sullo sgabello prendendo il mio posto. Esegue alla perfezione *Twinkle Twinkle Little Star* e io mi ritrovo a stringere forte i pugni.

«Lo vedi?!» mi prende in giro, senza guardarmi.

Cambio discorso, sempre più imbarazzata. «Come hai trovato questo posto?»

«Ti ho seguita». Cambia melodia e i suoni fuoriescono dalle corde come un fiume in piena di armonia e perfezione. È stupefacente.

«Eri ancora seduto sulla poltrona blu?» domando sorpresa. Come ho fatto a non vederlo?

Volta di poco la testa, mi rivolge un nuovo sorriso storto. «Mi stavi spiando?»

«Certo che no!» mi affretto a replicare. «Pensavo foste andati via tutti».

«Nonno e nonna sono ancora nell'ufficio di quella strega della direttrice».

«Devo andare». Stavolta sono io a cambiare discorso.

«Perché? Cosa hai da fare?»

«Be'... niente, in realtà. Ma se mi trovassero qui dentro, finirei in un mare di guai».

Il ragazzino bellissimo smette di suonare e si mette a cavalcioni sullo sgabello. «Come ti chiami?»

«Perché lo vuoi sapere?» chiedo sulla difensiva.

Lui solleva solo le spalle.

«Lily-Rose June. Ma tutti mi chiamano June».

«Che nome strano» commenta.

«Cos'ha di strano, scusa?! È un nome come un altro. Tu come ti chiami?»

«Jace Campbell».

«Pensavo che tuo nonno fosse il signor Sherman» gli faccio notare.

«Lo è. Mio padre si chiama Campbell. Mia mamma è una Sherman».

Non ci avevo pensato, io ho preso il cognome di mia madre... be', quello che le hanno dato qui al maniero quando l'hanno trovata in fasce – nel mese di giugno – davanti al grande cancello in fondo alla collina.

«Sei un'orfana?» mi chiede Jace.

Ora sono io ad alzare le spalle.

«Dove sono i tuoi genitori?» mi domanda ancora.

«Mia madre è morta quando sono nata e non ho un papà».

«Tutti hanno un papà» insiste.

«Non io». Questa conversazione mi sta mettendo a disagio. «Dove sono i tuoi, di genitori?»

«Hanno divorziato. Papà sta a New York e mamma a Los Angeles».

«E che ci fai a Red Oak Town?»

«Natale dai nonni» ironizza. Si passa una mano sulla fronte, spostando poi una ciocca di capelli dal viso. «Perché nessuno ti ha adottata?»

Trattengo il fiato, abbasso gli occhi sulle scarpe di due taglie più grandi.

«Non lo so». Faccio spallucce. Per un attimo avverto intorno a me il calore delle braccia di quella signora biondissima e mi si chiude lo stomaco. «Non mi ha voluta nessuno, immagino».

«Uhm» è la risposta di Jace. Sembra pensieroso.

«Cosa?»

«Niente. Quanti anni hai?»

«Otto. Tu?»

«Dieci». Corruga le sopracciglia. «Vuoi che ti insegni a suonare *Twinkle Twinkle Little Star* come si deve?»

So che mi sto cacciando in un pasticcio più grande di me. Dovrei scappare da questa biblioteca prima che qualcuno ci trovi. Nessuno verrà a cercare me, ma è certo che si accorgeranno che Jace è sparito nel nulla.

«Io... non...»

Jace ignora il mio balbettio e mi fa un po' di posto sullo sgabello stretto. Guardo oltre le mie spalle, non percepisco nessun rumore. Poi mi accomodo accanto a lui. Le nostre braccia si toccano e uno stranissimo sfarfallio si sprigiona nel mio stomaco. Stare accanto a Jace non è come stare accanto ai miei compagni al maniero. Non so spiegare perché, ma il mio cuore batte un pochino più veloce e sento le guance andarmi a fuoco. Mi fa provare emozioni bizzarre e sconosciute. E anche se ho paura di essere scoperta, la voglia di restare è più forte.

Per la prima volta non mi preoccupo delle conseguenze. Non mi importa se Miss Maribel ne rimarrà delusa o se Miss Price mi costringerà a lavare i bagni per una settimana. Voglio solo rimanere seduta accanto al bambino più bello che abbia mai conosciuto e ascoltarlo mentre suona il pianoforte. Profuma di sapone e i suoi vestiti sembrano morbidissimi e caldi.

«Vedi? *Sol-Sol-La-La-So-ool. Mi-Mi-Re-Re-Do-oo.* Alcune note valgono due battute» spiega. Guardo i tasti, ma non li vedo davvero. Tutti i miei sensi sono concentrati sul suono che è in grado di produrre Jace. Sembra che le sue dita abbiano la consistenza delle ali: leggere e danzanti. Impalpabili.

Mi sento come ipnotizzata da tanta perfezione.

Ripete la melodia all'infinito. Poi ritrae le mani e le posa sulle cosce. «Vuoi provare tu?» mi domanda. Il suo tono, adesso, è sereno, come se fosse contento quanto me di trovarsi qui.

Scuoto la testa.

«Cosa fate tutto il giorno?» chiede mentre riprende a suonare una musica classica raffinata. È bravissimo.

«Mangiamo, studiamo, puliamo... mhmm... giochiamo, dormiamo. Quello che fanno tutti, insomma».

Jace sorride. «Ho portato anch'io un gioco. A casa di mio nonno avevo una vecchia X-Box che non usavo più. Però ci sono solo giochi di sport, e tu non mi sembri una che pratica sport. Scommetto che ti piacciono le bambole».

«So saltare la corda» mi difendo. «Il mio record è di ventisette salti. Nemmeno Noah riesce a farne tanti. E le bambole mi piacciono, ma ce n'è solo una e la possiamo usare a turno».

«L'anno prossimo, allora, ne porterò una solo per te».

Il mio cuore sussulta e i miei occhi si sgranano senza il mio permesso. «Tornerai anche l'anno prossimo?»

Jace smette di nuovo di suonare. «Non lo so, ma, se tornerò, ti porterò una bambola. Così non dovrai dividerla con nessuno, sarà solo tua».

Mi sorride tanto che temo gli possano esplodere le guance. Non ho mai conosciuto nessuno come lui. Rimango a fissarlo per un tempo infinito, poi mi alzo dallo sgabello come se avessi il fuoco sotto il sedere. «Adesso devo proprio andare».

«Okay» replica deluso. «Promettimi che, se tornerò, tu avrai imparato a suonare a occhi chiusi questa stupida canzone da bambini». Ride mentre lo dice e i suoi occhi si riempiono di aspettativa.

«Promesso».

«Ciao, June».

«Ciao, Jace». Correndo, raggiungo la porta che dalla biblioteca conduce al corridoio. «Jace... non dirai a nessuno che ero qui, vero?»

«A nessuno» conferma. Il mio cuore accelera quasi fino a scoppiare.

Non mi dimenticherò mai di lui.

PRIMA PARTE

Capitolo 1

Jace

Red Oak Town, novembre 2012

Il tempo a Philadelphia è esattamente come quello che ho lasciato a Londra otto ore fa: deprimente.

Fisso fuori dall'oblò e scuoto piano la testa. La pista d'atterraggio è bagnata di pioggia e il vento soffia così forte che le bandiere a stelle e strisce, disseminate ovunque nei pressi del terminal, sventolano impazzite.

Scendo dall'aereo e imbocco il pontile mobile, trascinandomi dietro il trolley fino al ritiro bagagli. Il cellulare vibra per la terza volta, ma continuo a ignorarlo. È di nuovo mia madre.

L'ho supplicata per giorni di ospitarmi a casa sua, in California, ma è stata irremovibile. Ha da fare, dice, non può prendersi cura di me. Come se avessi bisogno di lei. Come se a diciassette anni mi aspettassi ancora che iniziasse a comportarsi come un genitore responsabile. E ora mi chiama per sapere se sono atterrato sano e salvo? Fanculo!

Mio padre, tanto per cambiare, se ne è lavato le mani. A quattordici anni, nonno Kevin mi ha spedito in un collegio vicino Londra e papà non ha mosso un dito. Non lo vedo da allora. Sa che mi hanno sbattuto fuori dal Saint Paul, una settimana fa, probabilmente mandando a puttane il diploma e la possibilità di entrare a Oxford, e non gliene frega un cazzo.

Immobile davanti a uno dei tanti nastri trasportatori nell'area di ritiro bagagli del Philadelphia International Airport, mi maledico mille volte. Ho bisogno di fumare. Ho bisogno d'aria.

Recupero il borsone nero e me lo carico in spalla, supero il controllo passaporti e mi guardo intorno. Il vecchio ha detto che avrebbe mandato il suo autista a prendermi. Vago per qualche minuto fra la folla, schivando sconosciuti che si abbracciano felici di rivedersi e coppiette sdolcinate che si baciano neanche fossimo su un fottuto set cinematografico. In un angolo appartato individuo quello che presumo sia l'autista di mio nonno. Indossa una ridicola uniforme blu e tiene in mano un cartello con il mio nome per intero: Jace Lowell Campbell.

Mi avvicino controvoglia, cerco di mandare più aria possibile nei polmoni, di calmare i nervi. Ho ipotizzato di tutto quando sono stato espulso dal collegio, sette giorni fa, ma mai, nemmeno per un secondo, mi è balenata nel cervello l'idea che mi sarei potuto ritrovare a vivere in Pennsylvania, a tempo indeterminato. Una volta salito sull'auto di mio nonno comincerà l'incubo.

«Signor Campbell?» mi domanda educato il ragazzo. Non lo saluto, mi limito ad annuire. «Venga, la limousine è parcheggiata qui fuori».

Lo seguo senza proferire parola, escludendo i suoni intorno a me, la pioggia sottile che bagna il giubbino di pelle, il freddo che mi gela le ossa, lo stridere delle ruote dei taxi sull'asfalto. Mi accendo una sigaretta e me ne frego dei cartelli di divieto. Se non butto nicotina nei polmoni, muoio.

L'auto del vecchio è poco distante, spengo il mozzicone con la punta della scarpa e spalanco lo sportello. Mi intrufolo nell'abitacolo, godendomi per una frazione di secondo il tepore che arriva dall'interno. E poi lo vedo: il vecchio bastardo è seduto sul sedile lungo e mi sta fissando.

Non ero pronto ad affrontare il nonno. Non ancora.

Lui non parla, mi guarda attraverso i suoi piccolissimi occhi chiari, mi scruta impassibile.

«Ciao» mi decido a salutarlo.

Continua a fissarmi, nemmeno sbatte le palpebre. Tutto quello che mi concede è un cenno del capo. Mi accomodo sul sedile più corto, divarico le gambe, fingo indifferenza, eppure quei suoi occhi vitrei me li sento sulla pelle, bruciano e mi fanno trattenere il fiato. È un essere spregevole, mio nonno. Un uomo arrogante, convinto di essere un imperatore. Il sovrano del regno di cui non frega un cazzo a nessuno: Red Oak Town. Il pesce grosso nella palude più piccola del mondo. Cerco di ricordarmelo mentre sostengo il suo sguardo severo. Cerco di non lasciarmi intimorire, di non farmi attanagliare dalla paura. Mai, nemmeno una volta ha alzato un dito su di me, eppure ho sempre avuto la sensazione che volesse distruggermi, che morisse dalla voglia di calare il pugno sulla mia faccia.

Mi accarezzo il mento, distolgo lo sguardo, annoiato. Il vecchio si versa del whisky in un bicchiere, continua a rimanere in silenzio. Decide di rivolgermi la parola solo quando mancano quindici minuti per arrivare alla sua imponente villa vittoriana.

«Sei destinato al fallimento, come tuo padre». La sua voce è rauca e tetra.

«Mio padre non è un fallito» ridacchio, ironico. «È un bastardo, ma non è un fallito. È stato solo sfortunato». Difendere mio padre è umiliante.

«Tu non sai un cazzo, ragazzino. Tuo padre dovrebbe baciare la terra dove cammino. Come dovresti fare tu. Invece ti sei fatto cacciare da scuola per una troia».

Freno l'istinto di mordermi le labbra o di stringere i pugni. Non gli darò la soddisfazione di mostrarmi punto sul vivo.

Alzo le spalle, fingendomi più arrogante di lui. Non gli chiedo che cosa intenda farsene di me, perché mi ha messo su un aereo e obbligato a venire in Pennsylvania. Non gli domando niente, fisso fuori dal finestrino oscurato e mi arrendo all'idea di vivere nella sua maledetta casa per i prossimi mesi, circondato dalla sua boria e dall'odore nauseabondo della sua colonia.

Sto ancora guardando fuori quando mi rendo conto che l'autista supera la cancellata di Villa Sherman e prosegue dritto. Mi sollevo appena, avvicino il viso al finestrino. Dove cazzo mi sta portando?

«Il tuo autista ha sbagliato strada» gli faccio notare.

«È la strada giusta» ribatte il vecchio.

Rimango sul chi vive, il respiro accelera di poco. La limousine sfreccia fra le querce rosse del Red Oak Park e capisco che stiamo andando al maniero solo quando intravedo l'imponente struttura ergersi oltre le querce rosse, in cima alla collina.

Due occhi verdi circondati da lunghissime ciglia nere si materializzano nei miei pensieri. È un attimo, una fitta al petto a tradimento.

June...

Dopo quel primo Natale di sette anni fa, sono tornato a Red Oak Manor altre tre volte. E lei era sempre lì. Ogni anno ci nascondevamo nella vecchia biblioteca che puzzava di muffa e uova marce, e suonavamo il pianoforte scordato. Ogni anno le portavo una bambola in regalo.

Poi, a quattordici anni, mi hanno rinchiuso al Saint Paul e le feste le passavo nel dormitorio per conto mio. Le avevo scritto una lettera per spiegarle che non sarei tornato quel Natale, che mi trovavo a Londra e i miei genitori avevano ritenuto 'opportuno' che rimanessi in Inghilterra per le festività. Le avevo confessato che mi sarebbe mancata, che avevo imparato a suonare una canzone solo per lei. Ma June non aveva mai risposto.

L'autista parcheggia l'auto di fronte al vecchio cancello, scende senza spegnere il motore. Lo osservo spalancare le porte di ferro arrugginito, per poi tornare in macchina. La limousine, troppo bassa, procede lungo la salita a un'andatura ridicola per non rischiare di rovinare il telaio prendendo le buche. Dopo tanti anni, la stretta strada che conduce all'istituto è ancora sterrata, dissestata e piena di pozzanghere. Veniamo sballottati da una parte all'altra, così mi aggrappo alla maniglia.

Quando arriviamo in cima alla collina ho lo stomaco sottosopra. Il nonno rimane immobile anche quando l'auto si arresta del tutto davanti all'entrata, tiene le mani in grembo e i suoi occhi assassini piantati su di me. Lo guardo a mia volta.

L'autista smonta e fa il giro dell'auto, sento che apre il portabagagli.

«Scendi» ordina il vecchio.

«No, grazie. Fa freddo là fuori. Preferisco aspettarti qui. Tu fai pure con calma, non ho fretta».

Per un attimo si lascia sfuggire un'espressione sorpresa. Dura solo un secondo. Contrae la mascella e solleva di un millimetro gli angoli della bocca.

«Scendi» ripete.

Un movimento alla mia destra attira la mia attenzione: l'autista ha le mie valigie in mano e una giovane donna ci sta venendo incontro, stringe i lembi di uno scialle per evitare che voli via dalla sua testa.

«Che cazzo vuol dire?» sbotto. Vuole lasciarmi qua? All'orfanotrofio? È impazzito? Lo stronzo non risponde, così mi gioco l'ultima carta: quella del pentimento. «Mi dispiace, okay?! Ho fatto una cazzata al Saint Paul. Studierò, mi diplomerò comunque, entrerò a Oxford. Dai, nonno, non puoi fare sul serio! Mi comporterò bene». Mi costa moltissimo prostrarmi ai suoi piedi, ma, piuttosto che passare anche solo cinque minuti in quel posto triste che trabocca desolazione e povertà, sarei disposto a baciare sul serio la terra dove cammina. Che dico, sarei disposto a baciargli il culo!

«Vivrai qui finché non avrò deciso cosa fare con te. Verrò a riprenderti a Natale».

Scoppio a ridere. «Mi prendi per il culo, vero?»

Il vecchio mi guarda di traverso. Devo rincarare la dose.

«Senti, ho capito la lezione. Sono stato presuntuoso e sciocco, ho sprecato un'opportunità. Mi rimetterò in carreggiata, farò tutto quello che vuoi, ma non lasciarmi in questo posto di merda. I soldi hanno un valore, io non dovevo dare per scontata la mia ricchezza, bla bla bla...»

Lui sospira. Intravedo un barlume di speranza.

«Tu non hai nessuna ricchezza: sei il figlio di un fallito e di un'alcolizzata. Hai un fondo fiduciario che non potrai toccare fino ai venticinque anni, sempre che io non decida di spenderlo in puttane, il tuo futuro. Adesso scendi. La tua faccia da schiaffi mi sta facendo prudere le mani».

«Perché cazzo hai insistito tanto per farmi venire in Pennsylvania se la tua intenzione, dall'inizio, era quella di spedirmi in questo schifo di posto?» sbraito.

«Ancora non l'hai capito, piccolo bastardo, che ai tuoi genitori non frega un cazzo di te?» Mi afferra per il bavero della giacca di pelle e mi parla a un centimetro dalla faccia, facendomi contorcere dal disgusto. «Ti volevano lasciare in mezzo a una strada!»

Lo allontano con uno strattone. «E questo?» Indico la facciata grigia e logorata del maniero. «Pensi sia meglio?»

«Ti sto concedendo un tetto sopra la testa, un letto e pasti caldi, dovresti ringraziarmi, ragazzino insolente e ingrato che non sei altro. Non mi servi a un cazzo, tu. Te ne starai qui buono buono, senza fare cazzate, senza colpi di testa, o ti insegnerò a modo mio come si sta al mondo. Devi ringraziare il cielo che ti scorre un po' del mio sangue nelle vene. E adesso scendi».

Mi incollo sulla faccia un ghigno strafottente e lo guardo come il lurido verme qual è.

«Prima o poi qualcuno ti darà la lezione che meriti, e io sarò proprio lì a godermi lo spettacolo».

D'istinto solleva un braccio, forse per colpirmi, poi lo riabbassa. Non può picchiarmi e lo sa. Cosa direbbero i ricchi signori di Red Oak Town se si spargesse la voce che l'integerrimo Kevin Sherman alza le mani sul suo unico nipote? Non rischierebbe mai di mandare a puttane la sua reputazione.

Scendo dalla limousine con un balzo, solo per infilare di nuovo la testa nell'abitacolo. «Ci vediamo a Natale, nonnino».

La furia che gli leggo nello sguardo mi rimbalza addosso come un proiettile, ma non mi ferisce. Nessuno ci riesce più da troppo tempo. Le sue parole non hanno alcun effetto su di me. Pensa che non sappia che ai miei genitori non frega un cazzo di me? Pensa che ci stia ancora male?

L'autista molla la presa sulle mie valigie e il piccolo trolley si schianta in una pozzanghera, inzuppandosi sul davanti. L'uomo mi rivolge un sorriso beffardo e io gli faccio il dito medio.

Fisso l'auto del vecchio lasciare l'ampio piazzale e sparire fra le querce rosse che delimitano il sentiero sterrato.

«Benvenuto, Jace» mi saluta una voce femminile alle spalle.

Non mi volto a guardarla, non raccolgo il trolley, non muovo un passo.

La fitta pioggia autunnale ci mette poco meno di trenta secondi a infradiciarmi, eppure non sento niente.

«Jace!» mi richiama con urgenza la donna dietro di me. La sua voce se la porta via il vento.

Chiudo gli occhi e sollevo il viso. 'Come diavolo ci sono finito in questo posto?'

«Per favore, entriamo» insiste.

Mi decido a fare un passo, poi un altro. Raccolgo il trolley, mi carico su una spalla il borsone e la seguo. Lei sta correndo verso il grande portone dell'istituto, io avanzo come un condannato a morte. Il battente cigola, esito prima di entrare. La sala da ballo è molto diversa da come l'ho sempre vista. Solo un paio di tende sono tirate e vengo inghiottito dalla semioscurità. I candelabri sono vuoti, il maestoso lampadario spento. Il tavolo dove ogni Natale viene servito il pranzo è addossato a una parete e il camino è senza vita.

«Da questa parte». La donna, che avrà poco più di trent'anni, mi fa strada verso l'ufficio della direttrice, sulla mia destra. «Miss Price ti sta aspettando».

In cima all'imponente scalinata, che troneggia in mezzo alla sala, noto dei ragazzini che mi spiano. Le loro teste sbucano a intermittenza e, quando si accorgono di essere stati scoperti, spariscono del tutto.

La direttrice, se possibile, è più contrariata di me. Sbuffa e borbotta qualcosa che non afferro.

«Siediti, Jace». La sua voce è impersonale, fredda e distante. Non avrà nemmeno cinquant'anni, eppure con quel tailleur austero e i capelli raccolti in una cipolla stretta mi sembra una vecchia strega.

Mi accomodo di fronte a lei, lasciandomi cadere sulla sedia rovinata. Porto le mani dietro la testa, le gambe divaricate.

«Sono tutto suo» le dico.

«Con tutte le cose che ho da fare, mancavi solo tu, qui dentro. Ho avuto ordini precisi da tuo nonno: infrangi le regole e ci saranno delle conseguenze».

«Sto tremando» la provoco.

Mi trafigge con un'occhiata gelida. «Dormirai al secondo piano. Ti abbiamo preparato una delle vecchie stanze in mansarda, ma dividerai il bagno con gli altri ragazzi, al primo piano. Troverai dei vestiti sul letto, potrai indossare quelli. Questa è la lista con i tuoi turni per la mensa, per la pulizia dei bagni e per le usci...»

La interrompo sporgendomi in avanti. «Vuole che pulisca i cessi?» Scoppio a ridere. Deve averle dato di volta il cervello!

Miss Price non si scompone, poggia la schiena contro la spalliera e intreccia le dita sotto il seno.

«Pensi di essere nella posizione di contrattare?» Mi tratta come se fossi un ragazzino. Non sa niente di me.

«Penso che non me ne frega un cazzo delle vostre regole, puliteveli da soli i gabinetti. Io non sono uno dei vostri orfanelli. Non indosserò i vostri vestiti di merda, non servirò la cena a nessuno». Lei non perde la calma, ma nemmeno io.

«Vedi Jace, non ti sto chiedendo se hai voglia di fare queste cose». Afferra da sopra la scrivania una specie di frustino e se lo rigira fra le dita. «Te lo sto ordinando».

Quel gesto mi fa ridere ancora più forte. Sono alto un metro e ottantacinque e peso settantacinque chili, le servirà ben altro che un frustino di venticinque centimetri per spaventarmi.

«Cosa ci fa con quello? Ci picchia i ragazzini?» la sfido. «Perché sono pronto a farglielo ingoiare. E, in tutta onestà, anche se mio nonno mi detesta, non credo sarebbe felice di sapere che ha minacciato di colpirmi».

«Tuo nonno mi ha lasciato carta bianca».

«Sono certo che l'abbia fatto, ma, vede, a me non frega un cazzo nemmeno delle vostre carte bianche. Posso andare, ora?»

«No» ribatte lei, il tono sprezzante. «Rispetterai le regole di questo istituto, che ti piaccia o no, Jace Campbell. E già che siamo sull'argomento, le ragazze del maniero sono *off-limits*. Così come le tutrici».

La sua occhiata è eloquente. Sa quello che ho combinato al Saint Paul.

La guardo con sufficienza. «Le sue pecorelle possono dormire sonni tranquilli, il lupo cattivo si terrà alla larga. E per quanto riguarda le tutrici... be', con tutto il rispetto, Miss Price, ma sono abituato a scoparmi ben altro».

Ci fissiamo per un tempo che sembra interminabile. La furia cieca nei suoi occhi mi fa sobbalzare lo stomaco.

«Perderai contro di me, Jace. In un modo o in un altro, ti piegherò».

Vecchia stronza!

«Non vedo l'ora di scoprire come farà». Mi alzo in piedi e solo in quel momento mi rendo conto che la donna che mi ha accolto all'entrata è ancora qui. Tiene le mani dietro la schiena e lo sguardo basso.

«La cena verrà servita alle sette in punto, in sala mensa, al piano terra» conclude la direttrice.

«Buon appetito, allora».

«Miss Maribel, me lo tolga di torno. Subito!» sbraita, perdendo finalmente la pazienza.

Trattengo l'istinto di farle l'inchino. Mi avvio alla porta dalla quale sono entrato, ma Miss Maribel mi blocca il passaggio.

«Usciamo dall'altra parte». Indica una porta malconcia che non avevo notato e la apre in fretta.

Mi ritrovo in un corridoio stretto con le mie valigie in mano, a seguire questa donna formosa che indossa una gonna grigio topo, lunga fin sotto il ginocchio, e un cardigan blu. Il mio sguardo rimbalza da una parete all'altra, studio le crepe sui muri lerci e conto le porte che superiamo. Non avevo mai messo piede all'interno del maniero. A parte la grande sala da ballo e la biblioteca nell'ala ovest, nemmeno una volta mi sono avventurato in questi corridoi. Mi rendo conto che mai mi sono posto il problema di scoprire come vivessero gli orfani di Red Oak Manor.

«Questa è la scala di servizio, l'unica che possiamo usare. La scala padronale è *off-limits*, così come la sala da ballo e tutta la parte ovest dell'istituto. La mensa è dietro quella porta là in fondo». La indica, ma io non guardo. C'è qualcosa che non sia *off-limits* in questo schifo di posto?

«Ti abituerai» le sento dire mentre sale un gradino alla volta.

«A vivere qui? Non credo proprio».

Mancano poco meno di due mesi a Natale. Posso sopravvivere fino ad allora senza mangiare, chiuso nella mia stanza? Dovrò cercare su Google.

Arriviamo al primo piano e quasi sbatto contro un ragazzino con un pallone da football stretto fra le braccia che corre come un forsennato, inseguito da un altro bambino poco più grande, tutto pelle e ossa.

«Tyler! Landon! Non correte!» li riprende Miss Maribel.

Il vociare insistente di due ragazze, alla mia sinistra, mi fa scattare la testa di lato. Si stanno spintonando, una di loro sta pregando l'altra di rientrare in camera.

Poi la vedo. La riconosco.

June.

Lo stomaco si contrae e un inaspettato senso di tregua mi scorre a fiotti nelle vene. Dura un millesimo di secondo, nemmeno il tempo di formulare un pensiero coerente. I suoi occhi verdissimi incespicano nei miei e mi ritrovo a trattenere il fiato. Davo per scontato che avesse lasciato il maniero, che non l'avrei rivista mai più. Perché se c'era una persona che si meritava una vita migliore, fuori da questo posto, quella era June.

Invece è a pochi passi da me e mi sta guardando con una tale intensità da mettermi a disagio.

Non ha più l'aria di una bambinetta timida dallo sguardo ferito. Non è più solo *carina*.

È bellissima.

Solleva una mano, mi saluta. E io vorrei ricambiare quel gesto all'apparenza innocuo, sorriderle e dirle che ho pensato spesso a lei in questi quattro anni. Che anche se posso contare sulle dita di una mano le volte che ci siamo parlati, non mi sono mai dimenticato di lei. Invece fingo di non averla riconosciuta e seguo Miss Maribel in mansarda.

Non sono più quel ragazzino un po' scontroso e impacciato che ha conosciuto nella vecchia biblioteca. Sono arrabbiato con il mondo e non c'è spazio per niente e nessuno nella mia vita.

Nemmeno per lei.

E devo trovare un modo per andarmene da qua.

Capitolo 2

June

Non riuscirei a contare le volte che mi sono ritrovata, come adesso, in ginocchio sul mio letto, a fissare fuori da una delle grandi finestre del dormitorio. Forse mille. Forse un milione. Una pioggia insistente continua a scendere imperterrita dalle prime luci dell'alba e la strada che dal cancello in fondo alla collina porta al maniero è un cumulo di fango e foglie cadute dalle querce ormai quasi spoglie. Il povero Toto gronda acqua dal suo cappello di paglia sfilacciato e ha un'aria così triste, oggi pomeriggio.

'Jace sta tornando'.

Ogni volta che questo pensiero mi sfiora la mente, il cuore fa una capriola. Sono così agitata che non mangio da due giorni. Mi infilo un'unghia in bocca, poi nascondo la mano in tasca, prima di farmi uscire il sangue.

'Jace abiterà qui fino a Natale'.

Miss Price non fa altro che sbuffare da quando il signor Sherman glielo ha comunicato. A nessuno sembra interessare l'imminente arrivo del nipote del proprietario. A nessuno tranne me.

Ho passato le ultime quarantotto ore a pensare a cosa gli dirò quando me lo ritroverò davanti. Si ricorderà di me? Delle bambole che mi ha regalato? Delle lezioni al pianoforte il giorno di Natale?

Chiudo gli occhi e respiro a pieni polmoni. L'aria nel dormitorio è fredda e umida, ma profuma di pulito. Dovrei studiare per il compito di algebra di domani, però non riesco ad allontanarmi da questa maledetta finestra. Più passano i minuti, più penso che il cuore smetterà di battere.

«Che fai?» La voce squillante di Lisa mi arriva alle spalle e mi fa sobbalzare dallo spavento.

«Niente». Mi metto seduta sulla spessa coperta di lana, incrocio le gambe e recupero il quaderno di matematica. Fisso le formule, ma i numeri si mescolano nella mia testa.

«Secondo te è carino? O assomiglierà al signor Sherman?» domanda Lisa, rabbrividendo.

«Di chi parli?» chiedo con un tono da svampita che mi riesce sempre molto bene.

«Come di chi parlo!? Jace! Non è lui che stai aspettando da stamattina, incollata alla finestra?»

Alzo gli occhi al cielo. «Non sto aspettando proprio nessuno. E non mi interessa se è carino oppure no».

«Da piccolo era un figo» puntualizza Lisa. Stavolta è lei a incollare il naso al vetro freddo e a fissare fuori.

«E tu come fai a ricordartelo? Eri una bambina».

Lisa fa spallucce. «Me lo ricordo e basta. Era l'unico ragazzino autorizzato a partecipare ai pranzi di Natale, difficile non notarlo».

Ha solo tredici anni, eppure si esprime e si comporta come una piccola donna vissuta.

«Be', in ogni caso il suo aspetto fisico non è affar tuo. Conosci le regole».

Lisa mi liquida con un cenno della mano e sospira. «Non vedo l'ora di avere diciotto anni per andarmene. Ci pensi che lì fuori c'è un mondo intero che ci aspetta?»

Un'ondata di ansia mi scuote da cima a fondo. Sono letteralmente nata a Red Oak Manor, in quella che oggi è la stanza dei più piccoli. Ho mosso i miei primi passi fra queste mura, tutta la mia vita è racchiusa in questo istituto. Non sono mai andata da nessuna parte e il pensiero di dover lasciare questo posto, fra tre anni, mi terrorizza. Non voglio pensare al fatto che, oltre il vecchio cancello in ferro battuto, esista un mondo intero.

Qui sto bene.

«No, non ci penso. Non mi interessa».

Lisa si butta sul mio letto, facendo saltare le penne e i fogli sparpagliati sulla coperta.

«La fai facile, tu. La mattina esci per andare a scuola e quasi tutti i fine settimana lavori al cinema di Red Oak Town. Non sei costretta a rimanere inchiodata qui, a vedere le stesse facce giorno e notte. Io non ne posso più».

Si sdraia sul materasso, sgualcendo i miei appunti.

«Sta' attenta!» la rimprovero, riuscendo a sfilare i fogli da sotto la sua schiena. «L'anno prossimo frequenterai anche tu una scuola 'vera' e conoscerai un sacco di gente. E sai cosa succederà? Odierai ogni singolo istante fuori da questo istituto. Le persone sono cattive, ti giudicano, ti guardano dall'alto in basso quando scoprono da dove vieni». Il mio tono è aspro, mi schiarisco la voce. «Oppure ti troverai benissimo e ti farai un sacco di amici» riesco a dire, anche se non lo penso. Il che è ingiusto da parte mia. Solo perché io non ne ho, non vuol dire che a lei toccherà la stessa sorte. Lei non è come me: ha ancora speranza nel genere umano. Le delusioni non l'hanno inaridita, non si lascia spaventare da niente.

Certe volte vorrei essere un po' come Lisa: impavida e determinata. Vorrei avere la sua stessa lingua biforcuta e il desiderio incontrollato di creare una vita tutta mia al di fuori dell'istituto.

«Miss Claire sta cucinando di nuovo la zuppa di pomodoro, per cena» sbuffa, cambiando del tutto argomento.

«È la tua preferita» le faccio notare.

«Lo era. Ma adesso sono tre sere di seguito, mi fa venire il vomito».

«Non hai i compiti da fare?»

«Finirò dopo».

L'eco del brontolio di un motore fa sollevare lo sguardo di entrambe. Lisa scende con un balzo dal mio letto, io rimango immobile. Le mani tremano furiosamente e la salivazione si azzera in un secondo.

«Alzati, June! Eccolo, eccolo!» strilla.

Vorrei rimanere seduta, fregarmene, non mostrarmi così eccitata di fronte a Lisa, invece il mio corpo si muove da solo e mi ritrovo di nuovo in ginocchio sul materasso.

La limousine nera del signor Sherman avanza lentamente e si ferma davanti all'entrata. Mi va a fuoco il petto, sento il cuore rombarmi persino nelle orecchie. L'autista scende dall'auto, raggiunge il portabagagli e tira fuori un borsone e un piccolo trolley neri.

I secondi sembrano anni, ma quando la portiera si spalanca ho la sensazione che il tempo si fermi. La testa bionda di Jace sbuca da sotto il montante dello sportello e io trattengo il fiato. Indossa un giubbino di pelle nero lucido, jeans scuri e un paio di scarpe giallo fosforescente che danno la sensazione di un pugno in un occhio, in contrasto con il terriccio bagnato.

Miss Maribel lo raggiunge correndo, si tiene lo scialle grigio in testa e rimane a qualche passo di distanza.

«Cosa stanno facendo?» mi domanda Lisa, la bocca premuta contro il vetro.

«Non ne ho idea. Spostiamoci da qua. Non vorrai mica passare per una guardona!»

Lisa, forse per la prima volta nella sua breve vita, fa quello che le dico e si scansa dalla finestra. Io, al contrario, continuo a sbirciare il piano di sotto.

La limousine se ne va, Jace rimane immobile a fissare l'auto di suo nonno lasciare il cortile e ridiscendere la collina. Alza il mento, inzuppandosi il viso con la pioggia. Miss Maribel, dietro di lui, è agitata. Lo capisco dalla sua postura scomposta, dalla forza con cui stringe il tessuto logoro del suo scialle intorno alla testa, da come si sporge verso di lui, forse per dirgli qualcosa.

'Ma cosa sta facendo?'

Jace finalmente si volta e io penso che non reggerò il colpo. È troppo distante per metterne a fuoco i lineamenti, ma anche da qui capisco che è bellissimo. È alto, longilineo, ha le spalle larghe. È diventato un uomo.

Niente a che vedere con il ragazzino di dieci anni che ho conosciuto in quella polverosa biblioteca, o con quello di tredici che mi ha fatto andare in fiamme il cuore con un innocente bacio sulla guancia, in quella stessa stanza, tre anni dopo. Se avessi saputo che non lo avrei più rivisto, sarei rimasta lì quel giorno, a costo di farmi scoprire.

Invece avevo preso la bambola che mi aveva regalato ed ero scappata.

La delusione cocente, provata vedendo entrare il signor Sherman senza Jace, l'anno dopo, mi rimbalza addosso con la forza di un missile e mi colpisce al centro del petto.

L'ho aspettato per quattro anni.

Entrano nell'istituto e io mi accascio sul letto.

Lisa sembra una macchinetta impazzita, mi riempie di domande e io non riesco a starle dietro, troppo impegnata a gestire le mie, di emozioni. Gironzola per la stanza, ogni trenta secondi apre di uno spiraglio la porta del nostro dormitorio e sbircia fuori.

«Ancora niente» dichiara dopo un quarto d'ora.

«Levati da lì. Ti farai scoprire».

«Non sei curiosa? Non vuoi sapere come mai si trova qui?» insiste Lisa.

Sono curiosa? Eccome! Non faccio altro che pensarci da due giorni, ho origliato le conversazioni delle istitutrici, cercato di captare i borbottii di Miss Price.

Mi alzo dal letto e raggiungo Lisa. «Io devo studiare, quindi o esci o ti metti tranquilla sul tuo letto» l'avverto.

Lisa sta per rispondere, poi viene distratta dal fracasso provocato da due dei bambini più piccoli, in mezzo al corridoio. Spalanca la porta e vediamo Miss Maribel salire l'ultimo gradino della scala. Il cervello mi va in tilt non appena registro un secondo rumore di passi dietro di lei.

«Chiudi!» strillo, anche se quell'unica parola viene fuori come il lamento strozzato di un animale in trappola.

«Tyler! Landon! Non correte!» sento dire a Miss Maribel a gran voce.

Afferro la porta, Lisa la spinge dalla parte opposta. «Voglio vederlo!» sbraita.

Non faccio in tempo a nascondermi dietro al muro. La mia mano rimane ancorata al legno freddo della porta, mentre i miei occhi finiscono per annegare in quelli troppo azzurri di Jace. E se da lontano era bello, a pochi metri di distanza è un sogno. Porta i capelli più lunghi di come ricordavo ed è diventato altissimo.

Trattengo il fiato, sento il petto sollevarsi a dismisura e le ginocchia tremare.

Ho solo due opzioni: salutarlo o nascondermi. Decido di salutarlo.

Alzo timidamente la mano e mi sforzo di sorridergli. Lui ricambia con un'occhiata fugace, mi fa la radiografia in un lasso di tempo pari a un battito di ciglia, poi torna a seguire Miss Maribel su per le scale e sparisce al secondo piano.

Rimango imbambolata a fissare il corridoio ora vuoto. I loro passi frettolosi diventano sempre più lontani, fino a svanire del tutto. Lisa mi strattona la manica del cardigan blu della divisa per attirare la mia attenzione, ma non riesco a muovermi.

Non si ricorda di me.

Due ore dopo sono in cucina ad aiutare con la cena. Odio il turno in mensa, c'è sempre tanto da fare. Tyler si affaccia oltre la porta e mi chiama con un leggero fischio. Volto solo la testa e gli rifilo un'occhiataccia.

«È quasi pronto» dico prima che formuli la domanda che gli leggo in faccia.

«Posso avere un pezzetto di pane?» sussurra. Sporge il labbro inferiore e congiunge le mani di fronte al petto, come se stesse recitando una preghiera.

Scuoto la testa e mi arrendo: mi farà cacciare in un mare di guai. Tutti i bambini al maniero sanno che sono facilmente corruttibile, che mi lascio intenerire dai loro occhioni imploranti, e se ne approfittano. Sbuffo, afferro una fetta di pane dal cestino e aspetto che Miss Claire sia intenta a girare la sua zuppa, prima di darla a Tyler.

«Sparisci» lo avverto. Il piccoletto sgrana gli occhi e mi rivolge un sorriso da orecchio a orecchio, ringrazia a bassa voce e se ne va.

«June, cara, avverti che la zuppa è pronta. Prendi questi».

La cuoca mi passa due grossi sottopentola e mi fa segno di precederla nella sala dove consumiamo i pasti. Entro in punta di piedi, non mi guardo intorno perché ho paura di incrociare nuovamente Jace. Sistemo un sottopentola al centro di una delle due lunghe tavolate, poi faccio lo stesso con l'altro. Vado a sedermi al mio posto, fra Lisa e Tyler, davanti a Opal. Il moccioso sta ancora masticando il pane e ha la bocca ricoperta di briciole. Afferro il suo tovagliolo e gli faccio capire che deve pulirsi.

Miss Price è in piedi, in fondo alla stanza, e sta parlottando con Miss Maribel e Miss Georgie. È più contrariata del solito, lancia occhiate d'odio verso la porta d'ingresso della mensa e agita le mani a ogni parola.

«Che succede?» domando a Lisa. Resisto all'impulso di guardarmi intorno.

«Jace non si è presentato per la cena» bisbiglia. «Miss Price è incazzata nera».

«Non dire parolacce» la rimprovero, e Lisa sbuffa.

Opal si sporge in avanti con fare cospiratorio. «Ha detto che nessuno si dovrà azzardare a portargli da mangiare. Che se vuole morire di fame, per lei va bene. Che questa è casa sua e lui seguirà le sue regole. Poi si è fatta il segno della croce».

«Tu l'hai visto?» domando alla mia amica.

«Non ancora. Tu?»

Annuisco e mi lascio sfuggire un sospiro deluso. Opal studia la mia reazione, senza capire. Non le ho mai parlato di Jace. Quando è arrivata al maniero, dopo la morte dei suoi genitori in un terribile incidente stradale, lui era già sparito.

Sapere che Jace non è qui mi fa rilassare al punto che sento la spina dorsale afflosciarsi e le spalle ingobbirsi. Non mi ero nemmeno resa conto di essere così tesa.

«Ti sei lavata le mani?» domando a Lisa, accanto a me.

Mi guarda storto. «Non sono più una bambina! Smettila, sei una palla». Il suo commento mi spiazza, il modo in cui si porta i capelli bruni oltre la spalla, con un gesto calcolato e indifferente, mi confonde.

So bene che non è più una bambina, ma è la cosa più simile a una sorella che abbia mai avuto. E litighiamo come se fossimo davvero sorelle. Mando giù la malinconia che mi hanno provocato le sue parole e mi concentro su Tyler. Ha finito il pane e freme. Questo bambino ha sempre fame!

La cuoca entra in sala con un grosso pentolone fra le mani; dietro di lei c'è Miss Eloise con quello destinato alla nostra tavolata. Lo posa al centro del tavolo e consegna il mestolo a Opal, che è una delle più grandi qui dentro. Distribuisce la zuppa di pomodoro il più velocemente possibile, poi si rimette seduta.

Finalmente iniziamo a mangiare. La minestra è bollente, ma a Tyler non sembra importare. Ne mando giù solo due cucchiai, poi scambio il mio piatto con il suo. Tyler mi strizza la gamba da sotto il tavolo, è il suo modo tenero di ringraziarmi. Coglie l'occasione al volo e svuota la nuova scodella a tempo record. Pilucco il pane, poi, come ho fatto con la zuppa, regalo l'altra metà a Tyler. Io ho comunque lo stomaco chiuso e una voglia matta di fumare una sigaretta. Dovrò aspettare ancora almeno un'ora prima di potermi allontanare.

Quando tutti hanno finito di mangiare, mi alzo in piedi e inizio a sparecchiare. L'acqua è appena tiepida e il detersivo mi fa prudere le mani ogni volta. Alla fine del turno mi ritrovo con i polpastrelli raggrinziti e le dita rosso fuoco. Cerco di convincermi che non fa niente, che sono abituata dopo tanti anni, ma non è così. Per quanto questo posto rappresenti tutto il mio mondo, sempre troppo spesso mi ritrovo a pensare a cosa sarebbe successo se qualcuno mi avesse adottata. Molti dei miei compagni, negli anni, se ne sono andati. Alcuni sono stati fortunati, altri meno, ma sono comunque fuori da qui. Cosa farò quando me ne andrò? *Dove* andrò?

Porto il grembiule sporco di Miss Claire in lavanderia e mi richiudo la porta alle spalle, poi torno al piano di sopra. La maggior parte dei miei compagni è già nella sala comune. I più piccoli giocano fra di loro, i più grandi se ne stanno in gruppetti a chiacchierare. Qualcuno legge, qualcuno fissa fuori dalle grandi finestre verso il parco buio. Sono tutti lì, tutti tranne l'unica persona che mi serve: Israel!

Attraverso la sala comune e punto dritta al dormitorio dei ragazzi, dove sono sicura che lo troverò a gambe incrociate sul letto, con le cuffiette nelle orecchie e il suo inseparabile taccuino in mano. Busso appena, poi spingo la porta di qualche centimetro e ci sbircio dentro.

Israel è piegato in avanti e sta mordicchiando una matita, poi la usa per scrivere qualche parola sul suo quaderno.

«Ciao» lo saluto.

Alza appena gli occhi, poi riporta l'attenzione sui suoi fogli. «Ehi».

Mi intrufolo nella sua stanza e mi avvicino al letto.

Israel ha diciassette anni, è un ragazzo introverso e silenzioso. E nessuno sa mantenere un segreto come lui. Avevo solo tre anni quando è arrivato al maniero e, anche se non mi ricordo il giorno in cui ha varcato per la prima volta il portone dell'istituto, non riesco a pensare a un momento senza di lui fra queste mura.

Non c'è bisogno che gli chieda niente, sa già cosa sono venuta a fare. Allunga una mano e apre il cassetto del suo comodino traballante. Tira fuori le mie sigarette e me le passa, insieme all'accendino. Ne prendo una, poi gli restituisco il pacchetto. Dovrò ricordarmi di comprarne uno nuovo, sabato.

Rimango per qualche secondo a studiare i suoi capelli ossigenati, il suo ultimo 'colpo di testa'. Sentendosi osservato, alza di nuovo lo sguardo e mi becca a fissarlo. La musica rap che fuoriesce dagli auricolari è assordante.

«Che c'è?» mi domanda.

«Niente». Sollevo le spalle. «Vado a fumare» lo informo.

Lui mi regala un mezzo sorriso di cortesia e vorrei alzare gli occhi al cielo.

«È sempre un piacere scambiare quattro chiacchiere con te, Iz. Sempre un piacere».

«Sto scrivendo» ribatte in tono solenne, quasi a giustificarsi.

«Sì, sì, okay!»

«Riportami l'accendino!» mi urla dietro, alzo il pollice in aria mentre raggiungo la porta e me la richiudo alle spalle.

Sgattaiolo lungo il corridoio ed esito prima di salire al secondo piano. Di solito mi nascondo in una delle piccole stanze in mansarda per fumare, ma ora, a quel piano, ci abita Jace. Jace, che non ha ricambiato il mio saluto, che non si è presentato a cena, che se mi beccasse ad aggirarmi intorno alla sua camera probabilmente penserebbe che lo stia facendo di proposito. Fisso la sigaretta spenta. Al diavolo, è tutto il giorno che sogno di accenderla. Salgo i gradini in punta di piedi, saltellando da una parte all'altra per evitare i punti in cui il legno consumato scricchiola. Vengo inghiottita dal buio pesto. Accendo la piccola torcia che ho comprato al bazar in centro e avanzo nel corridoio. Intravedo un filo di luce che filtra da sotto una delle porte, deve essere la sua stanza. La supero trattenendo il fiato, poi mi vado a nascondere nel minuscolo sgabuzzino in fondo al corridoio. Apro la finestrella sul soffitto spiovente e spengo la torcia. Una folata di vento gelido mi sferza il viso e mi stringo nel cardigan della divisa che non mi sono ancora tolta.

Fumo in silenzio, gustandomi ogni singolo tiro come se fosse l'ultimo, poi spengo il mozzicone fuori dalla finestrella e lo avvolgo in un fazzoletto che tenevo in tasca. Aspetto un minuto, il tempo che la puzza di fumo svanisca del tutto, poi apro la porta dello sgabuzzino.

Quella di Jace si apre in contemporanea e mi paralizzo. Doveva decidere di uscire dalla sua stanza proprio adesso?

Rimango al buio, la porta socchiusa e il cuore in tumulto. Sento i suoi passi sulle scale, lo scricchiolio del legno sotto le scarpe da ginnastica, ed esco allo scoperto. Mi sbrigo a raggiungere anch'io la scala, cerco di captare ogni singolo rumore, poi scendo di corsa. Arrivo all'ultimo gradino, sono quasi salva, penso, invece finisco contro il petto massiccio di Jace.

Rimbalzo all'indietro, sbatto con il sedere su uno degli scalini e mi lascio sfuggire un 'ahi' stridulo.

Merda!

Sollevo di poco lo sguardo. Jace mi sta fissando, impassibile.

«Ciao» mi sento dire. È la seconda volta che lo saluto, oggi. E lui, per la seconda volta, mi ignora.

«Mi stavi cercando?» domanda. L'indifferenza nella sua voce mi confonde.

«No! Certo che no. Stavo...» Non posso dirgli quello che stavo facendo, non posso fidarmi di lui. Mi rialzo in piedi e mi massaggio la natica. «Ti sei perso?» cambio discorso.

«No» ribatte brusco. «Ho dimenticato lo shampoo in camera».

«Non puoi fare la doccia a quest'ora». Mi esce un tono da maestrina che mi rimangerei in mezzo secondo, se solo potessi.

Jace inclina la testa di lato. «Non posso lavarmi quando cazzo mi pare? Devo chiedere il permesso?»

«Non il permesso, ma... ci sono delle regole».

«A me non frega niente delle vostre regole, ragazzina» ribatte sprezzante. «Ora levati di mezzo».

Rimango a fissarlo, le labbra socchiuse dalla sorpresa. Chi diavolo è questo stronzetto che mi sta a pochi centimetri dal viso? Perché il Jace che conoscevo io non mi avrebbe mai risposto in quel modo. Mi impettisco, lo supero e, senza degnarlo di uno sguardo o di una risposta, mi allontano.

Non posso credere di aver perso il sonno per lui in tutti questi anni, di aver fantasticato fino all'infinito su come sarebbe stato rivederlo. Il suo tono arrogante mi fa ribollire il sangue nelle vene. Chi cavolo si crede di essere?

Entro nel dormitorio dei ragazzi senza bussare, aspetto che Israel mi guardi e gli lancio l'accendino, che lui afferra senza problemi, nonostante la mia mira faccia pena.

«Buonanotte!» lo saluto brusca, anche se non mi sente, anche se non è lui il responsabile del mio malumore. Forse mi legge il labiale, forse si accorge della mia espressione imbronciata perché si sfila le cuffie e inclina appena la testa di lato.

«Che ti prende?»

«Niente!»

«Chi ti ha fatto arrabbiare?»

«Nessuno! Ciao».

«È sempre un piacere scambiare quattro chiacchiere con te, eh, June». Mi rifila lo stesso rimprovero che gli ho lanciato addosso io, ma lo fa con ironia e tanto basta a strapparmi un mezzo sorriso.

Me ne vado a dormire, ho bisogno di archiviare questa giornata estenuante e di metterci una pietra sopra. Mi spoglio in fretta e mi infilo il pigiama. Le lenzuola sono gelide e rimango immobile, sperando che la spessa coperta di lana inizi presto a scaldarmi.

Mi sento addosso gli occhi inespressivi di Jace e mi rigiro mille volte sul materasso. La delusione mi mangia viva. Non avevo grandi aspettative stamattina, o forse sì... Forse il problema è proprio che in questi anni ho immaginato il nostro incontro troppe volte. E nemmeno una volta, in quelle scene evocate dalla mia fantasia, lui mi ha ordinato di levarmi di mezzo. No, il Jace che ricordavo io mi avrebbe sorriso, tanto da farsi scoppiare le gote. Si sarebbe infilato le mani nei capelli ricci in preda all'imbarazzo e avrebbe evitato di incrociare i miei occhi, fallendo miseramente.

Spero che se ne vada presto al diavolo!

Capitolo 3

June

La ripida salita fino al maniero mi sfianca. Ho le scarpe inzaccherate di fango e foglie secche attaccate alle suole. Quando arrivo al portone sono sudata e ho il fiatone. Mentre aspetto che qualcuno venga ad aprirmi, mi liscio la gonna e mi sventolo il viso con la mano aperta.

Miss Maribel spalanca la porta e mi sorride.

«Bentornata» saluta.

«Ciao».

«Com'è andata a scuola?» domanda mentre si richiude l'uscio alle spalle. La temperatura nella grande sala da ballo è appena più alta rispetto a quella esterna. Mi sfilo lo zaino dalle spalle e lo trascino dalla maniglia superiore.

«Tutto bene, grazie. Ho una ricerca importante da fare, vado in sala studio».

Miss Maribel annuisce. «Hai mangiato?»

«Sì, in mensa». So che non è quella la risposta che si aspetta. Non vuole sapere *dove*, vuole sapere *se* ho mangiato. Deve essersi accorta che ho perso un po' di peso. La camicia bianca della divisa della Hills High School mi sta troppo larga e la gonna scende sui fianchi come farebbe su un manichino.

Cerco di rassicurarla con un sorriso sincero, ma non sono sicura che ci caschi.

«Dov'è Lisa?» le domando prima che sparisca oltre la porta che conduce all'ufficio di Miss Price.

«In sala studio. Sta facendo finta di fare i compiti». Alza gli occhi al cielo e mi saluta con un cenno della mano.

Entro nello stanzone dove la mattina si svolgono le lezioni dei più piccoli e rimango di stucco quando mi rendo conto che Jace è seduto davanti all'unico PC, completamente assorto nella lettura di qualcosa sullo schermo. Mentirei se dicessi di essermi dimenticata di lui, ma non pensavo che lo avrei incrociato tanto presto.

Le sue scarpe giallo fluo, in pendant con la felpa con cappuccio che indossa, sono così sgargianti che sembrano una macchia di colore colata per sbaglio su un quadro dalle tinte scure. I miei compagni sono vestiti di grigio e nero, e anche quando indossano abiti colorati sono così sbiaditi da sembrare smorti. Ma non lui. Jace pare un canarino intrappolato in una gabbia di ferro nera.

«June!» strilla Lisa.

Jace solleva la testa di scatto e mi becca a fissarlo. Di nuovo.

Sposto l'attenzione sulla mia amica e le vado incontro. «Ehi, ciao».

«Devi *assolutamente* aiutarmi con i compiti di geometria». Sventola la mano in aria con fare teatrale. «Non ci capisco niente». Gioca con una ciocca dei suoi capelli scurissimi, poi la sistema dietro l'orecchio.

Tra le due, Lisa incarna alla perfezione il modello di 'donna'. Nonostante abbia solo tredici anni, ha già tutte le curve al posto giusto. Si è girata la gonna in vita un paio di volte di troppo e il risultato è un fazzoletto microscopico che a malapena le copre il sedere.

Lancia uno sguardo furtivo oltre le spalle, verso Jace. I suoi occhi neri come la pece, circondati da folte sopracciglia che sembrano disegnate, si fermano sul nuovo arrivato. Non mi piace la sua smorfia maliziosa, non mi piace che giri mezza nuda.

Lisa si tende verso di me e sussurra: «Non è venuto a colazione. E nemmeno a pranzo. Però prima sono andata da lui a presentarmi ed è stato dolcissimo».

Dolcissimo...

«È proprio bello. Secondo te mi noterà?»

«Lisa, hai solo tredici anni!» la rimprovero, forse per le ragioni sbagliate.

«Ma ne dimostro quindici, me lo dicono tutti» ammicca e fa per andarsene. L'afferro dal gomito, ma non faccio in tempo a dire niente perché la sedia di Jace struscia rumorosamente sul linoleum, distraendomi. Lo vedo alzarsi in piedi.

Ci passa davanti, non mi degna di uno sguardo.

«Ciao, Lisa» la saluta Jace con un tono di voce mellifluo che mi fa venir voglia di infilarmi un dito in gola e vomitare.

«Ciao, Jace» cinguetta lei.

Mi guarda di sfuggita, con una tale indifferenza da farmi accapponare la pelle. «Carina l'uniforme, *Jane*» mi prende in giro, poi esce dalla stanza.

Non posso credere che abbia fatto finta di non ricordarsi il mio nome.

Mi vanno a fuoco le guance. Lisa si libera dalla mia presa con uno strattone e si massaggia in modo esagerato il gomito, come se le avessi fatto male.

«Cos'hai intenzione di fare?» chiedo a Lisa. La voce mi esce strozzata. Ripetermi di continuo che Jace non è affar mio non aiuta: sento la gelosia attanagliarmi il cuore. Perché Lisa è proprio il tipo di ragazza che uno stronzetto arrogante come Jace guarderebbe, eccome! D'altronde, con lei è stato 'dolcissimo'. Mentre a me rivolge solo occhiate scocciate e parole crudeli. Mi manca l'aria nei polmoni.

«Vedremo» ribatte Lisa con un sorrisino impertinente sulle labbra. «Mi aiuti con la geometria, sì o no?»

«Non adesso» taglio corto. Avrei voglia di marciare fuori da questa stanza, raggiungere Jace e chiedergli qual è il suo problema, ma non lo faccio. Probabilmente finirebbe per umiliarmi, e io a piangere con la faccia nascosta nel cuscino. Mi tremano le mani, mi sento impotente.

Mi avvicino alla scrivania e mi siedo davanti al computer. Muovo il mouse e la schermata nera prende vita. Stava leggendo un articolo su come mettere le mani su un fondo fiduciario prima dei venticinque anni.

Senza pensarci cancello la cronologia. Questo stupido bisogno di proteggere tutti è il mio tallone d'Achille. Anche se è stato meschino e scortese, so che Miss Price controlla periodicamente le ricerche che facciamo su Internet e non sarebbe felice di trovare questa.

Chino la testa sulla tastiera e inizio a fare i compiti, bloccando i pensieri e relegandoli in un minuscolo cassettino in fondo al cervello. Ci infilo talmente tante emozioni e pensieri, lì dentro, che un giorno mi esploderà in faccia e dovrò fare i conti con tutta la mia vita.

Ma quel giorno non è oggi. Oggi è un banalissimo lunedì di inizio novembre, piovoso e umido. Oggi devo solo concentrarmi sulla ricerca di scienze che mi hanno assegnato. Oggi, a scuola, è stata una giornata tranquilla: nessuno mi ha dato fastidio o preso di mira. Quindi va tutto bene.

Sì, è solo un banalissimo lunedì come tanti altri.

Capitolo 4

Jace

Sono digiuno da più di ventiquattro ore, da quando una hostess carina mi ha servito la cena sul volo per Philadelphia. Ho così tanta fame che sto seriamente pensando di masticare la suola delle mie scarpe preferite. Giro scalzo nella piccola mansarda con i soffitti bassissimi e mi accendo un'altra sigaretta.

La camera è impregnata dell'odore di tabacco bruciato, ci sono vestiti sparsi un po' ovunque e le lenzuola sono ammucchiate ai piedi del minuscolo letto. Il materasso cigola ogni volta che ci salgo sopra e il cellulare prende pochissimo. Per controllare i messaggi e la posta elettronica devo accovacciarmi sotto la finestra e restare immobile, senza spostare il cellulare di un millimetro, quando finalmente trovo un po' di campo.

Un lieve bussare alla porta mi fa alzare la testa di scatto. Allontano con delicatezza la mano dal telefono e mi alzo in piedi, facendo attenzione a non sbattere con la testa contro una delle travi sporgenti. Spero solo che non sia quella vecchia stronza della direttrice. Non mi sono presentato a cena nemmeno stasera e non rispetto le loro regole, ma non posso credere di averle già fatto perdere la pazienza. Quando apro la porta non vedo nessuno, ma a terra trovo un vassoio con sopra del pane, una fetta di quella che sembra carne immangiabile e una mela ammaccata. Mi guardo intorno, arrivo fino alle scale, sbircio di sotto, ma non c'è anima viva.

June...

Chi altro potrebbe essere? Quella ragazzina non riesce ad accettare un rifiuto per quello che è. Mi deve stare alla larga, non ho bisogno di lei e della sua pietà.

Lascio il vassoio per terra e sbatto la porta. Lo stomaco brontola, ma lo ignoro. Non mangerò il loro cibo, non farò parte di questa triste comunità. Me ne andrò da qui appena possibile. E June... è pericolosa. Se la lasciassi avvicinare, se provassi anche solo un minuscolo briciolo di sollievo in questo posto di merda, sarei fregato. Non me lo posso permettere.

Rimango con la fronte premuta contro il legno e cerco di dimenticarmi il pane e la mela.

Mi stacco bruscamente dalla porta e torno a sedermi sotto la finestra. Sfioro lo schermo del cellulare e digito con un solo dito un messaggio per Franz.

Lui, a differenza mia, se la passa alla grande. Quando ci hanno sbattuto fuori dal Saint Paul – per colpa mia –, Franz è stato caricato su un aereo e spedito a Parigi, nel suo attico con vista sugli Champs-Élysées. Suo padre, un alto dirigente di Air France, lo tiene incarcerato in trecento metri quadri di appartamento di lusso. Stronzo.

Mi scrive che la nuova cameriera è una bomba sexy, che suo padre sta facendo di tutto per sistemare 'l'incidente' al Saint Paul e che conta di tornarci entro Natale. Mi chiede come me la passo a casa di mio nonno, se sono autorizzato a girare per il micragnoso paesino dove sono stato relegato, se mi manca il collegio.

Non gli ho detto che, mentre lui passa le sue giornate a contemplare il traffico feroce su una delle strade più famose al mondo, io sto morendo di fame in un cazzo di orfanotrofio così deprimente da farmi valutare sul serio l'ipotesi di mangiare le mie Nike piuttosto che sedermi allo stesso tavolo con questa gente.

June...

Una leggera fitta allo stomaco mi costringe a portarmi una mano sulla pancia e premere forte. Un ricordo lontano cerca in modo prepotente di farsi strada nella mia testa fin da ieri sera, da quando l'ho beccata sulle scale mentre cercava di sgattaiolare via e l'ho trattata di merda. Il cellulare che vibra sul pavimento freddo annienta quel pensiero insistente. Sfioro il tasto verde per accettare la chiamata e poi attivo il vivavoce.

«Cosa vuoi?» chiedo brusco.

«Non si saluta più?» domanda mia madre, scocciatissima.

«No, non si saluta più» ribatto. «Mi stai tartassando di chiamate da due giorni, cosa ti serve?»

Segue un lungo silenzio. Per un attimo penso che mi attaccherà il telefono in faccia, ma per mia sfortuna riprende a parlare.

«Volevo solo assicurarmi che stessi bene».

È falsa come Giuda. Dio, quanto la odio!

«Be', vediamo un po': quel bastardo di tuo padre mi ha mollato davanti al portone del suo patetico orfanotrofio, sono rinchiuso in una stanzetta di due metri per due, non mangio da ieri mattina e tu non hai alzato un dito. Quindi, no, non sto bene, *madre*».

«Ho provato a convincere tuo nonno a portarti a casa su...» La interrompo prima che finisca di pronunciare le sue penose scuse.

«Tu non dovevi convincerlo, tu dovevi farmi tornare a casa *mia*, in California».

«Tesoro...»

«Non chiamarmi tesoro!» Mi alzo in piedi, manco di un soffio la trave, cammino su e giù come un leone in gabbia. «Non chiamarmi proprio. Come ti è venuto in mente di farmi portare qua? Ti sembro un cazzo di orfano?! Perché lo so che non te ne frega niente di me, né a te né a quello stronzo di mio padre, ma questo è troppo anche per voi».

Mia madre rimane in silenzio, riconosco solo il rumore di qualcosa che viene versato in un bicchiere e il fondo di una bottiglia che sbatte sul tavolo. Fantastico, in California non sono nemmeno le sei di pomeriggio e lei sta già bevendo.

«Non c'era altra scelta, amore».

Mi trema la mascella.

«Starai bene lì. Tuo nonno è convinto che ti farà bene».

«E da quando in qua ascolti quello che dice? Sono quindici anni che non lo vedi! Lo odi con tutta te stessa, probabilmente più di quanto io odi te». Sputo quelle parole al vento, rimbombano nella piccola mansarda. «Non dici più niente?»

«Starai bene» ripete, come se non avesse ascoltato una parola di quello che le ho detto, come se non fosse presente nemmeno a se stessa.

«Portami a casa, mamma, o ti giuro che ti cancellerò una volta per tutte dalla mia vita. Adesso!»

«Non lo faresti mai!» Ora la sua voce è squillante. Ingurgita quello che sono certo sia vino di ottima annata e balbetta qualcosa che non capisco, poi aggiunge un «Sono tua madre» di protesta.

«No». Scuoto la testa anche se non può vedermi. «Sei solo una grandissima stronza».

Recupero il cellulare da terra e chiudo la chiamata prima che possa dire altro. Scaravento il telefono contro il minuscolo armadio e lo guardo atterrare sul marmo sbeccato, per poi rimbalzare a un metro dal letto.

Mi infilo le mani nei capelli, li strattono con tutta la forza che ho nelle braccia. Me ne devo andare da qua, me ne devo andare subito.

Fanculo i loro soldi, il loro nome, fanculo tutti.

Recupero la giacca di pelle che ho lasciato sulla spalliera della sedia e la indosso. Nel portafogli ho poco più di duecento dollari, ma ho abbastanza denaro sul mio conto personale per sopravvivere qualche mese, finché non capirò cosa fare.

Infilo tutta la mia roba alla rinfusa nella sacca nera e mi metto le scarpe. Fuori ha ricominciato a piovere e fa un freddo cane. Non ho idea di quanto disti la cittadina di Red Oak Town dal maniero, forse solo qualche miglio, me la farò a piedi. Due fottute gocce d'acqua non mi spaventano. E se il cancello è sbarrato, lo scavalcherò.

Spalanco la porta e un rumore alla mia destra mi fa sobbalzare. Qualcuno si è chiuso dentro a una stanza in fondo al corridoio. Il vassoio è ancora a terra e lo sposto con un calcio, poi poso il borsone e punto dritto alla porta che si è appena chiusa.

La apro con troppa violenza, la maniglia quasi mi rimane in mano. Una ragazza con una sigaretta fra le dita si volta di scatto e io mi pietrifico quando riconosco June. Il suo viso è quasi del tutto nascosto dal cappuccio nero che tiene in testa, sgrana gli occhi quando mi vede.

«Che cazzo stai facendo?»

«Shhh!» mi ammonisce lei. «Mi farai scoprire!» Mi agguanta per la manica e mi trascina in quello che adesso riconosco essere solo un piccolo sgabuzzino. Richiude la porta e rimaniamo immersi nel buio per alcuni attimi, solo la punta rovente della sua sigaretta accesa crea un minuscolo cono di luce fra noi. Poi gli occhi si abituano, distinguo i suoi lineamenti e il cuore mi arriva in gola mentre cerco disperatamente qualcosa da dire.

Si porta il filtro alle labbra e aspira con impazienza. June che fuma! Questa non me l'aspettavo.

Valuto se andarmene, ma lei non parla e io non oso muovermi. Trovarmi qui dentro con lei è surreale, mi fa mancare la terra sotto i piedi per alcuni lunghissimi istanti. Sfilo il pacchetto di sigarette dalla tasca posteriore dei jeans e me ne accendo una anch'io. Non mi ricordo nemmeno cosa stessi facendo prima di entrare qui dentro.

Il piccolo lucernario sopra le nostre teste è aperto ed entra un po' di pioggia, ma a lei non sembra interessare.

«Non mi serve che mi porti la cena. Nessuno ti ha chiesto niente» dico a un tratto, e il tono che uso è così sprezzante che stride nelle mie stesse orecchie.

«Non l'ho fatto». L'inflessione della sua voce, al contrario, è pacata.

«Ci è arrivata da sola, quella mela mezza marcia, davanti alla mia porta?»

June rimane in silenzio per qualche secondo. «Non sono stata io» ribadisce, tranquilla. Finisce di fumare, mentre io sono ancora a metà cicca. Spegne il mozzicone oltre la finestra e nel farlo il suo petto sfiora il mio. Non mi muovo e lei non sembra accorgersi di quel contatto.

Poi, come se niente fosse, come se condividere uno spazio angusto sotto la pioggia fosse normale, apre la porta con la chiara intenzione di andarsene. Stavolta sono io ad afferrarla al polso e a impedirle di muoversi.

«Cosa vuoi?» mi domanda presa in contropiede, una punta di apprensione nella voce.

«Come me ne vado da questo posto?»

«E io che ne so?!»

«June, te lo chiedo per favore, dimmi come uscire da questo cazzo di posto senza essere visto» la imploro.

«*June?!* Ma guarda un po', allora te lo ricordi il mio nome. Incredibile! E io che pensavo la tua amnesia fosse colpa del tuo minuscolo cervello, invece scopro che sei solo stronzo!»

La sua aggressività mi spiazza. Me la merito tutta, sia chiaro, ma non ho tempo per pensarci.

«Vuoi davvero fare l'offesa in questo momento?»

«Offesa? Nah... E poi, quale 'momento'? Quello in cui tu fai finta di scappare dal maniero? Non è mica una prigione, questa! Te ne puoi andare quando vuoi, dalla porta principale. Il cancello in fondo alla collina non è chiuso a chiave. Ora, se non ti dispiace, rivorrei la mia mano». Strattona il braccio, accende una piccola torcia, e stavolta la porta la spalanca. Si avvia a passo spedito verso la scala di servizio che conduce al piano di sotto, senza guardarsi indietro. L'unica volta che sposta la testa lo fa per mettere a fuoco il vassoio con la mia cena intatta accanto al borsone nero, gonfio di vestiti.

Rimango imbambolato a osservarla. Che fine ha fatto la ragazzina timida che conoscevo un tempo, quella che aveva paura persino della sua stessa ombra?

Immagino che anche lei, in questi anni, sia cambiata. D'altronde, la vita non è stata generosa con nessuno dei due, forse con lei ancora meno.

Il ricordo che cerco invano di scacciare da ieri sera mi investe in pieno, come una cazzo di tempesta di sabbia in mezzo al deserto, e non sono abbastanza veloce a bloccarlo, mi lascio travolgere e il cuore rallenta i battiti, come succede ogni volta che permetto al mio cervello di pensare a lei.

Vado a nascondermi nella biblioteca. Nonno ha detto che ha delle questioni lunghe e urgenti da sbrigare con Miss Price e che ci metterà un po'. Nonna non si è presentata al pranzo di Natale al maniero, quest'anno. L'abbiamo lasciata a casa, incazzata come una furia e mezza sbronza. Giro intorno al pianoforte, impaziente. Ho nascosto il regalo per June sotto il cuscino dell'unica poltrona rimasta nella biblioteca. Quest'anno anche lei ha servito il pranzo e siamo stati ben attenti a non farci beccare mentre ci scambiavamo sorrisi complici. Non è servito parlarci, sa che la sto aspettando qui.

Un rumore che proviene dal fondo del corridoio mi fa immobilizzare e senza accorgermene trattengo il fiato. I passi si spengono nel corridoio e non sento più niente per alcuni secondi, finché la testolina di June non sbuca da dietro lo stipite della porta a doppia anta e riprendo a respirare.

«Scusa se ci ho messo tanto, ma Lisa non mi mollava più». June avanza in punta di piedi, timida come sempre. È il terzo Natale che trascorro a Red Oak Manor, il terzo anno con lei.

«Sei più silenziosa di un fantasma. Di' la verità, voli?»

«Magari avessi un paio di ali!» June ride e io vorrei abbracciarla forte. Si avvicina anche lei al pianoforte, ma rimane dalla parte opposta rispetto a me.

«Ho un regalo per te» le dico e lei sgrana i suoi occhioni verde bosco.

«Un altro? Ma ne hai già portati tantissimi al maniero!»

«Nah, quelli sono per gli altri ragazzi. Questo è solo per te». Mi fiondo verso la poltrona e le do il pacchetto, impaziente di vedere la sua faccia quando lo scarterà.

Le mani le tremano appena e il suo sorriso sincero svanisce quando vede la bambola nuova nella sua confezione di plastica.

«Non ti piace?» le domando, una punta di malessere mi fa sobbalzare lo stomaco. «Ce l'hai già?»

June scuote la testa. «Mi piace tantissimo, è solo che... non la posso tenere».

Mi ripassa la scatola ancora imballata e io la guardo confuso, la sua espressione triste mi fa agitare.

«Perché no?»

«L'anno scorso io... ho fatto una cosa stupida. Ho portato la bambola che mi hai regalato nel dormitorio e l'ho nascosta. Solo che Miss Georgie l'ha trovata e l'ha fatta vedere alla direttrice. È andata su tutte le furie, pensava l'avessi rubata. Le ho detto che era fra i regali lasciati dai signori il giorno di Natale, ma non mi ha creduta. Ha fatto sparire la bambola e, per punizione, mi ha fatto lavare i bagni per un mese. Da sola. Ha detto che nessuno dei benefattori porta regali così belli e, visto che la stavo nascondendo, ero per forza colpevole. Se l'è portata via e non l'ho più vista».

Mi diventano le guance rosso fuoco. Non posso credere che quella strega abbia fatto una cosa del genere. E non posso credere che June non le abbia detto che era un regalo da parte mia, che pur di proteggermi si sia presa una punizione ingiusta.

Mi rigiro la bambola fra le mani. «Mi è venuta un'idea. Torno subito, non te ne andare. E nel frattempo esercitati».

June mi rivolge un sorriso carico di aspettativa e rispetto. Esco correndo dalla biblioteca, dimenticandomi di non fare rumore. Imbocco il portone del maniero e mi vado a nascondere nel piccolo capanno degli attrezzi del giardiniere. Scarto la confezione e la faccio sparire in fondo a un bidone pieno di foglie ormai secche. Taglio una ciocca dei capelli della bambola, poi con le stesse grosse forbici lacero i vestiti in più punti. Sporco i capelli biondi e il viso di plastica con la terra. Ecco, adesso sembra una bambola vecchia.

Torno dentro, mi assicuro che nessuno sia nei paraggi e sgattaiolo di nuovo nell'ala ovest. Corro finché non raggiungo la biblioteca. June è seduta al pianoforte, tocca i tasti pigramente, è distratta e non mi sente entrare.

«Adesso non te la porterà via nessuno» dichiaro a gran voce e lei sussulta. Non volevo spaventarla.

Mi guarda senza capire, si sposta una ciocca dei lunghi capelli dalla fronte e fissa quel che rimane del suo regalo di Natale. Forse ora la bambola è diventata troppo brutta. Gliela porgo lo stesso e le sue guance diventano viola per l'imbarazzo.

«Ho esagerato...» mi giustifico.

I suoi occhioni si riempiono di orgoglio e scuote forte la testa. «È perfetta». Se la porta al petto e nasconde il viso fra i capelli sporchi della bambola.

«Ti piace davvero?»

«Non ho mai avuto niente di solo mio».

Cerco di trattenere un sorriso, sta facendo imbarazzare anche me.

«Adesso suoniamo?»

June annuisce, mi fa spazio sullo stretto sgabello e le sue dita toccano i tasti d'avorio. È migliorata tantissimo, ma non sa ancora leggere gli spartiti che le ho portato l'anno scorso e che abbiamo lasciato sul leggio. Va a memoria, come se avesse provato un milione di volte ad azzeccare le note, mentre a me viene naturale leggerle e riprodurle sul pianoforte a coda.

«Adesso tocca a te» sussurra.

Non me lo faccio ripetere, poso i polpastrelli sui tasti e lascio che la musica si prenda il mio cuore e un po' anche il suo. Aspetto questo momento tutto l'anno: io e lei, da soli, davanti a un pianoforte. La melodia dolce del brano di Akira Kosemura, Our Home, si perde nell'aria, mentre il suo braccio sfiora il mio e i suoi occhi rimangono fissi sulle mie mani. C'è qualcosa in June che mi rende vulnerabile. Come la sua presenza accanto a me, o l'intensità del suo sguardo. Forse solo il fatto che anche lei, come me, non ha nessuno al mondo. Be', lei è sola davvero, io sono circondato da persone alle quali non frega niente di me.

Siamo uguali, io e lei. Siamo due facce della stessa triste medaglia. Ma quando siamo insieme, siamo felici. O almeno io lo sono. Anche se passiamo quel poco tempo che abbiamo perlopiù in silenzio, so che mi capisce. Lei mi ascolta, anche se non sto dicendo niente.

«Vuoi provare insieme a me?»

June scuote la testa. «Non ne sono capace. Ma ti prego, suonala di nuovo. È carina».

Vorrei dirle che lei è carina. La bambina più carina che abbia mai conosciuto. L'imbarazzo che mi provoca quel pensiero mi fa sbagliare una nota e poi un'altra, ma June non se ne accorge.

Il tempo passa troppo in fretta e nemmeno questa volta le ho fatto le domande che avrei voluto. Si alza dallo sgabello, mi dice che deve andare via e io, come nei due Natali precedenti, annuisco e ingoio la delusione.

Arriva alla porta, poi si ferma. Rimane a guardare il corridoio buio per qualche secondo di troppo prima di voltarsi. Tiene la bambola strettissima fra le braccia.

«Ho anch'io un regalo per te. Ma è una cosa stupida, senza senso. E non ti piacerà, e forse non dovrei nemmeno dartelo».

«Che cos'è?» domando senza fiato. Non mi importa se sarà una cosa stupida o senza senso, l'idea di avere qualcosa che mi ha regalato lei mi fa battere il cuore fortissimo.

«È una cosa mia. Una cosa che non puoi nemmeno usare». Abbassa gli occhi sulle sue scarpe, continua a saltellare da un piede all'altro. La sua timidezza raggiunge livelli che non pensavo possibili. Decido di rimanere seduto sullo sgabello, per non innervosirla.

«E poi avrai ricevuto mille regali. Che te ne fai di una collana? È una cosa da femmine...» Parla a me, ma in realtà sta cercando di convincere se stessa.

«La voglio vedere» insisto.

June esita, riempie i polmoni d'aria, poi infila la mano nella tasca dei pantaloni neri. Si aggrappa a qualcosa di così piccolo da starle tutto dentro l'esile mano. Si avvicina con passi lenti e calcolati e ho paura che ci ripenserà a ogni falcata. Apre il pugno e sul palmo della sua mano trovo, attaccato a una collanina, un ciondolo in vetro dai colori vivaci, a forma di libellula. Sfumature di verde smeraldo virano al blu zaffiro, le antenne sono dorate, una è più lunga dell'altra.

«L'ho comprata a una bancarella in paese durante la festa del 4 luglio» sussurra.

Sollevo le sopracciglia, senza sapere cosa dire.

«Miss Maribel ci porta sempre a Red Oak Town il giorno dell'Indipendenza, ai mercatini, e quando ho visto questa libellula... ho pensato a te. Le avevamo appena studiate a scienze. Noah era riuscito a prenderne una in giardino, ma quando è morta è diventata tutta nera e puzzava da far schifo...» Riprende fiato. «Appartiene all'ordine degli odonati. Alcuni dicono che la parola 'libellula' derivi dal latino libellum, *che significa 'libero'. Altri, che venga dalla parola latina* libra, *'bilancia', perché durante il volo tiene le ali orizzontali e non perde mai l'equilibrio» parla come un libro stampato e mi fa sorridere. «È un insetto magico e le sue ali cangianti cambiano colore a seconda dei riflessi della luce. Vola così veloce che è capace di ingannare i predatori e riesce sempre a scappare. Nessuno può catturare una libellula. Be', nessuno a parte Noah...»*

Prendo la catenina dalle sue mani, stando ben attento a non sfiorarle il palmo, e me la rigiro fra le mie.

«Grazie, è un regalo bellissimo».

June ride, imbarazzata. «Non è vero, è un regalo stupido». Si gratta la fronte con la mano della bambola più brutta mai vista e si sporca un po' con la terra. Resisto all'impulso di pulirla.

«La porterò sempre con me. Sarà il mio portafortuna».

June si morde le labbra, cercando di trattenere un sorriso, e io la imito.

«Adesso devo proprio andare» dice con tono urgente. «Spero di rivederti l'anno prossimo».

«Sempre» mi lascio sfuggire dalle labbra.

June corre di nuovo verso la porta, si gira a guardarmi un'ultima volta e mi saluta con la mano della bambola.

Poi va via, e io torno a sentirmi solo al mondo.

Ritorno nella mia stanza, frastornato e infreddolito. Infilo la mano nella tasca posteriore dei jeans e fisso lo schermo rotto del cellulare. Non avrei dovuto scaraventarlo contro l'armadio, non avrei dovuto permettere a mia madre di entrarmi nel cervello. E non posso davvero andarmene di qua.

Starnutisco e mi precipito a chiudere la finestra. Mi rigiro il cellulare fra le mani un paio di volte, indeciso se scrivere a mio nonno oppure no. Alla fine, stremato dalla fame ma troppo orgoglioso per azzannare la mela fuori dalla mia porta cedo e, con le mani che tremano appena, gli scrivo un messaggio.

Jace: Avrei bisogno di andare in paese, domani mattina.

Non aggiungo altro, non saprei cosa. Gli sto chiedendo il permesso per uscire? Lo sto implorando di darmi una mano? Fanculo!

Lo schermo si illumina poco dopo.

Vecchio bastardo: Ti farò venire a prendere dall'autista.

Okay. Non mi aspettavo questa risposta, ma me la faccio andare bene. Non lo ringrazio e lui torna offline.

Mi sdraio sul letto, sporcando le lenzuola spiegazzate con la suola delle scarpe, e rimango a fissare il soffitto di legno sopra la mia testa. Sto sognando un Big Mac.

Non so a che ora mi addormento ma, quando lo faccio, so per certo che l'ultimo pensiero cosciente che formula il mio cervello è rivolto a June, a pochi centimetri da me, con una sigaretta in bocca e una maschera di indifferenza sul viso.

E mi fa incazzare!

Capitolo 5

June

Odio l'ultima ora. Odio il professor Tunner e la sua cravatta sempre piena di briciole. Odio l'informatica. Ma quello che odio più di tutto in assoluto è il mio compagno di banco: Kolton McAdam. Se la meschinità dell'universo fosse racchiusa tutta in un unico corpo, sarebbe il suo. E il risentimento che provo nei suoi confronti è legittimo.

Quando un anno fa ho iniziato a frequentare la Hills High School, lui è stato il primo a rivolgermi la parola. Le sue adorabili fossette mi avevano fatto girare la testa e i suoi occhi nocciola, circondati da bellissime ciglia scure, erano stati la mia rovina.

Kolton si sporge sul banco, sbircia i miei appunti e io lo ignoro. Sono diventata bravissima a farlo, dopo il tiro mancino dell'anno scorso. Il suo gomito sfiora il mio di proposito e, istintivamente, mi sposto più a destra.

«Posso copiare?» sussurra. Le sue parole sono una presa per il culo, come tutto ciò che gli esce di bocca.

Non gli do corda, fingo di non averlo sentito e continuo a scrivere frasi sconclusionate sul quaderno. Il bastardo si avvicina di nuovo, con il gommino della matita traccia una linea sul mio braccio e io gli lancio un'occhiata di avvertimento.

«Dai, June! Solo una sbirciatina». Non guarda più i miei appunti, è concentrato sulla mia camicia, più precisamente su quello che c'è sotto. Avrei voglia di graffiargli quella brutta faccia con le unghie, ma so di dover mantenere la calma.

Io sono 'l'orfanella di Red Oak Manor' che frequenta il liceo elitario di questa cittadina per generosa concessione del signor Sherman, il proprietario dell'istituto, e lui è il figlio del sindaco di Red Oak Town. Lui è un'istituzione, il principe del liceo, il *golden boy* per eccellenza.

E io sono stata così stupida da pensare di piacergli sul serio.

«Fottiti, Kolton» mormoro a denti stretti.

Il bastardo ride, nasconde la bocca con la mano e poi torna a fissarmi il seno.

Preferisco di gran lunga i giorni in cui mi ignora e mi attraversa con lo sguardo. Ma oggi la sua ragazza non è in classe e lui si diverte a darmi il tormento. Non si permette nemmeno di guardare dalla mia parte quando Serena è a scuola, mentre oggi si comporta come il topo quando il gatto non c'è.

La sua mano finisce in mezzo alle mie gambe, sotto la gonna, e io salto sulla sedia come una molla. Quel gesto sfrontato mi fa schizzare il sangue al cervello. Gli mollo un pugno nelle costole mentre è girato a ridere con Sebastian, il suo compare, e lo vedo accartocciarsi su se stesso. Il grido soffocato di dolore che gli sfugge dalle labbra attira l'attenzione di tutta la classe, purtroppo anche quella del professor Tunner.

«Che succede?» domanda il professore, spostando lo sguardo da me all'imbecille che mi sta seduto accanto.

«Questa stronza mi ha dato un pugno!» riesce a dire, mentre cerca di riprendere fiato. L'ombra di un sorriso si materializza sulle mie labbra.

«*Questo stronzo* mi ha messo le mani addosso» replico sulla difensiva. Venti paia di occhi mi stanno fissando come se fossi un escremento di cane sul marciapiede.

Kolton riesce ad alzarsi, è ancora piegato su se stesso e cerca di tenersi in equilibrio con una mano premuta sul banco, mentre con l'altra si massaggia il fianco.

«Tu sei pazza! Non toccherei mai una schifosa orfanella come te. Puzzi di naftalina e di povertà, non ti sfiorerei neanche con un bastone!» mi urla in faccia. Sento il sangue defluirmi lentamente dalle guance e gli occhi diventare umidi.

«Silenzio!» sbraita il nostro professore. Si avvicina a Kolton, gli mette una mano sulla spalla. Non lo riprende per le sue orribili parole, ma ne ha di ancora più meschine per me.

«Miss June, si alzi in piedi». Mi guarda anche lui come se fossi un essere ripugnante, immeritevole di un briciolo di compassione. «Non tollero certi comportamenti nella mia classe da... *lei*. Vada dal preside. Adesso».

Perfetto!

Mi mordo il labbro così forte da farmi uscire il sangue, ma è l'unico modo che ho per impedirmi di scoppiare a piangere. Ho imparato la lezione tanto tempo fa: loro sono in cima alla catena alimentare, io non sono nessuno. A nessuno frega se vengo maltrattata, insultata, umiliata. Io rimango una trovatella alla quale è stato permesso di frequentare una scuola per ricchi, ma nemmeno per un secondo mi è concesso di dimenticare da dove provengo.

Mi alzo in piedi senza dire una parola, con il cuore che minaccia di uscirmi dal petto e la gola che brucia per aver dovuto ingoiare un urlo di pura frustrazione.

Raccolgo le mie cose in fretta e furia, aspetto impaziente davanti alla scrivania del professore che mi consegni il modulo rosa da presentare in presidenza, mentre Kolton, dietro di me, avanza piegato in due e chiede il permesso di andare in infermeria.

L'ho preso bene, ma non così tanto. È un attore nato, il bastardo. E ora mi starà aspettando in corridoio per farmela pagare.

Il professor Tunner non mi guarda mentre mi consegna il foglietto, come se non fossi degna nemmeno di un contatto visivo. I miei compagni di classe mormorano insulti che riesco a sentire benissimo, ma li ignoro. Esco dall'aula e mi metto lo zaino in spalla. Miss Price si infurierà quando verrà a sapere quello che è successo e, come se non bastasse, Kolton è a pochi passi da me, perfettamente eretto. Tiene un ginocchio sollevato e la suola della scarpa premuta sul muro immacolato. Mi rivolge un sorriso beffardo, capace di farmi accapponare la pelle. Provo a superarlo, ma so già che stenderà il braccio per bloccarmi il passaggio, così mi fermo prima che possa toccarmi.

«Mi hai picchiato» dice sardonico.

«Lasciami passare» ribatto, la voce ferma e lo sguardo puntato in fondo al corridoio.

Kolton si avvicina al mio orecchio, io rimango rigida come una delle statue di marmo nel vecchio cimitero di Red Oak Manor. Il suo alito caldo mi sfiora la pelle, mi fa contrarre lo stomaco.

«Una volta ti piaceva quando ti toccavo» insinua.

Deglutisco a vuoto, cerco di cancellare dalla memoria il ricordo del nostro primo e unico vero appuntamento, la sua risata limpida, il modo dolce con il quale mi accarezzava la mano al buio, nel cinema dove lavoro il fine settimana... il mio primo bacio. Quel ricordo mi fa sentire stupida e mi mette KO.

«Una volta non eri così viscido». Vorrei che le mie parole uscissero di bocca con la stessa intensità di un tuono, invece sono poco più di un sussurro.

«Ce l'hai ancora con me» mi prende in giro. Si passa l'indice sulle labbra, ora mi è davanti e io non riesco a convincere i miei piedi a muoversi.

«Non ti calcolo neanche».

Afferra una ciocca dei miei capelli e se la rigira sull'indice. Sposto la sua mano con un gesto di stizza.

«Il preside si arrabbierà tantissimo...» Sospira. «A meno che non gli dica che c'è stato un malinteso. Se tu fossi gentile con me, io potrei essere gentile con te».

Sorrido ironica, scuoto la testa, poi lo supero.

«Credo che preferirei marcire all'inferno che essere 'gentile' con te, ma grazie lo stesso». Gli parlo dandogli la schiena e sventolo in aria il mio foglietto rosa, quello che ti spedisce dritta dritta nelle fauci del lupo cattivo.

Apro la porta a vetri della presidenza e il rumore dei miei passi viene attutito dalla moquette chiara della stanza. La segretaria alza appena lo sguardo e sbuffa quando mi vede comparire.

«Cos'è successo, Miss June?» mi domanda, scontrosa.

«Ho dato un pugno al figlio del sindaco». Inutile girarci intorno, inutile tentare di giustificarmi.

La segretaria, di cui non ricordo il nome, si porta due dita alle labbra e trattiene un gemito sorpreso. Si sistema gli occhiali sul naso, afferra la cornetta del telefono con la stessa velocità con la quale chiamerebbe la polizia per denunciare una bomba a scuola.

«Mi scusi se la disturbo, preside. C'è qui Miss June e credo che debba riceverla *subito*».

Mi metto seduta sulle sedie di cortesia davanti alla sua scrivania, senza chiedere il permesso. Il cuore, stranamente, batte a un ritmo regolare. La prima volta che sono entrata qui dentro, un mese dopo il mio arrivo, tremavo come una foglia. Serena mi aveva preso per i capelli e fatto sbattere con la faccia contro una delle porte del bagno. Solo per miracolo non mi ero rotta il naso. Io le avevo strappato un pezzo della camicetta della divisa, nel vano tentativo di difendermi; lei mi aveva riempita di graffi e insulti mentre Bree, la sua amichetta del cuore, tentava di tenermi ferma. E chi era stata mandata di corsa in presidenza? Io! Perché Serena è intoccabile. Serena è la figlia del preside Bowem.

Gli studenti della Hills High School sono autentici demoni. Sono cresciuta in un istituto per ragazzi senza famiglia, eppure la cattiveria, quella vera e senza scrupoli, l'ho conosciuta fra queste mura.

«Il preside la riceverà fra due minuti». Il tono della segretaria è pungente: mi ha già etichettata come colpevole e non ha nessuna intenzione di cambiare idea. Non la guardo più, mi concentro su un vaso nell'angolo della stanza. Contiene una di quelle piante da interni che necessitano di poca luce, poca acqua, che vivono in eterno. Niente le scalfisce, non il passare delle stagioni, non il via vai di studenti all'interno di questo liceo. Stanno semplicemente lì, in un angolo, senza attirare l'attenzione di nessuno.

Vorrei essere come quel ficus. E per la maggior parte del

tempo lo sono, tranne quando Kolton decide di essere così annoiato che gli vado bene pure io, per un diversivo. Stringo le mani a pugno, abbasso lo sguardo sui mocassini, poi liscio una delle pieghe della gonna.

«Può entrare». La punta di soddisfazione che registro nella voce di questa vecchia racchia mi fa rabbrividire.

Mi alzo in piedi e, come se fossi in preda a un maledetto tic nervoso, liscio di nuovo la gonna asciugando i palmi sudati sulla stoffa a quadri. Busso prima di entrare, non sentendo risposta decido comunque di aprire la porta.

Il preside è seduto sul suo trono, i gomiti posati pigramente sul legno scuro della scrivania e gli occhi fissi su di me.

«Buongiorno». Anche se di 'buono' questo giorno non ha proprio nulla.

«A cosa devo l'onore?» Sa già cos'è successo, è evidente. I suoi piccoli occhi mi fanno la radiografia, poi smette di guardarmi del tutto.

«Ho dato un pugno a Kolton McAdam». Rimango in piedi, visto che non mi ha invitata a sedermi.

«Se l'è meritato?» La sua domanda mi spiazza, al punto che apro la bocca e poi la richiudo.

«Mi ha infilato le mani sotto la gonna senza il mio permesso» riesco a dire.

«Si accomodi, signorina June. Lily-Rose, giusto?»

Annuisco.

Il preside tende un braccio, mi fa cenno di sedermi su una delle due sedie imbottite di pelle davanti a lui. Eseguo alla svelta e lo osservo mentre si appoggia allo schienale e sfrega le mani davanti al viso. La sua scrivania non è solo ordinata, è immacolata. Tutta la stanza lo è. Non c'è nemmeno un quadro appeso alle pareti, una pianta, una libreria, una cornice con dentro una foto di famiglia. Solo lui e la sua scrivania sgombra. Il monitor del computer è spento e mi domando dove tenga il telefono. So che ne ha uno. Forse ha dei ripiani sotto il tavolo.

Smetto di pensare a quelle stupidaggini quando si schiarisce la gola. «Il signor Sherman le sta dando un'opportunità immensa permettendole di studiare qui e accollandosi la retta di questa prestigiosa scuola».

Trattengo l'impulso di abbassare lo sguardo, riesco solo ad annuire.

«Perché percuote gli studenti, Miss June?»

«Mi dispiace» mi sento dire. «Kolton ha passato il segno. Io... io...»

«Non balbetti» mi riprende con voce severa, e io deglutisco rumorosamente.

«Sono stanca di essere trattata come se valessi meno di una gomma da masticare appiccicata sotto il banco. Mi presento puntuale tutte le mattine a lezione, la media dei miei voti è eccellente, faccio parte del comitato di matematica, faccio volontariato per la scuola, non do fastidio a nessuno. Voglio solo essere lasciata in pace».

Il signor Bowem si lascia sfuggire un mezzo sorriso. «Però picchia gli studenti della mia scuola... in classe...» Quell'ultimo commento, pronunciato come se ci fosse un doppio senso alle sue parole, mi fa inclinare la testa di lato. Cosa sta cercando di dirmi? Il preside si sporge in avanti, mi guarda come se stesse per rivelarmi un segreto. «Le piacerebbe frequentare il college, Miss June?»

'Il college? Che diavolo c'entra il college?'

Annuisco.

«Bene, allora mi permetta di darle un consiglio: con i suoi voti e una lettera di raccomandazione da parte del sottoscritto potrà frequentare il college che vorrà, con una borsa di studio completa. Ma non se ci saranno 'problemi' con gli studenti di questa scuola davanti a testimoni scomodi. Ogni volta che lei entra in questo ufficio, io sono costretto a inserire il suo nome nel registro dei cattivi. Quindi, la prossima volta che il figlio del sindaco le metterà le mani addosso contro la sua volontà, lei lo rimetta pure al suo posto come meglio crede, ma lontano da occhi indiscreti».

Credo che la mascella mi sia caduta a terra. Sbatto le ciglia e boccheggio come un pesce rosso.

«Non credo di... aver capito...»

«Io invece credo che lei abbia capito benissimo. Ora vada». Mi fa l'occhiolino. «Consideri questo incontro come un ammonimento, un cartellino giallo. Le piace il calcio?»

Faccio 'no' con la testa.

«Peccato, gran bello sport».

La campanella che segna la fine delle lezioni suona nei corridoi e io ritrovo un briciolo di lucidità.

«Arrivederci, Miss June». Mi invita con gli occhi ad andarmene e non me lo faccio ripetere due volte.

«Ehm, grazie».

Il signor Bowem non risponde, materializza un quaderno da non so dove e scarabocchia sul foglio con una penna, anch'essa apparsa per magia.

Mi rimetto lo zaino in spalla, esco di volata dal suo ufficio e rivolgo un sorrisetto alla segretaria. Vorrei dirle che non ho idea di cosa sia successo lì dentro, ma ho vinto io! E non succede mai.

Kolton è nel parcheggio, di fronte all'entrata dell'edificio in mattoni rossi della scuola, appoggiato alla sua auto, circondato dal suo gruppo di tirapiedi, e mi rivolge un ghigno soddisfatto. Pensa che sia nei guai, invece il preside mi ha appena dato il permesso di spaccargli quella sua miserevole faccia.

Cammino alla svelta verso la fermata dell'autobus. Sono in ritardo e inizio a correre quando lo vedo arrivare da lontano. Non farò mai in tempo a raggiungere la fermata. Mi sbraccio come una forsennata, ma l'autista, che a questo punto immagino sia cieco, mi sfreccia davanti e non si ferma.

Sollevo il viso verso il cielo e mi rivolgo direttamente a Dio: «Una volta, potresti essere dalla mia parte?»

Per tutta risposta, gocce di pioggia mi atterrano sulle guance e non so se scoppiare a ridere o a piangere. Recupero l'ombrello dallo zaino e mi sbrigo a raggiungere la mia fermata, sperando che non scoppi un temporale, o la piccola pensilina sarà del tutto inutile contro l'autunno della Pennsylvania.

Controllo gli orari dell'autobus successivo e sbuffo ad alta voce. Perfetto, il prossimo pullman passerà fra quarantacinque minuti e non c'è nemmeno una minuscola superficie piana sulla quale sedermi.

E proprio quando penso che questa giornata non potrebbe peggiorare, l'Audi nuova di zecca di Kolton si ferma davanti a me, dall'altra parte della strada. Sebastian, accanto a lui, se la ride un mondo. Con quel ridicolo taglio di capelli e quello schifosissimo brufolo sul naso, non avrei proprio niente da ridere se fossi in lui.

«Hai perso l'autobus?» mi domanda Kolton con un ghigno.

«No, sto contando le macchine che passano. Una...»

Ignora la mia risposta sarcastica e continua: «Il preside ti ha fatto la festa?»

Perché non mi lascia semplicemente in pace? Rifletto se dirgli la verità, che il signor Bowem, come me, lo ritiene un imbecille e mi ha dato il permesso di schiaffeggiarlo, ma tengo la bocca chiusa.

«Oh, sì. È stato brutale!»

Kolton accentua il sorriso, soddisfatto. «Hai un bel destro, verginella».

Mi mordo le labbra, mando giù l'insulto e distolgo lo sguardo. Per oggi può bastare così. Non posso vincere contro Kolton McAdam, ma oggi ho pareggiato e mi sembra già un miracolo.

Parte con una sgommata che lascia un segno nero sull'asfalto. Quando la sua macchina è lontana, mi lascio sfuggire un lamento dalle labbra. Mi asciugo una lacrima solitaria e mi impongo di rimanere lucida.

Posso sopportare le sue angherie.

Posso sopportare gli sguardi di odio dei miei compagni.

Posso sopportare anche Serena e le sue battute crudeli.

Mi stringo la giacca con lo stemma della scuola intorno al corpo e cerco di proteggermi dalle raffiche di vento, ma il gelo che sento proviene da dentro.

Voglio solo andare a casa, chiudermi nella sala studio e circondarmi delle persone che conosco da tutta la vita. Persino Lisa, che ormai da un po' di tempo non riconosco più, mi manca in questo momento.

Poi ripenso a Jace, non lo avevo fatto per tutto il giorno. Ripenso al calore del suo corpo nello stanzino, ieri sera, e mi domando se alla fine se ne sia andato sul serio.

Dopo essere stata scoperta da lui a fumare al secondo piano, sono corsa nel dormitorio e ho incollato la faccia alla finestra, tremando all'idea di vederlo uscire dal portone principale del maniero con la sua sacca in spalla. Sono rimasta lì per un'ora, ma di lui nessuna traccia.

Ieri sera ho tirato un sospiro di sollievo, ma adesso una piccola parte di me spera di tornare al maniero e scoprire che se n'è andato. Perché posso sopportare davvero tutto, ma i suoi occhi freddi proprio no. La sua indifferenza non la posso gestire, e preferisco saperlo lontano anni luce che sotto il mio stesso tetto, se dobbiamo trattarci come se fossimo trasparenti.

Avrei preferito che non fosse mai tornato.

Capitolo 6

Jace

L'autista del nonno si presenta con la limousine davanti al portone del maniero poco prima dell'una. Tenevo d'occhio il cancello principale dalle prime luci dell'alba.

Nello spazioso abitacolo la temperatura è perfetta: tiepida e confortevole. Non ci vedo più dalla fame, così afferro tre minuscole confezioni di noccioline dal frigobar e le distruggo nel maldestro tentativo di aprirle. Stanotte sono stato più volte sul punto di cedere e mangiare la mela marcia fuori dalla mia stanza. Quando ho aperto la porta, stamattina, il vassoio era sparito e i morsi della fame sono peggiorati.

«Dove la porto?» mi domanda l'autista. Non riesco a rispondere perché ho la bocca piena di noccioline salate, così mastico in fretta e deglutisco un boccone mastodontico.

«Nel primo *fast food* che trovi». Allungo una mano e chiudo il vetro che ci separa, rimanendo immerso nella semioscurità.

Il cielo è carico di pioggia, nessuna traccia del sole neanche oggi. Mi verso dell'acqua in uno degli elaborati bicchieri di cristallo di mio nonno e mi affloscio sui comodi sedili dell'auto. Il mio stomaco non è soddisfatto, ma quantomeno non mi sento più svenire. Quindici minuti dopo, l'autista si ferma davanti a una paninoteca. Immagino non ci sia un fottuto McDonald's in questo buco di cittadina.

«Torno fra poco» lo informo.

Spalanco con entrambe le mani le porte a battente della

paninoteca e, una volta raggiunto il bancone, ordino quattro panini diversi, due me li faccio incartare. La maionese ha un gusto divino per le mie papille gustative, persino l'insalata nel panino al tacchino è sublime. Prendo nota mentalmente di trovare un supermercato, prima di tornare all'orfanotrofio, e fare rifornimento di cibo, shampoo, bagnoschiuma. Qualsiasi cosa sulla quale riuscirò a mettere le mani per la mia sopravvivenza.

E mi serve un cellulare nuovo. E una chiavetta per potermi connettere a Internet senza dover uscire dalla mia stanza e rischiare di incrociare di nuovo June in quella che chiamano 'sala studio', ma che in realtà è una stanza priva di finestre, con i muri ingialliti e una serie di buchi senza senso alle pareti.

Finisco di pranzare e mi faccio scorrazzare dall'autista da un negozio all'altro. Le persone per strada mi guardano con curiosità. Probabilmente hanno riconosciuto la limousine di mio nonno, non fosse altro per la targa personalizzata che riporta il suo cognome per intero: 'SHERMAN'. Bastardo megalomane.

Quando scendo dall'auto, prima mi guardano, poi abbassano gli occhi e fingono di fare altro. Sono abituato agli sguardi reverenziali che rivolgono a lui, ma mi stupisce che lo facciano anche con me.

Finisco i miei acquisti e, dopo aver comprato un borsone per metterci tutto dentro, anche se riluttante, informo l'autista che possiamo tornare al maniero. Lasciamo la civiltà e ci immettiamo nella strada che taglia a metà il Red Oak Park. L'asfalto, ora, è bagnato di pioggia e raffiche di vento fanno svolazzare in aria le foglie secche, che si vanno a schiantare contro i finestrini oscurati. Ho la sensazione che le querce mi inghiottiscano a ogni metro, che scandiscano il tempo che mi separa dalla desolazione nella quale sto per rinchiudermi. L'autista rallenta dietro un autobus e mi rilasso per qualche altro minuto. Intravedo il maniero in cima alla collina, poi ci fermiamo in coda. Guardo distratto la persona che scende a pochi metri di distanza dal cancello in ferro battuto dell'istituto, solo per sgranare gli occhi qualche secondo dopo, rendendomi conto che si tratta di June.

La superiamo e il suo sguardo si fissa sul vetro della limousine. Lei non può vedere me, mentre io mi riempio gli occhi di lei. Della sua camminata goffa – suppongo dovuta al peso dello zaino sulle spalle esili –, dei mocassini blu, dei calzettoni bianchi fino al ginocchio, della stessa gonna a quadri con la quale l'ho vista ieri, della giacca con uno stemma rosso sul taschino di sinistra, dei suoi capelli biondo miele che arrivano appena sotto le spalle, della riga in mezzo, e dei suoi occhi. Quelli mi sembra che abbiano i raggi a infrarossi e possano scoprirmi a fissarla. Litiga con il suo ombrello mentre la limousine prosegue.

L'autista si ferma davanti al cancello e scende, June ci passa accanto, saluta educatamente il ragazzo con la divisa che sta spalancando l'entrata, per poi iniziare la ripida salita fino al maniero.

«Vuole che diamo un passaggio alla ragazza?» mi domanda l'autista tramite l'interfono, una volta risalito sulla limousine.

Premo il pulsante, ma non rispondo subito. I pensieri si affollano nella mia testa. Mi dispiace farla camminare sotto la pioggia fino al maniero, ma non posso farla salire. È fuori discussione.

«No» dico dopo qualche secondo di silenzio. Poi gli faccio una domanda: «Al liceo di Red Oak Town è prevista la divisa?» Sono certo che il mio tono risulti indifferente, mentre sento il cuore accelerare nel petto.

«No, signore. Credo che la ragazza frequenti la Hills High School. È un liceo privato nella zona di Golden Hills».

Scuola privata. E come diavolo può permettersi la retta?

Non faccio altre domande, raccolgo il cellulare mezzo rotto e lo infilo in tasca. Poi aspetto che l'autista scarichi la mia borsa e venga ad aprirmi la porta con l'ombrello. Mi scorta fino all'entrata e quando ci arrivo non so bene cosa fare. Non vedo un campanello e trovo ridicolo dovermi annunciare usando il battiporta – un'orribile testa di leone in ottone con una maniglia circondata da serpenti – come se appartenessimo a un'altra epoca. L'ingresso, senza che abbia fatto niente, si spalanca e mi ritrovo Miss Maribel davanti.

«Ciao» mi saluta, poi rimane per qualche secondo a fissare

l'autista di mio nonno alle mie spalle, con la borsa in una mano e l'ombrello nell'altra.

Le rivolgo un cenno con il mento.

«Per caso hai incrociato June?»

«Chi?» domando.

Miss Maribel scuote la testa come a volersi dare della scema da sola per aver dato per scontato che sapessi chi è June. «È una ragazza che vive qui al maniero. Di solito a quest'ora è già qui». Guarda oltre le mie spalle, non mi sfugge lo sguardo preoccupato sul viso.

«Abbiamo incrociato una ragazza con un'orribile divisa, salendo» confermo, poi mi volto verso l'autista e recupero la mia borsa stracolma di cibo spazzatura che andrà a male nelle prossime settimane. Mi allontano alla svelta, prima che Miss Maribel possa aggiungere altro. Prima di dover incrociare June.

Salgo al piano di sopra usando la scala di servizio e vengo bloccato da Lisa.

«Ciao, Jace» mi saluta con un tono di voce che non si addice alla sua età. I suoi lunghi capelli scuri sono acconciati in una treccia laterale. Sbatte le palpebre in modo esagerato. «Ti sei divertito in paese?» pigola.

«Molto» ribatto con una certa urgenza. Devo far sparire la valigia nella mia stanza, prima che la vecchia stronza mi veda. Non credo sarebbe felice di sapere che ho scorte di cibo per le prossime due settimane.

Lisa non molla, mi sta alle calcagna. Le assi di legno, sotto i miei piedi, scricchiolano a ogni gradino. Entro nella mia stanza, ma non faccio in tempo a richiudermi la porta alle spalle: Lisa si autoinvita. Si guarda intorno, sfiora una parete con la punta del dito, per poi sollevare le mani e aggrapparsi a una delle travi basse.

«Cos'hai comprato?» domanda, indicando con il mento la mia grossa borsa.

«Un po' di roba» taglio corto. Mi siedo sul letto e incrocio le braccia al petto. Cosa diavolo vuole da me? «Cosa posso fare per te? Lisa, giusto?»

I suoi occhi scintillano, credo stia per mettersi a saltellare dalla gioia perché mi sono ricordato il suo nome. È proprio una bambina.

Lisa si avvicina di un paio di passi. «Fa caldo qui dentro, non trovi?»

Prima che possa risponderle che, no, non fa caldo proprio per un cazzo in questo vecchio edificio pieno di spifferi, si toglie la felpa e rimane con indosso una canottiera dalle bretelle sottili e il reggiseno in bella mostra.

«Cosa cavolo pensi di fare?» Uso un tono scortese con l'unico intento di mortificarla. Davvero pensa che sia interessato? È così che funziona qui dentro? Le ragazze entrano in camera dei ragazzi e si spogliano?

Il pensiero di June che entra nella mia stanza e si spoglia mi fa seccare la gola. Lei non lo farebbe mai. La timida June non sarebbe così audace. O almeno credo.

«Quello che vuoi...» Lisa inclina la testa di lato e io ricambio con una risatina perfida.

«Quanti anni hai, Lisa? Undici? Dodici?»

Stavolta riesco nel mio intento di offenderla, perde il sorriso da donna vissuta e mi sfida portandosi le mani alla vita. «Quindici» dice, ma sono abbastanza sicuro che stia mentendo.

Il suo corpo potrebbe farla passare per un'adolescente, ma il suo viso no. È una bambina e se ne deve andare.

«Quindici...» Faccio finta di pensarci su. «Sai, Lisa, niente di personale, ma mi piacciono le donne più grandi. *Molto* più grandi. Non perdo tempo con le ragazzine». Penso di averle appena dato il colpo di grazia, ma lei non si arrende. Elimina la distanza fra di noi e mi ritrovo con le labbra a pochi centimetri dalla sua pancia.

«Magari cambi idea».

C'è qualcosa di estremamente malvagio e sbagliato nel modo in cui tenta di approcciarsi a me. La spingo via delicatamente e mi alzo in piedi. Raggiungo la porta, che è rimasta aperta, e le faccio capire senza tante cerimonie che deve andarsene.

«Non sono interessato» aggiungo quando mi rendo conto che non ha alcuna intenzione di mollarmi.

Lisa sorride, non è scocciata, non sembra importarle del mio rifiuto.

«Non hai mangiato niente, ieri sera» dice avvicinandosi alla porta.

«Non avevo fame».

«Ho dovuto buttare tutto di nascosto. Mi sono presa un bel rischio per te».

«Sei stata tu a portarmi da mangiare?»

Lisa mi guarda sorpresa. «Certo. Chi pensavi fosse stato? Sono l'unica con cui hai parlato da quando sei arrivato».

Già... l'unica...

«Pensavo... a una delle tutrici».

Lisa scoppia a ridere. «Sei davvero ingenuo, Jace Sherman».

«Non sono uno Sherman» preciso. Non aggiungo altro, non mi interessa spiegarle la mia vita o illustrarle il mio albero genealogico.

«Oh!» esclama lei. «Okay. Verrai a cena, stasera?»

«No».

«Allora ti porterò qualcosa da mangiare. Ruberò il pane a June, tanto *quella* non mangia mai niente». Il tono aspro che usa riferendosi a June mi infastidisce più della sua invadenza. Prima che possa capire le sue intenzioni si mette in punta di piedi e mi schiocca un bacio sulla guancia che mi lascia di stucco. «A stasera». Ammicca e scende di corsa le scale.

Rimango finalmente da solo.

Mi guardo intorno, raggiungo la finestra. Mi affaccio in tempo per vedere June trascinare i piedi fino all'entrata del maniero. Il suo ombrello pende da una parte, come se una o più stecche si fossero rotte. La osservo in silenzio finché non è troppo vicina all'entrata e l'angolazione non mi permette di vedere oltre. Chiudo gli occhi per un istante, riempio i polmoni d'aria, scaccio il pensiero di lei dalla testa.

Svuoto il contenuto del borsone sul letto e una quantità indecente di pacchetti di patatine e merendine si riversa sul materasso. Non posso lasciare questa roba in giro. Rimetto ogni cosa dentro la borsa, tranne un sacchetto di mini-triangoli di mais al gusto *chili*, e chiudo la cerniera con un lucchetto. Poi nascondo il tutto nell'armadio.

Mi butto sul letto e mi copro il viso con un braccio. Sono qui da quarantotto interminabili ore. Come diavolo ci arrivo sano di mente a Natale?

Scendo al primo piano a farmi una doccia quando sono sicuro che non ci sia nessuno. Odio questi cubicoli e la mancanza di privacy. E la maledetta acqua non esce mai calda, così mi sbrigo a lavarmi i capelli e, infreddolito, mi asciugo e rivesto a tempo record. Quando ho finito, non è ancora ritornato nessuno dalla cena e, visto che il primo piano è deserto, decido di dare un'occhiata in giro.

Questo posto è una specie di labirinto. Mi avvicino a quello che ho capito essere il dormitorio delle ragazze e, complice la porta socchiusa, sbircio all'interno. Conto quindici letti, alcuni rifatti alla buona, ognuno con un comodino di legno dozzinale sulla sinistra e una lampadina sopra. Osservo le brande e una in particolare attira la mia attenzione. Attaccati al muro, sopra il comodino, accanto alla finestra, ci sono dei disegni colorati, ma non capisco di cosa si tratti da questa distanza. Faccio un paio di passi avanti e mi avvicino ai fogli: sono libellule, ognuna di un colore diverso, e sono state dipinte con gli acquarelli. Una in particolare richiama la mia attenzione. Le ali sono verdi e blu, i colori si fondono creando delle sfumature pazzesche. Una delle due antenne della libellula è più corta dell'altra.

Me ne vado alla svelta, sperando di non essere visto a girovagare per i corridoi, e torno in camera mia.

Pochi minuti dopo sono seduto per terra, con la schiena contro la parete, a scambiare messaggi con Franz, quando un fascio di luce illumina per una frazione di secondo il pavimento della mia stanza. Qualcuno passa davanti alla mia porta e la supera.

June...

Cerco di convincere i miei piedi a rimanere fermi, ma non funziona. E mentre il mio cervello mi ricorda di lasciar perdere, di continuare a ignorarla, sto già camminando lungo il corridoio.

Apro la porta dello sgabuzzino e, proprio come ieri sera, June fa un salto per lo spavento. La sua testolina bionda è nascosta sotto il cappuccio della felpa e la fiammella della sigaretta brilla al buio.

Mi studia, la guardo. Non dico niente, semplicemente entro in quello spazio angusto e mi appoggio alla parete opposta, poi recupero il mio pacchetto di sigarette.

La sento sbuffare mentre volute di fumo le escono dal naso e dalla bocca, per poi volare via oltre il lucernario aperto.

«Non puoi fumare in camera tua?» mi domanda, scocciata.

«No» ribatto accendendo la mia Marlboro.

«Be', allora dovrai trovarti un altro posto, perché questo è il mio».

«Non mi pare di aver letto un cartello con il tuo nome sopra».

Me la immagino mentre alza gli occhi al cielo. Stasera c'è una falce di luna, ma non è sufficiente a illuminarle del tutto il viso.

«Ti infastidisco» commento.

June si porta il filtro alle labbra con una lentezza snervante e riconosco l'ombra di un sorriso su quella bocca bellissima.

«Molto» conferma. «Pensavo te ne fossi andato. Che c'è, non sei riuscito a trovare l'uscita? Hai bisogno di una mappa?»

Il suo tono acido mi fa sorridere, al punto che inizio a ridacchiare. «Ti ha punto una tarantola?»

June spegne la sigaretta e io... non voglio che se ne vada. Sono stato in silenzio per tutto il pomeriggio, solo come un cane. Mi convinco che è soltanto un po' di contatto umano che bramo, che lei o un'altra sarebbe uguale. Me ne convinco al punto che finisco per crederci, mi ripeto che non me ne frega un cazzo di questa stupida ragazzina. Io e lei siamo distanti anni luce, viviamo in due universi paralleli. Mi annoio e ho voglia di tormentarla un po', ecco tutto.

«Non mi ha punto niente!» June si tira giù il cappuccio e si sistema i capelli. «Trovati un altro posto per fumare. A non rivederci mai più, Jace Campbell» dice mentre apre la porta. Il rumore di passi sulle scale, però, la fa pietrificare e sono abbastanza veloce da tirarla indietro e richiudere la porta.

«Oddio!» esclama.

«Sarà Lisa» sussurro.

La testa di June scatta nella mia direzione e non mi serve la luce per leggerle in faccia tutto il suo disappunto. «Lisa?»

«Credo mi stia portando la cena». Faccio spallucce e aspetto che quell'informazione venga registrata dal suo cervello.

«Stalle alla larga. È una bambina» mi avverte. Io roteo gli occhi.

Siamo estremamente vicini, tanto che respiro l'odore di shampoo alla rosa nei suoi capelli e una punta di tabacco sui vestiti.

«Pensi che mi interessi Lisa? Ti prego» la prendo in giro.

I passi si avvicinano e June trattiene il fiato. «Merda! Se mi beccano...» sussurra.

L'afferro per un braccio e la nascondo dietro la mia schiena: se qualcuno aprirà la porta, non riuscirà a vederla. «Shhh» mormoro.

Poggio l'orecchio contro la superficie liscia del legno, i passi si fanno sempre più vicini e il cuore di June batte così forte che ho l'impressione di sentirne il rimbombo nelle mie orecchie.

Si aggrappa con le mani alla mia felpa e posa la fronte sulla mia schiena. Trema dalla testa ai piedi e io con lei, a quel contatto. Chiunque stesse girando al secondo piano si arrende e scende le scale.

«Adesso puoi lasciarmi la felpa» le dico. «Cosa cazzo vi fanno in questo posto per terrorizzarvi così?»

«Niente! Ma potrebbero uccidermi se mi trovassero qui dentro, al buio, con te! Ti devi trovare un altro posto per fumare».

«Mi piace questo».

«Sei insopportabile!»

«E tu egoista». Afferro altre due sigarette dal mio pacchetto. «Tieni, va'. Mi sa che ne hai bisogno».

June esita, poi sfiora le mie dita e prende la cicca che le sto offrendo.

«Non fumo mai due sigarette al giorno» mi informa rigirandosi la Marlboro fra le dita. «Israel tiene il mio pacchetto in camera sua, così non sono tentata di fumare troppo».

«È il tuo ragazzo, questo Israel?» La domanda mi sfugge dalle labbra. Prego che la punta di fastidio nella mia voce l'abbia sentita solo io. Perché lei non ha nessun ruolo nella mia vita. Perché mi piaceva da matti quando ero un ragazzino, ma ora mi è del tutto indifferente...

June ridacchia. «No, è un mio amico. Un amico leale». Il tono che usa per parlare di questo tizio è dolce e mi infastidisco ancora di più. «È il ragazzo con i capelli ossigenati e le cuffie perennemente in testa. Non l'hai visto?»

«Non ho visto nessuno». Aspiro una boccata di nicotina e lascio andare il fumo lentamente.

«Giusto! Perché sei troppo speciale per mischiarti con noi». Non è una domanda, è un'accusa.

«Perché non mi interessa conoscere nessuno».

«Forse dovresti darci una possibilità» butta lì. «Ho sentito dire che tuo nonno tornerà a prenderti a Natale. Insomma, non vorrai fare l'eremita fino ad allora...»

«Sì, be', staremo a vedere» ribatto.

Finiamo la seconda sigaretta e so che il nostro tempo insieme è scaduto. Non che mi interessi.

«Se dovessi cambiare idea... noi... ehm... quando Miss Price è via, andiamo giù al cimitero. Le tutrici chiudono un occhio e noi accendiamo un po' di candele e stiamo lì».

«Al cimitero?» Non so se ridere o rabbrividire. «E cosa fate, sedute spiritiche?»

«Sì... ogni tanto. Il sabato sera». Il suo tono è terribilmente serio e inarco entrambe le sopracciglia. «Ma non più così tante da quando Dylan, qualche mese fa, ha risvegliato lo spirito di Dorothy».

Mi sta prendendo per il culo.

«Dorothy?!» sto al gioco. Se pensa di spaventarmi, ha sbagliato soggetto.

«Sì. Ma meglio non parlarne, potrebbe sentirci».

Scoppio a ridere. «Che stronzate».

June posa una mano sul mio petto e mi spinge con la schiena contro il muro. «Mai. Prendersi. Gioco. Dei. Morti». Il suo tono gelido mi fa irrigidire. Razionalmente so che sta bluffando, ma i suoi occhi verdissimi, adesso, complice la striscia di luce che proviene dal piccolo lucernario, mi fanno trattenere il fiato.

«Sentiamo, cos'è successo a Dorothy?»

«Non posso parlarne. Okay, se insisti... Non siamo riusciti a chiudere il cerchio e adesso la sua piccola anima vaga per i corridoi del maniero. È pericolosa».

«*Piccola* anima?»

«Aveva solo due anni quando è morta. Anzi, quando *pensavano* che fosse morta. Si è ammalata di tubercolosi e l'hanno seppellita... viva». La voce di June è ferma, a me viene la pelle d'oca dietro la nuca.

'Che stronza!'

«Smettila». Vorrei che le parole uscissero di bocca più decise, invece assomigliano a un rantolo terrorizzato. I fantasmi mi fanno orrore. Tutto ciò che riguarda i morti mi mette ansia.

«Una delle tutrici dell'orfanotrofio sognò la piccola Dorothy che urlava terrorizzata e costrinse il custode a disseppellirla. L'hanno trovata con i capelli dritti, gli occhi di fuori e...»

«Okay, basta così!» la interrompo, e June non riesce a trattenere la risata. «Sei perfida! E bugiarda».

«Non sono bugiarda» protesta, ma non riesce a nascondere un sorriso compiaciuto che mi fa venire voglia di baciarla. Cioè no, non di baciarla *baciarla.* «Se non mi credi, vieni al cimitero sabato. La tomba di Dorothy è quella con la lapide a forma di angelo. Un po' in disparte rispetto alle altre, dove la collina inizia a scendere. Dylan cercherà di riportare finalmente l'anima nel suo corpo, per lasciare che riposi in pace. Più che altro spera che lasci in pace noi. Il piccolo Landon, la settimana scorsa, ha giurato e spergiurato di averla vista giocare nella *nursery* con una delle vecchie bambole».

«Siete tutti matti» mi lascio sfuggire.

June fa spallucce. «Per caso hai paura? Perché non devi preoccuparti, non è mai salita qui in mansarda. Non che io sappia, almeno». Si porta un dito alle labbra e io rimango a fissargliele.

«Non ho paura!» dichiaro.

«Meglio così». Tira di nuovo su il cappuccio e avvolge i mozziconi di sigaretta in un tovagliolo. «Adesso devo proprio andare».

Quelle stupide quattro parole hanno il potere di farmi tremare la terra sotto i piedi. Lei le pronuncia e io sono di nuovo il ragazzino solitario che l'aspetta con il cuore in gola nella vecchia biblioteca del maniero. Il mondo non fa ancora del tutto schifo e lei è l'unica che sembra aver voglia di passare un po' di tempo con me. L'unica alla quale piace ascoltarmi suonare il pianoforte. Solo che lei non è più *lei.* Proprio come non è rimasto niente del vecchio Jace. June non è più un fringuello di ragazzina che nascondeva le mani dietro la schiena per l'imbarazzo. È tosta e, che io sia maledetto... ho davvero voglia di baciarla. Questo pensiero mi fa incazzare ed eccitare allo stesso tempo.

Faccio un passo indietro, spaventato dal filo illogico dei miei pensieri. Venire a cercarla è stato uno sbaglio.

«Fammi controllare che non ci sia nessuno» mi sento dire, e l'istinto di protezione che provo nei suoi confronti è spaventoso tanto quanto l'idea di lasciarla avvicinare troppo. Apro la porta quel tanto che basta a sbirciare fuori.

«Accendi questa». June mi passa una piccola torcia e noto sul pavimento un vassoio con qualcosa dentro, davanti alla mia stanza.

«Ci sarà anche Lisa, sabato sera?» chiedo mentre usciamo allo scoperto.

Quando mi volto a guardarla, puntandole la luce in faccia, la sua espressione è cambiata. È contrariata.

«Sì» risponde a mezza bocca.

Sto per dirle che ha frainteso la mia domanda, che avrei preferito che mi dicesse che non è autorizzata a partecipare alle loro patetiche sedute spiritiche, invece il suo fastidio mi spinge a fare esattamente il contrario. Ho tutte le intenzioni di vendicarmi per la storia della bambina fantasma. E per essere entrata senza permesso nei miei pensieri.

«Ha davvero quindici anni?» le domando come se fossi interessato alla risposta.

«Ne ha tredici!» June mi supera con una spallata e le afferro il polso per poi strattonarla all'indietro.

«È carina» la provoco, guardandola in faccia, e lei si morde le labbra per trattenere una risposta al vetriolo.

«E allora?»

Sollevo una spalla, trattengo il sorriso. «Ha un ragazzo?»

«Quale parte di 'ha tredici anni' non ti è chiara? Certo che non ha un ragazzo, è una bambina!»

«Be', prima, in camera mia, quando si è spogliata, non sembrava affatto una 'bambina'».

June sembra sul punto di vomitare. Si riprende la sua torcia con un gesto di stizza e si libera dalla mia presa.

«Allora? Posso ancora venire sabato sera?» domando camminandole dietro. Si ferma solo quando arriva ai piedi della scala.

«Fai come vuoi» ribatte infuriata.

«Non vedo l'ora» rispondo con troppa enfasi, solo per il gusto di innervosirla. «Buonanotte, June».

«Buonanotte!»

Cazzo, è gelosa!

E con questo stupido pensiero che fa traballare la mia già scarsa forza di volontà, mi trascino in camera mia, ignorando il vassoio per terra, e balzo sul letto. Stendo i piedi sul materasso e scalcio via le scarpe. Poi sistemo il PC sulle cosce e faccio partire un film fra quelli che ho nella libreria.

Mi addormento ripensando alla storia assurda della bambina fantasma, alla voce seria di June mentre raccontava quella stupida bugia, alla sua espressione contrariata quando le ho chiesto di Lisa, alla sua bellissima bocca.

Mi addormento e so che non posso permettermi di abbassare la guardia.

Capitolo 7

June

La divisa del Red Oak Multiplex, il cinema nel quale lavoro il fine settimana, è quanto di più orribile si possa mai immaginare di indossare. La camicetta giallo pallido mi dà un'aria cagionevole e patita, mentre la cravatta arancione, abbinata ai pantaloni larghi e flosci dello stesso colore, mi fa somigliare a una papera. Ma il vero tocco di classe è il cappellino: sembra uno di quelli da imbianchino che si fanno con la carta del giornale e mi cade dalla testa ogni volta che la muovo. Non sono una che guarda i vestiti o che si preoccupa del suo aspetto fisico, ma questa uniforme è troppo anche per una disinteressata alla moda come me.

È stato un pomeriggio tranquillo, visto che non è uscita nemmeno una pellicola nuova questa settimana, così mi rilasso dietro il bancone del bar. Sorseggio la mia Fanta senza farmi vedere, aspettando che le programmazioni del tardo pomeriggio finiscano per potermene tornare a casa.

Un gruppo di ragazzi entra dalle porte girevoli e riconosco subito Kolton McAdam e il suo branco di deficienti al seguito. Mi sposto di mezzo metro, così che la macchina dei popcorn mi nasconda parzialmente alla loro vista.

Di solito non si avvicinano al bar della biglietteria, si dirigono nella sala giochi e ci rimangono per tutta la sera.

Di solito riesco a uscire dal multiplex senza essere vista e raggiungo il vecchio pulmino sgangherato dell'istituto passando inosservata.

Ma non stasera.

Stasera Serena Bowem fissa su di me i suoi ridicoli occhi viola – effetto orribile delle lenti a contatto colorate che si ostina a indossare – e mi raggiunge a grandi falcate, seguita dalle sue amiche serpi. La macchina dei popcorn non è abbastanza grande per coprirmi e sono comunque da sola, quindi dovrò affrontarla. Non si è presentata a scuola per tutta la settimana, ma dalla sua camminata arrogante capisco che le sono stati riferiti i battibecchi fra me e il suo ragazzo imbecille. Martedì, per colpa di Kolton, sono finita dal preside. Mercoledì ha ridotto a brandelli il mio libro di letteratura e la professoressa mi ha messo una nota. Giovedì sono stata punita durante l'ora di educazione fisica e ho dovuto correre mezzo miglio sotto la pioggia, e ieri lo stronzo ha provato a baciarmi. Da come Serena sputa fumo dalle narici sospetto che sia quello il motivo della sua ira funesta. Ira che sta per esplodermi in faccia senza possibilità di ritorno.

«Sfigata!» mi insulta a gran voce, quando le manca ancora una decina di metri per raggiungermi. Una famiglia, al distributore di caramelle gommose, guarda prima lei e poi me. Mi scuso con un sorriso che spero risulti sincero.

Serena, adesso, è davanti a me, posa i palmi aperti sul bancone e si sporge in avanti. «Come ti è venuto in mente di baciare il mio ragazzo? Non ti è bastata la lezione dell'anno scorso?»

Fino a qualche tempo fa avrei abbassato gli occhi e le avrei chiesto scusa. Oggi ne ho abbastanza.

«Il tuo ragazzo dovrebbe imparare a tenere la *sua* lingua nella *sua* bocca, invece di cercare in continuazione di infilarla nella *mia*». La sfido con gli occhi, con le parole, con tutto il corpo.

Cosa diavolo vuole da me? Un anno fa Kolton McAdam mi aveva fatto credere di essersi preso una cotta per me, mentre Serena si comportava come se fossimo migliori amiche. Ero stata vittima di una delle scommesse più cliché nella storia delle scommesse cliché, e avevo perso solo io. Avevano finto di lasciarsi e lui si era interessato a me, con l'unico intento di portarmi a letto. Quando non ci era riuscito, infuriato per aver perso la scommessa, aveva iniziato a chiamarmi 'la verginella di Red Oak Manor'. Il soprannome aveva preso subito piede fra i corridoi della Hills High School e anche quei pochi studenti che mi rivolgevano la parola avevano smesso di farlo. Perché nessuno si mette contro Kolton McAdam e Serena Bowem. Quando si sono trovati a dover scegliere fra me e loro, be', non c'è stata partita.

E ora Serena mi fissa come se volesse cavarmi gli occhi a mani nude. Allunga un braccio e cerca di colpirmi in faccia con uno schiaffo. Non so come, riesco ad allontanarmi in tempo ma rimango sconvolta dalla sua furia, dalla cattiveria che le leggo sul viso.

Non posso credere che abbia cercato di picchiarmi davanti a tutti, sta chiaramente perdendo la testa. E non la capisco. Lei ha tutto quello che si potrebbe mai desiderare dalla vita: due genitori presenti, una vita agiata, un viso d'angelo e un corpo da copertina. Perché diavolo mi odia tanto? Il suo ragazzo la ama infinitamente, al punto che mi ha fatto terra bruciata intorno. Mentre io non ho niente.

«Sei impazzita?» le urlo addosso, ancora sotto shock per il suo maldestro tentativo di colpirmi. Mi porto una mano sulla guancia, come se lo schiaffo me lo avesse dato davvero, perché, giuro su Dio, riesco a sentire il bruciore delle sue cinque dita. Mi va a fuoco il viso dalla rabbia, dalla frustrazione che provo nei suoi confronti.

«Te lo devi mettere in testa una volta per tutte, *sfigata*, Kolton ti odia e gli fai schifo». Si sporge di nuovo sul bancone e stavolta riesce ad afferrarmi un braccio, trascinandomi in avanti con una forza che mi coglie di sorpresa. Nel tentativo di liberarmi urto contro la macchina dei popcorn e lo schianto della mia faccia che va a sbattere contro lo spigolo di vetro fa sussultare una delle sue amiche, mentre io sento un rivolo di sangue colarmi dalla tempia e scendere fino alla mascella.

Non mi importa delle conseguenze, stavolta combatterò. Stavolta le farò capire che io, al contrario di lei, non ho niente da perdere. Sono cresciuta in un istituto per ragazzi abbandonati, davvero crede che non sia in grado di difendermi? O, peggio, pensa di farmi paura?

L'afferro per i suoi stupidi capelli biondi sempre curati e la trascino in avanti finché non è piegata con tutto il busto sul bancone del bar. Qualcuno mi acchiappa da dietro prima che possa farle male sul serio e mi ritrovo a scalciare in aria.

«Mollami!» grido senza sapere a chi mi sto rivolgendo.

Serena si solleva tenendosi la testa. Kolton è dietro di lei.

«Lasciami!» grido di nuovo.

«Datti una calmata, cazzo!» sbraita una voce maschile, e capisco che si tratta di Stephen, un ragazzo che abitava a Red Oak Manor fino a qualche tempo fa. Quando ha compiuto diciotto anni, come tutti, è stato costretto a lasciare l'istituto. Mi mette giù e mi afferra per le spalle, così che possa guardarlo in faccia. Ho gli occhi pieni di lacrime e sento la tempia che pulsa all'impazzata.

«Quella stronza mi ha picchiato!» urla Serena alle mie spalle, e le voci intorno a me diventano assordanti.

«Ha cominciato lei» sussurro guardando Stephen negli occhi. Lui un po' mi conosce, sa che sto dicendo la verità. Sa cosa significa essere oggetto di insulti da parte dei figli di papà di Red Oak Town. A questo punto non trattengo più le lacrime e l'umiliazione mi striscia fin dentro le ossa.

«Sei una selvaggia del cazzo! Sfigata!» urla qualcun altro.

«Non ti muovere» mi dice Stephen. Poi mi passa una manciata di fazzoletti. «Metti questi sulla tempia. *Tutti fuori!*» tuona.

Volto la testa di un paio di centimetri per capire cosa stia succedendo. Stephen, che indossa la divisa della sicurezza del multiplex, sta cacciando dalla sala i miei compagni di scuola. Non sapevo avesse ripreso il suo lavoro qui al cinema. Qualche mese fa si era licenziato, era così emozionato all'idea di cambiare aria.

Serena continua a imprecare, dicendo che mi farà sbattere fuori da scuola. I miei occhi umidi, però, si piantano in quelli di Kolton, che sembra sul punto di svenire. Apre la bocca, poi la richiude. Continua a guardarmi finché non è costretto a uscire dal cinema. Spero percepisca senza ombra di dubbio tutto l'odio che provo per lui.

È stato lui a baciare me, a provarci, almeno, prima di beccarsi una ginocchiata all'inguine. Mi ha braccata negli spogliatoi delle ragazze alla fine dell'ora di educazione fisica e, dopo un discorso patetico senza né capo né coda, nel quale continuava a ripetere di sapere che ero ancora innamorata di lui, ha provato a baciarmi. E io l'ho respinto.

E adesso mi guarda con un'espressione da cane bastonato che mi fa infuriare ancora di più.

Stephen torna dopo pochi minuti e impreca sottovoce. «Che diavolo è successo?»

È calato il silenzio intorno a noi. Le poche famiglie che hanno assistito al teatrino di quella strega di Serena si sono allontanate e mancano ancora dieci minuti alla fine degli spettacoli.

«Non è stata colpa mia, te lo giuro! Ti prego, non dirlo al direttore. Mi licenzierà». Nessuno più di lui sa che questi lavoretti sono per noi orfani l'unica parvenza di normalità, a cui ci aggrappiamo con le unghie e con i denti. Che quei soldi ci servono perché non abbiamo dei genitori che si prendono cura di noi e la paghetta che ci danno all'istituto basta appena per un pacchetto di sigarette. Che a fine mese, quando ci consegnano lo stipendio, ci sentiamo ricchi e indipendenti.

«Ehi, so che significa e certo che non ti farò licenziare, ma, porca puttana, June! Quella è la figlia del *tuo* preside e da sempre i figli di papà si divertono così, lo sai».

«Che cosa avrei dovuto fare? Lasciarmi picchiare e porgere l'altra guancia?»

«Certo che no, noi di Red Oak Manor ci facciamo sempre rispettare, ma la prossima volta fatti furba e non farlo davanti a tutti quei testimoni!»

«Sei la seconda persona che me lo dice questa settimana» sbuffo.

Stephen mi sorride poi fissa la mia ferita e i fazzoletti intrisi di sangue.

«Credevo fossi andato via da Red Oak Town» dico mentre li sostituisce con degli altri puliti.

«L'ennesimo buco nell'acqua. Ma prima o poi riuscirò ad andarmene per davvero da qui, già la settimana prossima ho un colloquio per un posto da magazziniere nel New Jersey. Sento che è la volta buona. Adesso però vatti a dare una pulita in bagno. È già arrivata Jenna per il turno serale, vai via prima, ti copro io».

«Grazie Stephen». Per un secondo penso di abbracciarlo, ma sarebbe strano, perché lui adesso è 'grande' e non credo gli farebbe piacere il mio slancio d'affetto. Non è più come quando abitava all'istituto e si divertiva a farmi gli scherzi con gli altri tre scapestrati della NASA ma subito dopo mi regalava le caramelle per farsi perdonare. «In bocca al lupo per il tuo nuovo lavoro».

«Crepi il lupo e tutti i fottuti figli di papà di Red Oak Town».

Annuisco e mi allontano, tenendo gli occhi fissi sul pavimento. Quando vado a cambiarmi incrocio Jenna che guarda la mia mano premuta sulla tempia, fissa inorridita il sangue che sento essermi colato sulla guancia, ma non fa domande. Esce dallo stanzino e mi lascia sola.

Mi pianto davanti allo specchio e scopro la ferita. Alcuni pezzi di carta rimangono attaccati al taglio. Mi pulisco il viso, le mani, cerco di lavare via il sangue, ma continua a sgorgare dalla pelle aperta.

Perfetto! E adesso che diavolo dico a Miss Maribel, che sarà di sicuro già davanti alla porta di servizio sul retro ad aspettarmi per riportarmi al maniero?

Afferro altri fazzoletti di carta e cerco di tamponare il sangue. Spogliarmi e rivestirmi con una sola mano si rivela un'impresa quasi impossibile. Non saluto nessuno quando esco dallo spogliatoio, non mi assicuro nemmeno che Jenna abbia preso il mio posto. Raggiungo la porta antincendio sul retro e la spalanco con una spinta carica di frustrazione.

Mi aspetto di vedere il vecchio pulmino verniciato di bianco, parcheggiato davanti al marciapiede, invece ci trovo soltanto

Kolton con le mani in tasca e il cappuccio di una felpa di marca calato sulla testa.

Mi chiedo se sarei in grado di picchiarlo con una mano sola e la risposta è sì: in questo momento potrei anche ucciderlo.

«Vattene!» gli urlo addosso. Perché lo so che è qui per me, perché a quanto pare non è in grado di lasciarmi in pace.

«Mi dispiace, okay!?»

«Okay un cavolo!» sbraito. «Ho un taglio profondo sulla tempia, ho rischiato il licenziamento e potrei avere altri problemi con la scuola, e tutto perché sei un bugiardo patologico. È da lunedì che mi tormenti senza sosta, poi vai dalla tua ragazza e ti inventi una storia assurda su di me, che avrei tentato di baciarti. Ma che problemi hai?»

Kolton mi blocca il passaggio e io batto i piedi a terra come se avessi tre anni.

«Non le ho detto niente. Una delle sue amiche ci ha visti».

«Visti fare *cosa*?» grido. «Tu che mi bloccavi contro un armadietto e io che ti prendevo a calci? Perché la versione di Serena è ben lontana dalla realtà».

Cerco di superarlo, ma lui me lo impedisce di nuovo e mi cade di mano il fazzoletto che stavo usando per tamponare il sangue.

«Cazzo!» impreca.

«Già... *cazzo*!»

Raccolgo la carta da terra e, anche se la cosa mi disgusta, la riporto sulla ferita.

Il pulmino dell'istituto parcheggia a pochi metri da me e nella mia testa tiro un sospiro di sollievo.

Kolton mi afferra il braccio e si avvicina al mio viso, tanto che sento l'odore di birra nel suo alito, anche se cerca di nasconderlo con una gomma da masticare alla menta. Ha bevuto?

«Non pensavo che Serena avrebbe dato di matto. Credevo che si sarebbe messa a ridere come al solito, per questo le ho detto che... che sei stata tu a cercare di baciare me».

«June?!» La voce di Miss Maribel spezza quel momento assurdo fra di noi.

«Che razza di verme sei?»

«Mi dispiace» ripete con la voce strozzata.

«Devo andare». Mi libero dalla sua presa e lo supero, percorrendo il più velocemente possibile quei due metri che mi separano da Miss Maribel. Salto sul pulmino e mi metto seduta dietro di lei.

«Chi era quello? E cosa hai fatto in testa? Stai bene? Ti ha messo le mani addosso?» mi riempie di domande mentre ci stacchiamo dal marciapiede e attraversiamo il parcheggio del multiplex.

«È un mio compagno di scuola. Mi sono ferita e si stava assicurando che stessi bene» mento, e non lo faccio per proteggere quella faccia da stronzo ma per non attirare troppa attenzione su di me. Miss Maribel è convinta che la Hills High School sia la cosa migliore che potesse capitarmi nella vita, fa il tifo per me, ed è così orgogliosa che non me la sono mai sentita di dirle che, certe mattine, mi sembra di stare all'inferno. Che odio quel posto e odio i miei compagni. Che preferirei vivere da analfabeta che rimettere piede in quella scuola.

«È il tuo ragazzo?» chiede con tono malizioso. Fissa la strada e non può vedere le mie guance che diventano esangui, o intuire il sussulto del mio cuore.

«Che schifo!» sbraito.

«Non mi sembrava brutto...» insiste.

«È il figlio del sindaco McAdam» le faccio notare e lei ribatte con un 'ahh' un po' sorpreso. «Miss Price è alla sua cena?» domando per cambiare argomento.

«Sì. Credo che dormirà fuori». Forse sto solo sognando, ma percepisco un barlume di sollievo nella sua voce. Immagino che anche per le tutrici sia una boccata d'aria quando quella strega si leva dai piedi.

«Per fortuna» borbotto, e Miss Maribel fa finta di riprendermi.

«Sono già tutti al cimitero, mentre i piccoli dormono. Tu andrai?»

«Non lo so, non sono in vena stasera».

«Adesso me lo dici cosa hai fatto davvero a quella tempia?»

Scuoto la testa. «Non è niente, sul serio. Ma avrò bisogno della cassetta del pronto soccorso».

«Te la faccio trovare in bagno».

«E... Jace?» chiedo con un nodo in gola. Da qualche giorno è chiuso nella sua stanza, non si è fatto vedere da nessuno, nemmeno da me. Non è più venuto nello sgabuzzino a fumare, e se non fosse che Lisa continua a portargli la cena ogni sera – e lui, ogni sera, la lascia intatta fuori dalla sua porta – penserei che se ne sia andato.

«È ancora chiuso nella sua stanza. Miss Price è fuori di sé, ma pare che il signor Sherman le abbia detto di lasciarlo in pace, che ci penserà lui. Qualunque cosa voglia dire...»

Annuisco e soffoco un brivido al pensiero di quell'uomo orribile che affronta Jace. Rimaniamo in silenzio fino al cancello del maniero, poi scendo e lo spalanco. Aspetto che Miss Maribel entri con il pulmino e mi richiudo la spessa cancellata di ferro alle spalle. La temperatura, stasera, è piacevole per essere novembre. Non piove più da giorni e le foglie secche scricchiolano quando gli pneumatici ci passano sopra. Parcheggiamo sul retro ed entriamo dalla cucina.

«Hai cenato?»

No, ma ho lo stomaco chiuso. Non riuscirei a mandare giù nemmeno un sorso d'acqua in questo momento.

«Sì, dei *nachos* al formaggio».

Miss Maribel soppesa le mie parole, mi squadra dalla testa ai piedi e mi rivolge una smorfia di avvertimento. «June, stai dimagrendo troppo».

Odio quando tira fuori questo discorso. So di essere dimagrita, ma non posso farci niente se il cibo semplicemente non vuole saperne di fermarsi nel mio stomaco. Se mi sforzo di mangiare, mi viene da vomitare.

«Sto bene, ti preoccupi troppo». Le sorrido. «Potresti prendermi la cassetta del pronto soccorso? Ho davvero bisogno di un cerotto».

«Ti tengo d'occhio» mi avverte, uscendo a passo svelto dalla cucina.

Rimango per qualche secondo in mezzo alla grande stanza, circondata dalle pentole di Miss Claire e dalle cassette di frutta e verdura disseminate in ogni angolo. Sospiro e premo ancora più forte sulla tempia il fazzoletto ormai a brandelli. Spero solo che non servano dei punti, perché il Red Oak Medical Center mi mette i brividi.

Salgo dalla scala di servizio e mi dirigo al bagno delle ragazze. Un secondo prima che possa entrare, Jace esce da quello dei ragazzi e io mi pianto in mezzo al corridoio come un cervo accecato dai fari di un'auto.

È fresco di doccia e si sta asciugando i capelli con un asciugamano azzurro dall'aspetto soffice, che di certo non appartiene al maniero. Indossa una T-shirt bianca, anonima, e dei jeans scuri, strappati in più punti. Tiene un piccolo beauty-case sotto l'ascella e mi fissa anche lui come se la mia presenza nel corridoio stonasse con il resto del mobilio.

«Che cosa ti sei fatta?» chiede. Il suo tono arrogante mi indispettisce sempre. Quando mi fa una qualsiasi domanda, sembra sempre che non gli interessi la risposta.

«Ho sbattuto» taglio corto.

«Hai sbattuto? Ti esce un litro di sangue».

«Sì, be', grazie, me ne sono accorta».

I passi inconfondibili di Miss Maribel riecheggiano nel corridoio appena illuminato.

«Oh, ciao, Jace» lo saluta più sorpresa di me di vederlo girovagare a questo piano.

«Ciao» risponde lui distratto, senza smettere di fissare la mia mano insanguinata che tiene la carta bagnata.

«Jace, so che non ti interessano le nostre regole, ma...» Miss Maribel sospira, lui la guarda annoiato. «Ti prego, non farti la doccia a quest'ora. L'acqua non è nemmeno calda».

Jace aggrotta le sopracciglia, come se quelle parole svelassero chissà quale mistero. Poi Miss Maribel mi passa la cassetta del primo soccorso.

«June, tesoro, dovrai fare da sola perché Landon si è svegliato con gli incubi e devo andare da lui».

Afferro la scatola di latta con la croce rossa un po' sbiadita sul davanti e, quando Miss Maribel non è più a portata di orecchie, borbotto: «Forse Landon ha visto di nuovo Dorothy...»

«Smettila!» mi ammonisce Jace. Dal tono stridulo della sua voce capisco che forse si è bevuto la storia del fantasma e non riesco a evitare di sorridere. «Andiamo, ti do una mano» dice afferrando la maniglia del bagno delle ragazze.

Rimango sgomenta a guardarlo. «Andiamo... *dove*?»

«Non puoi medicarti da sola. Forse non te ne rendi conto, ma quella specie di benda che ti tieni sulla ferita fa schifo. Stai perdendo troppo sangue».

Ha ragione. Ho l'impressione che la mia vista sia calata di qualche decimo da quando siamo partiti dal cinema, ma non voglio comunque il suo aiuto.

«Ce la faccio da sola, grazie. E non sei autorizzato a entrare nel bagno delle ragazze».

«Non c'è nessuno» mi fa notare. Poi spalanca la porta ed entra senza chiedere il permesso. Senza accertarsi che non ci sia *davvero* nessuno.

Lo seguo, anche se la questione non finisce qui. Apro la cassetta e tiro fuori il disinfettante e un cerotto.

«Servono le bende e un rotolo di cerotto. Non ci farai niente con quella robetta».

«Sei medico?» lo rimbecco. «Perché l'ultima volta che ho controllato eri solo un ragazzo dell'ultimo anno che è stato sbattuto fuori dal suo collegio di ricconi».

«Per essere una a cui non frega un cazzo di me, sai un sacco di cose».

Ignoro il suo commento, mi guardo allo specchio e rimango pietrificata di fronte al mio riflesso: sono più bianca del solito e il sangue rappreso sul viso mi fa sembrare una morta che cammina. Stacco piano la carta del fazzolettino e la butto in uno dei cestini. La mia stupida ferita ricomincia a sanguinare e mi affretto a lavarla. Il sangue macchia la ceramica bianca del lavandino e cerco, a tentoni, altri fazzoletti di carta sul piano di marmo antico. Me li passa Jace e le nostre mani si sfiorano. Ritraggo alla svelta la mia e tampono la ferita.

«Siediti» ordina lui.

Lo ignoro, solo che due secondi dopo, senza preavviso, mi sento sollevare da terra e appoggiare sul marmo sbeccato. Trattengo il fiato mentre le sue mani si posizionano ai lati del mio sedere. Non mi tocca, ma è estremamente vicino.

«Cosa stai facendo?»

Non mi risponde, scosta la mia mano con la sua ed esamina la ferita. La sua smorfia non preannuncia niente di buono.

«Hai preso una bella botta» borbotta.

'Ma davvero? Sto per morire dissanguata'.

Disinfetta il taglio con un batuffolo di cotone imbevuto, poi mi dice di tenerlo premuto sulla tempia mentre lui cerca Dio solo sa cosa nella cassetta del pronto soccorso.

«Dovresti chiamare Miss Maribel e farti portare in ospedale» dice mentre estrae ogni tipo di medicazione dal contenitore di latta. «Hai bisogno di punti».

«No!» ribatto secca. «Basterà un cerotto».

Jace sbuffa, poi trova quello che cerca. Sono delle fascette minuscole, non più grandi di un centimetro.

«Cosa sono?»

«La cosa più vicina a dei punti di sutura che avete in questo schifo di posto».

Non ribatto, non voglio che capisca che il suo commento offensivo è andato a segno. So bene che non siamo in un hotel a cinque stelle, o nella sua lussuosa scuola da privilegiato, ma è comunque di casa mia che sta parlando. Mi cucio la bocca e premo ancora più forte il cotone sulla ferita.

«Devo disinfettare bene». Mi mostra un tubo giallo dall'aspetto innocuo, ma quando versa il liquido rosso su un altro pezzo di ovatta, trattengo il fiato. Il Betadine brucia! Proprio due giorni fa, Landon si è procurato un taglio sulla gamba dopo essere caduto dalle scale – per rincorrere Tyler e il suo inseparabile pallone da football – e ha urlato per mezz'ora mentre Miss Georgie cercava di medicarlo.

«Non mi metterai quel *coso*».

«Non fare la ragazzina! Non fa niente, è solo un po' di disinfettante».

«Brucia!» ribatto inorridita.

«June, stai esagerando». Si avvicina alla mia tempia con il cotone intriso di liquido rosso e io mi agito.

«Okay, ma tu soffia». Gli punto il dito contro e riesco a estorcergli un sorriso. Il mio stomaco fa una capriola, ha sempre reagito così di fronte ai sorrisi di Jace.

«Promesso».

Decido di fidarmi, anche se il mio istinto mi implora di non farlo.

Il viso di Jace è a due millimetri dal mio e, mentre lui guarda con attenzione la mia ferita, io fisso lui. Credo sia la prima volta che riesco a guardarlo bene sotto la luce. Ha dei lineamenti pazzeschi, un naso che si intona perfettamente al suo viso e due occhi tanto azzurri da sembrare finti. E poi la sua bocca, che tiene arricciata in una smorfia pensosa, è così bella che viene voglia di baciarla. Arrossisco a quel pensiero, ma non riesco comunque a smettere di contemplarlo.

Il cotone si posa sulla mia tempia e io stringo gli occhi. Mi esce un lamento strozzato, che mi muore in gola nello stesso istante in cui il suo respiro fresco mi sfiora la pelle. Soffia pianissimo e sento che le braccia e la nuca si coprono di pelle d'oca.

Rimango con gli occhi chiusi finché non ha finito. Se il Betadine brucia davvero, io non me ne sono accorta. Traffica con i cerottini, poi copre il tutto con una benda quadrata e applica con cura il rotolo di cerotto per non farla muovere.

«Ecco qua» dichiara soddisfatto.

«Ehm... grazie».

«Ha fatto male?» mi prende in giro.

«Un po'».

Jace alza gli occhi al cielo e mi sembra così diverso in questo momento. Come se avesse abbassato tutte insieme le sue difese. È in piedi fra le mie gambe, le sue mani di nuovo accanto al mio sedere, e mi guarda dritto negli occhi. «Non eri così fifona da piccola. Anzi, eri proprio l'opposto».

«Sono sempre stata una fifona, fidati».

Jace scuote la testa. «Nah, sei cazzuta».

Ridacchio, ironica. «Se sapessi come mi sono davvero fatta questo taglio, non lo penseresti». Mi pento un secondo dopo aver pronunciato quelle parole. «Ma non mi va di parlarne, quindi non fare domande» lo anticipo.

«Come vuoi». Si allontana e rimette dentro la scatola tutto quello che ha sparso sul ripiano del bagno. Io rimango seduta, le gambe che ciondolano avanti e indietro.

«Vieni al cimitero?» gli domando. Jace non mi guarda, sistema le scatole di cerotti, le aspirine e i vari tipi di disinfettante con una precisione chirurgica, come se stesse incastrando i pezzi di un Tetris gigante.

«Non è il caso».

«Okay». Non ho intenzione di pregarlo, anche se vorrei con tutta me stessa che mi dicesse di sì.

«E poi cosa dovrei venire a fare?» mi domanda mentre richiude la cassetta.

Le sue mani tornano sul piano di marmo, ma stavolta mi sfiorano i pantaloni, il suo viso si avvicina al mio e io mi irrigidisco. Cosa cavolo sta facendo?

«C-ci sarà Lisa» balbetto, perché sono una cretina.

Jace non riesce a trattenere un sorriso storto. «Be' allora... se c'è Lisa...» Con la punta dell'indice sfiora la benda sulla mia ferita. «È stato un ragazzo?» La sua voce, per quanto lieve come le ali di una libellula, è minacciosa.

«No» dico e scuoto la testa.

«Qualcuno qui al maniero?»

«No». Sospiro. «Ho fatto incazzare una stronza» ribatto. Questo è il massimo della spiegazione che ho intenzione di dargli.

«Ti sei difesa?»

«Sì».

«I cimiteri mi mettono i brividi». Mi rivolge il sorriso più bello che abbia mai visto e il mio stupido cuore perde una serie imprecisata di battiti. Il sangue mi arriva con prepotenza alle guance.

«Ti difenderò io...»

La sua testa si avvicina alla mia di un centimetro e per un attimo credo che mi bacerà. Poi un rumore da dietro la porta lo fa staccare bruscamente da me e io scendo con i piedi per terra.

Jace afferra il kit del pronto soccorso e il suo beauty-case, mentre io faccio finta di controllare la ferita. Dio, conciata così sembro davvero una sfigata! Impossibile che stesse per baciarmi.

«June? Oh...!»

Miss Maribel rimane sotto lo stipite della porta a osservarci. In realtà sta fissando Jace e non sa se incazzarsi perché si trova nel bagno delle ragazze o ringraziarlo per avermi dato una mano. Perché, in tutta onestà, io avrei fatto un disastro da sola.

«Stiamo andando al cimitero» dico prima che possa rimproverarci per aver violato una delle settecento regole dell'istituto.

«Insieme?»

«Sì. Possiamo?»

Miss Maribel mi squadra dalla testa ai piedi. Ho l'impressione che mi legga in faccia il non-bacio di Jace. Ma è impossibile. Giusto?

«Io non vado» chiarisce Jace, e il tono apprensivo di pochi secondi fa è andato a farsi fottere.

Mi ripassa la scatola, non dice più niente, a malapena mi guarda, come se non esistessi. La sua indifferenza mi lascia spiazzata. Ma sono contenta che si stia concentrando su Miss Maribel, non saprei come nascondergli la delusione che mi fa provare.

Forse dovrei smettere di insistere. È evidente che non vuole avere niente a che fare con questo posto. Con me.

Esce dalla stanza senza salutare. Miss Maribel osserva prima lui, che lascia il bagno delle ragazze con la sua camminata strafottente, poi me, che sono ammutolita.

«Ti fa male?» domanda, forse perché sembro sul punto di piangere.

«No, sto bene».

«Stai attenta, June».

Il suo avvertimento ha così tanti doppi sensi che scelgo di ignorarli tutti. Dovrei stare attenta a Jace? Tutelare il mio cuore? Proteggere il mio onore? A cosa, esattamente, dovrei stare attenta?

È una vita che sono prudente, che mi guardo le spalle, che conto solo sulle mie forze. Forse Miss Maribel si è dimenticata da dove provengo, o la mia storia, ma io no.

Io non me lo dimentico mai.

Capitolo 8

Jace

La villa padronale del nonno è circondata da un imponente muro di cinta e abbracciata da un curatissimo giardino inglese, a due miglia dal centro di Red Oak Town.

Il suo invito a pranzo non mi ha sorpreso, solo che speravo di poter rimandare il nostro incontro ancora di qualche giorno. Miss Price è sull'orlo di un esaurimento nervoso per colpa mia, e lui, molto probabilmente, vuole ricordarmi chi è a dettare legge da queste parti. La limousine si ferma davanti all'ingresso e una cameriera con una divisa alla francese mi sta aspettando con le braccia nascoste dietro la schiena. È giovanissima.

Mi saluta con esagerata deferenza, che so per certo di non meritarmi. «Benvenuto, signor Campbell».

«Dov'è mio nonno?»

«La sta aspettando nello studio».

La supero entrando in casa e mi dirigo verso l'ufficio del vecchio. Sarebbe inutile rimandare l'inevitabile. Quando entro, per un attimo penso di essere da solo, invece l'imponente sedia girevole in pelle di vitello si volta lenta e me lo ritrovo davanti.

«Chiudi la porta» dice, con quella sua voce che mette soggezione.

Eseguo e poi mi avvicino alla sua scrivania. «Ciao, nonno».

«Siediti, Jace».

Trattengo l'istinto di sbuffare, mi accomodo.

«Stai facendo impazzire Judith».

Do per scontato che sia il nome di battesimo di Miss Price.

«O magari è il contrario. È lei che sta facendo impazzire me» ribatto.

Il nonno è stranamente tranquillo, anche i lineamenti del suo viso sono rilassati. Ha un aspetto giovanile, nonostante sia vicino ai sessant'anni, e ha ancora tutti i capelli, dello stesso colore dei miei. Si accende un sigaro a forma di missile e ne offre uno anche a me.

«Cubano» dice, mentre una nuvola di fumo dolciastro impasta l'aria.

Devo andarmene dagli Stati Uniti e lui è l'unico che può renderlo possibile, lo so bene, così sto al gioco, cerco di accontentarlo e imito il suo gesto.

«Cosa devo fare per tornare a Londra?» domando, trattenendo un colpo di tosse.

«Ubbidire».

«Alle regole di Miss Price?»

«Tanto per cominciare». Dondola sul suo trono, poggia entrambi gli avambracci sui braccioli.

«Vuoi davvero che pulisca i loro water e mi sieda a tavola con quella gente? È questo che ti renderebbe felice?»

Gli angoli della bocca del nonno guizzano all'insù, probabilmente soddisfatto da quella domanda. «Quello che mi renderebbe felice è avere un nipote degno di questo titolo. Pensare di lasciare la mia eredità a un uomo brillante e non a un deficiente che si fa beccare a scoparsi la sua professoressa».

Rimango immobile sulla mia sedia. Mi gira la testa, ma do la colpa al sapore nauseabondo del sigaro.

«Sono il primo del mio corso, sai che non sono un deficiente. E Kimie... la professoressa Huang, volevo dire, è stata una svista».

«Una svista *notevole*». Il nonno si rigira il cubano fra le dita, pronuncia l'ultima parola come se avesse davanti l'oggetto della nostra conversazione e si stesse riferendo al suo culo. «Le asiatiche hanno un certo fascino».

La nausea mi arriva a ondate, cerco di non pensare a Kimie.

«Ho passato tutta la settimana chiuso in mansarda. Non pensi di avermi punito a sufficienza?»

Nonno mi rivolge un sorriso malevolo. «Neanche lontanamente. Quel fallito di tuo padre si è fatto sentire?»

Stringo i pugni. «Certo che no».

«E quell'essere inutile di tua madre?»

Guardo il prato immacolato oltre la vetrata alle sue spalle e mi concentro su una delle sue sentinelle che sta perlustrando il giardino. Lo odio quando parla di lei con tanto disprezzo. Lo odio perché so che ha ragione: mia madre è un essere inutile.

«Ha chiamato una sola volta» confesso.

«Hai solo me». Il compiacimento nel suo tono mi fa trattenere il respiro. Non lo dice come se fosse qualcosa di cui andare fieri, sembra più una minaccia.

«Dov'è la nonna?» chiedo. Sono qui da una settimana e non si è fatta né vedere né sentire. Conosco solo un'altra donna con meno istinto materno di mia madre: la signora Helen Morgan Sherman.

«A Philadelphia, per il weekend. Deve rilassarsi».

Certo. Ovvio. Deve essere davvero estenuante passare le proprie giornate a dare ordini al personale e a comprare borse e scarpe di lusso online.

«Lasciami venire a vivere qua da voi. Non perderò l'anno, te lo giuro».

Lo sto supplicando, lo sto facendo sul serio. Non credo che riuscirò a trascorrere un'altra notte in quel buco di merda che loro chiamano stanza. Sto mangiando patatine da una settimana, ho bisogno di un pasto vero, di un letto comodo sul quale dormire, di una cazzo di doccia calda.

«Vedi, Jace, se ti facessi venire a casa mia adesso, dopo che ti sei rifiutato di seguire le mie regole per una settimana, cosa penserebbe di me la gente?» Il suo tono calmo mi mette i brividi, sta tramando qualcosa. Quasi lo preferisco quando alza la voce e mi insulta, quando fa valere il suo pensiero a suon di minacce. Questo suo sguardo accondiscendente, la voce pacata, lo sguardo innocuo, mi terrorizzano.

Mi arrendo e chino la testa. «Non lo so, nonno. Non lo so».

«Penserebbero che abbia perso la mia autorità, che non sia in grado di gestire un ragazzino viziato e così coglione da farsi beccare con i pantaloni calati mentre, insieme al suo compagno di dormitorio, si scopa una donna che in questo momento probabilmente si trova in Guatemala a pulire pannocchie». Fa un rumore strano con la lingua contro i denti, sembra il sibilo di un serpente velenoso.

«Quindi?» Sto esaurendo la mia pazienza. Forse lui è bravo a calarsi nella parte dell'uomo composto ed equilibrato, io no. Io ne ho abbastanza di lui, di questo teatrino e di quel maledetto orfanotrofio.

«Quindi facciamo un patto».

'Un patto con il diavolo' penso.

«Tornerai al maniero, ti siederai a tavola agli orari stabiliti, mangerai il loro cibo, ti farai la doccia quando se la faranno gli altri, ti rimetterai in pari con lo studio, leccherai il culo a Miss Price. Se lei dice 'salta', tu salti. Se lei dice 'mangia', tu mangi. Se lei dice 'piscia', tu pisci». Si sporge in avanti e le sue sopracciglia si aggrottano fino a diventare un'unica striscia tesa, così affilata da nascondere l'azzurro delle sue iridi. Mi sbagliavo, nemmeno lui è in grado di fingersi qualcosa che non è per più di cinque minuti scarsi. «Mi hai capito bene?»

«Vuoi anche che le pulisca il culo, a Miss Price?»

Nonno sorride, un ghigno soddisfatto di chi sa di avere il coltello dalla parte del manico, di chi è abituato a vincere a ogni costo, calpestando tutto e tutti.

«Non sarà necessario. Sei esonerato dai turni in cucina o per la pulizia. Tutto sommato, sei uno Sherman e non ti abbasserai a tanto. Judith se ne farà una ragione. Mio nipote non raschia i cessi altrui. Non finché non lo dirò io, almeno».

Tengo ancora i pugni stretti contro le cosce. So che non ho speranze di vincere contro di lui e posso sopravvivere seguendo queste poche regole. Tutto pur di andarmene.

«E se ubbidisco?» Non sto cercando un alleato, non mi interessa entrare nelle grazie di mio nonno. Voglio solo andarmene da Red Oak al più presto.

«A Natale ti farò tornare al Saint Paul».

Musica per le mie orecchie. Sono entrato in questa villa convinto che mi avrebbe pestato a sangue, esco con la promessa di tornarmene a Londra se farò *il bravo.*

«Va bene, nonno».

«Bene, ragazzo». Mi sputa addosso una nuvola di fumo, ma rimango impassibile nonostante mi pizzichi il naso e mi venga da tossire. «Lo faccio per il tuo bene» aggiunge con tono viscido.

Cazzate! Lui non fa niente per il mio bene, nessuno lo ha mai fatto. Vuole vedermi strisciare ai suoi piedi perché sa che non ho scelta. Ho bisogno di quel diploma, della mia laurea a Oxford. Ho bisogno dei suoi soldi e lui lo sa.

«Ho invitato il sindaco a pranzo, verrà con suo figlio. Mi aspetto che tu mi faccia fare bella figura».

La nostra conversazione è terminata. Mi congeda con un cenno della mano e io mi alzo senza pensarci due volte. Ho bisogno d'aria.

Mi rifugio in giardino finché la cameriera con la gonna stretta e il viso di porcellana non mi scova e mi implora di rientrare.

Ci sono volute tre sigarette per levarmi dalla bocca il sapore disgustoso del sigaro. Tre sigarette per calmare i nervi. Tre sigarette per scacciare dalla mente Kimie e la sensazione delle sue mani addosso.

Mi asciugo i piedi sul tappetino e mi sistemo i capelli con una mano. La cameriera mi scorta fino alla sala da pranzo, arredata con lussuosi mobili di antiquariato europeo. Su una parete campeggia un'enorme specchiera con un'elaborata cornice verniciata d'oro. Il lampadario di cristallo, illuminato a festa, è sospeso al centro del tavolo. Sembra tutto così regale e pomposo, così artefatto e impersonale, proprio come il vecchio.

Rimango in piedi ad aspettare, dietro lo schienale di una sedia rivestita in broccato di velluto. Il nonno entra nella stanza seguito dagli ospiti. Stanno ridendo a una sua battuta, trasudano ricchezza e arroganza. Mi basta un'occhiata al sindaco di Red Oak Town per capire che lui e il vecchio sono fatti della stessa pasta. Solo mezzo sguardo, invece, per etichettare suo figlio come un borioso ragazzino con la puzza sotto il naso. Non che io sia nella posizione per giudicarli.

«Jace, figliolo, ti presento il sindaco della nostra città: David McAdam. E lui è Kolton, suo figlio, futuro Presidente degli Stati Uniti».

Entrambi i McAdam ridacchiano, ma non lo contraddicono. Forzo un sorriso e mando giù l'istinto di mandarlo a fare in culo. 'Figliolo? Fottiti'.

Mi calo nella parte del nipote adorato, del gentiluomo. Ho solo un obiettivo: Londra. «Piacere, Jace Campbell».

La stretta di mano del sindaco è decisa e appena troppo energica, quella di Kolton è una carezza. Il Presidente degli Stati Uniti... al massimo potrà aspirare a diventare il Presidente delle Giovani Marmotte.

Il maggiordomo entra nella sala da pranzo e serve champagne e stuzzichini. Mi scolo il vino frizzante in un sorso, poi afferro due tartine e le faccio sparire nella mia bocca. Il caviale è un'esplosione di piacere sulla lingua, il salmone è paradisiaco.

I McAdam e il nonno chiacchierano del più e del meno, mentre io mi sfondo di cibo e bevo champagne come se fosse acqua. Mi pulisco la bocca solo quando David McAdam mi rivolge la parola.

«Insomma, Jace, tuo nonno mi raccontava che ti diplomerai al Saint Paul di Londra e che poi frequenterai l'università di Oxford. Davvero impressionante».

L'occhiata di avvertimento che mi lancia il vecchio mi fa irrigidire la schiena.

«È un ottimo istituto» confermo.

«Ti stai prendendo una vacanza? Ci sono delle festività in Inghilterra?»

Guardo mio nonno, non del tutto sicuro su come rispondere.

«Jace ha avuto un 'contrattempo'» sentenzia il vecchio. «Tornerà presto a Londra. Nel frattempo, gli sto facendo prendere confidenza con le società di famiglia, visto che un giorno sarà lui a gestirle. Giusto, Jace?»

«Giustissimo, nonno».

«Ci sediamo?» propone.

Aspetto che i suoi ospiti si siano accomodati, prima di prendere posto davanti a Kolton. Il nonno e il sindaco ai due capitavola. Rimango in silenzio per gran parte del pranzo, sono troppo concentrato a gustarmi il filetto al sangue e le patate al forno per interessarmi alle chiacchiere sterili sui loro successi.

Kolton è un coglione. Non ho mai visto nessuno leccare il culo a mio nonno in modo così sfacciato, il che è tutto dire.

«Come procedono gli affari, Kevin?» gli domanda il sindaco.

«Meglio del previsto» ribatte mio nonno.

«Aspettavo una... consegna dal maniero. Ieri».

Alzo la testa di scatto e lo fisso, poi guardo mio nonno e lo becco a sbarrare gli occhi per una frazione di secondo, un avvertimento a tacere per McAdam.

Che cavolo di consegna aspetta il sindaco dal maniero?

«Arriverà presto» taglia corto nonno Kevin. «A proposito di Red Oak Manor...» Ora i suoi occhi sono puntati su Kolton, che ha la bocca piena di pane alle cipolle.

«Ti ha chiamato il preside, vero?» gli domanda Kolton mentre mastica, riuscendo persino a sorridergli. Però è un sorriso a metà, di chi sa che sta per finire nella merda ma cerca di nascondere il nervosismo.

«Già». Gli angoli della bocca di nonno Kevin si sollevano e io poso la forchetta sul piatto.

«Okay, mi dispiace. Serena ha perso la testa, non voleva fare male a June. Mi sono scusato, davvero».

Il cuore mi si ferma nel petto quando lo sento pronunciare quel nome. Il *suo* nome.

«Serena, la tua ragazza? La figlia del preside Bowem? Cos'è successo?»

«Ah... ooops!» Quella faccia di merda di Kolton si morde il labbro per non ridere, io sento il sangue defluire dal viso. «Allora ti stavi riferendo 'all'incidente' di martedì, a scuola». Mima le virgolette sulla parola 'incidente' e io mi rendo conto che sto prendendo a piccoli pugni il tavolo di legno massello.

«Sì, proprio a quello. Ma torniamo alla figlia di Bowem e a June».

Ora il nonno non sta più ridendo e il sindaco, del tutto disinteressato alla conversazione, si alza e ci informa che deve rispondere al telefono.

Kolton lo vede uscire dalla stanza, ma non è preoccupato. Mio nonno non è spaventoso ai suoi occhi, anche se il tono della sua voce è cambiato: nessuna traccia di cordialità.

Kolton si pulisce la bocca con il tovagliolo di stoffa, poi poggia la schiena contro la spalliera della sedia, stravaccandosi, e riflette una manciata di secondi prima di parlare.

«Ma niente. Io e June ci siamo... *appartati*. Solo che un'amica di Serena ci ha beccati nello spogliatoio e glielo è andata a riferire. Serena era una furia e si sono prese per i capelli al cinema, ieri sera. Ma sta bene, te lo posso assicurare».

Mi va in cortocircuito il cervello e le parole mi escono di bocca prima che possa fermarle. «Sta bene? Sei sicuro? Perché ha perso tre litri di sangue! Avrebbe avuto bisogno di punti!» Mi trema la voce e sono certo che il nonno se ne sia accorto.

«Conosci June?» mi domanda sorpreso quell'imbecille, come se fosse importante.

«Che cazzo le avete fatto?»

«Senti, è stato un incidente» si rivolge direttamente al vecchio. «Serena è un po'... gelosa di June. È convinta che mi interessi» prova a difendersi lui. Pronuncia quell'ultima parola come se gli facesse schifo. Come se *June* gli facesse schifo.

«E che cazzo vuol dire che vi siete appartati?» sbraito, dimenticandomi delle buone maniere, ignorando gli occhi velenosi del vecchio che mi bucano il cervello.

Kolton mi sorride in modo sfrontato. «Be', se te lo devo spiegare...»

Se pensa che non lo prenderò a pugni, si sbaglia.

Sposto la sedia all'indietro, facendola stridere sul pavimento, e mi ritrovo in piedi con le mani aggrappate al bordo del tavolo.

«Jace!» mi richiama mio nonno.

Io e Kolton ci fissiamo: io in cagnesco, lui con un'aria di sfida che sono pronto a cancellargli per sempre dalla faccia.

«Mettiti seduto» mi ordina il vecchio.

'Londra' sussurra una vocina nella mia testa.

Eseguo, cerco di razionalizzare. June si *apparta* con questo stronzetto? Perché diavolo frequenta un coglione del genere? Perché cazzo mi dà così fastidio?

Cala il silenzio nella sala da pranzo. «Kolton, figliolo, sai che non ho piacere quando prendete di mira quella ragazza. O gli altri ragazzi del maniero». Il nonno usa un tono accondiscendente, ma l'avvertimento è chiaro. Limpido.

«Credimi, Kevin, è stato un incidente. Non succederà più, hai la mia parola. Tra l'altro, una volta finito il pranzo andrò da lei per scusarmi, di nuovo, e assicurarmi che stia bene». Il tono ambiguo che usa mi striscia nelle vene, l'occhiata soddisfatta che mi rivolge mi fa prudere le mani.

«Sono felice di sentirtelo dire» ribatte il nonno. E l'argomento è archiviato. Per loro, almeno.

Il sindaco rientra in sala, si mette seduto, riprende il discorso da dove lo aveva lasciato. Kolton ride, il nonno si comporta da perfetto padrone di casa. A me viene da vomitare. Ripenso a tutto il sangue che perdeva June dalla tempia e mi si contorce lo stomaco. Rivedo il suo viso pallido e la smorfia di dolore mentre la medicavo, ed entro nel pallone.

'Ho fatto incazzare una stronza'.

Perché ha baciato il ragazzo di un'altra? O, peggio, si è *appartata* con il ragazzo di un'altra? Chi cazzo è June? Chi diavolo si nasconde dietro quel viso d'angelo e quella lingua tagliente?

Mi è passata la fame, e la odio per questo. Odio pensare che June, l'unica persona al mondo che credevo pura e leale, sia in realtà una sciocca che si mette nei guai per un tipo del genere. Odio come mi fa sentire, ma soprattutto odio me stesso per averla fatta entrare nella mia vita quando avevo giurato che l'avrei tenuta a distanza di sicurezza.

E Kolton McAdam può scordarsi di avvicinarsi di nuovo a lei.

Capitolo 9

June

Il mal di testa è lancinante e non accenna a passare, nemmeno dopo aver mandato giù una dose di antidolorifici da cavallo. La medicazione che mi ha fatto Jace si sta staccando ai bordi, perché non la smetto più di torturarla. Ho appena iniziato il mio turno al multiplex, nonostante le proteste di Miss Maribel. Sperava che rimanessi al maniero e chiamassi per dire che non sto bene, ma non ho voluto sentire ragioni. Quando non lavoro, non mi pagano, e quei soldi mi servono.

Dopo aver servito una quantità infinita di bibite e popcorn, mi rilasso e aspetto che gli spettacoli del primo pomeriggio finiscano. Recupero da sotto il bancone la mia copia consumata di *Pattini d'argento* e riprendo a leggere da dove avevo interrotto ieri sera. Lo conosco a memoria, è l'unico ricordo che ho di mia madre. Questo libro era suo e fra le pagine aveva nascosto vecchie foto e biglietti scritti con una grafia infantile.

Non appena ho imparato a leggere, ho iniziato a sfogliare quelle pagine e quegli appunti nella speranza di trovare un qualsiasi indizio sul suo passato. Magari il nome di mio padre. Al maniero non facevano altro che ripetermi che mia madre non si era mai confidata con nessuno circa la sua identità, eppure avevo la sensazione che tutti sapessero chi fosse.

Sono così assorta nella storia che non mi accorgo di essere spiata finché qualcuno non si schiarisce la gola.

Alzo appena gli occhi e trattengo il fiato di fronte a Kolton. Il ricordo di ieri sera è una scarica violenta nel petto e mi fa pulsare in modo furioso la tempia.

«Cosa vuoi?»

Il verme mi rivolge il suo ghigno beffardo, il suo marchio di fabbrica. «Non si saluta?» chiede ironico. Poggia entrambe le mani sul bancone, nello stesso punto in cui le ha posate la sua ragazza la sera precedente. Prima di trascinarmi in avanti e di mandarmi a sbattere contro lo spigolo della macchina dei popcorn. Prima di costringermi a inventare una balla con Miss Price. Prima che Jace mi medicasse.

«Non hai una vita?»

«Forse no. Posso avere due pacchetti di Cry-Baby? E una bottiglietta d'acqua. Per favore» aggiunge alla fine. Sfila il portafogli dalla tasca posteriore dei pantaloni eleganti e lascia una banconota da cinquanta dollari accanto alla cassa.

Recupero il suo ordine, senza mai guardarlo.

«L'acqua la vuoi fredda o a temperatura ambiente?» gli domando.

«Fredda».

«Sono sette e cinquanta». Afferro i soldi, faccio lo scontrino e poso il resto sul bancone.

Rimaniamo a guardarci, per un attimo ho l'impressione che abbia perso il suo ghigno strafottente e stia cercando di formulare una frase di senso compiuto nella sua testa.

«Un pacchetto è per te» dice, allungando il braccio e sventolandomi davanti al viso le caramelle.

«Non voglio niente».

«Dai, June. Lo so che sono le tue preferite». Sospira. «Sto solo cercando di farmi perdonare». Lascia il pacchetto accanto alla cassa e si infila la mano libera nei capelli castani, scompigliandoli appena.

«Sei perdonato. Ora, per favore, va' via». I suoi occhi, del colore del caramello fuso, si inchiodano nei miei. Forse si aspettava che sbraitassi in tutte le lingue conosciute dal genere umano, ma non succederà. Sono stanca di lui, delle sue finte tregue per poi tornare all'attacco, dei suoi gesti gentili che mi si ritorcono sempre contro.

«Mi dispiace davvero per ieri sera. Serena... lei è...»

«Una stronza?» concludo al posto suo. «Una bulla? Una ragazzina viziata che da un anno si diverte a rendere la mia vita un inferno, senza motivo?»

Kolton abbassa lo sguardo. «Gelosa».

Dice l'unica parola che non avrei mai pensato di sentire.

«Gelosa?» Scoppio a ridere dal nervoso. «Di me? Questa è buona!»

«Di... noi».

Divento maledettamente seria. «Di *noi*? Mi prendi in giro?»

Kolton scuote la testa. «Senti, non mi sarei dovuto inventare quella cazzata. Avrei dovuto dirle che la sua amica aveva visto male, che io e te non stavamo insieme».

«Quante scuse» lo interrompo. «O magari avresti potuto dirle la verità, così la tempia spaccata ora ce l'avresti tu e non io». Mi spazientisco, recupero il mio libro e faccio finta di rimettermi a leggere.

«Cosa devo fare per farmi perdonare?» mi chiede, implorante.

«Sparire!» Kolton, invece, fa il giro del bancone e mi fa sussultare. «Esci subito da qui dietro!»

Non solo non mi ascolta, ma il verme ha anche il coraggio di mettermi le mani addosso. Mi circonda il viso e mi manda a sbattere con la schiena contro la macchinetta delle bibite.

«Mi. Dispiace». Sussurra quelle parole sulla mia bocca e un brivido di odio mi percorre tutta la spina dorsale. Lo spingo via con una manata.

«Non mi devi toccare» lo avverto, ma le sue mani, ora, sono ancorate alle mie braccia e non riesco a liberarmi dalla sua presa. «Si può sapere cosa vuoi da me? Non ti basta umiliarmi a scuola? Devi prenderti anche il mio posto di lavoro? Io non le voglio le tue scuse, io non voglio niente da te. Mi fai schifo, Kolton McAdam. Mi tratti come una pezzente, come se fossi feccia. E adesso cosa vuoi?»

«Posso ordinare o ne avrete ancora per molto?» La voce di un ragazzo fa voltare entrambi di scatto. Solo che non è un ragazzo qualunque: è Jace.

Kolton alza le mani in segno di resa, io mi allontano e sento le guance andarmi a fuoco. Che diavolo ci fa Jace al cinema? Cosa ha sentito? Cosa ha visto?

Mi sento mancare l'aria nei polmoni.

«Ehi, amico» lo saluta Kolton con un sorriso da orecchio a orecchio, mentre Jace inclina la testa di lato, niente affatto divertito.

«Che... cosa ti... porto? Servo. Serve». Incespico nelle parole e Kolton è ancora accanto a me, dietro il bancone, dove non dovrebbe assolutamente essere.

«Pensavo avessi promesso a mio nonno di starle alla larga». Jace fissa Kolton senza battere ciglio. La sua voce è pacata e impersonale, un sussurro terrificante. Non so di cosa stia parlando, ma quella frase è sufficiente a far tornare Kolton al suo posto, lontano da me, lontano dalla cassa.

«In realtà gli ho promesso che sarei venuto a scusarmi con June» lo corregge.

Il signor Sherman è al corrente di quello che è successo ieri sera? Bene! Miss Price mi darà una di quelle lezioni che difficilmente mi scorderò quando scoprirà che le ho mentito, solo poche ore fa. I miei occhi si inumidiscono e non riesco a costringermi ad alzare lo sguardo dal pavimento.

«Ti sei scusato?» lo interroga Jace.

Kolton ridacchia, per nulla intimidito. Poggia il fondoschiena contro il bancone, mi dà le spalle. «Non ancora, ci hai interrotti sul più bello. Vero, tesoro?»

«Smettila!» lo avverto.

«Come fate a conoscervi, voi due?» gli domanda Kolton.

«Non credo siano cazzi tuoi» ribatte Jace.

McAdam ride in modo sguaiato, incrocia le braccia al petto e io non so cosa fare. «Tutto quello che riguarda June è affar mio» lo contraddice.

«Vattene, Kolton. Per favore» lo imploro.

Jace si avvicina di un passo, i suoi occhi fissi in quelli di Kolton, la mascella contratta. Mi manca il respiro, mi manca la forza di cacciarli entrambi. Io non sono 'affar' di nessuno dei due.

«Mi farete licenziare» riesco a pronunciare.

Kolton volta appena la testa, ed è un attimo: i suoi occhi si perdono nei miei e i tratti marcati del suo viso si rilassano. Non è più il ragazzino spavaldo e arrogante che mi insulta, non è più il bullo che mi rende la vita impossibile. È solo Kolton. Un sedicenne che è venuto qui per chiedermi scusa e che quando siamo soli, quando pensa di non essere visto da nessuno, si comporta come un essere umano decente.

«Ti aspetto a fine turno, okay?» sussurra.

«June torna a casa con me» gli fa eco Jace, alle sue spalle. «Ordini del vecchio».

Aggrotto la fronte. Di che diavolo parla?

Kolton soppesa le sue parole, lo fa guardandomi in faccia, studiando il mio stupore. Poi decide di lasciar perdere. Per la prima volta da quando lo conosco, si arrende.

«Ci vediamo domani, a scuola» mi ricorda. Supera Jace e si danno una spallata così violenta che mi stupisco riescano a rimanere entrambi in piedi.

Non so che problemi abbiano questi due, ma prego in silenzio che lascino me fuori dai loro casini. Quando rimaniamo soli, sono ammutolita, mentre Jace combatte con tutte le sue forze per trattenere le mille domande che gli galleggiano in testa.

«Cosa ci fai qui?» Sono io a spezzare il silenzio imbarazzante. Jace mi sta fissando, non sembra intenzionato a rispondere.

Una coppia si avvicina e mi precipito a servirla, il tutto mentre osservo Jace con la coda dell'occhio. Sembra furioso e impassibile allo stesso tempo. Io, al contrario, sono agitata e non ne capisco il motivo. Il mio cuore è in tumulto e non riesco a smettere di pensare che il cappellino ridicolo che ho in testa mi fa sembrare una perfetta cretina. Detesto che mi abbia vista con questa uniforme.

Torno da lui e incrocio le braccia al petto.

«Ordini, sì o no? Perché non posso stare qui a chiacchierare con te». Poi mi correggo. «Non a chiacchierare... a fissarci come due scemi».

«Non voglio niente».

«Okay».

«Ci scopi?»

La sua domanda diretta mi fa avvampare. «Io... c-come?» balbetto.

«Tu. Ci scopi? Con quello? Ci scopi anche se sai che ha una ragazza? Una che ti ha conciata per le feste, aggiungerei».

«Tu non sai niente di me!» ribatto sulla difensiva.

«So che ti sei fatta beccare negli spogliatoi con lui, che la sua ragazza si è incazzata, che ti ho dovuto medicare *io*». Il suo tono è velenoso, le sue parole taglienti.

«Non ti ho chiesto io di aiutarmi, non ti ho chiesto proprio niente!»

Jace si tende in avanti, i suoi occhi azzurro-tempesta non mi lasciano scampo. «Non posso credere di essermi preoccupato per te, June. Di aver perso un'ora del mio tempo ad accertarmi che stessi bene». Si tira su e si volta, deciso ad andarsene.

«Sei ingiusto!» strepito. «Sei meschino, proprio come lui. Lo siete tutti». Il cuore mi esplode nella cassa toracica. Vorrei strapparmi dalla testa questo ridicolo cappello, ridurre a brandelli la divisa, saltare sul bancone e mandare tutti a quel paese.

Jace si volta come una furia, ma non lo lascio parlare, non gli permetterò di darmi della poco di buono e cavarsela.

«Chi diavolo credi di essere? Chi cavolo ti dà il permesso di venire qui a giudicarmi senza darmi nemmeno il tempo di spiegare? Non vado a letto con Kolton, non vado a letto con nessuno. E ne ho fin sopra i capelli della vostra arroganza! Pensate di potermi trattare come una pezza da piedi solo perché sono l'orfanella di Red Oak Manor, di insultarmi a vostro piacimento, di ferirmi per poi voltarvi dall'altra parte? Non sai niente di me, Jace Campbell!»

Mi trema la voce, non sento più le gambe. Mi guardo intorno, ora troppo consapevole di essere sul mio posto di lavoro. La grande sala è deserta, l'orologio a parete mi avverte che gli spettacoli finiranno fra venti minuti.

«E allora spiega». Ritorna sui suoi passi, le mani di nuovo sul bancone, la testa ancora una volta protesa in avanti. «Spiegami perché hai un cazzo di sfregio sulla tempia e io sono arrivato tremendamente vicino a spaccare la faccia al figlio del sindaco».

«Dimmelo tu...» abbasso la voce, mi abbraccio il corpo con le braccia.

Jace scuote la testa, si lascia sfuggire uno sbuffo infastidito dalle labbra. «June, non ho voglia di giocare».

«Nemmeno io. Perché sei qui?» gli domando. Faccio un passo in avanti, alzo il mento per guardarlo negli occhi.

«Perché ero preoccupato!» sbraita.

Scuoto la testa senza sapere cosa dire, troppo impegnata a domare le farfalle nello stomaco. Mai nessuno, *nessuno*, si è preoccupato per me da quando sono nata.

«A che ora finisci?» mi domanda scontroso, cambiando discorso.

«Alle otto».

«Torni al maniero con me» dichiara.

Sgrano gli occhi. «No, io... non posso».

Jace recupera il cellulare dalla tasca interna del suo K-Way e, dopo aver digitato qualcosa sullo schermo piatto, se lo porta all'orecchio.

«Sono Jace» gli sento dire dopo una breve pausa. «Sono al cinema, ho incontrato June. Se per lei non è un problema, le do un passaggio io fino all'istituto, quando stacca».

Trattengo il fiato. Con chi diavolo sta parlando?

«Ah, Miss Price, ceneremo entrambi al maniero al nostro rientro».

Quasi mi cade la mascella mentre lo vedo attaccare. Ha parlato con Miss Price?

«Sei impazzito?» gli domando con il cuore in gola.

«Miss Price ha detto che non ci sono problemi». Non sorride, non si scompone. È così freddo e distaccato che mi sento mancare il respiro. Si passa una mano fra i capelli biondo cenere, li tira all'indietro, ma quando toglie la mano le ciocche scomposte tornano prepotentemente davanti al viso.

«Da quando in qua ceni al maniero?» È solo la prima delle mille domande che vorrei rivolgergli.

«Da adesso. A quanto pare, se me ne voglio andare da questo schifo di posto, devo rientrare nelle grazie di Miss Price. È la mia nuova priorità. Vado a vedere un film. Posso lasciarti qui da sola o c'è qualche altra fidanzata gelosa che verrà a prenderti a sberle?»

«Non ho fatto niente» mi giustifico. «Serena ce l'ha a morte con me per una cosa successa l'anno scorso con Kolton. Una cosa che ha orchestrato lei e che poi le si è rivoltata contro».

Jace mi squadra con attenzione, annuisce. «È tuo quel libro?» domanda indicando la mia copia di *Pattini d'argento* accanto alla cassa.

Faccio 'sì' con la testa.

«Prestami una penna». Scarabocchia dei numeri sulla prima pagina, poi mi ripassa il libro. «Questo è il mio numero di telefono, chiamami se hai bisogno».

Fisso quei numeri senza sapere cosa farci. «Non ho il cellulare».

«Cosa gli è successo?»

Faccio spallucce. «Non ne ho mai avuto uno».

Jace sporge le labbra all'infuori, guarda ovunque tranne me. «Okay. Sono in sala due».

Si volta e se ne va.

Capitolo 10

June

L'autista del signor Sherman tiene lo sportello aperto per me, eppure non riesco a decidermi a salire nella limousine. Piove a dirotto e lui si sta spazientendo, visto che l'ombrello che regge sulle nostre teste non ci ripara un granché dalla raffica di vento e acqua.

Jace si è già accomodato e sembra essere stato inghiottito dal buio all'interno dell'abitacolo. Non riesco a vederlo da dove sono, l'unica cosa che metto a fuoco è una fila di lucine blu al led che disegna il perimetro del tetto e un faretto che illumina quello che somiglia a un piccolo bar.

«Prego» insiste l'autista.

Mi guardo le scarpe logore e inzaccherate, ho il terrore di sporcare i tappetini di quest'auto lussuosa. Prendo un respiro profondo ed entro nell'abitacolo. Ci sono due sedili: uno a tre posti e uno lunghissimo, perpendicolare al primo. Jace è seduto al centro di quello lungo, sta versando qualcosa in un bicchiere.

«Non ti mordo» gli sento dire.

Mi accomodo il più lontano possibile da lui, tengo le mani intrecciate sulle cosce e la schiena dritta. L'autista chiude lo sportello e qualche secondo dopo il motore dell'auto prende vita. C'è uno spesso vetro scuro a dividerci da lui e a malapena riesco a vedere fuori dal finestrino ricoperto di gocce, tanto è buio. Metto a fuoco la fila di lucine, poi il braccio di Jace teso verso di me, con un bicchiere in mano.

«È acqua» dice. «Ma se preferisci del whisky...»

Scuoto la testa energicamente. Miss Price potrebbe uccidermi se sapesse che ho bevuto alcol nella limousine del signor Sherman. Afferro il bicchiere e me lo rigiro fra le mani.

«Cosa sei andato a vedere?» Lo so benissimo, in realtà. Nella sala due stanno trasmettendo *Skyfall* da due settimane.

«James Bond» risponde distratto. Sorseggia dal suo bicchiere e sono certa che la sua non sia acqua. «Ho delle domande da farti».

Non mi guarda mai, sembra a suo agio, mentre il mio cuore non accenna a ritrovare un battito regolare.

«Prego».

Recupera il suo pacchetto di sigarette e ne estrae due, una è per me. Esito prima di afferrarla, non so come mi faccia sentire l'idea di fumare in questa auto. Ma la nicotina mi calma i nervi e in questo momento sono sul punto di saltare a uno a uno.

Si avvicina, si sporge in avanti e me l'accende. Due nuvole di fumo impregnano l'aria e brillano sotto le luci blu. L'auto procede a un'andatura misurata e ho la sensazione che non stiamo percorrendo la strada giusta per il maniero. Non riesco a orientarmi, i vetri della limousine sono troppo scuri, ma non mi sento in pericolo.

«Frequenti la scuola privata di Red Oak Town?»

«Mm-hmm. La Hills High School. Sono al secondo anno».

«Chi ti paga la retta?»

Dritto al punto.

«Tuo nonno. Ho vinto una borsa di studio offerta da lui» dico tutto d'un fiato, come se mi stessi giustificando per qualcosa. Ma non è così. Me la sono meritata, lavoro sodo per conquistarmela.

Jace inarca entrambe le sopracciglia, le sue labbra si distendono appena in un sorriso bieco, falso.

«Che generoso!» Il suo tono sarcastico mi fa abbassare lo sguardo. Lo dice come se fosse a conoscenza di chissà quale losco segreto. «Viene spesso al maniero, nonno Kevin?»

«Non tanto. Di solito la domenica. Perché lo vuoi sapere?»

«Curiosità» mente. «Quando sono arrivato al maniero, Miss Price mi ha consegnato una lista di orari e cose da fare, ma l'ho strappata in un milione di pezzi. Ho bisogno di qualche dritta».

«Okay». Sorseggio l'acqua. «Cosa vuoi sapere?»

«Tutto. Orari, turni, cosa mangiate, a che ora studiate, quando potete uscire. Posso usare la lavanderia? Non ho più boxer puliti e le lenzuola puzzano di fumo».

Anche alla luce fioca riesco a leggere il fastidio sul suo viso. Preferirebbe tagliarsi un braccio pur di non sottostare alle nostre regole, ma non ha scelta. È bellissimo con quei suoi capelli mossi che gli circondano il viso e con le labbra imbronciate. Avrei voglia di allungare una mano e toccarlo, sfiorargli il ginocchio e dirgli che va tutto bene.

«Vediamo un po'...» Mi porto un dito alle labbra. «La colazione è dalle sei alle sette e trenta. Il pranzo viene servito alle dodici e trenta e la cena alle sette. Ognuno si rifà il letto la mattina prima di lasciare il dormitorio. Possiamo farci la doccia dalle sei alle sette del mattino oppure dalle sei alle sette del pomeriggio. Dopo pranzo, studiamo. La sala studio è a nostra disposizione dalle quattordici e trenta alle diciotto. All'inizio di ogni mese vengono assegnati i turni per la mensa, per la pulizia dei bagni e delle camere e per il bucato. Se non farai l'uno, stai pur sicuro che farai l'altro. L'ala ovest è *off-limits* e nessuno è autorizzato a usare la scalinata principale. Dopo cena possiamo stare nelle nostre stanze oppure nella sala comune. Ci sono un televisore e un vecchio VHS, ma i film sono piuttosto datati e quasi tutti danneggiati. La prima domenica di ogni mese si svolge la 'giornata dell'adozione' nella sala visite. Sempre lì, ogni domenica, possiamo ricevere visite».

Jace si passa una mano fra i capelli, scompigliandoli. Il suo nervosismo lo sento sulla pelle.

«Il sabato sera possiamo uscire, ogni tanto anche la domenica, ma dobbiamo rientrare per le undici. Di solito andiamo con l'autobus pubblico, c'è una fermata proprio accanto al cancello del maniero. Qualche volta sono le tutrici a portarci in paese e ci vengono a riprendere con il pulmino che ci ha donato la Red Oak High».

«Sembra un cazzo di riformatorio» borbotta Jace, con la testa fra le mani e i gomiti sulle ginocchia.

«Non è poi così male». E lo penso davvero. La sua testa scatta di lato, mi restituisce un'occhiata che parla da sola. Pensa che sia pazza, così mi sento in dovere di spiegargli quello che per me è ovvio da sempre. «Quando non hai niente, quando non sai nemmeno il nome delle persone che ti hanno messo al mondo e magari ti hanno abbandonato in un ospedale senza degnarti di una seconda occhiata, non hai tempo per fare lo schizzinoso. Prendi quello che ti danno e ringrazi». Non gli dico che tutti, lì dentro, sogniamo una vita diversa, migliore. Che non sono così *naïve* da pensare che non ci sia di meglio, là fuori. Avrei voluto anch'io una stanza tutta mia e due genitori amorevoli a prendersi cura di me; magari un cellulare, una macchina, vestiti nuovi e sempre stirati, eppure non ho il coraggio di lamentarmi. Nessuno dei miei compagni lo fa.

Il mio commento lo fa irrigidire. Mi osserva con una tale intensità da mettermi in soggezione. Tutto di lui, a dire il vero, mi mette a disagio. I suoi occhi troppo azzurri, il viso pulito dai lineamenti perfetti, il fisico asciutto e tonico, la sua bellissima bocca.

Ed è proprio mentre penso alla sua bocca che realizzo che siamo in macchina da più di quindici minuti.

«Ma quanto manca?» domando, e la punta di agitazione nel mio tono mi rimbomba nelle orecchie.

«Poco».

«Non stiamo andando al maniero». Mi agito. Incollo il viso al finestrino e non riconosco la strada che stiamo percorrendo.

«Stiamo solo facendo il giro lungo» ribatte, come se per me fosse del tutto normale girare a vuoto nella limousine del signor Sherman.

«Miss Price si arrabbierà tantissimo se arriverò tardi».

«Miss Price non ti dirà niente. Non faremo tardi, sta' tranquilla». Ma è impossibile farlo, non quando siamo da soli, al buio, nella macchina del signor Sherman, mentre lui beve whisky e accende la seconda sigaretta nel giro di pochi minuti. «Disubbidisci mai alle regole, June? O fai sempre quello che gli altri si aspettano da te?»

«Faccio quello che gli altri si aspettano da me» ribatto fiera. «Dovresti provare, ogni tanto».

Jace si porta il bordo del bicchiere alle labbra, ce le poggia sopra e scuote appena la testa. I suoi stupidi ricci si muovono da una parte all'altra. È fastidiosamente attraente. Sta sorridendo e non ne capisco il motivo. Voglio scendere da quest'auto, voglio tornare a casa.

«Nah, preferisco fare di testa mia. Che gusto c'è se non fai incazzare qualcuno almeno ogni tanto?»

«Cos'è successo a Londra?» gli domando, prendendolo in contropiede.

Prima fa una smorfia strana con le labbra, poi ridacchia. «Fidati, non lo vuoi sapere». Butta giù il liquido ambrato con un unico sorso, come se avesse ripetuto quel gesto un milione di volte. Com'è possibile? Ha solo diciassette anni. Non sembra avere *solo* diciassette anni.

«Magari, invece, lo voglio sapere» insisto.

«Le tue pudiche orecchie non sono pronte per un racconto del genere» dice in tono canzonatorio. «Cosa ti hanno fatto quella tipa e McAdam?»

Sospiro. «Sai cosa ti dico? Che se tu non vuoi confidarti con me, io non ho nessuna intenzione di farlo con te».

Sogghigna, scivola sul suo sedile e allunga un braccio per afferrare il mio. Mi trascina verso di sé, finché le nostre ginocchia non si toccano. E poi è tutto il resto a toccarsi: mani, spalle, petto.

«È una ripicca?» sussurra contro il mio orecchio.

«Sì» sostengo a testa alta, la voce ridotta a un sussurro. Vorrei che non fossimo così vicini, che non mi tornasse in mente l'unico bacio che mi abbia mai dato. Un castissimo incontro di labbra sulla mia guancia, un bacio al quale ho ripensato per anni. Un bacio che oggi non mi ridarebbe più così. Che nemmeno vorrei *così*.

«Mi sono scopato la mia professoressa di chimica. In aula. Insieme al mio compagno di stanza, e ci hanno beccati». Mi fa venire la pelle d'oca a ogni parola che pronuncia contro il mio orecchio. Lo spingo via e mi appiattisco contro la portiera. Mi ride in faccia. «Ti avevo detto che non avresti voluto saperlo. Ora tocca a te».

Jace Campbell mi spaventa. I suoi repentini cambi d'umore mi destabilizzano. Un secondo è scontroso, quello dopo mi sta difendendo da Kolton, quello dopo ancora mi provoca come fosse un serpente a sonagli, pronto a mordermi e a infondermi il suo veleno nel sangue.

Non mi lascio intimorire. Ho fatto una promessa a me stessa: basta avere paura. Basta subire. Ma se vuole giocare, giochiamo.

«Kolton voleva scoparmi. Io non ne avevo voglia». Uso quel termine disgustoso e lo faccio guardandolo negli occhi, senza tentennamenti.

Jace mi rivolge un mezzo sorriso. «Sei vergine» deduce.

«Non sono fatti tuoi» ribatto piccata.

«Non è mica una cosa di cui vergognarsi! Hai quindici anni».

«Non me ne vergogno affatto. E, ripeto, non sono affari tuoi».

'Come siamo finiti a parlare di sesso?'

«Magari lo sono».

L'auto si ferma e la portiera dell'autista si spalanca. Guardo fuori dal finestrino e riconosco il cancello del maniero.

'Dio, ti ringrazio'.

Passano i minuti, ma l'autista non si decide a rientrare.

«Ma che succede?» domando allarmata. Incollo il naso al vetro, non si vede niente da qui, così decido di aprire lo sportello e una raffica di vento e pioggia mi sferza il viso. «Va tutto bene?» grido.

«È... incas-trato...» sbraita il ragazzo in divisa, per sovrastare il rumore dello scroscio d'acqua.

Senza pensarci un secondo, scendo dall'auto per aiutarlo.

«Dove cazzo vai?!» prorompe Jace. Gli chiudo lo sportello in faccia.

L'acqua mi inzuppa, finisco con le scarpe in una pozzanghera e mi bagno i jeans fin sopra le caviglie.

«Signorina, torni dentro!» mi avverte l'autista, ma non lo sto a sentire. Afferro una delle ante del cancello e forzo il movimento verso l'interno. Non sento più l'acqua battente sulla mia testa, sollevo di poco lo sguardo e c'è un ombrello nero sulla mia testa. «Non sarebbe dovuta scendere!» insiste.

«Quando piove così tanto, il fango della collina si incastra sotto il cancello. Ce l'ha una pala?»

«No, non ho una *pala* nella limousine!»

Riesco a crearmi un piccolo varco e ci passo attraverso. Ora sono dall'altra parte del cancello, di nuovo sotto la pioggia. I fari accesi dell'auto del signor Sherman illuminano a giorno la piccola rientranza e mi rendo conto che c'è troppa fanghiglia per riuscire a smuoverla a mani nude.

«June!» tuona Jace. Sento uno degli sportelli sbattere e, mentre sto cercando dietro una colonna di cemento un qualunque oggetto che mi permetta di liberare il passaggio, lo vedo forzare il cancello e aprirlo quel tanto che gli basta per raggiungermi.

«Dammi una mano a cercare la vanga! Miss Maribel ne tiene sempre una qui da qualche parte!» Devo urlare per sovrastare il rumore della pioggia.

«Tu sei matta! Ci penserà lui, rientra *subito* in macchina!»

«Rientra *tu* in auto, non ho paura di bagnarmi i capelli, *io*» ribatto scontrosa.

«Ti verrà un accidente!» insiste Jace, poi si mette a cercare il badile insieme a me. Nel frattempo, l'autista forza il cancello, riesce a spalancarlo di un metro, ma non è sufficiente a farci passare l'auto.

«Non c'è!» protesto esasperata, con l'acqua persino nelle ossa.

«Signor Campbell, prenda l'ombrello».

Jace si allontana, due secondi dopo sono di nuovo con la testa al riparo dalle gocce impetuose. Mi infilo fra due alberi; Jace, attaccato a me, sbuffa e impreca con parolacce che si perdono nel vento. La pala non è da nessuna parte.

Torniamo di corsa davanti all'inferriata, l'ombrello si flette all'indietro, spezzandosi, e Jace lo butta di lato. Ci aggrappiamo entrambi al cancello, ma non c'è niente da fare: è incastrato per bene.

«Dobbiamo andare a piedi!» urlo. Al diavolo! Siamo già in ritardo per colpa di Jace e Miss Price si arrabbierà a morte con me.

«A piedi?!» strepita Jace, incredulo. I suoi bellissimi ricci grondano acqua e lui continua a passarsi una mano sul viso per vederci qualcosa. «Con questo tempo?»

Soffoca il primo starnuto nel palmo della mano, il secondo irrompe più forte di un tuono.

«Non abbiamo altra scelta, devo tornare al maniero *adesso*» ribatto decisa.

Senza aspettare una sua risposta mi incammino verso la ripida salita, scivolando ogni due passi.

«June, porca puttana!» mi grida dietro. «Chiamiamo Miss Price e le diciamo cos'è successo».

Certo...

«June!» strilla ancora. Non ho fatto nemmeno dieci metri che me lo ritrovo accanto. «Aspettami!»

Mi afferra al volo prima che possa scivolare faccia avanti.

«Non vedo niente!» mi lamento, l'acqua che mi entra in bocca e il frastuono del temporale che a malapena mi fa sentire le mie stesse parole.

«Ci credo! È buio pesto, cazzo!»

Si slaccia la giacca, se la porta sulla testa, poi mi incastra sotto il suo braccio e copre anche me con un lembo del suo piumino costoso. È caldo a contatto con i miei vestiti fradici.

«Aggrappati a me!»

Non ho ricordi di un temporale così violento, mi sembra di scalare l'Everest invece della solita salita del maniero. Circondo la vita di Jace con un braccio, la testa protetta dal suo corpo massiccio.

«Sei sempre piena di ottime idee, tu, eh?!»

«Tu non ti rendi conto...» Faccio fatica a pronunciare le parole. Le suole consumate delle mie scarpe non fanno attrito sul fango, sento di perdere l'equilibrio a ogni passo. «Miss Price si arrabbierà tantissimo!»

«Non è mica colpa nostra se questa merda di strada non è mai stata asfaltata! Trovo *ridicolo* dover correre sotto la pioggia rischiando di romperci l'osso del collo!»

Jace, nonostante tutto, avanza spedito. Riesce contemporaneamente a coprire le nostre teste dall'acqua e a sostenere me. Poi è lui a mettere un piede in fallo. Una delle sue gambe cede, scivolando all'indietro, e io inciampo a mia volta. È un attimo, poi lui riesce a non perdere l'equilibrio e le sue mani mi afferrano prima che rotoli giù dalla collina.

«Merda! Stai bene?»

Mi tiene sospesa a dieci centimetri dalla fanghiglia, in una posizione improbabile. E siamo faccia a faccia, troppo vicini. La sua pelle è fredda; ma il respiro che mi sfiora la guancia è caldo.

«Sto bene» riesco a dire, rimettendomi in piedi. Rinuncia all'idea di coprirci entrambi sotto il suo piumino fradicio. Mi prende per mano, io salgo gli ultimi metri che ci separano dal cortile pianeggiante davanti al maniero premendo la punta delle scarpe da ginnastica sul terreno sconnesso.

«Mi devi un favore!» grida.

«Non ti devo proprio niente!» ribatto. Parlare e respirare insieme diventa una missione impossibile.

«Potevamo restare in auto, al caldo, e aspettare che qualcuno sgombrasse il passaggio» insiste.

«Sei abituato bene, Jace Campbell! Hai troppe persone che fanno le cose al posto tuo».

Jace si pianta come un albero.

«Aaargh!» urlo, sentendomi strattonare all'indietro.

«E questo che vorrebbe dire?»

Perché ci siamo fermati? Non sente la pioggia?!

«Quello che ho detto!» Provo a divincolarmi, mi trattiene ancora. «Jace, Cristo! Andiamo!»

«No!»

«Sul serio vuoi litigare qui, *adesso*? Perché fa freddo e non riesco a vedere niente, non sento nemmeno le nostre voci! E Miss Price...»

«Miss Price aspetterà!» insiste lui. Un lampo squarcia il buio. Benissimo, siamo circondati da alberi, nella migliore delle ipotesi moriremo fulminati. «Non ho proprio nessuno che faccia le cose al posto mio! E tu sei un'incosciente!»

«Ma se ti sei fermato tu!»

«Sei corsa su come una pazza! Nel bel mezzo di una tempesta!»

«Potevi tornartene nella tua bella limousine!»

Stiamo gridando, siamo due imbecilli.

«E lasciarti da sola?»

«Cosa te ne frega se sono da sola? Non sono un problema tuo».

«No, non lo sei, infatti! Ma mi hai un po' obbligato a seguirti, non trovi?» Allarga un braccio, si guarda intorno e mi costringe a fare lo stesso. La strada che risale la collina si snoda alle nostre spalle. Siamo soli, la mia mano ancora intrecciata alla sua. E lui è ingiusto.

«Sei così cambiato. Non hai niente del Jace che conoscevo. *Lui* non mi avrebbe mai risposto così, ma *tu*...»

Un passo e mi è addosso. Le sue mani mi circondano la vita con decisione, mi ritrovo a un palmo dal suo viso. Il mio respiro accelera, il suo si blocca.

«Non sai niente di me» ringhia sulle mie labbra e fa fermare il tempo. Le nostre bocche si sfiorano, le mani si cercano. «Non sai proprio niente, June».

«So che continui a trattarmi da schifo». Anche alla luce fioca dei piccoli lampioni disseminati vicino al portone riconosco un mezzo sorriso soddisfatto. Se si sta prendendo gioco di me, non lo so. Sotto il temporale del secolo, fradici dalla testa ai piedi, non riesco a non pensare al fatto che sia bello in modi che non riesco nemmeno a definire e che non sono in grado di gestire le emozioni che provo quando i nostri occhi si incrociano. Lui è tutto. E quando la sua bocca si schianta sulla mia, mentre i suoi occhi si chiudono, i miei si spalancano dallo stupore. Rimango così, imbambolata, con il cuore in gola e la pioggia a cullarmi in questo bacio indimenticabile.

Si stacca lentamente, riporta il piumino grondante sopra la sua testa e cerca di riparare anche me.

Non ci diciamo più niente, procediamo a passo svelto verso il portone, e sento di avere lasciato un pezzo di cuore su quel sentiero. Di sicuro ci ho lasciato la voce.

Capitolo 11

Jace

Miss Price spalanca il portone prima ancora che raggiungiamo la tettoia. Se ne sta sulla soglia a fissarci.

«Cosa vi è successo?» domanda furibonda, per niente preoccupata di trovarci zuppi d'acqua e con la melma alle ginocchia.

Starnutisco di nuovo.

«È successo che il maledetto cancello è bloccato dal fango!» ribatto più aggressivo di lei. June tiene la testa bassa.

«Subito ad asciugarvi. Poi andate a mangiare».

Spero si strozzi con il suo tono maligno e che muoia soffocata. Non so spiegare il fastidio che provo per lei, è viscerale. La guardo e penso che mi piacerebbe vederla esplodere in mille piccoli pezzi.

June non se lo fa ripetere due volte, scappa via e mi lascia da solo ad affrontare la vecchia stronza. Scuoto la testa come se fossi un cane, spruzzandola d'acqua.

«Jace Campbell!» strilla.

«Oh, ooops! Vado a farmi una doccia... fredda».

«Aspetta un attimo» mi richiama dopo due soli passi. «È stata una buona giornata?»

Ha parlato con il nonno e non si lascia sfuggire l'occasione di sbandierare ai quattro venti il suo compiacimento. Crede di aver vinto, ma non ha una percezione razionale della realtà: io rifarò il mio letto ogni mattina, mi siederò a tavola con lei, farò il mio bucato... per un mese e mezzo. Dopodiché tornerò alla mia vita, mentre lei marcirà in questo posto dimenticato da Dio, sarà per sempre la serva di mio nonno.

Io mi salverò, lei no.

«Ottima, direi».

«Grazie per aver riportato la nostra June a casa, sana e salva». Non colgo il doppio senso, ma sono certo ce ne sia più di uno nelle sue parole apparentemente innocue.

«Era di strada».

Miss Price mi fa un cenno con la mano, come a dirmi che sono congedato. «Stai bagnando ovunque».

Ho il permesso di andarmi a cambiare, a quanto pare.

«Non vedo l'ora di assaggiare i manicaretti della cuoca!» Esagero. Con il tono, con il sorriso, con le parole che nascondono una serie infinita di vaffanculo. Poi strizzo il piumino sul suo fottuto pavimento, creando una pozzanghera proprio davanti ai suoi piedi.

«Da quella parte, caro».

Devo ammettere che è brava. Dentro implode, ma fuori non fa una piega, proprio come me. Chissà che alla fine dei conti non abbia trovato la mia anima gemella. In senso figurato, ovvio.

Quando scendo in sala mensa, più infreddolito di prima, June sta posando due ciotole piene di zuppa su uno dei tavoli. Non mi guarda mai e la sua freddezza mi fa sobbalzare lo stomaco.

«Vuoi una mano?»

«No» ribatte piccata.

«Ce l'hai con me?» chiedo. Perché nella limousine del nonno l'ho trattata di merda? Perché l'ho trattata di merda anche dopo? Non avrei dovuto farlo. Prima di tutto, non era così che volevo scoprisse quello che è successo a Londra, ora penserà che io sia una specie di pervertito. E Dio sa che è la verità solo in parte, che non ne potevo più delle attenzioni di Kimie, dei suoi progetti per il *nostro* futuro, o delle notti in cui entrava in camera mia e si infilava nel mio letto. Secondo, non mi sarei dovuto avvicinare tanto da sentire il sapore delle sue labbra, perché ora non riesco a pensare ad altro se non al suo corpo bagnato contro il mio, alla sua testa appena inclinata e a quella bocca stupenda che prenderei a morsi.

«No!» è la sua risposta definitiva. «La zuppa è un po' fredda. Il pane, però, è di oggi pomeriggio».

Apparecchia per entrambi, una scodella accanto all'altra. La mensa è una stanza deprimente: due lunghe tavolate, parallele, sono posizionate al centro della sala spoglia e le panche sono scheggiate in più punti. Le posate sono una diversa dall'altra e mangiamo sul legno nudo. Nemmeno una tovaglia o un pezzo di plastica sotto il piatto.

Aspetto che si sieda, poi mi accomodo accanto a lei.

«L'aspetto è *fantastico*» ironizzo, sperando di strapparle un sorriso. Niente da fare. «Senti, ho esagerato in auto... e mentre salivamo».

«Credi?» Si porta il cucchiaio alle labbra e fa finta di mandare giù la zuppa, poi lo posa nella ciotola e gioca con la crosta del pane. La divide in dieci pezzi, ma non ne mangia nemmeno un boccone.

La minestra non è male e quando la finisco noto che il piatto di June è pressoché intatto.

«Non mangi?»

«Non ho molta fame. Se la vuoi, è tutta tua». Scansa il piatto fondo con una mano e riprende a giocare con il pane. Non ha toccato cibo. Per la prima volta fisso il suo corpo magro e il viso scavato.

«Ti ho fatto passare la fame?» insisto. Infilo il mio cucchiaio nella sua zuppa e me lo porto alle labbra. June nemmeno se ne accorge tanto è persa nei suoi pensieri. «Dobbiamo rimettere la benda».

«Ce la faccio da sola, grazie». Non è acida nel dirlo, percepisco solo tanta delusione nella sua voce. E sono io a deluderla così? Io che fino a una settimana fa non pensavo nemmeno che l'avrei rivista in questa vita?

«Okay». Allontano anch'io la scodella e mi metto a cavalcioni sulla panca. Potrei riderle in faccia, mollarla qua... invece resto. Perché non ne posso fare a meno. «Parliamo».

«Ancora?» Il suo nasino alla francese si arriccia e i suoi occhioni verdi si sollevano verso il cielo. È bella da impazzire. I capelli chiari le ricadono a fontana e le incorniciano il viso. E la sua bocca... quella è tutta un'altra storia. Così piccola e perfetta, così rosa e carnosa.

«Cosa vuoi, Jace? Cosa cavolo vuoi da me?» Si alza in piedi e stringe i pugni.

«Non lo so» mormoro e scuoto la testa. Ma è una bugia, lo so cosa voglio: voglio baciarla e poi cacciarla via. Voglio sapere tutto di lei e poi dimenticarmi che sia mai esistita. Voglio andarmene, ma voglio restare ancora dieci minuti con lei.

I pensieri si sovrappongono nella mia testa, però il suo viso rimane lì, incastrato fra mille stronzate che vorrei solo mettere a tacere. Lei è qui, e va tutto bene. Voglio lei, e non riesco a capacitarmene.

«Una settimana fa, quando sei arrivato, pensavo che il cuore non avrebbe retto il colpo. Per così tanto tempo ho aspettato che tornassi, e quando l'hai fatto... be', sei una delusione, Jace Campbell. Un minuto sei il ragazzino meraviglioso che conoscevo, quello dopo sei un perfetto stronzo».

Ouch!

«Pensi sia l'unico a essere cambiato? Guardati». Sollevo una mano e la indico. «Sei così magra che a malapena ti reggi in piedi, ti fai coinvolgere in una rissa con una stronza, sei arrabbiata con la vita».

«No!» sbraita lei. «Io sono arrabbiata solo con te! Perché non sei più tornato?»

Mi alzo in piedi e la sovrasto con il mio corpo. La costringo a compiere tre passi indietro, poi si ferma di botto e la sua fronte va a sbattere contro il mio petto. Le sollevo il mento con un dito e il calore del suo corpo scalda il mio. È una sensazione che non riesco a controllare, mi fa precipitare all'inferno.

«Perché non me l'hanno più permesso» confesso. «Pensi che solo la tua vita sia una merda, June? Mio padre non ha mosso un dito quando il grande Kevin Sherman mi ha spedito a Londra. Non ci vediamo da tre anni. Per mia madre sono solo un peso.

Il nonno non perde occasione per ricordarmi che comanda lui, che la mia vita è nelle sue mani. E tu... mi sei mancata». La mia voce esce chiara e decisa. Non è un sussurro, non la sto implorando, è solo la verità.

Non posso dirle che ho pensato a lei ogni giorno, ogni istante di questa vita un po' stronza, finché la merda mi è arrivata fino al collo e sono stato costretto a chiudere il suo ricordo in fondo al cuore, dove nessuno potesse vederla o sporcarla. Dove *io* non avrei potuto sporcarla. Non le dico che ogni volta che Kimie è entrata nel mio letto si è portata via un pezzetto della mia anima. E non posso confessarle che, in questo momento, mentre cerco di ritrovare la bussola che mi indichi la strada giusta, lei è il mio unico punto di riferimento. Lei è tutto quello che ho. June mi dà l'illusione che io possa riprendermi la mia prima volta, baciarla senza sapere se lo sto facendo bene, toccarla e riempirmi la testa di mille paranoie, sperando di non essere troppo imbranato mentre lo faccio.

«Mi tratti come se valessi meno di zero» ribatte.

«Ti sbagli». Non ha idea di quanto si stia sbagliando, di quanto saperla qui, al maniero, mi mantenga sano di mente. «E se l'ho fatto, be', allora hai ragione tu: sono proprio una delusione. Un perfetto stronzo!»

June scuote la testa, trattiene un sorriso e i capelli lisci, ancora bagnati, si muovono al rallentatore, le labbra si schiudono appena e io penso che se non la bacerò adesso me ne pentirò per il resto dei miei giorni.

Così mi avvicino alla sua bocca, non si muove, e io faccio appena in tempo a sentire il suo respiro caldo sul viso che dei passi in corridoio, arroganti, spezzano l'incantesimo.

Mettiamo almeno un metro di distanza l'uno dall'altra, le guance di June sono rosso vivo e io alzo il viso verso il soffitto.

«Siete qui!» La vocina squillante di Lisa rimbomba nella grande stanza vuota.

«Ehi, ciao» la saluta June. Le rivolge un sorriso dolcissimo, uno che Lisa non si merita da parte sua. Recupera le nostre ciotole e le tiene in mano. «Mi stavi cercando?»

«No» ribatte la stronzetta. «Stavo cercando Jace».

Mi volto e i suoi occhi sono fissi sul mio corpo. «Cosa posso fare per te, Lisa?» Questa ragazzina sfacciata e petulante mi ha stancato. È tutta la settimana che me la ritrovo in mezzo ai piedi. E non mi piace come si rivolge a June.

«Ho saputo la bella notizia: mangerai con noi tutti i giorni!»

June esce dalla mensa con i nostri piatti e sparisce oltre il corridoio.

«Emozionante, eh?!» la prendo in giro, ma non credo colga il sarcasmo. E se mi sono pentito per aver usato il mio tono del cazzo con June, non mi preoccupo di rivolgerlo a Lisa. «Scusa, devo dare una mano a June».

Recupero dal tavolo i pezzi di pane che June ha disseminato ovunque e li incarto in un fazzoletto.

Lisa mi afferra per un braccio. «Oppure potresti venire con me... in un posto un po' appartato».

«Grazie, ma... no, grazie».

La supero, esco dalla mensa e seguo l'unica altra luce accesa. June è in cucina, ha le braccia immerse fino ai gomiti in un lavandino pieno d'acqua saponata. Mi sistemo accanto a lei, afferro uno strofinaccio e asciugo con cura le ciotole quando me le passa. Non parliamo, ma io non riesco a non guardarla.

«C'è ancora il pianoforte nella vecchia biblioteca?» La domanda esce di getto, così veloce che non me la posso riprendere.

June mi guarda di sottecchi. «Non dovevi rientrare nelle grazie di Miss Price?» mi sfida.

«Magari inizio da domani...»

La sua risata limpida cura il mondo. Cura me. Lily-Rose June costruisce un muro intorno a noi e ci nasconde dal marciume che ci circonda. Solo lei ha questa forza dentro, capace di vedere il buono quando di buono non c'è proprio niente.

«È ancora lì» conferma, asciugandosi le mani sullo strofinaccio che le passo.

«Ti va di andare?»

«Adesso?» mi domanda sorpresa.

Sollevo le spalle, come a dirle che non vedo perché dovremmo aspettare un altro giorno.

Esita, si accanisce sullo straccio, lo stritola come se volesse ucciderlo, mi guarda di sfuggita. «Non so, non mi sembra una buona idea...»

«Ehi, se stai pensando che sia tutta una scusa per portarti in un posto buio e baciarti, allora sei fuori strada. Potrei farlo tranquillamente qui in cucina». Mi tendo in avanti e il bacio glielo do davvero: casto, veloce. I suoi occhi si spalancano, lo stomaco mi arriva in gola.

E poi non resisto, gliene do un secondo, sempre castigato ma meno rapido. Le mie labbra rimangono incollate alle sue per qualche secondo di troppo.

Ma è il terzo che mi fa venire le vertigini, è quando schiude la bocca e le sfioro la lingua con la mia che perdo la testa. Mi sbarazzo del suo strofinaccio e le avvolgo il viso con le mani, le divoro quelle sue labbra stupende e lei ricambia con un'intensità che mi spezza.

Il suo bacio morbido mi riporta in vita. Barcollo in avanti finché la sua schiena non tocca la parete in fondo alla cucina. Le sfugge un gemito pudico, mentre io vorrei urlare. L'erezione nei miei pantaloni spinge contro la cerniera, ma sto ben attento a non sfiorarla. Premo il palmo contro il muro freddo per impedirmi di toccarla, di sbottonarle la camicetta e tuffarmi sul suo seno.

June si stacca dalle mie labbra, riprende fiato, mi guarda con gli occhi sgranati, un misto di vergogna e paura che mi fa perdere il filo del discorso.

Perché abbiamo smesso di baciarci? Sguscia da sotto la mia presa, si allontana come un fulmine e immerge le mani dentro l'acquaio. Mi volto, sorpreso – e anche un po' infastidito –, a guardarla e un secondo dopo Miss Price compare sotto la cornice della porta.

Trattengo l'aria nei polmoni, perfettamente consapevole dell'erezione in mezzo alle gambe che non saprei come nascondere se la vecchia stronza abbassasse lo sguardo su di me.

«Siete ancora qui?» domanda. Fissa prima me, poi June, che ho l'impressione stia per svenire.

«Abbiamo quasi finito» rispondo per entrambi. Mi avvicino cauto al lavandino, riprendo lo straccio. Solo che non ho niente da asciugare perché nella vasca è rimasta solo acqua sporca e qualche rimasuglio di schiuma.

«Noto con piacere che stai aiutando con i piatti». La direttrice mi rivolge una smorfia soddisfatta mentre indica con il mento le mie mani che strozzano lo strofinaccio.

«È il minimo che possa fare per ripagarla della sua generosa ospitalità».

June, accanto a me, non respira.

«Hai detto bene, Jace. Sono una persona molto generosa».

«Avrei bisogno di fare il bucato. Quando posso usare la *preziosa* lavanderia?» Sto tirando la corda, lo so.

«Domani mattina». Miss Price si accarezza il lungo collo rugoso. «Sarò io a fare il giro di ronda, stasera». Guarda June, ma lei non solleva gli occhi di mezzo centimetro, continua a fingere di lavare i piatti.

Sta per uscire dalla stanza, poi ci ripensa.

«Jace...»

«Sì?»

«Ti ricordi il nostro discorsetto del primo giorno? Quello sul lupo cattivo e le pecorelle?»

Mi mordo l'interno della guancia, la trafiggo con un'occhiata carica d'odio, ma lei ha lo sguardo su June e il suo avvertimento è così lampante che mi fa agitare. Mi sta promettendo di farla pagare a June se non le starò alla larga.

«Certo».

I suoi occhi maligni ritornano su di me, scendono e si fermano in mezzo alle mie gambe, dove l'erezione, adesso, è meno pronunciata ma comunque visibile.

«Mi aspetto che tu mantenga la tua promessa».

«Lo farò» rispondo senza esitare. Può rendere la mia vita un inferno, ma non le permetterò di prendersela con June.

«Buonanotte, allora».

Stavolta se ne va davvero e le spalle di June si afflosciano al punto che penso stia per cadere. La sorreggo da un braccio e mi rivolge uno sguardo terrorizzato.

«Ci ha visti?» Le trema la voce, fa scricchiolare la mia.

«No».

«Se lo venisse a sapere, io... lei... potrebbe cacciarmi. E io... non ho nessun altro posto al mondo».

Le accarezzo il viso con una mano, poi le stringo le guance fra il pollice e il medio. «Non ci ha visti, è solo una vecchia stronza che gioca a fare la dura. Non succederà proprio niente, June. Promesso».

Annuisce, si asciuga le mani e poggia il sedere contro il lavandino. Si circonda il corpo magrissimo con le esili braccia e fissa il vuoto. «Non credo sia il caso di andare in biblioteca».

«Mi sa di no». Sorrido, mi gratto la nuca. «Però forse potremmo fumare una sigaretta nello sgabuzzino».

June scuote la testa, irremovibile. «No, mi tiene d'occhio. So fin troppo bene come ragiona Miss Price, solo che non ero mai finita nel suo mirino. Forse è meglio se... stiamo un po' attenti».

«Va bene» dico.

Mi supera, poi torna indietro e mi confonde quando mi butta le braccia al collo. Mi stampa un bacio sulle labbra, più sorpresa di me di averlo fatto.

«Bentornato, Jace. Mi sei mancato anche tu». Scappa via dalla cucina e mi lascia da solo a sfiorarmi le labbra e senza riuscire a trattenere una risata.

Lei aspettava che tornassi, e io? Io sento la sua bocca bruciare sulla mia.

Capitolo 12

Jace

Quando June, una settimana fa, ha detto che avremmo dovuto stare 'un po' attenti' non mi aspettavo che diventasse invisibile. Mi evita come la peste. Se per caso ci ritroviamo nella stessa stanza, scappa. Non è più venuta a fumare in mansarda, e se lo ha fatto è stata così silenziosa che non me ne sono reso conto.

Oggi non ne posso più. Oggi ho bisogno di vederla, di parlarle, di lei.

L'autista del nonno mi viene a prendere alle cinque in punto, come concordato. Io e il vecchio non ci siamo più parlati dopo domenica scorsa, ma non ce n'è stato bisogno: io seguo le sue fottute regole e lui è contento.

Finché ha tutto sotto controllo, mi lascia in pace.

La limousine si ferma davanti all'entrata del multiplex e io mi ritrovo a respirare a pieni polmoni prima di scendere. Vedere June fuori dal maniero mi rende nervoso, ed è ridicolo.

«A che ora vuole che torni a prenderla?» mi domanda l'autista tramite interfono.

«Alle otto» rispondo, poi scendo dall'auto prima che possa fare il giro e aprirmi lo sportello.

Entro nel grande atrio con le mani in tasca e lo sguardo puntato verso il bar della biglietteria, in fondo, sulla sinistra. June sta sorridendo a una ragazza mentre le porge il resto e uno scontrino, poi passa al cliente successivo. Guardo distratto gli schermi con la programmazione dei film. Mi rifiuto di vedere quella stronzata sui vampiri e non sono in vena di sparatorie. Scelgo *Vita di Pi*, sembra il meno peggio. Dopo aver comprato il mio biglietto, mi avvicino al bancone del bar.

Mi metto in fila, June non si accorge di me finché non è il mio turno. Quando i suoi occhi verdissimi incrociano i miei, la vedo trasalire. Prova a dire 'ciao', ma quell'unica parola le rimane incastrata in gola.

«Ehi» la saluto io.

«Ehi» ribatte lei.

«Popcorn e Coca-Cola extra large, per favore». Sfilo una banconota da dieci dollari dal portafogli di pelle e la tengo in mano. June corre da una parte all'altra senza meta, l'imbarazzo le trasfigura il volto. È così nervosa che si rovescia un po' della mia bibita sulle scarpe, poi si lascia sfuggire un 'merda' che credo sentano anche in sala sei.

Ridacchio, mentre lei diventa paonazza.

Non c'è nessuno in fila dietro di me, così mi sposto verso la cassa e aspetto che si avvicini.

«Cosa vai a vedere?» mi domanda mentre batte furiosamente i tasti della povera cassa.

«Un film con una tigre».

June aggrotta le sopracciglia. «*Vita di Pi*?»

«Proprio quello».

«Non sembri il tipo da *Vita di Pi*».

Allunga una mano e le passo i soldi.

«Ah, no?! E che tipo sembro?»

«Uno da *Die Hard*. O da *Batman*».

Afferro la Coca-Cola dal bancone e butto giù un paio di lunghi sorsi. «Pensi che siamo stati attenti abbastanza, questa settimana?» La mia domanda la imbarazza ancora di più e io mi infilo di nuovo la cannuccia fra le labbra.

«Sì, cioè... non lo so. Credo di sì».

«Perfetto. Allora ci vediamo stasera, in camera mia». Non le lascio il tempo di replicare, agguanto il cestino con i popcorn e mi volto.

«Jace!» mi richiama lei e giro appena la testa. «Ti sei dimenticato il resto!»

«Mancia» dico come se fosse ovvio, poi mi allontano alla svelta.

Okay, le ho dato appuntamento in camera mia. Non è stata una mossa furba. Chiudo gli occhi e prendo un respiro lungo un chilometro, poi torno indietro.

June è nella stessa posa di due secondi fa: occhi sgranati, palmo rivolto all'insù con il mio resto sopra, bocca socchiusa.

«Va bene» le dico, una volta davanti a lei, e il tono mi esce scorbutico e perentorio. «Mi hai ignorato per tutta la settimana perché la stronza ci stava tenendo d'occhio, non sei più venuta a fumare in mansarda. Se ti parlo, mi rispondi guardando da un'altra parte e se mi avvicino, scappi, e io ho voglia di stare con te. In camera mia, nello sgabuzzino, in biblioteca, persino al cimitero, se necessario, scegli tu. Ma stasera ti bacio».

Sollevo di poco le sopracciglia, mai stato così sicuro di qualcosa in vita mia: mi manca, la voglio.

«Falò. Stasera». Sono le uniche due parole che dice.

«Falò. Stasera» confermo, qualunque cosa voglia dire. «Vado, perché inizia il film». Il tono esce ancora più brusco, come se non fossero ammesse repliche, come se non avessi appena scoperto tutte le mie carte con lei.

Mi addormento un minuto dopo l'inizio del film e mi risveglio quando accendono le luci. Stropiccio gli occhi e mi stiracchio in modo poco educato. Esco dalla sala e guardo verso il bar; non vedo June da nessuna parte, eppure non dovrebbe aver finito il turno. Mi avvicino e la trovo seminascosta dietro la macchina dei popcorn, che guarda fisso verso l'entrata del cinema. Seguo il suo sguardo e mi innervosisco quando riconosco quella faccia da culo di Kolton McAdam con il braccio intorno alle spalle di una bionda carina, che ride in modo esagerato.

«Ti stai nascondendo?» domando a June quando sono abbastanza vicino affinché possa sentirmi.

«Oh, cavolo!» salta su lei. «Mi hai spaventata».

«Chi è la bionda?»

«Serena Bowem» dice con una smorfia. June esce dal suo nascondiglio, afferra uno straccio e pulisce il bancone senza staccare gli occhi dal suo lavoro.

«La stronza che ti ha fatto quel taglio?»

Non risponde, annuisce e basta.

Mi volto a guardare di nuovo Kolton e la sua ragazza. Anche loro stanno guardando verso di noi. McAdam solleva una mano per salutarmi, io torno a dargli le spalle.

«Non si avvicineranno».

«Sono certa che non lo faranno» sussurra June. «È tutta la settimana che mi ignorano. Serena ha dato disposizioni a scuola affinché nessuno mi parli o guardi. Se mi incontrano nei corridoi, mi vengono addosso. Se apro bocca, fanno finta di niente».

Mi ritrovo a stringere i pugni, incazzato e furioso. «E a te sta bene?» le domando aspro.

June solleva la testa e mi guarda dritto negli occhi. «Mi sta benissimo». E sono certo che sta dicendo la verità, perché il suo tono non ammette obiezioni. «Il problema non è quando *non* mi parlano, ma quando lo fanno». Riprende a pulire il bancone, poi si blocca e mi trafigge con una nuova occhiata piena di frustrazione. «Non guardarmi così, non sono una stupida! So bene di non appartenere a quella scuola e di essere un bersaglio facile. Non ho paura di loro, voglio solo che mi lascino in pace, e finché mi ignorano siamo tutti contenti».

«Non penso che tu sia stupida...» mi affretto a rispondere. «Penso, invece, che avrei voglia di riempire di pugni McAdam».

«Lascia stare. Ho quasi finito il mio turno».

«Vuoi tornare al maniero con me?»

June scuote forte la testa. «Miss Maribel mi starà già aspettando davanti all'uscita di servizio».

«Okay».

«Verrai davvero al falò, stasera?» Il suo tono si addolcisce, Kolton e Serena dimenticati.

«Ahh, perché no? Non vedo l'ora di vedere Dylan alle prese con Dorothy!» ironizzo e June ride, per poi coprirsi la bocca con la mano.

«Non andiamo al cimitero, solo nel bosco dietro l'istituto. Abbiamo il permesso di Miss Price. Esci dalla porta della cucina, arriva fino al confine del cortile e poi segui il sentiero».

Rimango a guardarla senza dire niente, mi rifugio per una manciata di secondi nel suo bellissimo sorriso, poi distolgo lo sguardo.

«Devo passare prima a casa di mio nonno».

June annuisce, io mi allaccio il piumino fino al mento.

La ragazza del turno successivo arriva e June la saluta con la mano, poi saluta me allo stesso modo e si allontana alla svelta.

Io mi impongo di non cercare Kolton con gli occhi, di passare davanti alla sala giochi e andare dritto per la mia strada. E sono a tanto così dall'uscire dal multiplex, quando Serena mi blocca il passaggio e mi costringe a fermarmi. La guardo dalla testa ai piedi, la mia smorfia vira dal fastidio allo schifo in meno di mezzo secondo.

«Sei il nipote del signor Sherman, vero? Jace» cinguetta.

«La mia fama mi precede, vedo. Tu sei...?» La fisso negli occhi con fare distratto. Nonostante il colore ridicolo delle sue iridi, un lilla artefatto, il suo viso ha qualcosa di familiare.

«Non ti ricordi di me?» Si porta una mano al cuore con fare teatrale e sbatte le ciglia una volta di troppo.

«No» ribatto.

«Serena Bowem». Allunga una mano, io non l'afferro e lei è costretta a ritirarla. «Abbiamo giocato un pomeriggio intero a Twister, qualche anno fa. Era il giorno dopo Natale».

«No» dico di nuovo e lei mi guarda scandalizzata. Forse la principessina non è abituata a essere considerata meno di zero. La verità? Ora che ha menzionato quello stupido gioco per bambini, riesco a ripescare nella mente un episodio lontano.

Ricordo di aver pensato che avesse i capelli dello stesso colore di quelli di June, ma più lunghi. E che non fosse altrettanto carina. Mi frullano in testa le parole di June, il suo tono severo mentre mi confida che la trattano come se fosse trasparente, la ferita che le sfregia ancora la tempia, e mi costringo a muovere un passo dietro l'altro, perché potrei non rispondere di me. Supero Serena, la lascio lì con la bocca aperta dallo stupore per essere stata snobbata in quel modo e non mi fermo finché non sono dentro la limousine.

Fa un freddo cane, stasera. Mi stringo ancora un po' nel piumino e seguo le istruzioni di June: superare il cortile e seguire il sentiero. Il buio soffocante mi fa perdere l'orientamento, nonostante la torcia accesa sul mio cellulare. Cammino senza fretta, finché non scorgo delle fiamme fra gli alberi e sento alcune voci. La prima cosa che noto è che June non è ancora arrivata; la seconda, sono Dylan e Caleb che rollano una canna.

«Ehi» saluto quando sono abbastanza vicino a loro.

I due ragazzi alzano lo sguardo e rimangono per un attimo a fissarmi, gli spinelli a mezz'aria.

«Vengo in pace» dico, sollevando le mani in segno di resa. Non ci siamo presentati ufficialmente, sappiamo i nostri nomi e ci limitiamo a tre parole in croce quando non possiamo proprio farne a meno. Sono qui da due settimane e non so assolutamente niente di loro.

Dylan è il primo a tornare a farsi i fatti suoi. Caleb, invece, mi guarda incuriosito.

«Bel piumino» dice, e io mi stringo nelle spalle. Lui indossa una giacca logora, come tutti, del resto.

«Fumi?» mi domanda Dylan mentre vado a sedermi su un masso a mezzo metro da lui.

«Perché no?»

Mi allunga la canna e l'accendino, così faccio gli onori di casa. L'erba mi intorpidisce la lingua, e la sensazione di stordimento del primo tiro è divina. Fumiamo in silenzio per un po', passandoci gli spinelli finché non si riducono a due mozziconi, che lanciamo nelle fiamme.

«June, eh?» insinua Caleb, scrutandomi con la coda dell'occhio.

«June, cosa?»

Cerco di ricordarmi che i ragazzi, qui al maniero, sono una grande famiglia, che si coprono le spalle gli uni con gli altri, si proteggono. E io sono un intruso, il nipote del proprietario. Eppure, l'avvertimento che sento nel suo tono non mi piace.

«Ehi, non ti sto mica giudicando! June è una di quelle 'giuste'».

Mi accendo una sigaretta e mando giù la domanda che si forma sulla punta della lingua: che cazzo vuol dire 'giusta'?

«Chi le ha fatto quello sfregio?» domanda Dylan, i gomiti sulle ginocchia e lo sguardo perso a fissare il fuoco. Ha un labbro gonfio e tiene le spalle ricurve. È quello che ho visto meno di tutti qui al maniero, mi pare di capire che passi più tempo in punizione che a girovagare per l'istituto.

«Una certa Serena Bowem».

Dylan solleva di poco il mento. «Ancora?»

Sbuffo il fumo dalle narici. «Non era la prima volta?»

«No» ribatte. Se io parlo poco, lui mi batte a mani basse.

«Quella stronzetta si meriterebbe una lezione. Lei e il suo ragazzo coglione» aggiunge Caleb.

«Già» borbotto.

Per la prima volta da quando sono arrivato, mi sento parte di una minuscola comunità, come se avessimo qualcosa in comune. Scaccio il pensiero alla velocità della luce. Non c'entro niente con questo posto, e loro lo sanno. Io me ne andrò per la mia strada, loro rimarranno qua.

Sentiamo delle voci e prego mentalmente che sia June, invece, a mano a mano che le ombre diventano sagome, riconosco Israel, Opal e una certa Kimberly, un'altra stronzetta con la lingua biforcuta e il temperamento di una iena.

Ho notato come June le sta alla larga, come evita di trovarsi con lei per più di dieci secondi. Invece Opal le piace, si capisce che con lei si sente a suo agio. Le ho osservate spesso chiacchierare fra loro in questi giorni, ridere dopo essersi confidate qualcosa all'orecchio, guardarsi le spalle a vicenda.

«Oh, ma che sorpresa! Il piccolo lord fra noi comuni mortali». So che il commento di Kimberly è rivolto a me, la ignoro.

'Dove cazzo è finita June?'

Kimberly va a sedersi accanto a Dylan, che sembra del tutto indifferente alla sua presenza. È molto più interessato alla piccola pietra che tiene in mano e che si passa distratto da un palmo all'altro. Israel si accomoda davanti a me, ci salutiamo con un cenno poco convinto del mento e poi lo vedo sfilare un quadernino e una penna da una delle tasche del suo giaccone. Invidio la sua capacità di estraniarsi dal mondo intero, io sono sempre troppo consapevole di tutto ciò che mi circonda.

Due fasci di luce illuminano debolmente il sentiero e stavolta so per certo che si tratta di June, la riconosco prima ancora che metta piede nella minuscola radura dove Dylan e Caleb hanno acceso il fuoco. Mi sorride come non faceva da una settimana, mettendoci tutto quello che ha. Accanto a lei distinguo Lisa, truccata in modo esagerato, e poi la ragazza nuova, quella che è arrivata solo qualche giorno fa con il viso pieno di lividi. Arya, se non sbaglio.

June si morde le labbra, poi si va a sedere accanto a Israel, dall'altra parte del piccolo falò.

'Sei venuto' mima con le labbra per non farsi sentire dagli altri, anche se sono impegnati a presentarsi ad Arya e non ci stanno prestando attenzione.

«Sembri sorpresa».

«Lo sono, a dire il vero».

Arya va a mettersi accanto a June un secondo prima che trovi il coraggio di alzarmi e farlo io. Il vociare intorno a noi diventa più insistente, Kimberly fa una battuta del cazzo rivolta ad Arya e June alza gli occhi al cielo. Io mi sono perso tre quarti del discorso. Il fumo mi fa sentire il cervello leggero, la voce di Lisa è troppo squillante e June troppo lontana.

Kimberly, che sembra non afferrare un concetto base come quello di non parlare sopra le persone, fa un appunto del cazzo sui miei vestiti, io continuo a ignorarla. Fanno girare un'altra canna, prendo un tiro, esito prima di passarla a June. Lei scuote appena la testa e io la restituisco a Dylan, che non è più perso nei suoi pensieri. Non sta più fissando il fuoco come se se ne fottesse del mondo intero: è irrequieto.

Le chiacchiere diventano soffocanti, Kimberly sta discutendo con la nuova arrivata, Lisa sta cercando di convincere

Dylan a passarle lo spinello, Caleb lancia in aria una pietra, June sembra annoiata.

Le faccio cenno con la testa di andarcene. Lei sgrana gli occhi. 'Okay, troppo diretto'.

Allora mi sposto di qualche centimetro e lascio un po' di posto libero sul masso dove sono seduto. L'invito è lampante e June soppesa il mio gesto. Si guarda intorno, poi si alza e il mio cuore fa cilecca. Si siede accanto a me, nel minuscolo spazio che le ho lasciato, poggia i gomiti sulle ginocchia e intreccia le dita.

«Ciao» la saluto.

«Ciao» ribatte lei, e non è imbarazzata come al solito.

«Falò... interessante» ridacchio.

«Questo non è niente. Aspetta che la marijuana faccia effetto e qualcuno tiri fuori l'alcol». Raddrizza la schiena e per la prima volta mi guarda. «Ti va di fare un giro?» mi domanda tutto d'un fiato, e stavolta sono io a sgranare gli occhi. «Ehi, se stai pensando che sia tutta una scusa per portarti in un posto buio e baciarti, allora sei fuori strada, Jace Campbell».

Scoppio a ridere. «Giusto, perché potresti farlo qui».

«Potrei...» dice lei con un tono scaltro che non aveva mai usato con me.

«Dopo di te».

June si alza in piedi, mi rendo conto che mancano due persone all'appello.

«Dove andate?!» grida Lisa. Ha una bottiglia di vodka in mano e rabbrividisco. È davvero troppo piccola per bere. June non la degna di mezza occhiata. Nessuno dei due le risponde.

Accendo la torcia sul cellulare e seguo June, che calpesta con estrema familiarità il sentiero, per poi svoltare bruscamente a destra. Ci immergiamo nella fitta coltre del bosco, solo per scorgere in lontananza dei lumini che mi fanno venire la pelle d'oca.

«Al cimitero? Sul serio?»

«Non fare il fifone!» mi rimprovera. Allunga una mano e io gliel'afferro. Il terreno è sconnesso e ho una paura fottuta di cadere a faccia avanti e coprirmi di ridicolo davanti a lei.

Il piccolo cimitero è circondato da un muretto basso fatto

con pietre messe a casaccio. Passiamo sotto un arco che sembra reggersi per miracolo, sovrastato da una scultura a forma di testa di leone circondata da serpenti, identica allo stemma sul cancello in fondo alla collina e al battiporta grottesco del portone principale. Sposto la luce della mia torcia a destra e a sinistra per non perdere nemmeno un dettaglio. Se non fosse che sotto i miei piedi ci sono centinaia di corpi in stato avanzato di putrefazione, penserei che questo posto abbia un nonsoché di mistico. Le lapidi si rincorrono le une con le altre, di tutte le forme e dimensioni. Alcune sono storte, come piccole torri di Pisa; altre, fatte di pietra scura levigata, si stagliano contro il cielo oscuro.

«Da questa parte» mi richiama June.

Saltella da una tomba all'altra, facendosi luce con la pila che usa per andare a fumare in mansarda.

«Ma dove diavolo mi stai portando?» Le punto la torcia del mio cellulare sul viso. Lei si volta a guardarmi, le labbra si piegano all'insù. È bellissima.

«Da Dorothy...» sussurra in tono solenne.

Si ferma davanti a una lapide bianca, sormontata dalla grossa statua di un angelo con le ali. Me la indica e io mi avvicino. Leggo ad alta voce la scritta intarsiata nella pietra: «'Jeff Gunter. 1879. Marito devoto. Padre amorevole'. Sei simpatica» ribatto sarcastico e lei ricomincia a ridere.

«Avresti dovuto vedere la tua faccia!»

«Spiegami questa fissa per il cimitero».

June si siede su una tomba di fronte a quella di Jeff Gunter, come se fosse una cosa normale. Io rimango in piedi, per nessun motivo poserò il mio culo sopra quell'ammasso di vermi striscianti.

«Quando eravamo piccoli, venivamo sempre qui. Giocavamo a un gioco stupido: 'Riconosci la tomba'. Ci bendavamo a turno e, soltanto toccandole, dovevamo indovinare a chi appartenessero. Quella è sempre stata la mia preferita. L'unica che riconoscevo, comunque. Non ero molto brava a questo gioco» ridacchia.

«E io che vi ho regalato una X-Box! A saperlo, avrei portato una lapide» ironizzo.

«Hai intenzione di rimanere in piedi per tutto il tempo?» June si stringe nel cappottino leggero che indossa e rabbrividisce dalla testa ai piedi. I lumini illuminano appena questo posto lugubre, ma a lei non sembra importare di trovarsi immersa nel buio. Con me.

«Sì. Se non ti dispiace, credo che rimarrò qui... a controllare».

«Okay». Solleva il viso per guardarmi in faccia. «Raccontami della tua scuola a Londra. Cosa studierai dopo il diploma? Hai tanti amici? Ti mancano?»

Mi sento un po' deficiente a starmene in piedi, così mi faccio coraggio e mi avvicino alla lapide dov'è seduta. Slaccio il piumino, mi siedo dietro di lei, incastrandola fra le mie gambe, e l'avvolgo nella giacca.

«Stai tremando» le faccio notare.

June poggia la schiena contro il mio petto e si accoccola fra le mie braccia, che le chiudo intorno al corpo. È così magra che, se tirassi su la zip del piumino, potremmo starci dentro entrambi senza problemi. Poso il mento sulla sua spalla, respiro a pieni polmoni il suo profumo alle rose. È l'attimo perfetto. Il momento in cui abbasso tutti i muri e mi riempio il cuore di lei, dei suoi capelli biondi, del suo corpo contro il mio.

Lascio il cellulare sulla tomba, spengo la torcia. I lumini sembrano un centinaio di lucciole cristallizzate, sospese in aria a sfidare la forza di gravità.

«Il Saint Paul non è poi così diverso dal maniero» sussurro contro il suo collo. «Be', riscaldamento funzionante a parte. E ci possiamo fare la doccia quando ci pare. Le stanze dei dormitori, che sono a due letti, sembrano uscite dalla saga di *Harry Potter*: velluto rosso e legno scuro ovunque. Mangiamo in mensa, ci facciamo il bucato. Studiamo nella grande biblioteca, possiamo uscire nel weekend e durante la settimana dobbiamo rientrare entro le dieci».

June inclina appena la testa di lato, lasciando scoperto un pezzetto di collo. Ha la pelle bianco latte e sa di fiori.

«Ti mancano i tuoi amici?»

«Solo Franz. È un parigino con la puzza sotto il naso, ma è il migliore amico che abbia mai avuto». Sospiro. Non posso credere di averlo fatto finire in un mare di guai. Scaccio il pensiero e mi concentro su June, sul battito cadenzato del suo cuore e sul suo corpo così pericolosamente vicino al mio. Le sfioro una guancia con la mia, poi le accarezzo la pelle del viso con le labbra.

June volta la testa di scatto. «Ho mentito, prima». È terribilmente seria, un po' troppo a dire il vero. «Forse ti ho portato qui proprio per baciarti».

Il cuore mi arriva in gola, mentre lei trattiene il fiato.

Allargo le braccia e guardo verso il cielo. «Era ora, cazzo!» ironizzo e la sua risata soffocata mi arriva al cervello.

Non le lascio il tempo di cambiare idea, cado all'indietro sulla lastra di pietra e me la trascino addosso. June si lascia sfuggire un gridolino sorpreso e io le pianto il bacio del secolo. Un bacio così potente da farmi girare la testa e rimescolarmi lo stomaco. La sua bocca è morbida e fredda, il suo corpo incandescente. E me ne frego se siamo in un cimitero abbandonato, se stiamo andando sottozero, se mi si congeleranno le palle, lei mi restituisce il bacio e io me lo prendo.

La afferro dai fianchi, la tengo immobile sopra di me. Il corpo di June è rigido, mentre la sua lingua danza con la mia come se lo avessimo già fatto altre mille volte. Mi sorride sulla bocca, si prende quel pezzetto di cuore che le concedo, e io mi sento cadere. Le mie mani si fanno spazio sotto la sua giacca, le sfioro la schiena, l'elastico del reggiseno da sopra il maglioncino. Me la tengo addosso, senza provare neanche a nasconderle l'effetto che mi fa in mezzo alle gambe.

Poi faccio una cazzata. Vado oltre.

Spinto dal desiderio folle che ho di lei, le infilo le mani sotto la maglia e le sfioro il seno. June scatta in piedi come una molla, si stringe le braccia intorno al corpo.

«Io...» *Non volevo?* Cazzate! «Scusa. Mi sono fatto un po' prendere... la mano».

June scuote la testa. «No, non scusarti. Sono io che... non me l'aspettavo, tutto qua».

La sua ingenuità mi stordisce. Non si aspettava che volessi toccarla? Perché la voglia matta che ho di lei credo di averla scritta in fronte a caratteri cubitali. Allungo una mano, esita un paio di secondi, poi l'afferra. Rimane in piedi di fronte a me. Adesso sono seduto sulla pietra fredda con il viso all'altezza della sua pancia. June fa scorrere le mani nei miei capelli, attorciglia intorno al dito uno dei miei ricci e mi guarda come se stesse implorando il mio permesso.

«Mi sento una scema» sussurra. «Dio, ha ragione Serena: sono una sfigata!»

Trattengo la sua mano, le accarezzo il polso con i polpastrelli e la guardo sorpreso. «Ma che dici?»

«Promettimi solo che la prossima volta mi... avvertirai. Cioè, non come se mi stessi chiedendo il permesso, solo un... 'ehi, sto per toccarti, non fare la pazza'».

Vorrei ridere, ma lei è seria e il suo imbarazzo mi fa tremare le ginocchia.

«Non dobbiamo fare niente che tu non voglia».

«Ma io voglio!» protesta. «È solo che non credo di sapere... cosa sto facendo. Nel senso che conosco la teoria... è la pratica che mi frega. E mi imbarazza. Perché tu sei bellissimo, e avrai avuto mille ragazze bellissime, e io sono schizzata in aria come una cavalletta, facendo la figura della perdente. E mi piaceva, non pensare che non mi stesse piacendo. Porca miseria, non riesco a smettere di parlare». Passa dal balbettare al dire mille parole al secondo. Nasconde il viso fra le mani e stavolta non freno la mia risata.

«Hai finito?» le domando con il sorriso sulle labbra.

«Magari se andassimo piano...»

La faccio sedere sulle mie ginocchia e la avvolgo di nuovo nel mio piumino. «Andremo alla velocità a cui vuoi andare tu e ti avvertirò prima di rimetterti le mani sotto la maglietta. E non ho avuto poi così tante ragazze».

«Impossibile» biascica contro il mio collo, poi ci lascia sopra un bacio umido che mi fa diventare ancora più duro.

«Frequento un collegio per soli ragazzi» le faccio notare.

«Sei stato cacciato da scuola per essere stato beccato a...»

Non lascio che finisca la frase, la bacio e ingoio il suo commento. Non permetterò al ricordo di Kimie di rovinare questo momento. Lei è lontana anni luce.

«Si sta facendo tardi» ricordo a entrambi. Le accarezzo la guancia, le rubo un ultimo bacio a fior di labbra e poi lascio che si alzi. Accende la sua piccola torcia, io cerco a tentoni il mio cellulare.

«Buonanotte, signor Gunter» dice rivolta alla tomba, ma so che lo fa solo per prendere per il culo me, così sto al gioco.

«Ci scusi se abbiamo dato spettacolo, domani infilerò le mani sotto la maglietta di June in camera mia. Promesso».

June si volta a guardarmi, gli occhi sgranati.

«Che c'è?» le domando. «Non penserai mica di trascinarmi al cimitero ogni sera!»

«Staremo a vedere» ribatte lei.

Le circondo le spalle con un braccio e le stampo un bacio sulla tempia. Ci stacchiamo solo quando intravediamo le mura grigie del maniero, che sembra avvolto da una nebbiolina spettrale, stasera. Poi lei va per la sua strada e io, riluttante, la lascio andare.

Capitolo 13

June

Di tutte le stanze del maniero, la mensa è la più fredda. Non parlo di un paio di gradi di differenza rispetto al resto dell'istituto, mi riferisco proprio a un clima siberiano. E Jace, accanto a me, sta battendo i denti.

Afferra la tazza di caffè con entrambe le mani, nel vano tentativo di scaldarle, e mi rivolge una smorfia di pura frustrazione.

«Freddo?» lo prendo in giro.

«Perché cazzo non riparano il riscaldamento in questa stanza?»

Non posso spiegargli che il budget che ci concede suo nonno è limitato, che spesso Miss Price è costretta a fare delle scelte: o paga le bollette dell'acqua o ripara il riscaldamento. O ci sfama o recupera dei vestiti decenti. So che questo, per lui, sarebbe incomprensibile, così sto in silenzio, mi limito a sorridergli e a cambiare discorso.

«Ci porta Miss Maribel a scuola, stamattina. Ha detto che deve fare delle commissioni in paese» dico. Come se fossero sincronizzati tutti con lo stesso orologio immaginario, i miei compagni, che stavano facendo colazione, si alzano dalle panche e portano i lori piatti vuoti in cucina. Caleb e Dylan sono i primi a lasciare la mensa, poi Arya insieme a Israel, alla fine gli altri. L'unica che rimane sono io. Continuo a far finta di sistemarmi il cravattino rosso della divisa, tiro su le spesse calze di lana. Tutto pur di rimanere ancora un minuto con Jace.

«Devo andare» annuncio, come se non fosse ovvio. «Non ne ho per niente voglia».

«La smetti di preoccuparti per il compito in classe di informatica?»

Sbuffo. «Lo so, lo so, ho studiato, sono preparata, ma sono comunque agitata».

«Giuro, non ho mai conosciuto una persona ansiosa come te. Sei stata tutto ieri china sui libri a ripassare. Lo sai a memoria quel capitolo».

Mi alzo da tavola e afferro la mia ciotola del latte. Dentro ne ho lasciato più di metà.

«E non hai mangiato niente» mi fa notare, mettendosi in piedi anche lui.

«Ho lo stomaco chiuso».

Jace si guarda alle spalle, poi mi rivolge un sorriso scemo, di chi ha intenzioni bellicose. Mi toglie la ciotola dalle mani e la posa di nuovo sul tavolo. Un secondo dopo, le sue bellissime labbra sono sulle mie e il mio corpo reagisce come tutte le volte che mi bacia: va in pappa!

«Ci vediamo più tardi?» domando, strozzandomi a ogni sillaba.

«Mi troverai qui, a dare testate al muro come ogni giorno» ribatte ironico.

«Studia!» lo ammonisco. Gli accarezzo una guancia, lui fa di meglio: mi blocca il polso con la mano e mi ritrovo schiacciata contro il suo petto. Mi bacia come se stesse morendo di fame.

Passato lo shock iniziale, schiudo le labbra e prendo possesso della sua lingua morbida. Potrebbe entrare chiunque in questa stanza, ma l'emozione che mi fa provare annienta la paura di essere scoperti.

Mi stacco controvoglia quando sento Israel che mi chiama a gran voce, ricordandomi che è tardi.

Jace mi parla sulle labbra. «Cazzo, quanto mi mancherà baciarti nelle prossime sette ore!»

Vorrei confessare che anch'io conterò i minuti, che le sue parole, buttate lì forse un po' a casaccio, per me hanno un valore unico. Si insinuano nel profondo del mio cuore e ci mettono radici. Invece rimango in silenzio, perché proprio non riesco a farmi uscire niente di sensato dalle labbra.

Così corro fuori dalla stanza, recupero il mio zaino vicino all'ingresso ed esco di volata dal portone principale. Il pulmino dell'istituto è già in moto e i miei compagni sono tutti dentro che mi aspettano.

«June, sei sempre l'ultima!» mi rimprovera Miss Maribel.

«Sì, scusa. Mi ero dimenticata...» 'Che cosa mi ero dimenticata?'

«La lingua nella bocca di Jace?» suggerisce Arya in un sussurro, quando mi siedo accanto a lei.

«Shh!» Le do di gomito. Poi però mi faccio contagiare dalla sua risatina sommessa. Appiattisco i palmi contro le guance che sento stanno andando a fuoco.

«È così evidente?» le domando talmente piano che temo non mi abbia sentita. Non le ho mai parlato apertamente di me e di Jace, ma immagino che mi si legga in faccia.

«Abbastanza». Arya sfila dalla tasca un lucidalabbra, se lo passa con il polpastrello e poi me lo offre. «Hai la bocca bordeaux!»

La ringrazio e mi spalmo una dose generosa del suo burro di cacao. Il pulmino scarica prima me davanti alla Hills High, poi prosegue verso la Red Oak High School.

Ci sono solo pochi studenti nel cortile davanti all'ingresso principale quando lo attraverso a passo svelto. Mi osservano con la coda dell'occhio, ridacchiano alle mie spalle e, indicando il grosso cerotto sulla tempia, qualcuno si sente in dovere di ricordarmi che sono la pezzente di Red Oak Manor.

Non li guardo, non guardo nessuno. Scappo su per le scale e raggiungo il mio armadietto. Kolton sta tirando fuori i libri dal suo, a due metri da me. Mi aspetto che si comporti come ha fatto per tutta la scorsa settimana: che mi ignori. Invece stamattina ha deciso che non può proprio fare a meno di rivolgermi la parola. E poi, cosa cavolo ci fa a scuola così presto?

«Ciao» mi saluta, senza voltare la testa nella mia direzione.

Io non rispondo. Infilo nell'armadietto i libri della seconda e terza ora, ci ficco dentro anche il mio vecchio giaccone, macchiato in più punti.

«Possiamo parlare un attimo?»

Scherza?

«Scherzi?» Ora io lo sto guardando, mentre lui continua a far finta di controllare i suoi libri.

Certo, ovvio. Se qualcuno dovesse vederci, lui potrebbe fingere di non avermi rivolto la parola. D'altronde è contro le regole di quella bisbetica di Serena.

«Ti aspetto nell'androne delle scale che portano ai laboratori al piano di sotto» bisbiglia.

'Quelle che non usa nessuno... quelle dove ci nascondevamo un anno fa'.

«Kolton, io non credo proprio che...»

«È importante!» Stavolta mi parla guardandomi negli occhi, fregandosene di essere scoperto. E io già mi immagino quanto sarò adorabile con un occhio nero, regalino della signorina Bowem, quando saprà che mi sono nascosta in un androne con il suo ragazzo.

Chiude l'armadietto con un tonfo e si avvia lungo il corridoio semideserto. Esito, ci ripenso mille volte, poi lo vedo voltare la testa di un paio di centimetri per capire se lo sto seguendo e, anche se so che è una pessima idea, decido di accontentarlo.

Spalanco la porta tagliafuoco e lo chiamo a gran voce per le scale.

«Te lo giuro, McAdam, se questa è un'imboscata, stavolta te la faccio pagare». E non ha idea di quanto sia seria.

«Non è un'imboscata». Sbuca da non so dove e mi fa prendere un colpo.

«Cosa vuoi?» domando, la mano premuta sul cuore.

«Come fai a conoscere il nipote di Sherman?»

Alzo gli occhi al cielo. «Mi hai trascinato qui dentro per chiedermi di Jace? Ma a te che importa?»

Alza la voce e avanza di due passi verso di me. «Non mi piace che ti giri intorno!» Io, istintivamente, ne faccio uno indietro e vado a sbattere con la schiena contro la parete. «Vi ho visti, sabato sera, al cinema».

«E allora?» ribatto annoiata.

«È la seconda volta. Mi sembra un po' troppo insistente».

Mi massaggio le tempie con le dita. «Giuro, non capisco. La tua ragazza mi sbatte contro la macchina dei popcorn perché crede che *io* abbia provato a baciare *te*, sfregiandomi a vita. Poi, non contenta, costringe l'intero corpo studentesco – te compreso, che esegui i suoi ordini come una scimmietta ammaestrata – a trattarmi come se fossi invisibile. Da quando sono arrivata mi considerate soltanto feccia e ora mi chiedi di raggiungerti in un sottoscala per dirmi che non ti piace che Jace sia 'troppo insistente'?» Mimo le virgolette sulle ultime due parole. «Tua madre ti ha fatto cadere dal seggiolone da piccolo, per caso?»

Kolton mi afferra il mento con una mano, si avvicina tanto che il suo respiro alla menta mi stordisce per un brevissimo attimo.

«Non fare la stronza!» È agitato come non l'ho mai visto. «Ci vai a letto, vero?»

Il panico nella sua voce mi fa trattenere il fiato. Lo spingo via con forza e mi circondo il corpo con le braccia. «Ma cosa vuoi?»

«Perché? Perché con lui sì e con me no?»

«Con te?» Mi lascio sfuggire una risatina. «Vuoi dire quando hai scommesso cento dollari con la tua ragazza che saresti riuscito a infilarti nelle mie mutande e la stupida è stata al gioco? Vuoi sapere perché non sono venuta a letto con te dopo aver scoperto che l'intera scuola stava puntando su June la verginella di Red Oak Manor?» Il mio tono è sprezzante, Kolton sembra sul punto di vomitare.

«Cazzo, June!» Cammina avanti e indietro, si infila le mani nei capelli, sfrega il viso con i palmi. «Mi sono tirato fuori da quella scommessa! Lo sai, Cristo. Lo sai perché te l'ho ripetuto un milione di volte!»

«E, per la milionesima volta, non ti credo».

Faccio per andarmene, ma lo stronzetto arrogante mi blocca di nuovo il passaggio.

«È il tuo ragazzo?»

Sto per dirgli 'sì', non fosse altro che per ferirlo. Mi fermo in tempo. Kolton McAdam è il figlio del sindaco, conosce il signor Sherman.

«No, è solo un ragazzo gentile che ogni tanto si ferma per fare due chiacchiere» mento, e sono bravissima nel farlo. «Ora posso andare?»

«Se lasciassi Serena, noi due...»

Dice le uniche cinque parole che un anno fa avrebbero significato il mondo, che ho pregato di sentire mille volte, ma che stamattina, nascosti nell'androne di una scala che non usa mai nessuno, mi fanno incazzare come non pensavo possibile.

«Noi? *Noi*, cosa?» Mi scappa da ridere. Mi farà pagare questo attentato al suo ego smisurato, ma non riesco a trattenermi. La verità è che gli altri ragazzi della scuola mi fanno un po' paura, perché sono imprevedibili. Kolton invece no. Di lui non ho mai avuto timore, per questo gli rispondo a tono ogni singola volta. Perché quando mi gira intorno lo fa con cautela; mi viene sotto, ma non attacca mai davvero. Per assurdo, quando sono da sola con lui mi sento al sicuro, come se sapessi fin dentro lo stomaco che non mi farebbe mai del male.

E non mi pento di aver dato a lui il mio primo bacio. Anche se faceva parte di una messinscena crudele, quello che ho provato era reale. Le farfalle nello stomaco, la gola secca, le ginocchia molli erano vere e Kolton lo sa. L'ha sentito tutto, il mio affetto. Solo che adesso non è rimasto più niente per lui se non un fastidio represso alla bocca dello stomaco, una voglia matta di stampargli una cinquina in faccia. E la sua stupida insinuazione non smuove nemmeno un grammo di compassione nel mio cuore. Nessuno mi ha mai umiliata come ha fatto lui, nella mensa di questa maledetta scuola, di fronte a trecento studenti. Quel ricordo penoso si fa strada nei miei pensieri e lo sostituisco con l'immagine del viso bellissimo di Jace.

I *suoi* baci sono gli unici che voglio. Come quello di stamattina, o quello di ieri sera nello stanzino, o quello di sabato sera al cimitero.

«Niente, June! *Noi*, proprio niente» sbraita Kolton, riportandomi con i piedi nell'androne, insieme a lui.

«Bene. Adesso me ne vado».

«Certo». Mi guarda come se volesse aggiungere altro, glielo impedisco.

«Addio, Kolton».

Lui non risponde, rimane con la schiena contro la parete a fissare il vuoto e io spalanco la porta antincendio.

Dopo aver pranzato per conto mio nel piccolo tunnel coperto che collega la palestra all'edificio principale, mi preparo per l'ultima ora, quella che temo più di tutte.

Il professor Tunner consegna i fogli del compito in classe da compilare e io mi distruggo le labbra con i denti. So di poter passare questa verifica a occhi chiusi, non sono preoccupata di prendere un brutto voto. Sono preoccupata del contrario.

Da quando, due settimane fa, il preside Bowem ha messo sul piatto la possibilità di frequentare il college con una borsa di studio completa, il mio cervello è andato in tilt. Ho sempre cercato di non pensare al mio futuro una volta finite le scuole superiori, come se non fosse un mio problema. Invece, da quel giorno non faccio altro. Avevo un piano: scongiurare il signor Sherman di tenermi al maniero. Potrei diventare una tutrice, aiutare con i più piccoli, insegnare matematica o letteratura, scienze, biologia, qualunque cosa. E poi è arrivato Jace. Jace, che fra un mese se ne tornerà a Londra.

E potrei farlo anch'io, credo. Andarmene, costruirmi una vita tutta mia, prendere un titolo di studio, girare il mondo, raggiungerlo.

Faccio dondolare la matita sul foglio delle risposte. Fisso la casella B, perché so che è quella la risposta giusta. La fisso e non mi decido a metterci una croce sopra. Perché se sbagliassi questa verifica, se i miei voti non fossero così alti, se non potessi vincere la borsa di studio per il college... be', rimarrei qua a Red Oak Town. Allora non avrei un'alternativa. Butto fuori l'aria dai polmoni con calma, il cuore torna a battere a un ritmo regolare al pensiero di non andarmene da questa cittadina, le mani smettono di tremare.

Segno la casella con la lettera C.

Poi faccio lo stesso con le dieci risposte successive: le metto a caso, e a ogni croce sbagliata, a ogni domanda che non mi degno nemmeno di leggere, il cuore si fa più leggero e la terra sotto i miei piedi smette di ondeggiare.

Mancano dieci minuti alla consegna dei compiti e Kolton, accanto a me, si agita sul posto. Dopo l'incontro memorabile di stamattina, non ha più posato il suo sguardo su di me. E ha risposto male a Serena quando, a inizio lezione, lei gli ha chiesto un passaggio a casa.

Guardo l'orologio, sette minuti.

Mi passo una mano sulla fronte, mando giù il groppo in gola. L'ansia torna a ondate e io non riesco a credere di aver pensato di sabotare il mio futuro in modo così vile. Cancello le risposte sbagliate, metto quelle giuste e poso la matita sul foglio un secondo prima che suoni la campanella.

Dio, mi sento così stupida e debole.

Il professor Tunner ci dice di mettere giù le matite, di passare i compiti in avanti. Devo sbracciarmi per far sì che quella stronza di Bree, la migliore amica di Serena, mi guardi e si prenda il mio stramaledetto compito. Alla fine è Kolton a passarglielo, ma piuttosto che ringraziarlo mi impiccherei.

Serena trattiene i compiti un secondo di troppo prima di passarli in avanti, e non ci avrei fatto caso se subito dopo non mi avesse rivolto il sorriso più perfido che abbia mai visto su nessuno.

«Che cazzo vuoi, sfigata?» mi urla addosso, facendo ridere tutti i miei compagni. Tutti tranne Kolton, che inaspettatamente mi posa una mano sulla gamba e la stringe appena, come a dirmi di lasciar perdere.

Quel contatto mi fa sobbalzare sulla sedia. Tiene gli occhi fissi davanti a sé, poi sposta la mano. Io recupero le mie cose ed esco dall'aula, un unico pensiero in testa: prima o poi questo incubo finirà.

Raggiungo il marciapiede e controllo l'orologio. Miss Maribel dovrebbe essere già qua, stamattina ci ha promesso che sarebbe venuta a prenderci. Non appena individuo il pulmino verniciato di bianco svoltare l'angolo, tiro un sospiro di sollievo. Miss Maribel apre la porta e ringrazio il cielo che sia Dylan che Caleb si stiano facendo i fatti loro e non sentano Sebastian urlare: «Qualcuno dia cinque dollari a quei morti di fame per comprarsi un mezzo decente!» o stavolta due pugni sul naso non glieli risparmierebbe nessuno. E non è il naso di Sebastian a preoccuparmi, piuttosto la fedina penale di Dylan e Caleb. Si cacciano già abbastanza nei guai per conto loro senza dover aggiungere alla lista i figli di papà della Hills High.

Mi vado a sedere accanto a Israel, la musica pompa furiosa dai suoi auricolari. Se ne sfila uno e me lo passa: il suo modo carino per dirmi 'Ehi, ciao, June, sono contento di rivederti'.

«Ascolti della musica incomprensibile».

«Quando sarò famoso, non ti farò accedere al backstage» ribatte.

Poggio la testa sulla sua spalla e chiudo gli occhi, godendomi il passaggio fino al maniero.

Miss Price ci sta aspettando davanti al portone spalancato, le braccia incrociate al petto e lo sguardo assassino. Sia io che Israel istintivamente guardiamo prima Caleb, poi Dylan. Invece Miss Price urla a gran voce il nome di Kimberly e non riesco a trattenere il sorriso. Spariscono entrambe nello studio della direttrice, mentre noi proseguiamo verso la sala studio.

La prima cosa che faccio quando entro è cercare Jace con gli occhi. Lui è seduto davanti al PC, ma sta guardando me. Come diavolo fa a essere sempre così dannatamente perfetto? Non mi avvicino, e lui torna a concentrarsi sullo schermo del computer.

Opal, superandomi, prima mi dà di gomito, poi mi fa l'occhiolino. È l'unica con la quale, alla fine, mi sono confidata. Solo a lei, fra tutte le mie compagne, avrei potuto raccontare delle farfalle nello stomaco che mi fa provare quel ragazzo bellissimo senza sentirmi stupida o giudicata.

«Hai ancora mal di testa?» le domando mentre si siede al solito banco e apre un quaderno.

Non è da lei perdere giorni di scuola, eppure stamattina si è lamentata di una forte emicrania e ha chiesto a Miss Price di poter tornare a letto. A dire la verità, è strana da ieri sera. Quando è rientrata dal suo turno al negozio di caramelle, dove lavora, ha saltato la cena e se ne è andata direttamente a dormire.

«Un po'. Miss Maribel ha detto che più tardi mi darà un'altra aspirina». Il sorriso dolce che mi rifila per tranquillizzarmi non me lo bevo. E quando è così giù, di solito, la sua malinconia è legata a un nome che sto iniziando a odiare: Preston West.

Mi riprometto di parlarle con calma, lontane dal chiasso nella sala comune e dalle orecchie impiccione di Kimberly e Lisa.

La lascio in pace e mi vado a sedere fra Landon e Tyler, che stanno facendo i compiti. Landon è più imbronciato del solito.

«Che ti prende, piccoletto?»

«Miss Georgie stamattina mi ha messo una nota». Estrae l'ultimo foglio dalla piccola pila che ha davanti e me lo mostra. Sopra ci trovo il disegno di una faccina che piange, fatto con il pennarello rosso.

«Stavi di nuovo disturbando la lezione?»

«No!» Scuote la testa energicamente. Tyler, senza farsi vedere dal suo amico, fa una smorfia con le labbra. «Un po'» piagnucola Landon, arrendendosi.

«Landon». Uso un tono dolce ma fermo.

«Non mi piace la matematica».

Lisa si siede in modo scomposto davanti a noi. «A chi lo dici, nano! June, anch'io ho preso un brutto voto in matematica, oggi. Ti prego, ti *pregooo*, aiutami! Non sopporto più quel vecchio bavoso del professor Abbott! Se prendo un'altra F, mi uccide».

«Che problemi avete tutti quanti con la matematica?» Sollevo le braccia in un gesto impotente. «Mettetevi seduti. E, Lisa, non parlare così del professor Abbott» la rimprovero.

«Sì, June, sì. Scusami tanto, non offenderò più il tuo *adorato* professore». Rotea gli occhi, la sua arroganza mi fa perdere la pazienza.

Passo le due ore successive a spiegare le sottrazioni a Landon e a Tyler, le frazioni a Lisa, e a fare i compiti di algebra di Dylan, che in cambio prenderà il mio turno in mensa, stasera.

Quando ho finito, Jace non è più al PC. Non l'ho nemmeno visto uscire.

«È andato fuori a rispondere al telefono» afferma Lisa, come se potesse leggermi nel pensiero.

«Eh?»

«Non fare la svampita con me. Lo vedo come lo guardi, sei una stupida. A Jace non piaci!»

Le sue parole taglienti mi indispettiscono. Ogni cosa che fa, ultimamente, mi indispettisce. Siamo sempre state molto unite ma sono mesi, ormai, che non c'è un briciolo di sintonia fra di noi. Fuma marijuana, beve alcolici, fa la stupida con i ragazzi e con me fa la superiore. I suoi sbalzi di umore iniziano a stancarmi. Quando le serve qualcosa è tutta sorrisi e moine, ma quando ha la luna storta attacca senza preavviso. Non riesce più a ferirmi, non glielo permetto.

«Ho il turno in lavanderia». Stampo un bacio sulla fronte di Landon, poi recupero dalla giacca due caramelle gommose e le nascondo dentro i pugni. Li rivolgo verso Landon e Tyler.

«Una caramella se saprete rispondere alla mia domanda». I bimbi sgranano gli occhi, fanno 'sì' con la testa. «Landon, quanto fa undici meno sette? Tyler, quanto fa dodici meno cinque?»

I bimbi ci pensano, poi rispondono correttamente urlando il risultato.

«Bravi». Apro i pugni e rivelo il mio regalo. Si infilano la caramella in bocca e discutono su chi si è accaparrato il gusto più buono.

Lascio la sala studio e vado direttamente in lavanderia. Spalanco la piccola porta e trovo Jace seduto sul coperchio di una delle due asciugatrici che risalgono al primo dopoguerra.

«Che ci fai qui?» Mi guardo intorno, richiudo alla svelta la porta dietro di me.

«Ti aspettavo». Il suo mezzo sorriso promette un sacco di cose: tutte proibite ed eccitanti.

«Ho il turno con Kimberly» bisbiglio, avvicinandomi.

«Lo so». Scende con un balzo, mi afferra il viso fra le mani e mi bacia teneramente sulle labbra. Una delle sue mani finisce sul mio sedere, poi scivola di qualche centimetro verso il basso fino a insinuarsi sotto l'orlo della gonna. Mi accarezza le gambe fasciate dalle calze e il cuore arriva in orbita. «Vado a farmi la doccia, ci vediamo dopo?»

Annuisco, incapace di formulare mezza frase di senso compiuto. Lui si allontana di un passo.

Sto perdendo la testa.

A ogni bacio, a ogni singola carezza, gli concedo un pezzetto della mia anima. Una vocina preoccupata nella mia testa mi dice di fare attenzione, di non fidarmi. Mi ricorda che abbiamo un timer sulle nostre teste. Che stavolta, quando se ne andrà, mi spezzerà il cuore in modo irreparabile.

Perché i ragazzi come Jace Campbell sono destinati a diventare qualcuno nella vita. Mentre io sarò per sempre June, l'orfanella di Red Oak Manor.

Lui se ne andrà fra un mese e io rimarrò qua, ad aspettarlo fino alla fine.

Raggiungo il dormitorio tenendo in bilico un vassoio con dentro la cena di Opal. Miss Claire le ha preparato una porzione abbondante di zuppa di pollo e noodles che la mia amica non finirà mai. La luce nello stanzone è spenta, solo qualche piccolo abat-jour acceso qua e là.

«Stai dormendo?» sussurro posando il vassoio sul suo comodino. Ha il viso nascosto contro il cuscino e scuote appena la testa. «Ti ho portato la cena».

«Grazie» bofonchia sollevando di poco il collo.

«Zuppa di pollo» annuncio con voce allegra. «Miss Claire l'ha fatta apposta per te».

«Non ho molta fame». Si volta su un fianco e stringe il cuscino al petto.

«Non costringermi a imboccarti» la prendo in giro. «Sai che ne sarei capace».

Ridacchia. «Lo so. Che si dice al piano di sotto?»

«Il solito. Kimberly ha dato una risposta delle sue e la direttrice si è scorticata i polpastrelli a furia di farsi il segno della croce. Poi le ha assegnato quattro turni extra in cucina per la gioia di Miss Claire che proprio non la sopporta. E poi, vediamo, Tyler ha rovesciato la zuppa di pomodoro e si è beccato un turno in cucina pure lui. Israel non trovava più il suo taccuino e si è scoperto che lo aveva preso Landon per fargli uno scherzo».

«Fammi indovinare... turno in cucina?»

«Esatto!» Riesco a strapparle un sorriso. «Dai, Opal, mangia la zuppa prima che si raffreddi, poi ti sentirai meglio».

Si lascia sfuggire una risatina ironica, poi si mette a sedere. Ha gli occhi arrossati e cerchiati da profonde occhiaie, come se avesse pianto per ore e ore e non chiudesse occhio da giorni. Mi si stringe lo stomaco.

«Come va con Jace? Lo vedo come ti guarda, non ti perde di vista un secondo». Prova a cambiare discorso, io scuoto la testa con decisione.

«No, Opal. Lascia perdere Jace. Dimmi cosa è successo».

«Sto bene».

«Non è vero». Poso una mano sulle sue, che tiene intrecciate in grembo, e il suo sospiro è così profondo che le spalle si alzano e riabbassano violentemente.

«Preston» sussurra. Devo cucirmi la bocca per non lasciar uscire un commento acido. «E i miei genitori...» prosegue lasciandomi perplessa.

«I tuoi genitori, cosa?»

«Ieri è stato l'anniversario della loro morte» spiega mentre una lacrima le riga la guancia. Se l'asciuga con stizza e io non so cosa dire.

«Oh... mi dispiace, non lo sapevo».

Alza le spalle. «Non credo di avertelo mai detto. Lo sai che faccio ancora fatica a parlarne. Ma lui lo sapeva».

«Si è dimenticato di chiamarti in negozio?»

È così che si tengono in contatto quando Preston è al college. Il loro è un rapporto strano, un tira e molla infinito che la prosciuga giorno per giorno.

«Peggio. È in città, l'ho visto uscendo dal negozio alla fine del mio turno, ieri pomeriggio». Passano così tante emozioni nel suo sguardo: rabbia mista a delusione, incredulità che fa a botte con l'orgoglio.

«Non sapevi venisse?»

«Mi ha detto che non sarebbe tornato questo weekend» chiarisce infastidita. «Probabilmente aveva già preso impegni con quella Claire che gli gira sempre attorno, dato che erano in macchina insieme».

«Che stronzo!» sbotto, cercando di mantenere un tono di voce basso.

«Non mi aspettavo grandi cose, ma neppure che si dimenticasse o che preferisse passare il poco tempo che ha qui a Red Oak Town con un'altra. Mi fa sentire così...» Scuote la testa. «Non so neppure io come mi sento». Allunga una mano indicando la zuppa. «Mi passeresti il vassoio?»

«Certo». Lo prendo dal comodino e l'aiuto a sistemarselo sulle gambe.

«La zuppa di pollo di Miss Claire non andrebbe sprecata, nemmeno per Preston West».

La osservo mentre porta il cucchiaio alla bocca e mi concede un esile sorriso. È strano vederla così persa e triste, proprio lei che è una roccia per natura, che nonostante la vita le abbia strappato la felicità da sotto il naso, va avanti a testa alta e rallegra tutti con il suo buonumore.

«Cos'è che mi dici sempre?» chiede mentre cerca di acciuffare un noodle dal cucchiaio prima che si schianti sulla coperta di lana.

«Ti dico un sacco di cose...» ridacchio.

«Quella sui momenti brutti».

Sorrido. «Se i momenti brutti superano quelli buoni, allora non è una storia sana».

«Allora credo che la nostra non lo sia affatto» sospira.

Mi ripassa il vassoio e io lo appoggio a terra, lo porterò in cucina più tardi. Si affloscia sui cuscini e le faccio cenno di farsi più in là. Mi sdraio accanto a lei e l'abbraccio. «Devo confessare una cosa» bisbiglio.

«Cosa?»

«La frase sui momenti brutti e belli che ti piace tanto... non è farina del mio sacco. Credo di averla letta da qualche parte».

La risata di Opal parte piano, si trasforma presto in una sghignazzata senza controllo che contagia anche me.

Quando riusciamo a calmarci, le lacrime che si asciuga dal viso sono lacrime belle.

«Non vai da Jace a fumare?»

«Rimango ancora un po' qui con te se non ti dispiace».

«No, non mi dispiace affatto, piccola June».

Non ci diciamo più niente, so che ha bisogno di rimettere in ordine i pensieri e capire da sola come uscire da questa situazione. Così rimaniamo abbracciate finché, sfinita, non si addormenta. Mi alzo dal letto facendo attenzione a non svegliarla, le rimbocco le coperte e penso a quante volte, quando eravamo più piccole, era lei a fare lo stesso con me.

Mi mancherà da impazzire quando, fra qualche mese, lascerà Red Oak Manor per inseguire i suoi sogni. E io le auguro davvero che possa avverarli tutti.

Capitolo 14

Jace

Stasera lo faccio.

Stasera propongo a June di fumarci la sigaretta in camera mia.

Continuo a girare in tondo nella piccola mansarda, spengo una cicca, ne accendo un'altra. Dieci minuti con lei nello sgabuzzino non mi bastano più. Baciarla di nascosto quando la incrocio nei corridoi, nemmeno. La vedo scherzare con i suoi compagni, aiutare i più piccoli, mentre io sono fuori dal suo radar. E, invece, io voglio essere *dentro* il suo radar.

Ho anche ripreso a studiare e cerco in tutti i modi di tenere la testa impegnata, ma i miei pensieri continuano a tornare a June. Sta diventando un'ossessione. Una di quelle che ti fanno battere forte il cuore e attorcigliare lo stomaco. Ho provato a convincermi che sono solo annoiato, che sto cercando una scusa per far passare in fretta i giorni che mi separano da Natale, da Londra. Poi, però, me la trovo davanti e scalpito. Penso di andarmene... e scalpito.

Perché ho voglia di baciarla, di parlarle, di guardarla. Perché mi fa provare cose alle quali non riesco a dare un nome: una fitta bastarda alla bocca dello stomaco che si intensifica quando siamo insieme e che, invece di passare, con il tempo diventa sempre più forte.

E ho voglia di toccarla, di spogliarla e scoprire cosa si prova a farlo con una ragazza di cui mi importa davvero.

Finalmente bussa alla porta della mia stanza mentre sto spegnendo l'ennesimo mozzicone nel posacenere improvvisato.

«Arrivo» dico. Spruzzo un po' di profumo in aria e peggioro la situazione: l'odore stantio del tabacco si mescola a quello sofisticato di Yves Saint Laurent e il risultato è una schifezza irrespirabile. Mi infilo una gomma alla menta in bocca, mi sistemo i capelli con la mano, poi sputo il chewing-gum nel cestino accanto al letto.

Cazzo, sono nervoso.

Apro la porta e, a differenza di tutte le altre volte, non la seguo in corridoio; al contrario, rimango immobile sulla soglia. June indossa una felpa blu di tre taglie troppo grande e si è legata i capelli in una cipolla disordinata sopra la testa.

«Pensavo non venissi più».

«Ero con Opal, non si sentiva bene. Non vieni a fumare?» domanda infilandosi le mani in tasca.

Ci penso solo un altro secondo, poi l'afferro per un braccio e la trascino in camera mia. La porta non si è ancora chiusa del tutto che la sto già baciando. Barcolla all'indietro, sotto l'effetto del mio peso, finisce sul letto e io sopra di lei. So che devo andarci piano, che devo dosare le carezze, impedire alle mie mani di toccarla ovunque, ma stasera faccio più fatica del solito.

June è minuscola sotto di me, così esile e magra che sparisce, sovrastata dal mio corpo. Il bacio che mi restituisce è frettoloso e sensuale al tempo stesso. Le sue mani si intrufolano fra i miei capelli, li strattonano appena, divarica le gambe quel tanto che basta per potermici sistemare in mezzo. Faccio leva su un avambraccio per non schiacciarla, mi tuffo sul suo collo e le mani scivolano sotto la sua felpa. Poi sotto la maglietta. La sua pelle nuda non mi fa ragionare. Mi fermo non appena la sento irrigidirsi e mi costringo a riprendere fiato.

«Puoi...» sussurra lei. Un'unica parola che mi manda in blocco prima il cervello, poi il resto del corpo. Si riprende la mia bocca e il mio cuore fa un tuffo verso l'oblio.

La pelle di June è morbida e calda. Faccio scorrere i polpastrelli sulla sua pancia, risalgo fino a sfiorarle l'elastico del reggiseno. E la voglio, Dio, quanto la voglio. Smette di baciarmi, rimane con gli occhi spalancati a fissare il soffitto, in attesa. Non so bene come comportarmi, quale sia il confine fra il suo 'puoi' e il mio 'vorrei'. Così avanzo con cautela, la sfioro con dolcezza, la osservo per interpretare la sua reazione. Scosto il tessuto liscio del reggiseno e lei, d'istinto, stringe le cosce fortissimo intorno alle mie gambe. Perdo l'equilibrio, le ricado sopra, la mia erezione finisce contro il suo inguine e la stanza inizia a vorticarmi intorno.

Non mi sposto, June rimane immobile. Il danno è fatto. Penso che mi solleverò, le lascerò un po' di spazio, non le premerò il mio desiderio addosso in modo così sfacciato, invece faccio l'esatto contrario: mi muovo piano sopra di lei. La pressione mi manda il sangue in ebollizione. I suoi occhi, adesso, sono nei miei. Così verdi, così spaesati. 'Mi alzo, giuro che mi alzo dal letto e metto tre metri di distanza fra di noi', perché dubito che il suo 'puoi' comprenda la mia erezione che si struscia fra le sue gambe.

Ma June mi spiazza.

Proprio quando penso che mi tirerà un ceffone in pieno viso e uscirà piangendo da questa stanza, le spunta un sorriso sulle labbra e accompagna i miei movimenti con il suo corpo.

E io mi sento un po' morire.

È tutto troppo nuovo, troppo intenso. E fa caldo, talmente caldo che mi sfilo la felpa dalla testa e poi faccio lo stesso con la sua. Mi fermerò quando mi dirà di farlo.

June rimane con indosso una canottiera nera, che nasconde maldestramente un reggiseno color porpora. Una delle bretelle è sfilacciata. Abbasso la testa e la bacio alla base del collo, poi scendo di un centimetro, leccandola con la punta della lingua. Mi guarda con un misto di preoccupazione e fiducia, forse vuole capire fin dove mi spingerò. E io, in tutta sincerità, non ne ho idea.

Le sue mani mi accarezzano la schiena, si fermano sulla cintura dei miei jeans. Mi muovo appena più veloce sopra di lei, i nostri corpi che strusciano l'uno contro l'altro mi eccitano fino a farmi quasi perdere i sensi, i suoi gemiti strozzati mi danno il colpo di grazia.

Le scopro un seno, lo bacio delicatamente. June è una lastra di marmo sotto il mio corpo, mentre io vorrei che si rilassasse, che si lasciasse andare. Lei è inesperta, e mi ritrovo a pensare di esserlo anch'io. Perché con Kimie non ho mai provato niente di tutto questo. Non c'erano baci affettuosi o mani tremolanti che vagavano insicure su un altro corpo. C'era il sesso, sporco, ossessivo, e c'era una costante punta di fastidio alla bocca dello stomaco, come se lui sapesse che quello che stavo facendo fosse sbagliato, fosse troppo.

Chiudo gli occhi e, con ancora le labbra a sfiorarle il capezzolo, svuoto piano i polmoni dall'aria che stavo trattenendo. Torno sulla sua bocca, mi sollevo quel tanto che basta a lasciare un po' di spazio fra i nostri corpi e le accarezzo una guancia con le dita.

È di una bellezza sfacciata, delicata. I suoi occhi luccicano e il respiro ansante le fa sollevare il petto, che va a battere contro il mio, in fiamme.

«Rifallo». Quell'unica parola tuona nella mia testa, anche se June l'ha pronunciata in un sussurro.

Mi guarda, io non riesco neanche a sorriderle. Mi metto in ginocchio sul letto e, senza pensarci, mi sfilo anche la maglietta, rimanendo nudo dalla vita in su. Non ho un piano, seguo l'istinto, e quello mi dice che *qui* e *ora* va bene così. June trattiene il fiato, i suoi occhi si spalancano mentre li fa vagare sul mio torso. Mi rendo conto di non aver proferito nemmeno mezza parola da quando l'ho trascinata nella mia stanza, ma sono sicuro che lei si stia prendendo tutte le risposte che vuole dal mio sguardo implorante. Non riesco a parlare, a malapena respiro. Afferro il bordo della sua canottiera e la strattono verso l'alto, June solleva le braccia, poi lascia che ricadano sul materasso, inermi.

L'ammiro con solo il reggiseno indosso, fra le mie lenzuola, e penso sia la cosa più bella che abbia mai visto. E si fida di me. Si fida al punto che mi permette di toccarla, di sfiorarle la pelle della pancia, salire fino ai seni, posarci la bocca sopra.

Ne afferro uno con la mano, sono più rude di quello che vorrei mentre glielo strizzo, poi mi infilo tutto il capezzolo in bocca e June freme sotto di me. Stringe il lenzuolo fra le dita, butta la testa all'indietro e io mi sento anestetizzato da tanta perfezione. Niente potrebbe rovinare questo momento.

Niente... tranne il rumore tonante di qualcuno che bussa alla mia porta.

Scatto in piedi, mi faccio prendere dal panico.

«Merda!» impreca June, recuperando alla velocità della luce la sua canottiera.

Bussano di nuovo, stavolta più forte, e vedo June catapultarsi giù dal materasso e nascondersi nel minuscolo spazio fra il letto e il muro.

«Arrivo!» Trovo la mia maglietta, la indosso mentre apro la porta.

Dylan.

'Che cazzo vuole Dylan?!'

Ci fissiamo per una manciata di secondi, non è contento.

«June!» la chiama a gran voce, con un tono che si addice più a un padre che a un amico. D'istinto vorrei negare, dirgli che non c'è, ma non mi lascia il tempo di formulare quelle parole, ha già fatto un passo nella stanza.

La testolina bionda di June – con i capelli arruffati che scappano in tutte le direzioni dall'elastico – sbuca da dietro il letto.

«Che cavolo vuoi?!»

«Miss Maribel ti sta cercando ovunque. Caleb le ha detto che sei in lavanderia. Muovi il culo!» Prima di uscire, Dylan mi rivolge un'occhiata di avvertimento che non è difficile da interpretare.

June salta sul letto, trova la sua felpa, se la infila. Io non ho ancora detto una parola, non credo che ne troverò di intelligenti.

«Mi uccide! Stavolta mi uccide sul serio!» Le trema la voce.

Mi raggiunge davanti alla porta, non mi guarda. Sta per uscire, ma le blocco un polso.

«Respira».

Finalmente solleva lo sguardo, mi restituisce il sorriso.

«Ci vediamo domani mattina?»

Si avvicina, io la bacio. Poi scappa giù dalle scale, mentre io rimango fermo a fissare il letto sfatto.

L'erezione in mezzo alle gambe mi sta facendo impazzire. Provo a sistemare il cavallo dei jeans, non risolve niente. Mi butto sul materasso, chiudo gli occhi e June è di nuovo davanti a me. Ci pensa il mio cellulare, perennemente abbandonato sul pavimento sotto la finestra, a distrarmi. Mi alzo controvoglia, non sento nemmeno freddo in questo momento. Ho la sensazione che il corpo di June sia ancora sotto il mio, che mi scaldi.

È mia madre.

Fisso il display finché non torna nero. Solo che lei non si arrende e il cellulare riprende a vibrare.

«Come posso aiutarti?» rispondo.

«Dovremmo davvero lavorare sui tuoi modi, ragazzino» mi rimprovera. «Come stai?»

«Stavo meglio cinque minuti fa. Letteralmente».

«Ho bisogno di un favore».

Ah!

«Certo, mamma! Chiedi pure, sarò felicissimo di aiutarti. D'altronde, siamo una famiglia, io e te. Insomma, se non ci aiutiamo noi due, nel momento del bisogno, chi potrà mai farlo? Giusto?» ironizzo, ritrovando di colpo la voce.

«Non ti sopporto quando usi quel tono sarcastico».

Una volta tanto non è ubriaca, e in tutta sincerità non so quale delle due versioni disprezzi di più. Quando è ubriaca mi spaventa, ma quando è sobria è cattiva.

«Non mi sopporti a prescindere, mamma. Cosa vuoi?»

«Ho bisogno di soldi» ribatte secca.

«Soldi? E li vuoi da me?» Mi scappa da ridere.

«Tuo padre, tanto per cambiare, è al verde e non ho alcuna intenzione di chiederli a tuo nonno».

«Quanto ti serve?»

«Ventimila dollari».

Sgrano gli occhi. «E dove cazzo pensi che li prenda, io, ventimila dollari?» Decisamente la preferisco ubriaca.

«So che li hai, non fare lo stronzo».

Il cuore sprofonda nello stomaco e la rabbia mi avvelena il sangue. «Sai bene che non posso toccarli, quei soldi. Nonno

Kevin controlla gli spostamenti di denaro sul mio conto, cosa cazzo gli dico?»

«Inventati qualcosa, Cristo!» È così agitata che mi fa venire la pelle d'oca dietro la nuca.

«A che diavolo ti servono?»

«Non sono cose che ti riguardano. Fammi un bonifico e basta» strepita.

«Mi dispiace, non posso proprio». Sto per attaccare, ma non faccio in tempo.

«Avrei dovuto abortire quando ne avevo la possibilità! Sei un figlio inutile, Jace. Mi hai rovinat...»

Chiudo la conversazione, mi accascio sul pavimento e cerco di riprendere fiato. Gli occhi si appannano, ma le lacrime non scendono. Credo di non averne in corpo, forse non le ho mai avute.

Nemmeno da piccolo, quando venivo aggredito verbalmente da quella donna meschina o ignorato da mio padre, riuscivo a piangere. Neanche quando i miei si sono separati definitivamente e ho capito, senza ombra di dubbio, che a nessuno dei due fregava un cazzo di me.

Quel giorno stavano litigando in modo furibondo, si lanciavano addosso accuse e insulti senza trattenersi. E stavano discutendo per colpa mia: nessuno dei due mi voleva fra i piedi.

Papà ripeteva come un disco rotto che i figli appartengono alle madri, che lui non avrebbe saputo cosa farsene di me, che non era nemmeno sicuro che fossi davvero suo figlio. Mia madre gli urlava in faccia che era tutta colpa sua, che era stato lui a insistere affinché non interrompesse la gravidanza, e solo perché voleva mettere le mani sul suo patrimonio. Che l'aveva ingannata e che nemmeno lei sapeva cosa farsene di me.

«Tuo padre ha un orfanotrofio, no? Lascialo lì...»

Il ricordo di quella frase mi sferza il viso, mi fa galleggiare gli organi nel corpo. Mi ritrovo sdraiato contro la pietra fredda del pavimento, la fronte e la schiena imperlate di sudore, il cuore che batte quasi fino a esplodere. Fisso la trave sopra la mia testa, sposto solo gli occhi e assorbo tutto quello che mi circonda: l'armadio che cade a pezzi, il minuscolo letto, il calorifero spento, le mie scarpe di marca abbandonate in un angolo, il PC sotto il letto.

«Hai visto, papà?» sussurro. «Alla fine mi ci avete lasciato davvero all'orfanotrofio».

Ho bisogno di una canna. Di una bottiglia di alcol. Ho bisogno di June...

Mi rimetto in piedi e afferro il portafogli dalla scrivania, dentro ci trovo una banconota da cento dollari.

Scendo le scale e cerco Dylan. Un ragazzino di cui non ricordo il nome mi dice che è in camera sua. Busso alla porta del dormitorio, non aspetto nessuna risposta, la apro ed entro.

La miseria in questa stanza mi coglie impreparato. È molto diverso dallo stanzone delle ragazze, pieno di colori e cianfrusaglie sparse ovunque. La camerata dei ragazzi è sterile e impersonale. Non riesco a contare tutti i letti, non mi interessa nemmeno farlo. La verità è che se mio nonno non avesse obbligato mia madre a portarmi con sé in California, probabilmente uno di questi lettini sarebbe il mio. Conoscendomi, avrei scelto quello sotto la finestra più grande, nell'angolo in fondo.

Una nuova spina va a conficcarsi nel mio cuore, perché sono costretto ad ammettere che devo tutto a quel vecchio bastardo. Ha sempre avuto ragione: ho solo lui.

«Ti serve qualcosa?» mi domanda Caleb in tono brusco, mentre si rigira fra le mani un rettangolo argentato. Fa scattare verso l'alto il coperchio, una fiamma si sprigiona da quello che riconosco essere un accendino costoso. Poi, con un gesto altrettanto veloce, richiude l'estremità lucida e la fiammata sparisce.

«Dylan».

Lo indica con il mento, Dylan solleva di poco il braccio per farsi vedere. Entro nella loro stanza senza chiedere il permesso. Tiro fuori la banconota da cento dollari dalla tasca posteriore dei jeans e gliela mostro.

Non c'è bisogno di parlarsi, lui si alza in piedi e recupera un sacchetto di plastica da sotto il materasso. Mi porge due canne già rollate.

«Non ho altro, qua» dice.

«Basteranno».

Si prende i soldi, io me ne vado. So bene di aver pagato dieci volte tanto, non mi interessa.

Supero la sala comune, June è rannicchiata su uno dei divani logori, con Tyler in braccio, e stanno guardando un cartone animato. Si solleva non appena mi riconosce e mi rivolge uno sguardo interrogativo. Ma io non mi fermo, non le spiego che sto per perdere il controllo. Se l'avessi incrociata per prima, forse avrei lasciato che curasse lei le mie ferite. Invece ho la marijuana, e mi aggrappo a quella.

Scendo dalla scalinata principale, quella *off-limits*. Attraverso la sala da ballo buia e cerco a tentoni la piccola porta che conduce all'ala ovest. Dopo essermela richiusa alle spalle, accendo la torcia del mio cellulare e percorro il lungo corridoio.

Questo posto è identico a come lo ricordavo, solo più buio, più polveroso. Mi accendo una delle due canne prima ancora di arrivare alla biblioteca. L'erba mi invade la bocca, si insinua nel cervello, mi intossica i polmoni. E io mi sento meglio. Raggiungo il pianoforte e mi siedo sul piccolo sgabello, senza sapere bene cosa fare. Non ho davvero voglia di suonare, volevo solo allontanarmi. Fa un freddo maledetto, le mani si intorpidiscono, ma io continuo a sudare.

«Pensi che non ci abbia pensato? Credi che non abbia chiesto a mio padre di prenderselo?»

Sollevo il coperchio che protegge i tasti d'avorio, scosto la protezione di velluto rosso e batto tutte e dieci le dita sui tasti. Producono un suono drammatico. Lo rifaccio, con più forza. Il silenzio viene squarciato dal lamento delle corde del pianoforte che sto maltrattando. Il suono riecheggia nella biblioteca per un secondo, poi mi lascia di nuovo solo e disperato.

Batto i tasti a caso, mi concentro sulle note alte, ma le mie dita non ci stanno. Si muovono da sole e mi ritrovo a suonare il *Clavicembalo ben temperato* di Bach. Concludo, ricomincio. E poi ancora, ancora e ancora, finché la mente non si svuota e il dolore si affievolisce.

La conversazione dei miei genitori è un lontano ricordo, il

senso di oppressione anche. Nel frattempo, la canna si è spenta fra le mie dita.

Mi alzo dallo sgabello e la riaccendo. Faccio luce nella stanza; la ricordavo più grande, più imponente. O forse era solo June a essere minuscola fra queste quattro mura. C'è una candela sul coperchio del pianoforte, sembra che sia stata accesa di recente, e mi ritrovo a sorridere. Vago per la stanza fredda, mi avvicino alla libreria e ai libri ammuffiti. La luce incontra una fila infinita di manuali rilegati in pelle, poi si ferma su una bambola. E poi un'altra.

Allungo una mano per toccarle, poi la ritraggo. Sono le bambole di June. Quelle che le ho regalato io, che ho rovinato così che non gliele portassero via. Non so perché mi stupisca scoprire che le abbia ancora, se ci penso razionalmente so che non se ne sarebbe disfatta con tanta facilità.

E poi ci arrivo: non ho nessun diritto di lamentarmi della mia vita. Ho avuto un'infanzia di merda, ma anche lei. Solo che a me non è mancato nulla. Ho sempre avuto più di quanto avessi bisogno, mentre lei possiede solo queste due fottute bambole.

'Lei ha una famiglia' mi sussurra una vocina stronza nella mia testa, e un briciolo di invidia mi stritola le budella. 'Persone che le vogliono bene, che si prendono cura di lei. Tu sei solo'.

«Jace?»

Per un attimo penso di essermi solo immaginato la voce soffocata di June. Poi mi volto e la trovo sulla soglia della biblioteca. Tiene la pila rivolta verso il pavimento.

Non ci penso due volte: butto a terra quel che rimane dello spinello e la raggiungo. L'abbraccio forte. Lei si aggrappa a me, stringe il tessuto pesante della mia felpa e io nascondo il viso nel suo collo. Ha il mio profumo sulla pelle.

«Che ci fai qui?»

«Ti aspettavo» riesco a dirle. L'emozione mi gioca brutti scherzi.

'Lo vedi? Nemmeno io sono solo. Ho June...'

Quando penso a lei, penso a un paio di ali. Ali magiche che non perdono mai l'equilibrio. Che riescono a battere così velocemente da non farsi mai afferrare. Lei, con le sue ali, mi porta via da qua, protegge entrambi.

Si stacca appena, mi accarezza una guancia con la mano e mi sorride. E lo fa sempre, ci riesce sempre. Il mondo va a puttane e June sorride, bilanciando lo schifo con la bellezza.

«Non dovresti essere qui» sussurra. «Miss Price sta per fare il giro di ronda».

«Adesso torno in camera».

«Hai suonato?»

Annuisco. Lei guarda oltre le mie spalle, ma non credo riesca a vedere niente, le nostre torce sono puntate verso il pavimento e la stanza sembra esser stata inghiottita dalle tenebre.

«Vieni con me».

Mi prende per mano e mi fa uscire dalla biblioteca. Arrivati a metà corridoio, svolta a sinistra, apre una porta e saliamo un piano di scale. Si muove a suo agio nei corridoi immersi nell'oscurità. Sbuchiamo in una stanza che non ho mai visto, ma credo di sapere che ci troviamo nell'ala est, dove ci sono i dormitori dei ragazzi. La attraversiamo e June socchiude la porta di uscita, che emette un cigolio. Una voce maschile le dice qualcosa e lei si decide ad aprirla del tutto. Siamo nel corridoio principale, a metà strada fra la sala comune e i bagni. Israel sta piantonando il passaggio, ci fa segno con la mano di sbrigarci e June mi spinge verso la scala che porta in mansarda.

«Vai!» mi incoraggia e io, invece di andarmene, perdo qualche secondo per baciarla. Lei sorride imbarazzata, Israel sbuffa.

«Dai!» ci sgrida.

Salgo i gradini a due a due, mi chiudo nella piccola mansarda e mi butto sul letto.

'Mi mancherai' penso.

Quando me ne andrò, fra un mese, sentirò la mancanza di June forte come un pugno nello stomaco. È sempre stato così con lei, anche quando avevo dieci anni: pochi minuti e sono fregato.

Pochi minuti e lei diventa indispensabile.

E io non la rivedrò mai più.

Capitolo 15

June

Sono sotto la doccia da parecchi minuti, l'acqua è bollente anche se il getto esce debole. Non ho dormito un granché, per tutta la notte mi sono rigirata nel letto e ho continuato a pensare a Jace e al dolore che gli trasfigurava il viso quando l'ho trovato nella vecchia biblioteca.

Non lo avevo mai visto così sconvolto, non pensavo nemmeno che ci fosse qualcosa al mondo che potesse davvero turbarlo. Lui è sempre pacato e introverso, così al di sopra della realtà che lo circonda. Anche quando è incazzato, sembra indifferente.

Ieri sera, no.

Mi sciacquo via il sapone dal corpo, mi accarezzo un seno, lo stesso che ha toccato lui. Sono costretta a chiudere gli occhi, e le cosce, come se vivessero di vita propria, si stringono fra loro. Mi sento elettrizzata e imbarazzata allo stesso tempo. Se Miss Price sapesse che ero in camera sua, senza maglietta, e che Jace si stava strusciando sopra di me con il suo... *coso*, si farebbe il segno della croce, reciterebbe un'Ave Maria e due Padre Nostro e poi mi spedirebbe nei sotterranei del maniero, giusto per farmi schiarire un po' le idee su quello che è giusto e quello che è sbagliato.

Eppure, non sembrava sbagliato. Tutto ma non sbagliato.

Chiudo l'acqua della doccia e afferro il mio asciugamano. Lisa si sta pettinando i capelli davanti allo specchio, è silenziosa da ieri. Quando non parla, mi preoccupa.

«Tutto bene?» le domando, raggiungendola davanti al lavandino per lavarmi i denti.

Non mi risponde, nemmeno si volta a guardarmi. Lascio perdere.

Fuori è ancora buio pesto ma i ragazzi del maniero sono già tutti in piedi, anche i più piccoli, pronti a iniziare una nuova giornata.

Indosso alla svelta la mia divisa e mi tampono il più possibile i capelli con un asciugamano. Non è una mossa furba da parte mia lasciarli bagnati, ma sono in ritardo e muoio dalla voglia di vedere Jace.

Quando scendo al piano di sotto, lui è già seduto su una delle panche nella sala mensa, con una tazza di caffè in mano. Dalle occhiaie che gli segnano gli occhi deduco che nemmeno lui abbia dormito molto.

«Ciao» lo saluto con la mano. Poi scappo in cucina a prendere la mia ciotola con il latte e una fetta di torta appena sfornata da Miss Claire. Mi siedo accanto a lui, che non alza lo sguardo dalla sua tazza, e penso che vorrei scuoterlo forte e dirgli di non chiudersi a riccio. Vorrei ricordargli che ogni attimo che passa a ignorarmi, a non parlarmi, è un attimo sprecato. E che non ne avremo poi molti.

«Ti restituiscono la verifica di informatica, oggi?» è tutto ciò che mi domanda.

Ieri sera la sua bocca era sul mio corpo, le sue mani sul mio seno, e lui mi parla di compiti.

«Già».

Non gli ho raccontato di quello che ho fatto, o che comunque stavo per fare. Quel piccolo segreto lo tengo per me.

«Io andrò a pranzo da mio nonno» dice senza entusiasmo.

«Che succede?»

Le sue iridi del colore del mare si piantano nelle mie e a fatica mi rivolge un mezzo sorriso storto che mi intristisce.

«Niente, va tutto bene». Ma non è vero. Si alza dalla panca ed esce dalla sala mensa, sparisce dalla mia vista e io non capisco.

Mi si chiude lo stomaco all'istante, fisso il latte e penso che vomiterò se ne ingurgiterò anche solo un sorso. Lisa, quando entra, non si siede accanto a me come al solito, si va a sistemare all'altro tavolo e mi dà le spalle. Decido di fare un ultimo tentativo.

«Ehi, piccoletta. Si può sapere cos'hai?» le chiedo avvicinandomi.

«Non sono una piccoletta» ribatte scontrosa.

«Okay, è vero, non lo sei. Ma posso sapere comunque perché sei così di cattivo umore?»

«Sei l'ultima persona con la quale voglio parlare».

Sospiro, i nervi a fior di pelle. La verità è che le voglio bene, un bene profondo che mi fa passare sopra il suo livore, sopra gli scatti d'ira, sopra il modo meschino con il quale mi ferisce da troppo tempo.

Quando è arrivata al maniero, a quattro anni, era una ragazzina spaventata e triste. I suoi primi anni di vita li aveva passati sballottata da una casa-famiglia all'altra, da un istituto all'altro, finché non è arrivata a Red Oak Manor. Miss Price me l'aveva in qualche modo affidata, diceva che ero la persona giusta per farle tornare il sorriso. Per un po' ci ero anche riuscita, ma a ogni giornata dell'adozione andata male, a ogni rifiuto, le crepe nel suo cuore si sono ingrandite, e ora temo sia troppo tardi per tornare indietro.

E domenica saremo sottoposti all'ennesima farsa, come ogni prima domenica del mese. Forse è per questo che è silenziosa e malinconica, stamattina, perché per la prima volta sta iniziando a capire: non l'adotterà nessuno. Come non hanno fatto negli ultimi tredici anni. Come non hanno fatto con me negli ultimi quindici. O con Dylan negli ultimi diciassette.

«Sai...»

«Oh, vaffanculo, June!» mi interrompe prima ancora che possa pronunciare la seconda parola. «Non ho bisogno delle tue belle parole e non me ne frega un cazzo di sapere quello che pensi. Sei una stronza e non ti voglio parlare, fattene una ragione».

Tyler, seduto davanti a Lisa, si porta la manina alla bocca.

«Non si dicono le parolacce!» la sgrida e io gli sorrido, per tranquillizzarlo e fargli capire che va tutto bene.

«Come vuoi tu, Lisa». Mi allontano e mi ritrovo a respirare a pieni polmoni per non sbottare. Sono stanca di girarle in tondo in punta di piedi, nel vano tentativo di limitare i danni. Se non vuole più avere niente a che fare con me, allora alzo le mani. Sbatterà la testa contro il muro come abbiamo fatto tutti noi prima di lei, spero solo che sia abbastanza forte da rialzarsi.

«Non posso credere che tu abbia fatto una cosa del genere, June!» sta sbraitando Miss Price.

«Non l'ho fatto!» stavolta alzo la voce anch'io.

Siamo nel suo studio da venti minuti e non vuole sentire ragioni. Mi sventola in faccia per l'ennesima volta il mio compito in classe di informatica e me lo lancia addosso.

«Da tutti mi sarei aspettata un comportamento del genere, ma non da te!» strepita, senza ascoltare una parola di quello che sto provando a dirle.

«Miss Price, glielo giuro, è stata Serena Bowem. Lo so che è stata lei!»

Prima dell'ora di informatica, sono stata convocata in presidenza. Lì ho trovato Miss Price, su tutte le furie, e il vicepreside: un signore tarchiato e sempre sudato, e non è andata a finire bene.

Sono stata sospesa da scuola per tre giorni.

Io.

Lily-Rose June, la ragazzina sfigata di Red Oak Manor, quella che ha un nome talmente smielato da far prudere il naso, sospesa da scuola. Per colpa di una grandissima stronza, che stavolta me la pagherà.

«Smettila di incolpare quella brava ragazza!» Miss Price fa su e giù dietro la sua scrivania, la mano sul petto e gli occhi di fuori. «Quando lo verrà a sapere il signor Sherman, andrà su tutte le furie. Se la prenderà anche con me!»

«Miss Price...» provo a dire, ma lei mi interrompe di nuovo.

«Non voglio sentire un'altra parola, June. Non un'altra parola! Vai in sala studio e restaci. Penserò molto attentamente alla tua punizione, e sarà esemplare».

Afferro il compito di informatica e mi mordo forte la lingua. «Non sono stata io».

«Ti ho detto non un'altra parola!»

«Io invece voglio parlare!» Sono una furia. Nell'ufficio del vicepreside mi sono trattenuta perché non volevo mancare di rispetto a Miss Price, ma adesso dovrà ascoltarmi. Non me ne andrò da qui finché non lo avrà fatto. Mi alzo in piedi e poggio le mani sulla scrivania. «Non ho fatto io quel disegno e lei dovrebbe saperlo. Mi conosce da quando sono nata, come fa a non capirlo? È un anno che Serena mi tormenta, e ho sempre cercato di sbrigarmela per i fatti miei, ma adesso ne ho abbastanza. Lei mi doveva *difendere* in quell'ufficio. Avrebbe dovuto guardare in faccia il vicepreside e dirgli che era *impossibile* che avessi fatto una cosa del genere».

Miss Price smette di passeggiare, posa gli avambracci sullo schienale della sua poltrona e mi trafigge con un'occhiata che mai, nemmeno una volta in quindici anni, mi aveva rivolto.

«*Impossibile*, June?» Il suo tono non mi piace, la sua domanda che non è una domanda mi manda in confusione. Mi guarda e mi sento nuda davanti a lei, come se potesse pescare nella mia testa la risposta che le serve.

«Sì» ribatto, mantenendo la calma.

«Forse un mese fa lo avrei pensato. Ma lo vedo come fai la stupida con il nipote del signor Sherman, come ti tocchi i capelli quando ti parla, come gli giri intorno come una sgualdrina. E non mi stupisce che tu abbia fatto quel disegno sul compito in classe, per dispetto a me e a tutto quello che ho fatto per te».

Le sue parole sono una doccia fredda a tradimento.

«Io...»

«*Tu* sei come tua madre». La sua voce stride contro il mio cuore. «Pensavo di averti salvata, di averti *raddrizzata*, ma, a quanto pare, se nasci dal grembo di una poco di buono, non puoi che fare la sua stessa fine».

Gli occhi mi si riempiono di lacrime, il sangue defluisce lentamente dal viso.

«Ma cosa sta dicendo?» Non riesco a muovermi, non riesco a respirare. «Che c'entra mia madre? Io non l'ho mai neanche conosciuta!»

«Sparisci, June».

Mi tremano le mani, non gliela darò vinta.

«No, non sparisco! Lei ora parlerà con me! Cosa c'entra mia madre con uno stupido disegno fatto da una stronza sul mio compito di informatica?!»

«Le parole!» urla Miss Price. Si rimette seduta, afferra il frustino dalla scrivania e se lo rigira fra le mani. Un chiaro avvertimento, ma non ho paura. «Stammi bene a sentire, ragazzina, tua madre era una sgualdrina! Una che si divertiva a saltare da un letto a un altro finché non è rimasta incinta. Una che sperava di potersela cavare prendendo la strada facile, irretendo un uomo più grande e molto ricco. E com'è andata a finire? È stata scaricata e ci ha lasciato *te*».

Il disprezzo nel suo tono è difficile da digerire, la cattiveria e il risentimento che le leggo negli occhi mi si incollano addosso. Però in un lampo mi rendo conto di una cosa.

«Lei sa chi è mio padre» pronuncio in un sospiro. «Lei lo sa!» Stavolta alzo il tono.

«Potrebbe essere chiunque» ribatte con astio.

«Ha sempre detto di non saperne niente. Da quando sono nata, non fa altro che ripetermi che è stato un incidente, che mia madre si era invaghita di un forestiero e questo, poi, se ne era andato sparendo nel nulla». Una stupida lacrima mi riga la guancia e la asciugo con un gesto secco della mano. Mi gira la testa, mi sembra di cadere nel vuoto. Miss Price conosce mio padre, sa chi è.

«Farai la sua stessa fine, June. Lascerai che Campbell si approfitti di te, ti metterà nei guai, ti tratterà come un oggetto e poi ti lascerà qui. Probabilmente incinta. È questo che vuoi?» Scuote la testa. «Ho cercato di proteggerti in tutti questi anni, ma ora mi è chiaro che ho fallito».

«Chi è mio padre?»

«Nessuno. Non è importante».

«Lo è per me!» sbraito.

«Lui non vuole avere niente a che fare con te, sa che sei qua e non ha mai mosso un dito».

«Lei è una strega» sussurro fra le lacrime.

«Ah, sì?» Sembra divertita, non so come faccia. Non capisco come una persona possa essere così meschina e crudele guardandoti dritto negli occhi. «Io sono tutto quello che hai, quindi faresti bene a moderare le parole. Non accetto una tale insolenza. Ora prendi le tue cose e vai nella sala studio. Non ci andrò giù leggera con la punizione, June».

In un gesto di pura follia, prendo i fogli accuratamente impilati che tiene sulla scrivania e li scaravento in aria. Volano in tutte le direzioni, si posano ai piedi delle spesse tende rosso porpora dietro di lei.

Miss Price si porta una mano al petto, spalanca le labbra in una 'o' perfetta, mentre i suoi occhi diventano di ghiaccio.

«Non ci andrò giù leggera nemmeno io, quando scoprirò chi è mio padre».

Esco dal suo ufficio sbattendo la porta, con il fiatone e il cuore che mi trema nel petto, il compito di informatica stretto nel pugno.

Non posso credere di aver fatto una cosa del genere. Mi nascondo nella piccola lavanderia e piango come mai prima d'ora. Sento che tutto il mio mondo sta crollando, pezzetto dopo pezzetto, tutte le mie sicurezze spazzate via.

Un mese fa ero solo June, senza speranze, senza un futuro certo. Senza genitori. E non so se fa più male scoprire di averne uno al quale non frega niente di me, che mi ha negato la mia infanzia e una vita fuori da queste quattro mura, o il pensiero che avrei preferito non scoprirlo mai.

La porta della lavanderia si apre e mi ritrovo Miss Maribel davanti. Le volto le spalle, asciugo le lacrime. Anche lei lo sa? Anche lei mi ha mentito per tutti questi anni?

«June?» mi chiama. «Stai bene?»

Respiro a pieni polmoni, mi lego i capelli.

«Benissimo». La voce esce fuori come un singhiozzo.

«Oh, cara! Cos'hai?» Mi tocca la spalla con una mano e io me la scrollo di dosso.

«Ho preso un brutto voto. Va tutto bene».

«Vuoi parlarne?»

Scuoto la testa. No, non voglio parlarne, non con lei.

«Sto bene» ripeto. La supero senza guardarla in faccia, cammino a testa bassa verso la sala studio ed esito prima di entrare. Se Jace fosse lì ad aspettarmi, capirebbe subito che qualcosa non va. Immagino di avere il naso rosso e gli occhi gonfi.

La porta della sala studio è spalancata, mi ritrovo davanti Israel, ma non sollevo lo sguardo. Lo riconosco dalle sue scarpe da ginnastica nere con la suola scollata sul davanti. Mi viene di nuovo da piangere. Com'è possibile che ci abbiano lasciato qui dentro, a vivere così?

Le sue mani forti si aggrappano alle mie braccia, si china per guardarmi in viso. «Che ti prende?»

«Ho preso un brutto voto» ripeto, come un disco incantato.

Ma lui non se la beve. Perché lui è come un fratello: anche se non sempre ci vai d'accordo, anche se sogni cose diverse, il percorso è lo stesso. Lo schifo è lo stesso. E le delusioni... quelle le condividi anche se non vuoi.

«June!» tuona Dylan, comparendo alle spalle di Israel.

Faccio un bel respiro, forzo un sorriso e sollevo gli occhi su di lui. Ignoro lo sguardo preoccupato di Israel, mi concentro su Dylan.

«Pensavo fossi un *genio* in matematica». Mi sventola davanti al viso un foglio.

«Lo sono» ribatto, meno convinta di quello che vorrei.

«Ah, sì? Ho preso B- nel compito. Ho anche fatto il turno in cucina al posto tuo».

«Ho sbagliato alcune risposte di proposito, per non farci scoprire».

Israel continua a guardarmi; anche Dylan, adesso, inclina la testa di lato e si accorge che qualcosa non va.

«Che cazzo hai fatto?»

«Ho preso un brutto voto». Prima o poi finirò per credere anch'io a questa bugia. Ma solo io, perché quei due non ci cascano.

Siamo ancora sulla soglia della sala studio, blocchiamo il passaggio. Non so come, ma pochi secondi dopo mi ritrovo seduta su uno dei banchi. Dylan, Israel, Kimberly e Lisa, più Caleb davanti a loro, mi fanno scudo. Mi proteggono. Ho intravisto Jace, entrando, ma ora non riesco a capire dove sia.

«Sputa il rospo, santarellina. Le urla di Miss Price si sentivano fino a qua» dice Kimberly, incrociando le braccia. «E smettila di piangere, sei ridicola».

«Lasciala in pace» mi difende Lisa, per la prima volta da Dio solo sa quanto tempo.

«Che voto hai preso? Una B? O addirittura, non volesse il cielo, *una C*!?» mi sfotte Caleb, portandosi una mano al cuore. Non lo dice con cattiveria, è il suo modo di fare, l'unico che conosce per mascherare che, in fondo, ci tiene alle persone.

«Sono stata sospesa» riesco a dire e mostro il compito ai miei compagni. Alle persone che conosco da tutta la vita, quelle che posso definire 'famiglia'. Le uniche sulle quali, alla fine della giornata, posso contare.

Dylan mi strappa il foglio dalle mani, Caleb e Israel si concedono una sbirciatina. Poi Caleb scoppia a ridere, una risata così fragorosa da farmi alzare gli occhi al cielo.

«Dammi qua!» Kimberly si riprende il foglio, lo guarda anche Lisa.

«Cos'è?» domanda quest'ultima indicando il disegno fatto a matita.

«Un cazzo!» le spiega Kimberly, e anche lei adesso ride. Ridono tutti, a dire il vero. Tutti tranne me e Lisa, che rigira il foglio in continuazione senza capire.

«June! Ragazzaccia...» mi sfotte Caleb.

«Non sono stata io!» protesto, come se non fosse già abbastanza ovvio. Non farei mai una cosa del genere. Insomma, che senso avrebbe disegnare un pene sul mio compito in classe? Sono inesperta, mica deficiente.

«Chi è stato?» domanda Dylan, senza smettere di ridere.

«Serena Bowem. Quella stronza!»

«Serena Bowem sa il fatto suo» prosegue Caleb. «Insomma, guarda i dettagli. Deve essere un'esperta in materia».

L'unico che non ha ancora detto una parola è Israel, ma anche lui sorride.

«Avete capito che mi hanno sospesa?!»

«E Miss Price pensa che sia stata tu?» mi interroga Kimberly, sarcastica. «Non lo sa che non ne hai mai visto uno?»

«O magari uno l'ha visto...» insinua Dylan, indicando con il mento un punto oltre le sue spalle, dove sono certa sia seduto Jace.

Si voltano tutti a guardarlo, creano un varco abbastanza grande da permettere anche a me di metterlo a fuoco. Jace ci sta fissando, si rigira in mano il cellulare e io mi sento morire dalla vergogna.

«Dammi qua!» Mi riprendo il compito, ormai del tutto sgualcito, dalle mani di Kimberly e lo piego fino a farlo diventare un rettangolo minuscolo.

«Che ti ha fatto la Price?» domanda Israel.

Ripenso alla conversazione con quella strega, a come sia degenerata in discorsi che mi fanno ripiombare nella tristezza. Ho un padre. Come diavolo è possibile?

Mi rabbuio e per un attimo sono tentata di confessarlo ai miei amici, poi ci ripenso. Che senso avrebbe? Quell'uomo, chiunque sia, non vuole avere niente a che fare con me. Sa che sono qua, che ci sono sempre stata, e non gliene frega niente. Magari l'ho incontrato mille volte qui al maniero il giorno di Natale o per le strade di Red Oak Town.

Scuoto la testa. Non cambia niente. Non avevo un padre fino a dieci minuti fa e continuo a non averlo.

«June?!» mi richiama Lisa, distogliendomi dai miei pensieri.

«Ha detto che penserà molto attentamente alla mia punizione». Faccio spallucce e scaccio via l'ultima lacrima.

«Poteva andarti peggio. Lunedì mi sono beccata una frustata sulle mani e il turno per tutto il mese a pulire i cessi dei ragazzi». Kimberly fa una smorfia disgustata mentre guarda Israel, Dylan e Caleb. «Siete luridi».

«Cosa hai combinato?» le domando. Da Kimberly mi aspetto di tutto e la sua risposta potrebbe essere il mio metro di paragone. Per essersi beccata una frustata e il turno peggiore in assoluto per un mese, deve averla fatta grossa.

«Mi hanno beccata a fumare una sigaretta in bagno, a scuola».

Ah.

«La stronza non ti farà uscire domenica sera, non potrai venire al pub» piagnucola Lisa.

Il pub. L'ultimo dei miei pensieri. Io nemmeno ci voglio andare in quel posto!

«Vado a cambiarmi» dico, scendendo dal banco.

I miei amici mi guardano senza replicare, si fanno da parte e i miei occhi finiscono in quelli di Jace, seduto a un banco in fondo alla stanza, con il suo computer davanti.

Non accenna un sorriso, né un minimo cenno. Mi fissa e basta, e io faccio lo stesso con lui. Perché non so cosa dirgli. Perché le parole crudeli di Miss Price mi rimbombano in testa.

'Lascerai che Campbell si approfitti di te, ti metterà nei guai, ti tratterà come un oggetto e poi ti lascerà qui'.

Odio che abbia insinuato il dubbio nella mia testa, che ora io lo stia guardando con i suoi occhi: un ragazzino ricco e viziato che si annoia a morte in uno schifo di posto come questo. Uno che ha bisogno di un diversivo, che si prenderà quello che vuole e poi tornerà alla sua vita privilegiata.

Ripenso a ieri sera, in camera sua. Alla sua bellissima bocca, alle sue mani sul mio seno, e rabbrividisco. Mi ha spogliata, si è spogliato. Sarebbe andato oltre, e io glielo avrei permesso.

Perché io sono come mia madre...

Capitolo 16

Jace

Nonno Kevin mastica la sua bistecca con una lentezza snervante, nonna Helen continua a bere schiacciando il purè di patate sul piatto con la forchetta.

Mia madre le assomiglia in modo sfacciato. Due gocce d'acqua. Nonna Helen è così giovane che potrebbe passare per sua sorella maggiore. E non sono autorizzato a chiamarla 'nonna'. Solo Helen.

Fasciata nel suo tubino verde bottiglia, truccata in modo impeccabile, si intona perfettamente alla tappezzeria: elegante, pomposa, vuota.

Io sono seduto al lato opposto del tavolo. Mangiamo in silenzio, non ci guardiamo mai. Helen mi ha accolto in casa con un abbraccio sterile, non il saluto che una nonna normale riserverebbe al suo unico nipote che non vede da anni.

«Ho parlato con il rettore del Saint Paul» dice il nonno, spezzando il silenzio con il suo tono di voce autoritario.

Poso la forchetta sulla tovaglia e mi pulisco la bocca con il tovagliolo di seta. Aspetto.

«Potrai tornare a scuola, a Natale».

Per un attimo mi si stringe lo stomaco. È un riflesso automatico, e quella fitta ha un nome, uno che dovrò dimenticarmi presto: June.

«Grazie» è tutto quello che replico.

«Che fine ha fatto quella sgualdrina della professoressa di

Jace?» domanda nonna Helen, distratta. Poi trangugia altri due sorsi di vino.

Trattengo il respiro.

«Non è più un problema. È stata mandata via».

Butto fuori l'aria dai polmoni un po' per volta, riprendo la forchetta in mano, me la rigiro fra le dita.

Il nonno mi sta guardando da sotto le ciglia folte. Uno sguardo severo, un avvertimento che colgo in pieno.

«Grazie» dico di nuovo.

«Vuoi venire a stare qui da noi fino a Natale?» mi domanda, cogliendomi del tutto impreparato.

Non so come rispondere. Non so quello che voglio. Non so cosa vuole sentirsi dire.

«Sto bene al maniero» mi scappa dalle labbra. Se è una trappola, ci sono appena caduto dentro con entrambi i piedi.

Sorseggio l'acqua e mi schiarisco la voce. L'ho detto davvero? Ho appena rinunciato a una stanza degna di quel nome, al cibo fantastico di Villa Sherman e a un bagno tutto mio per... *lei*?

Nonno Kevin annuisce. Mi soppesa con lo sguardo, studia ogni mia mossa.

«Hai finito di mangiare?» chiede.

No, ma non fa niente. «Sì, ho finito».

«Vieni nel mio studio».

Non mi lascia il tempo di replicare, si alza e io faccio altrettanto. Lo seguo, i nostri passi riecheggiano negli spazi ampi della sua maestosa villa. Entro dopo di lui e mi chiudo la porta alle spalle.

Mi fa cenno di sedermi, mentre lui si avvicina all'angolo bar e si versa del liquore in un bicchiere. Prepara un drink anche per me. Si siede in modo scomposto sul bordo della scrivania, mi offre il bourbon, prende un sigaro e se lo rigira pigramente fra le dita.

Recupero una sigaretta dal pacchetto che tengo nella tasca posteriore dei pantaloni eleganti e l'accendo. Non protesta, continua solo a guardarmi attraverso le nuvole di fumo che faccio scivolare con calma fuori dalle labbra.

«Se c'è una cosa che non tollero» sibila, «sono le persone che non seguono le mie regole, soprattutto quelle che cercano di farmela sotto il naso».

Non capisco.

«Mi dispiace». Uso un tono strafottente. «Posso aiutarti in qualche modo?»

«Puoi non prendermi per il culo, tanto per iniziare».

«Le sto seguendo le tue *regole*» ribatto calmo. Lo guardo dritto in quei suoi piccoli occhi azzurri, studio la sua mascella contratta, le mani strette intorno al bicchiere.

«Jace, facciamo un patto: tu non mi racconti stronzate, io lascerò correre la cosa».

«Davvero, non capisco».

«June».

Quell'unica parola, sulle sue labbra, è veleno. Sporca il suo nome con la sua lingua e il suo respiro. Mi fa fermare il cuore.

«Ti dice niente questo nome?» insiste.

Faccio un lungo tiro dalla mia sigaretta. «È una stupida ragazzina che vive all'orfanotrofio. Non capisco cosa c'entri con me».

Nonno Kevin sorride. Un sorriso da serpente, quello di un uomo senza scrupoli che ti tiene in pugno. E lui mi tiene sempre in pugno. È *sempre* un passo avanti, intuisce le mie mosse prima che le conosca io, mi precede e mi frega.

«Conosci la sua storia?»

Butto giù un sorso di liquore, mantengo l'atteggiamento menefreghista.

«Qualcosa».

«Sai che sua madre è morta al maniero? Di parto».

«Sì».

«Sono in parte responsabile per quel... quell'avvenimento».

Mi formicola il sangue nelle vene. Sollevo lo sguardo su di lui troppo in fretta, mi tradisco. «Che significa?»

«Miss Price aveva paura che scoppiasse uno scandalo in città. Una delle ragazze sotto la sua custodia incinta! Non potevamo permetterci che partorisse in ospedale. Avrebbe potuto rivelare a qualcuno il nome dell'uomo che l'aveva ingravidata, anche se non credo sapesse con certezza chi fosse. Era minorenne, avrebbero chiamato i servizi sociali, rischiavo una valanga di guai, e per cosa? Per una sgualdrina? Passami l'accendino».

Glielo porgo, senza mai staccare gli occhi dalla sua lurida faccia.

«Perché me lo stai raccontando? Cosa pensi che me ne faccia di un'informazione del genere?»

«Non agitarti». La sua voce è pacata, le sue parole crude. «Vedi, la mamma di June era una sconsiderata. Mi faceva pena, così l'ho presentata a qualche amico per farle guadagnare un po' di soldi. Uno di loro non è stato abbastanza attento...» Lascia la frase in sospeso. Le parole volano via insieme a una nuvola di fumo. La mia sigaretta si consuma fra le dita.

«Per questo le paghi la scuola privata? Perché ti senti in colpa?»

«Non conosco questo sentimento, figliolo. Non sono responsabile delle scelte delle persone. Io gli fornisco i mezzi, loro fanno il resto. Comunque, no, non sono io che pago la retta della signorina June alla Hills High School. La donazione è arrivata in forma anonima con disposizioni precise».

«Chi è? Il padre di June, intendo».

«Potrebbe essere chiunque». Solleva un angolo della sua bocca sottile, in una smorfia che lascia intendere che potrebbe essere lui. Mi torna su la bistecca, un conato mi coglie impreparato. Devo premermi forte il pugno sulla bocca per non vomitare.

Nonno Kevin scoppia a ridere, un suono viscido che mi entra nel cervello, che anestetizza la mente. Si scosta dalla scrivania e comincia a camminare per la stanza, girando intorno alla poltroncina dove sono seduto.

«Oh, sta' tranquillo! Non sono io. Non mi sono mai fatto un giro con quella puttanella».

Lascio cadere la sigaretta nel posacenere, infilo entrambe le mani nei capelli.

«Questa cosa ti disturba, vedo».

«Arriva al punto» biascico.

«Quella gente è disperata. Hanno solo un obiettivo: i nostri soldi. E io sarò dannato per l'eternità se permetterò a mio nipote, il mio unico erede, di rovinarsi la vita. Non lascerò che quella ragazzina ti incastri. Sei uno sprovveduto, Jace, non saresti in grado di prendere la decisione giusta, al momento giusto. Ma io sì. Quindi ti avverto...» All'improvviso allunga una mano e mi afferra i capelli nel pugno, tirandoli con forza all'indietro. «Una cazzata e la faccio sparire dalla faccia della Terra».

Mi guarda dritto negli occhi, la rabbia che provo nei suoi confronti mi annienta. Non toccherà June. Non si avvicinerà mai tanto a lei da ferirla. Mi definisce uno sprovveduto, ma sappiamo entrambi che, qui, l'unico che si è fatto incastrare è stato lui. Mia nonna era una poveraccia che abitava nei bassifondi di questa insulsa cittadina, è rimasta incinta che non era nemmeno maggiorenne. Mia madre ha fatto la sua stessa fine: si è fatta incastrare da un uomo senza palle che voleva i suoi soldi.

June è su un altro pianeta rispetto a loro. Tutto il denaro del mondo non riuscirà mai a comprare nemmeno un briciolo della sua compassione e integrità.

Lo allontano con una manata, mi alzo.

«Vaffanculo!» gli urlo addosso. Lui scatta in piedi, io non mi muovo. Mi sta davanti, a meno di un passo. «Non sai un cazzo di me. Non sai un cazzo di lei. Non so chi fosse la madre di June, nemmeno mi interessa. Non ragionano tutti come fai tu, o come fa mio padre, o mia madre, o come le persone delle quali ti piace circondarti. June non vuole un cazzo da me».

Nonno Kevin torna serio.

«E io non voglio un cazzo da lei» dichiaro.

«Ne sei sicuro, Jace?»

«Cosa pensi che me ne freghi di una morta di fame come lei?» Pronunciare quelle parole mi stordisce. Umiliarla così davanti a un essere spregevole come Kevin Sherman mi strappa via l'ennesimo pezzo di anima, ammesso ne abbia ancora una. Ma devo farlo.

«Ti piace quando si infila in camera tua, però» ribatte il

nonno con un ghigno lascivo. Il sangue defluisce del tutto dal mio viso, perdo l'equilibrio per un attimo. «Pensavi non lo sapessi? Jace, Jace, Jace... Io ho occhi e orecchie ovunque in quel posto. Se viene in camera tua, è perché *io* permetto che succeda».

Riprendo il controllo e mi sforzo di sembrare convincente, per il bene di June. Alzo le spalle e rispondo con tutta l'indifferenza che riesco a simulare: «So come si usa un preservativo, stai tranquillo. Mi piaceva l'idea della verginella dell'orfanotrofio. Mi annoiavo e lei è un passatempo interessante».

Il nonno mi guarda per un secondo che dura un'infinità, poi si avvicina a un quadro costoso appeso alla parete. Lo sposta, rivela una delle tante casseforti nascoste fra queste mura. Gira la manopola, fa scattare la serratura. Mentre mi volta le spalle mi concedo un respiro profondo. Non la toccherà, non le farà del male.

Si volta al rallentatore, si rigira fra le mani una busta che riconosco all'istante. È stata aperta, il contenuto è stato letto.

Me la sventola davanti al viso e io non riesco più a far finta che non me ne freghi un cazzo. Per l'ennesima volta, vince lui.

«Chi cazzo te l'ha data?»

«Sul serio pensavi di poter spedire una letterina d'amore a una delle mie orfanelle senza che lo venissi a sapere?»

Mi tremano le gambe, vorrei strappargliela di mano e ridurla a brandelli.

«Avevo quattordici anni».

Spiega il foglio, inizia a leggere. «'Cara June, ti scrivo questa lettera mentre sono su un aereo diretto a Londra...'»

«So cosa dice, l'ho scritta io» ribatto velenoso, interrompendolo.

Me la consegna, io la accartoccio nel pugno.

«La lascerai in pace, o me la prenderò con lei» sentenzia.

Mi avvicino al camino e, senza degnare la lettera di una seconda occhiata, la butto nel fuoco.

«Fa' quello che vuoi, nonno. June non è un mio problema. Non sono più quel ragazzino che scriveva lettere. Ci avete pensato tu e i miei genitori a ricordarmi che il mondo fa schifo. Io mi adeguo, da allora». Mi infilo le mani in tasca e, per quanto mi sforzi, non riesco a guardarlo negli occhi.

«Finalmente inizi a ragionare» ribatte.

Ma non gliela posso dare vinta. Così dico l'unica cosa che so lo farà vacillare. «Ah, tua figlia ha bisogno di ventimila dollari. Li ha chiesti a me. Poi ci ha tenuto a ricordarmi che avrebbe preferito io fossi rimasto un mucchietto di sperma fra le lenzuola, ma onestamente mi ha detto di peggio, in passato».

Stavolta sono io a godermi la sua espressione sconvolta. Mi prendo un piccolo vantaggio. Quando parliamo di mia madre, quando viene nominata, ho sempre l'impressione che il mondo gli cada un po' addosso. Il suo peggior fallimento, l'unica persona che non è riuscito a piegare alla sua volontà.

«Grazie per il pranzo» dico, uscendo dalla stanza.

Lo lascio ai suoi sbagli, ai suoi tormenti. A rivivere per l'ennesima volta la litigata con mia madre, che non vede da quindici anni.

Io me ne vado, chiudo questa giornata in fondo a un cassetto e butto la chiave. Entro nella sua limousine e mi accascio sui sedili di pelle.

Torno da lei. Nonostante tutto, nonostante gli avvertimenti, nonostante abbia una paura fottuta di lui e di quello che potrebbe farmi, torno da June.

Ha pianto. Continua a tirare su con il naso e non riesco a vederla, protetta com'è dal corpo massiccio di Dylan. Poi tutti scoppiano a ridere, si passano un foglio di mano in mano. Si voltano nello stesso momento e mi beccano a guardarli.

Incrocio gli occhi arrossati di June per un secondo, poi torno a fissare la schiena di Dylan.

Quando sono rientrato al maniero, venti minuti fa, ho sentito dire da Kimberly che June era nell'ufficio di Miss Price. Il cuore mi è finito in gola, la paura mi ha stritolato lo stomaco.

'Sta già succedendo' ho pensato. 'Se la prendono con lei per insegnare la lezione a me'.

E lei non mi guarda, si è trincerata dietro i suoi amici che le fanno da scudo e mi ha lasciato fuori. La gelosia che provo non è giustificata.

Finalmente si allontanano e annego nei suoi occhi verdi, sempre limpidi, sempre più innocenti. Non accenno un sorriso, non la saluto. La guardo e basta.

'Una cazzata e la faccio sparire dalla faccia della Terra'.

E lo farebbe. Non ci penserebbe due volte a farle del male. Mi alzo dalla sedia e chiudo il computer portatile. La supero senza più posare gli occhi su di lei, raggiungo la scala di servizio e mi precipito in mansarda.

Fisso i vestiti sulla sedia, le scarpe lasciate ovunque e poi il mio borsone nero. Forse dovrei accettare l'invito di mio nonno, andarmene da qua e metterci una pietra sopra prima che sia troppo tardi.

Senza pensarci, infilo nella sacca da viaggio le magliette che trovo in giro. Poi faccio lo stesso con i calzini e i boxer che ho buttato a casaccio nel comodino accanto al letto.

Bussano alla porta e un secondo dopo la maniglia viene girata da qualcuno.

«Posso?» mi domanda June, infilando solo la testa in camera mia.

«Cosa vuoi?» le chiedo scontroso. Tutto quello che vorrei fare è correre da lei, abbracciarla e raccontarle del pranzo penoso a casa dei miei nonni. Ma poi dovrei dirle quello che so su sua madre, su suo padre. E non posso farlo.

June è senza parole. Non si aspettava il mio tono glaciale, la mia indifferenza.

«Ce l'hai con me?»

«No, June. Non sei il centro del mio universo». Ma lo è. «Allora? Cosa ti serve?»

«Niente!» ribatte con stizza. Mi rivolge un'occhiata delusa e richiude la porta.

Merda!

Faccio uno scatto in avanti, spalanco la porta e la raggiungo prima che possa pensare di scendere anche solo un gradino.

L'abbraccio da dietro, nascondo la testa nei suoi capelli e imprimo nella memoria il suo profumo di fiori.

Lei rimane di schiena, immobile. Si prende il mio abbraccio e lascia che le chieda scusa nell'unico modo che conosco: in silenzio.

«Dobbiamo stare più attenti» sussurro fra i suoi capelli e lei ci arriva. Lei, ancora una volta, capisce tutto anche se non sto dicendo niente.

Annuisce, stringe le braccia intorno alle mie, con le quali le sto circondando le spalle. Si lascia andare a un sussulto e io rafforzo la presa.

«Sono stata sospesa da scuola» mormora con la bocca premuta contro il mio braccio.

«Tu?»

«Serena ha disegnato un... pene... sul mio compito di informatica. Miss Price non l'ha presa bene. Pare fosse un disegno molto accurato».

Nonostante tutto, riesco a sorridere e sento che lei fa lo stesso. Le sue dolci labbra mi baciano il braccio, io le sfioro i capelli con la bocca.

«Tornerò a Londra, a Natale» confesso.

June trema fra le mie braccia e io continuo a stringere. Gira la testa, mi guarda dritto negli occhi, così la bacio. La bacio come mai prima d'ora. Cammino all'indietro, la riporto in camera mia.

Scaccio via gli avvertimenti di mio nonno, la paura che mi attanaglia il cuore. La lascio andare solo quando siamo al sicuro in questo spazio angusto, con il tetto spiovente sulle nostre teste e l'odore stantio di fumo che sembra non andarsene mai.

Trascino June sul letto, lascio che ricada su di me. Indossa ancora la divisa della scuola, la gonna da scolaretta le sale fino alla vita. E mentre la mia bocca si impossessa della sua, le mani finiscono sul suo sedere fasciato dalle spesse calze di lana. June si mette in ginocchio sul letto, il suo inguine sul mio. Slaccia i bottoni del cardigan a uno a uno, lascia che ricada a terra. Poi afferra il bordo della mia felpa e me la sfila.

‘Non lascerò che quella ragazzina ti incastri’.

Quelle parole meschine sono marchiate a fuoco nella mia testa, tornano prepotenti e sono costretto a fermarmi, a guardarla.

Non lo farebbe mai. June non è questo, non è una bugiarda. Il modo in cui mi osserva, la paura che avverto quando le sue mani mi sfiorano, non sono una messinscena.

«Stai bene?» le domando cauto.

«È stata una giornata orribile» confessa. Le sue braccia ricadono inermi lungo il busto, abbassa lo sguardo e si morde il labbro inferiore.

«Anche la mia».

Mi metto a sedere, ora sono davanti al suo bellissimo viso. L’erezione preme in mezzo a noi, cerco di ignorarla. Le accarezzo una guancia con la punta dell’indice, la bacio piano sulle labbra.

Stiracchia un sorriso, infila le mani nei miei capelli e mi restituisce il bacio.

La ribalto sul materasso, un paio di bottoni della sua camicetta bianca si sono slacciati e io appoggio le labbra sul triangolo di pelle nuda che mi concede.

Guardandola dritto negli occhi, infilo una mano sotto i collant. L’espressione sorpresa che mi rivolge svela tutte le sue intenzioni: non ne ha. Non ne ha mai avute.

Le sfioro la carne in mezzo alle gambe sopra la stoffa degli slip, la tocco dove mi convinco che nessun altro, prima di me, l’abbia mai fatto. Il suo respiro si spezza, gli occhi sono due laghi verdi senza confini. Gioco con le sue mutandine, le scosto, accarezzo con gesti lenti la sua peluria. Mi sento esplodere, annientato da tanta bellezza. Il modo in cui mi guarda, come se si fidasse ciecamente di me, mi fa mancare il cuore. Afferro con entrambe le mani l’elastico delle calze e lo strattono verso il basso, portandomi dietro i suoi slip di cotone bianco.

«Jace!» mi avverte lei, in preda al panico.

«Mi fermo quando vuoi» le ricordo. Non la guardo in mezzo alle gambe, aspetto che sia lei a decidere le nostre sorti. Annuisce appena.

Mi sdraio accanto al suo corpo minuto, la mia mano di nuovo sul suo sesso. L'accarezzo piano e quando apre di poco le gambe avrei voglia di tuffarmici dentro con la bocca, di divorarla in modi che nemmeno immagina. Mi impongo di rimanere al mio posto, con le sue labbra incollate alle mie, le nostre lingue che danzano e le mie dita che pian piano si fanno strada dentro di lei.

È bagnata e stretta, è eccitata e spaventata. Ma io lo sono più di lei. Più eccitato, più spaventato. Perché potrei distruggerla, rovinarle la vita in così tanti modi che ho paura a elencarli tutti. Eppure, lei è qui, fra le mie lenzuola, e io voglio che resti. Gioco con le dita, mi accanisco su un punto preciso che le fa mancare il respiro ogni volta che lo tocco. Smette di baciarmi, stringe forte gli occhi, come se stesse provando un dolore immenso, ma so che non è quello. È l'orgasmo che nasce da dentro, una sensazione sconosciuta che la prende alla sprovvista e la stordisce. Aumento il ritmo, le succhio piano la pelle del collo.

«Non trattenere il respiro» sussurro nel suo orecchio.

«Io... Sta succedendo... qualcosa» ansima.

«Lasciati andare...»

I muscoli del suo corpo si rilassano all'istante, tranne quelli in mezzo alle gambe. Stringe le cosce in una morsa letale, lasciandomi poco spazio di manovra. Afferro una delle sue ginocchia e sposto la gamba quel tanto che l'elastico delle calze mi permette, incastrandola sotto la mia. Così, esposta e vulnerabile, mi fa perdere la testa altre mille volte.

Boccheggia, e io insieme a lei. L'erezione mi sta uccidendo, preme contro la zip dei pantaloni eleganti e rischio di venire senza che nemmeno mi sfiori.

«Jace. Jace!» ripete allarmata.

Intensifico il movimento circolare sulla sua pelle bagnata, le entro dentro con le dita con meno delicatezza e quando esplode fra le mie mani, in silenzio, a corto d'ossigeno, mi sento riemergere da tutto lo schifo del mondo.

Trova le mie labbra e le divora come non pensavo fosse capace, senza pudore, senza il freno a mano costantemente tirato. Io non riesco a smettere di accarezzarla. Vorrei ricominciare ancora e ancora, leccarla, morire dentro di lei, farla venire fino all'infinito.

Le sue guance sono rosso fuoco, le labbra quasi esangui.

«Cazzo, June!» rantolo. Ricado sul materasso accanto a lei e l'attiro contro il mio petto. Saperla nuda, con le calze tirate giù sulle cosce e quella sua gonna pudica attorcigliata alla vita, è la mia rovina, il mio punto di non ritorno. Mai niente è stato così eccitante come questo momento. Come lei, che preme il suo sesso contro il mio uccello e ci si struscia contro.

Le afferro il sedere con entrambe le mani e proseguo quel movimento, dandogli un ritmo cadenzato, finché non sono costretto a interromperlo.

«Dobbiamo fermarci» farnetico.

«Oh, sì. Certo. Okay. Scusa».

Fa per allontanarsi, ma la blocco. Tiro su con estrema lentezza le sue calze e gli slip, nel farlo le accarezzo di nuovo il sedere perfetto. Accosto l'orecchio al suo cuore. Batte all'impazzata per me.

E forse sto giocando con il fuoco, un giorno mi pentirò di averla trascinata nel mio mondo. Ma non oggi, non dopo averla vista venire sotto il mio sguardo implorante.

Oggi va tutto bene, anche se fa tutto schifo.

Capitolo 17

June

Scendo dall'autobus e un vento pungente fa alzare la gonna della mia divisa. Riesco, non so come, a tenerla giù, mentre con l'altra mano premo forte contro il petto il cappottino logoro.

La mia sospensione è stata annullata. Miss Price ieri, prima di cena, mi ha chiamata nel suo ufficio e mi ha passato il telefono. Ho ricevuto delle scuse formali e imbarazzanti da parte di Serena, come se stesse leggendo da un gobbo quelle poche parole, e alla fine della conversazione, sotto gli occhi vigili della direttrice, le ho dovuto anche dire grazie.

Miss Price non si è comunque fatta sfuggire l'occasione di assegnarmi una punizione esemplare: dovrò raschiare i pavimenti e i fornelli della cucina per un mese, e mi ha negato il permesso di andare al pub domenica sera. Non ho protestato, sono rimasta immobile come una statua davanti a lei – seduta alla sua scrivania di nuovo ordinata – mentre mi scrutava con quella sua espressione accondiscendente, come se solo poche ore prima non avesse distrutto con confessioni scomode le uniche certezze che avevo.

Attraverso la strada e corro sul sentiero in pietra che porta all'entrata principale della Hills High School. Un secondo prima di entrare, mi fermo ad ammirare la facciata di mattoni rossi di questo imponente edificio vittoriano che ricorda una cattedrale. Un lungo sospiro e mi decido a varcare la soglia. Ci sono ancora pochi studenti in giro, così scappo al primo piano, determinata a raggiungere il mio armadietto e a rifugiarmi in classe il prima possibile.

Purtroppo non ci arrivo abbastanza in fretta.

Serena Bowem, reginetta del ballo, *Little Miss Sunshine* di Red Oak Town, stronza megagalattica e arpia indiscussa, mi sta aspettando nella tromba delle scale principali. Non mi vede subito, è impegnata ad acconciare una ciocca dei suoi lunghi capelli biondi in una treccina minuscola.

«Sfigata...» Non mi guarda, eppure sa senza ombra di dubbio che sono io. «Ti stavo aspettando».

«Lasciami in pace, Serena. Non sono dell'umore giusto».

Cerco di superarla, si sposta per bloccarmi il passaggio.

«E io invece sono dell'umore giusto per darti una lezione».

I suoi occhi viola sono così volgari e fasulli che mi sembra di parlare con una di quelle orribili bambole di porcellana che di notte prendono vita e ti accoltellano.

«Una lezione?» Ridacchio. La discussione con Miss Price ha, in qualche modo, rotto gli argini. Ho esaurito la mia pazienza con lei. «Tu? A *me*? Sai, Serena, tu mi sottovaluti. Pensi che solo perché sono una 'brava ragazza' non abbia abbastanza fegato per riempire di schiaffi quel tuo bel faccino, una volta per tutte. Hai capito da dove vengo, principessa?» Mi avvicino tanto che i nostri nasi si sfiorano.

Lei non perde la calma, non indietreggia. Mi guarda e io guardo lei.

«Sei feccia».

«Sono quello che sono. E non ho niente da perdere, mentre tu...»

Mi spintona all'indietro, con il chiaro intento di farmi cadere dalle scale. Sono abbastanza veloce da aggrapparmi alla ringhiera e non perdere l'equilibrio.

«Che cazzo di problema hai con me?» strillo.

«Esisti!» È tutto quello che dice. L'unica parola che le esce dalle labbra ridotte a una linea tesa.

Esisto.

Già, immagino che quello sia un problema per un sacco di gente.

«E questo che cosa vorrebbe dire? Cosa te ne frega se *esisto*? Hai la tua vita, la tua famiglia, le tue amiche, cosa ti manca?»

Rimaniamo a fissarci e l'odio che prova per me è così tangibile, così violento da farmi perdere la testa.

«È per Kolton? Sul serio sei gelosa di me?» la provoco e Serena scoppia in una risata sarcastica.

«Ti prego! Quell'imbecille è l'ultimo dei miei problemi».

«Sarà, ma è proprio quell'imbecille che ha piagnucolato qualche giorno fa, quando mi ha implorato di seguirlo nell'androne delle scale. Ha detto qualcosa sul fatto che... be', se lui ti lasciasse, allora io e lui...»

Serena diventa livida in faccia. «Sei una bugiarda! Sei una schifosa bugiarda. Lui non ti vuole, gli fai schifo».

«Certo. Pensa quello che vuoi».

«Sai cosa voglio davvero? Voglio che tu te ne vada». Si avvicina di un passo, mi punta il dito contro. «Voglio che torni nel tuo cazzo di orfanotrofio e che tu ci rimanga. Per sempre».

«Spiacente, non posso accontentarti. Mi piace questa scuola, mi piacciono le lezioni che frequento» mento e lo faccio benissimo.

«Ti renderò la vita ancora più un inferno».

Stavolta sono io a ridere in modo isterico. «Per quanto? Un anno? Due? Posso resistere».

La porta al piano di sotto si apre e la risata di Kolton rimbomba fra le pareti.

Io e Serena non ci muoviamo, non spostiamo gli occhi l'una dall'altra. È una guerra silenziosa, la nostra, anche se non ho idea di come sia cominciata, cosa sia stato a scatenare tutto questo odio.

Kolton e Sebastian smettono di ridere quando ci vedono. Si avvicinano cauti, vedo solo Kolton passare un braccio intorno alla vita di Serena e stringerla contro il suo petto. E un po' mi ferisce. Quel suo gesto premuroso, così finto, di circostanza, mi rimette al mio posto come non riuscirebbero a fare nemmeno mille insulti da parte della sua ragazza.

Sono loro due, contro di me. Sono sempre stati Kolton e Serena, al di sopra di tutti.

«Cosa succede?» domanda Kolton. Mi guarda implorante, come se stesse per mettersi a piangere, o forse mi sta solo chiedendo scusa. Per cosa, poi? Per essere quello che è? Un bullo? Un ragazzino viziato di sedici anni convinto di avere il mondo ai suoi piedi?

Sollevo le mani in segno di resa. «Non succede niente. Io e Serena ci stavamo chiarendo per quello che è successo ieri».

Lei non parla più, mi guarda e basta, e immagino stia già pensando alla sua prossima mossa. A come farmela pagare.

Salgo gli ultimi gradini e spalanco la porta antincendio, mi ritrovo nel corridoio deserto del primo piano. Respiro a pieni polmoni, mi impongo di non piangere, di non dargliela vinta.

«Signorina June» mi richiama una voce maschile alle mie spalle.

Mi volto al rallentatore. Il preside Bowem è a pochi passi di distanza, non sembra contento.

«Preside, buongiorno». Abbasso la testa, come se fosse un inchino, e mi schiarisco la voce.

«Spero che la questione di ieri si sia risolta e che Miss Price non sia stata troppo severa con lei».

Lo guardo dritto negli occhi. «Non così tanto» rispondo sulla difensiva. Quest'uomo mi mette in soggezione in modi che nemmeno capisco.

Forza un sorriso, poi torna serio. «Le sono arrivate le scuse di Serena?»

Annuisco.

«Bene. Mi auguro che possiamo tutti dimenticare il 'piccolo incidente'».

Scuoto appena la testa, delusa. Da lui, da tutti gli adulti di questo pianeta. La mia vita è una collezione infinita di 'piccoli incidenti', di ingiustizie plateali e umiliazioni cocenti.

«La sua preziosa bambina è senza macchia» sibilo. Il preside Bowem sgrana per un attimo gli occhi, ma io vado avanti. La lingua, stavolta, non la freno. «Serena disegna genitali maschili sul mio compito in classe, io raschio pentole e pavimenti per un mese nell'orfanotrofio dove sono nata e cresciuta. Non si preoccupi, è tutto come dovrebbe essere. Devo andare in classe, adesso».

«Lily-Rose» mi richiama, la voce incrinata. Sentire il mio nome dalle sue labbra mi fa battere il cuore fortissimo, senza motivo. «Mi dispiace».

«E per cosa?»

Scuote la testa, solleva una mano e mi indica il corridoio dove, a ridosso delle pareti, sono disposti gli armadietti in metallo. Mi congeda con un cenno, mi guarda dritto negli occhi e non ha il coraggio di dirmi per cosa gli dispiace, perché non può. Perché dovrebbe ammettere che la sua bellissima bambina è in realtà una strega, che si diverte a prendere di mira i più deboli. Non può dire niente, perché dovrebbe sbattere con la faccia contro la verità: è stato lui a crescerla così. È una sua responsabilità.

Serena, Kolton e Sebastian ci stanno guardando. Non mi ero resa conto che fossero a pochi passi da noi. Sembrano un plotone d'esecuzione. Loro, schierati da una parte; io, da sola, dall'altra.

Me ne vado a testa alta, consapevole, una volta per tutte, che quella sbagliata non sono io.

I primi fiocchi di neve si posano candidi sull'asfalto e sulle querce rosse che incorniciano la superstrada che porta al maniero. Fisso fuori dal finestrino e il mio respiro frenetico appanna il vetro dell'autobus pubblico che mi sta portando a casa. Scendo alla mia fermata, a pochi metri dall'imponente cancello di Red Oak Manor. Rimango a fissare la salita che conduce all'edificio cadente sopra la collina e mi faccio coraggio.

Miss Maribel apre il pesante portone ancora prima che ci arrivi davanti. Mi accoglie con il suo sorriso dolce, i suoi vestiti pudici e le braccia spalancate. E io faccio fatica a restituirle il sorriso, ancora di più a tuffarmi nel suo abbraccio. Mi pulisco le scarpe sul tappetino con una certa solerzia, fingo di non aver compreso l'invito del suo sguardo.

«June, sei tornata. Bene». Miss Price ci raggiunge all'entrata e rivolge un'occhiata in tralice a Miss Maribel, che se ne va senza dire una parola. «Miss Claire ti sta aspettando in cucina».

«Mi cambio e vado» replico senza mai guardare la direttrice negli occhi, perché so che non sarei capace di rispondere di me se lo facessi. Così mi prendo la punizione, abbasso la testa, rimango neutrale.

«C'è qualcosa che vuoi dirmi?» mi provoca.

Non ci casco nel suo giochetto. Miss Price ha un talento innato nel porre domande alle quali sembra essersi già risposta da sola, mettendoti nella condizione di dichiararti colpevole anche se non c'è niente da confessare.

La conosco da quindici anni, so come ragiona, come pensa. E io non le dirò niente.

«No». La supero fregandomene di mostrare un briciolo di educazione, voglio solo vedere Jace.

Entro nella sala studio e non è da nessuna parte. Salgo nella camerata delle ragazze e trovo Arya sdraiata sul suo letto a fissare il soffitto.

«Ciao» la saluto.

«Ciao». Ha la voce un po' triste.

Ogni tanto lo sguardo mi cade ancora sull'ombra sbiadita dei lividi che ha sulle guance e sul collo. Quando è arrivata, poche settimane fa, il suo bellissimo viso era tumefatto dalle botte. Io e lei non parliamo molto, ma andiamo d'accordo.

Mi spoglio in silenzio, recupero dalla mia piccola porzione di armadio un paio di jeans chiari, strappati in più punti – e non di proposito –, e li infilo. Mi lego i capelli, indosso la solita felpa blu, nascondo lo zaino sotto il letto, così che non sia di intralcio, e mi avvicino ad Arya.

«Hai... visto Jace? In giro. Per caso».

«No, mi dispiace. Siamo tornati da scuola dieci minuti fa».

Annuisco. «Vado a pulire in cucina».

Arya si solleva sui gomiti. Non indossa i vestiti del maniero, aveva i suoi quando è arrivata. Abiti comprati ai grandi magazzini, niente di eccezionale, ma sono comunque nuovi e sono suoi. Solo suoi.

«Magari è in camera sua» suggerisce.

«Provo a vedere. Grazie». Faccio un passo verso la porta, poi mi fermo e volto solo la testa. «Stai bene?»

«Certo». Mi sorride in quel modo che solo le persone come noi sanno fare: senza crederci fino in fondo. Va tutto bene. Potrebbe andare meglio. Potrebbe andare molto peggio.

Prima di salire al secondo piano mi accerto che non ci sia nessuno nei paraggi, poi volo in mansarda e busso alla porta chiusa della stanza di Jace. Non mi risponde la prima volta, così ritento. Non c'è.

Scendo di corsa in cucina, solo per trovarci Opal, intenta ad asciugare gli ultimi piatti, e Miss Claire, con le mani immerse nel grosso lavandino pieno d'acqua. Opal gira la testa e mi sorride. Da qualche giorno le è tornato il buonumore, sapevo che si sarebbe tirata su come solo lei sa fare.

«Eccomi. Sono pronta per raschiare il pavimento con lo spazzolino» ironizzo.

Opal posa l'ennesima scodella sulla pila di piatti e commenta: «L'hai fatta arrabbiare sul serio, eh?»

«Nah, stava solo cercando una scusa per punirmi. Non sia mai che ci dimentichiamo che qui comanda lei!» ribatto e Opal ridacchia.

«Si sarà stufata di prendersela con Kimberly e Dylan a giorni alterni. Devi ammettere che punire *te* le avrà regalato una certa soddisfazione».

«Se le basta così poco...» ribatto sarcastica, non come farei di solito. Tendo a tenere per me i commenti, le frecciatine, quello che penso. Perché è così che mi hanno insegnato. E forse sono stufa.

«Shhh, che vi sente!» ci sgrida Miss Claire, complice.

«Prendi questi, mettili via, per favore».

Faccio come mi chiede Opal, poi recupero una scopa e comincio a spazzare per terra. Mi impegno a sgrassare i fornelli, riempio un secchio con acqua tiepida e una quantità eccessiva di detersivo per i pavimenti. E poi lo vedo. È sotto la neve, avvolto nel suo piumino costoso, i capelli biondi nascosti dentro un berretto che gli sta da Dio. Ha la testa china sul suo cellulare e batte frenetico i polpastrelli sullo schermo. Passeggia su e giù nel cortile sul retro. Se ne frega della neve, del freddo. È talmente bello che mi incanto a guardarlo, e non posso credere che sia lo stesso che ieri pomeriggio mi ha stesa sul letto e fatto provare... le farfalle nello stomaco. Be', non proprio nello stomaco. E non sembravano farfalle.

Avvampo al ricordo e avvampo ancora di più quando lo vedo ridere mentre legge non so cosa.

Potrei contare sulle dita di una mano le volte che l'ho visto ridere davvero. È sempre così perso nei suoi pensieri, rintanato in un angolo del suo cervello che lo inghiotte e non gli lascia scampo.

Mi accorgo di essere rimasta sola soltanto quando capisco che Jace sta rientrando e ha intenzione di farlo dalla porta della cucina che conduce al cortile. Immergo lo spazzolone nel secchio, rovescio circa un litro d'acqua sul pavimento quando lo tiro fuori e gli do le spalle. Disinvolta.

«June?» mi richiama lui un secondo dopo aver spalancato l'uscio.

Mi volto con una naturalezza incredibile.

'Oh, sei qua! Non ti avevo nemmeno visto!'

«Ehi, ciao».

«Ho perso la cognizione del tempo, pensavo non fossi ancora tornata». Si avvicina al corridoio, ci sbircia dentro, poi con tre lunghi passi torna indietro e mi regala un bacio umido e troppo sexy da poter descrivere a parole. Mi fa seccare la gola, incendiare lo stomaco, incendiare anche qualcos'altro che fino a ieri sera non aveva mai dato cenni di vita. Come i mignoli dei piedi: sai che ci sono, sai dove trovarli se ne hai bisogno, ma non ci hai mai davvero prestato attenzione.

Il bacio diventa rovente; la sua lingua, un groviglio di emozioni capaci di spostare l'asse terrestre, e io sono come un budino fra le sue mani.

Mi prende in braccio e mi ritrovo spalmata sul tagliere di Miss Claire.

«Sei pazzo!» un po' lo sgrido, un po' rido. Cerco di cacciarlo via, la sua bocca finisce di nuovo sulla mia. Mi arrendo. Mi prendo il bacio e lascio la timida e perfettissima Vecchia June a spiarci dalla soglia della stanza, esterrefatta, in preda al panico, a contare a una a una tutte le regole dell'istituto che la Nuova June sta infrangendo. Con Jace. Il ragazzo più sexy e affascinante che abbia mai messo piede in questo posto assurdo.

«Un po'» confessa Jace, strappandomi dai miei pensieri. Si prende il mio labbro inferiore e lo incastra fra i denti, le sue mani finiscono sotto la mia felpa in un nanosecondo. Io penso 'ci cacceremo in un mare di guai', lui sta giocando con il mio seno. Le sue mani sono freddissime, la sua lingua, che mi accarezza in modo indecente prima le labbra, poi una striscia di pelle appena sotto l'orecchio, prende il sopravvento.

Ecco un'altra parte del mio corpo di cui ignoravo l'esistenza: i lobi delle orecchie. Ci metto poco meno di trenta secondi a rendermi conto che il mio stupidissimo corpo è costellato di una serie di zone erogene di cui nessuno mi aveva mai parlato... e Jace sembra conoscerle tutte. E sa come stimolarle. Sa dove sono, va dritto al punto.

«Fermati, fermati, fermati!» Lo spintono all'indietro, scendo dal bancone con un balzo, quasi mi rompo l'osso del collo quando scivolo nella pozza d'acqua intorno al secchio, ma riesco ad aggrapparmi al bastone dello spazzolone prima di finire a terra. «Miss Claire» sussurro senza fiato, e un secondo dopo ce la ritroviamo davanti.

Guarda prima Jace, poi me, che abbasso gli occhi e fingo indifferenza.

«Buon pomeriggio» saluta Jace, educato.

«Jace, caro. Ti serve qualcosa?»

«Sono appena rientrato da una passeggiata. Stavo salutando June. Vado a studiare...» quasi balbetta.

«Bravo ragazzo» replica la cuoca, posando la sua grossa mano sull'ancora più grossa spalla di Jace. È più alto di lei di una testa e mezza. Anche io, accanto a lui, sembro così piccola e indifesa? Immagino di sì...

«June, tesoro, asciuga quell'acqua lì per terra, poi lascia tutto com'è. Finirò io».

«No, Miss Claire, io devo...»

Mi interrompe. «*Tu* devi andare a studiare».

Mi fa l'occhiolino e sparisce nella piccola dispensa stipata di cibo in scatola, dove sostiene le venga l'ispirazione per i nostri pasti. Lisa avrebbe molto da ridire su questa affermazione.

«Come cavolo hai fatto a sentirla?» sussurra Jace, avvicinandosi.

«Anni e anni di allenamento».

Guarda oltre le mie spalle, si morde gli angoli della bocca, poi non resiste e mi bacia di nuovo.

«Ci vediamo dopo, piccola». Non appena quell'ultima parola scappa dalle sue labbra, spalanca gli occhi, imbarazzato.

Inarco un sopracciglio e cerco di trattenere un sorriso.

«Non ho detto 'piccola'!» si giustifica, blaterando quelle quattro parole con una certa urgenza. Forse per la prima volta vedo le sue guance tingersi di rosso per l'impaccio. Si impettisce, riempie i polmoni d'aria.

«Ah, no? Sembrava avessi detto proprio 'piccola'».

«Ti sbagli» sostiene, ancora troppo serio. «Ho detto un'altra parola».

«Quale?» lo sfido. Mi aggrappo all'estremità dello spazzolone con entrambe le mani e mi sporgo in avanti.

«Pi... Piii... cchio» dice e poi si copre il viso con le mani, ridacchiando contro i palmi. «Cazzo!»

Scoppio a ridere, come non facevo da un secolo. Più rido, più Jace diventa rosso, più credo di innamorarmi di lui irrimediabilmente.

«È tenero» cerco di rassicurarlo.

«Oddio!» La sua risata diventa isterica. «Tenero?!»

«Non c'è niente di male» insisto. «Insomma, capisco che tu abbia una certa reputazione da difendere, ma lo sei».

«Finiscila».

«E anche molto dolce».

Le sue mani si aggrappano alle mie guance, le stritola, mi

tappa la bocca con un bacio. «Stronza» ci soffia sopra. Mi lascia andare e raggiunge alla svelta la porta della cucina. Poi si volta e mi punta il dito contro. «Ti aspetto in camera mia, stasera. Ciao, *Picchio*!»

E io sorrido come una scema, come se mi avesse appena confessato che mi ama alla follia, che sarà così per sempre.

Poi torna il malessere alla bocca dello stomaco, torna la consapevolezza che se ne andrà, che si dimenticherà di me.

Capitolo 18

June

Jace è seduto accanto a Israel, a cena. Davanti a lui, Caleb e Dylan. Non si siede quasi mai al mio stesso tavolo, anche se fa in modo di accomodarsi dove può sempre vedermi. Distribuisco la minestra di fagioli ai più piccoli, mi assicuro che Sandy, una ragazzina di nove anni dai capelli rosso fuoco che conosco da tutta la vita, non si rovesci addosso la zuppa bollente nel maldestro tentativo di servirsi da sola. Tyler punta i suoi occhioni sulla mia fetta di pane, gliela passo da sotto il tavolo e lo vedo dividerla a metà e offrire l'altro pezzo a Landon.

Miss Price, stasera, non si siede a mangiare. Se ne sta in piedi in fondo alla sala, a scrutarci come un falco che studia la preda. Se fossi io la direttrice di questo posto, farei di tutto per interagire con i miei ragazzi. Non vorrei mai che mi vedessero come un mostro a tre teste da temere. Lei, al contrario, sembra sempre infastidita, da noi, dal cibo, da questi muri ingialliti.

Aspetto che tutti abbiano finito di mangiare e inizio a raccogliere le scodelle e le bucce di mela che sono state disseminate ovunque. Jace esce dalla mensa senza guardarmi, scambia due parole con Arya e sparisce. Non un cenno, non un'occhiata fugace.

Lo so che fa parte del 'piano', che mi aspetta in camera sua per riempirmi di baci e sorrisi, eppure ci rimango male. Perché sono una ragazzina stupida, perché fingo di essere forte, ma in realtà me la faccio sotto.

Non appena finisco di lavare il pavimento in cucina, sotto lo sguardo vigile di Miss Price che se la gode un mondo a vedermi sgobbare, porto il grembiule sporco della cuoca in lavanderia e sto per andare al piano di sopra. Ma la direttrice ha deciso che la punizione ingiusta che mi ha inflitto non è sufficiente, che avermi umiliata parlando male di mia madre e lasciandosi sfuggire che mio padre è vivo e vegeto e non mi ha mai voluta non basta. Vuole di più, vuole piegarmi e vuole ricordarmi che non conto niente, che sono una pedina fra le sue mani.

«Signorina June» mi richiama, alle spalle.

Mi volto con calma, le mani dietro la schiena e il mento rivolto all'insù.

«Ho bisogno che aiuti Miss Maribel con i più piccoli, stasera».

Non muovo un muscolo del corpo. «Va bene».

«Rudy ha vomitato di nuovo. Ci sarebbe da pulire la *nursery*».

«Va bene» ripeto.

«E poi vorrei che cambiassi le lenzuola della sua culla. Anzi, di tutte le culle».

«Certo».

«Vai».

E io vado. La supero, non la guardo e raggiungo la stanza dei piccoli. Il tanfo rancido di vomito che si respira mi fa contorcere lo stomaco, ma è già stato ripulito. Miss Maribel sta lavando Rudy, mentre Fanny, una bimbetta afroamericana di pochi mesi, arrivata al maniero a metà ottobre, se ne sta buona buona nella sua culla, a fissare la giostrina mezza rotta sopra la sua testa.

«Ciao, piccolina» la saluto. Mi sorride e allunga le sue manine verso di me. La prendo in braccio e me la stringo al petto. «Vedrai che domenica qualcuno ti adotterà» le sussurro contro i capelli neri e ricci. «Sei troppo dolce per rimanere qui per tutta la vita».

Fanny ridacchia, è minuscola fra le mie mani. Riesco a cambiare le lenzuola con lei in braccio. Provo a rimetterla giù, ma le sue microscopiche dita si aggrappano al tessuto consumato della mia felpa e capisco che non è pronta per tornarsene nella sua piccola gabbia.

«Vuoi stare in braccio?» le domando. «Okay, hai vinto tu! Sei sleale, piccoletta. Se mi guardi così, come faccio a dirti di no?» Afferro uno dei marsupi che ogni tanto usa Miss Maribel per portarsi dietro i più piccoli mentre sbriga le sue faccende e ce la infilo dentro. Non ci riesco al primo tentativo, ma quando è al sicuro contro il mio petto sembra rilassarsi. Mi ritrovo a canticchiare *Twinkle Twinkle Little Star* e lei chiude i suoi occhietti innocenti. Mi avvicino al lettino di Valery, che sta dormendo beata, e decido di non svegliarla. Cambierò domani le sue lenzuola.

«Come sta?» domando a Miss Maribel quando rientra in stanza con Rudy.

«Ha la febbre alta» dice preoccupata. «Se stanotte non dovesse scendere, chiamerò il dottore». Gli accarezza la testa, lui piagnucola, gli occhi gonfi e le guance arrossate dalla febbre.

È sempre stata amorevole con tutti, Miss Maribel. Quando ero bambina e stavo male si sdraiava accanto a me e mi raccontava delle favole bellissime, se ne andava solo quando era sicura che dormissi profondamente. Ha dedicato tutta la sua vita a questo posto. È arrivata a vent'anni, quando io ne avevo solo uno, ed è stata la cosa più vicina a una madre che potessi sperare di avere.

«Tu lo sai chi è mio padre?» domando a bruciapelo, in un soffio. La scusa è che Fanny si è addormentata, la verità è che ho una paura fottuta di farle quella domanda. Negli anni, sono state mille le volte in cui avrei voluto chiederglielo, ma non lo avevo mai fatto. Stasera ho bisogno di capire se le parole sprezzanti di Miss Price fanno parte della mia punizione o se c'è un fondo di verità in quelle frasi crudeli.

Miss Maribel si morde le labbra, scuote la testa. «No, June. Mi dispiace, non lo so».

«Miss Price ha detto che mia madre era una poco di buono. Che ha cercato di incastrare un uomo ricco, uno che sa dove sono e al quale non frega niente di me». Mi si incrina la voce, il pavimento ondeggia sotto i miei piedi.

«Miss Price farebbe bene a tenere per sé i suoi giudizi» ribatte seria. «Quando sono arrivata, tua madre era già morta e nessuno ne parlava mai. So quello che sai tu».

Annuisco e, Dio, non ho motivo di non fidarmi di lei, eppure non le credo. Per la prima volta, non le credo.

«Ho finito» sostengo. Mi avvicino alla culla di Fanny e riesco a metterla giù senza svegliarla. Le accarezzo la testa, la guardo e non capisco come una madre possa abbandonare la sua bambina in ospedale e sparire nel nulla. È ingiusto. È perverso.

«Miss Price ti tiene d'occhio» sussurra Miss Maribel. «Stai attenta, okay? Non aspetta altro che tu faccia un passo falso».

«Lo so» confermo, senza riuscire a guardarla negli occhi. Esco dalla stanza e, fregandomene del suo consiglio, dei suoi avvertimenti, entro in camera dei ragazzi a recuperare le mie sigarette da Israel e poi salgo in mansarda.

Davanti alla porta chiusa di Jace, però, esito. Non è per paura di essere scoperta da Miss Price, so benissimo che se volesse cogliermi con le mani nel sacco lo avrebbe già fatto. Ho paura di Jace, del sentimento impossibile da gestire che provo per lui. Delle sue mani addosso, che mi fanno scalpitare il cuore nel petto. E dei suoi sorrisi. Quelli mi terrorizzano, perché non so come farò a vivere il resto della mia vita senza riceverne ancora.

Quando la mattina mi sveglierò e lui non sarà in mensa ad aspettarmi, come potrò andare avanti con le mie giornate tutte uguali? Quando la sera verrò a fumare in mansarda e passerò davanti alla sua stanza vuota, come riuscirò a convincere il mio cuore a non cedere al dolore?

Non so niente di mia madre, non so neppure che voce avesse, eppure, in questo momento, la sento sussurrarmi all'orecchio di non sprecare tempo, che quello non basta mai. Mi dice di non aver paura, di prendermi quello che voglio.

Scuoto la testa, mi massaggio la fronte con una mano. Dove l'ha portata la sua avventatezza? Quando si è presa quello che voleva, cosa le è rimasto? Una tomba con una lapide da quattro soldi e un'incisione impersonale: 'Mary June, brava ragazza'.

Brava ragazza. Tutto qua. La sua breve vita si riduce a due parole senza senso. Nessuno pensava che fosse brava, e per colpa di Miss Price inizio a dubitarne anch'io.

Avanzo lungo il corridoio e lascio perdere Jace. Dovrò abituarmi alla sua assenza comunque, quindi perché non iniziare subito?

Mi chiudo nello sgabuzzino e mi siedo a terra, la schiena contro la parete fredda. Rigiro mille volte la sigaretta spenta fra le mani e lascio che una serie di pensieri autodistruttivi mi incasini la testa.

Salto in aria dallo spavento quando la porta si apre e una figura massiccia occupa tutto lo spazio sotto la cornice.

«Non hai bussato» mi accusa Jace, una punta di fastidio nella voce.

«Non volevo disturbare» ribatto distratta, decidendomi ad accendere la mia sigaretta.

Lui entra nello stanzino, si siede davanti a me e allunga le gambe. La piccola torcia che mi porto sempre dietro prende vita con un *click* e la lascio inerme sul pavimento, crea un cono di luce sottile contro una delle pareti. Jace si infila la sua Marlboro fra le labbra, poi lancia a terra il pacchetto e l'accendino.

Nessuno dei due parla, io nemmeno lo guardo.

«Cos'hai?» domanda dopo un silenzio irreale.

Spengo la sigaretta nell'angolo e accartoccio il mozzicone dentro un fazzoletto. Mi porto le gambe al petto e stringo forte. Non trovo la voce, ma soprattutto non trovo le parole. Non ce ne sono, a dire il vero, perché non lo so nemmeno io cos'ho.

Tutto. Niente.

«Mal di testa» improvviso.

«Mal di testa?» ironizza lui. «Tipo il mal di testa che viene a voi ragazze quando avete le vostre cose o mal di testa da cervicale? O magari hai la febbre...» mi prende in giro.

«Sì, forse ho la febbre» sto al gioco. «Sono molto contagiosa».

Il rumore di qualcosa che vibra spezza il silenzio. Jace recupera il suo cellulare dalla tasca dei jeans e rifiuta la chiamata. Nemmeno un secondo dopo, riprende a squillare.

«Che palle!» impreca. Riaggancia una seconda volta, per poi spegnere il telefono. «È mia madre» ci tiene a informarmi.

«Se devi rispondere...»

«Non ci penso proprio».

«Non andate d'accordo?» mi azzardo a chiedere. So così poco di lui, delle sue abitudini. Mi rendo conto solo ora che non conosco niente della sua vita, se non dettagli di poca importanza, buttati a casaccio fra una conversazione e l'altra.

«Per niente». Si passa una mano sul viso, solleva un ginocchio e accende un'altra sigaretta. Fa strusciare il pacchetto sul pavimento, nella mia direzione, ma io non mi muovo. «È una stronza menefreghista».

«Oh».

«Non guardarmi così» mi avverte.

«E come ti starei guardando, scusa?»

«Come se fossi un ingrato».

Sollevo lo sguardo sulla piccola finestra incastrata nel tetto spiovente. Mi sono dimenticata di aprirla e l'aria sta diventando soffocante.

«Una madre come lei non l'augurerei a nessuno» sentenzia, senza che gli abbia chiesto niente.

«Non dobbiamo parlarne per forza. Anzi, non dobbiamo parlare proprio».

«Si può sapere perché rispondi così?»

«Te l'ho detto, ho mal di testa».

Jace si alza in piedi, spalanca la finestra e butta sul tetto il suo mozzicone. Penso che se ne andrà, invece si rimette seduto, mi afferra dalle caviglie e mi strattona in avanti. Circonda il mio corpo con le sue gambe, il mio viso con le sue mani. Mi sfiora le tempie con le dita e posa le labbra sulla mia fronte.

«Ti odio quando fai così» bisbiglia, continuando a massaggiarmi le tempie. Chiudo gli occhi e mi accoccolo contro di lui. «Quando mi chiudi fuori».

«Mi dispiace» riesco a dire, un rospo incastrato in gola. Non voglio piangere, non voglio che mi veda così vulnerabile e persa.

Mi culla come se fossi una bambina in cerca di conforto e io mi aggrappo alla sua schiena, incastro la testa fra il suo collo e la spalla e divento minuscola, sparisco del tutto nel suo abbraccio. E lui mi tiene stretta a sé, senza chiedere niente, solo così: io e lui fra le mura di questo sgabuzzino che ci proteggono.

«Adesso devo proprio andare» biascico contro la sua spalla. La stretta diventa una morsa soffocante e non ho idea chi dei due stringa più forte, se sono io a non volermene andare o lui a non volermi lasciare.

«Non lo dire più» sussurra. «Quelle parole... non dirle più».

Sposto di poco la testa all'indietro, così che possa guardarlo in viso. Si è rabbuiato, ora è lui quello che sembra perso.

«Ogni volta che lo fai, poi sparisci. Poi ti perdo».

«Jace...»

«Non dirle più!» ribatte categorico.

«Okay». Lo bacio piano, un tocco lieve di labbra su labbra. Di amore che si moltiplica all'infinito, che parte dalla bocca dello stomaco ed esplode nel petto. La sua mano si intrufola sotto i miei capelli, li tiene stretti in pugno, mentre il bacio diventa disperato, il fiato si spezza.

«Che diavolo mi hai fatto, June?» Ridacchia imbarazzato contro la mia bocca. «Cioè, ti ho chiamato 'piccola', prima. Io... *piccola*. Che cazzo!»

Sogghigno, più imbarazzata che divertita. «*Sono* piccola» cerco di rincuorarlo. «Insomma, sarò alta un metro e sessantaquattro, a dir tanto, non arrivo ai cinquanta chili, e tu sei un gigante. Guardati». Lo indico con la mano aperta, rivolta all'insù. «Cosa ti davano da mangiare, da piccolo, per farti crescere così?»

«Pesavo quattro chili e mezzo quando sono nato. Forse è per questo che mia madre mi odia» ironizza, a me si stringe lo stomaco. «Non deve essere stato piacevole».

«Immagino di no» lo assecondo. «Mi stai stritolando».

«Dici?» Mi ritrovo sdraiata su di lui, le sue braccia fanno

un giro completo intorno alla mia vita e non ho via di scampo. «Non puoi liberarti di me».

«Come farò a scendere al piano di sotto con te aggrappato in questo modo?» scherzo.

«Non puoi. Sei mia. Rimani qua».

'Sei mia...'

E tanto basta a farmi piangere. Sarò sempre sua, ma credo che questo valga a senso unico. Tutto di me gli appartiene: il mio cuore, i miei pensieri, i miei sogni a occhi aperti. E lui se ne andrà. Troverà una ragazza alla sua altezza, si innamorerà, si dimenticherà di me.

Mi sfiora una guancia con le dita. «Non piangere».

«Vorrei rimanere davvero qui dentro per sempre».

«E allora rimarremo qua».

Poggio la guancia contro il suo cuore e lo sento martellare nel petto come una mitragliatrice impazzita. E mi ritrovo a crederci per qualche breve attimo.

Scendo di corsa le scale che portano al primo piano e vado a sbattere contro Lisa, che mi stava aspettando nascosta dietro il corridoio e si mette in mezzo senza preavviso.

«Ahi!» strillo, strofinandomi il gomito che è andato a schiantarsi contro la parete. «Ma sei matta?» la rimprovero.

Lisa rimane impassibile, gli occhi iniettati di veleno. Mi fissa senza battere ciglio e continua a bloccarmi il passaggio.

«Che ti prende?»

«Eri in camera sua?»

«Ma di chi?» Esamino il gomito, si sta gonfiando. Le deve aver dato di volta il cervello, a questa ragazzina. Sono così stanca dei suoi sbalzi di umore e dei suoi modi da bulla.

«Non fare la stronza con me».

Sollevo di scatto lo sguardo. «E tu modera i termini. Cosa vuoi?»

«Lo dirò a Miss Price. Ti farò cacciare dall'istituto!» Mentre lo dice mi volta le spalle e raggiunge a passo spedito il nostro dormitorio.

È quasi ora di spegnere le luci, fra poco una delle tutrici farà il giro di ronda e si assicurerà che siamo tutti nei nostri letti. La seguo con il cuore in gola e una gran voglia di prenderla a schiaffi.

«Mi farai cacciare? E con quale motivazione, sentiamo?»

Le ragazze sono già tutte nello stanzone, in pigiama.

Lisa si volta come una iena, elimina il poco spazio fra di noi e mi punta il dito in faccia. «Quando saprà che fai la puttana con Jace, in camera sua, ti spedirà in qualche orribile casa-famiglia. E io riderò un mondo».

«Si può sapere che problema hai con me?»

«Ti odio!» strepita. «Ti odio, perché fai tanto la santarellina, invece sei una stronza. Sei peggio di tutte noi messe insieme».

Opal si alza dal suo letto e si sistema accanto a me. Arya fa lo stesso, ma rimane dietro a Lisa. Le altre si godono lo spettacolo dalle loro brandine.

«Non fai altro che ripetere che vuoi rimanere qui al maniero, che sono stupida a pensare che prima o poi qualcuno mi adotterà...»

«Non ho mai detto che sei una stupida» la interrompo.

«Sì!» strepita. «Sì, lo dici, mi guardi come se non ci arrivassi. E poi che cosa fai? Ti infili nel letto del nipote di Sherman! Sei un'ipocrita, June. Una squallida ipocrita che sta cercando la via d'uscita facile. È per questo che mi hai detto di stargli alla larga, vero? Perché lo volevi tutto per te! Perché fai finta di *adorare* questo posto, ma poi cerchi di andartene, e dalla porta principale, sottobraccio a un riccone. Già ti vedo». Mi ride in faccia. «Tornerai qua il giorno di Natale, con i tuoi vestiti perfetti e regali mezzi rotti, e ci guarderai dall'alto al basso. Ecco cosa farai!»

«Lisa, adesso smettila» interviene Opal con tono severo. Alzo una mano e le chiedo in silenzio di aspettare, di lasciarla sfogare.

«E perché dovrei smetterla? È la verità!» Le trema la voce, le tremano le mani. Io rimango impassibile. Forse è arrivato il momento che mi dica in faccia tutto quello che pensa. «Lei è così, Santa June. Dolce June. Piena di saggezza, June. Lei ci guarda tutti come se fossimo inferiori, con i suoi modi gentili, con le sue paroline di finto conforto».

«Hai finito?» le domando con calma.

«No, non ho finito! E tu sei una cretina se pensi che Jace tenga a te. Ti userà e ti scaricherà! Come ha fatto Kolton! Tutti ti prendono in giro, June. Sarai sempre la 'verginella sfigata di Red Oak Manor'. Jace è troppo per te e ti riderà in faccia».

Trattengo il fiato e lei mi rivolge un sorriso sprezzante. Non posso credere che mi stia rinfacciando le confidenze che le ho fatto, che le stia sbandierando alle nostre compagne come se niente fosse. Sa quante notti mi sono addormentata piangendo per colpa di quell'essere spregevole e della sua ragazza stronza. Si intrufolava nel mio letto e mi abbracciava forte, mi diceva che prima o poi ce ne saremmo andate e avremmo trovato qualcuno che ci avrebbe amate senza pentirsene mai. E ora? Ora è cattiva, risentita, fuori di testa. E so perché. Non c'entra niente Jace, non c'entra niente Kolton.

Respiro a fondo e tento il tutto per tutto. «Lo so che sei nervosa per domenic...»

«Sta' zitta!» mi interrompe di nuovo. «Non sai niente. Mi adotteranno, hai capito? Me ne andrò anch'io, dalla porta principale. Mentre tu avrai solo una possibilità per farlo: incastrare Jace Campbell. Sei disperata».

«Non sto incastrando proprio nessuno!» ribatto, la pazienza ridotta all'osso.

«Guardati!» Mi indica. «Sei patetica! Ho sentito quello che ha detto Miss Price di tua madre, e tu sei come lei: una puttana!»

Non ci vedo più dalla rabbia. La goccia fa traboccare il vaso e io esplodo.

Lo schiaffo parte prima che riesca a fermarlo. Una cinquina in pieno viso che mi scappa dal corpo e che non mi pento di darle. Lisa si copre la guancia con entrambe le mani, mi guarda incredula, ferita; Arya, dietro di lei, sussulta. Opal trattiene il fiato.

«Stammi bene a sentire, *ragazzina*». Mi avvicino al suo viso, la collera mi avvelena il sangue. «Ho finito di stare dietro alle tue stronzate, ai tuoi scatti d'ira. Pensi di potertela prendere con me perché ci sono sempre, perché nonostante tutto ti perdono *sempre*! Vuoi sapere come la penso, Lisa? Lo vuoi sapere davvero? Non ti adotterà nessuno. Rimarrai qua, come tutte noi, e te ne andrai quando sarai troppo grande per restare. Sei una ragazzina sciocca e illusa. E io ho provato a proteggerti in tutti i modi possibili. A ogni giornata dell'adozione andata male ti ho consolata, ti ho preparato la cioccolata calda di nascosto da Miss Price, ho inventato storie assurde per farti ridere e addormentare, perché so come ci si sente. Perché ogni volta che una coppia è entrata da quella stramaledetta porta e ha scelto qualcun altro io mi sono sentita sbagliata e sola e inutile e senza speranza, e non volevo che anche tu ti sentissi così».

Lisa tira su con il naso, gli occhi inondati di lacrime.

«Pensi di essere la sola a star male? Ad aver perso la sua infanzia e averla regalata a questo istituto? Noi siamo una famiglia, Lisa. Per quanto anticonvenzionale, siamo una *famiglia*. Io, te, Opal, Caleb e Dylan, Kimberly, Israel, Landon e Tyler, persino Arya...» Indico anche le altre compagne sedute sui loro letti e riporto lo sguardo su Lisa. «E faresti bene a ricordartelo. Quando smetterai di vedere questo posto come una gabbia e capirai di non essere sola, sola *davvero*, allora forse capirai. Smetterai di pensare che il mondo giri intorno a te, perché, fattelo dire, su questa fottuta barca ci siamo tutti insieme. Ci siamo passati *tutti*. Mi dispiace, okay?! Darei un braccio perché ti adottassero, ma non intendo continuare a prendermi i tuoi insulti. Io sto bene qua. E se questo fa di me una sfigata, allora pazienza. Me lo tatuerò in fronte, se vuoi. Mia madre era una ragazzina di sedici anni che si è fatta mettere incinta ed è morta dandomi alla luce, tua madre era una tossicodipendente. Io e te non siamo loro, io e te ce la caveremo con le nostre forze. Non mi serve che Jace mi salvi, così come non serve a te. Lo capisci, Lisa?»

Singhiozza come poche volte l'ho vista fare, continua a tenersi premuta la mano sulla guancia arrossata e annuisce in silenzio.

Vorrei abbracciarla, ma so che mi manderebbe via.

«Cosa succede qui dentro?» strepita Miss Price, alle mie spalle, entrando nel dormitorio come una furia.

Lisa guarda la direttrice, io guardo Lisa. Opal cerca di mettersi in mezzo per coprirle la visuale, Arya fa un passo in avanti e si sistema accanto a me.

Io non rispondo. Se Lisa vuole vendicarsi, questo è il momento giusto per farlo.

«Allora?» domanda di nuovo Miss Price. Scruta Lisa, che cerca invano di asciugarsi le lacrime.

«Niente» dice.

«Cosa hai fatto in faccia?»

«Ho sbattuto» mente e io la guardo. I suoi occhioni scuri si incastrano nei miei, in un solo sguardo passano nove anni di amicizia, di notti a piangere l'una nelle braccia dell'altra. Passano i giochi stupidi che inventavo per lei, le collanine che mi faceva con la pasta di sale, tutte le volte che l'ho aiutata a vestirsi, i compiti svolti insieme, le fette di torta che rubava per me, preoccupata che non mangiassi abbastanza.

Miss Price non le crede, ma nessuna di noi parla. Siamo tutte noi contro di lei.

«Andate a dormire. Adesso!» sbraita. «Spegnete la luce fra cinque minuti al massimo».

Nessuna dice niente, qualcuna si limita ad annuire, altre si infilano sotto le coperte. Io e Lisa rimaniamo a guardarci, poi è lei, con gli occhi rivolti al pavimento e lo sguardo smarrito, ad allontanarsi. Ci spogliamo in silenzio e, sempre in silenzio, ci mettiamo sotto le lenzuola.

Kimberly spegne la luce, l'unico rumore che sentiamo è il vento lamentoso che soffia fuori dalle nostre finestre e ci culla fino al sonno. Sto per darla vinta a Morfeo quando sento il materasso afflosciarsi sotto il peso di un corpo e due braccia cercarmi al buio. Il cuore smette di battere dalla paura.

Poi la riconosco.

Lisa si accoccola contro di me, mi abbraccia fortissimo e io faccio lo stesso con lei. Piange silenziosamente, come le ho insegnato da piccola. Le accarezzo la testa e la schiena, me la tengo stretta. E so che questa tregua non durerà molto, che il suo carattere ribelle prenderà il sopravvento altre mille volte, ma per stasera non ci voglio pensare. Stasera è ancora la mia piccola Lisa, la bimba con i codini e gli occhi pieni di amore. E ha bisogno di me.

Capitolo 19

Jace

Si respira una strana agitazione nell'aria, stamattina. Un misto di totale indifferenza e aspettativa moltiplicate all'infinito. Sono seduto nella sala mensa con la mia tazza di caffè in mano ed è come se la stanza si fosse spaccata a metà, solcata da una linea immaginaria che tiene divisi i ragazzi di Red Oak Manor. Da una parte ci sono gli speranzosi, quelli che si sono svegliati di buon'ora e non stanno più nella pelle dall'emozione. Dall'altra ci sono i disillusi, quelli che affrontano questa domenica mattina di inizio dicembre con più insofferenza del solito.

E in mezzo ci sono io, che non sto capendo niente. June mi ha detto qualcosa a proposito della giornata delle adozioni, ma poi ha cambiato subito discorso.

«Jace Campbell» mi richiama a gran voce la direttrice. «Vieni nel mio studio, per favore».

June alza appena lo sguardo dalla tazza di latte, poi torna a distribuire pezzi della sua torta a chiunque le stia vicino. Quella ragazza mangia come un uccellino, non capisco davvero come faccia a tenersi in piedi.

Seguo Miss Price nel suo ufficio. Entriamo e lei mi fa cenno di accomodarmi sulla poltroncina davanti alla scrivania. Sorseggio il caffè che mi sono portato dietro e aspetto che raccolga le idee.

Indossa un vestito color porpora, in pendant con le spesse tende dietro di lei, che tiene perennemente chiuse, nonostante fuori ci sia una splendida giornata di sole. Deve essere davvero insopportabile la vita, per lei, sempre così decisa a vedere il bicchiere mezzo vuoto. E lo dice uno che per metà del tempo pensa di non avere una via d'uscita.

Si tocca appena i capelli, forse per assicurarsi che il suo orribile chignon non si sia spostato.

«Oggi è un gran giorno, qui al maniero». Per la prima volta da quando ho messo piede in questo posto, sorride. «E io ho bisogno di te».

Quasi mi va di traverso il caffè. «Di me?» Poso la tazza sulla sua scrivania.

«In quanto nipote del signor Sherman, mi piacerebbe che fossi al mio fianco mentre accogliamo le famiglie per la giornata dell'adozione».

«Io?» domando incredulo. «Non credo proprio».

La sua espressione passa da 'gentile' a 'non farmi incazzare, Jace Campbell', un linguaggio del corpo che conosco benissimo. Riesco quasi a sentirla urlare nella mia testa.

«Jace...» Si schiarisce la voce, si agita sulla sedia. «Non costringermi a chiamare tuo nonno».

«Ma lei non si stufa mai di minacciare le persone?»

Diventa scura in volto, afferra il frustino, se lo rigira fra le mani. Credo sia un riflesso automatico, una becera illusione di potere che non ha e non avrà mai.

«È importante per i ragazzi» prova a rabbonirmi.

«Per loro? Che io sia in prima fila ad accogliere degli sconosciuti? Mi spieghi come la mia presenza potrebbe cambiare qualcosa. Sono un moccioso di diciassette anni che è stato scaricato in un orfanotrofio, che differenza pensa che possa fare, io?» Accavallo le gambe. Questa me la deve proprio spiegare, perché giuro non ci arrivo.

«Le coppie che vengono da noi per la giornata dell'adozione sono molto... restie. Adottare un orfano, magari già grandicello, li spaventa. Tendono a prendere i neonati, a preferire delle madri surrogate carine che scelgono su un catalogo di qualche agenzia. Per i ragazzi di Red Oak Manor è più difficile. È statisticamente provato che quando tuo nonno presenzia a questi eventi, almeno un ragazzo viene adottato».

«E allora chiami lui» ribatto serafico.

Miss Price respira a fondo. Mi vuole accanto a lei a qualunque costo, sa di non poter perdere la calma, così sorride di nuovo e io mi godo la sua interpretazione magistrale.

«Il signor Sherman è molto impegnato, lo sai». Sospira. «Non vuoi che questi ragazzi trovino una famiglia?»

Se sta cercando di far leva sul mio senso di colpa, ha sbagliato indirizzo. Non ne ho.

«Mi piacerebbe molto che venissero adottati, ma non so come aiutarla».

«Devi solo stare al mio fianco, non c'è bisogno che tu dica niente. Ti presenterò come il nipote del signor Sherman e il destino farà il suo corso».

Mi sembra tutto fin troppo semplice. «E io cosa ci guadagno?» la sfido.

«Come, scusa? Cosa dovresti guadagnarci?»

«Non so, qualche privilegio. Io faccio una cosa per lei e lei fa una cosa per me».

Si agita, penso sia a tanto così dallo sbattermi fuori dal suo ufficio con una pedata, invece annuisce. Inclina la testa di lato e gli angoli della sua orribile bocca raggrinzita si sollevano. «Cosa vorresti, Jace?»

E io lo so cosa voglio. Così, senza preavviso, faccio detonare la bomba.

«Vorrei che togliesse la punizione a June. Sappiamo entrambi che non se la merita».

«June?!» Non riesce a credere che lo abbia detto davvero.

«Sì. Serena si è presa la colpa, la sospensione è stata annullata, non vedo perché lei debba pulire pavimenti per un mese se non ha fatto niente».

So di essermi appena esposto, di essermi infilato con tutte le scarpe in una tanica piena di merda, ma non le farò questo favore se lei non ammetterà di essere una grandissima stronza senza scrupoli che si approfitta della sua autorità. Deve capire una volta per tutte che, alla fine della giornata, io sono comunque un gradino sopra di lei.

«Ci posso pensare».

«Bene» dico, alzandomi. «Ci pensi in fretta. Mi sembra di aver capito che le coppie inizieranno ad arrivare fra poco».

«Va bene!» La sua voce stride, i suoi occhi si riducono a due fessure. «Okay! Toglierò la punizione a June». E so quanto le costi pronunciare quelle parole.

«Benissimo» acconsento. «Sarò al suo fianco ad accogliere gli ospiti, mi comporterò da perfetto padrone di casa».

«Questa non è casa tua» ribatte truce.

«Sono o non sono il nipote del proprietario?» Le faccio l'occhiolino, consapevole che le stanno per saltare le coronarie.

«Non può comunque andare al pub, stasera».

Perfetto! June non ci vuole nemmeno andare.

«Per me va bene». Recupero la tazza dalla scrivania e me la rigiro fra le mani. «C'è altro?»

Miss Price si alza a sua volta e raggiunge uno schedario arrugginito nell'angolo. Si sfila una chiave dalla tasca e gira la serratura. Lo spalanca con un colpo secco e inizia a sfogliare le cartelline. Ne tira fuori una e la poggia sulla scrivania. Io guardo il nome scritto con il pennarello nero sulla targhetta laterale: 'Fanny S.L.'.

«Chi è?»

«Una bambina che è stata abbandonata in ospedale a Philadelphia meno di due mesi fa. Verrà una coppia afroamericana, stamattina. Non mi capitava di vederne una da due anni. Se Fanny non verrà adottata oggi, probabilmente rimarrà qui per tutta la vita».

Apre la cartelletta e mi mostra la foto di una neonata di colore, pelle e ossa, con un bracciale di plastica intorno al polso.

La richiudo e divento serio. «Cosa le fa pensare che io possa in qualche modo aiutare questa bambina? A malapena so prendermi cura di me stesso».

«Su questo sono d'accordo con te». Mi trafigge con un'occhiataccia. Si riprende la cartellina e la infila nello schedario.

«So cosa pensi di me, Jace. Cosa pensano tutti. Però, vedi, questo posto è la mia casa e questi ragazzi sono la mia responsabilità. A differenza di quello che credi, io ci tengo davvero e ho il dovere morale di aiutarli. Il mondo delle adozioni è marcio e fatto di ingiustizie clamorose. Alcuni ragazzi vengono adottati facilmente, altri, più problematici, vengono scartati a priori. E Fanny ha solo questa possibilità».

Mi mette addosso un peso che non voglio. Io non sono una persona caritatevole, sono menefreghista per definizione e poco empatico per scelta. Mi avvicino alla porta.

«June ti sarebbe davvero grata se aiutassi Fanny...»

Mi volto di scatto e le punto il dito contro. «Non la nomini! Non metta in mezzo June e non cerchi di raggirarmi con questi stupidi trucchetti. Con me non funzionano. Se vuole una mano, gliela darò. Non per June, e non per fare piacere a lei. Se lo deve mettere bene in testa».

Miss Price annuisce. «Sai, per un attimo ho davvero creduto che la nostra Lily-Rose ti avesse *ammorbidito*. Vedo con piacere che non è così. Sei come tuo nonno, in questo: egocentrico, egoista e senza scrupoli. Buon sangue non mente».

«Già. Se me lo avesse chiesto, glielo avrei detto io dal principio. Le avrei evitato di perdere un sacco di tempo a rimuginarci sopra, glielo assicuro».

Esco sbattendo la porta del suo ufficio e mi rifugio nella mansarda. Con le mani che tremano recupero dal piccolo armadio una camicia pulita e un paio di calzoni blu. Cerco la cravatta e la trovo accanto a una scatolina in fondo al ripiano. Ci passo le dita sopra, l'afferro e me la rigiro fra le mani. Faccio una cosa che non facevo da tempo: la apro. La catenina che mi regalò June tanti anni fa giace su un piccolo cuscino di gommapiuma. Una libellula fatta di fili laccati di finto oro e pietre azzurre e verdi. Sfioro le antenne, richiudo la custodia con uno scatto.

Lei non mi ha solo ammorbidito. June è tutto quello che ho. E tornerò a riprendermela, un giorno. La porterò via di qua e le offrirò il mondo sul palmo di una mano. Quando sarò libero, sarà lei la prima che cercherò.

Mi vesto in silenzio, mi preparo a questa buffonata e cerco di sgombrare la mente.

June esce dalla porta del bagno delle ragazze e quasi mi viene addosso. Sta cercando di allacciare un bottone dietro il collo e cammina con il mento rivolto a terra.

«Ehi» mi saluta.

È vestita di blu. Un abitino che le arriva sopra il ginocchio, troppo leggero per questo clima. Il colletto, una specie di merletto bianco consumato, penzola in avanti.

«Vuoi una mano?» le domando, indicando il collo.

June si volta e scosta i capelli. La sfioro appena.

«Sei vestita così per la giornata dell'adozione?»

«Sì». Gira appena la testa di lato e mi guarda con la coda dell'occhio. «Lo so, sono ridicola».

«Non lo sei».

«Stai andando a pranzo dal signor Sherman?» chiede ancora, voltandosi e lisciando la gonna.

Scuoto la testa. «Rimango qua. Miss Price mi ha chiesto di... darle una mano».

«Oh» ribatte, più stupita di me. «Ottimo modo per rientrare nelle sue grazie». Sorride.

«Come funzionano queste giornate?»

«Sei mai stato in un canile?»

Sollevo entrambe le sopracciglia.

«Quando vai al canile, passi da una gabbia all'altra e scegli il cucciolo più bello. Ogni tanto qualcuno si impietosisce e prende quello vecchio e zoppo, ma succede raramente. I cuccioli se ne stanno lì e ti guardano imploranti, e tu vorresti adottarli tutti, ma non puoi. Anzi, a volte non scegli proprio nessuno, perché, diciamocelo, chi non preferirebbe un bel labrador col pedigree?»

Non c'è sarcasmo nelle parole di June, ma nemmeno un briciolo di tristezza. Le sue confidenze sono un pugno nello stomaco, una terribile realtà con la quale convive da tutta la vita. Non sta cercando di impietosirmi, non si piange addosso, espone i fatti per quello che sono: lei è il cane vecchio e zoppo; i suoi compagni più piccoli, i cuccioli che ti guardano imploranti.

Avrei voglia di urlare, di scappare a gambe levate ed evitare questa giornata. Anche un pranzo a casa di nonno Kevin sembra un'alternativa più allettante.

«Scusa». Sventola la sua mano ossuta davanti al mio viso. «Sono stata troppo acida. Sono giornate importanti, i ragazzini ci tengono moltissimo e noi più grandi facciamo di tutto per dargli una mano. E li consoliamo quando la giornata finisce. Poi ce ne andiamo al pub. Be', io stasera non potrò, ma tu dovresti andare. È un posto carino. Niente di che, a dire il vero, ma ti divertirai».

«Rimarrò al maniero».

«Okay». Il suo sorriso complice mi stende. Avrei voglia di baciarla, di abbracciarla forte e dirle che stasera sarò io a consolare lei.

«Miss Price mi sta aspettando al piano di sotto» dico invece, infilando una mano in tasca.

«Sei molto elegante».

«Devo fare bella figura» ribatto ironico, lisciando la cravatta dello stesso colore della giacca.

Le urla eccitate di Tyler e Landon ci fanno allontanare di un passo. Corrono come due forsennati e June li riprende.

«Ehi! Non si corre nei corridoi!» li rimprovera, ma lo fa con una dolcezza che mi spiazza.

«Scusa, June» cantilenano all'unisono i due bimbi, fermandosi davanti a lei. Si accovaccia per ritrovarsi alla loro altezza e sistema prima la camicia di Tyler, infilandogliela di nuovo nei pantaloni, poi raddrizza il papillon di Landon.

«Vi comporterete bene?» gli domanda seria.

I bambini annuiscono, un secondo dopo si stanno di nuovo spintonando.

«Secondo te ci adotteranno, oggi, June?»

«Magari tutti e due insieme!»

«Sarebbe bellissimo».

Qualcosa nello sguardo di June si spegne. Posa una mano sulla spalla di Landon e l'altra su quella di Tyler.

Non rimango ad ascoltare la risposta di June, me ne vado. Non sono come lei, non riuscirei a gestire le loro emozioni, a illuderli. Mi allento la cravatta e mi scompiglio i capelli mentre scendo la scalinata principale.

Le tende nell'imponente sala da ballo sono state tirate e il sole inonda la stanza. Il camino è acceso, mentre il grande tavolo è ancora posizionato a ridosso di una delle pareti. Mi concentro sulle grosse cornici dorate che tappezzano i muri, riprendo fiato.

Miss Price sta parlando con Miss Georgie, solleva lo sguardo sentendomi scendere dall'imponente scala *off-limits*. Non dice niente, lascia correre.

«Jace, caro, vieni». La stronza mi sorride, si esibisce in mille moine, allarga le braccia per accogliermi. «Stanno arrivando le prime auto. Miss Georgie, vada a chiamare i ragazzi». Torna con lo sguardo su di me, si compiace del mio completo elegante. «Hai il portamento di tuo nonno» sostiene fiera.

'Che culo!' vorrei ribattere.

Stende una mano e fa finta di pulire non so cosa sulla manica della mia giacca, poi si sistema lo chignon.

«Come si svolge la giornata?» chiedo. Non so perché continuo a fare la stessa domanda a tutti quelli che mi trovo davanti. Prima, mentre mi facevo la doccia, sono stato tentato di chiederlo anche a Caleb.

«I ragazzi aspettano nella sala visite, noi accogliamo le coppie e le portiamo da loro. Tutto qua». Si guarda intorno. «Oggi è anche giornata di visite. Non tutti i ragazzi sono orfani in attesa di essere adottati, alcuni rimangono con noi in affido, temporaneamente. Come Arya, per esempio. E possono ricevere delle visite. Le coppie fanno un giro, spesso chiedono di parlare con un bambino da soli. Oggi lasceremo che escano in giardino, è una così bella giornata».

Non so cosa le sia successo nelle ultime dodici ore, ma c'è qualcosa di drammaticamente stonato nel suo modo di fare. Non sto dicendo che la preferisco quando si comporta da stronza, ma mi sono fatto una chiara idea di lei e mi dispiacerebbe cambiarla proprio adesso.

«Tutti possono essere adottati? Anche i più grandi?»

«In teoria, sì».

«Che significa?»

«Quello che ho detto. Che in *teoria* tutti possono essere adottati. In pratica, alcuni sono destinati a rimanere in questo maniero».

«Non capisco» ribatto, alzando anche un po' la voce. Voglio una risposta chiara.

Miss Price si spazientisce. «Non sono cose che ti riguardano, Jace. In tutta franchezza, sono certa che non ti interessi davvero. Stai al gioco, fai la tua parte e io farò la mia». Riempie i polmoni di ossigeno. «Ora, da bravo, un bel sorriso. Stanno arrivando i primi ospiti. Miss Maribel?» la richiama e lei compare da non so dove e si sistema accanto alla direttrice.

Miss Price spalanca il grosso portone e io le seguo fuori. Un raggio di sole mi acceca, ma il freddo mi penetra nelle ossa, eppure la direttrice sembra immune al clima invernale e io mi adeguo.

Mi calo nella parte, sorrido, stringo mani, mi presento, e vado avanti per ore. A un certo punto sono dovuto correre in mansarda a recuperare il mio cappotto. Non so cosa scorra nelle vene di Miss Price, ma nelle mie c'è solo sangue e stavo congelando.

La maggior parte delle coppie se n'è andata, altre gironzolano per il prato e chiacchierano con i più piccoli. Landon, in particolar modo, sembra il fulcro dell'attenzione di una donna dai capelli scuri. Il marito non è particolarmente interessato a quello scambio di battute, ma sorride lo stesso, di tanto in tanto.

June si è defilata insieme a Dylan, si stanno passando di mano in mano una sigaretta e osservano Arya, che passeggia con una signora in giardino, avanti e indietro. Tyler ha un muso lungo fino alle caviglie. E Lisa... lei è una maschera di cera pronta a disintegrarsi. Dalla parte opposta, Opal legge un libro mentre Kimberly si passa lo smalto, del tutto indifferente a quello che le succede intorno.

I sorrisi dei bambini si spengono di minuto in minuto, mentre i più grandi se ne fregano, consapevoli che sarà solo un'altra domenica buttata nel cesso.

Quanti di questi maledetti incontri ha dovuto sopportare June? Mentre io ero da qualche parte in California a piangermi addosso perché mia madre mi lasciava sempre da solo, lei era qui a pregare in silenzio che qualcuno la notasse?

È tutto troppo. Tutto così sbagliato da farmi star male, fisicamente. Ho voglia di vomitare e urlare allo stesso tempo. La desolazione che provo di fronte a queste scene non mi fa respirare.

Ho bisogno di fumarmi una sigaretta.

Mi avvicino a Lisa, seduta su un muretto a fissare il vuoto.

«Dovresti metterti una giacca» commento. «Ci saranno tre gradi al massimo».

«Sto bene» ribatte lei, seria.

«Insomma, bella merda queste giornate, eh?» Mi accendo la mia sigaretta. Lisa mi guarda, mi chiede con gli occhi di offrirgliene una. «Non ci pensare neanche, ragazzina. Non te la do una cicca».

Lisa sospira, torna a fissare oltre il giardino, giù verso il cancello.

«È solo una gran presa per il culo» sentenzia, con la voce che trema e i pugni stretti. «Ha ragione June, non verrà nessuno a portarci via».

Ingoio il fumo, la cerco di nuovo con gli occhi. Non è più accanto a Dylan.

«Credo che rientrerò» dico a Lisa. Faccio altri due tiri dalla Marlboro e poi gliela passo. «Non farti beccare».

I suoi occhi scuri si illuminano di una luce strana. Mi sorride, si passa una mano fra i capelli con fare malizioso.

«È solo una sigaretta, Lisa» preciso, perché non voglio che si faccia strane idee. In quest'ultimo mese, di tanto in tanto, ha provato ad avvicinarsi con le scuse più assurde e io non le ho mai dato corda. La verità è che non mi piace. Non parlo del suo aspetto fisico, quello non lo prendo nemmeno in considerazione. In lei c'è qualcosa di malvagio che non riesco ad afferrare. So che June tiene a Lisa come se fosse una sorella, ma io non mi lascio incantare.

Mi allontano senza dire altro, raggiungo Miss Price, in piedi con le braccia conserte a piantonare l'ingresso, e mi fermo davanti a lei.

«Posso tornare in camera mia?» domando, ma sappiamo entrambi che non le sto davvero chiedendo il permesso.

«Certo». Si fa da parte. «Fanny verrà adottata» aggiunge e mi costringe a fermarmi.

Le do le spalle. «Bene».

«Tuo nonno sarà felice di sapere che sei stato impeccabile».

Volto solo la testa. «Non ho fatto niente, io».

«Sospenderò la punizione di June. I patti sono patti».

Annuisco e finalmente me ne posso andare.

Capitolo 20

June

Finita la cena, aiuto Caleb a sparecchiare e gli do una mano con i piatti. Io non ho niente di meglio da fare, mentre lui non vede l'ora di cambiarsi per andare in paese con il resto dei nostri compagni.

«Perché non vieni lo stesso al pub?» mi domanda a un certo punto. «La Price ha detto di avere mal di testa e se ne è andata a dormire. Lo sai che quando prende le sue goccine 'per l'emicrania' non la sveglia nemmeno un cannone».

«Sto già camminando sul filo del rasoio, meglio evitare. Non mi sembra nemmeno vero che mi abbia tolto la punizione».

«Ho sentito che nemmeno Jace verrà al pub... Che coincidenza, eh?» mi sfotte lui, dandomi di gomito. I suoi occhi, del colore del ghiaccio, si piantano nei miei, mentre un ciuffo di capelli nero corvino gli ricade sulla fronte, donandogli un aspetto deliziosamente pericoloso.

«Davvero?! Ne ero del tutto all'oscuro...» Ridacchio e lui scuote la testa, riportando l'attenzione sullo strofinaccio con il quale sta asciugando i piatti puliti che gli passo.

«Fai attenzione, okay?!»

Mentre lo dice torna a guardarmi, e quella sua occhiata intensa mi piomba addosso come un avvertimento. Caleb possiede uno sguardo tagliente che mi ha sempre messo in soggezione. Se non lo conoscessi da sempre, se non sapessi che mi vuole bene come se fossi sul serio una sorella, me la farei sotto in questo momento. E farò attenzione. Certo che farò attenzione.

Poco dopo mi lascia in cucina a ripulire i fornelli, io gli raccomando di non fare tardi, ma soprattutto di non fare danni!

«Sì, mamma» mi risponde facendomi sentire sciocca.

Quando è tutto in ordine, mi trascino al piano di sopra. Le ragazze stanno finendo di prepararsi e io mi vado a chiudere in bagno. Fisso il mio riflesso allo specchio, mi sistemo i capelli. Una volta tanto li lascio sciolti. Da una borsetta che tengo nell'armadietto recupero un vecchio mascara che avevo comprato l'anno scorso per il mio appuntamento con Kolton e ne metto un po'. È secco, ma riesco comunque ad applicarlo con cura sulle ciglia. Poi mi passo un sottile strato di lucidalabbra sulla bocca.

«Che diavolo stai facendo, June?» mi domando, fissando lo specchio.

I trucchi non sono mai stati una priorità. Il mio aspetto fisico, in generale, non è mai stato importante. L'unica volta che ho ceduto alla vanità mi sono scottata in modi che non pensavo possibili. Cerco di convincermi che ai ragazzi, invece, importi di queste cose. Jace sarà stufo marcio di vedermi sempre conciata come una senzatetto, con i capelli in disordine e le guance bianco latte. Mi sforzo di sembrare carina, faccio anche mente locale sui miei vestiti. Aspetto che le ragazze siano uscite per andare al pub e inizio a frugare fra le mie cose. Tiro fuori dai cassetti solo vecchie magliette e reggiseni da suora, sbrindellati e che mi vanno larghi.

Bussano alla porta e mi volto di scatto. Jace è appoggiato allo stipite, le mani nelle tasche dei pantaloni di una tuta verde acido e una maglietta bianca con il collo a V.

«Che ci fai qui?» domando allarmata.

«Non venivi più su, volevo capire dove fossi finita».

«Mi sto... cambiando. Cioè, mi sono già cambiata» dico, guardando i vestiti che indosso. Inutile sostituire una vecchia canottiera con una ancora più vecchia. Che differenza fa? Non è da una come me che Jace si aspetta completi raffinati o biancheria intima che farebbe impallidire Miss Price. Io sono così, anche se certe volte mi piacerebbe non esserlo.

Le mie compagne, per andare al pub, si sono truccate e hanno scelto con cura i loro abiti. Per un attimo, soltanto per un attimo, le ho invidiate. I loro modi di fare, la voglia irrefrenabile di uscire da questo posto e dimenticarsene per una sera. La verità è che la libertà che loro sognano a me terrorizza.

«Vieni?»

«Certo». Rimetto le T-shirt nel cassetto e mi infilo una felpa amaranto, stranamente della mia taglia. Jace mi porge la mano, io esito, poi me ne frego e l'afferro.

Saliamo di corsa le scale, gli faccio vedere quali sono le assi del pavimento che scricchiolano, poi apro la porta della sua camera e ci entro come se fosse normale.

Ha rifatto il letto – forse per la prima volta da quando è arrivato – e non ci sono scarpe sparse ovunque.

«Hai messo in ordine?» gli chiedo, un po' sorpresa.

«Non trovavo più il caricabatteria, era finito sotto un cumulo di magliette. Ne ho approfittato».

Richiude la porta e un secondo dopo spegne la luce.

Mi va in blocco il sistema nervoso. Sul serio, i neuroni mi abbandonano e il panico prende il sopravvento. Perché un conto è fantasticare tutto il giorno di poterlo baciare, un altro è trovarci qui, da soli, al buio. Si avvicina alla scrivania e accende una candela ormai quasi del tutto consumata.

In questa stanza, le regole alle quali mi aggrappo con tanta ostinazione vanno a farsi fottere. Jace ha questo assurdo potere su di me, come se riscrivesse la mia storia e mi mostrasse un lato di me che non conoscevo. E mi piace la June che gli sta accanto, quella che corre su per le scale con lui, mano nella mano, incurante delle conseguenze e con il cuore in gola. Quella che non vede l'ora di essere abbracciata, e toccata, e baciata. Poi lui si avvicina, mi afferra dalla vita e io non mi riconosco più.

Baciarlo è, senza esagerare, un'esplosione stellare. È drammatico, spettacolare, eccitante.

Mi spinge contro il letto, mi ci stende sopra e io cado senza possibilità di appiglio. La fiammella della candela emana una luce fioca, quel tanto che basta a distinguere le ombre e i gesti, a non perdere l'orientamento, a smarrirmi nei suoi occhi quando me li concede.

Smette di baciarmi, mi accarezza il viso con le mani e respira a pieni polmoni.

«Stai bene?» mi azzardo a chiedergli.

«Non tanto» confessa. «È stata una giornata pesante». Ricade a peso morto accanto a me e si porta una mano dietro la testa.

«Te la sei cavata benissimo» cerco di rassicurarlo. «Sembravi...»

«Se dici 'tuo nonno', ti sculaccio» mi avverte. Ridacchia, ma sono certa che ci sia un fondo di verità in quell'ammonimento.

«Sicuro di te!»

«Hanno mai provato a adottarti, June?» mi domanda con un filo di voce.

«No. Ogni tanto qualche coppia si è interessata a me, ma poi non è mai tornato nessuno». Cerco di non farmi prendere dallo sconforto. «Fanny, invece, verrà adottata. E forse anche Landon» sospiro.

Mi mancherà quel piccolo delinquente.

«Già, così ha detto Miss Price». Jace si sistema su un fianco e mi attira a sé. «Cosa vuoi fare?»

'Baciarti. Spogliarti. Implorarti di fare di nuovo quella cosa che hai fatto con le dita venerdì'.

Opto per una versione più castigata dei miei pensieri. «Stare qui, così».

«Mhmm... e se stessimo *così*, ma più vicini?»

«Più vicini, quanto?» lo provoco.

Mi sale sopra e mi schiaccia con il peso del suo corpo.

«Jace!» strillo, divertita ma soprattutto a corto di ossigeno.

Si solleva su un gomito e mi permette di respirare. Riprende a baciarmi, piano, con delicatezza. La mia felpa vola via e subito dopo anche la canottiera nera che indosso. Resto in reggiseno, eppure non mi sento in imbarazzo o impacciata come due sere fa. Anche se, quando Jace mi afferra un seno, trattengo il fiato.

«Ti ha mai toccato un uomo?» Gli trema la voce dall'eccitazione.

Deglutisco a vuoto. Che razza di domanda è?

«No» boccheggio.

«Nemmeno Kolton?» mi chiede come se fosse in fin di vita.

«Perché vuoi saperlo?»

Jace scende pericolosamente verso il basso con la testa, strofina il naso contro la mia pancia e si ferma a un centimetro dalla cintura dei miei jeans.

«Mi hai detto che voleva *scoparti*, una volta. Ma tu non ne avevi voglia». Quell'ultima parola, pronunciata come se fosse una promessa, mi incendia le guance e mi fa stringere le cosce.

«È la verità!»

Slaccia il bottone, tira giù la zip, mi osserva per tutto il tempo da sotto le sue ciglia perfette. Mi irrigidisco come mai prima d'ora e lui si ferma.

«Kolton non mi ha mai... toccata. Lui... mi ha presa in giro. Ha fatto una scommessa con Serena, ma il massimo che è riuscito a ottenere è stato un bacio».

Jace alza gli occhi di scatto. «Vi siete baciati?»

Annuisco e penso che si arrabbierà. Invece lecca piano la pelle intorno all'ombelico. Ci lascia sopra un milione di minuscoli baci umidi.

«Non fermarti» ansimo, aggrappandomi con entrambe le mani al lenzuolo.

E lui mi accontenta. Sfila i jeans con gesti lenti e delicati. Le sue dita sono un soffio sulla pelle. Mi accarezza le gambe, posa le sue labbra ancora una volta sulla mia pancia, sempre più in basso, troppo vicino all'elastico degli slip, troppo lontano dal punto in cui sento che potrei impazzire.

Si libera con grazia della sua T-shirt e rimane a petto nudo. Poi fa una cosa che non mi aspetto: si toglie i pantaloni della tuta e resta con solo la biancheria addosso. Credo. Spero. Non ho il coraggio di guardare.

'Dio, fa' che non sia nudo!' mi ritrovo a pregare.

Gli occhi si abituano alla poca luce, distinguo il suo petto scolpito, i capelli mossi, il sorriso sbieco da canaglia. E poi faccio scorrere lo sguardo più in basso.

Non è nudo, per fortuna, ma non riesco comunque a smettere di fissare la... sua... *protuberanza*... imprigionata in un paio di boxer scuri, attillatissimi.

«Che stai... facendo?»

«Non faremo niente che tu non voglia, June. Te lo prometto».

«Okay».

«Voglio solo... sentirti».

Il suo corpo mezzo nudo contro il mio mi regala un'emozione che ignoravo. Una scarica di ali di farfalla nello stomaco, di brividi nel basso ventre. Mi sento strana fra le cosce, così incredibilmente bagnata e pronta per qualcosa che non conosco, che a malapena capisco. Cerco il contatto con la sua pelle, vorrei che avesse mille dita per toccarmi.

E quando lo fa, è come se la Terra iniziasse a girare in senso orario, stravolgendo ogni mia certezza. Come se est diventasse ovest e nord diventasse sud. Il mondo, semplicemente, si ribalta. E io brancolo nel buio. Vorrei toccarlo, allungare una mano e *sentirlo* anch'io. Quel pensiero mi fa scattare come una molla.

«Però non toglierti le mutande!» Quasi le urlo, quelle parole, e mi sento stupida come non mai quando ridacchia. Torna a sdraiarsi accanto a me, ride ancora contro il mio orecchio. «Devi pensare che io sia proprio una stupida».

«Penso che tu sia di una dolcezza disarmante, invece».

«Ti... tocchi mai?» gli domando. La voce lascia la mia bocca e me ne pento subito. Che razza di domande faccio?

«Sì, soprattutto in questi giorni. In continuazione, a dire il vero» confessa.

Sono gelosa della sua innata sicurezza quando si tratta di certi argomenti, di quanto sia disposto a mettersi a nudo – metaforicamente parlando –, mentre io mi vergogno persino della mia ombra.

Gli accarezzo il petto, stavolta sono io a far scivolare la mano verso il basso. Non ho idea di quello che sto facendo, è come se il mio corpo fosse posseduto da una June disinibita che muore dalla voglia di saltare la staccionata e scoprire cosa c'è al di là. Non so se avrò il coraggio di toccarlo davvero, di toccarlo *lì*, ma sono stanca di trattenermi sempre. Lo faccio con lui, lo faccio a scuola, lo faccio con i miei compagni. Dico sempre di sì, perché sono troppo codarda per dire di no. E lui è qui, ed è bellissimo, e mi posso fidare.

«Tu ti tocchi, June?» La sua voce è roca, strozzata dal desiderio.

Inorridisco per un attimo, chiudo gli occhi e conto fino a tre nella testa, prima di rispondere.

«No... ma puoi farlo tu».

«Anche tu puoi farlo con me, se vuoi». Finisce la frase sulle mie labbra. Mi bacia come se stesse già facendo l'amore con me, e per un attimo penso che potrebbe succedere. So che se ne andrà, che le nostre strade sono destinate a dividersi, ma non vorrei che la mia prima volta fosse con nessun altro al mondo se non lui.

Chiudo gli occhi, prendo coraggio e lo tocco. Lo accarezzo con due dita. È duro, è una sensazione unica e spaventosa. Jace trattiene il fiato e io ritraggo la mano, in imbarazzo.

A cosa diavolo stavo pensando?

Ma Jace non ci sta. Intreccia le sue dita alle mie e, con ancora la sua lingua in bocca, riporta la mia mano sopra il tessuto sottile dei suoi boxer. Poi li abbassa di poco e mi ritrovo con la sua erezione in mano. Mi lascio sfuggire un lamento dalle labbra, di sorpresa, di impazienza.

Spinge il mio polso verso il basso, poi verso l'alto, ricomincia da capo. Una specie di danza che mi fa esplodere il cuore. È liscio, rigido, bollente. Riporta la sua mano sul mio viso, la mia rimane *lì* e fa tutto da sola. Io sono nel pallone più totale, lei sa esattamente cosa fare per far ansimare Jace.

Mi bacia il collo, scende sulla clavicola, poi si accanisce senza pudore su uno dei miei capezzoli, da sopra il tessuto liscio e consumato del reggiseno. Il mio corpo non risponde più ai comandi che cerca di mandargli il cervello, sono fuori controllo. Jace si struscia su di me, la mia mano fra di noi, e quel movimento mi regala un briciolo di sollievo che viene spazzato via da altra smania in mezzo alle gambe. È un desiderio che mi lascia senza fiato, impotente e del tutto impreparata. E ne voglio di più. Voglio le sue dita dentro di me, voglio la sua lingua in bocca, voglio sentire il suo corpo completamente nudo sul mio.

«Ci dobbiamo fermare» boccheggia, sollevandosi come una furia da sopra di me, per poi ricadere a pancia in su sul materasso.

«Pensavo... che spettasse a me dire quando».

«Se andiamo avanti, io non saprò come farlo. C'è un punto di non ritorno, June, una linea oltre la quale non si torna indietro. E io sono molto vicino a quella linea». Mi bacia una guancia. «*Troppo* vicino».

Non riesce a riprendere fiato, io sono diventata di ghiaccio. Mi bacia di nuovo, ci ripensa e si allontana.

«E allora che si fa? Guardiamo un film?» rantolo.

«Usciamo».

Si alza di scatto dal letto, quasi schiacciandomi. Accende la luce e si sistema i boxer. E io lo guardo in mezzo alle gambe. Giuro che non sembrava così... *ingombrante*.

«Sì, usciamo e non ci pensiamo più» mi sento dire. «No, aspetta! Usciamo per andare *dove*?!»

«Dove ti pare». Si riveste alla velocità della luce e si scompiglia i capelli con gesti nervosi. «June, devi rivestirti. Adesso. Cioè, proprio *adesso*!»

«Okay, ma...» Tutto questo è davvero ridicolo! Sul serio dovrò essere *io* quella che implorerà *lui* di continuare?

Scendo dal letto, un po' frastornata, la smania ancora addosso. E delusa. Ecco, l'ho detto: sono delusa. Perché pensavo che volesse... approfondire. Insomma, glielo avrei lasciato fare.

Jace mi circonda il viso con le mani e mi bacia con una tale violenza da farmi barcollare.

«Lo so cosa stai pensando, te lo leggo in faccia. Ma sei fuori strada. Mi fermo perché ti... rispetto e voglio che la tua prima volta sia speciale. Non ti ho portata in camera per farlo, non voglio che tu ti senta obbligata».

«Non me lo hai nemmeno chiesto!» gli faccio notare e lui sorride.

Non lo trovo divertente, ma io che ne capisco di queste cose?

«Mettiamola così. Uno, non sei pronta. Due... non ho i preservativi».

Avrei da ridire sull'essere pronta, niente da obiettare sui preservativi.

«Andiamo?» mi domanda con una certa urgenza, già davanti alla porta.

Va bene, andiamo... ma non sono d'accordo!

Capitolo 21

Jace

Prima di varcare la soglia della biblioteca, la blocco contro il muro e la bacio. Una gara spietata di labbra e lingua, che perdo. Perché lei si allontana e io rimango fermo a fissarle la schiena, volendone sempre di più.

«Lo faccio per il tuo bene» mi canzona. Si muove con disinvoltura nella grossa e polverosa stanza. Raggiunge il pianoforte e accende la piccola candela consumata, poi si avvicina a un tavolino accanto a una vecchia poltrona e ne accende un'altra.

«Che si fa?» mi domanda, infilando le mani nelle tasche posteriori dei suoi jeans. Dondola avanti e indietro, non sostiene il mio sguardo per più di due battiti di ciglia alla volta.

«Suoniamo?» propongo.

«Ti avverto, sono peggiorata tantissimo». Inclino la testa di lato con una smorfia e lei solleva una mano. «Lo so, non ero un granché nemmeno prima».

«Siediti, va'!»

Stiamo stretti. L'ultima volta che ci siamo ritrovati seduti in questa stessa posizione, lei aveva undici anni, io tredici. Sembra passata una vita.

Quel giorno era felice, ma io di più. Aveva fatto una battuta sulla mia voce che sembrava cambiata ed era diventata bordeaux dall'imbarazzo, subito dopo. E ora sono incastrato fra la consapevolezza che lei non è più quella bambina di undici anni e il fatto che, come quel giorno, quando mi è accanto io mi sento bene.

Non è un bene relativo, non è solo un 'ehi, June, mi fai stare bene', no, è una sensazione di pace assoluta che parte dalla bocca dello stomaco e ti si pianta nel petto. E non so come ci sia riuscita, quando e come si sia fatta spazio nel mio cuore, fatto sta che è proprio lì che la ritrovo ogni giorno.

Continuo a mentire a me stesso quando mi ripeto, davanti allo specchio, che ho provato a odiare questo posto, che trovarla in fondo al corridoio, quel primo giorno, così uguale e diversa allo stesso tempo, non ha mandato tutti i miei piani affanculo. Perché è successo. E adesso è qui accanto a me, scosta la striscia di velluto consunto dai tasti, li sfiora con rispetto, poi nasconde le mani in grembo. Mi guarda di sottecchi.

«Suonerai per me?»

Uno sguardo, tre parole, e la verità mi piomba addosso sotto forma di folgorazione: io non voglio perderla di nuovo.

Mi schiarisco la voce. «Cosa preferisci? Chopin? Mozart? No, sei più il tipo da Bach». Cerco di sembrare rilassato, perché non posso dirle l'effetto che mi fa.

«Non fare lo sbruffone» mi rimprovera, accompagnando le parole con una leggera gomitata. «Suona quello che vuoi».

Recupero gli spartiti sul leggio e li esamino. Sono quelli che le avevo portato io.

«Hai mai provato a suonarli?»

«Certo! Ed è stato meraviglioso! Lumière e Tockins hanno battuto le mani per *ore*» esagera.

«Chi?»

«*La Bella e la Bestia*?»

Faccio spallucce, non capendo.

«Sono il candelabro e... lasciamo stare! Comunque, no, non so proprio leggerle, quelle note. Non ho un briciolo di senso musicale in corpo, mi sono arresa un sacco di tempo fa a questa triste realtà» commenta ironica.

Per un attimo è bello parlare di niente insieme a lei, scherzare, prenderci in giro. Come se fosse tutto normale.

Sfoglio gli spartiti. Non ha tutti i torti, sono piuttosto incomprensibili per un pianista alle prime armi.

«*Preludio 24, Opera 28,* Chopin» annuncio. «Per te la suonerò in Do maggiore». Lo dico come se fosse qualcosa di cui sentirsi lusingata, in realtà è l'unica versione che conosco. L'unica che ho fra le mani.

Seguo lo spartito, mi lascio travolgere dalle note stonate che fuoriescono dal pianoforte, che non viene accordato da anni, probabilmente. Mi dimentico persino di respirare.

June è silenziosa accanto a me, ogni tanto sospira. I suoi occhi me li sento addosso, in modi che non pensavo possibili. La musica diventa ruvida, soffocante, e lei poggia una mano sulla mia gamba. Come se niente fosse, come se quel contatto non significasse tutto.

«Non l'avevo mai sentita» sussurra. Non ribatto, cerco di rimanere concentrato. «È così triste».

«Posso sempre improvvisare una samba» la sfotto e lei ride.

«Una samba al pianoforte? Interessante...» Sospira di nuovo. «Quante ore ti ci sono volute per imparare a suonare così?»

«Troppe. Ma avevo un sacco di tempo libero».

«Non parli mai di te».

«Non c'è molto da dire» dichiaro sulla difensiva.

«Nemmeno su di me, eppure sai tutto quello che c'è da sapere. Io di te... Scusa, non sono fatti miei».

Finisco il brano e sistemo sul leggio un altro spartito. Suonare mi aiuta, non guardarla negli occhi, anche. «Non mi piace piangermi addosso. La gente, quando lo fai, invece di provare ad aiutarti ti compatisce. Ho fatto pace con questa verità tanto tempo fa, così tengo le cose per me. Ma se vuoi sapere qualcosa...» Prendo tempo. «Puoi chiedermi quello che vuoi, June».

«Parlami di Londra».

Mi ha fatto questa stessa domanda al cimitero, qualche settimana fa.

«Londra è una città bellissima, piena di possibilità. Conta quasi nove milioni di abitanti. Un po' piovosa, a dire il vero...»

Mi arriva un'altra gomitata in mezzo alle costole.

«Okay, la smetto». Interrompo la musica, mi metto a cavalcioni sul piccolo trabiccolo e la faccio roteare così che la sua schiena sia contro il mio petto. «Londra è un po' come casa».

«Sei felice di tornare?» chiede ancora quando si rende conto che non ho altro da aggiungere.

«Sono felice di non aver buttato nel cesso il mio futuro». Prendo fiato. «E quello di Franz».

«Il tuo migliore amico?»

Annuisco, anche se non mi può vedere. «È stato espulso anche lui dal Saint Paul. Per colpa mia».

La testa di June scatta verso di me, mette un po' di distanza fra noi. Ci impiega mezzo secondo a fare due più due. «Quindi... la storia della professoressa è vera. E Franz era... il terzo...?»

Faccio 'sì' con la testa, non smetto di fissarla negli occhi. Lo sconcerto sul suo viso mi fa chiudere lo stomaco.

June si sposta in avanti con il sedere e, nel momento esatto in cui la sua schiena smette di toccare il mio petto, lascia fra i nostri corpi un vuoto che mi congela.

«Forse dovremmo rientrare». Prova ad alzarsi, ma glielo impedisco, bloccandola nel mio abbraccio.

«Mi stai giudicando senza sapere tutta la storia» le faccio notare.

«Pensavo mi stessi solo provocando, quella sera nella limousine di tuo nonno» sussurra.

«Lo stavo facendo, ma questo non vuol dire che non sia successo davvero».

«Buon per te». È rigida come uno stoccafisso fra le mie mani, e io vorrei semplicemente spiegarmi, raccontarle tutto, confidarmi con lei. Ma la sensazione delle dita di Kimie addosso fa capolino nei miei pensieri e le parole rimangono incastrate in gola.

«Il tuo cuore batte fortissimo» mormora.

«Lo sento» ironizzo.

June riesce a liberarsi dal mio abbraccio, ma non se ne va: si volta di nuovo, così che possa guardarmi negli occhi.

«Sei triste».

Scuoto la testa. «Sono solo incazzato, June. Ho la tendenza a fare stronzate dalle quali poi non riesco mai a tirarmi fuori in tempo. E stavolta ne ho fatta una enorme, una che mi sta costando il diploma, l'università. Guarda dove diavolo sono finito!»

Annuisce, si morde le labbra e tormenta una ciocca di capelli intorno al dito. «Questo posto deve farti davvero schifo, eh?»

«No... cazzo! Non intendevo quello. È più complicato di così, June. È un fottuto casino».

Mi guardo intorno. È tutto così immobile qui dentro, come se in questa stanza il tempo si fosse fermato cinquant'anni fa e noi fossimo incastrati in un universo parallelo dove nessuno può vederci o sentirci. Come faccio a spiegarle che a Londra, per la prima volta, ho trovato un po' di tregua? Che è bastato mettere un oceano fra me e i miei genitori per tornare a respirare? Che ho mandato tutto a puttane perché sono stato ingordo e la situazione mi è sfuggita di mano?

Lei mi guarda e pensa di aver capito tutto: un ragazzino viziato e privilegiato che combina una marachella e batte i piedi finché qualcuno non gliela darà di nuovo vinta. Ma si sbaglia.

«*Cosa* è un casino?»

«La mia vita. E tu. Tu sei un casino, June!»

«Io?!» Si alza in piedi e spalanca le braccia.

«Sì, perché mi fai mettere in discussione le pochissime certezze che ho». Mi alzo in piedi anch'io. Ora che siamo di nuovo occhi negli occhi, perdo un po' di coraggio. «Fai sembrare bello anche un posto di merda come questo. Un secondo penso che non vedo l'ora di andarmene e tornare alla mia vita, quello dopo mi stai sorridendo e io non ci capisco più niente. Perché io non posso rimanere, e tu non puoi venire via con me. Eppure, continuo a dimenticarmene».

«Cos'è successo?» Me lo chiede senza battere ciglio, senza un briciolo di esitazione. Non ha paura della risposta, mentre io ho il terrore del suo giudizio.

Mi infilo le mani nei capelli, poi allungo un braccio, ma non la tocco. I suoi occhi sono piantati nei miei, vuole una risposta e non mi lascia scampo.

«Un anno fa, Franz ha avuto la brillante idea di provarci con la nostra professoressa di chimica. Ho scommesso duecento dollari che gli sarebbe scoppiata a ridere in faccia e lo avrebbe spedito dal preside. Invece si sono presentati entrambi nella nostra camera del dormitorio, quella sera. E lei era bellissima, e sexy, e grande. Un fottuto sogno! Non potevo crederci quando ha iniziato a spogliarsi...» Riprendo fiato, cerco di interpretare i pensieri di June. Ma lei rimane impassibile, concentrata su ogni parola. «Era la mia prima volta e, te lo giuro, ho pensato che niente sarebbe mai più stato eccitante come con lei. Era tutto perfetto. Quando se ne è andata, mi sono sentito invincibile, solo che lei ha continuato a tornare, sempre più spesso, sempre più esigente. Voleva me, voleva Franz. È diventata gelosa, possessiva, insistente. Non faceva altro che ripeterci che presto saremmo diventati maggiorenni, avremmo potuto stare insieme alla luce del sole, al diavolo quello che avrebbe pensato la gente. Non ne potevo più. Così, quando un ragazzino del primo anno ci ha beccati in aula ed è corso dal preside a denunciarci, mentre Kimie e Franz hanno negato di trovarsi in quell'aula, io ho raccontato la verità».

June si passa una mano sulle labbra. «Perché?»

«Perché speravo che la cacciassero e me la levassero dai piedi una volta per tutte! Franz era completamente soggiogato da quella donna, aveva smesso di ragionare con la sua testa, non riuscivo più a controllare la situazione. Non avevo previsto che avrebbero cacciato anche noi due dal collegio. Se lo avessi anche solo sospettato...»

«Avresti mentito» conclude lei al posto mio. La delusione nel suo sguardo mi uccide.

«Io non posso rimanere negli Stati Uniti, June! Non ho niente qua. Non ho nessuno. A Londra sono me stesso, decido io per la mia vita, non rendo conto di niente a *nessuno*. Non ho tempo di pensare a mio padre che ha buttato nel cesso tutti i soldi di mia madre, investendoli in un affare che gridava 'suicidio' da tutte le parti, o a lei che è un'alcolizzata da tempo immemorabile e non sa cosa farsene di me, o a mio nonno che mi vorrebbe al guinzaglio come un cane ben addestrato. Tu non puoi capire, June».

«Perché sono un'orfana? Perché non ho una madre e un padre?» mi domanda sulla difensiva.

«Perché hai gente intorno che ti vuole bene, cazzo!» alzo la voce. «Bene davvero, June. Per quello che sei, per *come* sei. Pensi che non veda il modo in cui i tuoi compagni ti fanno da scudo, o come Miss Maribel si preoccupa per te, come i più piccoli ti rispettano e pendono dalle tue labbra? Se qualcuno ha un problema, corre da te, perché sei forte, sei scaltra, sei razionale. Non hai paura di niente. Tu sai esattamente chi sei e cosa vuoi diventare».

June scuote la testa. «Non hai capito proprio niente di me. Io non sono mai uscita da questo paesino sperduto nella foresta di Red Oak! Non so cosa farò quando diventerò maggiorenne, né dove andrò. A scuola mangio da sola, nascosta nel tunnel che porta alla palestra, perché nessuno vuole avere niente a che fare con me. Se qualcuno mi insulta, io inizio a cantare nella mia testa, finché il dolore non svanisce. Vorrei urlare per la metà del tempo e piangere per l'altra metà. Non so chi sia mio padre, non so da dove vengo o perché mia madre non sia stata portata in ospedale e l'abbiano lasciata a morire dissanguata in un letto qui al maniero. E forse Miss Maribel mi vuole bene e Miss Claire si preoccupa per la mia salute, però sono sola anch'io. I miei compagni andranno via e io non so cosa farò. Voglio restare, ma soltanto perché ho paura di andarmene. Lo vedi, non sono né forte, né scaltra, né razionale. Sono solo una ragazzina impaurita».

Un passo e le sono addosso. Un passo e l'abbraccio forte, me la tengo stretta e non la lascio andare.

«Hai me». Le parole si incastrano in gola, il magone rischia di soffocarmi.

«Tornerai, Jace?»

«Per forza». Le faccio una promessa che non so nemmeno se posso mantenere. «Un giorno...» aggiungo, per smorzare i sensi di colpa.

«E allora io ti aspetterò».

Capitolo 22

Jace

Il lunedì, fra tutti, è il giorno peggiore in questo posto assurdo. I miei coetanei escono per andare a scuola e io rimango qui, circondato da mocciosi indisciplinati e da tutrici disperate che cercano invano di insegnargli qualcosa nella sala studio. E la più ribelle e insopportabile è Lisa. Lisa che mi sta aspettando davanti al bagno dei ragazzi, con indosso una canottiera dalle bretelle finissime e un paio di culottes che le lasciano scoperte le gambe.

«Se ne sono andati?»

Annuisco. «Non hai freddo?» Perché non ha freddo?

«Un po'». Ammicca. «Sai, stamattina non ho lezione... e Miss Price non c'è».

Si avvicina di un passo, poi di un altro. Mi sfiora il braccio con la punta dell'indice e mi mordo le labbra per non scoppiare a riderle in faccia.

Ho smesso di trattarla di merda due settimane fa, quando sono stato costretto dalla direttrice ad assistere a una 'giornata dell'adozione'. Mentre i ragazzi più grandi se ne stavano in un angolo a chiacchierare, sperando che il supplizio finisse presto, Lisa era agitata e per la prima volta l'ho vista comportarsi come la ragazzina che è. Aveva un sorriso a trentadue denti e cercava di attirare l'attenzione di tutte le coppie che sono entrate e uscite dalla sala visitatori. Ogni volta che non l'hanno guardata, ogni volta che le sono passati davanti con indifferenza, il suo sorriso smagliante ha lasciato spazio al risentimento. Mi ha fatto pena. Lei e tutti gli altri bambini dell'orfanotrofio, a dire il vero. Le lacrime del piccolo Tyler, quando ha scoperto che Landon sarebbe stato adottato, poi, sono state il colpo mortale, quelle che mi hanno perseguitato giorno e notte.

«E quindi?» le domando annoiato, perché, a prescindere da tutto, proprio non la sopporto.

«Quindi... magari potremmo fare un giro insieme».

Scuoto la testa. «Ho molte materie da recuperare. Sai com'è, fra una settimana torno a Londra». Mentre lo dico, una fitta a tradimento mi stritola i polmoni.

Lisa si rabbuia, ma non me ne preoccupo: questa stupida cotta le passerà un minuto dopo che avrò varcato la soglia del maniero per lasciarmelo alle spalle. Quello che invece mi fa girare la testa è il pensiero che sta scadendo il mio tempo con June. Me ne andrò e non le avrò detto quello che provo per lei.

Rinuncio all'idea di usare il bagno e torno in mansarda. Trovo tre chiamate perse e quattro messaggi da parte di Franz. Negli ultimi due mi chiede di richiamarlo il prima possibile, ha delle novità.

«Ehi, straniero» mi saluta quando mi risponde al terzo squillo. «Sei vivo?»

«E vegeto» rispondo. «Lo sai che sono appena le sette di mattina, qui da me?»

«Mhmm, sai che faccio un po' di fatica con il fuso orario». Lo sento sbuffare il fumo di una sigaretta dalle labbra.

«Che succede?»

«Kimie...» Dice quel nome e mi cala un velo nero sugli occhi, mi gira la testa. «Mi ha chiamato». Dal tono di voce, Franz sembra contento.

«Cosa vuole?» domando glaciale.

«È ancora a Londra, non è partita. Sta lavorando in un pub vicino al Saint Paul. Non se la passa benissimo, ma ha detto che non vede l'ora di vederci, a Natale. Ah, mi ha chiesto il tuo numero».

Mi va in cortocircuito il cervello. «Non gliel'hai dato, vero?»

«Be'... in realtà sì. Ha detto che non rispondevi più a quello vecchio e ha bisogno di parlarti».

«Cristo, Franz! Che cazzo ti è venuto in mente?!» sbraito. Le mani mi tremano furiosamente e rischio di far schiantare il cellulare a terra.

«Ehi, che ti prende?»

«Kimie ha una stramaledetta ordinanza restrittiva! Non doveva nemmeno *provare* a chiamarti!»

Mi accendo una sigaretta mentre passeggio su e giù come una furia nella minuscola mansarda, tossisco senza riuscire a fermarmi.

«*Je sais...*» dice lui in francese, con quel suo tono da presa per il culo che mi fa imbestialire. È colpa sua se ci siamo trovati invischiati con quella ninfomane. È colpa sua se è entrata a gamba tesa nelle nostre vite e le ha rese un inferno.

O forse è solo la mia, di vita, che fa schifo, sono solo io che non riesco a scrollarmi lo sporco di dosso.

Rabbrividisco, mi accascio per terra.

«Magari non ti chiama...»

Invece lo farà, perché quella donna è ossessionata da me. È una stramaledetta pazza che mi stava rovinando la vita. Ed è a Londra che mi aspetta.

«Devo andare». Attacco senza salutare, senza aspettare una risposta da parte di Franz.

Mi infilo il cappotto e mi avvolgo intorno al collo una spessa sciarpa di lana, poi scendo al piano terra, mangiandomi i gradini a due a due. Uso la porta della cucina per uscire in giardino e mi dirigo a passi svelti verso il cimitero ricoperto di neve. Il sole è spuntato da poco, fa un freddo cane, ma il vento gelido addormenta i pensieri. Lo spesso piumino d'oca mi aiuta a non sentire le mani di quella donna sul corpo.

Cammino sempre più veloce verso la tomba di Jeff Gunter. Quella dove sono stato con June un sabato sera di ormai tre settimane fa.

Mi siedo sulla lapide davanti a quella di Jeff e rileggo per la millesima volta l'incisione sulla pietra bianca: 'Marito devoto. Padre amorevole'.

Ripenso agli occhi di June che cercavano i miei e alla sua

risata quando mi ha confessato che non esisteva nessuna Dorothy seppellita viva. Ricordo lo sguardo indagatore di Israel quando mi ha visto al falò, le facce sorprese di Dylan e Caleb quando sono arrivato nella piccola radura. Ricordo soprattutto di aver pensato che il maniero non fosse poi tanto diverso dal collegio nel quale ero stato parcheggiato io: lusso a parte, siamo solo un branco di disperati lasciati a noi stessi.

Mi accendo la seconda sigaretta, poi la terza. Il silenzio mi mette agitazione, eppure non riesco ad andarmene. Mi sforzo di pensare a June, alla sua risata timida, al modo incredibile che ha di prendersi cura di tutti, qui al maniero, di prendersi cura di me. Ma non funziona. I demoni che mi perseguitano vincono su tutto, tornano prepotenti e mi annientano.

La professoressa Huang è nuda davanti a me, nella stanza che divido con Franz al dormitorio Churchill. Sa che il mio compagno di stanza è agli allenamenti di calcio il giovedì pomeriggio, quindi non capisco cosa ci faccia qui. La prima volta che lo abbiamo fatto mi sembrava di toccare il cielo con un dito: che razza di figlio di puttana fortunato poteva vantarsi di essersi portato a letto la sua professoressa sexy in un amplesso a tre? Non ero durato un granché, ma lei non sembrava turbata. Per me era finita lì, non pensavo tornasse, non credevo che le interessasse farsi scopare da due ragazzini. Invece, almeno una volta a settimana, torna. E le visite sono diventate più frequenti, e le sue attenzioni più asfissianti; quello che pretende le facciamo, sempre più sporco. Dopo un anno da quella prima sera, mi sento braccato.

«Non ti spogli, Jace?» La sua voce è calda, il suo sorriso potrebbe ingannare anche il diavolo.

«Sto studiando, Miss Huang» le rispondo in tono educato, sforzandomi di ricordare le buone maniere. Abbasso lo sguardo sul mio libro di testo, il cuore mi rimbomba nelle orecchie, mi perfora la gabbia toracica.

«Potrai studiare dopo». Ammicca. Con un gesto sensuale si lega i lunghi capelli color carbone e avanza verso di me come una pantera. Si impossessa del mio libro, lo butta per terra.

«Perché sei qui?» domando senza riuscire a controllare il tono infastidito. Incazzato.

«Non mi vuoi?» La sua bocca rosa, che spicca sulla pelle diafana, mi accarezza una guancia e la punta della sua lingua mi sfiora il collo. Mi alzo dal letto, riesco a sfuggire al suo tocco.

«Non è quello» mi giustifico. «Ho davvero troppo da studiare. E Franz non c'è... non mi sembra giusto».

Kimie inclina la testa di lato, mi guarda come se fossi un cucciolo di cane che ha bisogno di coccole.

«Jace... io e te... siamo un'altra cosa. È divertente farlo anche con Franz, non dico di no, ma noi due...»

«Non c'è nessun 'noi due'» ribatto, ormai arrivato al limite, e fanculo alla buona educazione. «E questa storia deve finire. Adesso!»

«Ma se abbiamo appena iniziato!» protesta lei, mettendo il broncio.

«Kimie, davvero, vai».

Lei si riveste, tiene la testa bassa. Non ci casco. «Jace, come fai a non capire che sono innamorata di te?!» sbotta. «Quello che abbiamo è unico. E tu fra poco tempo diventerai maggiorenne, potremo stare insieme. Potresti venire a vivere nel mio appartamento. Non dirmi che non è quello che vuoi anche tu».

Per un attimo penso che stia scherzando, sono quasi tentato di mettermi a ridere, ma poi la guardo negli occhi e non riconosco quello sguardo maligno che mi rivolge. Non si sta prendendo gioco di me, sta facendo di peggio: mi sta avvertendo.

«Non succederà, Kimie». Mi faccio coraggio. «Non sono innamorato di te e, in tutta sincerità, ne ho abbastanza di questa storia. Prendi le tue cose ed esci».

Sorride. «Non puoi più tirarti indietro, avresti dovuto pensarci prima».

Alzo la voce. «Posso tirarmi indietro quando voglio».

Kimie mi raggiunge, faccio un passo indietro e vado a sbattere contro la scrivania di Franz. «Decido io quando smettiamo». Tira fuori il cellulare dalla borsa e digita un messag-

gio. «A meno che tu non voglia che questa storia diventi di dominio pubblico».

«Non ti conviene» la sbeffeggio.

«Guarda il tuo cellulare, tesoro». Non è più accondiscendente, non sorride come prima. Ha un piano, un asso nella manica, e io non so cosa aspettarmi.

Il messaggio che stava scrivendo è per me. È un video.

«Avanti, guardalo».

L'anteprima sullo schermo mi rimanda un fermoimmagine che mi fa contorcere lo stomaco: Franz chino su un tavolino che tira coca da una banconota da cento sterline. Non ho bisogno di guardare il resto, ricordo tutto fin troppo bene. È successo sei mesi fa, eravamo a casa di Kimie e ci ha offerto una striscia di cocaina a testa. Poi l'abbiamo fatto sul divano.

Dio, come ho fatto a essere così stupido, a farmi incastrare da questa stronza?

Gli occhi di Miss Huang si riducono a due fessure e la sua lingua fa capolino fra i denti. «Vi aspetto nella mia aula, domani pomeriggio, dopo la fine delle lezioni. Tesoro, avverti tu Franz?»

Annuisco, gli occhi fissi su quel maledetto fermoimmagine.

«Mi aspetto che tu sia un pochino più collaborativo, Jace Campbell».

Mi ritrovo sdraiato su una lastra di granito ricoperta di neve, il piumino aperto, la sciarpa a due metri di distanza e la fronte imperlata di sudore. Faccio fatica a riprendere fiato, mentre i capelli si stanno infradiciando. Il cielo è di un blu infinito, sopra la mia testa. Conto da cento a zero, poi da duecento a zero, ma questo stupido trucchetto, stamattina, non mi aiuta a rilassare i nervi, a far smettere il cuore di battere all'impazzata.

Recupero il cellulare dalla tasca del piumino e lo spengo. Basta quell'unico gesto per riempire i polmoni d'aria. Mi passo una mano bagnata sul viso accaldato, premo i palmi sulle guance e il mondo torna a girare nel verso giusto. Mi alzo quando sento il freddo penetrarmi persino nelle ossa e me ne torno al maniero. Miss Claire sta già preparando il pranzo quando entro in cucina, così decido di fermarmi.

«Buongiorno» la saluto.

La cuoca mi rivolge un sorriso sincero, mi accoglie con le braccia spalancate. Non so se si aspetti un abbraccio, spero di no. Nonostante sia l'unico essere umano adulto con il quale mi faccia piacere scambiare due chiacchiere durante le mie mattinate in solitaria, non sono un tipo da abbracci materni e non amo riceverne.

«Vuoi del caffè?» mi domanda, riabbassando le braccia.

«Sì, grazie». Mi siedo sullo sgabello accanto al grosso lavandino e la osservo mentre versa del caffè bollente in una tazza. La ringrazio con un cenno del capo e a lei sembra bastare.

«Non studi, stamattina?» mi domanda. Gira il mestolo dentro un pentolone di rame e mi osserva con la coda dell'occhio.

«Ora vado. Avevo bisogno di una pausa».

«Mi sembra che le cose vadano meglio, qui al maniero» sussurra, come se non volesse farsi sentire da altri, il che è ridicolo perché ci siamo soltanto io e lei qui dentro. Non rispondo subito, perché ho bisogno di formulare la risposta prima nella mia testa confusa. Lei prende il mio silenzio per menefreghismo e un po' mi dispiace. «Non dobbiamo parlare per forza» si affretta a replicare.

«Mi va di parlare». Butto giù un paio di sorsi di liquido nero e bollente e riesco a scaldare almeno lo stomaco. «Immagino che vada un pochino meglio».

«Natale si avvicina...»

«Già».

Miss Claire recupera una sedia pieghevole e la posiziona davanti a me. «Sai cosa ti dico? Che anch'io ho bisogno di una pausa».

Si riempie una tazza di caffè e viene a sedersi. Okay, ora sono a disagio.

«Hai un marito? Dei figli?» chiedo, sperando che parlare di lei implichi il fatto che non farà domande a me.

Non so nemmeno cosa cazzo ci faccio, qui dentro. Quando

mi sono alzato dal letto, stamattina, avevo solo un obiettivo: baciare June. Non avevo previsto il resto. Non avevo preso in considerazione l'ipotesi che Kimie fosse ancora a Londra, che avesse il mio numero di telefono, che mi stesse aspettando. Quando siamo stati beccati da Leonard, nell'aula di chimica, un macigno grande quanto l'Irlanda si era sollevato dal mio petto. Era l'unica possibilità che mi stavano dando per uscire da quello schifo, l'avevo afferrata senza pensarci nemmeno un secondo.

Ecco, l'espulsione non l'avevo prevista.

Il maniero non lo avevo previsto.

Miss Claire che mi parla della sua famiglia non l'avevo prevista.

E June... June non l'avevo prevista.

La cuoca sta dicendo qualcosa a proposito di una certa Giselle, non ho capito se questa ragazza sia sua figlia o sua nipote. Annuisco mentre la guardo negli occhi, anche se non ho ascoltato una parola del suo lungo monologo.

«Tu non hai fratelli, vero?»

Scuoto la testa, mando giù un sorso di caffè. «Figlio unico».

«Mi ricordo quando venivi al maniero, da piccolo». Si passa un dito sulle labbra e guarda verso il soffitto, come se stesse cercando di afferrare un ricordo. «Non sei mai stato uno di molte parole».

«Non ho mai avuto niente di interessante da dire». Le sorrido e lei ricambia, come se avesse capito esattamente di cosa sto parlando. «Da quanti anni lavori per mio nonno?»

«Ah, nemmeno me lo ricordo più!» Sospira. «Ho visto nascere June».

Alzo la testa di scatto, lei fa finta di guardare altrove.

«Era la bambina più piccola che avessi mai visto, uno scricciolo. Non piangeva mai, non si lamentava mai. Era un angelo».

Mi agito sullo sgabello. «È ancora uno scricciolo» dico e aspetto che mi guardi.

Miss Claire annuisce. «Sai, Jace, non credo che se ne andrà mai da qua, mentre tu... be', tu sei destinato a grandi cose».

«Perché mi stai parlando di June?»

«Perché le voglio bene come a una figlia e sono preoccupata per lei. So che lo sei anche tu. Vedo come la guardi, non sfugge niente a questa vecchia cuoca». Allunga una mano e mi regala un buffetto sulla guancia.

Resisto all'impulso di indietreggiare con la testa. «E come la guardo?»

«Come se volessi proteggerla dai mali del mondo. Anche se sai che non puoi. Cerca solo di non spezzarle troppo il cuore quando te ne andrai, okay?» Si alza in piedi e mi lascia a boccheggiare.

«E se fosse lei a spezzare il cuore a me?»

La cuoca volta solo la testa, smette di girare la minestra nel pentolone, mi sorride come se fosse felice di non essersi sbagliata, di aver scoperto il mio punto debole. «Allora spero che un giorno tornerai».

Rimango seduto sullo sgabello, immobile, per un tempo infinito, mentre Miss Claire sbriga le sue faccende. Non parliamo più e, quando sento di essere pronto, mi alzo ed esco dalla sua cucina senza salutare.

Capitolo 23

Jace

Nonno Kevin ha richiesto la mia presenza. Quando è venuta a cercarmi in mansarda, Miss Price ha usato proprio quella parola. Mezz'ora dopo ero seduto nella limousine, direzione Villa Sherman.

Conto quattro sentinelle quando l'auto attraversa il viale d'accesso che circonda un prato inglese tagliato al millimetro e si ferma davanti alla porta d'ingresso. Non c'è la cameriera giovanissima ad accogliermi, non c'è nessuno. Una delle sue guardie sbuca da dietro una colonna e, senza dire una parola, apre la porta di casa e mi fa cenno di entrare.

Fa un freddo cane, oggi. Gli alberi sono spolverati di neve e l'aria ghiacciata che respiro mi secca i polmoni. Dentro casa, al contrario, la temperatura è piacevole e il leggero sentore di detersivo per pavimenti mi arriva alle narici.

La porta alle mie spalle si richiude e rimango da solo. Percorro il lungo corridoio che conduce allo studio di mio nonno e trovo la porta chiusa. Sento la sua voce autoritaria alzarsi di un decibel a parola, anche se non riesco a capire quello che dice. Probabilmente sta rimettendo al suo posto qualcuno al telefono, perché le sue imprecazioni sono intervallate da un silenzio di tomba. Sollevo un pugno per bussare sul legno scuro, quando una seconda voce che non riconosco spezza il silenzio.

Nonno Kevin sta discutendo animatamente con qualcuno nel suo ufficio. Un rumore, fra tutti, mi mette sull'attenti: il tonfo di qualcosa di pesante che si schianta a terra e il fracasso di un vetro che si sbriciola.

Busso, non ottengo risposta, così busso di nuovo. Le urla diventano più acute, distinguo un paio di ingiurie e poi un lamento strozzato. È un attimo, un guaito straziante e poi il silenzio.

Nonostante le mani che tremano, spalanco la porta dello studio di nonno Kevin, pronto a tutto.

Okay, forse non a tutto.

Davanti a me, un Dylan con gli occhi iniettati di sangue volta la testa e mi fissa come se il suo nemico fossi io. E poi mi concentro su nonno Kevin, che fuma di rabbia e a stento trattiene la collera.

«Chi cazzo ti ha detto di entrare, eh?!» mi urla addosso.

«Che diavolo succede?» domando io, invece di rispondere.

Guardo lui, guardo Dylan, torno sul nonno.

«Dovevi aspettarmi di là, in sala da pranzo!» sbraita.

Ma io non ci penso nemmeno ad andarmene. Per terra vedo una lampada di vetro ridotta in mille pezzi, mentre la lampadina, per qualche assurdo motivo, è ancora integra e accesa.

Nonno Kevin si spazientisce. «Vai!»

Io e Dylan, in contemporanea, guardiamo il bastardo per capire con chi dei due stia parlando.

Ce l'ha con Dylan, che non si scompone, annuisce appena, poi mi raggiunge davanti alla porta dello studio di nonno Kevin.

«Tu non mi hai visto, chiaro, Campbell?!» mi avverte con tono minaccioso, parlandomi a un soffio dal viso, così che possa sentirlo solo io.

«Ho già i cazzi miei da risolvere con questo stronzo, non mi interessa entrare nei tuoi».

Ci scambiamo uno sguardo d'intesa, come se, senza volerlo, fossimo diventati complici di qualcosa che non comprendo fino in fondo.

«Chiudi la porta» ordina il bastardo.

Io non lo accontento, lascio l'uscio spalancato e mi avvicino alla sua scrivania. Le mie scarpe da ginnastica calpestano i vetri rotti e producono un rumore stridulo che mi fa tendere i muscoli del corpo.

«Che diavolo ci faceva Dylan qui dentro?»

«Non sono affari tuoi, Jace. Siediti». Odio quando si rivolge a me come se stesse parlando con un cane. «Domani riparti per Londra».

Mi sento mancare. Mi aggrappo alla sua scrivania e sbatto le palpebre più volte prima di riuscire a metterlo a fuoco del tutto. Poi mi accascio sulla poltrona.

«Domani?!» Mi agito sulla seduta. «Avevi detto dopo Natale».

«E invece ho cambiato idea». Si porta un sigaro alle labbra, mi fissa come se volesse distruggermi, come se la mia faccia gli facesse così schifo e guardarmi diventasse uno sforzo sovrumano.

«Non posso!» protesto.

Cala il pugno sul legno scuro della sua scrivania, il tonfo mi fa sussultare. «Non farmi incazzare anche tu, Jace!»

«No, non posso tornare a Londra. Non adesso. Potrei frequentare la Hills High School, qui a Red Oak Town. Mancano pochi mesi al diploma. Vengo a vivere con te» straparlo. Le parole si affollano nella mia testa, escono di bocca senza controllo.

Nonno Kevin mi studia, è tornato in sé, mentre io faccio fatica a respirare.

«Ho sbagliato tutto con te» dice, e la sua voce da serpente mi avvelena il sangue, mi scorre viscida nelle vene. Mi guarda, calamita su di sé tutta la mia attenzione. «Sono stato *troppo* buono. Ti ho dato l'illusione che il tuo parere contasse qualcosa. Altrimenti non mi spiego come tu possa pensare anche solo per un secondo di contestare i miei ordini senza capire che ci saranno delle conseguenze».

Si avvicina con passo deciso, io non faccio in tempo ad alzarmi e spostarmi dalla sua traiettoria. Si tende sopra di me, mi va in cortocircuito il cervello. Le nocche delle sue mani sono arrossate quando mi mostra il pugno e lo porta a pochi centimetri dalla mia faccia. Non ho paura che mi colpisca, al contrario, spero che lo faccia, spero che mi pesti a sangue, che superi quel limite che si è autoimposto, che si mostri per quello che è: un pezzo di merda.

«Tornerai al Saint Paul e lo farai domani stesso». Scandisce ogni singola parola.

«Non posso tornare, perché quella pazza ninfomane mi sta aspettando e io non so come cazzo liberarmene» sbotto.

«Di chi parli?»

Mi gioco l'ultima carta. «La professoressa Huang, parlo di lei. Non se n'è andata, è a Londra, lavora in un pub vicino al collegio. Sono giorni che prova a contattarmi. E lei... ha un video».

Nonno Kevin rimane impassibile a fissarmi, non ho idea di cosa gli passi per la testa.

«Che video?»

Incamero aria, recupero il telefonino dalla tasca interna del piumino e glielo porgo, sul display c'è la chat aperta con quella maledetta stronza. Scorre con il dito, gli occhi si fanno assassini a ogni parola che legge, ma è quando fa partire il video che Kimie mi ha rimandato a cadenza regolare nelle ultime ventiquattro ore, per ricordarmi che sono nelle sue mani, che il suo viso si trasfigura. Stavolta me le darà di santa ragione, stavolta niente e nessuno lo fermerà.

«Porca puttana, Jace» sibila fra i denti, così incazzato da avere la bava alla bocca.

Io non mi muovo, mantengo la calma, mi aspetto di tutto.

«Cocaina?» Scaraventa il mio cellulare contro un muro. «Come cazzo ti è venuto in mente?!» sbraita.

«L'ho fatto solo quella volta, te lo giuro».

«La faccio fuori, quella stronza. Stanne certo, la ridurrò a mangime per i topi. Non sarà a Londra quando rientrerai».

«Lascia che rimanga qua. Che differenza fa? Finirò l'anno, poi tornerò in Inghilterra» provo a dire. Non voglio andarmene... non voglio tornare al Saint Paul, sono disposto a tutto pur di rimanere. Anche a vivere con questo bastardo.

Nonno Kevin si infuria ancora di più. «Così potrai stare con quella puttanella? Pensavo di essere stato chiaro! Ho permesso che ti divertissi con lei, adesso basta. Ti sto offrendo un fottuto futuro dorato su un piatto d'argento e tu vuoi rimanere? Per la figlia di una troia? Tu non rimetterai mai più piede in questa cittadina finché non te lo permetterò io».

Stringo i denti, chiudo i pugni. «Dammi almeno un altro paio di giorni».

«No» sentenzia. «Tornerai al maniero, preparerai le valigie e domani mattina ti farò venire a prendere alle sei dal mio autista. Ti ci metto di peso su quell'aereo, cazzo!»

«Ti prego» lo imploro. «Dammi solo fino a Natale». Mi sento morire, i polmoni che si stringono, la testa che vortica. Non posso andarmene domani, non doveva finire così.

«Ti stai rendendo ridicolo». Mi sputa la sua rabbia in faccia. «Sei un rammollito, cazzo!»

«Come mia madre?» lo provoco.

«Non nominare quell'inetta. Sarò dannato se ti permetterò di diventare come lei. Non fallirò anche con te, non lascerò che la storia si ripeta una seconda volta. Ti terrò lontano anni luce da questo posto, finché potrò». Mi afferra dal colletto del piumino e mi mette in piedi. «Stammi bene a sentire, Jace, perché te lo dirò solo una volta. Tu diventerai qualcuno. Tu sei sangue del mio sangue, è a te che lascerò tutto il mio impero. Sei l'unico di cui mi fidi, l'unico con un po' di cervello e il potenziale di un leader. E per diventare un leader devi essere spietato, non devi guardare in faccia nessuno. Devi prefissarti un obiettivo e calpestare chiunque si trovi sul tuo cammino. Hai capito bene?»

«Chiunque?» domando ironico.

«Chiunque!» ribadisce.

'E tu sarai il primo' penso. 'Oggi mi mandi via, ma io tornerò e mi prenderò tutto. E godrò un mondo'.

«Non deludermi, ragazzo, perché non ci andrò leggero se lo farai». Torna alla scrivania, si siede sul suo trono e respira a fondo.

Senza dire una parola, recupero il mio cellulare da terra. Funziona ancora, anche se il display è crepato in più punti. «Ho bisogno dell'auto, oggi. Fino a stasera».

«Va bene» concede, concentrandosi su alcuni fogli sulla scrivania, come se non fosse successo niente.

«Ci vediamo, nonno. Un giorno». Mi sistemo i capelli e mi avvicino alla porta del suo studio.

«Jace!» mi richiama. Volto appena la testa. «Non farti fregare. Non confondere mai l'amore con una scopata facile. Commetti i miei stessi errori e ti assicuro che non passerà un giorno senza che tu te ne penta amaramente. E io godrò un mondo nel ricordartelo. Red Oak Town, per te, è un capitolo chiuso».

Capitolo 24

June

«La smetti di tenermi il muso?!»

«Non ti sto tenendo il muso» protesta Israel. Invece lo sta facendo.

Ho puntato tutto sul senso di colpa per convincerlo a uscire con me questo pomeriggio. Onestamente non pensavo che l'avrei spuntata. È il primo sabato da mesi che non lavoro al multiplex e muoio dalla voglia di passeggiare per le vie illuminate a festa di Red Oak Town. Nel periodo delle feste allestiscono il Villaggio di Babbo Natale nella piazza principale con tanto di giostra coi cavalli, come quelle che ormai si vedono solo nei film. Israel mi ha fatto giurare che non ce lo avrei trascinato sopra, e ho dovuto concederglielo.

L'autobus delle tre che porta in paese è vuoto: ci siamo solo io e l'orso con i capelli ossigenati che guarda fuori dal finestrino, concentrato sui suoi pensieri.

«Alla fine lo sto facendo per te» insisto. Ottengo uno sguardo in tralice, ma non mi lascio zittire. «Saresti comunque dovuto andare in paese a comprare un regalo per tuo fratello e per la piccola Vee».

Israel alza gli occhi al cielo.

«Vuoi dirmi che avresti lasciato quella bambina senza un regalo di Natale?» domando, fingendo orrore. Non lo farebbe mai.

«June» mi avverte, «facciamo che andiamo in centro, prendiamo i regali e torniamo a casa, per favore?»

Okay, potrei aver omesso un piccolo particolare. Non torneremo insieme al maniero. *Forse* ho appuntamento con Jace davanti al bazar alle cinque del pomeriggio e *forse* mi sono dimenticata di dirlo a Israel.

Ma non farà storie. Anzi, sono certa che sarà felice di sapere che potrà tornare di corsa all'istituto fra un paio d'ore al massimo.

Il pullman ci lascia a pochi passi da Town Square e mi ritrovo a sorridere come una ragazzina. Respiro l'aria che profuma di ciambelle appena fritte e di *pretzel* caldi, ricoperti di sale.

C'è un vecchio signore vestito da Babbo Natale che suona la sua campanella, all'angolo fra Main Street e Lincoln Road, sta chiedendo l'elemosina. Gli passiamo davanti e Israel, dopo aver frugato nelle sue tasche, lascia cadere delle monetine nella tazza che tiene in mano. Gli sorrido, lui mi liquida con un cenno della testa che sembra voler dire: 'Non è niente! Non farne una questione di Stato, June'.

E io non dico nulla, mi aggrappo al suo braccio e ci facciamo strada sul marciapiede affollato della via principale. Mi incanto davanti alle vetrine, lui mi convince a prendere una cioccolata calda da asporto.

«Cosa devi comprare?»

«Qualche regalo per i nostri compagni» rispondo distratta, fissando un cappottino rosso elegante sul manichino di un negozio di classe. Non mi soffermo a guardare il prezzo, Israel mi spinge in avanti e io non degno di una seconda occhiata quel pezzo di stoffa raffinato.

«Devo farti una domanda...»

Israel, che è più alto di me di almeno una testa, abbassa i suoi occhi verdi sul mio viso.

«Se tu fossi un ragazzo...»

«Io *sono* un ragazzo» mi fa notare.

«Sì, certo. Ovvio. Intendo se tu fossi, che ne so, il *mio* ragazzo, cosa vorresti che ti regalassi per Natale?»

«Non ci stai provando con me, vero?» mi prende in giro.

«No, cretino, certo che no! È per... una persona».

«Una 'persona' eh?»

Mi infilo la cannuccia in bocca e mi brucio la lingua con la cioccolata bollente. «Una persona» confermo.

«Vorrei un Mac di ultima generazione, con dentro la versione aggiornata di Mix-ProSupreme, già installata. Non quella *free*».

Non ho idea di cosa stia blaterando, ma basta toccare i tasti giusti e il caro Israel ritrova la voce. Attraversiamo la strada e passiamo davanti all'Old Bell Inn.

«Ho diciotto dollari e cinquanta» gli faccio notare. «Pensavo a una sciarpa».

«Originale» mi punzecchia e... miracolo! È un sorriso quello che gli spunta sulle labbra?

«Senti, o la sciarpa o un cappellino».

«Di male in peggio». Ci fermiamo davanti a un negozio di cianfrusaglie. «Entriamo qui, magari trovi qualcosa».

Ma non c'è niente di sufficientemente speciale per Jace in questo negozio e nei quattro successivi. Cosa cavolo regali a una persona che ha tutto? *Letteralmente* tutto?

Usciamo senza comprare nulla.

«Israel?»

Ci voltiamo entrambi. Levi, il bellissimo fratello di Israel, è a un metro da noi. Le guance mi vanno a fuoco e sono certa che tutto il paese si accorga del cuore che mi arriva in gola. Ho sempre avuto un debole per Levi, un *grosso* debole.

«Levi? Che ci fai qui?»

«E tu?» gli domanda lui, poi si accorge della sottoscritta e mi rivolge un sorriso che mi fa avvampare. «Ciao, June».

Io annuisco. Ripetute volte.

Che razza di cretina annuisce di fronte a un saluto? Mi arrivano prima una gomitata e poi un'occhiataccia da parte di Israel.

«Be', visto che sei qua... la tieni tu?» Attaccata alle gambe di Levi, metto a fuoco una bambina con due occhi azzurri che ricordano il ghiaccio e i capelli nascosti sotto un cappellino di lana. Sembra un angelo. «Ho un paio di commissioni da sbrigare. Poi vi riporto io al maniero».

La bimba spalanca gli occhi dall'emozione, Israel si scioglie. Allunga una mano e le accarezza la testa in un gesto tenero.

«Non lo so, Levi, sto aiutando June». Mi riprende sottobraccio e capisco che è in difficoltà, perché non vuole dire di no a suo fratello, ma ha paura che io ci rimanga male.

E io, che sono un'amica ingrata, ne approfitto. «Tanto io devo andare, Iz».

«Dove devi andare?»

«Sì, be', ecco... Jace arriverà fra poco. Quindi...»

«Perfetto» dichiara Levi.

«Prima mi trascini in paese e poi mi pianti in asso?» Sento una punta di minaccia nella voce di Israel.

«Ma se non volevi nemmeno venirci!» ribatto. «E poi ti riporta a casa Levi». Lo imploro con gli occhi di non rimanerci troppo male e lui scuote la testa, esasperato. Sicuro che questa me la fa scontare.

Mi libero dalla sua presa e faccio un passo indietro. «Tanto ci vediamo al maniero, no? Ciao, piccola». Poi provo a salutare Levi, ma incrocio il suo sguardo e l'imbarazzo mi investe in pieno. Questa stupida cotta dura da secoli.

«Sparisci» borbotta Israel, ma so che non è arrabbiato sul serio. Afferra la mano della bimba, e basta così poco per dimenticarsi di me.

Quando raggiungo il bazar, alle cinque in punto, Jace è lì che mi aspetta. Avvolto nel suo piumino nero, con le sue orribili scarpe da ginnastica giallo fluo ai piedi e un tripudio di ricci biondi che sbuca da sotto un cappellino di lana, è un sogno. Ma niente batte il sorriso che gli si stampa sulle labbra appena mi riconosce.

«Ehi» mi saluta. Si sporge in avanti e mi bacia una guancia.

Abbasso testa e sguardo e cerco di regolarizzare il respiro. Ho imparato a gestire l'imbarazzo quando sono con lui al maniero, ma qui, esposti, in mezzo alla strada, il mio cervello si riempie di paranoie.

Lui è sempre *lui*, eppure mi sento a disagio. Come se stessimo facendo qualcosa che non dovremmo, che non mi posso permettere. Passeggiare con lui in paese? Come se fossimo una coppia di liceali qualunque? Assurdo.

Quella che per la maggior parte delle mie coetanee è la normalità, per me diventa fonte di nevrosi all'ultimo stadio.

«Com'è andato il pranzo da tuo nonno?» gli domando, infilando le mani nelle tasche della giacca.

Jace forza un sorriso che non arriva agli occhi. «Tutto bene» cerca di rassicurarmi. «Al solito, insomma».

«Volevo prendere dei regali per i miei compagni» dico indicando il bazar alle sue spalle.

«Dopo di te». Mi rivolge un gesto elegante con il braccio e si fa da parte per lasciarmi passare. Ho l'impressione che nemmeno lui si senta a suo agio in mezzo a questa folla alla disperata ricerca degli ultimi doni di Natale.

Vaghiamo per le corsie, io infilo di tutto nel cestino che mi penzola dal braccio. Jace si rilassa, ride, mi propone cose assurde da regalare, tipo una dentiera da Dracula per Tyler, o una mazza da baseball di spugna per Lisa.

Ferma davanti allo stand dei lucidalabbra, mi accorgo che non parla più. Seguo il suo sguardo e – *diamine*! – lo becco a fissare un espositore strapieno di confezioni di preservativi. Un'ondata di panico mi stringe la gola. O forse è solo aspettativa, l'idea assurda di andare fino in fondo, con lui.

«Ho... finito. Ho preso tutto».

«Okay» mi risponde distratto. «Andiamo?»

Non degna quelle scatole di una seconda occhiata, mi supera e si avvia alla cassa.

«Forse potremmo prenderli» mi sento dire e lui si ferma. Mi dà la schiena per alcuni secondi, poi volta solo la testa.

«Di che parli?»

«Lo sai». Lo sa benissimo.

«June...»

Le guance mi diventano dello stesso colore del *gloss* alla fragola che ho comprato per Arya.

«Sì, scusa. Non avrei dovuto... dirlo. Scusa».

Jace torna sui suoi passi, mi accarezza una guancia. Ci leggo dentro solo un'infinita sofferenza che mi fa star male.

«June...» Si passa una mano sul volto, sospira rumorosamente e guarda il soffitto per un paio di secondi. «Io... li ho già comprati».

«Oh».

«Sì, ma non significa niente, okay?» si giustifica lui con enfasi. «Li ho presi, ma stanno lì. Non dobbiamo, va bene? Non è importante».

«Oh» ripeto.

«Cioè, sarebbe bellissimo, ma non... Li ho presi e basta. Ieri sono passato al supermercato e li ho presi». Spalanca le braccia e mi guarda come se si stesse giustificando.

«Va bene. Li hai presi». Faccio spallucce.

Le sue labbra si schiantano sulle mie. «Cazzo, June, ho sempre l'impressione di dire la cosa sbagliata con te. Di fare una stronzata dopo l'altra».

«Hai fatto bene» lo rassicuro. «Ora andiamo a pagare?»

«Ti devo chiedere una cosa, prima». Diventa di nuovo serio, io mi agito.

«Che cosa?»

«Ti va di venire a cena con me, stasera? Un appuntamento. Io e te, seduti al tavolo di un ristorante, che mangiamo e chiacchieriamo e stiamo qualche ora lontani dal maniero».

«Ma cos'hai? Perché sei così nervoso?»

Jace scuote la testa. «Non è niente. Ho solo voglia di fare questa cosa con te».

Prima gli sorrido, poi gli butto le braccia al collo, sbattendogli il cestino contro la schiena. «Certo che mi va!»

«E allora abbiamo un appuntamento».

Sistemo i miei acquisti sul nastro trasportatore, intanto Jace riceve una chiamata. Guarda lo schermo e sbianca. Rifiuta la telefonata, inizia a infilare i miei regali in un sacchetto di plastica. Il telefono squilla di nuovo e lo so che è sua madre. Fa sempre quella faccia quando si tratta di lei.

«Ti aspetto fuori, va bene?»

Annuisco e recupero i soldi dal portafogli.

«Ciao, June».

Una voce che riconosco fin troppo bene mi fa saltare sul posto.

Kolton mi raggiunge, posa una confezione di *Twizzlers* alla fragola sul nastro e non mi leva gli occhi di dosso.

«Ciao» rispondo distratta. «Non ti avevo visto».

«Già» ironizza.

La cassiera ci mette un secolo a scannerizzare i codici a barre. Finisco di imbustare la mia spesa, Kolton si avvicina di nuovo.

«Pensavo che Jace fosse solo un ragazzo gentile che ogni tanto passa a salutarti al cinema» mi fa il verso.

«Lo è». Cerco di mantenere la voce limpida.

«Ah, certo! Quindi vi siete incontrati qui per caso e sempre *per caso* andrete a cena insieme?»

«Non sono affari tuoi».

«Ho sentito dire che ripartirà fra qualche giorno».

Mi si stringe lo stomaco. Un dolore sordo che mi lascia a corto di fiato. «Infatti».

Sto per allontanarmi, ma il genio ritiene opportuno bloccarmi il passaggio e afferrarmi il gomito con forza. Mi strattona così forte che perdo l'equilibrio. Cado a terra, di sedere, e mi va in cortocircuito il cervello.

«Scusa! June, scusa, non volevo...» Tende una mano, gliela scanso con uno schiaffo e mi rimetto in piedi.

«Che diavolo ti salta in mente?»

«Davvero, non volevo».

«Non toccarmi!» Mi allontano di un passo e gli impedisco di sfiorarmi.

Avverto la presenza di Jace alle mie spalle prima ancora di vederlo. Non può finire bene, cazzo!

I due si fissano, mi metto davanti a Jace e stringo forte le mani intorno ai suoi polsi. Lo imploro di lasciar perdere, di andarcene.

«Che cazzo di problema hai?» gli ringhia addosso, invece. «Cos'è che non ti è chiaro di 'lasciala in pace'?»

«E tu che cazzo vuoi?» ribatte Kolton, agitato.

Mi ritrovo fra i due, le braccia protese per evitare che si avvicinino troppo l'uno all'altro. «Smettetela!» li avverto.

Un ragazzo della sicurezza ci raggiunge, ci invita a uscire dal bazar, ma quei due non si muovono. Alla fine, vince lui e ci scorta tutti fuori. Io sono livida di rabbia, rossa dall'imbarazzo, e ho lasciato i miei regali alla cassa. Penso che Jace mollerà il colpo, che mi prenderà per mano e ce ne andremo insieme, invece raccoglie la provocazione di Kolton e al suo «Stai peggiorando le cose, Campbell. Fra qualche giorno andrai via e – guarda un po'! – June rimarrà qua. Da sola. Con me», perde la testa.

Lo afferra per il bavero del cappotto e, giuro, ho l'impressione che lo sollevi di qualche centimetro da terra. La schiena di Kolton si schianta contro il muro, alcuni passanti si fermano a guardare, incerti se intervenire. In tutto questo io mi avvento su di loro e provo a dividerli prima che facciano qualcosa di cui ci pentiremo tutti.

«Jace!» lo supplico.

«Ti spacco la faccia, stronzetto».

«Ti sei divertito con lei, Jace?» A quelle parole sprezzanti, Jace gli molla un pugno in pancia e Kolton reagisce con una ginocchiata all'altezza dell'inguine, che per fortuna non va a segno.

«Smettetela!» urlo di nuovo. Mi metto in mezzo e, non so come, riesco a dividerli. «Fatela finita, subito!»

Spintono Jace all'indietro, lui si lascia guidare dal mio tocco.

«Te l'ha mai raccontato com'è andata fra noi? La verità, dico». Lo sta chiedendo a Jace. Lui rimane impassibile, io avrei voglia di mettermi a urlare. «Te l'ha detto che era innamorata pazza di me? E che io lo ero di lei? Che mi sono inventato una stupida scommessa pur di avere la scusa per uscirci?»

«Kolton...» Vorrei che il suo nome uscisse dalle mie labbra come una minaccia, invece mi ritrovo a sussurrarlo.

«E che siamo andati al cinema e abbiamo passato tre quarti del film a baciarci? O che la mattina, prima di entrare a lezione, l'aspettavo nell'androne delle scale dei laboratori per darle il buongiorno? Te l'ha detto che a scuola mangiavamo insieme nel tunnel che porta in palestra? No, immagino che questa parte l'abbia tralasciata».

«No, infatti. Però mi ha raccontato che la tua ragazza la tratta di merda e che tu ti adegui. Che *tutta la scuola* la tratta di merda, a dire il vero, e tu non hai mai mosso un dito» ribatte Jace, glaciale.

«Lei è mia» dichiara Kolton. Jace trattiene il fiato, io lo guardo come se fosse impazzito. «Lo è sempre stata. Tu te ne vai, e io me la riprendo».

«Ma di che parli?» gli domando, la voce soffocata.

«Lo sai, June. Lo sai».

«Sei pazzo! *Vattene!*»

Kolton alza le mani in segno di resa, fa un paio di passi all'indietro, mi guarda come se fossi la più grande delusione del mondo. Io sono senza parole, senza fiato, senza forze.

Se ne va, come gli ho chiesto, e io rimango a fissare la sua schiena, incredula e confusa.

«Sei sua?» mi domanda Jace, alle spalle. La piccola folla intorno a noi si è dispersa, siamo rimasti solo io e lui.

«No» dico dopo un tempo che sembra infinito. «Certo che no!»

«Sai che c'è? Mi è passata la fame. Torno al maniero».

Prova a lasciarmi lì, ma non glielo permetto. Allunga il passo, non si volta mai a guardare se lo sto seguendo.

«Ti vuoi fermare?!»

«Sei innamorata di lui?» mi domanda con una furia tale da pietrificarmi.

«Ma che domande mi fai?!»

«Non è la risposta giusta». Gli tremano le labbra dalla rabbia.

«Perché è una domanda senza senso!» protesto. «Certo che non sono innamorata di lui, io lo odio! E tu... mi stai guardando come se avessi fatto qualcosa di mostruoso».

«Ci sei uscita, con quel coglione, però. L'hai baciato! Lo *amavi*! Dio, mi hai fatto credere che si fosse preso gioco di te, invece stavate insieme» mi rinfaccia.

Siamo in mezzo a Town Square, vicino alla giostra illuminata, che gira in tondo e non si ferma mai.

«E tu sei stato a letto con la tua professoressa. E allora?»

«Non è la stessa cosa!» protesta.

«Ah, no?» Mi scappa una risata sarcastica. «Giusto, perché tu sei *super partes*? Perché tu puoi fare quello che vuoi, puoi decidere di condividere solo quello che ti fa comodo, mentre io devo renderti conto di quello che ho fatto un anno fa?»

«Sì, me lo devi!» sbraita. Mi afferra dalle spalle e mi parla a un centimetro della faccia. «Me lo devi, cazzo! Perché oggi pomeriggio mi sono umiliato davanti a mio nonno, per te. L'ho *implorato* di farmi rimanere a Red Oak Town. Per te, cazzo! Per *te*, June. Quindi, se sei innamorata di un altro, il minimo che tu possa fare è dirmelo».

Ha chiesto a suo nonno di rimanere? La testa vortica alla stessa velocità della giostra, un turbinio di luci e suoni che mi fa perdere l'equilibrio.

«Io...» Scuoto la testa.

«È così, eh?» Ridacchia nervoso, si sfila il cappellino dalla testa e maltratta i suoi capelli.

«No, Jace». Non ho altre parole per lui. Non è Kolton che amo. Fine della storia.

Annuisce, scuote la testa, ricomincia da capo. «Non dovevo dirtelo» sentenzia.

«Un anno fa io e Kolton siamo usciti insieme per qualche tempo, non c'è altro da aggiungere. Pensavo ci tenesse, invece si stava divertendo alle mie spalle. Qualunque cosa abbia appena detto per farti infuriare, è una bugia. Tu non c'eri, tu non l'hai vissuta. Quindi puoi credere a lui oppure puoi credere a me. E sai cosa mi fa davvero infuriare? Non ti fidi di me! Io per te ho infranto regole che non mi sarei mai sognata di infrangere, entro in camera tua la sera con il rischio di farmi beccare e cacciare dall'istituto! E tu... tu decidi tutto da solo: cosa dirmi, cosa omettere, cosa è giusto e cosa no. Te ne stai rintanato nei tuoi problemi, ma pretendi che io sia un libro aperto perché ti fa sentire di avere il controllo, mentre tu non ti confidi mai!»

«Vuoi sapere tutto, June? Sei sicura?» Alza di nuovo la voce, elimina la distanza fra di noi. «Ho perso la testa per te, ed è stato l'errore più grande che potessi commettere».

Le sue parole mi congelano sul posto. «Non è vero» ribatto con il groppo in gola.

«E domani dovrò ripartire. Torno a Londra, cazzo! Pensavo di avere più tempo. *E non ce l'ho!* Mi aveva promesso fino a Natale, invece domani mi metterà su un aereo e mi rispedirà al mittente. Sapevo che sarebbe finita male fra noi, che ci avrei rimesso il cuore. E proprio quando mi convinco che non fa niente, che tanto tornerò da te, che sono solo pochi mesi, arriva quel coglione e mi incasina la testa».

Gli prendo le guance fra le mani. «Guardami».

«June, lascia stare».

«Ho detto guardami!»

Jace solleva di poco lo sguardo, si morde piano il labbro inferiore.

«Io ti aspetterò».

«June...»

«Ti aspetto da quando ho undici anni. Cosa vuoi che cambino sei mesi, un anno, o due, o dieci? Niente, Jace. Io sarò qua ad aspettarti, sempre».

Mi incollo alle sue labbra, mi prendo il bacio con la forza, lo costringo a ricambiare. Perché adesso non abbiamo più tempo davvero, e io non voglio passare queste poche ore a litigare con lui, a rinfacciarci chi sia più devastato dell'altro.

Il pensiero che da domani non lo rivedrò più mi annienta, mi fa cadere così in basso che sprofondo nell'oscurità. Nemmeno le sue braccia forti che mi tengono stretta sono in grado di arginare il dolore, di placarlo.

Io cado, e lui cade insieme a me.

Capitolo 25

Jace

Le accarezzo i capelli, credo si sia addormentata. Ho chiesto all'autista di girare per un po', di riportarci al maniero per le undici.

Il cellulare mi avverte dell'ennesimo messaggio in entrata.

Kimie: Mi hai rovinato la vita! Io ti amavo e tu ti sei preso gioco di me. La pagherai, ragazzino.

Le sue minacce non mi interessano, non ha idea di quello che l'aspetta. Domani tornerò a Londra e lei sarà sparita nel nulla. O almeno è quello che ha promesso nonno Kevin. Chiudo gli occhi e rivivo all'infinito la nostra discussione di oggi pomeriggio. Le sue imprecazioni, la furia negli occhi quando ha visto il video di me che mi faccio di coca. Ho cercato di convincerlo a tenermi a Red Oak Town, non c'è stato verso di farlo ragionare. Mi vuole lontano anni luce da questo posto, dai suoi giri loschi di cui pensa non mi sia reso conto, da June...

L'autista prende una buca e June si sveglia di soprassalto.

«Dove siamo?» domanda stropicciandosi gli occhi. Dopo la nostra discussione, siamo tornati al bazar a recuperare i suoi regali e poi ci siamo chiusi in macchina. Abbiamo mangiato qui dentro, fumato, riso, ignorato l'enorme elefante nella stanza.

La sensazione di aver sprecato il poco tempo che avevo a disposizione con lei mi fa sentire in trappola. Tutti quei pensieri autodistruttivi, quei sorrisi trattenuti, a che diavolo sono serviti se fra meno di dodici ore lascerò gli Stati Uniti?

L'afferro alla vita e la faccio sedere sulle mie gambe.

«Stai sorridendo» mi fa notare. Gliene concedo così pochi, di sorrisi, che devo sembrarle un pazzo a farlo proprio adesso, mentre il mondo cade centrandoci in pieno.

«Sono felice» dico. E ancora una volta, a dispetto di tutto, lei ci arriva. Lei sa che sono felice perché siamo insieme, dentro una macchina, mentre giriamo come trottole intorno alla cittadina dove è nata e cresciuta.

«Si vede». Mi accarezza una guancia, mi bacia piano.

«E tu? Sei felice?»

«No» ridacchia. «Mi girano le palle, a essere sincera. Insomma, c'è un limite a tutto, anche a quanto possa essere stronzo il signor Sherman. Farti tornare a Londra due giorni prima di Natale è da bastardi! Ecco, l'ho detto. Mi sono tolta un peso».

Mi fa ridere, ridere sul serio.

«Non pensi che abbia un microfono nascosto in auto, vero?» Si agita, si guarda intorno e io la faccio stendere sul sedile lungo.

«Ah, spero proprio di no, o ascolterà anche questo...»

Prima che possa domandarmi di cosa stia parlando, le tappo la bocca con un bacio soffocante e mi sdraio sopra di lei. Le sue gambe si aprono per lasciarmi spazio, io me lo prendo tutto. L'erezione preme contro di lei, i suoi gemiti mi stordiscono. La libero dalla felpa, faccio sparire la maglietta, le slaccio il reggiseno con le mani che tremano per l'aspettativa. June mi studia. Il silenzio è spezzato soltanto dai nostri respiri.

Allungo una mano e accendo la radio, *How You Remind Me* cantata da Avril Lavigne suona a tutto volume mentre June mi guarda come se amasse solo me. Di tutte le persone alle quali potrebbe decidere di affidare il suo cuore, sceglie me.

Ci spogliamo a vicenda, finiamo mezzi nudi. E lei è bellissima. Lei mi spezza il cuore, il fiato, si prende tutto. Rimango a guardarla incredulo. Sono senza parole.

Bacio ogni centimetro della sua pelle di seta, non aspetto il suo permesso e le sfilo gli slip. Li faccio scivolare lungo le sue gambe e lei fa lo stesso con i miei boxer. Mi tocca e io perdo la testa. La sua mano, stretta intorno alla mia erezione, mi lascia in bilico fra l'eccitazione e la paura di rimanerci secco.

Conosco il sesso, ho imparato in fretta come si fa, eppure con lei annaspo. Mi guarda e tremo, mi sfiora e io vorrei dimenticarmi che ci devo andare piano, che non posso permettermi di spaventarla. Perché se sapesse cosa avrei voglia di farle dalla prima volta che ci siamo baciati, mi odierebbe. Non capirebbe, perché non sarei in grado di spiegarle che l'amore è una faccenda complicata, che a volte coincide con il sesso, con la voglia impellente di fondere due corpi in uno solo. Un'unica anima. Un unico battito moltiplicato all'infinito.

Mi lascia senza difese, in balìa del desiderio, a combattere per l'ennesima volta fra il giusto e... il 'meno giusto'. Perché di sbagliato, mentre si struscia sotto di me, nuda, bagnata e calda, non trovo niente.

Mi inginocchio sul sedile, la guardo negli occhi, mi dice di sì. Non farò l'amore con June nella limousine di mio nonno, ma ho intenzione di prendermi tutto il resto. Se questa sarà l'ultima volta con lei, allora farò in modo che conti qualcosa.

La guardo per tutto il tempo mentre scendo con lo sguardo sul suo corpo e con la lingua sfioro la pelle in mezzo alle sue gambe. Si irrigidisce, si contorce sotto la mia bocca. La tengo ferma, la imploro con gli occhi di rilassarsi, di fidarsi di me.

E poi lo fa, mi rivolge uno di quei suoi sorrisi che guariscono il mondo e io non resisto più. Affondo le labbra fra le sue cosce, le accarezzo la peluria sottile, mi inebrio del suo sapore per la prima volta, del suo bacino che si solleva ogni volta che la lecco con più trasporto. E più lei geme di piacere, più io divento implacabile. Mi afferro l'uccello, cerco di interpretare la sua reazione e, in fondo ai suoi occhi, ci leggo solo un guizzo di piacere che si fonde con il mio.

Memorizzo ogni centimetro della sua pelle, non mi stacco dal suo bellissimo corpo finché non viene, finché il piacere diventa così intenso da non riuscire a trattenere i lamenti di puro godimento. Non c'è più vergogna, ci siamo solo noi due chiusi in questa limousine a conoscere i nostri corpi, a confessare il nostro amore attraverso un groviglio di gambe. June fatica a riprendere fiato; io, sopra di lei, adesso le sto accarezzando il viso, le sposto una ciocca di capelli dietro l'orecchio. Sono sudato, con il cuore che minaccia di scappare dal petto e la voce che non ne vuole sapere di uscire.

«Voglio... provare anch'io» dice, e io la guardo, scalpito di fronte alle sue intenzioni.

Annuisco e basta. E la osservo, in tutto il suo splendore. Quel suo corpo magro e svestito, sotto il mio, mi fa perdere la testa.

Prende coraggio, con un movimento delicato mi fa spostare, scambiando la sua posizione con la mia. E poi, con dita tremanti e una determinazione assoluta negli occhi, prende in mano la mia erezione. Si morde il labbro.

Diventa tutto confuso, mani impazienti, occhi verdi che brillano di piacere, baci frenetici, gemiti. Quelli non si placano. E quando scende con le labbra sul mio petto, e poi più giù, a baciarmi l'ombelico, e poi ancora giù di qualche centimetro ancora, penso che non sarà solo l'ultima notte con lei. Sarà l'ultima, punto.

Le mie mani finiscono nei suoi capelli, un po' la strattono all'indietro, un po' muoio al solo pensiero delle sue labbra su di me. E lei lo fa... dischiude la bocca e stringe fra le labbra il mio uccello. Lo lecca piano, prima solo con la punta della lingua, poi lo succhia con decisione e io scalpito. Muoio, rinasco e muoio di nuovo.

Già solo la sensazione del suo respiro caldo su di me sarebbe sufficiente a farmi perdere il controllo come l'ultimo dei dodicenni che si masturba in bagno. Invece, non so come, resisto, la guardo, mi innamoro per sempre.

Mi spiazza la sua delicatezza, il suo pudore che combatte ad armi pari con la voglia di esplorare. E quando diventa tutto troppo, quando penso che non reggerò un secondo di più il suo attacco premeditato, la costringo a smettere. La obbligo a stendersi su di me, le blocco le mani sopra le nostre teste, così che non possa toccarmi più, e le riempio il viso di baci. Non respiro, sento solo il cuore scalpitare contro la gabbia toracica.

«Basta» sussurro contro i suoi capelli. «Basta, o finirà male».

June solleva testa e occhi su di me, ha un'espressione indecifrabile dipinta in viso.

«Non qui, June» rispondo alla domanda che non ha il coraggio di farmi. «Non in macchina, non così, non stasera».

Non mi guarda più, e odio averla ferita. Odio non avere le parole giuste.

«Perché non siamo pronti» sussurro. «Non mi va che succeda in questo modo. E me ne pentirò fra un secondo, me ne sto già pentendo, a dire il vero, ma sembra tutto così scontato».

«Scontato...» ripete lei.

«Sì, come se fossimo obbligati. E non lo siamo. Succederà quando succederà».

June non parla, io me la tengo stretta contro il petto.

«A che ora parti?» chiede dopo un silenzio scomodo.

Esito. «Domattina alle sei».

Le scappa un singhiozzo, io non ho il coraggio di guardarla, così faccio l'unica cosa che posso: la bacio e non la lascio andare.

Ci rivestiamo in silenzio, la limousine procede a passo lento lungo la ripida salita che porta al maniero.

«Devo chiederti una cosa» sussurra June quando ci fermiamo davanti all'ingresso principale. L'autista scende dall'auto, fa il giro, ma non apre lo sportello.

«Cosa?»

«Tornerai da lei?»

Aggrotto le sopracciglia. «*Lei*, chi?»

«La tua professoressa. Torni a Londra da lei e ti dimentichi di me?»

La sua domanda mi spezza il fiato, mi costringe a sbarrare gli occhi e schiudere le labbra. Come può pensare una cosa del genere?

«June...»

«Perché, se posso dirti la mia, stai facendo una cavolata. Lei non ti ama davvero. Io sì. Quindi, se devi tornare da qualcuno, allora torna da me».

Mi ama...

Il buco nel petto si allarga e risucchia la voce.

'Ti amo anch'io' vorrei dirle. 'Ti amo così tanto che non mi sento più io. Ed è incredibile quello che mi fai provare, la facilità con la quale ci riesci. E guardati, hai quindici anni e ragioni come una donna. E io arranco dietro di te...'

Sembra così piccola con le spalle ricurve, nel suo giubbino di un verde indefinito, che le va largo. Talmente indifesa che mi viene naturale rassicurarla, proteggerla.

«E allora tornerò da te».

«Bene. Ci conto». Recupera le sue cose e scende dall'auto.

«June, aspetta». La raggiungo davanti al portone. «È così che ci salutiamo?»

«Sì, perché sono un po'... scombussolata. E triste. E potrei scoppiare a piangere. E tu... tu... *cavoli*!» Mi accarezza una guancia, si morde fortissimo il labbro. Poi si rannicchia dietro a un vaso e preme un pulsante al quale non avevo mai fatto caso. La serratura scatta e il portone si apre di alcuni centimetri. «Mi mancherai». È l'ultima cosa che dice, poi corre dentro e io non faccio in tempo a fermarla.

«June!» la richiamo a gran voce, fregandomene di farmi sentire da qualcuno.

Finisce così.

Con un 'cavoli' che non capisco e lei che scappa via.

Capitolo 26

June

Riesco a trattenere le lacrime fino alla porta del bagno, poi esplodono come una bomba incendiaria. Mi sento bruciare gli occhi, lo stomaco, e il cuore si scioglie. Premo forte una mano sul petto, l'altra sulla pancia.

Le lacrime disfano il mascara e mi ritrovo a singhiozzare seduta contro la porta di uno dei gabinetti.

Ho mantenuto la calma davanti a lui, un sangue freddo che non sapevo di avere. E adesso mi manca, mi manca, mi manca.

Non l'ho salutato, non gli ho detto che solo il pensiero di non rivederlo più mi devasta anima e corpo.

Come ho potuto andarmene in quel modo?

Sciacquo il viso e mi trascino nel mio dormitorio. Alcune ragazze stanno dormendo, altri letti sono ancora vuoti. Io non riesco a smettere di compatirmi, di rimproverarmi per essere scappata come una codarda.

Mi rigiro nel letto, conto le pecore, le anatre, conto tutti i piccioni del mondo, ma niente aiuta. Lui è al piano di sopra, e vorrei esserci anch'io.

È l'una passata quando vengo a patti con la consapevolezza che stanotte non dormirò, non prima di aver salutato Jace come avrei dovuto davanti al portone dell'istituto.

Nemmeno la paura di essere scoperta da una delle tutrici riesce a placare l'istinto di alzarmi e correre da lui. Perché sono stata sempre troppo ferma, troppo in silenzio, troppo prudente.

E l'ho fatto per troppo tempo. Ora voglio anch'io quel terremoto dentro, e lo voglio solo con lui.

Il pavimento è gelido quando ci poggio entrambi i piedi sopra. Raggiungo la porta del dormitorio in punta di piedi e, sempre come se fossi una ballerina di danza classica, salto da un gradino all'altro fino al secondo piano. Mi tremano le mani, le gambe, lo stomaco. Ho addosso un pigiama ridicolo: pantaloni azzurri e una maglietta a maniche lunghe viola, con dei cuori rosa. Quando mi sono cambiata, ero troppo sconvolta per abbinare il sopra con il sotto, però ora vorrei averlo fatto. Il cuore batte così forte che annulla ogni altro rumore. E io devo dirgli che mi mancherà, che questo ultimo mese e mezzo è stato perfetto, che ha cambiato la mia vita e io gliene sarò grata per sempre.

Passo una mano tremante fra i capelli, mi guardo intorno; la luce nella sua stanza è accesa, filtra da sotto la porta, ma non proviene nessun rumore da dentro. Ho il cuore in gola, ci ripenso mille volte, alla fine busso, però non viene nessuno ad aprirmi.

Forse si è addormentato, forse non mi vuole vedere. Ma io non posso andarmene, proprio non posso.

Così giro la maniglia, sbircio nella stanza e lo trovo seduto sotto la finestra, con gli occhi chiusi, un paio di cuffie nelle orecchie e un piccolo oggetto brillante che si rigira all'infinito fra le dita.

Il mio cuore fa una capriola, poi un'altra. Approfitto dei suoi occhi chiusi per respirare a pieni polmoni, per guardarlo come non mi sono permessa di fare prima.

Mi richiudo la porta alle spalle, quella sbatte più forte di quanto vorrei e Jace spalanca gli occhi. Il suo stupore ha un nonsoché di tenero, ma tengo per me il commento.

«Ehi» mi saluta, alzandosi in piedi. Infila nelle tasche quello che teneva in mano. «Stai bene?» mi domanda allarmato.

Io annuisco, non riesco a fare altro.

«June?»

«Non ti ho salutato. E non riuscivo a dormire, quindi ho

pensato di venire qui e farlo». Scuoto la testa. «Salutarti, non... *farlo*. Non volevo dire *quello*».

Jace rimane fermo a qualche metro da me, le sopracciglia aggrottate. Ha fatto le valigie, sono l'una sopra all'altra, proprio accanto a me. La piccola scrivania è sgombra ed è come se se ne fosse già andato. Mi si spezza il cuore una volta per tutte. Lo vedo, ma sento che è già su quell'aereo, pronto a tornarsene alla sua vita.

'Sta succedendo davvero' penso. 'Lui se ne va e io rimango qua, in questo istituto, senza di lui. E non voglio. Io proprio non voglio!'

Una musica lenta fuoriesce dalle cuffiette che ha lasciato a terra, attaccate al cellulare.

«Quindi, ecco, ti sto salutando» riesco a dire. Sollevo una mano, i gesti corrono più veloci dei pensieri. «Ciao, Jace».

Poi, però, non mi muovo, e nemmeno lui.

«Magari ti va di fumare una sigaretta insieme?» propone.

«No».

«Non vuoi fumare con me?» mi domanda inclinando la testa di lato per studiare la mia reazione. E io non la smetto di massacrarmi le unghie, in preda al panico.

«No».

«Okay...»

Gli vado incontro e gli butto le braccia al collo. Soffro in silenzio, lui mi tiene stretta. Così stretta che per un attimo penso che vada tutto bene, che non stia succedendo davvero. È solo una sera come tante altre: io nascosta in camera sua, lui che mi abbraccia e domani mattina lo rivedrò a colazione.

«Non essere triste» sussurra contro i miei capelli. Anche la sua voce è incrinata, adesso.

«Volevo... che fosse tutto più semplice. Perché io non lo so se ce la faccio davvero a salutarti» confesso. «Quindi pensavo che bastasse un 'ciao'».

Jace mi prende il viso fra le mani e mi guarda dritto negli occhi. E sorride, tanto che diventa quasi una risata. Ci rimango un po' male. Insomma, io sono qui, vestita male, con gli occhi inondati di lacrime, il cuore a pezzi, e lui ride.

«Veramente era un 'cavoli'» precisa. Si prende la mia bocca, la divora.

Mi bacia come se dopo questo bacio ci fosse la fine. Del mondo, dell'universo, di noi. Ma non è un bacio d'addio, è una promessa.

Si stacca troppo presto, mi lascia con le dita dei piedi formicolanti e un buco nel petto grande quanto una mela. Intanto la musica continua a risuonare leggerissima nella stanza.

«Cosa stai ascoltando?» chiedo, convincendomi che sia importante.

«Un nuovo gruppo rap» farfuglia.

«Rap? Non sembra rap». Mi avvicino alla finestra e raccolgo il suo cellulare.

«Avril Lavigne...» confessa. «Ehi, non fare quella faccia. Ero depresso, okay?! Insomma, un minuto prima siamo nudi nell'auto di mio nonno e il minuto dopo mi saluti come se fossi un vecchio amico che rivedrai domani».

«Nudi...» dico ad alta voce, ma lo stavo solo pensando.

«Già...» Jace si gratta la testa. «Stava diventando interessante».

«Molto».

«Faceva un po' caldo, non trovi? In auto, dico».

«Anche adesso fa caldo...»

Jace sospira, guarda ovunque tranne verso di me.

Sto per dirgli che non volevo essere così diretta, solo per contraddirmi una manciata di secondi dopo e confessargli che sono pronta. Che sono prontissima. Che se volesse spogliarmi, ehi, gli darò una mano! Ma non faccio in tempo, non riesco nemmeno a formulare una frase coerente nella testa che mi ritrovo sdraiata sul suo letto, con lui sopra di me, gli occhi ridotti a lame di fuoco e il respiro corto.

E succede. Succede che mi spoglia con mani impazienti, e io spoglio lui come se fosse una questione di vita o di morte. Succede che la Terra si ferma mentre mi tocca e, senza chiedermi il permesso, mi bacia ovunque. E poi succede che io non sto più nella pelle, che non la sento nemmeno più mia, tanto appartiene a lui. Che ricorderò questo momento per sempre, e quando mi guarda dritto negli occhi, quando si alza per recuperare i preservativi, io non ho paura. Perché ci siamo solo noi due, non conta nient'altro. La mente si riempie solo di lui, delle sue carezze, della sua pelle nuda che si fonde con la mia. È un dolore sordo alla bocca dello stomaco quello che provo. Vorrei piangere, vorrei ridere, vorrei dirgli che lo aspetterò per sempre.

Non mi sento fuori luogo o fuori contesto. Non penso a niente, solo al fatto che, se andrò fino in fondo con questa cosa, allora vorrò andarci con lui.

Nudo, sopra di me, è bellissimo. Memorizzo i lineamenti delicati del suo viso, gli occhi azzurri luccicanti, i capelli biondi che si arricciano sulle punte. Memorizzo la sua espressione sconcertata, come se non ci credesse nemmeno lui che sta per succedere davvero. Indossa il preservativo, non mi guarda mentre lo fa, mentre io lo fisso per tutto il tempo e cerco di convincere il mio cuore a darsi una calmata. Afferra una delle mie ginocchia e mi costringe a spalancare le gambe per lui. Così, esposta, non ho paura.

Lascia una scia infinita di baci sul mio collo, si afferra l'erezione con una mano. Lo sento spingersi in mezzo alle mie gambe, dentro di me, e il respiro mi esplode dai polmoni. Diventa tutto così surreale, così incredibilmente potente. E il modo in cui mi guarda... Dio, penso che non mi riprenderò mai più. E più lo sento entrare dentro di me, più mi lascio andare fra le sue braccia.

«June...»

«Sì?»

«Sto per fare l'amore con te. Volevo solo fartelo sapere».

Jace

Le dita di June hanno la consistenza delle piume: soffici e aggraziate. Mi accarezzano la schiena, il viso, si posano delicate sulle mie labbra che tremano. Immobile dentro di lei aspetto che apra gli occhi e mi guardi, che si abitui alla sensazione di noi due, insieme. Si morde un labbro, poi solleva di poco le palpebre. Tutto quel verde mi si pianta nello stomaco.

«Stai bene?» La mia voce è irriconoscibile.

«Sto bene» sussurra.

È lei la prima a muoversi fra i due. Sotto di me, così esile e perfetta, mi regala un sorriso sfacciato che ha il potere di mettere a tacere la stupida paura che mi stritola il cuore.

Spingermi dentro di lei, sentire le sue unghie conficcarsi nella carne, mi restituisce una scarica di piacere impossibile da gestire. È così stretta e così profumata che mi fa perdere la testa. La consapevolezza che devo andarci piano viene divorata dalla voglia irrefrenabile di morire sulla sua pelle liscia come seta. E mentre accelero le spinte, perdo il fiato e cerco disperatamente la sua bocca.

Diventa tutto troppo quando solleva di poco il bacino, inarca la schiena per venirmi incontro e mi permette di entrarle dentro fino in fondo, fino a toccare la sua anima con la mia.

Niente è mai stato così potente nella mia vita. Una sensazione di appartenenza assoluta, di baci febbricitanti e mani che esplorano come impazzite. I nostri gemiti si confondono, diventano lamenti strazianti che impregnano l'aria. Faccio scivolare le mani sul suo sedere, affondo con le dita nella sua carne e aumento il ritmo. Rincorro quel piacere come se potesse salvarmi la vita e lei mi guarda per tutto il tempo. Ha le guance deliziosamente incendiate dal piacere, le labbra schiuse, gonfie e arrossate. Morde le mie, ci lascia un milione di baci.

«June...» ansimo senza fiato.

La afferro ai fianchi e affondo dentro di lei fino a farmi bruciare i muscoli delle gambe per la tensione. Ma è quando butta la testa all'indietro e si morde fortissimo il labbro per soffocare un grido che perdo quel briciolo di lucidità al quale mi ero aggrappato con tutte le mie forze.

I sensi si annebbiano, il piacere diventa soffocante, la paura di non essere mai abbastanza va a farsi fottere. Io sono abbastanza per *lei*...

E mentre, con un'ultima spinta, perdo il controllo e sopprimo un ringhio che mi graffia le corde vocali, le sue mani finiscono nei miei capelli e mi riporta sulla sua bellissima bocca. Bacia, lecca, morde, appicca un incendio nel mio cuore non più ammaccato.

Abbandono la testa contro il suo collo e lascio che mi culli fra le sue braccia mentre cerco invano di riprendere fiato. Sollevo di poco gli occhi per guardarla, per assicurarmi che stia bene. Le accarezzo le guance, non riesco a capacitarmi di quanto sia bella in questo momento, di quanto sia mia.

Il 'ti amo' che non le ho ancora confessato preme sulla lingua ma non ho il coraggio di lasciarlo andare, penserebbe che glielo sto dicendo per i motivi sbagliati.

Ripiego su un «Ciao» che le sussurro sulla bocca, strofinando poi il naso contro la gola. «Ti ho persa?» chiedo ridacchiando quando vado a sbattere contro i suoi occhi sbarrati.

Scuote la testa energicamente. «No. Mai».

«E stai bene?»

«Non voglio che tu te ne vada» è la sua risposta mentre le scappa un singulto dalla gola. Il suo cuore martella contro il mio mentre i suoi occhi lucidi fanno appannare i miei. «Ti prego...»

«E allora rimango» sussurro contro la sua tempia. Sappiamo entrambi che è una bugia, ma ne abbiamo un bisogno disperato. «Chiudi gli occhi, June».

Mi accontenta e le asciugo la lacrima che le sfugge dalle ciglia. Mi stacco piano da lei, butto il preservativo e recupero dal borsone una maglietta per lei e una per me. Senza aprire le palpebre solleva le mani e mi permette di vestirla. Ritorno a sdraiarmi accanto alla mia piccola June e le accarezzo piano i capelli.

«Domani mattina, quando aprirai gli occhi, io sarò ancora qui. Ti sveglierò con un bacio e ruberò due fette di torta dalla dispensa di Miss Claire. Ti porterò la colazione a letto. Tu farai finta di mangiare la tua parte e io farò finta di non essermi accorto che stai disseminando briciole ovunque».

Il pianto di June diventa inconsolabile e la stringo fortissimo contro il mio petto.

«Non resisterò e ti spoglierò di nuovo, perché sei bella e sexy, e poi sei tutta mia. Ti vedrò sgattaiolare fuori dalla mia stanza in punta di piedi, con i capelli che scappano da tutte le parti e le labbra gonfie. Mi gioco una mano che ti volterai per regalarmi uno dei tuoi sorrisi che curano il mondo. Sarà impossibile lasciarti andare, ma tanto ti rivedrò in sala mensa poco dopo, quindi non fa niente. Abbiamo tutto il tempo del mondo, June».

«Non voglio addormentarmi». Tira su con il naso. Mi accarezza una guancia e si accorge che nemmeno io me la passo tanto bene.

«Allora rimarremo svegli». La voce mi tradisce. «Ma tu tieni gli occhi chiusi. Io nel frattempo ti racconto tutte le cose che faremo da domani in poi...»

Annuisce appena e io poso il mento sulla sua spalla.

«Andremo in città, domani sera, tanto per cominciare. Ti ci porto davvero a cena fuori, e sarà un primo appuntamento indimenticabile. Il primo di mille. Poi ti darò il mio regalo di Natale, perché mi imbarazzerebbe troppo farlo in sala comune con tutti gli altri ragazzi che ci guardano. Finito il pranzo, ti aspetterò in biblioteca, con le mani già sui tasti del pianoforte. E...»

Il suo respiro diventa profondo, un ritmo cadenzato che mi piega. Le scosto una ciocca di capelli dal viso e rimango a guardarla.

«E suonerò per te. Ho sempre suonato solo per te». Tengo gli occhi fissi sul soffitto spiovente. «Rimango sveglio io per tutti e due, June. Non vado da nessuna parte, resto qui con te».

Le ore passano in fretta, i secondi scanditi dal battito del suo cuore. Li sento contro le mani che la stanno ancora abbracciando. E quando guardo l'ora per l'ultima volta, capisco che non ho più tempo.

Mi alzo dal letto senza fare rumore, non ho nemmeno più il coraggio di guardarla. Chiudo la cerniera del borsone e poi quella del trolley. La stanza è immobile. Poggio la schiena contro la porta e mi guardo intorno. Due mesi fa, quando ho messo piede in questa stanza per la prima volta, mi sentivo soffocare. Ero convinto di aver toccato il fondo, che niente avrebbe fatto più male di così. Poso gli occhi sul corpo di June, addormentata fra le mie lenzuola, con la mia maglietta addosso, e mi sento mancare. Scivolo in giù, finché non mi ritrovo seduto a terra, le ginocchia contro il petto.

Darei un braccio per poter tornare in quel letto insieme a lei, svegliarla davvero con un bacio e portarle la colazione a letto.

Il rumore di pneumatici che stridono sulla ghiaia spezzano il silenzio innaturale di questo posto. A fatica, mi alzo in piedi e raggiungo June.

Non la bacio, ho paura di svegliarla e non riuscirei ad affrontare i suoi occhi pieni di pianto. Così le sfioro appena la guancia con la punta dell'indice, adagio la catenina con il ciondolo a forma di libellula sul cuscino e la saluto.

Recupero il trolley e il mio borsone. Uso la scala di servizio, non incrocio nessuno. Il maniero è ancora addormentato.

Mi aspetto di trovare Miss Price davanti al portone, con quel suo viscido sorriso soddisfatto stampato in faccia, invece ci trovo Israel. Indossa una felpa nera su un paio di pantaloni grigi della tuta. Ha i piedi scalzi.

«Ehi» mi saluta scrutando oltre le mie spalle.

«Ciao» rispondo un po' sorpreso di trovarlo lì.

«Stai partendo? Ho sentito la limousine».

«Ho il volo per Londra fra meno di quattro ore».

«Ti serve una mano?» Indica con il mento i miei bagagli.

Scuoto la testa. «No, grazie». So che non è qui per salutarmi, ma per assicurarsi che June stia bene. Probabilmente si aspettava di trovarla accanto a me, con le braccia strette intorno al corpo come fa sempre quando ha bisogno di darsi un po' di coraggio. «Sta ancora dormendo».

Annuisce e inclina appena la testa di lato. «In mansarda?»

«Già. Magari vai a svegliarla prima che qualcuno se ne accorga».

«Ci penso io».

Mi avvicino di qualche passo, gli porgo la mano e lui la stringe.

«Ci si vede in giro, Iz».

«Sicuro». Apre la porta per me e non mi volto a guardare un'ultima volta la sala da ballo immobile.

Mi lascio questo posto alle spalle mentre una sensazione strisciante di impotenza mi comprime lo stomaco. Nonostante continui a ripetermi in testa che la rivedrò presto, quando varco la soglia e l'aria pungente di fine dicembre mi invade i polmoni, ho la sensazione che i metri che mi separano dall'auto del nonno siano una strada senza ritorno. Consegno i miei bagagli all'autista ed entro nell'abitacolo.

E poi è più forte di me: sollevo lo sguardo verso la finestra della mia camera in soffitta. È stupido da parte mia sperare di trovarla con il naso incollato al vetro e il suo sorriso a darmi un po' di coraggio.

Mi passo una mano fra i capelli e chiudo gli occhi mentre il motore dell'auto prende vita e, pochi secondi dopo, capisco che stiamo discendendo la collina. Anche da dietro le palpebre riesco a vedere i rami delle querce ricoperti di neve, il cancello arrugginito e la fermata dell'autobus. Capisco quando stiamo passando davanti a Villa Sherman e quando imbocchiamo l'autostrada.

E per tutto il tempo, ogni secondo, ogni minuto, nella mia testa risuona un'unica e disperata promessa: 'Torno presto, June...'

Capitolo 27

June

Red Oak Manor, Natale 2012

Il giorno di Natale è sempre stato il mio preferito, ma ora non ne sono più così sicura.

La maestosa sala da ballo è splendida, il profumo di legna bruciata e pan di zenzero invade l'aria, eppure non provo niente.

Sono in fila con i miei compagni, Dylan alla mia destra, Lisa alla mia sinistra.

Come sempre.

Eppure, è cambiato tutto.

Miss Price ci sta elencando le regole a una a una, come se non le conoscessimo a memoria, o forse è solo uno stupido modo di esercitare il controllo su di noi.

«Questa buffonata inizia a stancarmi» commenta Dylan.

«Di che ti lamenti? Sarà il tuo ultimo Natale al maniero, poi te ne andrai».

Mi scocca un'occhiata strana, ma io riporto l'attenzione su Miss Price e ingoio la delusione. Se ne andrà lui, se ne andranno Israel e Opal, proprio come se ne sono andati Arya e Landon... e lui. *Lui* se n'è andato.

Mi sono svegliata ieri mattina, nel suo letto, con indosso una maglietta troppo grande, Israel sulla soglia della stanza, e lui non c'era più. Accanto al cuscino ha lasciato la catenina a forma di libellula che gli ho regalato tanti anni fa. È stato un colpo al cuore. Primo, perché non pensavo l'avesse conservata; secondo, perché non credevo volesse ridarmela.

Che senso ha?

È perché non tornerà, sussurra qualcuno.

«Hai detto qualcosa?» domando a Dylan.

«No».

Il portone del maniero si spalanca, d'istinto raddrizzo le spalle. Punto gli occhi su Israel, davanti a me. Mi sorride, e lo fa in quel modo assurdo che riesce a farmi sentire meno sola. Ieri sera abbiamo guardato un vecchio film con Richard Gere e Julia Roberts, nella sala comune. Ha odiato ogni singolo momento di quella pellicola, ne sono certa, eppure è rimasto stoico di fronte a quelle frasi sdolcinate, impassibile davanti alle mie lacrime, anche se sapeva che non piangevo per Vivian e Edward. Stravaccati sul divano, con il suo braccio intorno alle spalle, ho avuto la stupida illusione che ce l'avrei fatta. Questa è la mia casa, non cambia niente. E Jace è stata una parentesi, una che non dimenticherò mai, ma che doveva finire.

Gli ospiti si fanno largo nel salone, puntano dritti all'albero addobbato, chiacchierano fra loro, ignorano noi. Nemmeno il preside Bowem mi degna di uno sguardo quando mi sfila davanti.

E poi entra il signor Sherman, e il mio cuore sprofonda. Sbircio oltre le spalle di sua moglie, perché sono stupida, perché una piccolissima parte di me spera di vederlo apparire come un miracolo, dietro di loro.

Perché non posso credere di essermi addormentata, quando avevo giurato che non lo avrei fatto, o che se ne sia andato senza salutarmi.

Me lo doveva.

Avrebbe dovuto svegliarmi, abbracciarmi e dirmi che sarebbe andato tutto bene.

Faccio avanti e indietro dalla cucina; i benefattori svuotano i loro calici di champagne, li posano sul mio vassoio, ne prendono di pieni e tornano alle loro conversazioni sterili. Io mi tengo alla larga dal signor Sherman, finché non intercetta il mio sguardo e mi fa cenno di avvicinarmi. Sta parlando con il preside Bowem, mi sorridono entrambi quando mi fermo davanti a loro.

«June, giusto?» chiede, e vorrei sputargli in faccia. «Il preside mi stava mettendo al corrente del suo ottimo curriculum scolastico. Sembra che lei sia sulla giusta strada per ottenere una borsa di studio completa per l'università».

«Grazie» è tutto quello che riesco a dire. Non mi mostrerò debole davanti a lui, perché Jace ne rimarrebbe deluso. Lui vorrebbe che lo affrontassi e lo facessi a testa alta.

«È una studentessa modello» ribadisce Bowem.

«Le piacerebbe frequentare l'università, signorina June?»

«Certo» rispondo senza esitare. Ma non è vero. O forse lo è solo in parte. Non sono pronta per andarmene, ma non devo decidere adesso, giusto?

«Caro?» La moglie del preside si avvicina e lo strattona da un braccio. Ha un viso delicato ma un'espressione da vipera, proprio come sua figlia. Mi scocca un'occhiata in tralice. «Puoi venire un secondo?» Non gli lascia il tempo di rispondere, lo trascina via e lui si ritrova a bofonchiare un 'torno subito' poco convincente.

«Vuole altro champagne?» domando al signor Sherman, pronta ad andarmene.

«No, ma vorrei scambiare due parole con lei».

Deglutisco a vuoto, eppure forzo un sorriso.

Con la testa mi fa cenno di seguirlo. Ci spostiamo di qualche metro, lontani dal chiacchiericcio insistente.

«Volevo ringraziarla» dice.

«Me? E per cosa?»

«Per aver tenuto compagnia a Jace in questo periodo un po' 'ribelle' della sua vita».

Lui pronuncia quel nome e i miei stupidi occhi si riempiono di lacrime. Mi mordo fortissimo l'interno della guancia e cancello il dolore con altro dolore.

«È stato un piacere».

«Mm-hmm» annuisce il bastardo. «Mi sembra di aver capito che foste diventati molto *amici*». Pronuncia l'ultima parola come se gli facesse schifo. Mi fa sentire una nullità assoluta. Come se potesse schiacciarmi con le parole e con gli occhi.

«Non così tanto» ribatto, guardandomi intorno.

«Oh, signorina June, non prendiamoci in giro». Mi paralizzo davanti a lui. Il tono è minaccioso, non ho vie di fuga. «Se non ci fosse stata lei, sarebbe ancora chiuso in mansarda a morire di fame». Mi fa l'occhiolino. «Quindi la ringrazio. E sono certo che mio nipote non si dimenticherà di lei. Insomma, *succederà* perché, vede, signorina June, i ragazzi come Jace hanno sempre bisogno di nuovi stimoli, però poi passano oltre, alla ricerca di nuove avventure, di nuove emozioni alla loro *altezza*. Si stancano in fretta, mettiamola così. Ma lei è stata preziosa, devo ammetterlo. Le faccio una confidenza: per un attimo ho creduto che facesse sul serio con lei. Sono felice di sapere che, invece, è partito senza protestare, impaziente di tornare alla sua vita».

Annuisco, credo mi stia andando in blocco il sistema nervoso.

«Ne sono felice anch'io. Jace è un bravo ragazzo».

«Lo è, lo è davvero. Un po' volubile, forse, ma è ancora giovane. E lei lo lascerà in pace, non è vero, signorina June? Perché potrei davvero arrabbiarmi se non lo facesse».

Il suo avvertimento mi farebbe sorridere, tanto è scontato, se non fosse che sono terrorizzata, da lui, dai suoi occhi di ghiaccio, dall'espressione seria sul viso.

«Sono qui a servire champagne e lui è a Londra, no?» ribatto, sentendomi coraggiosa. «Quindi immagino che, sì, lo lascerò in pace».

Il signor Sherman mi inchioda con lo sguardo. «Non faccia la furba con me, non le conviene» sibila. «Giochiamo a carte scoperte, le va? Se lei lascerà che mio nipote viva tranquillo la sua vita in Inghilterra, lo farò anch'io. Non lo cercherà, non proverà a mettersi in contatto con lui. Perché se lo farà, cara ragazza, io lo verrò a sapere, così come sono venuto a conoscenza del fatto che due sere fa ha passato tutta la notte con Jace, nel suo letto. Miss Price potrebbe davvero arrabbiarsi se qualcuno glielo riferisse, non trova? Sono certo che la direttrice non voglia ripetere la stessa esperienza di quindici anni fa con sua madre. Piuttosto che avere sulla coscienza un'altra anima, sono certo che sarebbe disposta a mandarla via da Red Oak Manor». Divento una statua di ghiaccio. «Non si preoccupi, sono pronto a mantenere questo segreto. Io faccio una cosa per lei e lei ne farà una per me, o ci saranno delle conseguenze. Per lei, per mio nipote, per tutti. Jace non tornerà, glielo posso garantire».

È infuriato, indignato, pronto a scatenare una guerra. Ma lo sono anch'io. Perché a lui non importa niente di Jace, mentre per me è tutto e l'ha mandato via. Io sono disposta a rinunciare a lui per il suo bene, a suo nonno frega solo di se stesso.

E può prendersi il futuro di Jace e farne ciò che vuole, ma di certo non può toccare i nostri ricordi. Quelli non glieli concedo.

«Mi dispiace, signor Sherman, non volevo offenderla. Jace è a Londra e sono certa che sarà felice di essere tornato al suo collegio. E io rimango qui. Anzi, se lei me lo permetterà, io rimarrò per *sempre* qui». Non sorrido, non muovo un muscolo, lo guardo e spero dica di sì.

«E la sua borsa di studio?» mi interroga sospettoso.

«Non voglio pensarci adesso. Ho solo quindici anni».

Lui annuisce, un po' titubante, un po' sono certa gli rimanga addosso la sensazione che non stia facendo sul serio, che ci sia la fregatura da qualche parte.

«Vada» dice.

E io mi allontano.

La biblioteca è buia quando finalmente riesco a nascondermici dentro, dopo l'interminabile pranzo di Natale. Raggiungo a tentoni il pianoforte, ho dimenticato la torcia nel dormitorio e non avevo voglia di andare a prenderla. Avrei rischiato di incontrare qualcuno e invece volevo solo sbrigarmi a venire qui.

Mi lascio sfuggire un sospiro liberatorio. Mi siedo sul piccolo sgabello e sfioro il coperchio che nasconde i tasti. Ci poggio sopra la guancia e fisso il buio.

È stata una giornata orribile, ho dovuto trattenere le lacrime un milione di volte. Solo quando recupero l'accendino e la candela prende vita, mi accorgo del pacchetto rosso con il fiocco argento appoggiato lì accanto. Il cuore mi arriva in gola mentre afferro la confezione e strappo via il biglietto, con una tale foga che penso sverrò dall'impazienza.

'Prenditi cura della mia libellula finché non tornerò a riprendermela. Codice: 2012'.

Non capisco subito il suo messaggio, devo scartare il pacchetto per capire che mi ha regalato un cellulare. Uno nuovo di zecca, ultimo modello. E ha una cover rosa con gli unicorni.

Mi scappa una lacrima, poi un'altra.

Accendo il telefono e un avviso mi chiede di inserire il PIN. Immagino che sia '2012', così lo digito e subito dopo lo schermo si sblocca. Nemmeno il tempo di trovare campo che una notifica compare sul display, così rimango a fissare il messaggio di Jace.

Jace: Hai trovato il telefono! Bene, ora scrivimi, perché non ne posso più di non sentirti. Mi manchi, June.

'Anche tu mi manchi' penso.

Mi stringo il cellulare al petto, lo premo contro il cuore e cerco di regolarizzare il respiro.

«Opal ti sta cercando» dice una voce alle mie spalle che mi fa sussultare.

Mi volto di scatto e c'è Dylan, mani in tasca e sigaretta accesa che penzola fra le labbra. Mi sta guardando, appoggiato allo stipite della porta.

«Ora torno in sala comune, grazie».

Avanza fino a raggiungermi accanto al pianoforte. Senza che gli abbia chiesto niente mi porge la sua sigaretta consumata per metà e io mi concedo un paio di lunghi tiri prima di ripassargliela.

«Un iPhone nuovo di zecca» dice indicando il cellulare che tengo stretto contro il petto. «Un regalo?»

Annuisco.

«Occhio a Caleb, il ragazzo ha le mani lunghe» ridacchia sarcastico. Ma la verità è che nessuno dei due ha voglia di ridere. Se c'è una persona che sa esattamente come mi sento in questo momento, è proprio Dylan.

«Jace mi ha scritto un messaggio». Gli porgo il cellulare per mostrargli il testo.

«Ho sentito quello che ti ha detto Sherman nella sala da ballo». Mi ripassa il telefono e spegne la sigaretta buttandola a terra, per poi calpestarla con la punta della scarpa. «Il bastardo sa essere convincente. Cosa hai intenzione di fare?»

«Non lo so. È tutto così assurdo. Lo so che Jace non appartiene a questo posto, o a me, ma a suo nonno cosa interessa se siamo felici?»

«La felicità non è un sentimento contemplabile nella sua miserevole vita, June».

«Cosa faresti al posto mio?»

«Quello che faccio sempre, lo assecondo».

Il tono sconfitto che trapela dalle sue parole mi paralizza.

«Ascoltami bene». Mi afferra le spalle e stringe appena. «Sherman non è uno che minaccia a vuoto, okay? Se vuole una cosa, la ottiene. Non lasciare che ti prenda di mira, gli devi stare alla larga».

«Sì, ma...»

«Alla *larga*, June. Mi stai ascoltando? È pericoloso e senza scrupoli. Nessuno lo sa meglio di me».

Non mi sono mai permessa di fargli domande sul suo rapporto con il proprietario del maniero. Non gli ho mai chiesto direttamente da dove arrivino i lividi che troppo spesso gli segnano la faccia e il corpo, eppure ho sempre avuto il sospetto che quell'uomo ne fosse in qualche modo responsabile. Ognuno di noi ha i suoi segreti qui dentro, e ce li teniamo stretti.

«Devo lasciarlo andare, vero?» domando con un groppo in gola.

Annuisce appena.

«Potresti dire a Opal che la raggiungerò fra poco? Ho bisogno di altri dieci minuti». Mi asciugo il viso e Dylan sospira, come se fosse in qualche modo sollevato.

«I mocciosi sono impazienti di aprire i regali. Non metterci troppo». Con una carezza veloce, che sono certa lo metta tremendamente in imbarazzo, mi tocca la guancia e si porta via una lacrima.

Lo guardo per tutto il tempo mentre mi volta le spalle ed esce dalla biblioteca. Con gli occhi fissi sul pianoforte, mi arrendo.

Sarebbe così facile sfidare la sorte e scrivergli, chiamarlo, sentire la sua voce e illudermi che tra noi funzionerà, a dispetto di tutto e tutti.

Ma non succederà.

E non è solo la minaccia di suo nonno a farmi desistere, ma la consapevolezza che Jace non mi appartiene, che in fondo ha ragione il signor Sherman: lui si stancherà presto di me. Una volta ripresa in mano la sua vita, io sarò un lontano ricordo.

E mentre io lo amo, senza possibilità di salvarmi, lui è a Londra, dov'è giusto che sia, a costruirsi quel futuro meraviglioso che si merita. Quindi spengo il cellulare e lo rimetto nella sua scatola. E mi costa quasi la vita rinunciare a lui, un dolore insopportabile nel petto che mi tramortisce.

Mi avvicino alle bambole e nascondo la scatola dietro i loro corpi immobili.

Un giorno, Jace capirà che l'ho fatto per lui, che non sarebbe servito a niente scambiarci qualche messaggio per poi sbattere la testa contro l'unica verità che nessuno dei due ha mai voluto vedere: io non posso andarmene, lui non può tornare.

E non fa niente, davvero, non fa niente.

Questo grande amore lo custodirò io per entrambi, fino alla fine.

SECONDA PARTE

Capitolo 28

June

Lake Woodster, novembre 2021

«Dai, June! Rimani altri dieci minuti».

Nonostante le proteste di Kolton, i suoi baci umidi sulla schiena nuda e le mani che mi stringono alla vita, riesco a infilarmi gli slip e ad alzarmi dal letto, mentre lui ricade di schiena sul materasso con uno sbuffo e chiude gli occhi.

«Devo andare» gli ricordo. E sono già in un ritardo pazzesco.

Mentre aggancio il reggiseno, mi decido a guardarlo. Kolton è sdraiato sul letto e si sta stiracchiando. Il lenzuolo gli copre a malapena una caviglia, lasciandolo nudo e sexy. Mi incanto a fissare i muscoli definiti del petto, la leggera peluria chiara sull'addome, il fisico tonico.

«Lo sento che mi stai guardando». Apre solo un occhio e si morde il labbro inferiore per non ridere. Si tira su, puntellando i gomiti sul letto, e con un gesto che sa più di commedia romantica che di vita vera batte due volte il palmo aperto sul materasso e mi invita a tornare da lui.

«Lo so che lo vuoi...» La sua voce è immorale ed estremamente sexy. Il suo sguardo provocante è sempre stato il mio punto debole, molto più del suo viso bellissimo o del corpo mozzafiato. E mi fa ridere.

«Al diavolo...» mi sento dire. Improvvisando un mini striptease che Kolton apprezza parecchio, mi sfilo la camicia che nel frattempo ero riuscita a recuperare e lo raggiungo, camminando carponi sul letto. «Tanto sono in ritardo comunque».

Il suo sorriso mi stende, le sue labbra mi divorano mentre mi avvolge in un abbraccio che non mi permette nemmeno di respirare.

E io me lo prendo tutto, perché non so quando lo rivedrò.

Mi ribalta di schiena sulle lenzuola, strappandomi una risatina infantile, e si sistema sopra di me. Mi allarga le gambe con le ginocchia e, facendo forza sulle braccia per non schiacciarmi, si avventa sulla mia bocca. Preme il suo magnifico corpo sul mio, mi entra dentro con un'unica spinta e porta le nostre mani intrecciate sopra la mia testa.

Kolton McAdam è il mio piccolo sporco segreto.

Questa storia fra noi è tutta sbagliata. Io non sono la sua ragazza, e lui dovrebbe essere in riunione in questo momento, proprio come ha detto a Serena per telefono due ore fa. Siamo nascosti nel piccolo chalet di proprietà della sua famiglia, a circa venti miglia da Red Oak Town. Immersi nel grande parco, circondati da querce rosse secolari, possiamo giocare alla coppia felice, finché non siamo costretti a tornare con i piedi per terra. E in quella vita io sono la direttrice di Red Oak Manor e mi occupo dei ragazzi dell'istituto, cuore e anima, mentre lui è appena stato eletto sindaco della nostra cittadina.

Qui dentro, io non sono June la ragazzina senza famiglia, sono una donna che lui ama e rispetta. Qui dentro, Kolton McAdam è solo mio e mi guarda come se fossi il suo piccolo miracolo, come se non dovesse dimostrare niente a nessuno.

Viene sulle lenzuola, riesce ancora una volta a farmi contorcere di piacere, e i nostri gemiti saturano l'aria di godimento primordiale. Con la bocca mi sfiora il collo, risale a mordicchiare il lobo dell'orecchio, si sofferma sulle mie labbra. Sta sorridendo e lo spingo appena all'indietro.

«Cos'hai da ridere?» gli domando.

Kolton scuote la testa. «Stavo pensando a una cosa stupida».

«Tipo?»

«Ti ricordi l'ultimo anno di liceo?» mi interroga. Purtroppo mi ricordo ogni istante dei miei anni alla Hills High School. «Il ballo di fine anno, in particolare».

Quando è stato incoronato re e ha ballato un lento con la sua regina? Già, come non ricordarsi quell'evento traumatico?

«Ricordo...» Sento le spalle irrigidirsi, come se mi stessi chiudendo a riccio e volessi proteggermi dalle sue parole.

«Dopo l'incoronazione tu sei andata in bagno e io ti ho seguita».

Perché sta tirando fuori questa storia proprio adesso? Ci siamo lasciati quegli anni orribili alle spalle, siamo cresciuti, ci siamo perdonati. Perché vuole rovinare uno dei pomeriggi più spettacolari che abbiamo passato insieme?

Mi alzo dal letto e lui mi lascia fare. Raccolgo i vestiti da terra e non lo guardo più. Kolton è silenzioso dietro di me, forse sta aspettando che gli presti attenzione, che gli chieda spiegazioni.

Quando il silenzio diventa assordante e io indosso di nuovo il mio completo nero, un secondo prima di infilare le scarpe con il tacco, mi sforzo di guardarlo.

Ha gli occhi velati da una patina umida e il respiro pesante.

«Che succede?»

«Succede che vorrei tornare indietro a quel momento e rifare tutto da capo. Mi riprenderei i tuoi insulti, esagererei con le scuse e stavolta ti bacerei. E vorrei aver avuto le palle per dirtelo in quel momento che sono sempre stato innamorato perso di te, invece di trattarti come...»

Non finisce la frase, c'è un limite a quanto siamo disposti ad ammettere sui nostri sbagli. Dovrebbe guardarmi in faccia e dirmi che si è comportato come un bullo, un verme schifoso, un piccolo teppista immeritevole anche solo del mio saluto.

«June... lasceresti Red Oak Manor per venire via con me?»

La sua domanda mi spiazza. Lasciare il maniero? Per andare dove? Una minuscola fitta di panico mi invade lo stomaco e annebbia il cervello. L'unica volta che mi sono allontanata da questo paese è stato per andare a Philadelphia con Miss Maribel a dare un'occhiata al campus della Thomas Jefferson University. Quel giorno lo ricordo ancora come un incubo. Ero tornata al maniero in preda allo sconforto, in piena crisi isterica. E avevo inviato la lettera di rinuncia alla borsa di studio per il college.

Non solo non volevo lasciare Red Oak, io non avrei saputo come farlo.

«Perché mi fai questa domanda? Dove vuoi andare?»

«Ovunque. Io e te, insieme. E ci portiamo via Simon. Ricominciamo da zero. Potresti seguire qualche corso al Community College e diventare insegnante. Io potrei aprire un piccolo studio fotografico. Possiamo fare quello che vogliamo, June. Oppure compriamo un bed and breakfast, un bar, un ristorante, un negozio che vende igloo di plastica».

Inarco le sopracciglia e la mia bocca forma una 'o' di sconcerto.

«Kolton, che ti prende? Sei appena diventato sindaco».

Scuote la testa. Un secondo fa era allegro e pieno di amore, ora abbassa gli occhi e sembra perso.

Allunga il braccio per prendere qualcosa nella tasca interna del cappotto elegante. Nel frattempo, ho recuperato la mia borsa e le chiavi della macchina. Kolton mi dà le spalle, la testa china, mentre si rigira qualcosa fra le mani. Volta il busto di quarantacinque gradi e la vedo: una scatolina di velluto rosso.

Il cuore smette di battere e il sangue mi arriva al cervello, confondendo i pensieri.

Sta per chiedermi di sposarlo? Kolton McAdam, sindaco neoeletto di Red Oak Town, vuole mettermi un anello al dito?

Non so bene come mi faccia sentire questa cosa. Euforica? Forse. Al settimo cielo? Anche.

Terrorizzata, perlopiù.

Voglio passare il resto della mia vita con lui? Dio, non ci avevo mai neanche pensato. Lui e Serena stanno insieme dal liceo, era lei al suo fianco durante la campagna elettorale, è lei che porta alle feste di gala o ai pranzi di Natale al maniero.

Sono sempre stati Kolton e Serena.

I pensieri si rincorrono nella mia testa senza darmi tregua, senza che riesca ad afferrarli per dargli un senso coerente. E lui non mi aiuta, perché rimane ingobbito a rigirarsi quel cubo fra le mani grandi e forti. Mani che sono capaci di regalarmi un piacere infinito quando mi sfiorano la pelle, mani che in tutti questi anni ho toccato, anche se non ne avevo alcun diritto.

«Che... cosa...?»

Kolton incrocia i miei occhi, il suo sguardo è assente, come lo è ogni volta che me ne vado e lui torna alla sua vita.

«È per Serena» sussurra.

Ah.

Il mio cervello cerca invano di dare un senso alle sue parole, il mio cuore ci è già arrivato. Lui l'ha sempre saputo che era destinato a spezzarsi. E in tutto questo, Kolton si morde le labbra, prima l'angolo destro, poi quello sinistro, e va avanti all'infinito.

«Andiamocene, June». Si alza in piedi, lancia la scatolina sul letto e con tre passi mi raggiunge. Rimango di sasso quando le sue mani si posano delicate sul mio viso e mi parla così vicino che i nostri nasi si sfiorano. Ha gli occhi lucidi, ma non può permettersi di piangere. Non lui. Non davanti a me. Non dopo avermi fatto vedere una scatolina rossa che immagino contenga un meraviglioso anello di fidanzamento per la sua ragazza. Quel diritto è solo mio.

«Ti prego, andiamocene. Adesso. Molliamo tutto e tutti e andiamocene. Saremo felici, noi tre».

«Non...» Lo allontano con meno delicatezza di quella che vorrei usare e faccio un passo indietro. Mi ritrovo a circondarmi la vita con le braccia. Sento che sto per crollare e questo è l'unico modo che conosco per proteggermi: siamo sempre stati io e i miei abbracci solitari. «... capisco» concludo la frase.

«Mio padre mi sta addosso da un po', mia madre non fa altro che ripetermi che è arrivato il momento di mettere un fottuto anello al dito di Serena, che sono il sindaco di questa cittadina e devo dare il buon esempio».

Se fossi ancora la persona razionale di dieci anni fa, rifletterei prima di parlare, cercherei le parole giuste, invece esplodo: «Quanti anni hai? Dodici? Ma quanto sei ridicolo?»

Più passano i secondi, più i tasselli vanno al loro posto: Kolton McAdam è il sindaco di Red Oak Town. Serena Bowem è la sua ragazza. Lei è la moglie perfetta, almeno all'apparenza. E io sono e rimarrò sempre June, l'orfanella di Red Oak Manor. L'ultima ruota del carro.

«June, io ti amo come non ho mai amato nessuna». Mi scuote appena, vuole che lo guardi, ma io non ci riesco.

«E allora sposa me» lo sfido. Non so nemmeno perché glielo sto chiedendo.

«Tu...»

«*Io...?*» insisto. «Io non vado bene? Io non appartengo all'alta società? Io ti farei sfigurare? Io vado bene come amante, ma non come signora McAdam?»

«Tu non capisci. Tu sei troppo buona e troppo pura per sopravvivere nel mio mondo. Questa vita è corrotta, June, io non permetterei mai a nessuno di corrompere te».

«Quindi sposi Serena» deduco.

«Quindi ti sto chiedendo di venire via con me. Non farmi andare fino in fondo con questa pagliacciata».

Non so cosa mi prenda, ma la mia mano si solleva e riesco a fermarla solo quando l'impronta delle mie cinque dita si trova sulla faccia di questo bastardo senza cuore.

«Sei un codardo, lo sei sempre stato. Io non farò proprio niente, a parte andarmene da qui e pregare di non rivedere mai più la tua faccia. Sposa la tua First Lady, Kolton. Sposala, siate da esempio per la comunità. E non sono troppo buona, sono solo una stupida».

Provo ad andarmene, ma riesce a bloccarmi contro la porta della camera da letto.

«Ti prego, June».

Vedere Kolton sull'orlo delle lacrime, implorante, dovrebbe farmi provare una certa tristezza o quantomeno un briciolo di empatia. Invece non sento niente. In questi anni mi sono addormentata troppe volte con il cuore a pezzi, ho imparato la lezione. Meno concedo, meno soffro. E lo so che mi ama, Dio, mi ha sempre amata, in modi che io non concepisco, che non riesco a ricambiare. Perché se non concedi tutto te stesso, allora non è amore. È una bugia.

Mi accarezza una guancia con le labbra, io stringo forte i pugni.

«Sono in ritardo, Kolton». Lo sguardo finisce sul letto sfatto, sulle lenzuola stropicciate, sull'anello per Serena.

La rabbia prende il sopravvento, un desiderio di vendetta che mi lascia senza fiato. Riesco a tirare giù la maniglia e a staccarmi da lui.

«Ti chiamo dopo» prova a dire.

«Non ti disturbare».

Avanzo a passo svelto nello stretto corridoio, con il cuore in fiamme e la dignità sotto i piedi.

Un secondo prima di chiudermi per sempre alle spalle la porta di questo chalet, che ci ha visti troppe volte nudi e complici, il rumore di oggetti che si frantumano contro il muro mi fa sussultare. Non torno indietro, non sarò io a consolarlo, stavolta.

Può prendere le sue promesse e ficcarsele tutte dove meglio crede.

Sono nera quando salgo in macchina, indignata mentre percorro a velocità sostenuta la superstrada verso Red Oak Town, affranta quando fermo l'auto di fronte al cancello del maniero e scendo per aprirlo, e disperata mentre me ne sto seduta, con il volante fra le mani e le lacrime a inondarmi il viso, senza trovare il coraggio di percorrere i pochi metri che mi riportano a casa.

È assurdo come mi sembri di esserci tornata davvero, al liceo, oggi pomeriggio. Lui che viene incoronato re e Serena, in un abito bianco degno di una favola, regina. Si tengono per mano, si sorridono. Sono perfetti insieme. Sono esattamente dove dovrebbero essere: sotto i riflettori con l'intero corpo studentesco ad ammirarli.

L'unica che ha fatto finta di dimenticarsene sono io, perché la verità è che sono sempre stati Kolton e Serena. E io lo sapevo.

Capitolo 29

Jace

Red Oak Manor, maggio 2022

La limousine si ferma davanti al vecchio cancello arrugginito del maniero mentre io spengo la sigaretta nel posacenere accanto alla portiera. Raddrizzo la cravatta, sistemo la giacca, rimetto il contratto che stavo leggendo nella mia ventiquattrore.

«Signor Campbell?» mi chiama l'autista tramite l'interfono. «Credo che siamo arrivati».

Adesso ho gli occhi fissi sull'istituto, che intravedo oltre la fitta coltre di querce rosse in fiore, in cima alla collina.

«Sì, il posto è questo, Norman. Il cancello si apre manualmente».

Il viaggio da New York City a Red Oak Town è stato troppo breve. Quando ho lasciato il mio attico su Park Avenue, nemmeno due ore fa, ero tranquillo. Il pensiero di rivederla mi ha sfiorato appena. Sapevo che prima o poi avrei dovuto incontrarla e non me ne fregava un cazzo.

Eppure, trovarmi di fronte a questo maledetto viale mi infastidisce. E io non permetto a niente e nessuno di farlo.

Mi schiarisco la voce con un colpo di tosse, butto giù l'ultimo sorso di bourbon che è rimasto nel bicchiere, poi lo abbandono sul piano in mogano del minibar. La salita sembra più ripida di quanto ricordassi, le buche più profonde. A ogni metro che percorriamo, perdo un po' di lucidità.

Quando, due anni fa, ho scoperto che fra i beni del fondo fiduciario era compreso il maniero, me ne sono lavato le mani. Avevo chiesto a mio nonno di continuare a occuparsene come riteneva opportuno. Sapevo che Miss Price si era ammalata qualche tempo prima e che June aveva preso il suo posto. Sapevo che era rimasta inchiodata a questo posto di merda, che non se ne era mai voluta andare. Così, durante il passaggio di proprietà, avevo firmato un paio di carte e le avevo lasciato il lavoro dei suoi sogni.

E oggi dovrò rivederla, non posso evitare l'inevitabile.

Per la prima volta dopo dieci anni, dovrò guardarla in faccia, e non so cosa aspettarmi. Mi premo una mano sul petto, all'altezza del cuore, e alzo gli occhi al cielo.

Ma che cazzo mi prende?

June è un capitolo talmente chiuso che non merita nemmeno un secondo del mio tempo.

L'autista parcheggia a pochi metri dal vecchio portone. Rimango immobile, aspetto che faccia il giro dell'auto e che si fermi davanti al mio sportello. Con la nocca dell'indice batto sul vetro e Norman mi apre la portiera. Da una prima occhiata, questo posto sembra identico a dieci anni fa, eppure, non appena le mie scarpe da cinquecento dollari toccano la ghiaia e mi concedo una seconda occhiata, qualcosa mi sfugge. Qualcosa lo rende estremamente diverso.

I muri sono ancora di quell'orribile color grigio topo, le finestre sembrano reggersi ai cardini per miracolo e l'intera struttura pare avvolta da uno spesso strato di miseria.

Un respiro, due passi e sono davanti al portone, la valigetta stretta in mano.

Dopo tutti questi anni, nessuno ha ancora pensato di installare uno stramaledetto citofono. Sto per afferrare la maniglia del battiporta, ma non faccio in tempo: l'uscio si spalanca e il mio cuore traditore si arresta. Ero pronto, giuro che ero preparato a tutto. Ai suoi occhi verde bosco, alla sua espressione sgomenta nel trovarmi qui, a fare i conti con il passato. Invece, perdo per un secondo l'equilibrio.

Lily-Rose June non è per un cazzo come me l'ero immaginata. Non avevo dubbi sul fatto che l'avrei ritrovata bellissima, ma così è troppo.

Così è scorretto.

È un pugnale conficcato al centro del petto.

Rimaniamo a guardarci per un tempo infinito. Lei con distacco, io impassibile.

«Jace?»

Annuisco.

«Ciao!» mi saluta con voce squillante, come se trattenesse quella parola da tutta la vita.

«Buonasera» ribatto concedendomi un secondo per guardarla tutta.

Porta i capelli lunghi fino al seno, lisci come spaghetti. Gli occhi abbelliti da un sottilissimo strato di trucco nero, le guance appena rosate. E i suoi vestiti... Da stamattina non faccio altro che immaginarmela con indosso un'orribile gonna con l'orlo sotto il ginocchio, una camicetta bianca castigata e un gilet sfigato.

E, che io sia maledetto mille volte, sono felice di essermi sbagliato.

«Pensi di invitarmi a entrare?» le domando, senza dare nessuna intonazione alla mia voce.

«Sì. Sì! Certo. Entra, vieni. È casa tua» blatera.

Il cambiamento che avevo percepito nel cortile mi colpisce come un pugno in faccia quando mi guardo intorno e registro la sala da ballo. Rimango di sasso. L'aria asfissiante che si respirava fra queste mura ha lasciato il posto a un profumo delicato di lavanda, ai raggi del sole di fine maggio che squarciano la stanza e si infrangono sul marmo del pavimento. Ci sono i fiori nei vasi, i giocattoli per bambini. E ci sono i bambini. Ce ne sono tanti. Alcuni giocano a terra, altri leggono i loro fumetti su poltrone che non ho mai visto, indisturbati. Le vecchie cornici dorate appese ai muri, però, sono rimaste.

«Possiamo parlare nel tuo ufficio?» chiedo, dandole le spalle.

Un ragazzino, fra tutti, mi sta scrutando con curiosità.

«Certo. Da questa parte».

I passi di June rimbombano nella sala da ballo, i battiti del mio cuore sembrano sincronizzarsi con quel ticchettare irrequieto. La seguo, la guardo, i miei occhi sembrano non volersi staccare dal suo sedere perfetto, fasciato da un paio di jeans aderenti. È magrissima.

E se è sconvolta almeno la metà di quanto lo sono io nel rivederla, be', è bravissima a nasconderlo. Mi fa segno con la mano di accomodarmi, io esito qualche secondo.

L'ufficio di June non ha niente a che vedere con quello che un tempo apparteneva a Miss Price. Le finestre sono spalancate, le pareti tappezzate di orribili disegni infantili e foto di gruppo. E il frustino è sparito.

Non so nemmeno perché me ne stupisco. Sapevo che sotto la sua direzione le cose, qui dentro, sarebbero cambiate. Forse non mi aspettavo che fosse capace di rendere questa topaia un posto... accogliente. E adesso mi osserva con prudenza, come se in fondo sapesse che sono venuto qui per portarle via tutto.

Rimango in piedi, poso la valigetta sulla scrivania e faccio scattare le chiusure. Non ho il coraggio di guardarla, mentre i suoi occhi me li sento piantati nel cuore.

«Come stai?» mi domanda, con un distacco che fa male. Perché dovevo essere io quello indifferente, non lei. Perché spettava a me non provare niente rimettendo piede in questo posto. La domanda rimane appesa per qualche secondo. Forse spera che una chiacchierata sterile possa bastare a cancellare questo momento penoso fra noi. E forse ha ragione lei. Forse, quando rivedi l'amore della tua vita dopo dieci anni, l'unica cosa che ti rimane da fare è chiedergli come sta.

«Bene. Tu?»

«Bene».

Recupero dei fascicoli, glieli porgo.

«Cosa sono?»

'Sono una dichiarazione di guerra' vorrei dirle.

«Vendo il maniero, June». Mi bastano quattro parole per mettere una volta per tutte la parola 'fine' a qualunque cosa ci sia stata fra di noi.

Solleva gli occhi lentamente. Quello che fino a un secondo fa era un sorriso impostato diventa una smorfia ostile. Sostiene il mio sguardo, mi fissa senza battere ciglio.

«Scusa?!»

Non c'è bisogno che ripeta le mie parole, le ha sentite, le ha capite, deve solo metabolizzarle. Mi siedo e incrocio le gambe, poggio entrambe le mani sul ginocchio e aspetto.

June sfoglia le pagine, legge seguendo le parole con le dita, impallidisce a ogni frase.

«Jace». Il mio nome, pronunciato come fosse un avvertimento, è una doccia fredda. «Dimmi che è uno scherzo. Uno che non fa ridere per niente». Sbatte il fascicolo sulla scrivania, si alza in piedi.

«Sapevi che prima o poi sarebbe successo».

«Lo sapevo?» domanda con un tono da presa per il culo. «Deve essermi sfuggito il cartello 'vendesi' all'entrata!»

«Senti, sono dispiaciuto...»

«Oh, ma per favore!» mi interrompe lei.

«Ma entro Natale dovete sgombrare il maniero» concludo.

June fuma di rabbia, mi guarda come se fossi l'essere più spregevole del mondo, io sono una maschera di indifferenza.

«Non è niente di personale» aggiungo. «Sono affari. Ho tro vato un compratore e voglio liberarmi di questo posto. È mio, non lo voglio più».

«Non puoi farmi questo». Sbatte il palmo sul ripiano di legno, io gioco con la mia cravatta. «Come ti permetti di presentarti qua dopo dieci anni solo per portarmi via tutto? Ci abitano ventitré ragazzi in questo istituto! Dove pensi che andranno?»

«Te l'ho detto, June. Non è niente di personale».

Guardarla è impossibile. Non so gestire il suo dolore.

«Wow!» ironizza, rimettendosi seduta. «Sei incredibile, lo sai?»

«Perché voglio vendere un immobile di mia proprietà?»

«No, perché ti presenti qui, dopo tutto questo tempo, senza preavviso, e hai la faccia tosta di sganciare una bomba del genere guardandomi negli occhi».

A onor del vero, non la sto guardando negli occhi. Al contrario, sto facendo del mio meglio per non caderci dentro.

«La mia segretaria deve essersi dimenticata di avvisarti del mio arrivo».

June si lascia sfuggire una risatina sarcastica. «Certo, come no! Questa è un'imboscata. Tuo nonno lo sa?»

«Non sono affari che lo riguardano. Mi ha lasciato il maniero, ci faccio quello che voglio. Non devo chiedergli il permesso, ma sentiti libera di informarlo».

June tamburella le unghie laccate di un rosa pallido sulla cornetta del telefono, accanto alla tastiera del suo computer. Mi squadra, ci ripensa mille volte.

«Quanto vuoi?» chiede, in preda al panico.

Inarco un sopracciglio. «Quindici milioni di dollari. Li hai, June?»

Nasconde il viso fra le mani, sono costretto a guardare altrove. Capisco che sia sconvolta, una minuscola parte di me soffre con lei, ma le cose stanno così: ho trovato un compratore, ristrutturerò questo vecchio rudere e non ci rimetterò mai più piede. E non lo farà mai più nemmeno Kevin Sherman.

«Non puoi portarmi via questo posto!»

«Lo hai detto tu qualche minuto fa: questa è casa mia» la contraddico.

«Be', ci ho ripensato!» sbraita di rimando. «Non c'è proprio niente di tuo, qua. Un nome su un atto di proprietà non significa niente. Parlerò con il mio avvocato, con il sindaco, con Gesù Cristo, se necessario, e ti impedirò di venderlo».

Mi scappa un sorriso, il che la fa infuriare ancora di più.

Inclina la testa di lato. «Lo trovi divertente?»

«No, certo che no. Solo... non mi aspettavo di trovarti *così*». Se potesse tagliarmi la gola, lo farebbe senza pensarci due volte. Al diavolo, mi seppellirebbe nel vecchio cimitero dietro la proprietà. Accanto a Jeff Gunter, di sicuro.

Qualcuno bussa alla porta, ma lei non si muove.

«Mi sa che hanno bussato» le faccio notare, indicando la porta.

«Avanti!» strepita, senza staccarmi i suoi occhi incazzati dal viso.

«June, siamo un po' in ritardo».

Riconosco la voce di Miss Maribel, mi volto per guardarla e lei sì che ha la reazione che mi aspettavo da June: sussulta, si porta una mano al petto, è talmente incredula di trovarmi seduto in questo ufficio che le mancano le parole.

«Signor... Campbell?»

«Buonasera, Miss Maribel. La trovo bene».

«Mm-hmm, sì, grazie. Anche io la trovo bene».

«Arrivo subito, Maribel. Hai avvertito le altre tutrici che stiamo uscendo?»

Miss Maribel annuisce, ma continua a guardarmi come se avesse appena visto un fantasma.

«Ti raggiungo al pulmino, grazie». June si alza dalla poltrona della scrivania, aspetta che la porta si richiuda e poi mi inchioda con un'occhiata feroce. «È stato un piacere rivederti, Jace, ma ora purtroppo devo chiederti di andare. Ho un impegno e dovrei cambiarmi».

«Cocktail party?» Dio, perché diavolo la sto provocando? Perché cazzo mi dà così fastidio che abbia reagito con tanta indifferenza quando mi ha visto?

«Funerale» ribatte glaciale e, al diavolo, me ne ero del tutto dimenticato.

Non aggiungo altro, lei mi precede, aspetta impaziente che recuperi la valigetta. Lascio il plico di fogli sulla sua scrivania, l'ho portato per lei. June si avvicina a passo svelto all'ingresso principale, io mi guardo intorno per l'ultima volta.

Non mi renderà la vita facile, ma sono pronto a combattere. Questa storia finirà a modo mio.

«Sono ospite all'Old Bell Inn». Sfilo un biglietto da visita dal taschino della giacca e glielo porgo. Lei è costretta a prenderlo. «Tornerò domani mattina. Spero che non renderai la situazione troppo spiacevole».

«Oh, no, a quello ci hai già pensato tu».

«June, te lo ripeto, niente di personale, sono solo affari».

«Stammi bene a sentire, Jace. Non porterai via questo posto ai miei ragazzi, dovrai passare sul mio cadavere. Ma niente di personale» mi fa il verso.

«Mamma!» Un ragazzino con una testa di ricci biondi arriva correndo e si aggrappa alle gambe di June. «Mamma, voglio venire anch'io con te».

Non ho idea di come riesca a rimanere stoico davanti a questa scena, perché giuro che avverto un principio di infarto.

June ha un figlio? Io non... Com'è possibile che non ne sapessi nulla?

Guardo lei, guardo il bambino, guardo di nuovo June.

«Addio, Jace».

«Ci vediamo domani».

Esco dal portone e, un secondo prima che me lo sbatta in faccia, sento il bambino chiederle chi sono e lei rispondere con: «Una brutta persona, amore mio».

Perfetto.

Capitolo 30

June

Sono incredula.

E incazzata.

Miss Maribel, accanto a me, sta aggrappata con entrambe le mani alla maniglia di sicurezza del vecchio pulmino del maniero e mi lancia occhiate preoccupate a ogni buca che prendo in pieno, a ogni curva che affronto come se fossi su un circuito di rally.

Non posso crederci. Come ha osato presentarsi all'istituto in quel modo, con quell'arroganza? Non lo vedevo da dieci anni. Dieci fottuti anni!

Prendo l'ennesima buca nel parcheggio del cimitero e freno di colpo.

Piccolo bastardo arrogante! Pensa davvero di poter vendere il mio maniero? Sì, il *mio* maniero!

«June, va tutto bene?» mi domanda Maribel, tirando un sospiro di sollievo.

«Ohh, va tutto benissimo! *Benissimo!*»

«Ma cosa è venuto a fare il signor Campbell?»

«È venuto a rovinarmi la vita» rispondo di getto. «Ne parliamo dopo, ora pensiamo al funerale».

Mi basta intravedere gli addetti dell'agenzia delle onoranze funebri che sistema la bara di Miss Price su due trespoli per dimenticarmi di Jace.

Maribel scende dal pulmino, io non mi muovo. Ho passato

gli ultimi due giorni a inviare mail e a fare telefonate ai miei vecchi compagni dell'istituto per informarli della morte di Miss Price, e adesso sono un po' provata.

In lontananza riconosco Israel, insieme a Levi e sua figlia, e mi faccio coraggio. Mi sono infilata un completo nero formale e legata i capelli in uno chignon stretto in segno di rispetto. Miss Price avrebbe approvato. Sono stata così impegnata a organizzare il suo funerale che non mi sono fermata nemmeno un secondo a chiedermi come mi faccia sentire la sua scomparsa. Mi dispiace per lei, certo, ma non riesco a far arrivare quel cruccio al cuore. E lo so che non si dovrebbe parlare male dei morti, ma, Dio!, in vita è stata una persona davvero orribile. Con me, con i miei compagni, con le tutrici.

Una vecchia strega arcigna, piena di rancore e aggrappata alle sue stupide regole. Una che si faceva il segno della croce per ogni stronzata. Una che ci ha fatto vivere di stenti fino all'ultimo. Una che sapeva fin dall'inizio chi fosse mio padre...

Quando ho preso il suo posto, tre anni fa, mi sono ritrovata in mano un istituto al limite del collasso e un sacco di soldi inutilizzati sul conto corrente intestato all'orfanotrofio. L'ultima frase che mi disse, mentre lasciava il maniero in ambulanza con le sue misere valigie al seguito, fu proprio: «Cerca di non sperperare tutti i soldi che ho messo da parte in questi anni».

Messi da parte per farci cosa?

E ce n'erano davvero tanti. Così tanti che nel giro di un anno ero riuscita a far sostituire l'impianto elettrico e quello idraulico, a rimpiazzare i letti dei dormitori, a ridipingere tutte le stanze, a comprare vestiti nuovi e computer – di seconda mano – per la sala studio. Avevo ristrutturato anche le stanze in mansarda e fatto aggiungere un bagnetto, che usiamo solo io e Simon. L'ala ovest è rimasta intatta e *off-limits*, ma solo perché è pericolante e non vorrei mai che i ragazzi si facessero male.

Non era nemmeno uscita dalla porta principale che avevo già dato disposizione di aprire le tende in tutte le stanze del maniero e spalancare le finestre. Quel posto aveva bisogno d'aria. *Io* avevo bisogno d'aria.

Più mi sforzo di trovare un briciolo di compassione da qualche parte nel mio cuore, più una vocina insistente nella mia testa mi spinge ad ammettere che la sua morte non fa nessuna differenza.

Posso rispettarla il giorno del suo funerale, posso sorridere al prete, rimanere in silenzio durante la predica, lanciarle una rosa bianca sulla bara e augurarle buon viaggio nell'aldilà, ma non posso obbligarmi a provare quello che proprio non sento: dolore.

Israel, adesso, sta parlando con un uomo vestito di nero. Ci metto un po' a riconoscere Amos. Nemmeno me la ricordo l'ultima volta che l'ho visto, saranno passati tredici anni. Lo sento spesso, ma non sapevo che aspetto avesse da adulto. Noah se ne sta in disparte a fumarsi una sigaretta, sta digitando un messaggio ed è il primo al quale mi avvicino.

«Ciao, alla fine sei venuto».

Solleva lo sguardo e mi rivolge un sorriso sincero, uno di quelli che si fanno solo quando sei davvero felice di rivedere qualcuno.

«June, tesoro, sai che mi fido ciecamente di te, ma questa dovevo vederla con i miei occhi». Con il mento indica la bara di Miss Price.

Chiunque altro, sentendo quelle parole, rabbrividirebbe. Io lo capisco. Ognuno di noi ha i suoi motivi per essere qui – o per non esserci – oggi. Io, perché in qualche modo mi sento in dovere di farlo; Israel, perché è stato costretto da Levi; Noah, perché ha bisogno di vederlo di persona. Amos... oddio, lui non lo so.

«È confermato il nostro appuntamento di oggi pomeriggio?» mi domanda Noah, tornando improvvisamente serio.

«Sei in punto, al maniero» lo rassicuro.

«Hai avuto modo di far visionare i documenti che ti ho inviato?»

«Sì». Rimango impassibile, giusto per tenerlo un po' sulle spine, poi gli do le spalle e mi avvio verso il resto del gruppo.

«E...?!» insiste.

«E… te lo dico alle sei».

«Sei perfida».

Gli rivolgo un sorriso sarcastico. «Non hai idea di quanto! Dovrò pur vendicarmi per tutti gli scherzi che mi facevi quando eravamo ragazzini, no?!»

Noah ride. «Incredibile! Ce l'hai ancora con me?»

«Ovvio».

«Lo sai perché me la prendevo sempre con te?»

«Perché sei un bastardo?» ironizzo.

«Perché tutti pensavano che fossi una femminuccia paurosa. Ti ho resa invincibile, June».

Alzo gli occhi al cielo.

«Vabbe', anche perché mi divertivo» aggiunge.

«Lo sai che più tardi ti farò strisciare nel mio ufficio, vero De Luca?»

«Sì che lo so, sei perfida». Mi prende sottobraccio e raggiungiamo gli altri.

Dylan non è ancora arrivato, ma sono certa che sarà qui a momenti. È stato il signor Sherman a confermare la sua presenza. A quanto pare, Dylan farà le sue veci e non oso immaginare quanto sarà *felice* di ritrovarsi al funerale della donna che più detesta al mondo. E fa un po' ridere che nemmeno Sherman abbia avuto l'accortezza di presentarsi di persona per porgere l'ultimo saluto a una persona che per lui ha sacrificato tutta la vita, che ha eseguito i suoi ordini senza metterli mai in discussione, che si è sempre schierata dalla sua parte, a discapito nostro.

Guardo la bara della donna che mi ha visto nascere e mi ritrovo a scuotere la testa. Provo solo un immenso sollievo. Immagino che, alla fine dei conti, si raccolga sempre ciò che si semina.

Israel mi abbraccia e io mi lascio viziare dalle sue attenzioni.

«Lo sai, vero, che non ci volevo venire, qui?» sussurra contro il mio orecchio.

«Lo so. Come stai?»

«Normale» taglia corto e io non insisto.

Ci mettiamo seduti sulle sedie pieghevoli bianche e rimaniamo in silenzio per tutta la durata della cerimonia. È breve e indolore. Quando il celebrante domanda se qualcuno desidera porgere i suoi rispetti alla signorina Judith Price per l'ultima volta, nessuno si muove, ma tutti guardano me.

Mi dispiace, però questa me la risparmio.

Odiavo quella donna e non ho niente da dirle. Nemmeno Maribel si fa avanti.

La cerimonia finisce e ci ritroviamo tutti e otto a fissare la bara che viene calata lentamente nella sua fossa.

«Secondo voi, il frustino lo usava anche per qualche giochetto erotico?» domanda Amos, come se ci stesse chiedendo che ore sono.

Io impallidisco, Israel si copre il viso con le mani, Noah scoppia a ridere, Dylan si accende una sigaretta.

«È una domanda legittima» insiste Amos, cercando di rimanere serio. Me lo ricordavo proprio così, lui: silenzioso, ma con un sarcasmo pungente che mi faceva ridere anche se non avrei dovuto.

«Io dico di sì» interviene Maribel, esponendosi forse per la prima volta nella sua vita.

Gli sghignazzi diventano risa e mi concedo di unirmi, è un momento liberatorio. E sarà anche di pessimo gusto, ma chi se ne frega!

Quando ho finalmente preso sonno, erano le cinque del mattino. Colpa della birra scadente che Noah mi aveva costretto a bere al Red Passion Pub. Simon è entrato in camera mia verso le sei e mezza, saltando sul letto e gridando a squarciagola di sbrigarmi, perché Miss Claire aveva cucinato i pancake e se li sarebbe mangiati tutti lui. I suoi risvegli chiassosi sono tutto quello che mi serve per cominciare la giornata.

Sono seduta davanti al computer a pagare delle bollette quando un rumore di pneumatici sulla ghiaia mi fa sussultare.

Mi ritrovo a rivivere la stessa scena di ieri pomeriggio, come un fottuto incubo.

Proprio come ieri, Jace Campbell aspetta che l'autista gli apra lo sportello per poi emergere dalla sua stupida limousine con l'espressione imbronciata e una ridicola valigetta in mano.

Solo che ieri ho rischiato di rimanerci secca.

Quando ho visto l'auto nera, pensavo fosse il signor Sherman. Le sue visite non sono frequenti, ma quando arriva lo fa di punto in bianco. E invece no. Invece era *lui*. Mi sono appoggiata un secondo allo schienale della mia poltrona e ho ripreso fiato. Dieci respiri dopo ero ancora un fascio di nervi, ma non gli avrei permesso di capire quanto ero sconvolta. Non avrei fatto trapelare niente.

Per un attimo ho pensato che fosse venuto a vedere con i suoi occhi come mandavo avanti la baracca, anche se da quando ne è diventato il proprietario se ne è sempre fregato. Ridicolo! Inviavo alla sua segretaria report mensili e lo mettevo sempre in copia. Sapeva come stavano le cose, era a conoscenza di tutte le entrate e le uscite, dei nomi dei ragazzi che arrivavano al maniero e di quelli che se ne andavano.

Mi avvicino alla finestra. Un tizio ben piazzato scende dalla limousine subito dopo di lui e li vedo chiacchierare e indicare punti a caso della facciata dell'edificio.

«È arrivato Campbell» mi informa Maribel, facendomi sobbalzare. Non ho nemmeno sentito la porta del mio studio aprirsi.

«Puoi accoglierlo tu? Devo fare una telefonata». Una che eviterei volentieri.

«Certo. Vado ad aprire».

Prendo il cellulare dalla tasca posteriore dei jeans e fisso la foto di me e Simon, che ho impostato come salvaschermo. Lo faccio per lui, lo faccio per tutti gli altri ragazzi dell'istituto.

E per sconfiggere un bastardo, me ne serve uno altrettanto disonesto.

Mi risponde al primo squillo. «June?!»

«Ciao, Kolton».

«C-ciao».

Non lo sento da sei mesi. Sono stata costretta a vederlo in

un paio di circostanze – compreso il pranzo di Natale al maniero, al quale la dolce Serena si è presentata con una pelliccia di ermellino e un anello di fidanzamento grande quanto la mia mano –, ma non mi sono nemmeno avvicinata. E adesso ho un disperato bisogno di lui.

«Come stai?»

Ignoro la sua domanda. «Mi serve un favore».

«Certo. Dimmi tutto».

Odio il suo tono accondiscendente. Odio come mi fa sentire saperlo dall'altra parte della linea, probabilmente seduto alla sua scrivania mentre si rigira una matita fra le dita, e odio il ricordo del suo sorriso, che mi prende alla sprovvista e mi fa stringere lo stomaco.

«Non per telefono. Ho bisogno che tu venga al maniero, dopo pranzo».

«Mi sembri sconvolta. Sto entrando in riunione, ma rimando e vengo subito».

«No!» Riprendo fiato. «Dopo pranzo».

«June... mi stai facendo preoccupare».

Se non fossi così agitata, così arrabbiata, lo rassicurerei, gli direi che sto bene. Nonostante tutto, sto bene. Invece non gli devo niente.

«Ti aspetto verso le tre». Riattacco e poggio la schiena contro la parete.

Mi decido a raggiungere Jace dopo un quarto d'ora, sta mostrando al signore in giacca e cravatta la sala da ballo.

«Sono stucchi autentici» gli sento dire, indicando il soffitto. «Mi piacerebbe conservarli e riportarli al loro fascino originale».

«Sono meravigliosi» conferma il tipo. Scrive appunti su un taccuino.

«Vorrei anche ristrutturare la scala e dividere questo spazio in due sale separate» continua Jace.

'La tua testa verrà separata in due parti, di certo non la mia sala da ballo!'

«Buongiorno». Il signore che non conosco si volta a guardarmi, Jace irrigidisce le spalle, ma non mi degna di un saluto.

«Oh, salve». Si avvicina per porgermi la mano. «Vincent Smithson».

«Vincent, lei è la direttrice di cui ti parlavo. Miss June» mi presenta prima che possa farlo io, come se non fossi in grado di dire a questo Vincent Smithson come mi chiamo! «June, lui è il mio architetto. È arrivato stamattina da New York».

Annusisco. «Signor Campbell, posso parlarle un attimo? In privato».

Il bastardo mi guarda annoiato. «È necessario? Abbiamo i minuti contati».

'Oh, ci puoi giurare che hai i minuti contati!'

«Adesso» obietto.

Forse capisce che non ho voglia di scherzare, forse gli faccio talmente pena che è disposto ad accontentarmi, fatto sta che mi segue. Attraversiamo la stanza, ci fermiamo a un metro dalla porta della sala visite, afferro il suo braccio e lo trascino dentro.

«Avresti dovuto avvisarmi! Come ti viene in mente di portare uno sconosciuto all'istituto? Ho dei minori qui dentro!»

«È il mio architetto» ribatte come se non ci fosse niente di male.

«Potrebbe essere anche il Papa, per quanto me ne frega! Dovevi avvisarmi».

Jace soppesa il mio sguardo, io sono costretta a fissare il muro dietro di lui. Guardarlo in faccia mi riporta indietro di una vita, mi provoca uno scompenso respiratorio ingiustificabile. Non è solo il fatto che sia bello da star male, che quel maledetto completo gli calzi come se lo avessero disegnato per lui, che i suoi capelli corti mettano in risalto i suoi occhi immensi. No! Cioè, anche. Ma è più una sensazione di smarrimento. Mi rivedo quindicenne, innamorata, che lo aspetto con il naso incollato alla finestra del mio dormitorio. Un giorno, una settimana, un anno, dieci...

«Farò più attenzione la prossima volta» mi concede.

È così freddo e distaccato che mi spiazza.

«A cosa ti serve un architetto?»

«Te l'ho detto, ristrutturo. Vendo il maniero, e in queste condizioni non vale nulla. Sono affari».

«Smettila!» strepito. «Smettila di ripetere come un disco incantato che sono solo affari! Non è così».

Jace ha il coraggio di sbuffare. Manda affanculo la mia vita e lo fa sbuffando. Che razza di arrogante!

«Devo tornare di là».

«Be', vengo anch'io».

«Come vuoi, June. Come vuoi tu».

E poi ci casco: non mi muovo e lo guardo. La distanza si accorcia, il tempo si cristallizza. Ho immaginato questo incontro così tante volte da aver perso il conto, eppure adesso non so cosa farmene.

Combatto con la voglia pazza che avrei di abbracciarlo e quella di buttarlo fuori. E lui non se la passa tanto meglio, perché sposta lo sguardo ma inevitabilmente torna nei miei occhi. È una guerra, una che perdo, e lui perde insieme a me.

Alla fine, esce dalla stanza senza dire una parola, a testa alta.

L'architetto sta chiacchierando con Miss Maribel, quando ci vede sorride da un orecchio all'altro.

«Da dove partiamo?» domanda a Jace.

«Dalla biblioteca. Vieni».

Lo scorta attraverso la piccola porta nella sala da ballo, lungo il corridoio. Io li seguo, con le braccia incrociate al petto e il cuore in fiamme.

La biblioteca è illuminata dai raggi del sole. È sempre la stessa, solo meno polverosa.

Jace esita prima di entrare, i suoi occhi incrociano i miei. Non riesco a interpretare i suoi pensieri, so solo che varcare la soglia di questa stanza, con lui, mi uccide. Non pensavo sarebbe successo di nuovo. Jace si guarda intorno, chiacchiera con il suo architetto, lui prende appunti.

«Magnifico!» dice in un sospiro Smithson. «Cosa pensavi di farci, Jace?»

«Non lo so. Si potrebbe lasciare così».

«Mm-hmm, mm-hmm. Sì, ridipingiamo i muri, lucidiamo il pavimento. La libreria sembra ancora in buone condizioni. Il pianoforte è recuperabile».

«Bisognerà rifoderare la poltrona, aggiungerne un'altra. Ho intenzione di vendere il maniero con tutto quello che c'è dentro».

Da come cammina, da come parla, sembra che Jace stia mettendo piede in questo posto per la prima volta. E sa fingere bene, il mostro, è così indifferente da prendere tutti i nostri ricordi e buttarli nel cesso.

Vende tutto. Me compresa.

Una firma su un atto di proprietà e, addio, problema risolto alla radice.

L'architetto prende alcune misure con il suo metro laser, Jace si avvicina alla vecchia libreria, dove le mie bambole se ne stanno sedute composte a giudicarci. È un secondo, ma lo ritrovo in quello sguardo. Sotto quell'atteggiamento austero e composto, c'è ancora il mio Jace.

«Se buttassimo giù il muro? Potremmo ampliare la libreria e renderla ancora più ariosa» gli domanda Smithson.

Jace non risponde, è concentrato sulle bambole. Ma poi aggrotta le sopracciglia, le scosta e afferra qualcosa. Io sono in piedi accanto al pianoforte e lui si volta a guardarmi. Lo sconcerto diventa risentimento.

Si rigira una scatola fra le mani, il respiro diventa pesante, scuote la testa e si lecca le labbra.

Il cellulare.

Ha trovato il cellulare.

Solleva il coperchio della scatola, gli sfugge dalle labbra un rantolo strozzato. Lo vedo chiudere gli occhi, poi tornare serio e glaciale.

«Sai cosa ti dico, Vincent? Buttala giù, questa stanza. Con tutto quello che contiene. La butti giù e ci fai una cazzo di spa». E mentre lo dice mi guarda negli occhi, io perdo terreno. «Sì, facci un bel centro benessere. E parti proprio da qua, non salvare niente».

«Jace, ma ne sei sicuro? Perché questi stucchi, il marm...»

«Radila al fottuto suolo!» sbotta. Si avvicina, mi mette fra le mani la scatola del cellulare, mi supera. «Ti aspetto in macchina» dice a Smithson.

Poggio il cofanetto sul pianoforte ed esco dalla biblioteca dietro di lui, lo seguo correndo. «Jace» lo chiamo, ma lui non si gira. «*Jace!*» grido.

«Pensavo te lo avessero sequestrato!» sbraita, voltandosi quando ormai è in fondo al corridoio. «Ho pensato di tutto, che lo avesse trovato qualche tutrice e che tu non lo avessi mai saputo. Che ti fossi presa una punizione per colpa mia. Perché, porca puttana, ho chiamato quel numero un miliardo di volte. Continuo a pagare la bolletta per quella maledetta utenza, June! E invece ce l'hai sempre avuto tu. Tu, June! Non ci credo, cazzo!» Allenta il nodo della cravatta, si porta le mani ai fianchi.

«Abbassa la voce» lo supplico.

Jace torna sui suoi passi, si ferma a un soffio dal mio viso.

«Perché?» Ma non mi lascia il tempo di rispondere, è sconvolto. «Dimmi perché! Dammi una cazzo di spiegazione sul perché non hai mai risposto al mio messaggio. Lo hai letto, e poi? Te ne sei fregata? Ti sei fatta una risata e lo hai semplicemente ignorato?»

«Non è andata così» cerco di dire.

«No?! E come?»

«Non potevo scriverti, non sarebbe stato giusto».

«Cazzate!» impreca. «Ho cercato in tutti i modi di mettermi in contatto con te, e tu cosa hai fatto? Niente, June! Niente. Avevi il mio numero, sapevi dov'ero e non hai fatto *niente*».

«Non provare nemmeno per un secondo a dare la colpa a me. Sapevi anche tu dov'ero, e io ti ho aspettato, come promesso, ogni giorno. Ogni giorno, Jace. Ci hai messo dieci anni a tornare!»

«*E tu ci hai messo dieci minuti a dimenticarti di me!*» grida. «Chi è il padre di quel bambino? Io?»

Faccio un passo indietro. «Ma cosa dici?»

«Sono io, June? È mio figlio?»

«Certo che no! Simon ha sei anni!»

Mi afferra la nuca e mi strattona in avanti. Il suo respiro dolce mi sbatte in faccia, mi fa riempire gli occhi di lacrime. E lui è così vicino che basterebbe alzare lo sguardo per ritrovarci labbra contro labbra.

«Ti odio, June. Ti odio come non ho mai odiato nessuno. Non avrò il minimo scrupolo nel buttarti fuori di qua. Mi godrò ogni secondo, ogni istante. Hai capito bene?» Me lo sussurra sulle labbra, così vicino da sfiorarle con le sue. Mi aggrappo alla sua giacca, cerco di tenermelo addosso.

«Non farlo» lo imploro. «Non prendertela con loro. Lasciami spiegare».

«Come hai potuto?» La sua bocca si posa sulla mia, chiude gli occhi, io schiudo le labbra.

È tutto sbagliato, tutto così triste e disperato. Il suo respiro accelerato, io che non mollo la presa, la sua fronte che si appoggia alla mia e poi le sue mani. Si aggrappano alla mia vita, mi cerca con la bocca, io gli vado incontro.

E lo bacio.

La mia lingua, che sfiora piano la sua, mi regala un'emozione impossibile da gestire. Perché aspettavo questo bacio da dieci anni. E non importa se sta succedendo proprio adesso, un secondo dopo avermi detto che mi odia, un secondo prima di ricordarmi che è venuto qui per portarmi via tutto, me lo prendo e metto a tacere tutto il resto. Perché, sì, baciarlo è, senza esagerare, una maledetta esplosione stellare. È il mondo che ricomincia a girare, i piedi che toccano terra, la ferita che si richiude e si riapre subito dopo.

Il suo è il mio bacio preferito. Finché non si scosta, bruscamente.

Mi lascia agonizzante, con il cuore in fiamme e il respiro corto. Ma è il modo in cui mi guarda a farmi crollare. La collera e il rancore che gli leggo in faccia, la delusione che non lascia spazio a nient'altro. E io faccio due passi indietro, fin troppo consapevole che abbiamo varcato un confine che nessuno dei due si poteva permettere di superare.

Adesso, passata la nostalgia, mentre riprendiamo il controllo delle nostre emozioni, lo vedo per quello che è: un uomo duro e rancoroso. E mi sono sbagliata, non è rimasto niente del mio Jace, lo capisco mentre si passa il dorso della mano sulle labbra e mi rivolge tutta la sua indifferenza.

«Se pensi di farmi cambiare idea così...»

«Non l'ho fatto per quello» ribatto, raddrizzando le spalle. «È stato un errore».

«Sì, lo è stato».

«Ti mostro l'uscita».

«Penso di poterci arrivare da solo».

Lo supero lo stesso, spalanco la porta che dà sulla sala e... mi ritrovo davanti Kolton.

Cazzo!

«June, tesoro». Parla con me, ma guarda Jace. «Va tutto bene?» domanda incerto.

«Avevamo detto alle tre». Vorrei che la voce uscisse limpida, chiara, decisa. Invece mi sento morire.

«Questa è bella» sussurra Jace, lasciando che sia solo io a sentire le sue parole e il tono sprezzante.

«Campbell, non sapevo fossi in città». Kolton allunga una mano verso Jace, lui fa finta di non averla vista. «Bentornato».

«Non rimango» ribatte, secco. «Ho delle telefonate importanti da fare. June, ci vedremo presto».

Attraversa la sala da ballo a grandi passi, spalanca il portone e se lo richiude alle spalle con un tonfo secco. Ed è lo stesso rumore che fa il mio cuore che si spezza: un tuono violento. E poi il silenzio.

Capitolo 31

Jace

Il primo sorso di bourbon non mi regala alcun sollievo. Nemmeno il secondo. È solo quando mi scolo il quinto shot di whisky in pochi minuti che il dolore comincia a diventare vagamente sopportabile. Il liquido scende nella trachea, brucia e narcotizza i pensieri.

'Tranne la sensazione della sua bocca' penso e butto giù un'altra sorsata. Mi tremano le mani dalla rabbia. Non posso credere di aver perso il controllo davanti a lei. Dieci anni a tenere a bada il rancore, per poi esplodere in quel modo per un cazzo di cellulare. Mi sento tradito e umiliato, fuori di testa.

Rimango chiuso nella limousine davanti al maniero, a bere e fumare per quello che sembra un tempo infinito. E Kolton McAdam è dentro insieme a lei. E l'ha chiamata 'tesoro'.

Scoppio a ridere. Porca puttana, quell'imbecille è all'istituto e l'ha chiamata 'tesoro'!

Il portone si apre e Vincent mi raggiunge alla macchina, scortato da Miss Maribel. Si salutano, mentre il mio autista gli tiene aperto lo sportello.

«Ehi, amico, va tutto bene?» Mi passa la mia valigetta. «Ti sei dimenticato questa».

Mi sono dimenticato molto di più. Tipo come si fa a respirare davanti a June.

«Sì, grazie». Verso dell'altro alcol nel bicchiere, preparo un drink anche per Vincent.

«Per me no, grazie. Sai che non posso bere prima delle sei di sera».

«E non fai mai eccezioni?» chiedo. Il motore prende vita, ci allontaniamo dal maniero. Resisto all'impulso di voltarmi.

«Nessuna eccezione, è scritto nel mio contratto prematrimoniale».

«Anche nel mio c'è una clausola che dice che non posso scopare con altre donne, eppure me ne frego».

Vincent ridacchia. «La situazione è un po' diversa, amico».

«Perché hai un passato da alcolista?» Dio, che cazzo sto facendo? Vincent è uno dei pochi amici che ho, non ho nessun diritto di mortificare lui per non morire soffocato io.

«No, perché io sono innamorato di mia moglie. Tu non porti nemmeno più la fede».

«Non l'ho mai portata» chiarisco. Lecco le ultime gocce di bourbon dal bordo del bicchiere, me lo rigiro fra le mani.

«L'edificio è molto bello».

«Lo raderei al suolo, Cristo» mi lascio sfuggire.

«Con *lei* dentro?» mi provoca Vincent, arrivandoci senza che possa aggiustare il tiro.

«Con lei dentro» sussurro. Mi sfilo la cravatta e l'abbandono sul sedile. Norman richiude il cancello in ferro battuto alle nostre spalle e la foresta di Red Oak sembra una galleria di foglie rosse che ci risucchia. Superiamo Villa Sherman, non la degno di un'occhiata. Non sento nonno Kevin da mesi, non mi sono nemmeno preoccupato di avvisarlo del mio arrivo. Ho smesso di aver paura di lui tanto tempo fa, sono un uomo adulto, ho la mia carriera, non gli devo niente. Venderò il suo fottuto maniero, fosse l'ultima cosa che faccio.

«Vuoi che rimanga a Red Oak, stasera? Potremmo tornare domani mattina a finire di vedere le stanze. Ho le piantine, e mi è abbastanza chiaro il degrado generale, ma vorrei comunque dare un'occhiata in giro».

Scuoto la testa. «No, domani no».

Ma nemmeno dopodomani. Mi ci vorranno altri dieci anni per riprendermi, questa è la verità. Perché rivederla è stato uno sbaglio. Avrei dovuto mandare Vincent da solo, informarla tramite mail delle mie intenzioni, mantenere le distanze. Perché adesso tutto quello a cui riesco a pensare è l'espressione compassionevole sul suo viso e la sua bocca che mi bacia.

Non serviva che venissi qui. Non serviva e lo sapevo.

«Torno a New York con te» lo informo. «Devo solo passare all'Inn a recuperare la mia roba».

«Amico, che ti prende? Hai una faccia! Chi è quella donna?»

Non lo so, giuro che non lo so. È uno sbaglio, è il passato, è una stupida cotta adolescenziale che ero certo di aver superato. È una stronza che mi bacia a tradimento e mi incasina la testa. È una manipolatrice, che ha un figlio con Dio solo sa chi.

June ha un figlio.

E Kolton la chiama 'tesoro'.

Cazzo!

Mi massaggio la fronte. «Non è nessuno» ribatto categorico. Un respiro profondo e mi sento meglio. Qualunque cosa sia successa lì dentro è già passata...

«Mi serviranno un paio di mesi per organizzare una squadra, forse potrei riuscirci in un mese e mezzo» dice Vincent, sfogliando dei documenti che tiene in mano.

«Va bene».

«Ma dovrò tornare presto...»

«Okay».

Vincent riabbassa i fogli, reclama la mia attenzione, ma io continuo a fissare fuori dal finestrino oscurato. «Posso tornare la prossima settimana. E posso venirci da solo, se preferisci».

«Ci sarò».

«Jace, mi dici cosa sta succedendo?»

«Senti, è complicato. Sto vendendo il maniero, dovrò sfrattare ventitré orfani. Me li concedi dieci secondi?»

Vincent prova a nascondere un sorriso. «Non ti facevo così sentimentale».

«Non lo sono!» ribatto brusco. «Non me ne frega un cazzo».

«Non sembra» insiste, facendomi perdere l'ultimo grammo di pazienza.

«June è una vecchia conoscenza, so quanto tiene a quel posto e non se ne andrà senza combattere. Mi sto solo preparando alla battaglia».

«Con il bourbon?» chiede mentre mi concedo altre due dita di liquido ambrato.

Sollevo il bicchiere e lo inclino di qualche grado, come se stessi brindando alla sua salute. «Sì, il W.L. Weller dodici anni è il mio miglior alleato in questo momento. Siamo amici per la pelle, a dire il vero. Io ho un problema, lui lo risolve».

«Mi piace come ragioni, Campbell. Se fossi un amico decente, ti direi che l'alcol non risolve proprio un cazzo, ma sei più simpatico quando bevi e ci aspetta un viaggio fino a New York, quindi, dacci dentro».

«Non sono mai simpatico» lo contraddico.

«No, in effetti non lo sei. Ma diventi... loquace quando bevi. Potrei addirittura chiederti come va con il divorzio» mi provoca.

«Vin, credimi, non sono in vena».

«Giusto, giusto. Te lo richiederò fra un'ora». Ammicca e, nonostante tutto, mi strappa la cosa più vicina a un sorriso che mi concedo da tempo immemorabile.

«Vuole due milioni di dollari per firmare le carte e uscire di scena senza scenate. Io non glieli voglio dare».

Vincent strabuzza gli occhi, emette un fischio stonato con le labbra e guarda il bourbon che avevo versato per lui. Però non lo prende, e io un po' invidio il suo autocontrollo e la sua lealtà.

«Su quali basi?»

«Vediamo un po'...» Fingo di pensarci. «Sono stato un pessimo marito, l'ho ingannata, tradita, trascurata, non voglio figli, non la includo nella mia vita, non la faccio dormire in camera mia, non mi ricordo il suo compleanno o la data del nostro anniversario. Dice che sono cambiato... Ti sembro cambiato? Perché io ricordo perfettamente di averle detto dall'inizio che sarebbe stato un matrimonio di sole apparenze. Mi serviva una moglie, lei era disponibile».

«Non le hai mai nemmeno dato una possibilità» prova a dire

Vincent. Prende il bicchiere dal piccolo bar, se lo rigira fra le mani, poi lo posa.

Sono stato uno stronzo a preparare quel drink, così lo afferro e scolo il contenuto al posto suo.

«Una possibilità, eh? Tammy è solo una donna sciocca, una di quelle innamorate dell'idea dell'amore. Pensava che con il tempo avrei cambiato idea, non è successo. Forse ha ragione lei, la colpa è mia. Non sarei dovuto andare fino in fondo con quella farsa. E ora vuole due milioni di dollari per levarsi dalle palle».

«Daglieli» ribadisce Vince, come se niente fosse. «Di certo non ti mancano i fondi».

Sospiro. «Mi sembra di parlare con tuo fratello».

«È il tuo avvocato, fa i tuoi interessi».

«Hai detto bene, Damian è il mio avvocato, dovrebbe trovare una soluzione. Rimetterci tutti quei soldi è il contrario di 'fare i miei interessi'».

«Faccio sempre più fatica a capirti, amico. Odi tua moglie, lei odia te. Dalle quei fottuti soldi e rifatti una vita. Una decente, possibilmente. Una che non ti porti a sfondarti di bourbon prima di pranzo o a dormire quattro ore a notte. Hai ventisette anni, vivi come un vecchio! Ti butti in un progetto dopo l'altro, non ti fermi mai. Come il maniero. Perché venderlo proprio adesso? Non te n'è mai fregato un cazzo di questo posto. Adesso, però, sembra essere una questione di vita o di morte. Due giorni fa hai deciso di tornare e sei andato dritto come un bulldozer».

«Che c'entra il maniero? Questa è una cosa che va fatta, semplicemente non avevo tempo di occuparmene prima».

«E adesso hai tempo?»

«Adesso voglio liberarmene, ho un compratore e non mi farò sfuggire l'occasione». Non gli dico che aspetto questo momento da quando ho firmato quei maledetti documenti davanti al notaio, due anni fa; che l'unica cosa che riuscirà a darmi un po' di pace sarà vedere quella faccia di merda di Kevin Sherman il giorno che gli dirò che il suo prezioso maniero è finito nelle mani di uno sconosciuto, che chiudo definitivamente i ponti con lui.

E poi c'è June. Ogni mail che arriva dal suo indirizzo di posta elettronica è una fitta al cuore, e finché sapevo dove fosse ma non avevo niente a che fare con lei, andava tutto bene. Ora non voglio più ricevere quelle mail. Non voglio mai più sentir pronunciare da nessuno il suo fottuto nome.

«Che tipo è la direttrice?» mi domanda Vincent, come se mi leggesse nel pensiero. «Ti dico la verità, non mi è sembrata una con le palle, capace di tenerti testa».

Rimango a fissarlo per qualche secondo. Posso dirgli la verità o distruggerla con le parole. E sono sul punto di tirare fuori le unghie e massacrarla, dirgli che non lo è, non può tenermi testa, nessuno può.

Invece apro bocca e le parole semplicemente escono. E sono le peggiori che potrei mai pronunciare. Sono un'ammissione di colpevolezza che non mi perdonerò mai.

«Era l'amore della mia vita».

Vincent inarca entrambe le sopracciglia, ma non dice niente.

«Sul serio, era proprio l'amore della mia vita! Farfalle nello stomaco, sorriso da scemo, cuore a mille, pacchetto completo. Lei entrava in una stanza, a me tremavano le ginocchia. Fidati, se c'è una che può mettermi al tappeto, quella è June. E lo sai perché ci siamo lasciati? Perché non ha risposto a uno stupido messaggio. Le ho regalato un cellulare, e a lei non è fregato un cazzo! Incredibile, lo so. E lei? Dimenticato. Messo un punto e passata oltre. E sai cosa ti dico? Che sono felice di averlo scoperto, perché non mi farò venire nemmeno mezzo senso di colpa nel cacciarla a pedate da quel posto. Lei e Kolton».

«Chi è Kolton?»

«Ah, non lo so. Dimmelo tu, Vincent, secondo te chi è Kolton? Perché, per come ricordavo io la storia, lei lo odiava! Un odio profondo. Era un bulletto del cazzo, uno con una faccia da schiaffi imperdonabile. E ce l'ha ancora. E la chiama 'tesoro'. Hai capito? June e Kolton! E ti dirò di più: il figlio è suo. Mi ci gioco le palle che l'ha messa incinta e poi l'ha lasciata al maniero. Quindi capisci il problema, Vince? June ha un figlio con Kolton. E non ha mai risposto al mio messaggio. E Tammy vuole due milioni di dollari. E l'audacia con la quale me li ha chiesti... come se i soldi li coltivassi in giardino!»

«Tu non hai un giardino».

«Appunto! Non ho nemmeno uno stramaledetto giardino! Ho un ficus finto sul terrazzo. Quindi, come le è venuto in mente di chiedermi una somma del genere? Solo perché sono stato un marito di merda? Era inevitabile. Se June era l'amore della mia vita, come potevo essere un bravo marito per Tammy? Ma le cose adesso cambieranno. Oh, porca puttana, vedrai se cambieranno!»

Mi verso dell'altro Weller, Vince afferra la bottiglia e scuote la testa.

«Hai bevuto abbastanza».

Già, eppure non sembra *abbastanza.*

Sprofondo nel sedile e chiudo gli occhi. «Merda. Hai ragione tu, quando bevo divento loquace. Per questo preferisco stare da solo».

«Bevi».

Apro gli occhi e mi accorgo che Vincent mi sta passando un bicchiere, stracolmo di liquido trasparente.

Butto giù l'acqua. L'immagine di lei che si sporge su di me, in corridoio, torna prepotente, e devo dirlo ad alta voce perché mi sembra impossibile. «Mi ha baciato. Quella donna... ha avuto il coraggio di baciarmi».

«Di chi stiamo parlando, adesso?»

«June. Mi ha baciato in corridoio, come se niente fosse. Che cazzo le dice il cervello? Pensa che basti così poco per rimettere tutto al suo posto? Per cancellare questi dieci anni?»

Vincent si accende una sigaretta, poi ne passa una anche a me. «Dimmelo tu. Basta?»

«No». Scuoto forte la testa. «No. È troppo tardi, non si torna indietro. Ho preso una decisione, andrò fino in fondo».

«Be', se dobbiamo dirla tutta, non hai ancora firmato la compravendita» mi fa notare.

«Lo farò. Ho dato la mia parola a Warton. Mi presenterò dal notaio come stabilito e firmerò quelle carte. E se parlerai a qualcuno di quello che ti ho appena detto, ti farò tagliare la gola. Sono serio».

Vince ridacchia. «Non sei molto credibile nei panni di un capo della mafia russa che se ne va in giro a tagliare gole, ma ti perdono. E fatti un favore, cerca di essere felice, che tanto tutto questo odio e questo rancore fanno star male solo te».

«Faranno stare molto più male lei. Perché me la pagherà».

Capitolo 32

June

«Senti, non ti ho chiamato per parlare di noi. Perché non c'è nessun *noi*! Ci sei tu che sposi Serena e io che sto per perdere tutto. Quindi, Kolton, mi puoi aiutare?»

Continuo a passeggiare dietro la poltrona della mia scrivania, macino metri come se stessi cercando di battere chissà quale record. E lui è seduto sul bordo della sua sedia, con un'espressione da condannato a morte. Si è tolto la giacca elegante e ha arrotolato le maniche della camicia.

«Certo che ti posso aiutare, piccola».

«Kolton!» lo avverto.

«June...» ribatte lui, con un sorriso storto. «Mi sei mancata».

«Tu, no».

«Non ti credo». Si alza in piedi, io smetto di camminare. Non può avvicinarsi, non deve permettersi.

Sono stata male, sono passata oltre. E rivederlo mi provoca solo un enorme fastidio alla bocca dello stomaco. Credo. Ma non è colpa sua, è colpa mia.

«Dimmi cosa vuoi che faccia». Kolton si siede in modo scomposto sulla mia scrivania. «Gli spacco la faccia? Lo imbavaglio e lo nascondo nei sotterranei del maniero? Lassativo nel caffè?»

Mi fa ridere. «Smettila».

«No, sul serio, lo incateniamo al piano di sotto e lo facciamo morire di fame. Ma tu te lo ricordavi così?»

Deglutisco a vuoto. «Così come?»

«Impostato! Con le sue scarpette costose e i capelli spettinati che danno quell'effetto da 'sono appena rotolato giù dal letto, direttamente nelle braccia di un *coiffeur*'».

«Me lo ricordavo proprio così» dico. Bello da star male, sconvolgente, elegante, intenso.

«Mhmm» borbotta Kolton.

«Cosa?»

«Fa male vederti così. E prima che tu possa dire qualcosa o negare, sappi che mi riferisco ai tuoi occhi. A quanto cazzo brillano, e so che non sono io a farti quell'effetto. Me lo merito, ma fa male lo stesso».

«Abbiamo avuto la nostra occasione, Kolton» gli faccio notare.

«No, non ce l'abbiamo avuta. E non ho nessun diritto di farti la predica o di fare il geloso, ma lo sono. Dio, ho voglia di mettermi a urlare» dice, ma lo fa sorridendo. Un sorriso dispiaciuto che mi fa tremare il cuore. «Solo una cosa, June».

Mi raggiunge dietro la scrivania.

«Kolton, non...»

«Non ti tocco, promesso, però mi devi ascoltare. Farò tutto quello che posso per impedirgli di portarti via l'istituto, ma tu promettimi che non abbasserai la guardia. È il nipote di Sherman, e tu non lo conosci come lo conosco io, quel vecchio bastardo. Non pensare nemmeno per un secondo che Jace non ti calpesterà in ogni modo possibile pur di vincere. Se gli vendi l'anima, sei fregata. E allora tutto questo non sarà valso a niente. Io che sposo Serena e rinuncio a te non sarà valso proprio a niente».

«Non ti seguo».

«Non sono brave persone, June. Non lo è Sherman, non lo è Campbell».

«Ti sbagli, Jace non c'entra niente con suo nonno».

«Eppure, ti sta mandando via. Te, Simon, tutti gli altri ragazzi, le tutrici, Miss Claire. Quindi, scusami, ma io rimango della mia idea».

Kolton mi sfiora una guancia e io abbasso lo sguardo.

«Anche tu hai venduto l'anima al signor Sherman? È questo che mi stai dicendo?»

«Non io, ma mio nonno sì. E siamo tutti nelle sue mani. Conosce segreti che potrebbero rovinarci, cose che non possiamo permetterci vengano fuori. Comanda lui in questa cittadina, June. È sempre stato così. Pensi che volessi diventare sindaco? Pensi che il fatto che i McAdam lo sono da quarant'anni sia una coincidenza?»

«Eppure volevi scappare insieme a me».

«E lo voglio ancora. Tu dimmi di sì e ce ne andiamo, lontano. Adesso! Faccio le valigie e ci lasciamo alle spalle questo posto. Rinuncio alla mia famiglia, li lascio nella merda per te, June».

Mi appiattisco contro il muro, fisso fuori dalla finestra. La sua auto nera è parcheggiata poco distante.

«Ti sposi fra un mese, Kolton! Hai invitato tutta Red Oak Town al tuo matrimonio. Al diavolo, due giorni dopo il nostro incontro allo chalet eri in prima pagina sul quotidiano locale insieme a Serena, lei con al dito un anello di fidanzamento degno della moglie di un sultano e tu con un sorriso che mi ha spezzato il cuore. Quindi, smettila. Non voglio riparlarne, non voglio niente da te. Se puoi aiutarmi, allora fallo, altrimenti prendi le tue cose e vattene. Non mi interessano i vostri casini, ne ho già abbastanza per conto mio. Io non lo lascio il maniero, non me ne vado. Perché, a differenza tua, non ho paura. Proteggi i tuoi segreti, tieniti le tue bugie. Io non scappo, mi hai capito bene?»

«Non puoi vincere, June. Jace ti schiaccerà come una formica».

«Smettila di parlare di lui! Nemmeno lo conosci!»

Gli occhi di Kolton si velano di sgomento. «Sono passati dieci anni. Dopo tutto quello che c'è stato fra noi, non venirmi a dire che sei ancora innamorata di lui, perché non ci credo».

«Io non amo proprio nessuno! Né te né lui. Perché siete fatti della stessa pasta. Siete crudeli e bugiardi, e fate promesse sapendo che non le manterrete. Sono stata la tua amante per sette anni, Kolton. Sette anni! Ti ho visto entrare da quella porta insieme a Serena più volte di quelle che ho piacere di ricordare, sono stata in un angolo senza fiatare, mentre la baciavi, mentre la scortavi alle feste, a ogni fottuta inaugurazione. E andava tutto bene, ma adesso è troppo. Adesso la sposi e diventa così reale che mi viene da vomitare! Quindi, no, non ti amo e non mi manchi, e non scappo insieme a te». Sono senza fiato, senza forze. Mi sfugge una lacrima dagli occhi e la scaccio via con forza. Kolton prova a toccarmi di nuovo, mi scanso.

«E invece sai cosa ti dico? Che io ti amo e mi manchi, e scapperei con te adesso, e fra un anno, e fra dieci. Qualunque cosa succederà, tu sarai sempre l'amore della mia vita, June». Srotola le maniche della camicia con gesti frettolosi e pieni di stizza, si infila la giacca. Sospira. «Ti aiuterò con il maniero, farò tutto quello che posso. Se questo ti rende felice, se rimanere qua è l'unica cosa che vuoi, allora sono dalla tua parte».

Si avvicina alla porta del mio ufficio e rimane con la mano sulla maniglia.

«Grazie» riesco a dire.

Annuisce, poi la porta si apre e si ritrova davanti Simon.

«Kolton!» grida, buttandogli le braccia intorno alle gambe.

«Ehi, ciao, campione».

«Vieni a giocare in giardino? Miss Claire ha fatto la torta al cioccolato e stiamo andando a fare ricreazione fuori».

Vederli insieme fa male più di qualunque altra cosa. Cancella tutto, mi fa vacillare per un attimo. Se lasciassi a Jace questo posto, se me ne fregassi e deponessi le armi, Simon avrebbe una famiglia. Potrei proteggerlo. Per lui fuggirei, lontano. Per lui rinuncerei a tutto. E anche se Kolton non è mai stato l'amore della *mia* vita, lo amerei abbastanza da trascorrere il resto dei miei giorni con lui.

Perché c'è sempre stato. In modi non convenzionali, in modi che non riuscirei a spiegare. Non ha dormito nel mio letto nemmeno una volta in questi lunghi sette anni, eppure mi ha amata come nessun altro. Come non ha mai fatto *lui*...

«Non posso, campione, ma ti ho portato una cosa».

Kolton si inginocchia davanti a Simon, recupera un pacchetto dalla sua ventiquattrore e glielo porge.

«Cos'è?»

«Apri» lo incita.

«Posso, mamma?»

Annuisco, li osservo da dietro la mia scrivania, con le braccia strette intorno alla vita a proteggermi.

«Wow!» esclama, svelando un cofanetto pieno di tempere. «Sono stupende».

«La tua mamma mi ha detto che dipingi benissimo, che hai un vero talento».

«Mamma esagera sempre» mi prende in giro. Vorrei correre da lui e abbracciarlo, perché quando mi guarda con quel musetto impertinente mi fa stringere il cuore. E ho una paura folle di perderlo.

«Sì, è vero. Ma io le credo» dice Kolton alzandosi in piedi. Gli arruffa i capelli, gli avvolge le spalle con un braccio. «Tu continua a fare il bravo e io ti porterò altri regali».

«Non sei più venuto, però» lo rimprovera.

«Ho avuto un sacco di cose da fare».

Simon gli rivolge un'espressione delusa. «Okay».

«Ma torno presto, promesso».

«Adesso vado a fare merenda, prima che Connor mi sgridi perché sono sempre in ritardo. Grazie per le tempere».

«È un piacere, peste».

Simon corre via, Kolton si volta a guardarmi. «Fammi parlare con il mio avvocato e con qualcuno giù in ufficio, appena ho notizie ti chiamo».

«Ci conto».

«Ciao, June».

Sollevo solo una mano e aspetto che se ne vada.

«Ciao, Kolton» sussurro, ma lui non può sentirmi. E la cosa devastante è che non provo niente nel vederlo andare via. Come se la cosa non mi riguardasse.

Ho passato così tanto tempo a proteggere i miei sentimenti, come se avessi sempre saputo che tanto sarebbe andata a finire così fra noi, che ora che se ne va davvero non sto male. Lui mi ha amata dal primo giorno, amata sul serio, io non gli ho mai nemmeno concesso una possibilità. Mi sono presa le sue carezze, i suoi baci e le sue risate, e gliene ho restituiti la metà. Lui ci ha messo tutto, io non mi sono mai fidata. Perché non potevo.

Mi accascio sulla poltrona e nascondo il viso fra le mani. Mi sento come un giocoliere che cerca di tenere in equilibrio un numero infinito di palle. Cade una, cadono tutte. Lo sguardo finisce sul fascicolo che mi ha lasciato Jace, lo accartoccio e lo lancio contro la parete.

Perché cavolo l'ho baciato? Era lì, stavamo litigando, era sconvolto e il bacio era fuori luogo. E probabilmente adesso mi odia ancora di più.

E io? Lo odio? Davvero?

Dovrei.

Oggi si riparte da zero, prendo atto che Kolton è un capitolo chiuso e Jace è sempre stato qui, annidato in un angolino della mia testa. E quel bacio ha riaperto una ferita che diventa una voragine a ogni respiro. È come se fossi divisa a metà: la June responsabile che si dedica anima e corpo a questo posto e la ragazzina di quindici anni che si sente sola e persa senza di lui.

E mi manca amarlo, mi manca da pazzi quella sensazione di cuore gonfio d'amore che mi teneva sveglia tutta la notte, che non mi faceva mangiare. E adesso che non lo aspetto più, adesso che è tornato, non so come affrontare questo vuoto che mi lascia addosso. Per la prima volta da quando è partito, respiro. Tutto intorno a me va a puttane e l'unica cosa che riesco ad ammettere con lucidità è che, da ieri pomeriggio, non sento più quell'assurda fame d'aria nei polmoni.

Capitolo 33

Jace

Ho lasciato Vince all'Inn e mi sto facendo portare dal mio autista al maniero. Ho avvisato June del mio arrivo, come mi ha chiesto, e sono pronto a tutto. Ci ho rimuginato su per tutta la settimana e sono arrivato a due conclusioni. La prima è che June, nel suo essere oggettivamente bellissima, riesce ancora a farmi sospirare. È un dato di fatto che non posso cambiare e questo non gioca a mio favore. La seconda: negli ultimi dieci anni non ho mai permesso ai sentimentalismi di interferire con i miei affari, non succederà nemmeno questa volta.

Busso almeno quattro volte prima che qualcuno venga ad aprirmi. Miss Maribel mi sorride, come se fosse davvero felice di vedermi, io mi sforzo di ricambiare.

«June è in giardino con i ragazzi, ti sta aspettando» dice prima che possa chiederle qualcosa. «Vieni, ti accompagno».

Attraversiamo il giardino e solo quando arriviamo al confine con il bosco capisco dove mi sta portando Miss Maribel.

Quando dice 'giardino' in realtà intende 'cimitero'. E quando dice 'ti sta aspettando' omette un concetto fondamentale: 'è incazzata nera e non è certo felice di vederti'.

Ma io sono pronto a tutto, giusto? Ai suoi occhi verdi, al fisico snello ed elegante, al modo sensuale che ha di scostarsi i capelli dal viso per poi sistemare le ciocche dietro l'orecchio. Sono preparato a vederla giocare con i ragazzi mentre, bendati, cercano di riconoscere le tombe.

Alla sua risata di pancia sono un po' meno pronto. Anche vederla con un neonato dentro un marsupio mi provoca un certo scompenso. Ma il colpo di grazia me lo dà suo figlio, che le corre incontro e le regala un fiore che ha strappato dal prato. Lei gli accarezza la testa, lui l'abbraccia.

'June ha un figlio' ecco l'unica cosa che devo ricordarmi, il salvagente al quale mi aggrappo.

La gelosia è una faccenda complicata. Pensi di esserne immune finché non ti ritrovi a voler spaccare qualcosa al pensiero che l'amore della tua vita ha un legame unico e indissolubile con un uomo che non sei tu.

June si volta, mi vede e il suo corpo si tende come una corda di violino. Mi avvicino di qualche passo mentre lei consegna il neonato a una delle tutrici e mi raggiunge.

«Ciao» mi saluta appena siamo abbastanza vicini per sentirci. Il sole splende alto, l'aria è tiepida e questo posto sembra uscito da un catalogo per viaggi da sogno. Perfino il cimitero risulta affascinante sotto i raggi pomeridiani di fine maggio.

June si infila le mani nelle tasche posteriori dei jeans, mi studia con diffidenza.

«Buon pomeriggio» rispondo io, mantenendo un tono formale.

Non ci saranno altre scenate da parte mia e non le permetterò di avvicinarsi tanto da rischiare di ritrovarmi una seconda volta le sue labbra sulle mie. Perché stavolta potrei non rispondere di me. Sono certo che non mi accontenterei.

«Volevi parlarmi?» Mi fa cenno con la mano di seguirla. Per un attimo penso voglia rientrare al maniero, scortarmi fino al suo ufficio, invece si mette a passeggiare. Ogni tre secondi controlla i suoi ragazzi, anche se, adesso, sono distanti e quasi del tutto avvolti dalla fitta coltre del bosco.

«Volevo avvisarti che domani tornerò con Vincent. Il mio architetto» aggiungo.

«E dovevi venire fino all'istituto per dirmelo?»

«Mi hai chiesto di avvisarti e lo sto facendo» ribatto con il suo stesso tono neutrale.

«Sarebbe bastata una mail». June si ferma, aggrotta appena le sopracciglia. «Sei strano. Troppo calmo. Ci sono altre cattive notizie in arrivo?»

«Non credo di essere strano» mi giustifico. «Sto cercando di mantenere un rapporto civile con te. Tutto qua».

Non mi crede.

«Okay. Se non c'è altro...»

«Sei impaziente di liberarti di me?» dico prima di riuscire a fermarmi. Lei si sta comportando come dovrei fare io: fredda e indifferente.

E a me dà fastidio.

«È una bella giornata e i ragazzi mi stanno aspettando. Ho sempre pochissimo tempo da passare con loro e non ho voglia di sprecarlo a parlare con te del maniero che ci stai portando via».

Mi fa imbestialire. Le sue parole, il modo di pronunciarle, la gogna che mi stringe al collo.

«Continui a mettere tutto sul piano personale. Come se fosse un dispetto a te. Mentre sono solo...»

Mi interrompe. «Affari!» Scuote la testa, un sorriso ironico campeggia sulla sua bellissima bocca. «L'hai già detto. Solo che per me *è* una questione personale, e anche per i miei ragazzi, e tu mi stai facendo perdere un sacco di tempo. Lo hai sempre fatto. Ora, per favore, vai».

Una manciata di parole, il suo sbuffo deluso e mi cala il velo nero sugli occhi. Basta così poco per mandare affanculo l'indifferenza che mi obbligo a provare per lei.

«Cosa diavolo vorrebbe dire che ti ho *sempre* fatto perdere un sacco di tempo?» sbotto.

E lei è spietata. Mi odia e non ha nessuna remora nel ricordarmelo.

«Quello che ho detto. Sei una delusione, Jace Campbell».

Prova ad andarsene, l'afferro da un braccio. «Non provarci, June. Non azzardarti a insultarmi per poi darmi le spalle. Non ti devo niente».

«Bene, perché io non voglio niente da te. Ma una cosa devi

mettertela in testa: io non starò qui ferma e buona a guardarti senza fare niente. La tua arroganza e la tua strafottenza probabilmente ti sono utili nel tuo meraviglioso mondo d'affari, a New York, ma non qui. Puoi salutarmi con tutti i 'buon pomeriggio' formali di questo mondo e guardarmi dall'alto al basso quanto ti pare, ma le cose non cambiano: tu sei senza cuore e io non me ne andrò senza aver detto la mia».

«È questo il problema, come ti saluto? Volevi che ti infilassi la lingua in bocca?» Senza rendermene conto le sono arrivato a un centimetro dal viso. Il suo profumo di fiori impregna l'aria, mi riempie i polmoni. «Sarebbe meno 'formale' per te?»

«Sei ridicolo» mi rimprovera, rossa in viso.

«Mettiamo le cose in chiaro, *Miss June*: non ho bisogno di piacerti, non ho bisogno di venire qui e fingere che mi interessi quello che pensi di me. E fra i due sei tu quella che sta cercando in tutti i modi di intavolare una discussione. Quindi, vai dai tuoi ragazzi, io torno in paese. Non siamo costretti né a vederci né a parlarci».

«Ci puoi giurare». Adesso è lei ad avvicinarsi. Tanto che devo fare appello a tutte le mie forze per non fare un passo indietro. «E, sì, non mi piaci».

Se ne va. Un passo pesante che trasuda insofferenza. Non si volta nemmeno un istante e io la vedo sparire oltre gli alberi e riemergere poco dopo davanti al piccolo cimitero. Richiama i ragazzi a gran voce, gli dice di spostarsi in giardino. Io torno indietro ed entro dalla porta della cucina.

Miss Claire sta girando la zuppa con un cucchiaio di legno, fissa fuori dalla finestra e io riprendo fiato. Ha visto tutto, non mi stupirei se avesse anche sentito la conversazione spiacevole fra me e June.

«Ce ne hai messo di tempo a tornare, eh, Jace?» dice senza guardarmi.

Quando sono tornato al maniero, una settimana fa, mi ero ripromesso di passare a salutarla, ma l'incontro con June ha oscurato il resto.

«Ho avuto da fare» ribatto, avvicinandomi.

«Dieci anni sono un sacco di tempo, un sacco di cose da fare».

«Lei crede? A me sembra passato un giorno». Mi sistemo accanto alla cuoca, spio anch'io June dalla finestra. Ha riportato i ragazzi in giardino, si fa coinvolgere in uno stupido girotondo. «Come sta, Miss Claire?»

«Bene». Annuisce. «Sapevo che prima o poi ti avrei rivisto da queste parti, caro. Non sei arrivato tardi, lo sai? Lei è ancora *lei*, e tu sei ancora in tempo per salvarla».

Ma di che diavolo parla? Sto per contraddirla, per puntualizzare che non sono affari suoi. Che non ha nessun diritto di rivolgersi a me con quel tono. Ma la sua occhiata mi mette a tacere, come se avessi ancora diciassette anni.

«Come sta sua nipote? Si trova bene a Berkeley?» chiedo, ignorando il suo commento. Mi aveva chiesto un favore, un paio di anni fa. Glielo avevo fatto senza pensarci un secondo.

«Stai cambiando discorso, Jace Campbell?» La vecchia cuoca si porta le mani ai fianchi, inclina la testa di lato, a metà fra il divertito e la voglia di picchiarmi con la paletta di legno che tiene in mano.

«Già». Sorrido.

«Sta bene, adora la sua università, studia tanto. Siamo molto orgogliosi di lei. E molto grati a te per averla aiutata».

«Mi fa davvero piacere. Credo che andrò, adesso. Ah, mi dispiace non essere passato prima a salutarla. Il ritorno a Red Oak non è stato come avevo immaginato».

«Non ne dubito» sostiene con sarcasmo. «Vuoi rimanere a cena, caro?»

È pazza? «No, meglio di no».

«Potresti vedere con i tuoi occhi come sono cambiate le cose qui, sotto la direzione di June. Sono certa che questo posto ti piacerebbe, adesso».

Respiro a pieni polmoni, cerco in qualche modo di dosare le parole. «Miss Claire, so che lei vuole salvare la sua casa, che cerca di aiutare June, lo capisco. Sono un bastardo, vi sto portando via tutto, ma non posso farci niente. Mi assicurerò che tutti i ragazzi trovino una sistemazione, che la trovi anche June.

Le prometto che darò una mano come potrò. Ma la prego di non fare leva sui miei sensi di colpa. Non ne ho».

«Sicuro?» Torna a guardare fuori dalla finestra. Mi scruta con la coda dell'occhio. «Benissimo, visto che non ne hai, permettimi di dirti un paio di cose, Jace. Quando sei andato via hai spezzato il cuore a quella ragazzina. Ti ha aspettato giorno e notte, per così tanto tempo, fino a ridursi nel fantasma di se stessa. I suoi compagni erano preoccupati a morte, persino Miss Price non sapeva più che pesci prendere. Dylan è passato ogni fine settimana per un anno, dopo essere andato via, solo per assicurarsi che mangiasse e non si lasciasse morire di fame. E tu non sei tornato. Nemmeno una volta».

Odio che mi giudichi, che metta sul piatto della bilancia solo la versione di June. Lei non c'era, lei non sa niente di me.

«Sa cosa succederebbe se June andasse alla ricerca di qualcuno che le raccontasse come sono stato io in questi ultimi dieci anni? Niente. Perché non c'era nessuno accanto a me. Nessun compagno preoccupato, nessuna cuoca gentile, nessuna tutrice a guardarmi le spalle. Forse anch'io ero un fantasma, forse non potevo tornare, forse fra i due non sono stato io a spezzare il cuore all'altro. Quindi, mi dispiace, ma le sue parole non smuovono proprio niente dentro di me. June ha preso la sua decisione tanto tempo fa, ero a una telefonata di distanza e non l'ha mai fatta. E non so nemmeno perché io le stia raccontando queste cose, o perché lei stia sorridendo. Perché sorride?»

«Ah, non badare a me, sono solo una vecchia romantica che crede nel lieto fine».

«Be', è giusto che qualcuno ci creda ancora, non trova?»

Mi giro un'ultima volta a guardare June. Ride mentre due bambini la buttano a terra e le fanno il solletico. Si respira un'aria di pace assoluta, tutto intorno. Non ho bisogno di rimanere a cena, perché la trasformazione di questo posto è sotto i miei occhi.

Non dovevo tornare, avrei dovuto mettere in conto che sarebbe stato difficile portarle via tutto.

«La ringrazio per la chiacchierata, Miss Claire. Mi tenga aggiornato su sua nipote».

«Jace, ripensaci».

Scuoto la testa. «Non posso farlo, mi dispiace». Anche se non mi dispiace affatto.

Esco dalla cucina, con il respiro corto e una voglia matta di affogare in una bottiglia di whisky. Supero la scala di servizio, poi, contro ogni logica, torno indietro e salgo fino al secondo piano. Anche la mansarda sembra diversa, le pareti sono state ritinteggiate e le persiane sono spalancate. È sempre stato tutto così buio, in questo posto, poi arriva lei e inonda di luce la vita delle persone. Tentenno davanti alla porta della mia vecchia stanza, me la immagino ancora abbandonata, ancora impregnata della mia rabbia. Invece, quando mi decido a spalancare la porta, è un'esplosione nello stomaco: è la stanza di June, adesso.

Ha abbellito le finestre con delle tendine color carta da zucchero, in tinta con il copriletto. La scrivania è stata sostituita con un tavolo da toeletta bianco, sormontato da un enorme specchio. Le pareti sono tappezzate di disegni e fotografie, di lei, di Simon, di troppi bambini. C'è anche una foto ingiallita che la ritrae insieme ad alcuni dei suoi vecchi compagni, davanti a un imponente albero di Natale. Non avrà più di dieci anni in questo scatto e riconosco Israel, Caleb e Dylan, Opal, Lisa, persino il piccolo Tyler con il broncio.

E poi la vedo: la catenina con il ciondolo a forma di libellula.

È appesa a uno degli intarsi dello specchio, con le sue ali blu cangianti ben spiegate, che virano al verde. Poso una mano sul petto e me ne rendo conto troppo tardi.

Tutto in questa piccola stanza mi parla di June: è essenziale eppure piena di vita. Niente fronzoli, niente di troppo appariscente. Sa di casa e di amore.

Mi siedo sul suo letto, fisso la punta delle scarpe. Non cambierò idea, ma ho mentito a Miss Claire: i sensi di colpa arrivano a ondate.

E non dovrei sentirmi così, non dovrebbe importarmene. Lei ha messo un punto alla nostra storia, ha scelto di escludermi. È andata avanti con la sua vita, ha un figlio. Mentre io non ho niente. Un po' per scelta, un po' per convenienza, un po' per paura.

Nessuno può portarti via quello che non hai. Incrocio il mio riflesso allo specchio. Non vado fiero di quello che sono diventato, non mi riconosco in quell'immagine che mi torna indietro. Dal di fuori sono un uomo di successo, uno che non perde tempo con stronzate come l'amore, che si prende quello che vuole. Dentro, un po' mi spezzo. Ed è lei che mi fa mettere in discussione la piega che ha preso la mia vita. Perché posso non piacere al resto del mondo, ma giuro su Dio che sapere di non piacere a lei mi fa tremare la terra sotto i piedi.

Cado di nuovo, e lei non è qui pronta ad afferrarmi.

June sta parlando con Kolton, io sono nascosto dietro una parete del corridoio a origliare la loro conversazione. Non avrei voluto farlo, mi hanno colto alla sprovvista. L'idea era quella di raggiungere l'uscita e mettere un numero infinito di miglia fra me e lei, invece li ho sentiti parlare e mi sono paralizzato sul posto.

Ho afferrato solo parte della loro conversazione, ma è stato sufficiente. Prima Kolton si è reso ridicolo implorandola di raggiungerlo in un certo chalet a Lake Woodster, poi hanno iniziato a discutere del maniero.

«Non posso credere che non ci sia niente da fare» sta dicendo June, con la voce ridotta a un lamento soffocato.

Mi affaccio quel tanto che basta per vederli, senza farmi scoprire. Sono davanti alla porta d'ingresso – la mia unica via di fuga – e lui tiene le sue schifose mani sulle spalle di June. Si avvicina pericolosamente al suo viso, io stringo i pugni.

«Troveremo una soluzione, piccola. Ti giuro che farò di tutto».

«Come?» sbotta lei. «Come la trovi una soluzione?! Se questo è un istituto privato e lui può vendere l'edificio come e quando vuole, come la trovi una soluzione?»

Lui dice qualcosa che non capisco, poi si abbracciano.

Non è uno di quegli abbracci amichevoli, è più intimo. È una manifestazione d'affetto che mi lascia con il cuore a brandelli. È lui che la rassicura, che le parla e le dice cose che io non posso nemmeno pensare, figuriamoci pronunciare. C'è una parola, fra tutte, che Kolton ripete all'infinito: 'sempre'.

«Ci sarò *sempre* per te».

«Ti aiuterò *sempre*».

«Potrai *sempre* contare su di me».

E poi arriva la stoccata finale: «Ti amerò per *sempre*».

Non so quanto tempo passi prima che la porta si apra e Kolton se ne vada. Io rimango nascosto nel corridoio, con lo stomaco sottosopra e l'amaro in bocca. E lo capisco, sul serio. Perché June è una di quelle persone che puoi solo amare, e sei condannato a farlo fino al tuo ultimo respiro.

Anche se non vuoi, anche se cerchi di rimpiazzarla, lei non te lo permette.

Lei rimane e lo fa per *sempre*.

Capitolo 34

June

È assurdo come certi uomini riescano nel duplice intento di farti infuriare come una belva mentre ti guardano come se volessero spogliarti. Non *certi* uomini. Solo uno. Solo Jace.

Se ne sta con le mani in tasca a girovagare per il maniero, impartendo ordini al suo architetto, ogni tanto mi lancia occhiate sospette che mi fanno ribollire il sangue nelle vene. Di rabbia, vorrei dire, ma perlopiù di desiderio.

Al quarto 'smantella questa stanza' non ne posso più e li lascio nell'ala ovest dell'edificio.

Miss Claire sta sfornando un plumcake dal profumo delizioso. Lo taglia a fette con cura e lo sistema su una tortiera.

«C'è del caffè pronto, Miss Claire?»

La cuoca alza lo sguardo e mi sorride. «Ne ho appena fatto una brocca».

Mi avvicino alla credenza e recupero due tazze.

«Pausa?» le propongo.

«Sì, tanto l'altro dolce è in forno e ci vorranno ancora dieci minuti».

Recupero una sedia per lei, mentre io mi sistemo su uno sgabellino che tiene sempre accanto al grosso lavello.

«Il signor Campbell ti sta facendo perdere la pazienza?» domanda cauta.

«Oh, no, quello l'ha già fatto una settimana fa, quando è tornato a Red Oak Town. Oggi sono solo rassegnata». Sbuffo.

«Ti stanno bene i capelli così». Indica il mio viso e io aggrotto le sopracciglia.

«Sono come sempre».

«Non credo, bambina mia. Boccoli e tacco dodici: se non ti conoscessi così bene, penserei che ti sia messa in tiro per *lui*».

Mi va di traverso il caffè. «Ma che dici!? E poi cosa ne sai tu del 'tacco dodici'? E, giusto per essere chiari, i miei tacchi non arrivano nemmeno a otto centimetri!»

Miss Claire annuisce, ma non mi sfugge la sua smorfia compiaciuta.

«So che Jace è tornato e ti sei truccata, vestita carina e sistemata i capelli. E non lo facevi da tempo. E hai ricominciato a mangiare come un uccellino...»

Lascia quell'ultima frase in sospeso. Mi offre una fetta di torta su un piattino e io sono costretta ad accettarla. Ne stacco un pezzo e me lo infilo in bocca, come a dirle: 'Visto? Sto mangiando!'

«Mi trucco sempre» provo a dire, con la bocca piena di questo dolce che non ne vuole sapere di finire nello stomaco. Lo mastico fino a ridurlo in una poltiglia disgustosa. Mi sforzo di ingoiare e prendo un lungo respiro. «E mi piace farmi i boccoli. Stamattina avevo un po' di tempo».

Davvero mi sono messa in tiro per quell'uomo? No, non è possibile. Mi rifiuto categoricamente di accettare una cosa del genere.

«E, comunque, Jace non è 'tornato', è di passaggio» specifico.

«E ti guarda ancora come se il mondo ruotasse intorno a te» bisbiglia la cuoca.

Sollevo di poco lo sguardo, le sopracciglia sparate fino al soffitto. «Ma figuriamoci!»

«È tornato, June...»

«Per vendere il maniero!» protesto.

Scuote la testa. «Non mi stai ascoltando, bambina. È *tornato*. E ci ha messo tanto tempo, ma adesso è qui. Ed è tornato per te... anche se forse non lo ha capito nemmeno lui» aggiunge, pensierosa.

Fisso la torta fra le mie mani, poi guardo di nuovo Miss Claire. «Cosa ci hai messo dentro l'impasto del plumcake? Perché sono certa che tu, con tutto il rispetto, stia dando i numeri. E io spero di non fare la tua stessa fine».

Poso il piattino sul grosso bancone e mi rimetto seduta. Mi pulisco i palmi sui jeans e recupero la mia tazza di caffè, l'unico motivo per il quale sono venuta qui in cucina. Perché sentirmi dire che Jace è tornato per *me* non aiuta le mie coronarie. Ed è una bugia, una che Miss Claire non dovrebbe dirmi. Sarebbe un casino se mi lasciassi influenzare dalle sue parole, se le concedessi il beneficio del dubbio. Rischierei di aprire il mio cuore, quel tanto che basta a permettere a Jace di spezzarlo. Di nuovo.

«Gli ho parlato ieri, sai? Dopo il vostro breve incontro in giardino». Miss Claire si porta le mani in grembo, cerca il mio sguardo, ma io tengo gli occhi fissi sul liquido nero nella tazza. «Ha detto una cosa strana, che era a una telefonata di distanza e non hai mai provato a chiamarlo. Cosa vuol dire?»

Mi sento messa spalle al muro. Perché diavolo Jace è andato a raccontarle una cosa del genere?

«Da quando in qua siete confidenti?» domando, sulla difensiva.

«Era parecchio turbato, ammetto di averlo provocato. Credo si sia fatto sfuggire più di quanto volesse». Sospira.

«Miss Claire, tu sei un'inguaribile romantica, lo sei sempre stata, ma stai vedendo scintille dove in realtà ci sono solo braci spente. Forse è il caso che io torni di là, prima che il fantastico Jace dei miei stivali decida di trasformare la mia sala da ballo in una pista di pattinaggio».

«Apri gli occhi, bambina».

«Oh, li terrò spalancati, credimi».

«Non mi riferisco a quello...» Lascia l'ennesima frase a metà, ma decido di ignorarla. Non posso permettermi di perdere tempo a fare congetture su Jace Campbell.

La storia è semplice: io non ho mai risposto a quel messaggio, lui non si è più fatto vivo.

E, in tutta sincerità, non ha più importanza. Non cambia la

vita di nessuno dei due stabilire chi abbia ragione o chi abbia sofferto di più. Sono passati dieci anni, non si torna indietro.

Li trovo in una stanza nell'ala ovest che discutono circa uno scrittoio malandato. L'architetto sostiene che sarebbe davvero un peccato buttarlo, che dovrebbe farlo restaurare e ridare a questo vecchio e immenso studio l'antico prestigio. Jace ribadisce di voler 'modernizzare', che tutto questo vecchiume fa pensare a una casa degli spiriti.

«Perché non ci fai una bella piscina *indoor*» lo sfotto io, arrivandogli alle spalle.

Si voltano entrambi a guardarmi, io prendo tempo a sorseggiare il mio caffè.

Vincent mi sorride da sotto i baffi, ma cerca di tornare serio quando si accorge che Jace lo sta rimproverando con gli occhi.

«O un campo da squash» proseguo. «È abbastanza *moderno* per te?»

«Sai, stavo giusto dicendo a Vincent che sarebbe interessante costruire una palestra. La piazzerei dove ora c'è la sala studio. Tu cosa ne pensi, June?»

«Penso che tu sia un verme e dubito che ti interessi davvero la mia opinione».

Vincent si sposta di qualche passo, fa finta di ammirare un leggio antico.

«Che c'è, il tuo fidanzato non riesce a trovare un modo per sbarazzarsi di me? È per questo che sei un po' 'nervosetta'?»

Che diavolo ne sa lui di Kolton e di quello che sta facendo per me?

«Non è il mio fidanzato, ma, sì, il sindaco di Red Oak Town è dalla mia parte. Sempre stato. E troveremo un modo per sbarazzarci di te... insieme». I suoi occhi diventano due fessure. Faccio un passo verso di lui.

«Non vedo l'ora di scoprire come farete» sibila. Fa un passo verso di me.

«E io non vedo l'ora di vederti fare le valigie e sparire dalla mia vita».

«Ti do così fastidio, eh, June?»

Non so come sia possibile, ma siamo faccia a faccia. Come i poli opposti di due calamite, ci avviciniamo senza riuscire a resistere a quell'impulso invisibile e ci ritroviamo a condividere uno spazio minuscolo. A respirare la stessa aria. E il suo profumo è una specie di droga.

«Non ti calcolo nemmeno».

Jace batte le mani una volta. «Ottimo! Allora direi piscina *indoor* qui e palestra al posto della sala studio».

È lui a ripristinare una certa distanza di sicurezza fra di noi, a privarmi del suo corpo, che mi sento comunque addosso. Gira per la stanza, fa finta di interessarsi al leggio che poco prima stava ammirando Vincent, mentre io non riesco a smettere di fissarlo.

«Più tardi avrò bisogno del tuo studio, se non è un problema» dice, di spalle.

«Per fare cosa?»

«Lavorare» ribatte Jace lapidario.

Alzo gli occhi al cielo e me ne vado. Inutile perdere altro tempo con lui e i suoi modi infantili, che fanno diventare immatura anche me.

Un'ora dopo siamo entrambi nel mio studio. Io seduta davanti al PC e lui di fronte a me. Non ci siamo detti una parola da quando ha messo piede in questa stanza. Vincent è andato via con la limousine, e davvero non comprendo il senso della presenza di Jace qui all'istituto.

Ogni tanto risponde – a monosillabi – al telefono, poi torna a concentrarsi su qualche documento nel suo Mac ultimo modello. Credo di non averne mai visto uno così sofisticato dal vivo.

«Vado a prendermi del caffè. Ne vuoi?» domando scocciata.

«Sì, grazie» risponde senza alzare gli occhi dal suo schermo.

Non faccio in tempo ad aprire la porta secondaria, che questa si spalanca e mi trovo davanti Connor, un ragazzo di diciassette anni arrivato al maniero quando ne aveva solo otto. È il mio braccio destro, il mio complice. Si passa una mano fra i capelli biondi che tendono al rame e i suoi occhi azzurri si posano su Jace. Aggrotta le sopracciglia, poi mi rivolge uno sguardo interrogativo.

«Connor, vieni».

Jace alza gli occhi e rivolge tutta la sua attenzione al ragazzo appena entrato.

«Ti presento il signor Jace Campbell, il proprietario dell'istituto».

Connor, educato ed estremamente formale come sempre, avanza cauto e porge la mano a Jace. Lui l'afferra, continuando a studiarlo.

«Buonasera» lo saluta Connor.

«Buonasera» replica Jace.

«Come posso aiutarti?» gli chiedo.

«Volevo prendere alcuni fascicoli dallo schedario, ma posso ripassare dopo. Non c'è fretta».

«Prendili adesso». Gli sorrido e lui si sforza di ricambiare. È sempre stato molto rigido con se stesso e con gli altri, segue le mie direttive alla lettera, mi aiuta a mantenere l'ordine. Ha un forte ascendente sui più piccoli ed è davvero facile, per me, andare d'accordo con lui. Mi ricorda com'ero io da bambina, alcune volte: sempre pronta a fare la cosa giusta, ad aiutare tutti, a non infrangere le regole. Finché non è piombato Jace nella mia vita...

«I ragazzi hanno accesso ai fascicoli degli *orfani*?»

Jace pronuncia quell'ultima parola con una punta di sdegno e mi trattengo dal cavargli gli occhi solo perché c'è Connor. Non vorrei mai che diventasse complice di un omicidio, perché giuro che ho voglia di ucciderlo!

«Connor sta facendo delle ricerche, ha la mia autorizzazione». Spero che tanto basti per metterlo a tacere. Invece...

«Lo trovo alquanto... *sconveniente*».

«Non sono faccende che ti riguardano».

«Davvero, Miss June, posso tornare dopo» insiste Connor, facendo un paio di passi indietro, in direzione della porta.

Detesto che Connor si trovi in mezzo a questa situazione, che ci veda litigare, farci i dispetti come due adolescenti. Sono un punto di riferimento per questi ragazzi, non permetterò a Jace di minare la mia autorità.

«No, fai con comodo, Connor». Gli poggio una mano sulla spalla. Nel nostro linguaggio segreto gli sto chiedendo di tenere d'occhio il signor Campbell per me.

Esco dalla stanza e torno dopo pochi minuti con una sola tazza di caffè.

Connor è già andato via.

«E il mio caffè?» mi domanda Jace.

«Ah, già, ooops! Me ne sono dimenticata».

«Certo» ribatte sarcastico. «Dovresti ricordarti che sono il proprietario, qui dentro».

«E tu dovresti ricordarti che *qui dentro* conti tanto quanto un trifoglio in un campo di trifogli».

«Non so se mi piace questo tuo nuovo atteggiamento».

«Siamo in due, mi fai diventare insopportabile». Mi risiedo al mio posto, sorseggio il caffè e sposto lo sguardo sul mio cellulare che sta vibrando. «Oh, guarda, è tuo nonno».

«Non dirgli che sono qua!» mi avverte Jace.

Ci può scommettere...

«Signor Sherman, buonasera. Che piacere sentirla! Come sta?» Esaspero il tono allegro, cosa che non uso mai quando si tratta di quel bastardo del nonno di Jace.

«Buonasera, Miss June. Sto bene, lei come sta?»

«Benissimo, grazie. Come posso aiutarla?»

Jace tiene la testa china sulla tastiera, ma sta guardando me. Cerca di capire cosa mi dice Sherman dall'altra parte della linea, io abbasso il volume così che non possa ascoltare nemmeno una parola.

«Ho sentito delle voci, in paese».

«Quali voci? Che cosa ha sentito?» mentre lo domando guardo con finta espressione turbata Jace.

«Che mio nipote è in città». Non aggiunge altro e Jace, adesso, è rigido sulla schiena, pronto a uno scontro a mano armata.

«Oh, ha sentito bene! Infatti, è proprio qua, in questo momento. Davanti a me».

'Stronza' mima Jace con le labbra.

«Vuole che glielo passi?» domando al signor Sherman, ammiccando verso di lui.

«Sì, grazie».

Allungo il telefono verso Jace. «È tuo nonno» dico con tono innocente. «Vorrebbe parlarti».

Scuote la testa, si lascia scappare dalle labbra un 'uhm' a metà fra l'incazzato e il 'questa te la faccio pagare'. Ma non può farmi niente. Si porterà via il maniero comunque, quindi tanto vale infastidirlo come posso, finché posso.

Afferra il mio cellulare con un gesto di stizza, se lo porta all'orecchio e respira a pieni polmoni prima di dire: «Ciao, nonno Kevin».

Dopodiché si susseguono solo una serie di 'certo', 'capisco' e un numero non quantificabile di 'sì' fatti con la testa.

«A cena da te, domani sera? Volentieri... Ah, vuoi che porti anche Miss June? Ne sarà felicissima». Mi scocca un'occhiata divertita.

«Non ci pensare nemmeno» lo avverto, alzandomi in piedi.

«Sta dicendo che va bene, non vede l'ora, nonno».

Stavolta è lui a guardarmi con occhi innocenti e un'espressione da 'che ci posso fare? Decisioni dall'alto!'

Attacca e mi ripassa il telefono.

«Non verrò a cena da tuo nonno».

«Mi sa che non hai altra scelta. Ora vado, la vostra connessione Internet fa più schifo di quella dell'Inn e il mio autista è arrivato».

Mentre lo dice, mi arriva alle orecchie il ronzio del motore di un'auto. Guardo fuori dalla finestra alle mie spalle ed eccola là, la sua limousine nera fiammeggiante da riccone senza scrupoli.

«Ho da fare domani sera» insisto.

«Con il tuo fidanzato?» mi prende in giro Jace. E non c'è risentimento in quelle parole, non è infastidito al pensiero di me e Kolton insieme, avverto solo una punta di sarcasmo. «Ti consiglio di rimandare, *tesoro*».

«Te ne pentirai, Jace».

«Nah, non credo. Ti passo a prendere alle sei e trenta».

Raccoglie le sue cose e le infila nella sacca da computer. Si avvicina alla porta e la spalanca.

Se ne va, non saluta, non mi degna di una seconda occhiata.

Mi accascio sulla sedia, poco dopo bussano alla porta di servizio e la testa di Connor fa capolino oltre lo stipite.

«Se n'è andato?»

«Sì, per fortuna. Vieni, ti devo parlare».

Solo le tutrici e Miss Claire sanno quello che sta succedendo con Jace e tutta la storia della vendita del maniero, ma sento il bisogno di informare anche Connor, perché lui appartiene a questo posto come gli appartenevo io. Perché qualunque cosa ci sia fuori da queste spesse mura che circondano l'istituto lo terrorizza, come terrorizzava me. E glielo devo. Presto si renderà conto che le cose, qui dentro, stanno cambiando e voglio che sappia la verità da me. È lui che, più di tutti gli altri, ho bisogno di proteggere e preparare.

E mi odierà, ma non posso più temporeggiare: Jace si sbarazzerà di noi e di Red Oak Manor. Non tornerà sui suoi passi.

Capitolo 35

Jace

Nonno Kevin sa del maniero. Non so come sia possibile, ma qualcuno non si è fatto i cazzi suoi. E punto tutto il mio patrimonio su quel figlio di puttana di Kolton McAdam.

Stanotte non ho chiuso occhio, alle cinque ero già in piedi per la mia corsa mattutina fra le strade deserte di Red Oak Town. Odio quel piccolo Inn che sembra appartenere a un'altra epoca, con la carta da parati a fiori e cianfrusaglie in ceramica, dipinte a mano, ovunque. Anche se la colazione non è male. Sono stato a cena con Vincent, ieri sera, poi siamo finiti in un pub poco lontano dall'Inn: il Red Passion. Un posto per ragazzini dove servono alcolici scadenti e salatini di dubbia provenienza. Alle undici eravamo già entrambi chiusi nelle nostre camere da letto.

Il mio autista spalanca il cancello del maniero e io, come se non fossi più in grado di controllare i miei stessi istinti, riempio i polmoni d'aria.

Nonno mi reclama per cena e vuole che presenzi anche June.

Praticamente sto vivendo il mio peggior incubo, solo che sono sveglio e sto soffocando dentro il mio completo a due pezzi blu scuro. Infilo un dito fra il colletto della camicia e la cravatta, la strattono in avanti di un centimetro.

Quando siamo fermi davanti al portone d'ingresso dico a Norman di bussare e scortare Miss June in auto. La spio attraverso il vetro oscurato, perché so che non potrò concedermi una seconda occhiata, stasera. Indossa un vestito nero al ginocchio, con una scollatura profonda ma non volgare. Si è raccolta i capelli in una coda laterale, ha arricciato le punte. Avrà un filo di trucco sul viso, forse neanche quello.

Ed è bella. Così perfetta da farmi sentire un nodo in gola. Tiene gli angoli delle labbra rivolti verso il basso, per rimarcare il fatto che non è felice di questa situazione. Norman apre la portiera, io sono rannicchiato nel lato opposto del sedile corto, con un bicchiere in mano e lo sguardo fisso davanti a me.

«Ciao» mi saluta June, scocciatissima.

«Buonasera, June».

Anche con la coda dell'occhio vedo che solleva lo sguardo al cielo.

Si siede accanto a me, a distanza di sicurezza.

«Vuoi qualcosa da bere?» le domando, usando un tono formale.

«No, grazie. Sono le sei e mezzo del pomeriggio».

«Come preferisci». Mi scolo il bourbon e poso il bicchiere sul minibar. Ci vorranno cinque minuti scarsi per arrivare a Villa Sherman e varcare il cancello di quel posto che odio a morte.

«Cosa vuole tuo nonno da me?» mi domanda, frugando nella sua borsetta alla ricerca di non so cosa.

«Non ne ho idea. Avrà saputo del maniero. Glielo hai detto tu?»

«Certo che no!» salta su. «Non ho bisogno della sua interferenza in questo momento, è già tutto abbastanza deprimente così».

«E allora sarà stato *il tuo ragazzo...*» Mi trattengo dall'aggiungere un aggettivo scortese. Me ne vengono in mente almeno quattro, riesco però a mordermi la lingua.

June sbuffa, si volta lentamente a guardarmi. «Smettila di chiamarlo così! Non lo è, ma se anche lo fosse, non sarebbero fatti tuoi».

«Almeno siamo d'accordo su qualcosa». Fisso il bicchiere vuoto, vorrei riempirlo fino all'orlo e affogare nel whisky, ma riesco a mantenere la calma. Quando ho a che fare con mio nonno, è imperativo rimanere lucidi per schivare al meglio i proiettili.

«Sei mai stata a Villa Sherman?» chiedo a June quando siamo ormai in fondo alla collina e pronti a lasciarci Red Oak Manor alle spalle.

«Mai». June digita qualcosa sul display del suo cellulare, poi lo rimette via. «Quando ha bisogno di parlarmi, tuo nonno mi telefona o viene di persona».

Annuisco, non ho nient'altro da aggiungere.

Norman mette la freccia per svoltare a sinistra e pochi minuti dopo siamo fermi di fronte alla cancellata di Villa Sherman. Le porte automatiche si aprono lentamente e io ho la sensazione di entrare disarmato nella gabbia di un leone. Qualunque cosa succederà lì dentro, ne uscirò sbranato vivo.

«Cos'hai?» domanda June, fingendo di sistemarsi l'orlo del vestito.

«Io? Niente».

«Sei nervoso» borbotta.

«Figuriamoci!» ribatto, seccato.

Ma poi la sua mano, non so come, trova la mia e la stringe. Un gesto veloce, una leggera pressione che dura il tempo di un respiro. Torna a lisciare il tessuto nero della sua gonna e guarda fuori dal finestrino.

«Non lasciarti sopraffare, sappiamo entrambi che è un grandissimo bastardo. Ma tu non sei da meno».

«Dovrei prenderlo come un complimento?» le domando mentre Norman scende dall'auto e fa il giro per aprirci lo sportello.

«Sì. O no. Prendilo come vuoi». Si volta, sospira. «Senti, il maniero è tuo, non devi rendergli conto di niente. Dovrai vedertela con me, ma questa è tutta un'altra storia. Lui non c'entra niente in questa guerra, è solo uno spettatore. E tu non hai più diciassette anni, così come io non ne ho più quindici. Non può più spaventarci, non glielo permetteremo».

I lineamenti del suo viso sono rilassati, accenna un sorriso. Mi sta dicendo che, lì dentro, siamo alleati. E lo saremo per un tempo brevissimo, ma abbiamo un nemico comune, lo abbiamo sempre avuto.

«Mi dispiace averti trascinato a questa cena» mi sento dire. Perché con June è sempre stato difficile bloccare le parole quando i pensieri si materializzano in testa. È sempre stato impossibile mentirle. Se con il resto del mondo riesco a indossare una maschera per ogni occasione, con lei cadono tutte.

«Dispiace più a me avergli detto che eri qui».

Batto con la nocca sul vetro e Norman apre il suo sportello. L'aiuta a scendere, io chiudo per un secondo gli occhi, poi poso i piedi sul vialetto di casa del diavolo in persona e mi allaccio la giacca.

June mi precede di un paio di passi, una cameriera in uniforme ci viene incontro con un sorriso smagliante. Ci scorta nell'immenso ingresso e, mentre June sgrana gli occhi sbalordita dagli affreschi sui soffitti e dagli intarsi delle colonne, io rimango disorientato a guardare lei. Vorrei afferrarla sottobraccio, tenermela stretta contro il corpo e proteggerla.

«Andiamo» dico, invece. Due scalini bassi e siamo al centro dell'imponente salone.

Nonna Helen ci viene incontro, stretta in un tubino rosso ciliegia, che indossa come una modella anche se non avrebbe più l'età per vestirsi in modo così appariscente.

«Jace, caro». Mi fa mille feste, posa le sue mani sulle mie braccia, si sporge in avanti ma non mi bacia, forse per non rovinare il trucco esagerato.

«Ciao, Helen».

Mi fa l'occhiolino, felice che non l'abbia chiamata 'nonna' davanti al personale.

«Sei sempre più affascinante, tesoro. Non vieni mai a trovarmi».

'E avrei evitato anche stavolta' penso.

«Hai ragione, Helen. Sono imperdonabile». Un po' la prendo per il culo, un po' ricasco nell'educazione severa che ho ricevuto da ragazzo.

«Ah, Miss June». Nonna Helen le rivolge uno sguardo carico di sdegno. La scruta dalla testa ai piedi, non riesce a fermare una smorfia disgustata con le labbra. «Ti trovo in forma, mia cara».

È falsa come Giuda, eppure trasuda classe. D'altronde, anche lei è vittima dell'educazione severa di mio nonno.

«Signora Sherman, buonasera. Anche lei è in splendida forma» si impone di dire June.

«Dovrai svelarmi il tuo trucco per rimanere così magra» insiste nonna Helen.

Potrei dirglielo io: il digiuno. Perché se c'è una cosa che June proprio non sa fare, è mangiare. È così esile che basterebbe una folata di vento a portarla via. E forse è quello che sogna da tutta la vita: volare via, spiegare le ali e librarsi in aria.

«Venite» dice nonna, prima che June possa rispondere. «Kevin ci sta aspettando in salotto».

June mi rivolge un'occhiata interrogativa, che sembra voler dire: 'C'è un altro salotto?' Ce ne sono almeno altri tre!

La mano di June trova di nuovo la mia, la stringe e reclama la mia attenzione. Mi fa l'occhiolino, forse per rassicurarmi. Io sto cancellando la sua vita, e lei, nonostante tutto, si rivela la persona più empatica che abbia mai conosciuto.

Sa quanto mi costi trovarmi faccia a faccia con quell'uomo e mi promette, senza dire niente, di rimanere al mio fianco.

Nonno Kevin è seduto sulla sua poltrona preferita, un sigaro in mano e un bicchiere nell'altra. I suoi occhi sono puntati su di me. È invecchiato, ma non così tanto. È come se su di lui il tempo non avesse alcun effetto. Nemmeno me la ricordo l'ultima volta che ci siamo visti, ma di sicuro mi ricordo l'ultima volta che sono stato in questa magione.

Si alza in piedi, cammina verso di noi, guarda me, ma sono le mani di June che prende fra le sue.

«Miss June, è sempre un piacere vederla».

Schifoso serpente, sa fingere bene quando vuole. Tutti in questa stanza sappiamo che la reputa inferiore a noi, una pezzente.

«Grazie per l'invito, signor Sherman» ribatte June. Mentre

lo guarda dritto negli occhi e scandisce le parole a una a una, vengo travolto da una consapevolezza: non ha paura di lui. E lui la rispetta.

Nonno Kevin lascia le mani di June, volta la testa verso di me, un mezzo sorriso stampato in faccia. «Jace».

«Nonno».

Faccio un passo in avanti, lui rimane immobile. Così stendo la mano e lui l'afferra. Mi sento gli occhi di June addosso.

«Ci spostiamo nel mio studio?» chiede nonno Kevin, guarda prima me, poi June.

«Io vado a controllare che sia tutto pronto in cucina» interviene Helen, un po' troppo su di giri. «Abbiamo ospiti importanti a cena, stasera».

Inclino la testa di lato. Ospiti importanti? Un nipote ingrato e la figlia di una sgualdrina? Va bene la sceneggiata, ma così mi sembra un po' eccessivo.

Nonno Kevin ci scorta nel suo ufficio, June ogni tre passi si volta a guardarmi, la sua preoccupazione mi investe in pieno. Così sono io a farle l'occhiolino, e spero che senta il mio 'tranquilla, sono qua'.

Nemmeno il tempo di chiudermi la porta alle spalle che nonno Kevin parte all'attacco.

«Ho sentito delle voci che non mi piacciono per niente». Si avvicina al minibar e versa dello champagne in tre flûte. «Forse uno di voi due ha voglia di darmi una spiegazione».

«Cosa vuoi sapere?» domando io. Scosto una sedia per June e aspetto che si accomodi, per poi prendere posto su quella accanto. Mi slaccio i bottoni della giacca con estrema indifferenza, sistemo la cravatta, accavallo una gamba.

«Cosa significa che vendi il maniero?» I suoi piccoli occhi azzurri inespressivi si piantano nei miei.

«Fammi indovinare...» Fingo di rifletterci per qualche istante. È assurdo come basti la presenza di June per farmi sentire invincibile. «McAdam?»

June si irrigidisce.

«Non ha importanza» ribatte secco nonno Kevin.

«Il maniero è mio. Ho trovato un compratore, lo vendo. Sono affari». Mi sembra di ripetere la stessa frase da una settimana.

«E non hai pensato che avrei gradito essere informato?» chiede con un tono che non mi piace. Passa il calice a June, poi ne porge uno anche a me. «E lei, Miss June, mi sarei aspettato una telefonata quantomeno da parte sua».

«Non metterla in mezzo. Sinceramente non comprendo la presenza di Miss June in questo colloquio. Lei è la direttrice dell'istituto, io ho intenzione di venderlo. Non può farci niente e non è tenuta a parlartene».

«Credo di poter rispondere per me stessa» interviene June, posando la flûte intatta sulla scrivania di mio nonno. «Non volevo disturbarla, signor Sherman, non prima di avere tutte le informazioni in mano, comunque. Io e suo nipote stiamo cercando di arrivare a un accordo».

Un accordo?

«Un accordo?» mi fa eco il nonno.

«Esatto. Cercheremo di trovare un punto di incontro, così che i ragazzi non siano costretti a lasciare la loro casa».

Se nonno Kevin è spaesato, io lo sono molto di più. Non c'è nessun accordo, il maniero andrà e loro andranno via con lui. Tutti. Lei compresa.

«Non è quello che ha insinuato Kolton» ribatte nonno Kevin.

«Oh, andiamo, signor Sherman». June usa un tono dolce e scherzoso, spiazzandomi. «Sappiamo entrambi che Kolton ha la tendenza a esagerare».

Sono furioso.

Come si permette di sminuire le mie intenzioni di fronte a questo bastardo? Pensa davvero che abbia ancora paura di lui?

«Il maniero me lo hai lasciato a un prezzo altissimo» erompo e aspetto che mi stiano guardando entrambi per proseguire. «E hai fatto male i tuoi calcoli. Ho fatto come volevi, ma finisce qua. Lo vendo, fine della questione». Mi alzo in piedi, mi tremano le mani. «Ho bisogno di fare una telefonata» dico. Poi lascio l'ufficio senza dargli nemmeno il tempo di replicare.

Quindici minuti dopo esco dal bagno in fondo al corridoio e June è appoggiata alla parete ad aspettarmi.

Esplodo. «Non dovevi permetterti!» l'accuso.

«Che ti prende?»

«Un accordo? Quale *accordo*, June? Vendo il maniero, fine della storia. E non ho bisogno di te per affrontare il vecchio, è chiaro? Per quanto mi riguarda, può minacciarmi, sbraitare, mettermi le mani addosso. Il. Maniero. Va».

June si indispettisce. «Pensi che non lo sappia? Credi io non l'abbia capito che fai sul serio? Ma se c'è anche solo una possibilità che tu ci ripensi, allora non posso permettermi di sprecarla. Non l'ho fatto per te ma per *me*! Perché se tuo nonno si mette in mezzo, allora sono fottuta davvero. Saresti capace di sbarazzarti di quel posto anche solo per fare un dispetto a lui».

«Non è un cazzo di dispetto!» alzo la voce. 'È una vendetta...' sbraita una voce nella mia testa.

«Giusto... sono affari. La vita di ventitré bambini, per te, sono maledetti affari».

«Non ricominciare» l'avverto.

«Invece ricomincio!» Mi strattona la giacca, mi parla a un soffio dal viso. «E lo ripeterò fino alla fine, fino all'ultimo secondo. Quel posto è 'casa' per me, per Simon, per Miss Claire e Maribel, ma soprattutto per i ragazzi che ci vivono dentro. Io me la caverò, Maribel e Miss Claire troveranno un altro lavoro, ma cosa ne sarà di quei ragazzi? Te lo sei chiesto?»

«No, June, non è un mio problema. Sopravvivranno».

«Non lo faranno!»

Qualcuno, in fondo al corridoio, si schiarisce la voce. È la cameriera.

«Scusate, non volevo interrompere. Il signor Sherman mi ha chiesto di venire a chiamarvi. Il sindaco e la sua fidanzata sono arrivati. Vi aspettano nel salottino».

«Chi?!» chiede June, diventando in una frazione di secondo bianca come uno straccio.

«Il sindaco, Miss» ripete la ragazza.

June allunga un braccio, si sorregge alla parete. «Non posso rimanere» dice senza fiato.

«La sua fidanzata?» domando io, non capendo. Guardo June, si sta mordendo fortissimo le labbra. «Arriviamo» liquido la cameriera.

Prendo June per un braccio e la trasporto di peso in bagno.

«Merda!» impreca, probabilmente senza rendersi conto che siamo chiusi in un piccolo bagno di servizio.

«Che vuol dire 'il sindaco e la sua fidanzata'?» la interrogo. Lei non mi guarda, io sto per dare di matto.

«Andiamo».

«No, non *andiamo*. Rispondi!»

«Cosa? Cosa vuoi sapere, eh?!» strepita lei di rimando. «Cos'è che non ti è chiaro?»

«Che cazzo stai combinando, June?»

«Da quando in qua ti interessa quello che faccio nella mia vita privata? Non sono fatti tuoi».

«Sei assurda». La inchiodo contro la parete e la sovrasto con il mio corpo. «Sei... assurda» ripeto. Sento che le parole mi muoiono in gola.

«Jace...» Il suo respiro ansante mi solletica la pelle del viso, io ho paura a muovermi.

«Non ti riconosco più» sussurro. Ed è un'accusa, lo è dall'inizio alla fine. La guardo, la vedo, ma non so chi ho davanti. Non mi piacciono i suoi occhi spalancati, perché mi dicono cose che non voglio ascoltare.

È l'amante di Kolton. Questa verità è così lampante che mi stordisce.

Mi allontano di un passo, mi sento tradito. Perché lei è l'unica cosa pura che c'è sempre stata nella mia vita. Negli ultimi diciassette anni ho avuto un'unica certezza: che June fosse incorruttibile.

Invece mi sono sbagliato. Alla grande.

Capitolo 36

Jace

June, seduta accanto a me, non ha detto mezza parola dal momento che ci siamo accomodati a tavola. Quando siamo entrati in sala da pranzo, è calato un silenzio surreale. Non so cosa mi abbia fatto più incazzare, se l'espressione allarmata di Kolton nel vedere June o quella furibonda della bionda accanto a lui.

Serena Bowem è la fidanzata di questo grandissimo figlio di puttana.

L'unico a parlare è mio nonno, rivolge una serie di domande specifiche sul bilancio di Red Oak Town al sindaco, che si trova costretto, suo malgrado, a rispondere.

June pilucca l'arrosto, scansa i piselli, è bravissima a rendersi invisibile.

«Come proseguono i preparativi del matrimonio?» domanda nonno Kevin, spostando la sua attenzione sulla bionda seduta davanti a me.

Il sorriso di Serena si allarga tanto che le si formano delle rughe d'espressione intorno agli occhi.

«Benissimo, signor Sherman. Io e Kolton non siamo mai stati *così* felici» enfatizza.

Sposto solo gli occhi, e Kolton sta guardando June. Di tutte le volte che ho avuto l'istinto di rovesciare questo tavolo da pranzo, questa vince a mani basse.

«Lei verrà?» domanda Serena, l'innocenza fatta persona.

«Non ha risposto al nostro invito». Lo dice con tono reverenziale, riuscendo persino ad arrossire.

«Non credo che riuscirò a partecipare, cara. Ma ho già dato disposizioni per il vostro regalo di nozze».

«Potresti andare tu, Jace» si intromette mia nonna.

Io e Kolton non possiamo evitare di scambiarci uno sguardo.

«Sarebbe fantastico» cinguetta Serena, con una vocetta da ragazzina che non le si addice. «Vero, amore?»

«Certo» annuisce Kolton, sfoggiando tutta la sua educazione. Ma non può battermi a questo gioco.

«Vi ringrazio dell'invito, ma sto ripartendo, non so quando tornerò a Red Oak».

Mi sento gli occhi di June addosso. Non le ho detto che domani mattina, prima ancora che sorga il sole, spero di essere lontano anni luce da questo posto.

«Oh, che peccato! Ma se dovessi ripensarci, il matrimonio è fra tre settimane, puoi portare chi vuoi. Ci sposiamo a Lake Woodster, in un meraviglioso ristorante sulle sponde del lago, vicino allo chalet di famiglia dei McAdam. È dove io e Kolton...» abbassa la voce, «ci siamo baciati per la prima volta».

«Che romantico!» ironizzo.

«Già riparti?» domanda Kolton, tutt'a un tratto molto interessato agli impegni sulla mia agenda.

«Non ho altro da fare, qui. Posso seguire i miei affari da New York, compresa la squadra che si occuperà della ristrutturazione del maniero» lo provoco.

«Non credo ti servirà una squadra. Fossi in te, aspetterei prima di impegnarti con qualche ditta, rischieresti di pagare una penale salata». È sicuro di sé, per qualche assurdo motivo è convinto di avermi in pugno. Non ha nemmeno la più pallida idea di quanto mi divertirò nello schiacciare anche lui.

«Di che parlate?» domanda Serena, nessuno le risponde.

«Visto che siamo sull'argomento, vorrei un paio di chiarimenti». Nonno Kevin interrompe lo scambio di sguardi fra me e questo farabutto del sindaco, che se ne sta composto a tavola con la sua futura mogliettina impostata da una parte e la sua amante dall'altra.

«Spero che non vorrai tornare sul discorso» lo avverto, fregandomene di risultare scortese di fronte ai suoi ospiti.

Gli occhi di nonno Kevin diventano di ghiaccio. «Voglio proprio tornarci, sì».

June si agita, scuote la testa e la sento trattenere il fiato.

«Kolton, forse tu potrai aiutarmi a capire se le voci che ho sentito hanno un fondamento di verità».

«Cosa c'entra il maniero?» domanda ancora Serena con un sussurro che, però, riusciamo a sentire tutti. Si agita, tamburella le unghie sulla tovaglia di lino.

«Caro, è necessario parlare di lavoro proprio adesso?» cerca di intervenire mia nonna.

«Non è lavoro» ribatto io. «Sono affari miei, e gradirei parlare di altro. Serena, dimmi, che fiori hai scelto per la cerimonia?»

La biondina con una nocciolina al posto del cervello apre bocca, ma il tono imperioso di mio nonno la mette a tacere.

«Invece vorrei parlare del mio maniero» insiste con un'intensità che una vita fa mi avrebbe fatto tremare le palle.

«Del *mio* maniero» preciso.

«Jace, ti prego». La voce di June mi arriva strozzata.

«Hai sentito bene, Kevin. Tuo nipote vuole vendere l'edificio e sfrattare tutti i ragazzi» sbotta Kolton.

«E *tu* non puoi farci proprio niente». Lo indico, voglio che sia chiaro che so che sta tramando alle mie spalle, ma io sono un passo avanti a lui. «Sentiti libero di sospendere le tue visite al maniero quando vuoi».

«Non è detta l'ultima parola» ribatte il sindaco.

«La stai aiutando?!» gli domanda Serena con una cadenza sconcertata nella voce che zittisce tutti per alcuni secondi.

«Sì. Sono il sindaco di questa città e quel posto è un'istituzione. Farò in modo che le cose non cambino» ribatte Kolton. Sono sicuro che è meno tranquillo di quanto vorrebbe far credere.

«Un'istituzione, eh?! Chiedi un po' a mio nonno cosa ci faceva con il maniero finché Miss Price era la direttrice. O forse lo sai?»

«Ma di che parli?» mi domanda June, sull'orlo di una crisi isterica.

Nonno mi lancia un'occhiata di avvertimento, Kolton impallidisce.

«Ahh, quindi lo sai» deduco, parlando direttamente a Kolton. «Non puoi fermarmi, McAdam. Ho fatto i compiti» ammicco.

«Sinceramente? Era ora che quel posto chiudesse» ci interrompe Serena sprezzante, mettendo fine a quel gioco di sguardi e al silenzio carico di tensione nella sala da pranzo. Tiene gli occhi fissi su June, poi si volta a guardare mio nonno. «Con tutto il rispetto, signor Sherman, ma un così bell'edificio in mano a *quei* ragazzi è proprio uno spreco. Avrebbe dovuto cacciarli anni fa».

«Ma come ti permetti?» salta su June.

«Cos'ho detto!?» Il tono innocente di Serena non incanta nessuno, ma soprattutto fa infuriare June ancora di più.

«*Quei* ragazzi sono i *miei* ragazzi!»

«Sei sempre stata patetica».

«Serena!» la rimprovera Kolton, alzando la voce molto più di quello che il bon ton tollererebbe mai.

«Non azzardarti a difenderla!» strepita lei.

«Non ho bisogno che Kolton mi difenda, so farlo benissimo da me. E non capisco il senso di questo incontro, dal momento che sono l'unica alla quale interessino davvero le sorti di quei ragazzi». June si alza in piedi e sbatte il tovagliolo di stoffa sul piatto pressoché intatto. «Grazie per la cena, signora Sherman, ma credo che adesso me ne andrò». E lascia la stanza senza guardare nessuno, senza degnare di uno sguardo nemmeno mio nonno.

«June». Kolton fa per alzarsi, ma la mano di Serena è più veloce. Lo blocca per un polso e gli rivolge uno sguardo truce, uno che metterebbe in difficoltà qualunque uomo del pianeta.

Nonno Kevin ha decisamente perso il suo smalto. Forse,

tutto sommato, il passare degli anni sta avendo i suoi effetti. Qualche anno fa non avrebbe mai permesso un simile comportamento alla sua tavola da parte di un branco di ventenni, e non avrebbe preso bene l'atteggiamento di June.

Mi pulisco la bocca con estrema calma, poggio il tovagliolo sul tavolo e sposto la sedia all'indietro.

«Credo che Miss June abbia bisogno di un passaggio a casa» dico, come se niente fosse. «Grazie per la cena, nonno, e sapete cosa vi dico? Che quasi quasi ci vengo al vostro matrimonio».

Mi avvicino a nonna Helen, la bacio su una guancia come piace a lei: senza toccarla. Uscendo dalla sala da pranzo mollo una pacca sulla spalla del vecchio e rincorro June.

È già nella mia limousine quando finalmente la trovo. Si sta scorticando le unghie e si è sciolta i capelli.

«Ottima uscita di scena» provo a sdrammatizzare, ma lei non mi guarda, fa finta di non avermi sentito.

«Sono stanca, puoi farmi portare a casa?»

«Non sono nemmeno le nove di sera».

«Penso di poter essere stanca all'ora che mi pare!» controbatte, in assetto da guerra.

«Norman» lo chiamo tramite interfono quando sento che chiude il suo sportello. «Riportaci al maniero, per cortesia».

June prende a massaggiarsi le tempie, infila le mani nei capelli, mi nasconde il suo viso.

«Mi sa che li hai fatti litigare di brutto. Fammi indovinare: la principessa di Red Oak Town sa della vostra relazione, ma le apparenze sono più importanti? Devi concederglielo, sposare il sindaco di questo inutile paese è il massimo al quale possa aspirare, e tu stai cercando di portarle via il titolo».

«Non sto portando via niente a nessuno, Jace. Ti prego, smettila di parlare. Ti preferisco di gran lunga quando sei scontroso e ce l'hai con il mondo intero».

Non riesco a trattenere una risata sommessa. Vorrei dirle che anch'io mi preferisco quando sono silenzioso. Che è lei a farmi venire voglia di dire tutte insieme le parole che trattengo da dieci anni.

Pochi minuti dopo siamo davanti al portone dell'istituto.

«Buonanotte» dice June quando Norman le apre lo sportello.

Solo che io non sono pronto a lasciarla andare. Domani mattina ripartirò e non so quando la rivedrò. Forse sarà quando una squadra di addetti ai lavori si presenterà al maniero per smantellarlo. E quel giorno lei mi odierà ancor più di adesso. Ho bisogno di questa serata con lei, anche se ci tratteremo da schifo e ci rinfacceremo tutti i nostri sbagli partendo dalla lettera A.

«Vengo con te» dico tutto d'un fiato.

June volta la testa di scatto. «Vieni, *dove*?»

«Dentro, mi pare ovvio».

«Non puoi. Ma poi... a fare cosa?»

«Ho bisogno di un drink» invento.

«Non tengo alcol all'istituto» specifica. Ma qualcosa cambia nella sua espressione, come se ci stesse pensando anche lei. Forse lo sto solo sognando, ma rivedo la mia June, un po' spaventata ma altrettanto curiosa.

«E allora mi offrirai un caffè».

Mi studia per una manciata di secondi, poi scuote la testa e si avvia verso il portone.

Quando entriamo, la sala da ballo è illuminata a festa. C'è un gran casino tutt'intorno. Bambini che si rincorrono, ragazzi più grandi che se ne stanno in disparte a chiacchierare.

Tutti la salutano con educazione quando varca la soglia.

«Mamma!» grida Simon. La saluta con una mano, ma non si alza da terra, dove sta giocando a un gioco da tavolo con un bambino che avrà a occhio e croce la sua età. «Non posso venire a salutarti, altrimenti Andrew bara!»

«Non è vero!» ribatte l'altro.

«Non fa niente, Simon. Ma fra poco tutti a dormire». Si avvicina a Miss Maribel, che mi sta fissando con un certo sospetto, e le dice qualcosa che non sento. Poi mi fa segno di seguirla. «Lo vuoi o no questo caffè?»

La cucina è in ordine e un leggero sentore di detergente aleggia nell'aria. June afferra una brocca pulita e riempie di polvere nera un piccolo contenitore. Mi dà le spalle per tutto il tempo mentre riempie la macchinetta del caffè. E io mi incanto a guardare le sue gambe, le scarpe di vernice nera con il tacco a spillo, la linea della sua schiena e la cascata di boccoli.

«Insomma, domani riparti» dice.

«Devo rientrare a New York». Mi accomodo su un piccolo sgabello accanto all'acquaio. Credo sia lo stesso da sempre. «Ma tornerò presto... ho detto a Kolton e Serena che parteciperò al loro matrimonio».

«Ah». June sbatte il cucchiaio sul ripiano consumato. «Sarà un matrimonio 'spettacolare'. Fai bene ad andare, ci sarà tutta la Red Oak che conta» dice, come se non sapesse che non me ne frega un cazzo di questo posto.

«Tu andrai?»

La sento ridacchiare. «Non sono stata invitata».

«E allora è un bene che mi abbiano concesso un 'più uno'. Verrai con me». Dio, perché lo sto facendo? L'unico scopo di rimettere piede qui dentro era quello di avere un minuto di tregua con lei, perché cazzo non riesco a frenare le parole?

«Al matrimonio di Kolton McAdam e Serena Bowem?» dice mentre si volta. «Te lo puoi scordare. Nel caso ti sia sfuggito, mi odia!»

«Come darle torto, giusto?»

«Le tue insinuazioni, francamente, stanno diventando un po' patetiche. Cosa te ne frega di chi mi porto a letto? Ti dirò di più, sono un po' stanca di vederti ficcare il naso nella mia vita privata».

«June, non me ne frega un cazzo di chi fai infilare nel tuo letto. Non andrò a quel matrimonio da solo, fine della questione. Sei la direttrice di questo posto, verrai con me. Dobbiamo sembrare uniti in questa storia, dalla stessa parte, per mandare un segnale forte a Kolton».

«Non lo siamo» ribatte.

«E tu rinuncerai al suo aiuto» concludo, ignorando le sue parole.

È tutto un casino fra noi. I pensieri si affollano nella testa e mi ritrovo a dire la cosa sbagliata, con il tono sbagliato, nel momento sbagliato.

«Non puoi obbligarmi» ribatte seria. «E non rinuncerò al suo aiuto».

«Di cosa hai paura? Che vederlo sposare un'altra donna ti spezzi il cuore? Perché, lasciatelo dire, il finale era prevedibile».

«Pensi che non lo sappia? Sul serio mi ritieni così cretina? La gente come Kolton non sposa la gente come *me*. Lo sappiamo entrambi da sempre».

Mi inchioda al pavimento con un'occhiata che fa male. Quando dice 'la gente come me' mi butta addosso tutto il suo risentimento, mi confonde le idee.

«Io avrei rinunciato a tutto per te». Per un attimo penso di averle solo pensate, quelle parole, invece dalla sua espressione sgomenta capisco che quella frase compromettente mi è uscita dalle labbra ed è arrivata dove non doveva arrivare: alle sue orecchie.

«Avresti...» Torna a fissare il caffè che, goccia dopo goccia, riempie la brocca. «Ma non l'hai fatto. Te ne sei andato, non ti sei guardato indietro. Ti presenti qui dopo dieci anni, vuoi portarmi via l'unica casa che abbia mai avuto, vuoi togliere il tetto sopra la testa di questi ragazzi che al mondo non hanno niente e pensi di conoscermi. Pensi di capire il mio legame con Kolton».

Sentirle pronunciare quel nome spezza l'incantesimo.

«Cosa c'è da capire? Tu ami lui, lui sposa un'altra» ribatto arrogante.

«Sei stato nella mia vita per dieci minuti, mentre Kolton mi è accanto da dieci anni. Non pensare neanche per un secondo di capire la nostra relazione. Non sai niente di noi, non sai niente di me».

Ed è il colpo mortale, quello che infligge senza remore, senza un briciolo di esitazione. Avrebbe potuto dire mille cose, invece sceglie l'unica alla quale sa che non posso controbattere. Io sono stato nella sua vita per un attimo, per un tempo così breve che avremmo dovuto già dimenticarcene entrambi tanto tempo fa. Invece siamo ancora qua, in questa vecchia cucina, dieci anni dopo, che sono stati interminabili, eppure mi sembra di non essermene mai andato.

Lei è a pochi metri da me e io non posso prenderla. Non ho nessun diritto di alzarmi da questo sgabello, andarle incontro, inchiodarla al muro e baciarla come facevo da ragazzino.

«Hai ragione» dico. «Non so niente di voi».

«Non volevo... Senti, è complicato. Non ho rimpiazzato te con lui, okay? Non è andata così. So che non ti devo spiegazioni, ma almeno questo vorrei che fosse chiaro. Con Kolton... è successo e basta. Lui non ha mai avuto il coraggio di lasciare Serena e io non gliel'ho mai davvero chiesto. Si sposa, per me è un capitolo chiuso».

«Quindi verrai con me?» le domando con un mezzo sorriso mentre mi passa una tazza piena di liquido nero e bollente fino all'orlo.

«No!» Ridacchia. «Non ci pensare neanche».

«Hai fatto un bel lavoro con questo posto».

«Grazie, ne vado molto fiera». Si porta la tazza alle labbra, si scotta la lingua e fa una smorfia buffa. «Sapevi che faceva parte del tuo fondo fiduciario?»

Scuoto la testa. «No! Ho fissato quel foglio per quarantacinque minuti nell'ufficio del notaio, quando sono stato convocato. Il mio avvocato continuava a schioccarmi le dita davanti agli occhi, ero in trance».

June prende una sedia e si accomoda a un metro da me. Allunga le gambe, le incrocia all'altezza delle caviglie.

E nemmeno me ne sorprendo. Un'altra avrebbe accavallato le gambe, mostrato qualche centimetro di pelle, ma lei è sempre stata immune a queste sceneggiate.

«Alla fine, quel vecchio bastardo ti vuole bene» insinua June, e non capisco se dica sul serio o stia facendo dell'ironia.

«Sul serio lo pensi? Mi ha lasciato l'unica cosa dalla quale mi ha tenuto lontano per anni. L'ho visto come uno smacco. 'Tieni, prenditi il maniero, adesso che è troppo tardi'».

A quanto pare, divento loquace anche con il fottuto caffè! Deve essere questa cucina, mi sono sempre esposto più di quanto volessi fra queste quattro mura. L'ho fatto anche ieri con Miss Claire.

«Vuoi la verità? Non mi ha lasciato proprio niente, June. Tre società sull'orlo del fallimento, soldi sporchi – che non ho mai toccato – e il maniero. Tutto quello che ho me lo sono guadagnato. Quando sono tornato dall'Inghilterra, dopo l'università, ho rilevato l'azienda di mio padre, che aveva del potenziale. Lui non è mai stato un uomo d'affari, gli piacciono i soldi, gli piace spenderli. Aveva una catena di hotel, mi sono indebitato fino al collo per ristrutturarli e poi li ho venduti a dieci volte il prezzo d'acquisto. Faccio questo nella vita: compro società, le rimetto in piedi, le rivendo».

«È un po' triste» sussurra, soffiando nella tazza.

«Cosa?»

«Prendi una cosa brutta, la trasformi in qualcosa di unico e poi la dai via». Non l'avevo mai guardata da questo punto di vista. Scuoto la testa, si sbaglia. «Stai facendo lo stesso con il maniero: prendi una cosa che cade a pezzi, la riporti al suo splendore originale e poi te ne liberi. Con tutto dentro. Non ci metti il cuore».

«Sono affari, il cuore non c'entra niente» ribatto.

«Non ti sei mai affezionato a uno dei tuoi *lavori*? Non c'è mai stato qualcosa che ti abbia fatto pensare per un attimo 'magari questo lo tengo per me'?» Si sporge in avanti, punta i suoi bellissimi occhi nei miei e fa fermare il mondo.

«No, June. Prendo, sistemo, vado via. Funziona così».

«Quindi noi siamo solo un altro dei tuoi progetti?» chiede, delusa.

'No, tu sei qualcosa che non posso sistemare: sei già perfetta così. E non ti darei mai via'.

«Più o meno».

June annuisce, si alza in piedi e svuota il caffè nell'acquaio, poi ci lascia la tazza dentro. Si porta due ciocche di capelli dietro l'orecchio.

«Cosa intendevi prima, a tavola, quando hai detto che Sherman e la Price facevano cose 'strane'?»

«Non è importante, June. È acqua passata, non ci pensare più». Non si fida, ma non insiste.

«Adesso devo proprio andare, Jace».

«Avevi promesso...» dico con la voce che si incastra in gola. Mi alzo anch'io, solo che lei si allontana, raggiunge la porta della cucina.

«Cosa?»

«Che non avresti mai più pronunciato quelle parole».

Annuisce. «E tu avevi promesso di tornare. Siamo entrambi bugiardi».

Capitolo 37

June

Non pensavo andasse fino in fondo con questa buffonata. Sinceramente? Credevo scherzasse quando, tre settimane fa, in questa stessa cucina, mi ha detto di volere che andassi con lui al matrimonio di Kolton e Serena.

Impuntarmi non è servito a niente; sbraitare, ancora meno. Mi ha fatto chiamare da suo nonno. Non lo sente né lo vede da anni, ma per farmi questa cattiveria... oh, per quello l'ha chiamato!

Mi trema la mano attorno al bicchiere pieno d'acqua, cerco di controllare il respiro. E lui sta arrivando. Da un momento all'altro, Maribel verrà a chiamarmi per dirmi che Sua Maestà, il Re dei Vili, è fuori che mi aspetta.

È una splendida giornata di fine giugno e io dovrò passarla a Lake Woodster, a guardare il mio ex amante che sposa la donna che più detesto sulla faccia della Terra.

«June». Sussulto, non mi volto. «Jace è arrivato» mi informa Maribel.

Unica nota positiva: abbiamo saltato la cerimonia perché Jace aveva degli impegni *improrogabili* a Manhattan. Così arriverò al ristorante di lusso, scelto dagli sposini per il ricevimento, quando loro saranno già marito e moglie. La cosa assurda è che non riesco a provare niente a quel pensiero. Il tradimento che avverto sottopelle è solo una diretta conseguenza del comportamento infantile di Jace.

Qualunque cosa voglia dimostrarmi, portandomi in quel posto, giuro che non la capisco.

«Arrivo» rispondo fra i denti.

Ho comprato un vestito verde smeraldo in un negozio di Red Oak Town che vende abiti eleganti di seconda mano. Uno di quei posti dove le ricche signore del paese vanno per sbarazzarsi dei loro acquisti dopo averli indossati solo una volta. Uno spreco senza fine.

Misty, una ragazzina difficile di sedici anni, si è offerta di acconciarmi i capelli. L'ho lasciata fare perché è stata la prima volta che ha mostrato un minimo di interesse per questo posto, da quando ha varcato il portone del maniero. Sapevo che voleva farlo, nonostante me lo abbia chiesto come se mi stesse facendo un favore, e anche se ha optato per uno chignon a dir poco creativo, non ho battuto ciglio. Poi, insieme alle altre ragazze, è rimasta a guardarmi mentre mi truccavo. D'altronde, questo è il matrimonio dell'anno. In paese non si parla d'altro da mesi.

«Sei veramente bellissima» sospira Maribel quando mi decido a posare il bicchiere nel lavabo e a voltarmi.

«Grazie» replico imbarazzata. Non voglio essere bellissima, solo invisibile.

«Andrà tutto bene» cerca di rincuorarmi. Non sono mai stata brava a confidarmi con le persone e ho sempre cercato di tenere riservata la mia vita privata, ma Maribel non è una stupida, non lo è mai stata. Sa benissimo della mia storia con Kolton ed è preoccupata.

«Tu dici, Maribel? Perché io ho la sensazione che ricorderò questo giorno per il resto della mia vita. Come un incubo» aggiungo, forzando una risata per sdrammatizzare.

«Si mangerà le mani».

«Lo spero» ribatto divertita, anche se non lo penso. Non voglio che si mangi le mani, voglio che, nonostante tutto, sia felice.

«Non parlavo di Kolton...» Maribel mi fa l'occhiolino ed esce dalla stanza.

Parlava di Jace... e sinceramente non capisco che mani dovrebbe mangiarsi. Per lui sono un ostacolo, uno che, se non riuscirà a superare, abbatterà senza remore, senza un briciolo di pietà.

Incrocio prima Connor nei corridoi, che mi guarda un po' stupito, poi Simon, che per poco non mi sporca il vestito con le sue manine impiastricciate di tempera.

«Sembri una fata, mamma!»

Mi chino per baciarlo sulla testa. «E tu sembri un piccolo mostro verde» gli faccio notare. «Non tornerò tardi, promesso. E se sarai ancora sveglio, ti leggerò la tua storia preferita».

Simon annuisce, ma abbassa la testa e si fissa i piedi, come se un problema enorme gli fosse piombato fra capo e collo, e lui non fosse in grado di reggerne il peso.

«Ehi, che succede?»

«Mi mancherai» dice tutto d'un fiato.

Gli accarezzo una guancia. «Starò via solo poche ore, amore».

I suoi occhi cioccolato si piantano nei miei. Tutta la sua insicurezza è colpa mia, lo è dal primo giorno. Ho sempre avuto così tanta paura di perderlo che l'ho chiuso dentro una piccola bolla insieme a me e non mi sono mai allontanata troppo. Io avevo bisogno di controllare ogni suo respiro e lui si fida di me al punto da sentirsi perso quando vado via.

«Chi è quel signore con la macchina nera che ti sta aspettando?»

«Si chiama Jace».

«Hai detto che è una brutta persona, perché vai via con lui?»

La sua innocenza mi lascia senza parole per qualche secondo.

«Non è una brutta persona, amore. Ero solo arrabbiata e ho detto una cosa sciocca che non pensavo. Come quando tu litighi con Andrew e dici che non vuoi più giocare con lui, ma poi fate pace».

«E tu ci hai fatto pace, con quel signore?»

«Ci sto provando». Gli sorrido, non riesco a smettere di accarezzarlo. «Adesso devo andare. Farai il bravo?»

Il piccoletto annuisce, il broncio è sparito. Corre via e io mi ritrovo a respirare a pieni polmoni.

Jace mi sta aspettando davanti alla sua auto.

È elegantissimo e talmente bello da farmi seccare la gola. Provo a dare la colpa al caldo, ma so per certo che a sconvolgermi sono i suoi occhi azzurri che mi fanno la radiografia e il suo viso privo di imperfezioni.

Fino a due secondi fa lo odiavo, ora, mentre mi viene incontro con un sorriso incerto, non ne sono più tanto convinta.

«Ciao» mi saluta, a corto di voce.

«Buonasera» replico io.

«Sei... stai benissimo».

«Grazie». Mi guardo intorno, imbarazzata. Sono stata così impegnata a maledirlo che avevo sottovalutato l'effetto che mi fa il suo sguardo addosso. «Andiamo?» dico, sperando di sembrare decisa.

Jace annuisce. Prima che riesca a muovere un passo, con un gesto sleale, mi prende sottobraccio e mi scorta fino alla limousine nera.

Dentro l'abitacolo la temperatura è perfetta e il suo profumo divino impregna l'aria. Si accomoda accanto a me, versa dello champagne in due bicchieri e me ne passa uno.

«Fumi ancora?» mi domanda, prendendo un pacchetto di Marlboro dalla tasca interna dello smoking.

«Sì».

«Sempre solo una sigaretta prima di andare a dormire?»

Sorrido. «Nello stanzino, come ai bei vecchi tempi. Non voglio che i ragazzi mi vedano fumare».

Mi passa una cicca, io l'accetto.

È stato via tre settimane e ogni maledetto giorno mi sono ritrovata a fissare fuori dalla finestra del mio ufficio, sperando di vedere la sagoma di questa macchina risalire la collina. E non ha senso, perché i miei pensieri dovrebbero essere per Kolton, invece è Jace, con la sua presenza ingombrante, con i suoi modi cauti, a prendersi tutte le mie attenzioni.

Rimaniamo in silenzio lungo il tragitto: io guardo fuori dal finestrino, lui gioca con il suo cellulare.

L'autista parcheggia poco distante dall'entrata del ristorante, dove un grosso cartello recita 'Tanti auguri, Mr. e Mrs. McAdam', poi scende dall'auto e si piazza davanti allo sportello di Jace, in attesa.

«Non dobbiamo andare» dice Jace guardandomi in faccia. «Ti riporto a casa».

«*Adesso* ti fai venire i sensi di colpa?»

«Non sono sensi di colpa» ci tiene a precisare.

«E cosa sono? Rimorsi di coscienza? Perché me lo devi proprio spiegare, Jace. Che senso aveva costringermi a venire qua? Stai cercando di umiliarmi ancora di più?»

«Umiliarti?» domanda offeso. «Sei completamente fuori strada».

«E allora spiegami!» sbraito.

Odio non essere in grado di avere una conversazione civile con lui. Cosa diavolo ci è successo? Come è possibile che riesca sempre a insinuarsi sotto la mia pelle?

«Lascia stare».

Sta per bussare al suo vetro, ma gli afferro la mano.

«No, non lascio stare!»

«Come hai potuto diventare l'amante di quell'uomo? Fra tutti, June, come cazzo ti è venuto in mente di scegliere proprio *lui*?» Fuma di rabbia.

«È questo il problema? Kolton?»

«Sì, cazzo! È proprio questo il problema! Mi fai imbestialire, mi fai diventare... una belva! E nessuno ci riesce come te. Mi sembra di impazzire, ho di nuovo diciassette anni, sono fuori da quel maledetto bazar e lui mi guarda in faccia e ha il coraggio di dirmi che appena me ne andrò tornerai da lui, che sei sua. E, cazzo, ha sempre avuto ragione!»

Mi afferra per le spalle, con un gesto che non mi aspetto mi stende sul sedile e me lo ritrovo addosso. Così vicino da specchiarmi nelle sue iridi di un azzurro irreale, che gridano aiuto.

«E invece io pensavo che fossi mia» sussurra, stremato.

'Lo ero. Lo sono. Lo sarò sempre'.

La sua mano raggiunge il bordo della gonna del vestito, la solleva di qualche centimetro. Quel tocco prepotente mi fa tremare la spina dorsale. Ma sono i suoi occhi nei miei a fermare il tempo.

«Sei bellissima...» incespica in quelle due parole, come se gli costasse la sua stessa vita pronunciarle. «E mi fai incazzare».

Si abbassa su di me di alcuni centimetri e mi sfiora il collo con il naso, scende fino alla scollatura, ci lascia sopra un bacio casto.

«Ti ricordi solo quello che ti fa comodo». Le parole mi escono di bocca strangolate. Gli accarezzo una guancia, lui scuote la testa. «Io ti aspetto da quando ho undici anni...» mormoro le stesse parole che, quel giorno, al centro di Town Square, gli avevo urlato addosso.

Forse per la prima volta riesco a metterlo a tacere. E lui?

Lui mi bacia.

Ma sono io a non accontentarmi. Perché quando sono fra le sue braccia ho sempre l'impressione che la mia pelle prenda fuoco e lui sia l'unico capace di placare il dolore. Anche se siamo al matrimonio di Kolton e Serena, anche se mi ha trascinata qui per ferirmi e non si risparmia nel riversarmi addosso il suo risentimento infinito, lui mi bacia e io prego in silenzio che non smetta.

Intrufolo le mani nei suoi capelli e lo costringo a darmi di più. Molto di più. E se la sua bocca sulla mia mi fa esplodere il cuore, è quando mi sfiora in mezzo alle gambe che capisco che dopo di lui c'è sempre stato il vuoto, che ho cercato di riempirlo in tutti i modi, ma non è servito a niente.

Gli sfilo la giacca, lui mi solleva il vestito stropicciandolo fra le mani, posa la sua lingua divina sulla pelle nuda della mia pancia e fa di me ciò che vuole.

Tutte le parole del mondo non possono competere con questo momento, non esiste ingiuria troppo grave che possa rovinare 'noi'. E mentre la sua bocca mi fa tremare di desiderio, io mi illudo che sia tornato davvero per me, che stavolta rimarrà.

Sono nascosta su una delle terrazze da quando ci siamo alzati da tavola. Sotto di me, la festa nuziale prosegue nello sfarzo esagerato. E ho perso di vista Jace.

Non so con quale coraggio sia riuscita a guardarlo in faccia durante la cena. Dentro quell'auto, tre ore fa, il bacio si è trasformato in un groviglio di mani impazienti, lingua e gambe, sospiri e gemiti. Mi passo una mano sulle labbra, come se non riuscissi a capacitarmi che sia successo davvero. Se Norman non fosse rimasto a piantonare uno degli sportelli, sotto il sole, sono certa che, oltre alla giacca di Jace, sarebbero volati via anche il mio vestito e i suoi pantaloni.

Durante la cena è rimasto perlopiù in silenzio. Forse si sta chiedendo anche lui il senso del nostro bacio. E immagino si sia già pentito di essersi lasciato andare in quel modo con me.

Ho incrociato Kolton, appena siamo entrati al ristorante, l'ho salutato con un 'ciao' incerto. Lui, senza farsi notare, mi ha rivolto un cenno col mento chiedendomi di seguirlo. Forse non dovevo farlo, non il giorno del suo matrimonio, non dopo essere stata a un passo dal fare sesso con Jace Campbell nella sua limousine. Il nostro incontro è durato pochi minuti, ho parlato perlopiù io. Gli ho detto che era elegantissimo nel suo *tuxedo*, che ero felice per lui, che gli auguravo il meglio. Lui ha annuito, non si è avvicinato. Ci siamo detti addio. Dopo sette anni e un milione di scuse negate, ci siamo salutati per sempre con un «Buona fortuna, Kolton» e un «Sarai sempre il mio primo grande amore, June». Poi, ognuno per la sua strada.

Tutto sommato sembra felice mentre stringe mani e sorride ai suoi invitati, e io spero che lo sia davvero.

La band annuncia che la sposa aprirà le danze con il padre. Appoggiata alla ringhiera, mi incanto a guardarli avanzare, mano nella mano, verso la pista da ballo. Serena, nel suo vestito bianco, è perfetta. Sembra un angelo. Gli occhi di trecento persone sono puntati su di lei mentre la vaporosa gonna di organza struscia sul prato.

Per la prima volta da quando la conosco, un po' la invidio. Non è l'abito da sogno, o la grazia con la quale lo indossa, è un'invidia più profonda che mi fa domandare mille volte perché alcune persone nascano così fortunate, mentre ad altre spetti un destino beffardo.

«Sei qui». La voce di Jace mi arriva alle spalle, ma non mi volto. Lui viene a mettersi accanto a me, anche lui sta guardando la festa.

Rimaniamo in silenzio per una manciata di minuti.

«È mio padre» dico, così piano che penso non mi abbia nemmeno sentita.

«Chi?»

«Lui». Indico il centro della pista. «Bowem. Richard...»

«Serena è tua sorella?!» chiede Jace, scioccato.

«Sorellastra» preciso.

«E da quanto lo sai?»

«Tre anni, più o meno. L'ho scoperto un paio di giorni dopo aver preso il posto di Miss Price. Hai presente lo schedario nel mio ufficio? L'ha sempre tenuto chiuso a chiave. Ho imparato tante di quelle cose da farmi esplodere la testa! Sai quante volte hanno provato a adottarmi?» Faccio finta di pensarci su. «Quattro. Anche la signora bionda dagli occhi verdi come i miei che profumava di vaniglia voleva adottarmi. E Richard non lo ha permesso. Era lui a pagarmi la retta alla Hills High School, non avevo vinto proprio nessuna borsa di studio offerta da tuo nonno».

Mi sporgo oltre la ringhiera, guardo di sotto. La mamma di Serena sta chiacchierando con alcuni ospiti, gesticola tantissimo e quasi versa per terra lo champagne che tiene in mano. È la felicità fatta persona. E Kolton se ne sta in disparte, a chiacchierare con quella faccia da culo di Sebastian, il suo testimone di nozze, che per l'occasione si è infilato un terribile smoking viola.

«Come hai fatto a scoprire che era proprio Bowem?» Jace, adesso, dà le spalle alla festa, guarda me.

«Mia madre aveva compilato uno stupido certificato di nascita. Ho riconosciuto la sua calligrafia. Aveva messo tutti i suoi dati e quelli di Richard. Lei non ha fatto in tempo a firmarlo, lui non ha mai avuto intenzione di farlo. Mi sono sempre chiesta chi fosse stato a darmi questo nome ridicolo». Ridacchio. «Ora so che è stata lei. Le piacevano i fiori, a quanto pare».

«Mi dispiace».

«Per che cosa ti dispiace? Per avermi trascinata qui? Al matrimonio di mia sorella, che sapeva tutto dall'inizio e mi ha tormentata fino allo sfinimento, che ha sposato l'unico uomo che ci sia mai stato davvero per me? O pensi che mi dispiaccia vedere Richard ballare con lei? Perché non mi interessa».

Forse ci casca, forse fa finta di credermi, non lo so. So solo che non riesco a guardarlo.

«Gli hai mai parlato? A Bowem, intendo».

«Oh, sì! Il giorno stesso in cui l'ho scoperto. Sono entrata nel suo ufficio come una furia». Mi vergogno al pensiero. «Tornassi indietro, non lo rifarei mai. Mi risparmierei quella scena patetica, le sue scuse false, i suoi occhi lucidi mentre mi dice che sono stata uno sbaglio, che mia madre non ha significato nulla. Insomma, potevo convivere con il fatto che l'avesse lasciata da sola, che non avesse avuto abbastanza palle per stravolgere la sua vita e crescere me, potevo accettare anche che non avesse mai permesso la mia adozione per tenermi sott'occhio, ma sentirgli dire che ero stata un errore... be', quello ha fatto un po' male».

«Kolton lo sa?»

Scuoto forte la testa. «No, non lo sa. Non lo sa nessuno. Be', tranne Serena, lei lo ha sempre saputo».

Jace si avvicina, mi afferra da un braccio. «June, andiamo via».

«E perché?» Mi armo di coraggio e incrocio il suo sguardo. La sua pietà mi si incolla addosso, mi guarda come mi guardano tutti: 'povera June, cresciuta in un orfanotrofio, non ha mai avuto una chance di cambiare vita'. «Non sono più una ragazzina, ho la mia vita e loro non ne fanno parte. Pensavi davvero che fosse per Kolton che non volevo venire? Perché ci ho messo una pietra sopra tanto tempo fa. C'è stato un momento in cui l'ho amato tantissimo, che ci ho anche un po' creduto. Ti avevo cancellato a forza dalla mia testa e lui era ancora lì che mi aspettava, e volevo andare avanti, perché sapevo che non saresti tornato. Erano passati tre anni, tutti i miei compagni avevano lasciato il maniero e io avevo rinunciato alla borsa di studio per il college. Non avevo niente, tranne lui. Solo che non mi dava quello che volevo, non alla luce del sole. Così ho iniziato a farmelo andare bene, a convincermi di non meritare di più, finché ho smesso di amarlo».

«È il padre di Simon?» Trattengo il fiato a quella domanda.

«Fa differenza?»

«Sì, molta. Perché se è il padre di quel bambino, io scendo e lo prendo a calci in culo, e non smetto finché non passa la rabbia».

Gli accarezzo una guancia, fa un male cane toccarlo. «Non è lui».

Si aspetta che prosegua la frase, che gli dica la verità, ma non posso. Gli ho concesso più di quello che si merita.

Un quartetto d'archi suona *The Sound of Silence* e io mi avvicino a Jace, è inevitabile.

«Non aggiungi altro?» mi chiede in un sussurro.

«No. Perché dovrei farlo? Io non so niente di te, di quello che hai fatto in questi anni».

«Ah, capisco. Sei in cerca di una confessione». Mi sorride e io mi incanto a guardarlo.

«Non una confessione, magari solo qualche dettaglio. Giusto per combattere ad armi pari».

«Mi sono diplomato al Saint Paul, poi mi sono laureato a Oxford. Sono tornato negli Stati Uniti dopo un anno dalla laurea e mi sono trasferito a New York City. Per un po' ho lavorato nel mondo della finanza, ma non faceva per me».

Annuisco.

«E sto divorziando» conclude.

È sposato? Jace Campbell ha una moglie? E io l'ho baciato, due volte! Perché diavolo non me l'ha detto? Perché cazzo non porta la fede?

Sposato...

Con chi? Il mio stupido cervello gira a vuoto, annaspa nel tentativo di dare un senso alla sua confessione.

Adesso è lui a sporgersi oltre la balaustra e a guardare di sotto gli invitati che si accalcano davanti al bar.

«Quel bastardo di mio nonno ha messo una clausola al mio fondo fiduciario, una stronzata da film, tipo: 'Se vuoi i soldi, devi sposare una ragazza di buona famiglia' e un sacco di altre cazzate. E l'ha fatto perché mi conosceva, pensava non avrei mai accettato, invece io non volevo dargliela vinta. Che coglione, eh? Credevo di batterlo al suo stesso gioco, ma non ci sono mai riuscito. Così ho sposato Tammy, le ho reso la vita un inferno, e adesso divorzio».

Rimane in silenzio per alcuni secondi. Io non so come reagire alle sue parole. Recupera il pacchetto di sigarette e, come sempre, ne offre una anche a me. La prendo senza esitare, senza riuscire a smettere di riascoltare nella testa le sue parole: 'Così ho sposato Tammy, le ho reso la vita un inferno, e adesso divorzio'.

Com'è possibile che sia diventato così freddo e distaccato? Cosa diavolo gli è successo in questi anni per averlo reso tanto indifferente alla vita?

Fumiamo in silenzio, io cerco di metabolizzare le sue parole. Spegne la sigaretta contro la ringhiera, poi butta il mozzicone a terra. Io imito il suo gesto, perché non credo riuscirei a mettere un passo davanti all'altro per raggiungere un posacenere.

«Fammi indovinare: non è abbastanza bella, o abbastanza intelligente, o abbastanza compiacente per il grande e unico Jace Campbell?» lo prendo in giro, nel misero tentativo di alleggerire la tensione.

Jace mi guarda, sorride appena, è così triste. «Qualcosa del genere, June. Non è abbastanza...»

Mi scruta in modo strano, come se si aspettasse di vedermi leggere fra le righe. Come se mi stesse implorando di arrivarci e salvare entrambi. Ma io non lo capisco. Un tempo, forse, le parole erano superflue fra noi, ma stiamo parlando di una vita fa, quando, chiusi in uno stanzino polveroso, bastavano una sigaretta e un bacio per essere felici. E lo ero, felice, come non mi è mai più capitato di essere.

Mi schiarisco la voce. «Secondo te dobbiamo aspettare il taglio della torta per andarcene?»

«Secondo me dovremmo ballare».

«Ballare?!» Rido. «Vuoi trascinarmi su quella pista davanti a tutti? Scordatelo!»

Jace mi prende per mano, il mio cuore fa le bizze. Ma è il modo in cui mi fissa a farmi tremare le ginocchia, come trattiene il fiato quando lo guardo negli occhi. Non sembra nemmeno lui in questo momento. E mentre ci studiamo, mentre intreccia le mie dita alle sue, succede qualcosa di incredibile: il mondo si ferma.

«Balliamo qua».

Un battito di cuore dopo, sono fra le sue braccia. La band scelta da Kolton e Serena sta suonando *Always Remember Us This Way* di Josh Rabenold, e Jace mi trascina in una danza lenta. Ci muoviamo appena, ci avviciniamo di un centimetro alla volta, cauti. Il suo profumo mi rilassa, la sua mano sulla vita mi fa mancare la terra sotto i piedi.

Una distesa di stelle sopra di noi e un tavolino in ferro battuto a pochi metri sono gli unici testimoni di questo ballo improvvisato. Poggio una mano sulla spalla di Jace, lui mi sfiora appena la schiena con le dita. Non riesco a smettere di guardarlo, di cercare qualcosa di sconosciuto in quegli occhi. Se solo non avessi ripensato al suo viso ogni istante degli ultimi dieci anni, forse potrei sopravvivere a questo momento.

Invece mi concede uno di quei suoi bellissimi sorrisi a metà e ci ricasco. Sapevo di essermi persa, a un certo punto, solo che non avevo idea che quella parte di me che non trovavo più ce l'avesse lui.

Mi sfiora la tempia con le labbra, ci lascia un bacio sopra.

«Mi devi delle scuse» sussurra.

Scosto di poco il viso, lui mi guarda con aria offesa, offesissima. Tiene il mento sollevato, con atteggiamento spocchioso, come se non ammettesse repliche. Vuole delle scuse e le vuole da me. Ma, soprattutto, le vuole adesso.

«Posso sapere per cosa?»

«Oh, andiamo, lo sai». Aumenta il ritmo del nostro ballo, aumenta la stretta, aumenta l'intensità con la quale mi contempla e mi mette a nudo. «Per esserti messa con quell'idiota che, per inciso, odiavi a morte. E per non aver risposto al mio messaggio. E anche per avermi baciato, quel primo giorno in mezzo al corridoio. Pretendo delle scuse e pretendo che siano sincere».

«Non mi scuserò per averti baciato. Posso farlo per tutto il resto, ma non per quello».

«Stavi cercando di corrompermi» insiste.

'O forse stavo solo cercando di dirti che mi sei mancato...'

«Anzi, sai cosa ti dico? Che non mi scuso affatto. *Lui* c'era quando tu eri dall'altra parte del mondo a dimenticarti di me, quindi prenditela solo con te stesso. E per quanto riguarda il messaggio, non potevo risponderti. Eri appena partito e dovevo lasciarti andare, ma tu puoi scusarti per non essere mai più tornato, come mi avevi promesso».

'E mi stai portando via la mia casa...' penso, ma tengo quel commento per me, perché non ho più voglia di litigare con lui. Non in questo momento, non mentre le sue mani mi stringono e il battito del suo cuore si sincronizza con il mio.

«Io? No, ragazzina, scordatelo!»

«Perfetto, allora facciamo che nessuno dei due si scusa e la chiudiamo qui».

«Cosa chiudiamo qui?» Si avvicina di un soffio, preme ancora più forte la sua mano contro la mia schiena. «Il messaggio? Il tuo amante? O il bacio? Cosa vuoi chiudere, June?» mi chiede sulle labbra, mentre una folata di vento mi solleva di poco il vestito e i suoi capelli si scompigliano.

«Tutto». Sospiro. «Tranne il bacio».

«Okay. Allora ci teniamo il bacio».

Mi fa volteggiare sulla terrazza, mi sfiora il collo con le labbra, io cerco di non ripiombare nella confusione più totale. Quella in cui mi ha lasciato l'ultima volta che se ne è andato, dopo la notte più spettacolare della mia vita.

Rivedo le sue mani che mi spogliano piano, i suoi baci febbricitanti, e capisco che la sua assenza non era reale. È sempre stato qua, a un passo da me. Anche quando non lo vedevo, lo sentivo con tutta me stessa.

Mi lascio abbracciare, gli concedo questo ballo, consapevole che presto finirà, e chiudo gli occhi. Domani torneremo a far finta di odiarci, perché così è più facile per entrambi, e questo momento rimarrà solo uno dei tanti ricordi. Forse il più bello.

Balliamo per tutto il tempo, incapaci di lasciarci, finché non sento il mio cellulare squillare nella borsetta. Ancora prima di rispondere a Maribel, so già che qualcosa non va.

È una stupida sensazione alla bocca dello stomaco, una morsa feroce che mi prende in contropiede.

Mi bastano un 'pronto?' e il suo 'June...' pronunciato fra le lacrime per crollare.

Capitolo 38

Jace

È successo tutto nel giro di una manciata di secondi. Stavamo ballando, circondati da rose e drappeggi di tulle bianchi, a malapena sentivo la musica, tanto ero concentrato sulla sensazione di pace assoluta che solo stringere June fra le braccia mi regala, e stavo per baciarla. Baciarla sul serio, non come qualche ora prima in auto, accecato dal desiderio e dalla rabbia.

Sarebbe stato un bacio unico, il primo di mille, o forse l'ultimo al mondo. Non aveva importanza, ero esattamente dove volevo essere.

Mentre ora siamo nella limousine e stiamo sfrecciando a tutta velocità verso il maniero, e lei non ha ancora detto una parola: fissa il vuoto e si è chiusa a riccio. È sconvolta, preoccupata, terrorizzata, e mi lascia fuori dal suo piccolo mondo.

Dopo aver risposto al telefono, è schizzata giù per le scale della terrazza e corsa verso l'auto. Io, dietro di lei, ho provato a chiederle cosa fosse successo, ma le uniche parole che ha pronunciato le ha rivolte a Norman: «La prego, mi riporti subito al maniero. Adesso!»

«Di corsa» ho aggiunto io.

Quando l'auto si ferma davanti al cancello di Red Oak Manor, è lei a scendere per spalancarlo. Rientra nella limousine e trema come una foglia.

«June, porca miseria, cosa è successo?»

«È tornata» dice in preda al panico. «Me lo porterà via».

Prima ancora che l'auto si fermi del tutto, è già scesa e io dietro di lei.

È mezzanotte passata, mi aspetto di trovare la sala da ballo deserta, forse solo Miss Maribel ad aspettarci. E tutto mi sono immaginato, che uno dei ragazzi si fosse fatto male, che Simon avesse la febbre alta, addirittura che uno dei più grandi si fosse cacciato in qualche guaio e ci fosse la polizia ad attenderci, invece c'è Lisa.

Lisa, che riconosco a stento, con i capelli sporchi, il viso emaciato, i vestiti a brandelli, e Simon che piange fra le sue braccia. Sono entrambi seduti su una poltrona.

«Mamma!» grida Simon e il suo pianto diventa un singhiozzo incontrollato dopo l'altro. Cerca di liberarsi dalla presa salda di quella che ricordavo come una ragazzina troppo formosa e sboccata per la sua età.

«Lascialo!» le intima June, avvicinandosi cauta a entrambi.

È controllata, fredda, mentre io assisto impotente alla scena.

«È mio figlio!» ribatte Lisa. «Vero, amore? Devi chiamare me 'mamma', non *lei*».

June fa un nuovo passo, io le sono accanto.

«Sei sconvolta. Lascia il bambino con Maribel e andiamo a parlare nel mio ufficio. Io e te» prova a dire June, con un tono dolce che sono certo le costi uno sforzo enorme.

«Non voglio parlare con te nel tuo ufficio!» ribatte Lisa, come se fosse una bambina. «Mi serve Simon». Bacia il bambino sulla fronte, lui prova a divincolarsi.

«No, Lisa. Non ti serve Simon».

«Sì, invece. È mio figlio, lo rivoglio. I soldi che mi dai non mi bastano, lui è carino, può chiedere l'elemosina». Ci riflette un secondo. «Oppure mi dai più soldi». Lo stringe così forte che il suo braccio è finito sulla gola del bimbo, che ha smesso di piangere e sta diventando sempre più rosso.

«Lisa, *lascialo*» le intima June, avvicinandosi con meno cautela. Le passo un braccio intorno alla vita e provo a fermarla.

«Quanto vuoi?» intervengo io. So che June mi farà pagare la mia intromissione, lo capisco senza ombra di dubbio quando volta la testa di scatto e mi incenerisce con lo sguardo. Ma io le conosco quelle come Lisa: sono disperate, senza scrupoli. Vedo anche da questa distanza i buchi sulle braccia, e che io sia dannato per l'eternità se le permetterò di far del male a quel bambino.

Simon.

Che non è il figlio di June.

Tiro fuori dalla tasca posteriore dei pantaloni dello smoking una mazzetta di banconote. Ci saranno cinquecento dollari, a occhio e croce. Lisa fissa i soldi, la presa si allenta, Simon tossisce.

Mi metto davanti a June, per impedirle di avanzare, e li conto con calma, per prendere tempo. «Quattrocentosessanta dollari possono bastare?»

Lisa annuisce. Il bimbo riesce a sgusciarle da sotto le braccia e corre verso June, che lo afferra al volo e se lo tiene stretto.

Mi avvicino a Lisa, si sta scorticando le unghie rosicchiate fino alla carne. Mi inginocchio davanti a lei e le passo i soldi.

«Ti conosco» dice. I suoi denti marci mi fanno accapponare la pelle e il tanfo che emana mi fa contorcere lo stomaco. «Eri il tipo bello che piaceva a June. Alla fine, sei tornato. Aveva ragione lei».

Le passo i soldi, lei li prende e li stringe in un pugno.

Cerco di intercettare il suo sguardo, ma lei ora fissa June e suo figlio.

«Lo vedi come mi guarda?» Non so se June possa sentirla, io mi sforzo di mantenere un contatto visivo con questa ragazzina spaventata.

«Come ti guarda?» le chiedo prudente.

«Come se fosse superiore a tutti noi. La perfetta June. Con il suo fidanzato ricco e perfetto. Con il suo istituto perfetto. La odio».

«June sta solo cercando di aiutarti» provo a dire, mantenendo un contegno che non mi appartiene. Avrei voglia di schiaffeggiarla.

«No! Non è vero!» sbraita. «Lei vuole solo Simon, è per questo che mi dà i soldi, per tenersi il mio bambino».

Si alza in piedi come una furia e, prima che possa muovere un muscolo, corre fuori dall'istituto, lasciando il portone spalancato.

Digito un messaggio veloce per Norman: 'Segui la ragazza'.

June si accascia a terra, Simon stretto fra le sue braccia, mentre Miss Maribel si accovaccia accanto a loro, le guance inondate di lacrime.

«Non dovevi darle quei soldi» singhiozza June. «Non finirà mai questa storia».

Ma sappiamo entrambi che non avevo scelta. Stava soffocando quel bambino e lei non avrebbe potuto aiutarlo, non con le parole.

«Miss Maribel, può preparare una camomilla per June, per favore?»

La donna annuisce e lascia la sala da ballo.

Simon trema fra le braccia di June e le macchia di lacrime il vestito verde smeraldo.

«Portiamolo su» dico, allungando le braccia per farmi consegnare il bambino. Ma June è una leonessa, una madre che difende il suo cucciolo.

Vado a chiudere il portone, poi ci trascino contro una poltrona che trovo in un angolo. La prima cosa che farò, domani, sarà mettere una fottuta serratura a questa porta, un campanello all'esterno, e smantellerò personalmente il pulsante nascosto dietro il vecchio vaso, che permette a chiunque di entrare qui dentro.

Miss Maribel torna con la tisana, rimane imbambolata a guardare la scena. June è sotto shock, lo capisco, ma deve reagire e deve farlo per il bene di Simon che, terrorizzato, continua a sussultare.

«June, guardami». E lei lo fa. «Prendi la camomilla, io prendo Simon. Non gli farò niente, te lo prometto».

Pian piano allenta la presa e io mi carico il bimbo stremato sulle spalle. Miss Maribel aiuta June ad alzarsi da terra. Si aggrappa al mio braccio, tiene in bilico la sua tazza bollente.

Senza fare troppo rumore, arriviamo in mansarda. Mi dimentico di non pestare sulle assi che scricchiolano e penso a quanto sia assurdo questo momento.

June mi indica la sua camera, spalanca la porta e io poso Simon sul letto a una piazza e mezza di June, senza scostare il copriletto.

Lei si siede accanto al bimbo, si rannicchia insieme a lui.

«June» la richiamo.

«Ti prego, vai via».

«No». Scuoto la testa. «Non vado da nessuna parte. Parlami».

Mi sfilo la giacca e la poso ai piedi del materasso. Poi tolgo a June le scarpe con il tacco e le lascio a terra.

«Cosa c'è da sapere?» sussurra fra le lacrime, mentre accarezza Simon, che tiene gli occhi chiusi ma continua a trasalire a ogni respiro. «Quella donna è una pazza e io ho paura».

«Perché non mi hai detto che Simon non è tuo figlio?»

«Perché lo è!» Chiude gli occhi, cerca di abbassare il tono di voce. «Tu non sai in che condizioni lo ha portato qui. Era sporco e pieno di lividi. Aveva pochi mesi e il compagno di Lisa lo picchiava. Era solo un neonato, Jace. Lisa è scappata dal maniero quando ha scoperto di essere incinta, a sedici anni, e Miss Price ha accettato di tenere il bambino quando ce lo ha portato. Dopo due anni è tornata, e quella vecchia stronza è stata così stupida da permetterle di portarsi via Simon».

Cerco di farla mettere a sedere, le passo la tisana. Senza pensarci mi siedo accanto a lei e le accarezzo un braccio.

«L'ho implorata di non farlo, di aiutare Lisa e tenere al sicuro Simon, ma lei non ha voluto sentire ragioni. Perché Lisa era un investimento a fondo perduto, tornava solo per chiedere soldi, e Miss Price se ne fregava, di lei, di Simon, persino di me. Una sera Lisa mi ha chiamata in lacrime, dicendo di aver perso Simon. Era in un vecchio motel a quarantacinque minuti da qua e si era fatta tanto da non ricordare dove avesse lasciato il bambino. Ho girato come una trottola per ventiquattro ore prima di trovarlo. Era in un bordello dove alcune ragazze si stavano prendendo cura di lui, per quanto possibile». Tira su con il naso, riprende fiato. «Così l'ho portato al maniero e ho minacciato Miss Price di far scoppiare uno scandalo se non mi avesse permesso di tenerlo. Lisa continua a tornare e vuole soldi, ne vuole sempre di più, e io ho provato ad aiutarla, mi devi credere, Jace, ho provato in tutti i modi a salvarla».

Ha il viso inondato di lacrime, mi spezza il cuore.

«Stai tranquilla, okay?»

«Come faccio a stare tranquilla? Lei è a tutti gli effetti sua madre, può riprenderselo quando vuole. E hai visto Simon? Ha paura di lei, di quello che potrebbe fargli. Lo devo proteggere, Jace. Lui è... mio. E io sono sua. E adesso Lisa è scappata con un sacco di soldi, ma tornerà, e ne vorrà ancora di più, e questa storia finirà male».

L'afferro dalle spalle e la costringo a guardarmi. «Non finirà male, hai capito?»

«Sono così stanca».

L'aiuto a stendersi. Simon, nel sonno, brontola qualcosa e si aggrappa a June, che lo culla e lo protegge.

«Ti aiuto io, June». Non so se abbia sentito le mie parole, chiude gli occhi e sussurra una ninna nanna al piccolo.

Li copro entrambi con una coperta leggera e prendo il mio cellulare.

Jace: L'hai trovata?

Norman: Sta camminando lungo la superstrada.

Jace: Seguila e dimmi dove va. Io rimarrò al maniero stanotte.

Quando sono certo che sia June che Simon stanno dormendo, esco dalla stanza. Riporto la tazza in cucina e apro ogni singolo fottuto sportello, in cerca di alcol.

«Posso aiutarla?» mi chiede Miss Maribel, arrivandomi alle spalle.

«Cerco del whisky. Qualunque cosa, a dire il vero».

Miss Maribel annuisce, raggiunge la porta del ripostiglio ed entra. Torna dopo pochi secondi con una bottiglia trasparente non ben identificata e la posa sul bancone.

«Può andare» dico.

Miss Maribel prende due bicchieri da acqua e li posa sul bancone. «La cuoca lo usa per i dolci, dice che senza non vengono così soffici. June non lo sa». Mi fa l'occhiolino e io rilasso le spalle.

«Il vostro segreto è al sicuro con me» ironizzo, versando nei bicchieri più di due dita di quel liquido dall'aspetto scadente. «June e Simon dormono» dico per tranquillizzarla.

Annuisce. «Se la ricorda, Lisa?» mi domanda.

«Sì. Me la ricordo».

«Negli anni è diventata sempre più ribelle, più arrabbiata, più sconsiderata. Ha fatto venire i capelli bianchi a Miss Price. E ha iniziato a drogarsi. Prima qualche spinello, poi roba sempre più pesante, finché non c'è stato modo di fermarla. June le ha detto cosa è successo?»

«Qualcosa».

«Quando ha portato Simon al maniero, la prima volta, era in fin di vita: pieno di lividi su tutto il corpo, denutrito, con due costole fratturate. Aveva sei mesi, forse sette. June non si è legata subito a lui, sa? All'inizio pensava davvero di poter salvare Lisa, ha cercato in tutti i modi di farla smettere. Andava con lei ai gruppi di incontro, stava sveglia notti intere durante le sue crisi d'astinenza, ci ha sempre creduto. Lisa è riuscita a ripulirsi, è venuta a prendere Simon dopo due anni, e Miss Price glielo ha consegnato. Lisa era maggiorenne e Miss Price voleva liberarsi di quella nuova bocca da sfamare».

Ascolto in silenzio, sorseggio questa schifezza e ogni tanto controllo il cellulare, sperando in qualche aggiornamento da parte di Norman.

«Ma poi, una sera, non erano passate nemmeno due settimane, Lisa ha chiamato June in preda al delirio, dicendo di aver perso il bambino. Non lo vedeva da due giorni, da quando era andata quasi in overdose in una stanza di un motel. È stato lì che June ha capito che non poteva più aiutarla, che però poteva proteggere Simon. Era disperata e, quando finalmente è riuscita a trovarlo, lo ha portato qui. Simon non parlava mai, era l'ombra di June. La sua prima parola è stata 'mamma' ed era rivolta a June. Da quel momento è stato inevitabile: era suo figlio e lei era sua madre. Si sono scelti».

«Quindi Simon sa che June non è sua madre?»

«Oh, sì. Quel bambino si ricorda tutto. Ci sono voluti anni di psicoterapia per farlo tornare a sorridere. E ora è felice, qui, con June. La prego, l'aiuti, e se non vuole farlo per lei, lo faccia per quel bimbo sfortunato».

Mi riempio di nuovo il bicchiere, poi quello di Miss Maribel, che ha scolato il suo con un sorso secco.

«Perché non lo adotta?»

«Perché Lisa non glielo permette. June è il suo bancomat. Chiama, minaccia di riprendersi Simon, e lei è costretta a pagarla». Appena pronuncia quelle parole, si porta una mano al petto. «Non lo sta comprando!» dice allarmata.

«Non ho detto niente, Miss Maribel. Non sono nella posizione di giudicare nessuno».

«Però voglio che questa cosa sia chiara. Lisa è irrecuperabile, è scappata da tutte le strutture in cui June è riuscita a farla inserire. Ha provato a parlarle, a farla seguire da uno psicologo, ha fatto il possibile. E ora ha paura».

Miss Maribel si agita, cerco di tranquillizzarla: «Va bene, è tutto chiaro. Aiuterò June».

Mentre Miss Maribel lava i nostri bicchieri, io controllo per l'ennesima volta il mio cellulare.

Norman: È entrata in una casa fatiscente a nord della periferia di Red Oak Town. Vuole che rimanga qui a piantonare l'ingresso?

Jace: No, torna pure all'Inn. Ti chiamo domani mattina.

Poi digito un secondo messaggio, stavolta per Damian, il mio avvocato.

Jace: Chiamami domani mattina appena leggi questo messaggio. Ti devo parlare.

Torno in mansarda, entro in camera di June e li trovo nella stessa posizione in cui li ho lasciati: abbracciati stretti.

Bacio June sulla tempia, lei non si accorge di niente. Poi vado in camera di Simon e cerco di addormentarmi sul suo minuscolo lettino. Solo che il sonno tarda ad arrivare e io ripercorro, come un'ossessione, questa giornata nata storta. E le mani di June nei miei capelli, i suoi baci avidi, la pelle liscia dell'interno coscia sembrano appartenere a un'altra epoca.

La paura folle che le ho letto negli occhi, stasera, rompe l'equilibrio delle mie certezze e mette in discussione la mia vita. Mi sono sempre crogiolato nella convinzione di essere nato sfortunato, ho provato pena per me stesso più volte di quelle che riesco a contare. E lei entra nella mia vita con prepotenza e mi ricorda che a questo mondo non sono io quello da compatire.

Che non ho nessun diritto di piangermi addosso. Non ce l'ho mai avuto.

Capitolo 39

June

Quando mi sveglio, domenica mattina, sono sola nel mio letto. Mi basta un battito di ciglia per rivedere Lisa, sporca e fuori controllo, che tiene in braccio Simon e lo stringe così forte da rischiare di soffocarlo.

Mi alzo di scatto, entro nella sua stanza, accanto alla mia, corro giù per le scale, lo chiamo a gran voce. Entro in sala mensa ormai senza fiato e in preda a un panico ingestibile, solo per trovarlo seduto composto su una delle sedie, a fare colazione. E Jace è con lui.

Mi pianto sulla soglia, entrambi alzano lo sguardo su di me.

«Che... succede?»

«Simon aveva fame» dice Jace, come se fosse la cosa più normale del mondo. Ma non lo è. Soprattutto perché gli ha legato un bavaglino intorno al collo e Simon lo ha lasciato fare. È da quando ha tre anni che si rifiuta di indossarne uno.

«Jace mi ha riscaldato il latte» dice il bimbo, su di giri. «Però non ha voluto darmi il caffè».

«Ha fatto bene» ribatto io, avvicinandomi a entrambi. «Sei troppo piccolo, e lo sai».

Simon fa spallucce, per poi infilarsi in bocca un biscotto grande quanto la sua manina.

«Come stai?» gli domando, accarezzandogli i capelli.

«Bene».

Non ha voglia di parlare di Lisa, lo capisco da come abbassa gli occhi ed evita di incrociare i miei. Non insisto: ne parleremo più tardi, quando sarà pronto.

«Il mio autista è arrivato, stavo aspettando che ti svegliassi». Jace si alza in piedi e recupera la giacca elegante che ha posato sulla spalliera di una sedia. «Posso parlarti un attimo?» domanda.

«Certo, ti accompagno. Simon, torno subito».

«Jace» lo richiama Simon, un secondo prima che lasciamo la sala mensa. «I Knicks fanno schifo! Sono meglio i Phillies...»

«Non credo, piccoletto» ribatte lui, divertito.

«Baseball?» chiedo sconcertata quando siamo nel corridoio. «Stavate parlando di baseball?»

«Non so niente di bambini, ma conosco lo sport».

«Perché non mi hai svegliata?»

Jace fa spallucce. «Simon è entrato in camera sua e mi ha trovato nel suo letto. Mi ha fatto prendere un colpo! Ha detto che aveva fame, ma tu dormivi ancora... visto che sono da poco passate le sei di mattina. Mi sono offerto di preparargli la colazione».

Siamo entrambi vestiti come ieri: lui nel suo completo elegante, io in un vestito verde smeraldo, sgualcito fino all'impossibile.

«Grazie».

«Ho solo scaldato un po' di latte...»

«Per ieri sera. Poteva finire male».

«Okay, non volevo tirare fuori l'argomento adesso, ma, visto che ne stiamo parlando...» Gioca con la cravatta che tiene in mano, poi cerca di ravviare i capelli scompigliati. «Posso aiutarti, June. A adottare Simon. Posso farlo».

«Jace, lascia stare».

«Senti, vieni a cena fuori con me, stasera. Ne parliamo con calma».

«A cena fuori? Non so se voglio lasciare Simon...»

«Ho fatto delle telefonate, c'è una persona che sta controllando Lisa. Non si avvicinerà al maniero, ma se lo farà lo saprò subito. Sarei dovuto ripartire oggi per New York City, però, se vieni a cena con me, resto».

Resta...

«Okay».

«Ti vengo a prendere alle sette». Spalanca il portone, non esce. Volta solo la testa. «Sistemiamo tutto, June».

E non so perché, ma gli credo. La mia fiducia è mal riposta, lo so, eppure ha detto le uniche cose che in questo momento hanno un senso: sistemiamo tutto.

Torno in cucina e vedo che Simon si è scolato la ciotola di latte.

«Ti sei svegliato presto» gli dico, sedendomi accanto a lui.

I suoi occhi castani sono così grandi ed espressivi che mi sembra di leggerci dentro tutta la sua paura.

«Ho fatto un brutto sogno» dice abbassando lo sguardo.

«Ti va di parlarmene?»

Scuote la testa. «È sempre lo stesso, mamma». Ogni volta che pronuncia quell'ultima parola, il mio cuore si stringe e mi manca l'aria. Sono la sua mamma, non permetterò a nessuno di fargli del male.

«Mi dispiace per ieri sera, sarei dovuta tornare prima».

«Lisa non mi piace. Mi fa paura» sussurra. «Tu profumi sempre di fiori e mi coccoli. Lei è cattiva. Posso stare per sempre con te, vero?»

Annuisco, anche se non ho nessun diritto di fargli una promessa del genere. «Lisa non è cattiva» mi sforzo di dire, accompagnando le mie parole con un sorriso. «È solo spaventata e sta passando un brutto periodo, ma sono sicura che ti vuole bene».

«No!» ribatte categorico. «*Tu* mi vuoi bene. E anche Miss Maribel e Miss Claire. E io voglio rimanere con te, non voglio andare a chiedere l'elemosina».

Mi spezza il cuore. «Non glielo permetterei mai».

«Me lo prometti?»

«Faccio di meglio: te lo giuro». Mi faccio il segno della croce sul cuore. «Lo giuro su Mister Eggplant». Il suo peluche viola preferito, a forma di melanzana.

Simon ridacchia. «Allora ti credo, mamma».

«Andiamo a lavarci? Io dovrei cambiarmi». Faccio una smorfia e indico il mio vestito verde.

«Okay, anche se sei una fata bellissima, vestita così».

Lo aiuto a scendere dalla sua sedia e, mano nella mano, torniamo in mansarda, dove, una volta tanto, si lascia spogliare e non si lamenta mentre gli lavo i capelli.

Il ristorante dove mi porta Jace è poco fuori Red Oak Town. Avrei dovuto immaginare che non avrebbe prenotato in uno dei *diner* in paese e perdere più di cinque minuti a decidere cosa mettermi. Così, mentre lui sfoggia un completo grigio elegante, io sembro una delle cameriere: pantaloni neri attillati e una camicetta bianca. Mi manca solo il cartellino con il mio nome appuntato al taschino. Ho raccolto i capelli in una coda alta e messo uno strato leggero di trucco sul viso.

Ma non sono qui per far colpo su di lui, e questo non è un appuntamento. Ho solo un obiettivo: Simon.

Ci scortano fino a un tavolo, sistemato su una terrazza privata con una vista mozzafiato su un piccolo lago. Il sole sta tramontando e i colori che virano dal rosa al viola, riflessi sull'acqua, sono indescrivibili.

Una ragazza gentile ci versa dell'acqua, un'altra porta a Jace la carta dei vini. Sceglie senza prestare troppa attenzione a quello che c'è scritto sopra.

Perché questo non è un appuntamento...

«Hai fame?» domanda, afferrando un grissino dal cestino.

«Certo» mento.

«Ho parlato con il mio avvocato» esordisce, arrivando dritto al punto del nostro incontro. «Gli ho spiegato la situazione e lui pensa che ci siano ottime probabilità che tu possa adottare Simon, anche senza il consenso di Lisa. Posso testimoniare per te, quello che è successo ieri sera è inammissibile».

Faccio 'sì' con la testa, ma non lo sto davvero ascoltando.

Entra al maniero, trova Lisa ricoperta di sudiciume e in preda a una crisi d'astinenza, e crede di aver capito tutto. Ma non sa niente. Nemmeno si immagina quanto sia caduta in basso quella ragazza, il dolore con il quale combatte ogni giorno da anni, il terrore al quale ha condannato me.

Per Jace Campbell è tutto troppo semplice: 'Chiamo il mio avvocato e risolvo tutto'.

«Inammissibile...» ripeto sovrappensiero. «Lisa è solo una ragazza sfortunata, debole e spaventata».

«Simon lo è di più» ribatte, come se non lo sapessi. Chi si crede di essere per spiegare a me come stanno le cose, o cosa prova Simon?

Un cameriere ci viene incontro e versa in due calici quello che immagino sia vino di classe. Io non mi muovo, Jace scola metà del suo bicchiere con un unico sorso.

«Pensi che non lo sappia?» domando sulla difensiva. «Che Simon ha paura, intendo. Vedi, Jace, tu continui a non metterci il cuore. Pensi di poter sistemare la vita delle persone con un colpo di telefono all'avvocato. Ma non funziona così. Lisa era una mia amica, è la madre biologica di quel bambino, e che razza di persona sarei se le voltassi le spalle? Come pensi che riuscirei a guardarmi allo specchio sapendo di non aver fatto il possibile per lei e suo figlio?»

«June, il tuo spirito da crocerossina non salverà Lisa, e di sicuro non salverà tuo figlio. Sì, mi hai sentito bene, *tuo* figlio. Non suo».

Ci portano un antipasto che non sapevo avessimo ordinato. Io non lo degno di uno sguardo e mi rendo conto che nemmeno Jace è interessato al cibo nel suo piatto. I suoi occhi sono tutti per me.

«Cosa ti frena, June?»

Scuoto la testa. «Non lo so. Forse ho solo paura che un giorno Simon possa accusarmi di non aver fatto tutto quello che era in mio potere per aiutare sua madre...»

«Lo faremo».

Afferro la forchetta e infilzo un pezzo di calamaro. «Continui a parlare al plurale, e davvero non ne capisco il senso. Da quando in qua ti interessa di me?»

«Da sempre, June». Non lo dice tanto per dire, non usa un tono dolce o sprezzante o malinconico. No, Jace mi guarda dritto negli occhi e mi dice le cose come stanno, perché a volte la verità la devi dire così come ti viene.

«Cosa devo fare?»

«Lasciati aiutare. Posso far preparare le carte per l'adozione, inserire Lisa in una clinica specializzata, una di quelle da cui non potrà decidere di uscire da un momento all'altro. Puoi salvare lei e salvare Simon, devi solo dirmi di sì. Conosco una psicologa a Manhattan che gestisce una clinica per ragazzi difficili che combattono contro le tossicodipendenze, potrebbe farla ragionare. Al diavolo, sono certo che con il suo aiuto si potrebbe arrivare a un'adozione consensuale. Nel giro di sei mesi diventerebbe definitiva e non potrebbe più portarti via Simon».

Il suo sguardo è sincero, eppure qualcosa mi sfugge. Non sono le sue parole, o la sua postura, è solo una sensazione di smarrimento che provo alla bocca dello stomaco. Come se ci fosse un 'però' che non pronuncia ad alta voce, ma che sento benissimo.

«Cosa vuoi in cambio?»

E sono una stupida, perché gli faccio quella domanda scomoda sperando che la sua risposta sia una sola: niente.

«Il maniero. E non voglio più litigare con te su questa questione».

Dovevo aspettarmelo. Nel mondo di Jace Campbell nessuno fa niente per niente. Tutto ha un prezzo. Anche la mia felicità e quella di Simon.

«È già tuo». Vorrei urlargliele in faccia, quelle tre parole, invece escono dalla mia gola incerte, come se pronunciarle fosse una sconfitta.

Jace scuote la testa. «No, non lo è. Non fin tanto che il sindaco di Red Oak Town cercherà di mettermi i bastoni fra le ruote. Sta... smuovendo mari e monti per te». Non dice il suo nome, ma percepisco lo stesso il suo disagio.

Dovevo aspettarmelo da Kolton, perché, nonostante tutto, lui c'è sempre stato per me.

«Mi stai ricattando...» Sospiro, perché non posso credere che siamo caduti così in basso.

«Ti sto proponendo una tregua. Un accordo». Jace si alza dalla sua sedia, si avvicina e mi tende la mano. Io non vorrei afferrarla, ma non riesco a trattenermi. Così faccio aderire il mio palmo al suo e lui mi aiuta ad alzarmi. Ci spostiamo di qualche metro, ci fermiamo accanto alla ringhiera in ferro battuto e lui sfila due sigarette dal pacchetto.

Accende prima la mia, me la passa, poi la sua. Si incanta a guardare il lago, mentre rivoli di fumo inquinano l'aria pulita che ci circonda. «Non puoi salvarli tutti, June».

«Sì, che posso!» protesto.

«Ti sto dando la possibilità di salvare Simon. Scegli lui e lascia che mi sbarazzi di quel posto».

«Perché? Io non ti capisco! Non sono un'esperta in materia, ma, da come ti vesti, dall'auto con la quale giri, è piuttosto evidente che i soldi non ti mancano. Quindi perché liberarti di quel posto? Cosa ti cambia?» Lo sto implorando, mi aggrappo al suo braccio e lo strattono forte.

«Perché mi fa star male, June». Fa spallucce e io rimango a fissarlo.

«Non capisco».

«Non devi capire, devi solo ascoltarmi. Mi dispiace che le nostre priorità non coincidano, ma è così. Io ho bisogno di vendere Red Oak Manor, di metterci una pietra sopra e voltare pagina. E, June, ti prego, non guardarmi così».

Non so come io lo stia guardando, forse vede prima di me le lacrime spuntarmi dagli occhi, non lo so. Niente di quello che dice ha senso. E lui è un bastardo, uno che mi mette di fronte a una decisione che non voglio prendere.

«Mi stai chiedendo di scegliere fra la vita di Simon e quella di altri ventidue ragazzi che hanno solo me».

«Ti sto chiedendo di fare un passo indietro, di lasciare che le cose seguano il loro corso. Ci rifaremo una vita entrambi, ti aiuterò a trovare una casa per quei ragazzi, mi assicurerò che tu e Simon stiate bene, ma devi lasciarmi libero».

«Libero?! *Da cosa?*»

«Da te...» Si avvicina di un passo, mi sfiora la guancia con le nocche e mi fa star male.

Mando giù il groppo in gola. «Sono io il problema? Non ti va bene come gestisco l'istituto?»

Scuote la testa.

«Manda via *me*, trova un'altra direttrice, gestiscilo personalmente, ma, ti prego, non venderlo. Non farlo».

«June, non mi stai ascoltando».

«Dammi solo una possibilità» lo imploro.

«Di cosa parli?»

Odio il suo tono distaccato, la postura composta, come se nulla lo turbasse. E mentre io sono sull'orlo di un pianto isterico, in lui non riesco a smuovere un briciolo di compassione. Mi accarezza, cerca di rassicurarmi, ma è distante anni luce.

«Vieni a vivere al maniero» dico di getto.

«Che cosa?!» Ridacchia, ma non è divertito, è solo sorpreso perché l'ho preso in contropiede.

«Due settimane, non un giorno di più. Stai con noi quattordici giorni, se poi vorrai ancora vendere il maniero, io non mi opporrò».

«Non ne capisco il senso».

«Devi *vedere*, Jace. Non so perché odi così tanto quel posto, non pretendo di capirlo, ma dacci una possibilità. Solo una».

«June, non servirà a niente».

Scuoto la testa più volte, con forza. «Okay, non servirà a niente, ma tu fallo lo stesso. Dimmi di sì, ti prego». Mi avvicino al suo corpo, solo per immobilizzarmi quando i suoi occhi spaventati si piantano nei miei.

«Non cambierò idea» ci tiene a precisare, e il suo sguardo severo mi fa stringere lo stomaco, ma non posso farmi intimorire, ci devo almeno provare.

«È un sì?»

Ci pensa su. «Ci faremo del male, June».

«O forse no...»

«Due settimane. Poi Vincent arriverà con la sua squadra e si farà a modo mio».

Gli butto le braccia al collo, perché, anche se mi sta condannando a morte, vedo un piccolo spiraglio di luce in fondo al tunnel e mi fisso su quello. Solo che lui non ricambia l'abbraccio e io mi costringo a staccarmi.

«E rivoglio la mia stanza» precisa.

«E dove pensi che andrò a dormire, io?»

Non credo ne sia consapevole, ma mi rivolge uno sguardo impertinente che mi fa formicolare il sangue nelle vene, contrarre lo stomaco e allontanare di un paio di passi.

«Dove vuoi...»

Capitolo 40

Jace

Pessima idea quella di trasferirmi al maniero.

Lo era nel momento stesso in cui June mi ha implorato di pensarci, lo è stata mentre quella sera tornavo a New York, quando la mattina dopo preparavo un paio di valigie per il mio soggiorno forzato e mentre chiamavo Vincent e lo informavo della mia decisione.

Una settimana dopo, le cose non vanno molto meglio. Sette giorni di colazioni in sala mensa, di pranzi e cene circondato da mocciosi urlanti, di docce in un bagno minuscolo con il soffitto basso e una camera da letto senza l'aria condizionata.

Ma la parte peggiore di tutte è vedere June ogni giorno, ogni secondo, averla a portata di mano sapendo di non poterla toccare.

Come adesso, che siamo nel suo studio, seduti l'uno di fronte all'altra e facciamo di tutto per non incrociare mai i nostri sguardi. Lei è incollata al telefono da stamattina, io non saprei dove altro andare. Fra l'imbarazzo di rimanere in silenzio per ore e quello di ritrovarmi circondato da ragazzini ficcanaso che mi rivolgono domande alle quali non ho voglia di rispondere, scelgo June.

Ma poi, pensandoci, ho sempre scelto June.

Sta parlando al telefono con un istituto che accoglie ragazzi senza famiglia, a un'ora d'auto dal maniero, e continua ad annuire contro la cornetta, senza replicare. Poi traccia una linea rossa sul nome della struttura e chiude gli occhi per un secondo.

È tutta la mattina che, nel bel mezzo delle sue chiamate, sbarra i nomi sulla lista che tiene davanti a sé. Dagli stralci di conversazione che ascolto, capisco che alcune strutture non hanno posto per accogliere nuovi ragazzi, altre non raggiungono i requisiti minimi imposti da June.

Il cellulare che ho lasciato sulla scrivania squilla e sono contento di avere una scusa per allontanarmi, non ne posso più.

«Lavori anche di domenica?» chiedo a Damian non appena rispondo alla sua telefonata.

«E tu?» ribatte.

«In effetti... Che succede?»

Lascio l'ufficio di June e attraverso la sala da ballo. Esco dal portone principale e passeggio sulla ghiaia, mentre il mio avvocato mi aggiorna su alcune faccende burocratiche che riguardano la mia società.

«Ti chiamo per la questione Faiston» dice. «Ho studiato la bozza che mi hanno inviato. Se accetti le loro condizioni, dovremmo concludere entro la prossima settimana».

«Tu cosa ne pensi?» gli chiedo, appoggiandomi a un muretto e sollevando il viso verso il cielo limpido.

«Sono richieste ragionevoli. Perdi qualcosa in sede di sottoscrizione, ma i benefici a lungo termine sono impressionanti».

«Va bene, procediamo».

«C'è un'altra questione...»

Il suo tono non mi piace, perché è quello che usa ogni volta che deve parlarmi di mia moglie.

«Fammi indovinare, Tammy?»

«Già». Sospira. «Non ha preso bene il fatto che le hai tagliato i viveri. Te lo dico, amico, chiudere i rubinetti adesso non è stata una buona idea. Te l'avevo detto di aspettare».

«Aspettare cosa?» mi altero. «Usa i miei soldi come se fossero i suoi, voglio il divorzio e lo voglio adesso. Sono persino disposto a darle quei fottuti due milioni di dollari, il suo stile di vita mi sta comunque costando un patrimonio. Hai le carte pronte?»

«Certo, sono pronte da un po'».

Rimango in silenzio per alcuni secondi. «Bene. Allora fissa un appuntamento con lei e il suo avvocato. Torno fra una settimana, chiudiamo la questione».

Damian, dall'altra parte, si schiarisce la voce, ma non replica.

«Che c'è? *Cos'altro* c'è?»

«Niente, solo che... fino a poco tempo fa non ne volevi sapere niente, mi hai persino accusato di non fare i tuoi interessi!» Ridacchia.

«Sono dieci giorni che mi bombarda di chiamate e messaggi, sono al limite della pazienza. E sai che non ne ho molta, comunque. Quindi, se non doverla mai più sentire e vedere mi costerà due milioni di dollari, diamoglieli».

«Ne sei sicuro?»

Non sono più sicuro di niente, a dire il vero.

«Non ho scelta».

«Sai, sono indeciso su questo viaggio nei boschi sperduti della Pennsylvania. O ti sta facendo bene o ti sta rincoglionendo del tutto».

«La seconda, amico. Sicuramente la seconda».

Mi accendo una sigaretta e mi godo la calma che si respira al maniero in questa giornata di inizio luglio. Il prato, sempre curato, vanta una sfumatura di smeraldo invidiabile. L'erba non è così verde a New York City. E forse un po' mi manca il rumore del traffico impazzito di Manhattan in sottofondo, o le consegne a domicilio a mezzanotte, ma, per assurdo, questo posto mi aiuta a riflettere.

«Come procede? La direttrice ti sta facendo impazzire?»

'Sì, ma non per i motivi che pensi tu'. E non posso dirglielo.

«È tutto sotto controllo. Ha chiamato il sindaco e gli ha detto di fare un passo indietro, che avrebbe risolto lei la situazione. Credo si stia arrendendo all'idea che entro fine anno dovranno andarsene». Una piccola fitta al petto mi coglie impreparato. Da quando sono arrivato non parliamo molto, ma non c'è bisogno che mi dica quanto sia preoccupata, glielo leggo in faccia. A ogni telefonata che va a vuoto le sue occhiaie si accentuano, le labbra si piegano un pochino di più verso il basso. E sta mangiando pochissimo. Ho l'impressione che potrebbe semplicemente svanire da un momento all'altro.

«Bene, era quello che volevamo» dice Damian, sovrapponendo nella mia testa la sua voce acuta a quella triste di June. «Anche perché l'appuntamento dal notaio per la compravendita dell'edificio si avvicina».

«Lo so».

«E una volta firmato non si torna indietro...»

«Di nuovo, lo so».

«Jace, ci hai pensato bene?»

«Non ti ci mettere anche tu!» lo avverto. «Mi basta tuo fratello che mi scrive ogni giorno, ricordandomi che è davvero un peccato vendere il maniero. Che potrei trasformarlo in un hotel di lusso. E io non voglio trasformarlo in niente, voglio solo lasciarmelo alle spalle. È così difficile da capire?»

«Okay, okay, la smetto. Provo a chiamare l'avvocato di Tammy e fisso l'appuntamento».

«Grazie».

«Ti aggiorno».

«Damian» lo fermo prima che chiuda la chiamata, «solo un'ultima cosa. Tua moglie ha avuto modo di visionare le carte che le ho fatto recapitare in clinica? Quelle della ragazza tossicodipendente».

«Non lo so, glielo chiederò stasera a cena. Io, nel frattempo, ho preso contatti con una collega specializzata in adozioni nello Stato della Pennsylvania, sto aspettando una risposta».

Annuisco e mi lascio sfuggire un sospiro. «Va bene, cerchiamo di accelerare i tempi. Mi serve una risposta entro la fine della settimana».

«Annotato. Ti scrivo dopo cena».

«Grazie» ripeto.

Attacco senza salutare e spengo la cicca contro il muretto grigio che delimita una porzione del giardino.

Il maniero, alle mie spalle, crea un cono d'ombra imponente sul prato, mi sovrasta, mi soffoca. E io non vedo l'ora di vedere la faccia del grande Kevin Sherman quando consegnerò le chiavi di questo posto al nuovo proprietario. Forse per la prima volta potrò prendermi una piccola rivincita e sbattergli in faccia che, alla fine, non conta un cazzo per me, non ci sto più male e avevo ragione io: non ho mai avuto bisogno di lui. Eppure, la mia stupida vendetta inizia a lasciarmi una spiacevole sensazione di amaro in bocca.

Sia chiaro, costringermi a vivere qui, da parte di June, non cambia niente. Mi ricorda solo chi ero e chi sono diventato. E non mi piace nessuna delle due versioni, ma se non mi sbarazzerò di questo posto, non sarò mai libero. Da mio nonno, ma soprattutto da lei, dalla stilettata al cuore che provo ogni volta che mi soffermo a pensare al suo viso, o a quello che avremmo potuto essere insieme.

La mia vita mi va stretta, e succede da dieci anni, perché mi sembra in qualche modo legata a doppio filo con quella di June.

Perché come posso pensare di dimenticarmi di lei, se lei è ovunque? Come ce la metto una pietra sopra se le mie giornate sono tutte uguali, in attesa di qualcosa che non succederà mai?

Anche adesso, mentre passeggio su e giù davanti all'entrata di questo posto che cade a pezzi, mi rendo conto che, a un certo punto, mi sono erroneamente convinto di avere io il controllo. Di aver dato per scontato che June sarebbe rimasta sempre a portata di mano, che mi sarebbe bastato salire in auto, attraversare due Stati e riprendermela.

Ero io a scegliere di non voler avere niente a che fare con lei. E invece questo potere lo ha sempre avuto June.

Quindi abbandono la nave.

Taglio il filo.

Rientro all'istituto e vado a rifugiarmi nell'ufficio di June, prima che qualche ragazzino riesca a intercettarmi.

«Perciò posso andare adesso?» le sento dire mentre apro la porta. «Sono libera!» Il suo tono è squillante, incastra la cornetta fra la spalla e l'orecchio e si lega i capelli con gesti nervosi.

Mi rimetto seduto al mio posto e sbircio la sua lista. Ha cerchiato di verde un nome e ci ha disegnato accanto un piccolo fiore.

«Va bene. Posso essere lì fra quarantacinque minuti, parto subito da Red Oak Manor». Si alza in piedi. «Grazie, Amos, grazie davvero. Mi stai salvando la vita!» Saluta la persona con la quale sta parlando e riattacca.

«Dove vai?» le domando, pigiando tasti a caso sulla tastiera del mio computer.

«West Chester, vicino Philadelphia. Un mio vecchio amico è riuscito a fissarmi un appuntamento con la direttrice dell'Holy Mary, forse potranno ospitare alcune delle ragazze. Voglio vedere il posto con i miei occhi».

«Vuoi un passaggio?» le domando distratto.

«No, grazie, ho la macchina... e non credo sarebbe il caso di presentarmi in limousine».

«Non c'è la giornata delle adozioni, oggi? È la prima domenica del mese. Funziona ancora così, giusto?»

«Come fai a ricordarti questa cosa?» mi chiede spiandomi con la coda dell'occhio mentre estrae alcuni fascicoli dal grosso raccoglitore.

«Ho incrociato alcuni bambini in corridoio, stamattina. Ne stavano parlando».

«Tornerò in tempo».

Chiudo il mio portatile e mi alzo in piedi. «Vengo con te».

«Dove, scusa?»

«All'Holy Mary, mi sembra ovvio».

«Ti prego, Jace, non far finta che ti interessi». Mi rivolge uno sguardo a metà fra il nauseato e l'indignato. E io non ci sto, perché, nonostante tutto, mi interessa. Mi interessa, eccome!

«Non sto facendo finta. Ti ho promesso che ti avrei dato una mano, sono il proprietario di Red Oak Manor e vengo con te. Anche solo per evitare che ti perda per strada».

«Ho un navigatore perfettamente funzionante sul cellulare» ribatte, portandosi le mani ai fianchi.

«Ancora meglio. E guidi tu, io mi annoio a morte al volante». Mi avvicino alla porta d'ingresso, lei rimane in piedi a fissarmi da dietro la sua scrivania. «Andiamo?!»

* * *

Avrei dovuto guidare io. Perché, anche se odio farlo, niente è peggio di stare seduti accanto a June che percorre l'autostrada a passo di lumaca. Tiene entrambe le mani salde sul volante e controlla gli specchietti ogni due secondi.

Per fortuna è domenica mattina e non ci sono molte auto in giro.

«Al ritorno guido io». Sbuffo.

«La smetti di lamentarti? Nessuno ti ha chiesto di venire».

«Continua su US-202 N per altre sette miglia, poi prendi la I-476 N in direzione West Chester» sta dicendo la voce metallica del navigatore.

«Non mi sto lamentando, ma potresti anche accelerare. Non dico di tanto, cinque miglia!»

«Hai fretta?» mi rimbecca lei.

«Ci stanno superando anche i tir!»

«Ma se non ne abbiamo incrociato nemmeno uno!»

Inutile discutere con June, non coglie il sarcasmo e non ci sta a perdere. Quindi, cambio discorso. «Com'è questo istituto?»

«L'Holy Mary? Sulla carta sembra un'ottima struttura, hanno anche un sito Internet pieno di fotografie di bambine felici». Fa spallucce. «Non lo so, devo vederlo di persona. Sono gli unici che mi hanno dato un briciolo di speranza».

«Vedrai, sarà un bel posto» dico, ma non ci credo un granché.

Non è solo per gli standard altissimi che ha imposto June, ma per come sta gestendo Red Oak Manor. Solo uno stupido non si renderebbe conto di quanto amore metta nel suo lavoro, di come si assicuri che tutti i ragazzi stiano bene, dai più piccoli ai più grandi. Quello che un tempo era un orfanotrofio in piena regola oggi è una casa-famiglia accogliente. E i problemi non mancano, i ragazzi difficili c'erano allora come ci sono oggi, ma June li affronta con astuzia, a differenza di come faceva Miss Price. I ragazzi non vengono puniti a prescindere, li ascolta, cerca di capirli, di mostrarsi paziente e ragionevole. Chiunque sarebbe fortunato a crescere lì.

«Hai più visto i tuoi vecchi compagni?»

«A parte Lisa, intendi?»

«Sì. Come si chiamava il tuo amico con i capelli ossigenati?» domando, fingendo di non ricordare il suo nome.

«Israel? Sta bene». Le spunta sulle labbra un sorriso che non mi piace, che mi ha sempre provocato una stupida fitta di fastidio allo stomaco. «Lo vedo spesso, adesso che è tornato a Red Oak Town. Non so se lo riconosceresti, è dieci volte più affascinante di quello che era! Per non parlare di Dylan. Te lo ricordi Dylan?»

Mi scocca un'occhiata impertinente e io alzo gli occhi al cielo. Se il suo intento è quello di farmi ingelosire, ci riesce senza sforzo.

«Vagamente» mento.

«Sono rimasta in contatto con quasi tutti. Ogni tanto mi vengono a trovare, altri chiamano. Noah, per esempio, è uno di quelli che sento di più. E Opal. Opal è ancora la mia confidente. Siamo un po' una famiglia, alla fine dei conti. Ah, e Tyler! Lui è spesso al maniero, per un motivo o per un altro. Non è più un bambinetto rachitico, è più alto di me di un paio di teste. E ha due spalle larghe quanto un armadio a due ante. È un giocatore di football, in questo non è cambiato: la palla ovale è ancora l'estensione del suo braccio destro. Sai, è stato adottato da una famiglia stupenda qualche anno fa».

«Devi imboccare l'uscita» le ricordo.

«Oh, già!» Mette la freccia e svolta bruscamente a destra. Mio Dio, è un pericolo pubblico.

«Dimmi che non sei tu a portare i ragazzi in giro con il pulmino, per favore».

«Ehi, guido benissimo».

«Sei pericolosa!»

«Solo perché non mi piace l'autostrada!» ribatte.

Incrociamo lo sguardo per una frazione di secondo. Mi piace questo frammento di normalità fra noi.

E mi piacciono il suo vestito leggero a fiori, i capelli sciolti, gli occhiali da sole scuri che indossa. Sembriamo due persone normali. Persino io, con una polo azzurra, un paio di jeans chiari e la barba lunga di un paio di giorni, mi sento 'normale'.

Dieci minuti dopo, ferma la sua Ford di seconda mano davanti a un cancello moderno.

«Uhm» soffia.

«Non partire prevenuta» dico, riuscendo a leggerle nel pensiero. «Almeno loro hanno un citofono!»

June tira giù il finestrino e pigia l'unico pulsante sulla scatola di ferro. Una voce gracchiante, dall'altra parte, ci chiede chi siamo e June la informa che ha un appuntamento con la direttrice, Suor Judy. Le porte automatiche si aprono lentamente.

«Visto? Cancello automatico» provo a dire e lei alza gli occhi al cielo.

A primo impatto, l'edificio sembra ordinato. Non ha il fascino del maniero, ma è decisamente più nuovo e la facciata, di un bianco latte sbiadito, sembra intonsa. Cerco di ignorare il filo spinato che corre lungo le mura che delimitano la proprietà e spero che June non ci faccia caso.

Parcheggiamo sotto una tettoia e scendiamo dall'auto. L'erba del giardino è alta e poco curata, e regna un silenzio di tomba.

Una suora alta come un comodino ci viene incontro, il sorriso tirato e un rosario fra le mani.

«Stavo pregando» dice, senza salutarci. «Siete in ritardo».

«Mi dispiace molto, Suor Judy, c'era un po' di traffico» si giustifica June.

La suora ci fa segno di seguirla, io mi avvicino al suo orecchio. «Mentire a una suora credo che ti faccia rientrare di diritto nel primo girone dell'inferno».

La sua risposta è una gomitata.

L'atrio è buio e i muri sono verniciati di marrone. Un colore che odio e che ignoravo potesse diventare così squallido e triste.

La suora ci scorta verso un corridoio ancora più tetro della sala all'ingresso. Incrociamo tre bambine in divisa che, quando passiamo, si appiattiscono contro una delle pareti e abbassano lo sguardo. Sembrano fatte con lo stampino, persino i capelli sono raccolti allo stesso modo: una coda bassa e una frangia tagliata dritta. Una di loro si fa il segno della croce, mentre un'altra strizza forte gli occhi quando le passo accanto.

«È un istituto per sole ragazze» mi spiega June senza quasi muovere le labbra.

L'ufficio della direttrice sembra l'interno di un sepolcro. Mette i brividi. Fuori ci saranno trenta gradi, qui dentro si gela. Ci sono più crocefissi di quelli che riesco a contare e una frusta di cuoio appesa alla parete che farebbe invidia a Miss Price.

«Sedetevi» dice la suora, non prima di avermi scoccato un'occhiata ostile. «Pensavo venisse da sola, Miss June».

«Jace Campbell» dico, allungando la mano, ma la vecchia arcigna non l'afferra. «Sono il proprietario di Red Oak Manor».

«Ah. Quindi è per colpa sua se l'istituto chiude. Lo vende, giusto?»

«Magari lascia parlare me» sussurra June, rivolgendo poi un sorriso smagliante alla direttrice dell'Holy Mary.

«Suor Judy, il signor Campbell, purtroppo, si vede costretto a vendere l'edificio. Mi sta aiutando a trovare una sistemazione per i miei ragazzi. È *molto* collaborativo».

Nonostante la bugia sia a mio beneficio, mi stupisce il fatto che sia così brava nel raccontarne.

«Molto» rimarco.

«Posso prendere tre ragazze, non di più. Meglio se sotto i dieci anni, sono più facili da plasmare. Prediligiamo le orfane, per non avere problemi con eventuali genitori o familiari ancora in vita. Non credo di doverle spiegare quanto sia sconveniente quando interferiscono nel nostro lavoro».

June si agita, io le do un colpetto sul piede con la punta della mia scarpa.

«Capisco. Frequentano la scuola pubblica o avete delle insegnanti all'interno dell'istituto?»

Suor Comodino la guarda come se fosse impazzita. «Certamente studiano qua, fino a tutte le superiori! Non sono ammesse libere uscite, o contatti con i ragazzi. Non funziona così anche da lei, Miss June?»

«No» risponde senza esitare. «In realtà i ragazzi escono e

frequentano il liceo del paese. Cerchiamo di inserirli il prima possibile nella società».

La suora storce il naso. «Giusto, dimenticavo che siete un istituto *promiscuo*. Non oso immaginare che razza di ragazzine libertine stia cercando di rifilarmi».

Tre... due...

«Libertine!?» salta su June, e io mi godo la scena. «Le mie ragazze non sono *libertine*! Sono ben educate, intelligenti e in cerca di una casa dove sentirsi amate».

«Qui all'Holy Mary abbiamo una politica molto differente, Miss June. La disciplina e l'astinenza sono alla base dei nostri insegnamenti. Le ragazze pregano tutte le mattine e tutte le sere, imparano l'arte del cucito, della pittura e della musica. Le tempriamo per essere d'esempio alla comunità. Vestono tutte allo stesso modo, non hanno il permesso di perdere tempo in attività ludiche ridicole, vanno a dormire alle otto in punto, come si conviene a delle signorine perbene».

«Un po' come nel 1930, che, a occhio e croce, coincide con la sua data di nascita» mi lascio sfuggire. La suora impallidisce, June si copre il viso con una mano.

«Come si permette?» dice, facendosi il segno della croce.

«Forza, andiamo». Mi alzo in piedi, June è senza parole. «La ringraziamo molto, Suor...» 'Come si chiama?' «Suor. Non credo che il suo istituto coincida con le nostre aspettative».

«Jace!» mi rimprovera June.

«Davvero vuoi lasciare le tue ragazze qui? A pregare tutto il giorno e a fare l'uncinetto? Ce la vedi Allyson a farsi il segno della croce per ogni cretinata? O Peyton a tagliarsi i capelli in quella ridicola frangetta? E Sammy? Potrebbe accoltellare qualcuno nel sonno se le impedissero di giocare a campana in giardino!»

«Accoltellare?!» strepita la suora.

«Che ne sai tu di Allyson, Peyton e Sammy?» mi domanda June, con gli occhi che si riempiono di un'emozione che non conosco. È sorpresa, forse preoccupata.

«Le vedo, June. Pensi che non mi interessi e non so più come dirti che ti stai sbagliando. È una settimana che osservo quei ragazzi, e nessuno di loro appartiene a questo posto. Troveremo delle famiglie perbene, disposte a adottare le tue ragazze, non le rinchiuderemo qui, per nessun motivo. Suor Claretta, torni pure a pregare, noi ce ne andiamo».

Allungo una mano verso June e lei l'afferra. E quel contatto di pelle contro pelle segna una tregua tacita fra noi. Io sono dalla sua parte, lo sono sempre stato, e lei si fida. E non vorrei lasciare mai la sua mano.

«Miss June, cancelli pure il mio numero di telefono! E non pensi di tornare strisciando quando non saprà dove lasciare quelle *ragazze*» la rimprovera la suora, con un tono di voce che non si addice a una donna di chiesa.

«Credo che non ce ne sarà bisogno» le risponde June, molto più educata e conciliante di quello che io potrò mai essere.

Usciamo da quel posto tetro e June solleva il viso verso il sole, respirando a pieni polmoni.

«Sei stata brava, lì dentro» le dico.

«E tu maleducato».

«Andiamo! Davvero stavi prendendo in considerazione questo posto?» Mi avvicino alla sua auto, lei rimane indietro.

«Mi fai così incazzare! Pensi che non avrei voluto ribaltare la scrivania di quella vecchia stronza? Pensi che voglia vedere Peyton con un taglio di capelli ridicolo, o Sammy e Allyson costrette ad annullarsi per seguire le loro regole? Ho visto il filo spinato e lo sguardo terrorizzato di quelle bambine quando gli sei passato davanti. No, Jace, non voglio questo per loro, ma ho esaurito le alternative! Mi hai vista chiamare tutte le strutture di questo fottuto Stato senza cavare un ragno dal buco, sono disperata, lo capisci!?»

Mi avvicino cauto, le appoggio una mano sulla spalla e mi sporgo in avanti con il viso. «Non voglio litigare con te, okay? So che stai facendo il possibile. Troveremo una soluzione, abbiamo tempo».

«No, non ne abbiamo».

«Sì, June. Vendo il maniero, ma l'accordo con il nuovo proprietario è che non potrà prendere possesso dell'edificio fino al nuovo anno. Mancano sei mesi».

Scuote la testa. «Usi il plurale, ma non lo pensi davvero».

«Senti, mi hai chiesto di venire a stare al maniero e ti ho accontentata per dimostrarti che faccio sul serio, non so cos'altro vuoi da me!» perdo la pazienza.

«Non voglio niente». Cerca di superarmi, ma io intercetto il suo braccio e la costringo a guardarmi negli occhi.

«Parlami».

«Cosa dovrei dirti? Passi la maggior parte del tempo rintanato in mansarda, mangi alla velocità della luce e mi eviti come la peste. Pensi che non sappia che hai accettato di stare con noi solo per rabbonirmi? Non sono stupida, solo speravo che tu fossi un po' meno meschino».

La mia mano finisce intorno alla sua vita, me la tengo stretta contro il petto. Ci fissiamo a lungo, finché diventa imbarazzante. Perché se ti guardi ma non parli, inizi a farti domande strane e le risposte, quasi sempre, coincidono con un bacio. Uno che vorrei darle disperatamente.

«O forse starti accanto è più difficile di quello che pensi. Magari sto male anch'io» le dico sulle labbra e lei sospira.

«Di tutti i posti dove potresti baciarmi, scegli il parcheggio di un istituto cattolico? Suor Judy si starà scorticando i polpastrelli intorno al rosario».

Le sorrido, lei si morde un labbro. Io la bacerei sempre, ovunque.

«Torniamo a casa» bisbiglio contro la sua guancia. «Ma guido io!» Le rubo le chiavi dalle mani e apro lo sportello di questa vecchia carretta.

Capitolo 41

Jace

Vorrei poter dire che le giornate dell'adozione, sotto la direzione di June, sono meno deprimenti, ma non è così.

Per quanto si respiri un'aria più distesa e i ragazzi non siano stati vestiti a festa, come piccoli manichini dietro una vetrina, i loro sorrisi tirati e l'aspettativa che aleggia fra i corridoi, li sento premere contro le costole.

Mi sono infilato a forza una camicia bianca su un paio di pantaloni eleganti. Sono nascosto nell'ufficio di June e aspetto che qualcuno venga a chiamarmi. Ho ancora addosso la sensazione degli occhi delusi di June, dopo l'incontro con la suora. Non ci siamo detti molto mentre tornavamo a Red Oak Town, è rimasta perlopiù a fissare fuori dal suo finestrino.

La prima macchina parcheggia nell'ampio cortile e, contemporaneamente, June entra nel suo ufficio. Mi rivolge un sorriso tirato e si avvicina allo schedario.

«È ora?» le domando.

«Sì. Prendo dei fascicoli».

La seguo fuori dalla sua stanza, attraversiamo la sala da ballo e, prima di spalancare il portone, si concede un lunghissimo sospiro.

La prima coppia che accogliamo entra al maniero con la schiena dritta e la puzza sotto il naso. Ci metto meno di tre secondi per scartarli.

«Signora Winterspot, è un piacere rivederla» la saluta educata June mentre quella si stringe la borsa al petto, come se avesse paura che qualcuno gliela potesse rubare. Ho la sensazione che questa giornata non finirà bene. «Signor Winterspot».

«Miss June» risponde l'uomo squadrandola dalla testa ai piedi, molto più interessato alle sue gambe che non ai ragazzi che, titubanti, si aggirano nella stanza.

No, non finirà bene.

«Voglio presentarvi il signor Jace Campbell. È il proprietario dell'istituto ed è venuto a farci visita. Jace, i signori Winterspot, hanno conosciuto Andrew il mese scorso».

Stringo le loro mani e li squadro a mia volta. «Piacere».

«Venite, Andrew vi sta aspettando».

«Signorina June» la richiama la signora Winterspot con fare cospiratorio, bloccandola prima che possa muovere un passo. «Non siamo molto convinti».

«In che senso?»

«Sa, il bambino è carino, per carità, ma quei capelli rossi sono così...» fa finta di cercare le parole nella sua testa e io mi accorgo con la coda dell'occhio che Andrew si sta avvicinando. «Eccentrici».

«Vorremmo dare un'altra occhiata in giro» conclude suo marito.

Vedo June paralizzarsi di fronte alle loro parole, rimanerci così male da annientare tutto il verde nei suoi occhi e spazzarlo via con un unico colpo. Io sono pronto a cacciarli a calci nel culo.

«Questo non è...» June fa fatica a riprendere fiato, e non mi importa se, più tardi, mi strangolerà con le corde delle tende, finisco la frase al posto suo.

«Un fottuto supermercato!» Faccio un passo avanti e sovrasto il signor Winterspot con la mia altezza. Gli occhi di Andrew, che si è fermato a pochi passi da me, li sento piantati sulla schiena. E lo so che l'obiettivo finale è quello di trovare una casa a questi bambini, che June è perfettamente in grado di gestire questi due stronzi e magari di farli ragionare, ma che io bruci all'inferno se permetterò a questa coppia di ingrati di uscire da questo posto con un bambino speciale come Andrew.

«Oh, non ci fraintenda» si affretta a scusarsi la signora Winterspot, mentre June diventa rossa dalla rabbia. E ho il sospetto che ce l'abbia con me. «Solo... non è scattata la scintilla. Ma magari con un altro bambino. Tipo quello. Mi sembra un po' magretto ma almeno ha lo stesso colore di capelli di mio marito».

Non so chi stiano indicando, né io né June ci voltiamo.

«La *scintilla*?» ripete June ritrovando la voce, che esce chiara e limpida. «Vi prego di andarvene».

«Scusi?»

«Sono seria» risponde con un sorriso talmente falso e un tono così sprezzante che mi fa rizzare i peli dietro la nuca. Non aggiunge altro, gli volta la schiena e, a passo svelto, si dirige verso Andrew.

I signori Winterspot sembrano interdetti, forse troppo sbalorditi dal comportamento di June. Non hanno ancora mosso un muscolo. Decido di chiarire il messaggio: «Fuori!»

Il signor Winterspot, più impettito di come è entrato, prende sua moglie sottobraccio e la trascina all'esterno. Io mi assicuro che entrino in macchina e se ne vadano entrambi affanculo. Rientro nella sala da ballo ed è impossibile sfuggire agli sguardi dei più piccoli. Peyton, che sta disegnando sdraiata a terra, alza appena le spalle, in un gesto che la fa sembrare troppo grande e disillusa.

Per fortuna le altre quattro coppie che vanno e vengono durante il resto del pomeriggio sono semplici da gestire. Vanno via senza fare promesse, June è convinta che non torneranno e io davvero non so come faccia a sopportare questo infinito supplizio. Come riesca a mantenere la calma per il bene dei suoi ragazzi, come possa dormire la notte sapendo di portare sulle spalle il peso di distinguere una famiglia decente da una che si meriterebbe solo una serie infinita di pugni in faccia.

Mentre i ragazzi sono tutti a cena vado a rifugiarmi nuovamente nel suo ufficio e accendo una sigaretta. Spalanco la finestra e mi godo gli ultimi rimasugli di tramonto fra le querce in fiore. Sulla scrivania, June ha posato la cartellina di Andrew. Esito prima di aprirla, consapevole che qualunque cosa ci sia scritta su quei fogli toglierà il sonno anche a me.

Faccio appena in tempo a leggere che è stato affidato a Red Oak Manor quattro anni fa, quando ne aveva cinque, che la porta si apre e mi ritrovo davanti Simon. Nasconde qualcosa dietro la schiena e riconosco una barretta di cioccolato.

«Hai visto la mia mamma?»

«No, mi spiace. Vuoi che ti aiuti a cercarla?»

Scuote la testa e sta per richiudersi la porta.

«Simon, dove hai preso la cioccolata?» Sono certo di usare un tono gentile nel chiederglielo, ma da come spalanca gli occhi e il sangue gli defluisce dal viso, capisco di essere stato troppo brusco, troppo diretto.

Deglutisce vistosamente. «Nella dispensa di Miss Claire» confessa e, giuro, mi fa un po' ridere la sua espressione mortificata.

«Okay. Hai cenato?»

«Sì».

«La tua mamma ha mangiato con voi?»

«No, per questo la stavo cercando, ma non la trovo da nessuna parte». Fa spallucce e io ho un vago sospetto sul luogo dove potrebbe essersi rifugiata.

«Ci vediamo domani mattina a colazione, allora. Ah, Simon, stasera giocano i Phillies, poi ti faccio sapere come è andata».

I suoi occhi tornano a sorridermi e annuisce diverse volte. «Forza Phillies!» aggiunge prima di richiudersi la porta alle spalle.

Rimetto il fascicolo nello schedario, poi chiudo la finestra e salgo fino in mansarda, dove spero di trovare le parole giuste per consolare la mia piccola June.

Capitolo 42

June

La giornata dell'adozione si è rivelata un disastro, nonostante la presenza di Jace che sa essere affascinante e incantevole anche senza sforzarsi.

Chiusa nello sgabuzzino in mansarda, accendo una sigaretta e abbandono la testa contro la parete dietro di me. Simon ha deciso di andare a dormire nella camerata dei ragazzi, stasera, perché vuole consolare Andrew, il suo migliore amico.

'Non è scattata la scintilla'.

Così mi ha detto quella grandissima stronza della signora Winterspot, e lo ha fatto davanti a uno dei bambini più sensibili che abbia mai conosciuto.

Connor ha organizzato una piccola caccia al tesoro prima di cena, ma nemmeno quello è bastato a placare il pianto sconsolato di Andrew. Punto tutto su domani: il 4 luglio è la festa preferita dei ragazzi. I più grandi, quest'anno, andranno a Lake Woodster da soli, mentre per i più piccoli ho organizzato una gita al parco divertimenti di Sellerville.

Sbuffo un rivolo di fumo dalle narici e la porta si spalanca.

«Dio! Mi hai fatto prendere un colpo!» strillo un secondo dopo aver riconosciuto Jace.

«Sapevo di trovarti qui» dice con una calma snervante.

Speravo che non mi trovasse. Nonostante si sia dimostrato affabile durante tutto il pomeriggio – Winterspot a parte – e abbia accolto le coppie venute al maniero con un sorriso da rockstar stampato in faccia, preferirei che mi lasciasse in pace. Perché ogni minuto che passiamo insieme, che ci avviciniamo, io mi innamoro ancora di più. E non ha senso, è sbagliato, è autodistruttivo, eppure il mio cuore non sente ragioni. Per quanto la mia testa cerchi di ricordargli che Jace è la causa di tutti i nostri problemi, lui non ne vuole proprio sapere di chiuderlo fuori.

Il mio cuore lo ama, sarà sempre così.

«Sto fumando».

«Bene, anch'io cercavo un posto tranquillo dove accendermi una sigaretta».

Senza essere invitato, entra nello sgabuzzino e si richiude la porta alle spalle. Siamo praticamente al buio.

«Non puoi andare in giardino?»

«Avevo dimenticato quanto fossi gelosa di questo posto».

Si siede per terra, poggia la schiena contro la parete opposta a dove sono seduta io e il suo bellissimo viso rilassato si illumina un secondo, il tempo di accendere la sua Marlboro.

«Io invece ricordo benissimo i tuoi modi prepotenti. Fai sempre quello che vuoi, eh, Campbell?»

«Voglio solo fumare una sigaretta» ribatte lui pacifico. Alzo gli occhi al cielo. «Quella tizia, oggi, che grandissima stronza, eh?»

«Già» sussurro, massaggiandomi la fronte. «Farò in modo che Andrew venga adottato da una famiglia stupenda. Ho già qualcuno in mente».

«Devo dirti una cosa. Simon ha 'rubato' una tavoletta di cioccolata dalla dispensa di Miss Claire».

«Stai facendo la spia su mio figlio?» lo prendo in giro.

«No! Pensavo lo volessi sapere». Si agita. «Cioè, l'ha nascosta dietro la schiena quando mi ha trovato nel tuo ufficio e sei tu la direttrice, a chi dovrei dirlo?»

«Okay».

«Lo sapevi già, vero?»

«Non l'ha 'rubata', mi ha chiesto il permesso. È per Andrew, passerà la notte con lui al dormitorio dei ragazzi, stasera. Credo che Simon non sappia bene come collocarti. Da una parte sei l'uomo cattivo che sta cercando di portarci via il maniero, dall'altra sei quello che gli parla di baseball. Vorrebbe odiarti, ma gli stai simpatico. È solo confuso sul tuo ruolo, non sa se può fidarsi».

«Gli sto simpatico?» domanda sorpreso.

«Lo trovi così strano?» chiedo, tirando dalla mia sigaretta.

«Be', un po'. Non vado molto d'accordo con le persone».

«Non è una persona, è un bambino» gli faccio notare. «In effetti, hai un po' l'atteggiamento da sociopatico. Senza offesa».

«Ah, okay, se è senza offesa...» ribatte ironico.

Nonostante tutto, mi strappa una risata.

«Torni a New York, domani?» chiedo.

«A New York? No, perché dovrei?»

«È il 4 luglio, pensavo avessi impegni. Un cocktail party con gente importante, un rendez-vous in qualche yacht club sulla costa. Che ne so, roba da ricconi».

Jace scoppia a ridere, e quel suono dolce mi fa tremare le ginocchia.

«Ma per chi mi hai preso? Lavoro diciotto ore al giorno, dormo il resto del tempo. E non ho una barca ormeggiata in qualche club di lusso».

«E tua moglie?» Non so nemmeno perché glielo chiedo. Non porta la fede e ha detto che sta divorziando. E non dovrebbe fregarmene, la gelosia che provo è inaccettabile.

«Tammy? Oh, lei è proprio tipa da *rendez-vous*» scherza, per poi diventare serio. «Non parliamo molto, ultimamente».

Mi alzo in piedi e spengo la sigaretta oltre la piccola finestra sul soffitto.

Sto per dirgli che devo andare, ma non lo faccio. Mi fermo in tempo.

«Mi spiace».

«E tu cosa farai, domani?»

«Porto i bambini a Sellerville, un paese qui vicino, me lo stanno chiedendo da mesi. Hanno un parco divertimenti enorme. Poi torniamo al maniero per vedere i fuochi d'artificio».

«Guidi tu?» mi prende in giro alzandosi a sua volta. Spegne la sigaretta e si infila le mani in tasca.

«Ancora con questa storia!» Vorrei rimanere seria, invece mi scappa un sorriso. «Guido benissimo. Ero solo nervosa».

«Perché ero in macchina con te?» dice e si avvicina.

«No! Per via di Suor Judy».

«Secondo me, stai mentendo».

La sua stupida mano finisce sulla mia vita; la mia, sul suo braccio.

«Secondo me, sei presuntuoso».

«E tu sei snervante» mi accusa, mangiandosi un centimetro a parola.

«Vuoi venire?» domando mentre le sillabe, a una a una, si spengono sulle sue labbra.

«Più di quello che immagini...»

«Sei scorretto» ansimo sulla sua bocca.

«Mai quanto te, June».

È un bacio pericoloso, il nostro. È un bacio definitivo. Disperato. Ha la magia del primo, ma il sapore dell'ultimo. E finisce troppo presto, perché non fa nemmeno in tempo a infilarmi le mani sotto la gonna e io a sbottonargli i jeans che un frastuono di scarpe da ginnastica che galoppano in corridoio ci interrompe.

«*Merda!*» impreco sottovoce, cercando di ricompormi.

«Hai detto che Simon avrebbe dormito al piano di sotto, stasera» rantola Jace, aprendosi un varco fra le mie gambe e superando l'ostacolo dei miei slip.

Boccheggio. «Devo andare» dico, ma non mi muovo. Le sue dita giocano con la mia carne umida e a malapena percepisco la voce di Simon fuori dal corridoio.

Jace mi solleva da terra e mi schiaccia contro la parete. «Shhh».

Rimango sospesa a mezz'aria, con le gambe allacciate al suo bellissimo corpo e le sue dita che mi fanno perdere il contatto con la realtà.

«Trovato!» esulta Simon da dietro la porta, a pochi passi da noi.

«Miss June non si arrabbierà?» domanda Andrew preoccupato.

«Nah! Vedrai che non dirà niente».

Guardo Jace. «Mi arrabbierò sicuramente» bisbiglio, e lui ridacchia.

«Fortuna che ci sono io a distrarti, allora».

E lo fa. Qualunque cosa stia combinando Simon, passa in secondo piano. Perché le dita di Jace che mi penetrano con foga e le sue labbra che mi divorano sono capaci di farmi dimenticare persino come mi chiamo e dove sono.

I miei piedi toccano di nuovo terra, si inginocchia davanti a me. Solleva la gonna del vestito, fa scivolare le mie mutandine lungo le cosce e con la punta della lingua mi tocca in mezzo alle gambe.

Come fosse un riflesso condizionato, mi aggrappo alle sue spalle, lui mi costringe ad aprire le gambe ancora di più, trascinandomi verso l'orgasmo più violento che abbia mai provato. Sento le ginocchia cedere sotto il peso del desiderio e i suoi gemiti, mentre mi lecca senza pietà, insinuarsi sottopelle, strisciarmi nelle vene e regalarmi un piacere così intenso da lasciarmi senza respiro.

«Ho una voglia folle di scoparti» biascica contro il mio orecchio, e io non mi sono nemmeno resa conto di essermi accasciata sul pavimento, in ginocchio, insieme a lui.

I suoi gesti sono frettolosi mentre mi sfila il vestito dalla testa, i miei lo sono ancora di più. Un groviglio di mani e gemiti che rimangono confinati fra queste quattro mura. Non c'è più la paura di farsi male, o la voglia trattenuta di lasciarsi andare. Mi ama senza riserve, senza confini.

Si ferma, mi guarda. «Non ho i preservativi. E non me ne frega un cazzo. Non ci fermiamo...»

«Non ci fermiamo» confermo.

Sono nuda davanti a lui, di nuovo entrambi in piedi, e mentre si slaccia i jeans, io lo libero dalla sua polo azzurra. La luce fioca che arriva dall'esterno mi permette di distinguere i lineamenti perfetti del suo corpo mozzafiato. Mi entra dentro con una spinta decisa. E in quest'unione di corpi e anime ritrovo il mio cuore e tutto il suo amore. Le sue carezze diventano impetuose, le sue dita esperte mi toccano in punti che mi fanno esplodere di piacere, e io ne voglio sempre di più. Di lui, dei suoi baci, del suo corpo rovente che si muove abile dentro di me. La temperatura in questa minuscola stanza diventa ingestibile, ma nemmeno le fiamme dell'inferno sarebbero in grado di fermarci. Perché io sono sua, e mentre il ritmo aumenta, e la voce si spezza, e gli graffio la schiena con le unghie, lui mi sorride e in quel sorriso mi perdo. O forse mi ritrovo. Non saprei, è tutto troppo confuso. Una linea immaginaria che traccia un confine spaventoso, fra quello che vogliamo e quello che siamo diventati in questi anni.

Forse bastava solo fare il primo passo, forse sarà l'ultimo. E lui mi guarda come se sapesse quello che provo. Come se anche lui sentisse il bisogno di ammettere che, mentre è dentro di me, mentre le sue mani si stringono intorno alla mia vita e le mie gli strattonano i capelli per tenerlo lì, esattamente in quel punto, questa guerra stupida che abbiamo iniziato si riduce a due corpi e un cuore.

Mi fa godere una seconda volta, solo che stavolta penso di rimanerci secca, tanta è l'intensità dell'orgasmo che mi squassa da cima a fondo. Si stacca bruscamente e viene fra le sue mani, sporcando il pavimento, sporcando me.

E niente è mai stato così sexy in tutta la mia vita.

Mi sveglio circondata da un suo braccio e dal suo profumo. Nel mio letto. O è il *suo* letto? Sono un po' confusa, al momento. Rimango a guardarlo per un po', cosciente del fatto che è tardi, che non posso farmi beccare – nuda – con Jace, ma soprattutto che, dal momento che metterò un piede fuori da questa stanza, la magia finirà.

Cerco di non svegliarlo, gli copro il sedere con il lenzuolo che probabilmente dovrò bruciare e scendo dal letto. Mi avvicino in punta di piedi al mio armadio, recupero un paio di slip, i miei jeans preferiti e la prima T-shirt che mi capita a tiro.

Poi, avvicinandomi alla postazione trucco, afferro una spazzola e cerco di sbrogliare i nodi dei capelli. Quando mi guardo allo specchio, non mi riconosco. Non parlo solo del disastro che ho in testa, delle labbra gonfie, delle guance infuocate, in netto contrasto col colorito pallido del viso. Sono i miei occhi a essere diversi, è il sorriso stupido che non riesco a controllare, il respiro che tarda a tornare regolare. Sposto di poco lo sguardo e mi incanto a fissare dal riflesso nello specchio l'uomo che amo da sempre. Rivedo i suoi occhi infuocati di desiderio mentre mi solleva da terra e mi trasporta di peso fuori dallo sgabuzzino, lungo il corridoio, fino a questa camera, i nostri vestiti abbandonati sul pavimento. E facciamo l'amore per tutta la notte, senza fermarci mai a riprendere fiato.

Dorme a pancia in giù, con un braccio sotto il cuscino e l'altro abbandonato sul materasso, dove fino a poco fa stringeva me. Prima di addormentarci, ieri sera, gli ho chiesto di poter rimanere. Avevo una paura folle che mi dicesse di no, che stessi fraintendendo tutto. La sua risposta è stata un bacio casto sulle labbra e un sorriso da perderci la testa.

Rinuncio a districare i nodi nei capelli e li lego in uno chignon disordinato. Mi avvicino al letto e mi infilo le ballerine.

«Di solito sono io ad andarmene nel cuore della notte...» Si volta a pancia in su e noto una cosa alla quale non avevo fatto caso stanotte: un tatuaggio al centro del petto. Mi prende un colpo! Lui parla, ma tiene gli occhi chiusi.

«Lo so, me lo... ricordo» incespico.

Jace si lascia sfuggire una risata. «Ti stai vendicando?» Solleva una palpebra. Se non fosse per il corpo definito da *uomo* e qualche ruga d'espressione intorno agli occhi, potrei giurare di essere tornata indietro nel tempo, perché il Jace che se ne sta sdraiato su quel letto sembra a tutti gli effetti il *mio* Jace.

«Sono quasi le sette del mattino» gli faccio notare.

«Stanotte...» dice, lasciando la frase in sospeso.

«Fammi indovinare, è stato un errore?» domando sulla difensiva.

«Be', no. Non era quello che volevo dire».

'Okay. Non era quello che voleva dire'.

«Stanotte...?» domando impaziente.

«È stato bello».

Annuisco, come sempre quando sono in imbarazzo e le parole non ne vogliono sapere di uscirmi dalle labbra.

«Adesso vado».

Ma poi resto. Non so cosa mi prenda, ma sento i piedi piantati a terra con dei chiodi. Il mio cervello urla di togliermi da questo impiccio, il mio corpo non ne vuole sapere.

«Sei sicura di non voler rimanere?» Gli spunta un sorriso furbo sulle labbra, uno di quelli che non vedevo da una vita. E mi erano mancati da morire. Farei la figura della perdente altre mille volte pur di averne un altro assaggio.

«No. Cioè, sì, non voglio rimanere. Me ne voglio andare. Devo dare una mano a Miss Claire e a Maribel. Partiamo fra un'ora». Riesco a voltarmi, a raggiungere la porta e aprirla, poi ci ripenso. «Hai un tatuaggio» dico, indicando la figura scura che imbratta la pelle del suo torace.

Jace sgrana gli occhi per una frazione di secondo, come se si fosse dimenticato di averne uno a forma di libellula proprio sul petto, poi lo copre con il lenzuolo, portandoselo fino al mento.

Mi richiudo la porta alle spalle, lo raggiungo.

«Voglio vederlo!» mi esce un tono infantile, da bambina capricciosa.

«June, è solo un tatuaggio. E sono nudo. Ti dispiace...?»

Fa il pudico? Lo so che è nudo, lo *vedo*!

Afferro un lembo del lenzuolo e lo strattono via. E – porca miseria! – è proprio una libellula. La *mia* libellula. Le ali sembrano sgretolarsi sulla sua pelle e volare via. Un'antenna è più lunga dell'altra. Mi avvicino, ci poso una mano sopra, lui trattiene il fiato. Incespico nei suoi occhi azzurri, i miei si riempiono di lacrime.

«Che significa?»

«Non significa niente» risponde sulla difensiva, ma non ci sto. Significa tutto!

Quel tatuaggio siamo noi. È lì. E non può cancellarlo, lo avrebbe già fatto.

Mi tiene vicina al suo cuore, in un disegno che per il resto del mondo non ha valore, ma per noi rappresenta un passato che non riesco a dimenticare e che lui si è marchiato a vita sulla pelle.

«Non provarci» lo avverto. Non riconosco il suono della mia voce, le parole escono distorte. «Quando lo hai fatto? Prima o dopo aver deciso che mi odiavi? Prima o dopo aver capito che non ne valeva più la pena?»

«Tanto tempo fa, June. *Troppo* tempo fa. Nemmeno ci faccio più caso».

«Non farlo!» Mi agito. «Non...»

«*Non*, cosa?» Scende dal letto, invade il mio spazio.

«Non far finta che non ti importi!»

«Cosa vuoi che ti dica, June? Che ti amavo quando ho fatto quel tatuaggio? Perché è così. Non è un segreto. Lo sapevano tutti, persino mio nonno l'aveva capito. Mi ha ridato questo posto con l'inganno, costringendomi a sposare una donna che non volevo, assicurandosi che fosse troppo tardi per *noi*. E tu sei andata avanti con la tua vita senza pensarci nemmeno un secondo. Quindi, cos'è che non dovrei fare? Amarti ancora? Guardarti? Parlarti? O dimenticarmi di stanotte?» Alza la voce, mi fa indietreggiare finché non vado a sbattere contro la postazione trucco. «Non hai la più pallida idea dello sforzo che devo fare per ricordarmi che non ti amo più, June» sussurra contro la mia guancia, l'accarezza, mi sfiora il naso.

Gli butto le braccia al collo e lo bacio. I discorsi, fra noi, stanno a zero. Con le parole non ci capiamo, ci feriamo, mentre quando la mia bocca incontra la sua diventa una dichiarazione d'amore in piena regola. Sono io che gli dico che si sbaglia, che non ho mai smesso di aspettarlo, che non sono andata proprio da nessuna parte, e lui che risponde alla mia supplica schiudendo le labbra e tuffandosi sulle mie.

«Pensavo dovessi andare» mugugna nella mia bocca, mentre mi spoglia con gesti smaniosi. Senza rendermene conto sono di nuovo nuda, sdraiata su questo letto che stanotte ci ha visti complici e senza difese.

«Vieni con noi, oggi. A Sellerville. Vieni con noi».

Mi morde un labbro, ci passa la lingua sopra per alleviare il dolore.

Mi siedo a cavalcioni su di lui. Jace è senza pudore, si lecca gli angoli delle labbra e si porta entrambe le mani dietro la testa. Nudo, fiero. È bellissimo con i suoi capelli scompigliati e le guance arrossate dal piacere mentre mi sfida a continuare.

«Cosa ti fa pensare che abbia voglia di stare con te, oggi? Magari ho ottenuto quello che volevo...» dice. Non gli credo.

Poso un bacio sul suo petto, su quel tatuaggio che non riesco nemmeno a guardare senza arrivare a conclusioni affrettate, poi scendo fino all'ombelico, lasciando dietro di me una scia di baci bollenti.

«Sei bugiardo» lo accuso. «E crudele».

«Lo siamo entrambi...»

Sfioro la sua erezione con la bocca, lo guardo per tutto il tempo. Mi avverte con lo sguardo di fermarmi, ma intanto la sua mano finisce nei miei capelli, guidandomi in una danza lenta e sensuale. Mi impedisce di andare fino in fondo, si mette seduto, i suoi occhi, ora, abbandonati nei miei.

«Anche questa è una bugia?» domando, accarezzandogli l'orecchio con la lingua. Scendo sul collo, butta la testa all'indietro. «E questo?» domando toccandogli il petto scolpito, con gesti possessivi. «E adesso?» La mia mano finisce fra le sue gambe, gli afferro l'erezione e un lamento strozzato ci sfugge dalle labbra.

Mi ribalta sul materasso e lascio che entri di nuovo dentro di me, con il suo corpo, con gli occhi, con quel briciolo di anima che ci rimane. Bugiardi o no, davanti alla verità è impossibile scappare. Lui è stato il primo, e vorrei con tutta me stessa che fosse l'ultimo.

E so che non c'è speranza, che più tardi, probabilmente, non riuscirò neanche a guardarlo in faccia, che mi feriranno le sue parole, i suoi atteggiamenti indifferenti, eppure non riesco ad andarmene. Resto sempre, quando si tratta di lui.

«L'ho fatto poco dopo essere tornato a Londra» rantola, mentre cattura la mia vita fra le sue mani. «Non riuscivo nemmeno a respirare senza di te».

«E adesso?» lo sfido. Il sangue bollente mi scorre a fiotti nelle vene, arriva al cuore, scende in picchiata in mezzo alle gambe. «Adesso riesci a respirare?»

«Mai, June. Senza di te, mai».

Il ritmo diventa sensuale, languido, due corpi alla deriva. Non è più solo sesso, non stiamo facendo una gara contro il tempo. È solo amore.

Mi possiede come se potesse farlo in quel modo solo con me. Vorrei dirgli che anch'io ho la sensazione di essere rimasta in apnea per tutti questi anni. E che, a differenza sua, lo amo ancora, che non ho mai smesso, che non c'è stato un giorno che non abbia ripensato al suo viso, ai suoi mezzi sorrisi, invece rimango appesa ai suoi baci, alle sue mani, al suo corpo.

E, a differenza di stanotte, quando viene lo fa dentro di me.

Capitolo 43

Jace

«Guidi tu, giusto?» mi domanda June, lanciandomi addosso un mazzo di chiavi che riesco a prendere al volo.

Le ho detto di sì, che sarei andato con lei, Miss Maribel e i mocciosi a Sellerville. Mi ha estorto la promessa con l'inganno, in questo è stata bravissima. Perché le avrei detto di no mille volte, ma non mentre, nuda sotto di me, mi guardava con quei suoi occhi ammalianti.

Quindi, sì, vado a Sellerville con lei, Miss Maribel e dieci mocciosi che stamattina sembrano essersi fatti di crack.

Durante il tragitto cantano canzoni stupide a squarciagola, cercano di coinvolgermi, June scatta una quantità indecente di fotografie. Anche io, a un certo punto, sono vittima della fotocamera del suo cellulare.

E lei ride, ride sempre. Tanto da farmi fermare il cuore ogni volta che sento la sua voce.

Il pulmino è lo stesso vecchio rottame di dieci anni fa, a ogni buca ho l'impressione che perderemo uno pneumatico. In piedi, dietro di me, mi posa una mano sulla spalla e mi dice che siamo quasi arrivati, che la prossima uscita è la nostra.

Il parco divertimenti sembra un piccolo Six Flags. Mi ricorda l'unica volta che mia madre – che non sento da quando, tre anni fa, si è rinchiusa in una clinica extra lusso a San Jose per disintossicarsi – mi ha portato al molo di Santa Monica per il mio compleanno. Faceva freddo e non mi ha permesso di salire su nessuna delle montagne russe. Diceva di soffrire di vertigini. Vent'anni dopo, posso dire con certezza che la sua unica paura era quella di vomitare tutto l'alcol che aveva in corpo.

Ci avviciniamo alla biglietteria; la coda è chilometrica, mi snerva.

«Venirci il giorno dell'Indipendenza non è stata una mossa geniale» dico a June.

«Lo so, ma ai ragazzi non dispiace fare la fila».

A loro no, ma a me tantissimo.

Afferro il cellulare e mi collego al sito Internet del parco divertimenti. Seleziono tredici ticket VIP, inserisco i dati della carta di credito e, due minuti dopo, mi arriva la mail di conferma con i nostri biglietti elettronici.

Passo il cellulare a June. «Andiamo».

«Jace! Ma cosa hai fatto?»

«Con tutta questa gente e i biglietti standard, i bambini riuscirebbero sì e no a salire su tre attrazioni, per cui ho preso i pass per saltare la coda. Sto morendo di caldo e poi odio aspettare».

«Non dovevi» mi rimprovera lei, imbarazzata. «Cioè, grazie. Ma non dovevi».

«Hai paura delle montagne russe, June?» le chiedo mentre guardo un trenino azzurro cadere nel vuoto oltre la cancellata del parco divertimenti.

«Parecchia!»

Ridacchio e, con la mano, le indico l'entrata riservata ai biglietti speciali.

I mocciosi non stanno più nella pelle. Andrew, che stamattina sembra aver ritrovato il sorriso, senza nessun motivo apparente, mi prende per mano. Il ragazzino dinoccolato di nove anni, con i capelli rosso fuoco e un tripudio di lentiggini sul naso, si assicura che stringa forte anch'io. Miss Maribel cerca di nascondere un sorriso, io non ci trovo proprio niente di divertente.

Andrew diventa la mia ombra. Ovunque vada, lui è attaccato a me. Mi chiede il permesso per fare qualunque cosa, anche per bere l'acqua che June ha infilato in ognuno dei loro zainetti.

Sono bambini educati, spalancano gli occhi dall'emozione ogni tre metri, indicano cose a caso e fremono quando passiamo davanti alle giostre.

June è circondata da questi minuscoli esseri umani che le strattonano la maglietta e la riempiono di domande, e lei, paziente, risponde a tutti.

Giuro, non so come faccia. E, ancora più incomprensibile, è che dopo un'ora mi sembra che mi abbia attaccato questa stranissima malattia da crocerossina, perché anch'io mi ritrovo a rispondere con pazienza e cortesia alle domande strambe dei piccoli umani. Io? Con cortesia?!

«Mamma!» tuona Simon. «Devi *assolutamente* portarci sull'ottovolante».

June solleva lo sguardo verso l'ammasso di ferraglia sopra la sua testa e sbianca. «Ehhh, sì. Non so. Mi sa che sei un po' piccolo, Simon».

«*Impossibile!*» ribatte il nano con uno sbaffo di cioccolato sul mento e sulle labbra. «Ieri sera, io, Mathias e Andrew ci siamo misurati. Il volantino dice: 'Un metro e venti'. Io sono un metro e ventuno!» protesta.

«Io non ci tengo proprio a salire su quel coso» sussurra Allyson, accanto a me. «Uno di quei trenini potrebbe staccarsi e farci morire tutti». Sembra una piccola donna mentre incrocia le braccia al petto e inclina la testa di lato, mi fa sorridere.

«Io devo badare ai più piccoli!» si affretta a precisare Miss Maribel.

June mi fissa, mi implora con gli occhi di salvarla.

«Io?» le domando disorientato. Vuole che ce li porti io?

«Hai paura del vuoto, Jace?» mi domanda furba, portandosi le mani ai fianchi. Ora ho dodici paia di occhi puntati addosso.

«Signor Jace, non farlo. Dai retta a me» bisbiglia di nuovo Allyson. «Non ci tieni alla tua vita?»

Non così tanto, a pensarci bene, ma se anche ci tenessi, gli occhi supplicanti di June non mi lascerebbero scampo.

«Okay, va bene! Li porto io» mi arrendo e i tre bambini esultano. «Allyson» la chiamo e lei scatta sull'attenti. Le passo il mio cellulare. «Custodiscilo a costo della vita» esagero e lei, serissima, annuisce.

«Non preoccuparti, signor Jace».

«Solo Jace, senza signore».

La bimba mi regala un sorriso sdentato che fa perdere un battito al mio cuore. Do la colpa al caldo asfissiante, al disagio della T-shirt che mi si incolla sulla schiena, all'euforia generale, a June che mima un 'grazie' con le labbra, perché cos'altro potrebbe essere questa fitta assurda che provo alla bocca dello stomaco? Andrew mi prende di nuovo la mano, io rimango a fissare le nostre dita intrecciate.

«Non perderli!» urla June dietro di noi.

Quando arriviamo davanti al tornello, un ragazzetto pieno di brufoli chiama Simon e gli dice di avvicinarsi al metro appeso al muro, per controllare la sua altezza. Anche da qui mi rendo conto che gli mancano un paio di centimetri per arrivare alla linea rossa.

Lo afferro da un braccio, lo strattono da una parte e mi inginocchio davanti a lui. «Stammi bene a sentire, nano, bisogna giocare d'astuzia. Non sei abbastanza alto per l'ottovolante e il ragazzo all'ingresso se ne accorgerà».

Simon sgrana gli occhi, spaventato.

«Hai dei fazzoletti?»

Il bimbo annuisce. Non avevo dubbi che June avesse organizzato i loro zainetti con una precisione che farebbe impallidire anche la giovane marmotta più esperta della Pennsylvania. Ci trovo dentro un kit di primo soccorso, una borraccia personalizzata piena d'acqua, dei cracker a forma di dinosauro, un cappellino e una maglietta di riserva, una pila tascabile – che, giuro, non so a cosa possa servire –, una bussola – anche questa meglio non chiedere – e un foglio stampato, plastificato, con il suo nome, gruppo sanguigno, allergie, recapiti telefonici, indirizzo del maniero e la sua foto.

Sono un po' geloso. Insomma, per me non ha portato nemmeno una bottiglietta d'acqua e, dopo la notte spettacolare che abbiamo passato insieme, mi sembrava il minimo!

«Ora ti slaccio un po' le scarpe e ci infilo dentro questi». Mostro a Simon i fazzoletti ripiegati. Il bimbo annuisce mentre Mathias e Andrew mi fissano con occhi sgranati. «E magari evitiamo di dirlo a tua madre» aggiungo.

Mathias sussulta. «Vuoi che diciamo una bugia a Miss June?» Si porta una mano al cuore con fare teatrale.

«Non una bugia» mi affretto a ribattere. «Omettiamo un piccolo particolare» spiego. Dio, sto facendo una cosa che non dovrei, ma so cosa si prova ad arrivare davanti a quel maledetto metro e sentirsi dire: 'Mi dispiace, non sei abbastanza alto, torna l'anno prossimo!'

E June mi strapperà le palle a mani nude, ne sono certo, ma seguo l'istinto.

«Mamma dice sempre che, se non siamo abbastanza alti, potremmo scivolare giù dal sedile, cadere nel vuoto e morire».

'Brava, June! Ottimo modo di terrorizzarli'.

«Tua madre è sempre stata melodrammatica!» I bambini mi guardano come se mi fossero spuntate le corna da diavolo sulla testa. Parlare male di June? Pessima idea. Annotato. «Nel senso che si preoccupa molto. Sono solo un paio di centimetri e io ti terrò per tutto il tempo».

«E se vola via?» domanda ancora Mathias.

'Allora sarò costretto a lanciarmi nel vuoto insieme a lui per prenderlo, perché come cazzo glielo spiego a June che il moccioso ha fatto il volo dell'angelo?!'

«Vi prometto che non succederà. Insomma, ci volete salire su quelle montagne russe?»

I tre bambini annuiscono, così infilo i fazzoletti sotto i talloni di Simon. Ci riavviciniamo tutti e quattro al tornello, loro con lo sguardo a terra, io disinvolto.

Simon passa il controllo di un soffio e basta trovarsi dalla parte opposta della barricata per dimenticarsi del piccolo 'trucco'. Io, mentre saliamo sulla giostra e ci allacciano le cinture intorno alla vita, non mi sento nemmeno in colpa, ma mi assicuro personalmente che siano tutti e tre ben ancorati al sedile. Non mi godo la giostra, perché sento una stupida responsabilità addosso che non credevo di poter provare, e finalmente un po' capisco June, la sua disperazione di dover lasciare questi ragazzi, il suo senso di impotenza sapendo di non poterli salvare tutti. È inevitabile, ti fanno sentire come se la loro vita dipendesse da te.

Quando scendiamo dall'ottovolante, io ho lo stomaco sottosopra, i tre bambini ridono in modo sguaiato e non la smettono più di usare parole come 'sballosissimo' e 'stra-mega-fichissimo'.

Ci fermiamo nel piccolo negozio adiacente all'uscita, compro tre copie delle fotografie che ci ritraggono durante la discesa – io con una faccia da salame, che mi prenderei a sberle da solo, e loro con il sorriso fino alle orecchie.

June e il resto del gruppo ci aspettano vicino all'uscita, in un piccolo parco giochi pieno di scivoli e altalene complicate. Con una mano spinge Sammy, con l'altra Peyton. È bellissima con i capelli raccolti e i jeans stretti sul culo. Mi fa venire voglia di arrivarle alle spalle, abbracciarla e baciarla sul collo. Invece non so se avrò più il permesso di toccarla.

L'emozione della notte passata insieme ce l'ho ancora addosso, il suo profumo nelle narici e la sua pelle liscia sotto le dita. Ha visto il tatuaggio. Ha visto e ha capito. O forse non ha capito niente, probabilmente non ci è ancora arrivata.

«Ehi» la saluto quando sono a pochi passi da lei.

June si volta, prima mi sorride e poi cerca con lo sguardo i suoi bambini. «Si sono comportati bene?»

«Benissimo».

«Cos'hanno in mano?» chiede, inclinando la testa di lato mentre li osserva.

«Ho comprato delle foto».

Apre la bocca, la richiude.

«Non avrei dovuto?»

«No, non è quello. Tu sei generoso...»

«Ma...?»

«Ma questi bambini non sono abituati ad avere tutto e subito, non me lo posso permettere. E cerco sempre di trattare tutti allo stesso modo, di non dare troppo a uno, a discapito degli altri. Scusa, non voglio farti rimanere male. Davvero, sei generoso e sei stato gentilissimo, ma ora anche le ragazze vorranno la foto o un'altra cosa e...»

«Mi sembra il minimo. E posso rimediare».

«Ti prego di non viziarli troppo».

«Senti, mi hai chiesto tu di venire e sono contento di averlo fatto, metterò bene in chiaro che questi regali sono da parte mia, che li avranno solo oggi, che è una giornata speciale».

Recupera una bottiglietta d'acqua gelata dal suo zainetto e me la passa. «Tieni».

Ha portato l'acqua anche per me...

«Allyson, Peyton, Sammy, venite con me» le chiamo, guardo June. Lei cerca di nascondere un sorriso, io cerco di trattenere la voglia folle che ho di baciarla.

«Dove andiamo?» domanda Allyson. La bambinetta sdentata mi ripassa il cellulare che avevo dimenticato di averle affidato.

«Treno delle fate» annuncio.

Peyton spalanca gli occhi; Sammy, con fare protettivo, le circonda le spalle con un braccio.

«Viene anche Miss June?» domanda Sammy, preoccupata. Io guardo June, lei annuisce appena.

«Certo».

«Okay, allora andiamo!» esulta Allyson prendendomi per mano e aggrappandosi al mio braccio.

Sette ore dopo sono un uomo finito. Distrutto. I ragazzi stanno dormendo profondamente, circondati da palloncini di tutte le forme e dimensioni, zainetti nuovi, borracce e cappellini con il logo del parco, pupazzi che mi hanno costretto a vincere per loro al tiro ai barattoli e ben quattro pesciolini rossi. Forse mi sono fatto un po' prendere la mano.

Dicevo, dormono tutti tranne il piccolo Dean, che si sta lamentando da venti minuti perché gli scappa la pipì. Io propongo di fermarci in una piazzola e fargliela fare dietro un cespuglio, lui rifiuta categoricamente. Così, stufo di sentire i suoi lamenti e le suppliche di June, mi fermo a una stazione di servizio.

«Voglio che mi porti Jace!» protesta Dean quando June apre il portellone e lo invita a scendere. Io inarco entrambe le sopracciglia.

«Dean, per favore, siamo tutti stanchi. Andiamo in bagno e torniamo al maniero» cerca di convincerlo June.

«No! Tu hai il pisellino, Miss June? Io sono un maschio e Jace è un maschio. *Io* ho un pisellino e *lui* ha un pisellino».

Inclino la testa di lato. «Ehi, andiamoci piano con questi vezzeggiativi, nano».

June mi incenerisce con lo sguardo. «Ti ci metti anche tu?»

«Mi porta in bagno Jace» insiste il ragazzino. Mi indica, è inquietante. «Non voglio fare la pipì nel bagno delle femmine».

Perdo la pazienza, mi arrendo. «Andiamo» dico.

«Non devi». June cerca di fermarmi. «Dean, basta con questi capricci».

Il piccolo infame sporge il labbro all'infuori, pronto a scoppiare in un pianto esagerato. Ma io sono più veloce, scendo dal pulmino e me lo carico in braccio.

Quando torniamo, dormono ancora tutti, Miss Maribel compresa. Io sono abbastanza incazzato: il nano mi ha pisciato sui pantaloni! June sgrana gli occhi quando si accorge delle chiazze scure sui jeans.

«Non dire niente!» l'avverto.

«Non ho parlato». Sghignazza, coprendosi poi la bocca con la mano.

«E non ridere!»

June sigilla le labbra, poi scoppia in una risata sfacciata. «Scusa. Scusa. Scusa».

Dean va a sedersi al suo posto, nemmeno il tempo di mettere in moto che dorme profondamente.

Finalmente regna il silenzio in questo piccolo autobus. June si mette accanto a me, senza pensarci le prendo la mano e la poso sulla mia coscia.

«Grazie per oggi» dice a bassa voce.

«Prego».

«Credo che i bimbi si perderanno i fuochi. Sono stremati».

«Mai quanto me» mormoro. Sollevo le nostre mani e le bacio il dorso. Un gesto che mai nella mia vita avrei pensato di fare, ma con lei non ho confini, non penso prima di agire.

«Mi piace come ti sta la barba».

Sollevo di poco il mento e mi guardo nello specchietto retrovisore. Ho una leggera ricrescita e i capelli sono un tripudio di ricci disordinati sulla testa. Non sembro nemmeno io. Non mi sento 'io', se proprio devo dirla tutta.

«Hai sentito gli altri ragazzi?»

June annuisce. «Mi ha scritto Connor poco fa. Si stanno divertendo ed è tutto sotto controllo».

«Okay».

«Sembri preoccupato».

Scuoto la testa. «Figurati! Se non lo sei tu... Insomma, hai dato il permesso a un branco di adolescenti arrapati di andarsene al lago senza supervisione! Miss Price si starà rivoltando nella tomba».

«Mi fido di loro» dice semplicemente, facendo spallucce. «Che senso ha tenerli al guinzaglio? Troveranno comunque il modo di fare quello che vogliono. Prendi me, venivo tutte le sere in camera tua. Ho perso la verginità sotto il suo altezzosissimo naso».

«Bei tempi» ridacchio.

«Già, bei tempi».

«Magari stasera potresti tornare...»

«Magari...»

Rimaniamo in silenzio per il resto del tragitto, la sua mano intrecciata alla mia e un senso di pace assoluta a farci compagnia.

E solo lei ci riesce, solo lei ha questo potere incredibile su di me. E non importa quanto provi a combatterla, quanto mi sforzi di chiuderle la porta in faccia, lei entra lo stesso, lasciandomi con il cuore in subbuglio e la consapevolezza di essere incastrato in un sogno dal quale ho paura di svegliarmi.

Capitolo 44

June

«Dove mi stai portando?» domanda Jace mentre io, con la mano ben salda attorno al suo polso, lo trascino oltre la porta della cucina di Miss Claire e giù verso il bosco.

«Nel posto migliore per vedere i fuochi d'artificio» ribatto.

«Oddio! Il cimitero, vero?» mi chiede allarmato.

Mi volto appena per guardarlo. «Hai ancora paura dei fantasmi?»

Jace sbuffa, ma si lascia guidare.

È stata una giornata strana. Bellissima. La migliore da troppo tempo. Vederlo circondato dai miei ragazzi, così in pace con se stesso, così rilassato, mi ha regalato una piccola speranza alla quale non sapevo di essermi aggrappata con tutte le mie forze. Non parlo solo di noi, parlo del maniero.

Anche adesso, mentre a passo svelto attraversiamo il giardino curato, ho l'impressione di averlo ritrovato. Questi lunghi anni non sono mai passati, lui non se ne è mai andato.

Sotto l'arco d'ingresso mi costringe a fermarmi, la mia schiena finisce contro la pietra appuntita di una delle colonne e la sua bocca sulla mia.

Non ho fatto altro che pensare ai suoi baci, oggi. Anche mentre i bambini facevano i capricci, o correvano come dannati da una parte all'altra, io ho pensato alle sue labbra morbide, alla pressione fantastica della sua lingua quando incontra la mia. Più di una volta mi sono incantata a guardarlo: sotto i raggi del sole, con quell'aspetto disordinato e i capelli scompigliati, non è mai stato così affascinante.

Si stacca, mi rivolge il suo mezzo sorriso storto, non mi lascia scampo.

«Spiegami perché proprio qua».

«Ahhh» sospiro, «perché il cimitero è il punto più alto della collina, ed è rivolto a sud, verso la città. I fuochi d'artificio scoppieranno proprio sopra le nostre teste».

Guardiamo entrambi verso il cielo infinito, una sorprendente volta stellata domina sopra di noi, il profumo dell'erba ci inebria. Per un attimo mi spoglio del mio ruolo di direttrice e lascio da parte le mie responsabilità, mi dimentico persino del motivo per il quale Jace si trova qui al maniero. I bambini sono a letto, i ragazzi sono al sicuro, e siamo di nuovo qui, insieme. Mi godo il momento, riempio i polmoni d'aria e prego in silenzio di non stare troppo male quando tutto finirà.

Jace, senza che dica niente, trova la tomba di Jeff Gunter e si avvicina.

«Buonasera» lo saluta con tono reverenziale. «Di nuovo noi. Lo so, la nostra June, qui, è un po' stramba, ma mi ha assicurato che i fuochi d'artificio si vedono bene solo da questo punto. Come ha detto? Si vedono bene anche dal giardino?» Si volta a guardarmi, la luce fioca delle nostre torce accese gli illumina appena il viso. Spara le sopracciglia verso l'altro, come a dirmi: 'Vedi?'

«Ti lascio scegliere la tomba» gli concedo.

«Be', allora cambia tutto». Si accomoda sulla lastra di pietra scura davanti a quella di Jeff. «Potevamo almeno portare qualcosa da bere».

«Ho di meglio». La voce mi esce incerta, mi mordo le labbra subito dopo. Infilo la mano nella tasca posteriore dei jeans e l'allungo verso di lui per mostrargli cosa nascondo nel palmo.

«June! Dove hai preso quella canna? Dovrò rivedere il tuo contratto...»

Mi sento così stupida e innamorata, così trasgressiva e piena di vita. Così... giovane.

«L'ho sequestrata a Rooney».

«E te la sei tenuta?» mi domanda lui sogghignando. Quando ride lo fa a bocca aperta, i suoi occhi diventano piccoli, gli zigomi si sollevano e una fila di denti bianchissimi e dritti mi fissa.

«Certo! Sarebbe stato un peccato buttarla». Mi siedo accanto a lui e gli passo lo spinello.

«Hai mai fumato?» chiede divertito, rigirandosi la canna fra le mani.

«Ho vissuto per sedici anni con Dylan e Caleb. Secondo te?!»

Scuote la testa. Si porta il piccolo filtro alle labbra, poi recupera un accendino dalla tasca dei pantaloni della tuta – visto che si è dovuto cambiare i jeans non appena abbiamo messo piede al maniero – e l'accende.

Fa un tiro, due, poi, riluttante, mi passa lo spinello.

«Sicura *sicura*?»

«Sai, non ho più quindici anni, nel caso questo piccolo particolare ti fosse sfuggito».

«Oh, lo so bene. Mi hai permesso di farti cose *indicibili*, ieri sera».

Gli mollo una pacca sul petto.

«Ahi» si lamenta lui.

Sto per dirgli che è un bastardo a rinfacciarmi certe cose, ma il primo scoppio si libra nell'aria e, un secondo dopo, una pioggia di scintille colorate invade il cielo sopra le nostre teste. Il bosco intorno al cimitero crea una specie di conca e amplifica il rumore, i colori, l'immensità dei fuochi in lontananza.

Rimaniamo imbambolati a goderci lo spettacolo per un tempo infinito, finiamo lo spinello, ci ritroviamo entrambi sdraiati a pancia in su sulla bara di Marnie Chestnut, spalla contro spalla, gomito a gomito.

Quando il silenzio regna sovrano e le ultime scie di fumo si perdono nel cielo buio, mi ricordo di rilasciare l'aria che trattenevo nei polmoni. Un secondo, un respiro, e Jace mi cattura la bocca.

Il bacio è languido, le sue dita calde finiscono sotto la mia T-shirt. Non so come ci riusciamo, ma anche in uno spazio minuscolo come questo siamo capaci di avvinghiarci l'uno all'altra senza lasciare spazio fra i nostri corpi.

E le sue carezze mi fanno formicolare persino l'anima. Ha la capacità unica di rendermi vulnerabile e indomabile allo stesso tempo. E lo amo. Di un amore così profondo che mi strazia il cuore. Sfiora la mia pelle con le labbra, venera ogni centimetro di carne. Non so cosa provi lui, ma so che io mi sgretolo a ogni respiro. E mi fa paura, lui, le sue mani che mi accarezzano, il suo viso che non sembra nemmeno più il suo, con quella barba incolta a incorniciare i lineamenti delicati. Penso che voglia fare l'amore con me, a cielo aperto, invece smette di toccarmi, i suoi occhi si chiudono per un secondo.

«Grazie per oggi» mi sussurra in un orecchio, succhiando poi il lobo. Ci sento dentro un'emozione che non riesce a tenere per sé.

«Per cosa?»

«Per tutto». La sua voce è seria, profonda.

Mi scanso di poco, quanto basta per guardarlo in faccia, e il cuore inizia a battere all'impazzata quando incrocio i suoi occhi e la sua espressione beata.

«Jace Campbell, davvero vuoi dirmi che ti sei divertito?»

Fa spallucce, si morde un angolo delle labbra. «Magari non 'divertito'...»

«No, no, no! Ti sei proprio *divertito*!» insisto.

«Okay, forse un pochino. È stato... diverso».

Afferro il suo bellissimo viso fra le mani e lo bacio. «Chi è stato?»

«A fare cosa?»

«A farti sciogliere! Allyson, con i suoi sorrisi sdentati? Ho visto come ti teneva per mano, credo tu sia diventato il suo eroe. No, aspetta! Andrew! Lui sa davvero come rubarti il cuore».

Mi sorride. «Sammy» confessa quasi senza voce. «Quando ha messo il braccio intorno alle spalle di Allyson, come se la stesse proteggendo. È la mia preferita».

Scoppio a ridere. «Non puoi dirlo!» lo rimprovero. «Non puoi avere un preferito!»

«Oh, andiamo. Tu non ce l'hai?»

«No!» ribatto. Li amo tutti, quei ragazzini, anche quando mi fanno disperare.

«Sei bugiarda!» Mi afferra dalla vita, mi mette a cavalcioni su di lui. «Dimmelo! Chi è?»

Mi fa il solletico e provo a divincolarmi, mentre a stento controllo le lacrime da quanto sto ridendo. «Non posso dirlo!» strillo.

«Dillo!»

«Okay, okay...» Smette di torturarmi. «Connor».

Jace sospira. «Il ragazzino di diciassette anni che è entrato nel tuo studio qualche settimana fa?»

«Proprio lui. Ma sono pronta a negarlo fino alla morte».

«Perché lui?»

Sono sdraiata sul suo corpo, adesso. Il mio cuore picchia furioso, ma mai quanto il suo. «Perché è buono. E si preoccupa per tutti. È un confidente per i più piccoli, una guida per i più grandi. Ha un passato difficile e si fida di me. Ho paura di deluderlo».

Non so cosa mi prenda, ma quella stupida confessione mi intristisce. Magari è solo colpa della marijuana. O forse è colpa di Jace. Perché, in fondo al cuore, per quanto cerchi di dimenticarmene, so che presto tutto finirà e mi ritroverò senza niente, senza i miei ragazzi. E Connor che fine farà? Dove andrà?

«Mi ricorda qualcuno...» suggerisce Jace, senza accorgersi del mio umore che è andato a farsi fottere.

«Chi?» domando con la voce che si incastra in gola.

«Tu» dichiara come se niente fosse. «Te lo ricordi com'eri, come i più piccoli ti gravitavano intorno, come riuscivi sempre a trovare una soluzione a tutto?»

«Connor è dieci volte migliore di me» ribatto. «E non altrettanto fortunato».

«Che intendi?»

Mi alzo in piedi, lui fa lo stesso con un colpo di reni.

«Ti devo fare una domanda» dico e sono certa che il tono che uso lo metta in allarme. Sistemo il reggiseno, allaccio il bottone dei jeans e mi sistemo i capelli.

«Okay. Chiedi».

«Non toccarmi» dico di getto e le sue mani si staccano dalle mie spalle, gli ricadono lungo il busto.

«Non voglio perderti di nuovo». E so che è sincero, anche se non si scompone di un millimetro, mentre io sento che mi scivola la terra da sotto i piedi.

Cosa mi aspettavo? Che bastassero una notte di fuoco e due baci sotto le stelle per fargli cambiare idea? Che una stupida gita con un branco di ragazzini senza speranze gli avrebbe aperto gli occhi e il cuore?

No. Lui mi chiede di rinunciare a tutto. Come ha fatto una settimana fa al ristorante sul lago, quando ha messo sul piatto della bilancia la felicità di ventidue ragazzi contro la mia e quella di Simon.

'Non puoi salvarli tutti, June'.

E invece posso. Dannazione, posso eccome!

«Non vuoi perdermi? E quando pensi di avermi avuta?» Le parole mi escono di bocca glaciali. «Ieri notte?»

Chiude gli occhi per un secondo, prende un lungo respiro. «Vuoi riprovarci, June?»

La sua domanda mi spiazza. Come si permette di chiedermi una cosa del genere?

«Non così tanto da accettare il tuo ricatto».

«Ma quale *ricatto*?» sbotta. Perché Jace è così: passa dall'indifferenza totale all'impetuosità di un tifone nell'arco di una manciata di parole. «Di cosa cazzo stai parlando?»

«Di te! Di come mi tratti, di come dai per scontato che io metterei *te* davanti a tutto il resto». Provo ad andarmene, per la seconda volta mi blocca il passaggio.

«Non te ne vai, non te ne vai, *cazzo*! Hai tirato fuori il discorso e adesso andiamo fino in fondo. Lo vendo questo fottuto maniero, June. Non la darò vinta a quel vecchio bastardo di mio nonno! Fattene una ragione!»

«Sei meschino».

«E tu sei ottusa! Per Dio, saresti capace di lasciare che queste quattro misere mura si mettano di nuovo fra noi. Come se non avessimo sofferto abbastanza in questi anni. Che diavolo ti lega a questo posto?» Prende a camminare su e giù, mi lancia occhiate di sfida, ma non mi lascio intimorire dal suo sguardo, o accarezzare dalle sue parole. «Ci sei rimasta perché aspettavi che tornassi? Bene, sono tornato, June! Sono qua, sono pronto. Ora andiamocene lontani un milione di miglia da questo maledetto paese!» La voce si eleva a ogni parola, il volto si trasfigura.

«Io non me ne voglio andare! Non senza di loro!»

«*Non. Puoi. Salvarli. Tutti!*» strèpita.

«E tu non puoi riprenderti gli anni che ti ha rubato tuo nonno! Lo capisci? Anche se firmi quelle carte e metti una croce su Red Oak, non ti restituirà niente nessuno, Jace. Ti prego...» Afferro il suo viso fra le mani. «Ti prego! Ripensaci».

«No!» ribatte categorico, scansando via le mie mani dal suo viso. «Troveremo una sistemazione per tutti quei ragazzi. E io ti amo, June. Come dieci anni fa, di più, se possibile, e sono pronto a darci una seconda possibilità. Devi solo dirmi se siamo sulla stessa lunghezza d'onda».

La sua presunzione mi fa infuriare. «Pensi davvero che potrei mai perdonarti per aver chiuso l'istituto? Credi che riuscirei a svegliarmi ogni mattina accanto a te sapendo che ho preso ventidue ragazzi e li ho lasciati al loro destino per venire a giocare alla famiglia felice con te? Le due cose sono inscindibili! Siamo un pacchetto completo, io e questo posto. Se vai fino in fondo, perdi tutto, perdi *me*!» gli urlo in faccia. Gesticolo, mi indico come se non sapesse chi sono.

Jace si infila le mani nei capelli, li strattona con forza. Poi torna calmo. Così com'è arrivato, il tifone se ne va.

«Non ho intenzione di ritornare sui miei passi, June. Se non mi lasci altra scelta, allora sono pronto ad andarmene. Sono sopravvissuto una volta senza di te, lo farò di nuovo».

Marchia a fuoco quelle parole sul mio cuore. Le butta lì, così, come se non valessero niente. Si arrende prima ancora di cominciare.

«Stai rinunciando a noi perché fare un dispetto a tuo nonno è più importante» insinuo.

Jace trattiene il fiato per una manciata di secondi. «E tu stai rinunciando a noi perché hai paura di andartene».

Si allontana di un passo, poi di un altro. Potrebbe rimangiarsi tutto, potrebbe mettere da parte il suo stupido orgoglio e comportarsi come se mi amasse davvero, a fatti, non a parole.

E forse sono io quella egoista fra noi, quella che gli sta chiedendo di rinunciare alla sua vita per vivere un sogno che è solo mio, che non gli è mai appartenuto.

«Lo sai perché odio questo posto, June?» Mentre me lo domanda, allarga le braccia e indica i boschi che ci circondano. «Perché mi ricorda che io non ho mai avuto una famiglia. Rappresenta in tutto e per tutto la mia solitudine. Porca puttana, June, i miei genitori volevano lasciarmi qui all'età di otto anni perché non sapevano cosa farsene di me! E sono prepotente, e poco empatico, e hai sempre avuto ragione, sono arrabbiato con il mondo intero. Perché pensavo che fossi *tu* la mia famiglia. E mi sono sbagliato. Perché fra me e questo posto tu scegli di nuovo questo maledetto posto. E allora va bene». Si volta, prova ad andarsene.

«Di cosa *diavolo* parli?» Lo rincorro fuori dal cimitero, lo raggiungo solo quando siamo a metà strada fra il bosco e il maniero. «Fermati!»

Torna indietro come una belva, mi inchioda ai suoi occhi. «Perché? Vuoi ripetermi per la millesima volta che conto meno di zero?»

«Stai distruggendo la vita di ventidue ragazzi per una questione di principio! Questo posto che tanto odi per loro è *casa*! Cosa vuoi che ti dica?»

«Che mi ami, cazzo! Che per la prima volta metti *me* davanti a tutto. Lo puoi fare, June?»

«Ti amo!» gli urlo in faccia. «Ti amo e ti aspetto da sempre, ma non cambia niente. Non *posso* metterti davanti a loro!»

La suoneria del suo cellulare irrompe nella notte, ci concede una misera tregua che non voglio.

«Pronto?» risponde Jace, con un tono infuriato che non gli avevo mai sentito. Si allontana di un paio di passi. «Dove sei?» domanda, agitato.

Mi avvicino, lui si scansa.

«Arrivo».

«Dove vai?»

Mi guarda come se mi vedesse per la prima volta, con un'indifferenza e un distacco che fanno male. «A mantenere la mia promessa».

Solleva le mani in segno di resa, compie un paio di passi all'indietro, poi se ne va, lasciandomi da sola in mezzo al giardino di questo posto che, senza di lui, sento mio solo per metà.

Capitolo 45

Jace

New York City, luglio 2022

Fisso i lividi sbiaditi sul viso e sulle braccia di Lisa, e mi rigiro un caffè freddo fra le mani. Sono seduto in questa cazzo di stanza da una settimana, giorno e notte. Quando lei si sveglia, mi trova al suo capezzale.

«Dalle solo un po' di tempo». Bernadette, la moglie di Damian, nonché direttrice della clinica per tossicodipendenti di Manhattan nella quale ho trascinato Lisa, è seduta accanto a me e mi ripete per la centesima volta che devo essere paziente.

Ma io odio aspettare.

«Lo so, me l'hai già detto».

«Se le stai addosso, non risolvi niente».

Facile per lei dirlo. Non sa che, sette giorni fa, sono uscito dal maniero sbattendo la porta, con il cuore in gola dopo lo scontro con June e la preoccupazione che mi fischiava nelle orecchie per Lisa.

Norman l'aveva vista entrare in un bordello poco fuori Red Oak Town il giorno del 4 luglio e uscirne barcollando, cinque ore dopo, con il viso tumefatto e il corpo ricoperto di tagli e sangue. L'abbiamo portata qui a Manhattan, al sicuro. Ha dormito per quarantotto ore prima di riuscire a sollevare entrambe le palpebre contemporaneamente e, quando lo ha fatto, la prima cosa che mi ha chiesto è stata: «Dov'è June?»

«Lisa ha promesso di firmare quei documenti» mi agito. «Ho solo paura che si rimangi la parola».

«Jace...» prova a dire Bernadette, posando una delle sue piccole mani sulla mia spalla. «Non è nelle condizioni...»

La interrompo. «Non ricominciare, ti prego. Hai promesso di aiutarla e lei, in cambio, ha promesso di rinunciare a Simon».

Bernadette mi rivolge uno sguardo compassionevole, come se stesse assistendo personalmente alla mia battaglia inutile contro i mulini a vento.

«Potrebbe guarire» insiste.

So che lei fa solo gli interessi della sua paziente, che sta cercando di farmi ragionare, ma io ho impressa nella mente l'espressione terrorizzata di June mentre Lisa soffocava il suo bambino senza nemmeno rendersene conto, e ogni volta che l'occhio mi cade sulle sue esili braccia ricoperte di buchi, non vedo sinceramente come possa guarire.

Bernadette è ottimista per deformazione professionale, io sono pratico. Certe persone non cambiano e quel bambino ha bisogno di June. Gliel'ho promesso.

«E nel frattempo? Cosa succederà a Simon, eh?»

«La mia priorità è Lisa» precisa.

«E la mia è quel bambino di sei anni che ne ha viste troppe! Lo stava sof-fo-can-do» scandisco bene l'ultima parola. «E nemmeno se ne rendeva conto, tanto era fatta. Cosa diavolo pensi che succederà fra due anni? Uscirà di qua pulita, convinta di poter ricominciare, e poi? Tornerà da Simon, lo porterà via a June. E se dovesse ricaderci? Se non fosse abbastanza forte?»

«Non lo puoi sapere». Ora anche lei alza la voce. Sposta lo sguardo su Lisa, che dorme profondamente. «Che cosa l'hai portata a fare qui da me se non vuoi aiutarla?»

«*Voglio* aiutarla!» specifico. «E voglio che firmi quei maledetti documenti. Ti ricordi com'era una settimana fa, quando siamo arrivati? I tagli? I lividi? Il suo spacciatore l'ha massacrata di botte perché si è fatta l'ennesima dose di eroina che avrebbe dovuto vendere! Glielo porteranno via comunque, quel bambino, e potrebbe finire in qualche casa-famiglia, adottato da chissà chi. Aiutami, Bernadette» la supplico. «Conosco June. Se Lisa stesse meglio, se non fosse più pericolosa, lei sarebbe la prima a volerla nella vita di Simon. Ma se glielo porteranno via...»

«Sei preoccupato per June» sussurra. «Lo capisco, lei è importante per te».

«Ti prego di non cercare di psicanalizzarmi proprio adesso. Pago profumatamente uno strizzacervelli per farlo una volta a settimana».

Bernadette annuisce, ma la conosco troppo bene: si sta sforzando come non mai di tenere la bocca sigillata. I suoi buoni propositi durano una manciata scarsa di secondi. «Chi è questa donna? Perché non è mai uscito il suo nome in questi anni?»

'Perché non so parlare di lei...'

«Adette...» l'avverto.

«No, sul serio, chi è questa June? Damian dice che ti stai comportando come un alieno, vivi in un vecchio rudere in Pennsylvania, hai accettato le condizioni di quella stronza di Tammy dopo mesi a inveire contro di lei e pare che tu – che Dio ci salvi – sia felice!»

Felice? Non sono felice. Sono il *contrario* di felice. June mi manca come l'aria, sento una fitta costante al cuore, proprio accanto alla libellula tatuata. Non l'ho più sentita. Passo le giornate a rigirarmi il cellulare fra le mani senza trovare mai il coraggio di chiamarla, di dirle di Lisa, di spiegarle perché non sono più tornato, di scusarmi per aver alzato la voce. E lei mi ama, ma non abbastanza.

«Non adesso, Adette». La imploro con gli occhi, lei alza le mani in segno di resa.

«Devo fare il giro dei pazienti» mi informa, alzandosi in piedi. Sa che insistere è inutile, non ho voglia di parlare di June. «E mi piace come ti sta la barba lunga».

'Piace anche a lei...'

Poso su un tavolino accanto alle due poltrone il bicchierino con dentro l'espresso che non ho nemmeno toccato e distendo le gambe.

«È andata via?» domanda Lisa in un sussurro strozzato. Ha gli occhi ancora chiusi e si lecca le labbra screpolate.

Cazzo! Da quanto tempo è sveglia?

«Vuoi dell'acqua?» chiedo senza rispondere alla sua domanda. Mi alzo in piedi e afferro la brocca di plastica che un'infermiera ha portato mezz'ora fa.

Lisa annuisce, prova a tirarsi su, ma quel gesto sembra provocarle uno sforzo sovraumano. Senza dire niente mi avvicino e l'aiuto. Le infermiere sono riuscite a lavarla, scrostando il sangue rappreso e districando i suoi lunghi capelli scuri. È pallida e denutrita, e i suoi occhi sembrano sul punto di schizzare fuori dalle orbite.

«Ti ho sentito, prima» sbiascica. «Ho davvero quasi soffocato quel bambino?»

Dice 'quel bambino' come se non lo conoscesse, come se non fosse importante pronunciare il suo nome, come se stesse parlando di qualcosa di poco conto, successo a qualcun altro. Quelle due parole mi colpiscono molto più del tono freddo che usa.

«Sì» rispondo serio.

«Non provo niente». Lo dice così piano che a malapena la sento.

«Per Simon?»

«Per chiunque». Le trema la mano mentre cerca di avvicinare il bicchiere alla bocca. «Stavolta speravo di morire. Non dovevi salvarmi, volevo solo morire».

Non so come ribattere a queste sue affermazioni, così dico la prima cosa che mi passa per la mente.

«Bernadette pensa che tu possa uscirne».

«Tu però non ci credi» afferma. «Ti ho sentito».

«Io non sono la persona giusta per esprimere un'opinione».

«Voglio firmare quei documenti e liberarmi del bambino. Mi ha solo creato un sacco di problemi».

Cerco di ricordarmi che davanti a me ho una tossicodipendente, che è l'astinenza da eroina a parlare, che in un'altra vita avrebbe amato Simon. Ma ci riesco solo fino a un certo punto, perché la sua indifferenza mi fa incazzare.

«Fai bene. Starà meglio con June». Le parole escono senza filtro, prive di tatto. Se Bernadette mi sentisse parlarle così, mi caccerebbe a pedate dalla sua clinica, ma io non riesco a trattenermi.

«Voglio andarmene» tartaglia. «Non potete tenermi qui contro la mia volontà!» Alza la voce – o almeno ci prova – e io devo trattenermi dal risponderle che, in tutta sincerità, non me ne frega proprio un cazzo di lei. Ma se dovesse sparire prima di firmare quei documenti, allora sia June che Simon si ritroverebbero a vivere nel terrore per il resto dei loro giorni. E non posso permetterglielo.

«Sì, in realtà possiamo» mento. «E poi ci sono persone poco raccomandabili che ti stanno cercando. Qui sei al sicuro».

«Che succede se firmo quei fogli? June se lo prende e non mi darà più soldi?»

«Nessuno ti darà più soldi, Lisa, soprattutto June. Se firmi i documenti per l'adozione, sono disposto a pagare di tasca mia le cure di questa clinica per tutto il tempo che ti servirà a guarire, poi, con l'aiuto di Bernadette, ti troverò un lavoro, una casa e potrai ricominciare una nuova vita. Queste sono le mie condizioni, prendere o lasciare».

«Va bene». Per un attimo avverto una sensazione di smarrimento nella sua voce. «Quella stronza di June mi ha sempre dato due spicci, comunque. Per pagarmi la roba mi sono dovuta prostituire, ed è colpa sua. Se lo prendesse, quel bambino, sono fatti l'uno per l'altra. Piagnucolosi ed entrambi alla ricerca costante di affetto. Davvero, non so come fai a sopportarla».

Mando giù la collera.

«Di tutte le donne che potresti avere, ti sei fissato con quella suoretta mancata» continua. «Voglio solo capire una cosa: se firmo quei documenti, non dovrò più avere a che fare con nessuno dei due?»

«Perderesti ogni diritto genitoriale su Simon, sì. I documenti verranno depositati in tribunale e avrai trenta giorni di tempo per ripensarci. Una volta che l'adozione sarà definitiva, entro sei mesi, Simon diventerà a tutti gli effetti figlio di June».

«Dammi i fogli». Allunga una mano verso di me. «E anche una penna».

«Non li ho con me. Devi firmarli davanti a un avvocato e a un testimone. Bernadette dovrà stilare un certificato nel quale dichiarerà che sei capace di intendere e di volere».

«E allora chiamala! Sono perfettamente in grado di intendere e volere!» sbraita. Si porta una mano allo stomaco e preme forte, lanciando poi un urlo di dolore. Bernadette mi aveva detto che sarebbe successo, che una volta che l'eroina avesse iniziato a lasciare il sangue, sarebbero cominciati i crampi allo stomaco, la nausea, i dolori muscolari e gli sbalzi d'umore folli.

Le sue pupille sono dilatate fino all'inverosimile. E non me ne frega un cazzo se non è del tutto presente a se stessa: firmerà quei documenti e lo farà oggi.

«Come vuoi tu, Lisa. Chiamo il mio avvocato e avverto Bernadette».

Lisa si contorce per un nuovo spasmo e vengo colto in pieno da una sensazione di impotenza. Vederla così, in preda ai dolori dilanianti e alla disperazione, mi fa comprimere il petto. Nessuno dovrebbe essere tanto disperato e solo al mondo.

Ma questa battaglia dovrà combatterla da sola e Simon si merita una mamma amorevole, disposta a prendersi cura di lui per sempre. Si merita June.

«Ecco, chiama tutti. E quando vedi June, dille che la odio. L'ho sempre odiata».

«Perché? Spiegami almeno perché la odi così tanto?»

Gli occhi di Lisa si riempiono di lacrime. «Perché ha sempre cercato di convincermi di essere migliore di quello che sono. Vede cose che non esistono, mentre io volevo solo morire. E lei non vuole. È colpa sua se ogni mattina mi devo guardare allo specchio e devo fare i conti con quello che sono diventata». Scaccia via una lacrima. «Voglio solo morire, e lei non me lo permette».

«A me sembra, invece, che una persona così, quando la trovi, te la devi tenere stretta. Hai perso un'occasione».

«E tu?» ribatte tagliente, gli occhi iniettati di rabbia. Poi distoglie lo sguardo e io esco dalla sua stanza senza rispondere.

Nessuno meglio di me la capisce. Ho sprecato anch'io tutte le mie occasioni con June, e sento di non averne più.

È mattina presto quando lasciamo Manhattan e ci immettiamo nell'autostrada che porta a Red Oak Town. Damian sorseggia un caffè che ha insistito per prendere in autogrill, io ho a malapena toccato il mio. Tengo gli occhi chiusi e i documenti che ha firmato Lisa sulle gambe, in una cartellina azzurra.

Non parliamo, mi conosce abbastanza bene da capire che ho bisogno di silenzio per riflettere.

Sto andando a consegnarle la sua felicità e non so cosa le dirò quando me la ritroverò davanti. Io le darò suo figlio, lei mi ridarà il maniero. E dovrebbe bastare a farmi sentire meglio.

Ho vinto io.

Ho ottenuto quello che volevo, giusto? Eppure, sembra non bastare, perché quel groppo allo stomaco non va mai via. Darle Simon equivale a mettere un punto definitivo a noi, qualunque cosa siamo 'noi'.

La radio suona un vecchio brano di Kris Allen, *Lost.* Allungo una mano verso la consolle e la spengo. L'ultima cosa che mi serve è rimuginarci sopra mentre ascolto una canzone deprimente che mi ricorda quanto, in effetti, mi senta perso senza di lei.

La mia vita viaggiava su binari perfetti prima di rimettere piede al maniero. Forse 'perfetti' non è la parola giusta, forse erano solo dei binari senza grandi ostacoli, una *comfort zone* nella quale avevo trovato la mia dimensione. Gestisco una società redditizia, ho più soldi di quelli che mi servono, donne compiacenti, pronte a soddisfare le mie esigenze primordiali, e qualche amico fidato. Non mi manca niente.

E non mi serve June.

Me lo ripeto fino all'infinito, me lo ripeto anche mentre ci fermiamo di fronte al vecchio cancello e Norman scende dall'auto per aprirlo, me lo ripeto mentre percorriamo la salita che porta all'istituto.

Poi, però, la vedo passeggiare da sola nel giardino davanti al portone principale e allora non sono più sicuro di niente. Perché vorrei solo scendere dall'auto e andarle incontro, abbracciarla e dimenticarmi le accuse che ci siamo vomitati addosso otto giorni fa.

Lei volta la testa, la inclina appena di lato e punta i suoi occhioni verdi sulla carrozzeria lucida della limousine.

«Hai i documenti?» mi domanda Damian.

Annuisco. Lui è vestito di tutto punto, io indosso una polo Ralph Lauren verde pistacchio e un paio di jeans. Sono giorni che non riesco a infilarmi un abito elegante, ho come la sensazione che mi vada tutto stretto, che la cravatta mi stritoli la gola, che il colletto mi soffochi.

Picchio due volte con la nocca dell'indice contro il mio finestrino e Norman mi apre lo sportello. Quando poggio le scarpe sportive sulla ghiaia e sollevo lo sguardo, June non c'è più. Svanita nel nulla.

«Però!» esclama Damian, affiancandosi a me. «Le foto non rendono giustizia a questo posto. È spettacolare».

«Lo so».

«E tuo nonno te l'ha lasciato in cambio di un matrimonio con Tammy?»

«Me l'ha lasciato perché è un bastardo». Respiro a fondo. «È sempre stato un uomo senza scrupoli. Con i suoi giri sporchi tiene sotto controllo l'intera cittadina. Tutti sono, in qualche modo, legati a lui. Tutti hanno qualcosa da nascondere e lui conosce i loro segreti. Lui comanda ogni cosa. Tiene le fila delle persone di Red Oak Town come un fottuto burattinaio».

Non gli avevo mai parlato del grande Kevin Sherman. Adesso, davanti a questo portone che rappresenta in egual misura la mia felicità e la mia disperazione, vuoto il sacco.

«A diciassette anni mi hanno espulso dal Saint Paul. Mi ha lasciato qua per quasi due mesi. Una punizione esemplare, una specie di purgatorio dove fare ammenda. E quando gli ho chiesto di rimanere, quando qui ho trovato qualcosa per cui valesse la pena di essere felici, mi ha rimandato via. Perché per lui la felicità non è contemplata. Non ne conosce il significato, è convinto che un sentimento così volubile ti renda debole. Me lo ha insegnato con le maniere forti. E non mi ha più permesso di tornare. Quando mi ha ridato il maniero, non pensava che sarei andato fino in fondo con il matrimonio pur di toglierglielo. Si aspettava che gli ridessi in faccia, che gli dicessi che non poteva continuare a disporre della mia vita a suo piacimento. Invece ho sposato Tammy e me lo sono preso, con l'unico intento di sbarazzarmene appena possibile. Una piccola vendetta che sembrava così importante. Adesso, però...»

Ha ragione June. Sto vendendo questo posto per il motivo sbagliato. Non è lei a mettere queste quattro mura fra noi, sono io.

«Certo che...» dice Damian, poi si zittisce.

«Cosa?»

«Pensa quanto si incazzerebbe se invece non lo vendessi e, al contrario, ti ci trasferissi».

Mi volto a guardarlo. «Ma che dici? Pensi che potrei lasciare New York per venire a stare qui? Morirei soffocato dopo due giorni! E non hai idea di quanto siano rumorosi quei mocciosi. Andrew, per esempio, la mattina improvvisa un concerto con i cucchiaini e le tazze del latte. Peyton, un pomeriggio, mi ha costretto a farle una treccia ai capelli, per poi mettersi a piangere perché non era venuta bene. Simon mi ha macchiato di tempera un paio di pantaloni Tom Ford. Potrei andare avanti fino a domani».

Damian si infila le mani nelle tasche e si mette davanti a me, coprendomi in parte la visuale della facciata del maniero.

«E tu sei cambiato. Nessun vestito di alta sartoria, barba lunga, capelli che sembrano un nido per uccelli. Ti sei sbattuto per salvare una ragazzina tossicodipendente, così da poter aiutare di conseguenza questa June, hai accettato le condizioni di Tammy per il divorzio. Non te ne vuoi andare, Jace. Questo posto ti ha fatto bene. *Quei ragazzini* ti hanno fatto bene. Per Dio, ti ricordi persino i loro nomi!»

«Ti sbagli» ribatto. «Ora possiamo entrare?» Stringo la cartelletta fra le mani, lo supero e mi avvio verso il portone. Busso un paio di volte, aggrappandomi al battiporta d'ottone formato da due serpenti intrecciati.

È Connor ad aprirmi.

«Buongiorno». Tiene in mano un grosso pupazzo di carta, colorato, a forma di unicorno.

«Ciao» replico. «Connor, lui è Damian, un mio amico di New York».

«Piacere di conoscerla» risponde Connor, educato. «Mi scusi, non posso stringerle la mano» dice indicando con gli occhi l'oggetto mostruoso che tiene fra le braccia.

Entriamo e mi ritrovo nella sala da ballo chiassosa e gremita di gente. Festoni colorati sono stati appesi alle pareti e tutto intorno al camino. I più piccoli stanno tagliuzzando in varie forme quella che sembra carta pesta: cuori, quadrati, triangoli. Miss Maribel, aiutata da Rooney, sta gonfiando una quantità improponibile di palloncini.

«Mi darebbe una mano?» mi domanda Connor e, d'istinto, mi volto per vedere se c'è qualcuno dietro di me, oltre a Damian.

«Io?»

«Devo attaccare questo *coso* lassù». Indica un punto ribassato del soffitto, vicino all'entrata. «Ho bisogno di qualcuno che salga con me sulla scala e mi aiuti a tenerlo mentre lo fisso a quel chiodo. Ho paura che mi cada».

Non mi sembra un lavoro da due persone, ma okay.

«Tieni i documenti, per favore» dico a Damian, passandogli la cartellina.

Salgo sulla scala dalla parte opposta rispetto a Connor e lo aiuto a tenere in mano il pupazzo. In tutto questo, Damian mi osserva con un'espressione divertita dipinta in faccia. Alla fine, si rivela un compito più complicato di quello che sembrava, perché il pupazzo pesa un accidente.

«Con cosa l'avete fatto, cemento?»

«È una *piñata*. È strapiena di caramelle» mi spiega.

Una *piñata*? Connor sembra leggermi nel pensiero.

«Ci si benda a turno e, con un bastone, si cerca di colpire il pupazzo di carta. Colpo dopo colpo, iniziano a cadere le caramelle. I bambini ne vanno matti e Miss June ne compra sempre una per i compleanni dei più piccoli. Quest'anno ne abbiamo presa noi una per lei». Fa spallucce, torna a concentrarsi sullo spago, lo annoda più volte. «È il suo compleanno» mi informa.

Non lo sapevo.

«Organizzate sempre queste feste?» domando distratto, come se la risposta non mi interessasse affatto.

«Da quando Miss June è diventata la direttrice, sì. Prima, con Miss Price, non potevamo mai fare niente. Odiava gli sprechi, odiava i compleanni, odiava il disordine. Adesso è tutto diverso». Abbassa lo sguardo su di me. «Ehi, non glielo sto dicendo per farle compassione. Miss June troverà una casa per i ragazzi del maniero e staranno bene».

«E tu?» Mi tornano in mente le parole di June giù al cimitero, una settimana fa. L'affetto nei suoi occhi nel confidarmi che Connor, fra tutti, le ha rubato il cuore.

«Anch'io starò bene». Un ultimo nodo e la *piñata* è al sicuro. «Fatto. Grazie, signor Campbell».

Scendiamo dalla scala. «Sai dov'è June?» gli domando.

«Nel suo ufficio. Non ha il permesso di uscire, vogliamo farle una sorpresa».

Annuisco e Connor se ne va, lasciandomi sotto quel pupazzo di carta che, in tutta onestà, spero si stacchi e mi centri in pieno. Di sicuro June ne sarebbe felice.

«Vieni» dico a Damian, indicandogli la strada verso l'ufficio della direttrice. Busso più volte prima che mi apra.

Non ci salutiamo, rimaniamo l'uno di fronte all'altra a fissarci.

«Ero andata a prendere una boccata d'aria» si giustifica.

«June, lui è Damian Smithson, il mio avvocato. Abbiamo bisogno di parlarti».

Mi guarda di traverso.

«Avrei dovuto avvisarti» la precedo prima che possa dire qualunque cosa.

«Non fa niente. Piacere, Lily-Rose June» si presenta a Damian e lui le stringe la mano. La guarda in modo strano, come se da un'unica occhiata potesse prendersi tutte le risposte che io non gli do.

'Cos'ha di così speciale questa ragazza?' si sta domandando. 'Perché Jace sembra essersi rincoglionito dal giorno alla notte?'

Perché lei è quanto di più bello mi sia capitato nella vita. Dieci anni dopo, sono ancora qui a chiedermi perché ci facciamo così male, quando basterebbe allungare una mano per prenderci.

«Damian Smithson, piacere».

«È il fratello di Vincent» dico, anche se non frega niente a nessuno.

«Accomodatevi». Si guarda intorno. «Ho solo una sedia» si scusa.

«Io rimango in piedi».

Faccio cenno a Damian di accomodarsi, mentre io poggio la schiena contro una delle pareti abbellite dai disegni dei bambini.

«A cosa devo la visita?» Composta e controllata, posa entrambi i gomiti sulla scrivania e intreccia le dita delle mani. Anche questa volta, fra i due, sono io quello sul punto di sgretolarmi. Con quale coraggio riesca a guardarmi negli occhi senza dare di matto non lo saprò mai.

«Abbiamo buone notizie, Miss June» esordisce Damian. Si volta, faccio 'sì' con la testa. Il mio amico apre la cartellina azzurra, rilegge velocemente i fogli che custodisco a costo della mia stessa vita da ieri sera, poi ne passa uno a June. «La signorina Lisa Heiz ha accettato di concederle l'adozione di Simon Heiz. Questi sono i documenti firmati che provvederò oggi stesso a depositare in tribunale, a Philadelphia. Sarà un'adozione consensuale. Dopo trenta giorni a partire dal deposito, verrà fissata una data in tribunale per renderla definitiva. È probabile che vogliano sentire la testimonianza del bambino, oltre che la sua».

June sgrana gli occhi, boccheggia mentre si porta una mano all'altezza del cuore. «Avete visto Lisa?» domanda, scandendo a malapena le parole.

Damian si volta di nuovo a guardarmi.

«È finita in una brutta storia, una settimana fa» dico. «Il

mio autista l'ha trovata fuori da un bordello, malmenata e ricoperta di sangue».

June si agita sulla sedia, si alza in piedi e posa entrambe le mani sul legno consumato della scrivania.

«Perché non me l'hai detto?»

«Perché non volevo farti preoccupare. L'ho portata a Manhattan, in quella clinica specializzata di cui ti avevo parlato. Ci sono persone fantastiche che si stanno prendendo cura di lei».

«E tu hai ritenuto opportuno tenerlo per te?» mi accusa.

«Sì, June, l'ho ritenuto opportuno. Aveva bisogno di tempo e io gliel'ho dato».

«Certo! E adesso, dopo sei anni di inferno, senza battere ciglio, mi concede l'adozione di Simon!»

Damian si schiarisce la voce, io richiudo la bocca, prima di dire o fare qualche cazzata.

«Miss June» attira la sua attenzione. Anche se mi dà le spalle, so che le sta sorridendo. Damian ha quel modo di fare che piace alla gente; senza sforzarsi, le persone si fidano di lui. «La situazione era piuttosto pesante. La ragazza aveva bisogno di recuperare le forze e arrivare a una scelta in totale serenità. Ero presente, insieme a un testimone, quando ha firmato, e la direttrice della clinica – mia moglie – ci ha consegnato i documenti che la certificano capace di intendere e di volere. Jace aveva le mani legate».

Odio che si giustifichi con June al posto mio, che mi faccia passare per un martire. Non l'ho chiamata perché non volevo chiamarla. Perché speravo di entrare qui dentro con quei maledetti documenti firmati e sbatterle in faccia quanto sono disposto a rischiare per lei.

«Non è vero» mi sento dire. Mi avvicino alla scrivania, faccio il giro, mi fermo davanti a June. «Volevo essere sicuro che accettasse prima di darti false speranze. Ti avevo promesso che ti avrei aiutata e l'ho fatto. Non avvertirti è stata una scelta».

I suoi occhi luccicano di lacrime. «Come sta?» mi chiede con il cuore in gola.

«Meglio». D'istinto le accarezzo un braccio. «Starà bene, June, ed è pronta a fare la cosa giusta per Simon».

«Ha chiesto di me?»

Annuisco. «Sì, è la prima cosa che mi ha chiesto quando si è svegliata». Non le dico quali sono state le ultime parole sprezzanti di quella ragazzina ingrata e malata, quel segreto lo tengo per me.

June si accascia sulla sedia, con dita tremanti prende quel foglio che segna la fine di tutte le sue preoccupazioni. È così vicina alla felicità che sembra aver paura di afferrarla. «Cosa devo fare?»

Non mi sta chiedendo dove deve apporre la sua firma. Va oltre. Chiede a me quale sia la scelta giusta: adottare Simon o aspettare che Lisa stia meglio? Perché, anche a un centimetro dai suoi sogni, lei pensa agli altri. Lo ha sempre fatto.

«Dovresti prenderti Simon, crescerlo con amore e dargli la famiglia che si merita».

Stacca gli occhi dal documento, li pianta nei miei.

«E se firmo questi fogli?» La sua voce è irriconoscibile, impastata da un'emozione che mi spezza il cuore.

«Io ho mantenuto la mia promessa» sussurro e fatico a proseguire la frase. «Ora tu mantieni la tua».

Chiude gli occhi, li riapre e cerca una penna. «Perché non posso salvarli tutti, giusto, Jace?»

Non aspetta la mia risposta, forse perché non è una domanda. La punta della biro si pianta sul foglio, con gli occhi ridotti a una fessura scrive il suo bellissimo nome in fondo alla pagina, poi ci lancia la penna sopra.

Si alza, mi sorpassa facendo molta attenzione a non toccarmi e raggiunge la porta secondaria, quella che dà sul corridoio di servizio.

«June» cerco di richiamarla, mi avvicino di qualche passo.

«Grazie» dice di spalle, la voce rotta. «Mi hai fatto il regalo più bello che qualcuno potesse farmi. Ora, scusatemi, ho bisogno d'aria».

Pietrificato, fisso la porta che lascia aperta e d'istinto mi infilo le mani in tasca e abbasso la testa.

«Dobbiamo andare a Philadelphia» mi ricorda Damian.

«Mi serve un minuto».

«Non credo che un minuto ti basterà».

Già...

Damian si alza in piedi, lo sento raccogliere i documenti e rimetterli al sicuro nella loro cartellina. Mi arriva da dietro, la sua mano si posa sulla mia spalla, aspetta che lo guardi.

«Mi aspetti in auto? Ho bisogno di parlare con June, di salutarla».

«Ci hai pensato bene, Jace?»

«No» ridacchio. «Non posso permettermi di pensarci».

«So che non cambia niente, ma se ti tiri indietro adesso dalla compravendita del maniero, la penale da pagare non è poi così alta».

Volto la testa. «Che vuol dire?»

«Che hai ancora un pochino di tempo per ripensarci».

«L'ho sempre detto che sei un pessimo avvocato! Non fai i miei interessi, Damian» lo accuso bonariamente. «Vorrei ricordarti che il maniero vale quindici *milioni* di dollari».

«E la tua felicità? Quanto vale, Jace? O la vendetta. Hanno un prezzo?»

«Sei lacrimevole».

«Io, eh? A chi vuoi darla a bere? Ma ti sei visto?! Sembri l'uomo delle nevi con quella barba, e indossi una *polo*! Tu!» Mi punta il dito contro. «Ti conosco da troppi anni, amico mio, e ti conosce anche Bernadette. E lo sai lei com'è fatta, sempre a psicanalizzare tutti. Dice che ti sei innamorato».

Strabuzzo gli occhi di fronte a quelle parole.

«Già, mi sono fatto una grassa risata anch'io appena me l'ha detto. Eppure, nel caso te lo stessi chiedendo, mi sa che sono d'accordo con mia moglie. È così evidente da risultare imbarazzante. Vai a salutarla, Jace. Io ti aspetterò in macchina per un po'... e se non ti vedrò arrivare, andrò a Philadelphia senza di te».

«Non sono pronto».

«Cazzate!» Raccoglie la sua valigetta da uomo d'affari serio e ci infila dentro i fogli che ha firmato June. Poi, con un sorriso sulle labbra e un cenno del mento, se ne va e mi lascia da solo nell'ufficio.

Capitolo 46

June

Red Oak Manor, luglio 2022

Il cielo sopra Red Oak Manor è di una bellezza infinita, stamattina. Il sole splende alto e mi scalda il viso. Le previsioni del tempo dicono che è in arrivo una perturbazione da est, ma non c'è nemmeno una nuvola fra tutto quell'azzurro.

Me ne sto seduta sulla lastra di pietra della tomba di Jeff Gunter a sfidare i raggi del sole che mi accecano, rifiutandomi di chiudere gli occhi. Mi rigiro il ciondolo a forma di libellula fra le dita, il blu sembra voler esplodere e il verde lo abbraccia come può.

Voglio ricordarmi ogni dettaglio di questo posto: ogni foglia di quercia, ogni statua, ogni scritta, ogni nome.

Dovrebbe essere il giorno più felice della mia vita, invece ho l'impressione di aver firmato la mia condanna a morte. Da una parte, il cuore scoppia di gioia al pensiero di poter finalmente adottare Simon; dall'altra, sanguina davanti alla certezza che dovrò separarmi dai miei ragazzi, all'idea che fra meno di sei mesi lasceremo questo posto.

Cerco di convincermi che andrà tutto bene, che farò di tutto per trovargli delle famiglie all'altezza di quel nome. Da quando sono diventata la direttrice di questo istituto, non ho fatto altro che stare dalla parte di quei ragazzi. Anche quando separarmi da loro è stato difficile, ho sempre messo il loro benessere davanti al mio. Sarà sempre così.

L'ennesima stupida lacrima mi riga il viso e la scaccio con un gesto di stizza. Sono una donna adulta, non posso permettermi di piangere.

Mi metto seduta e recupero il cellulare dalla tasca dei jeans. Cerco il numero di Israel e gli mando un messaggio.

June: 911.

Non passa nemmeno un minuto che il cellulare mi squilla fra le mani.

Prima di rispondere faccio un lungo respiro, non voglio che mi senta piangere, si preoccuperebbe a morte e correrebbe al maniero. Mentre io non voglio vedere nessuno, ho solo bisogno che mi ascolti in silenzio.

«Ciao». Cerco di sembrare tranquilla, mi infilo una ciocca di capelli dietro l'orecchio e riprendo fiato. «Ti disturbo?»

Qualche sera fa è venuto a prendermi al maniero con il suo vecchio pick-up giallo e mi ha portata a cena fuori. È stato bello fare quattro chiacchiere con lui, raccontargli dei ragazzi, scoprire tutto sulla sua nuova vita, su come sta da quando è tornato a vivere a Red Oak Town.

«Nah, ero qui che fissavo alcune strofe senza arrivare da nessuna parte».

Poggio un gomito sul ginocchio e adagio il mento sul palmo aperto. «Devo farti una domanda importante».

«Okay... Vuoi che venga al maniero?»

«No» rispondo. «Ti ricordi quando giocavamo a 'Riconosci la tomba'? Chi ha inventato quel gioco?»

«Noah, credo». Arriva un silenzio mortale dalla sua parte della linea, mentre io sono circondata dal cinguettio incalzante di alcuni uccelli non ben identificati.

«Noah...» ripeto in un sussurro. «Sì, ha senso che sia stato lui. La tua preferita è sempre stata quella di Marnie Chestnut» ridacchio. «Ci sono seduta davanti proprio adesso».

«Non era la mia preferita, solo la più vicina a quella di Jeff Gunter, dove te ne stavi tutto il giorno a rimuginare». Segue un imbarazzo che non so come riempire. «Che ci fai al cimitero con questo caldo infernale?»

«Rimugino...» scherzo.

«Non hai un ufficio?» ribatte sarcastico.

'Sì, solo che ci ho lasciato Jace lì dentro, insieme a tutti i miei sogni. Non credo che riuscirò mai più a rimetterci piede'.

Mi copro il viso con una mano. «Ce l'ho... ancora per poco, però».

Lui non fa domande, ma so che sta aspettando una spiegazione.

«Jace mi ha portato le carte per l'adozione di Simon, firmate da Lisa. È arrivato mezz'ora fa ed è ancora nel mio ufficio. O forse se n'è andato». Mi schiarisco la voce. «Ti ricordi quel 4 luglio che ha piovuto tanto da allagare la strada del maniero, costringendoci a rinunciare alla gita in paese? Ero disperata! Dylan aveva proposto di scappare e farcela a piedi fino a Red Oak Town, e Axel, che non sapeva mai dirgli di no, aveva recuperato dei vecchi impermeabili gialli e blu dal ripostiglio nell'ala ovest. Amos aveva 'preso in prestito' dalla dispensa di Miss Claire viveri sufficienti per una spedizione in Antartide, ci aveva messo dentro anche il latte condensato».

«E Noah aveva proposto di legare e imbavagliare Miss Price nei sotterranei. Caleb aveva persino smontato le tende della sala da ballo per usare le corde. Per fortuna che Isabel aveva rimesso tutto in ordine prima che Miss Price se ne accorgesse» mi ricorda Israel e io ridacchio.

«Cavoli, me ne ero quasi dimenticata! Era un piano infallibile, se ci pensi» esagero.

«Poi è arrivata Miss Maribel e ci ha proposto di andare al cinema non appena avesse smesso di piovere e l'entrata fosse stata ripulita dal fango, anche se Miss Price non era d'accordo. Aveva pagato lei, con i soldi del suo stipendio, vero?»

«Già. Dylan non l'aveva presa bene, voleva davvero scappare dal maniero dal famoso passaggio segreto. Poi, al cinema, io e te abbiamo diviso un sacchetto di popcorn perché ci dispiaceva far spendere troppi soldi a Miss Maribel».

«Certe volte mi domando come siamo sopravvissuti a quel posto» borbotta Israel.

Siamo davvero sopravvissuti? Penso ai miei compagni, a quello che hanno passato, a dove sono arrivati. Penso al maniero, a quello che dovrò lasciare.

«Non lo so. Immagino non abbia più importanza, Jace vende il maniero». Mi sdraio sulla tomba e la lastra di pietra fredda mi regala una parvenza di sollievo, mentre le grosse ali della statua mi fanno ombra. «È tornato con i fogli per l'adozione e mi ha detto di aver mantenuto la sua promessa, che ora spetta a me mantenere la mia. E io sono una stupida, perché pensavo davvero di potergli far cambiare idea» alzo la voce, scuoto la testa. «Che razza di cretina! Ero così convinta che sarebbe bastato costringerlo a vedere con i suoi occhi questo posto per farlo tornare sui suoi passi, che ho chiamato Kolton e gli ho detto di lasciar perdere tutto. E ho ceduto al suo ricatto. Ho barattato la mia felicità con quella dei miei ragazzi. Come ho potuto, Israel? Come ho fatto a lasciarmi fregare così?»

«Stiamo parlando di Jace. Lo hai aspettato per una vita...»

«Ho abbassato la guardia, mi sono fatta fregare dai sentimenti, ecco l'unica verità. Dovevo rimanere distaccata, invece ha capito il mio punto debole e se ne è servito. Ma non è colpa sua, lo aveva detto dall'inizio che per lui erano solo affari. E io non gli ho creduto».

«Ora che cosa farai?»

«Niente. Me ne starò qui finché non passerà la rabbia, finché non troverò il coraggio di entrare nella sala da ballo e annunciare ai ragazzi che è finita. Che avevo promesso di metterli davanti a tutto e invece li ho delusi».

«June, potrai adottare Simon» mi ricorda Israel.

Una nuova ondata di sensi di colpa mi dilania l'anima. Dovrei essere al settimo cielo, invece mi sento uno schifo. Perché pensavo davvero di poterli salvare tutti. E credevo che l'amore che provo per Jace bastasse a guarire entrambi.

Ma ha sempre avuto ragione lui: il cuore non c'entra niente.

«Grazie, Iz, avevo proprio bisogno di sentire la tua voce».

«Sei sicura che non vuoi che venga al maniero?»

«Sicura». Annuisco, anche se non può vedermi. «Adesso devo andare».

«D'accordo. Ah, June, tanti auguri».

«Grazie, Iz».

Attacchiamo e io penso che vorrei semplicemente andarmene a dormire e archiviare questa giornata. Il miglior e il peggior compleanno della mia vita. Poi realizzo che non è nemmeno l'ora di pranzo e che i ragazzi mi stanno organizzando una 'festa a sorpresa' nella sala da ballo, e mi deprimo ancora di più.

Ma il colpo di grazia me lo dà Jace.

Proprio lui, che oggi mi ha fatto toccare con mano un nuovo e bassissimo livello di sconforto, mi viene incontro con le mani in tasca e l'espressione da Dio sceso in terra.

Mi irrigidisco, cerco una via di fuga alternativa, ma è troppo tardi: mi ha vista e tiene i suoi stupidissimi occhi azzurri su di me. Punta la preda senza esitare. E la sua preda preferita, a quanto pare, sono io.

Cerco di respirare, di ricordarmi che è più alto di me, più forte di me, e che in un ipotetico scontro a mani nude perderei io.

«Sarei dovuto venire subito qua a cercarti» dice sereno, quando è abbastanza vicino per essere sentito. Perché è ovvio, ha ottenuto quello che voleva, non ha motivo di sentirsi soffocare a ogni respiro, lui. Se ne torna a casa con la mia promessa stretta fra le mani e la faccia tosta di chi non è abituato a perdere.

«Cosa vuoi?»

Si morde l'angolo di un labbro, nervoso, a dimostrazione che forse – solo forse – non è poi così insensibile come cerca di mostrarsi al resto del mondo. Quando lo attacco senza preavviso, vacilla, e anche se subito dopo torna a essere glaciale e indifferente, mi basta quel gesto che fa sempre con i denti per capire che tutto sommato un cuore ce l'ha anche lui.

«Salutarti».

Il silenzio diventa spettrale. Persino gli uccellini sui rami delle vecchie querce rosse smettono di cinguettare di fronte a quell'unica parola. Il cimitero è immobile, proprio come me.

Se ne va.

Dentro di me si spezza qualcosa, forse l'ultimo frammento di cuore rimasto intatto.

«Ho fatto le valigie e liberato il tuo armadio» continua a dire.

«Grazie».

«Stavo pensando a una cosa senza senso, prima» dice, mentre con la punta della scarpa calcia un sassolino. «Non ti ho fatto gli auguri di buon compleanno».

«Non fa niente».

«A mia discolpa, non sapevo che fosse oggi. Ti conosco da anni e non so quando sei nata. Non lo trovi un po' assurdo?» Fa un passo avanti, poggia il braccio sulle ali della statua che veglia su Jeff Gunter.

«Non così tanto. Nemmeno io so il giorno del tuo compleanno, non ce lo siamo mai detti».

Ci riflette per un attimo. «13 febbraio».

«Okay». Sospiro. «Allora mi ricorderò di chiamarti».

«Il mio numero ce l'hai».

Una frase innocente che nasconde un milione di rimproveri. Perché ce l'ho da sempre, quel numero. E con questa consapevolezza tornano il suo rancore, la mia rabbia, la nostra delusione. Ma soprattutto torna il malessere alla bocca dello stomaco e la certezza che fino alla fine dei miei giorni, ogni volta che incrocerò i suoi occhi, lo perdonerò. Anche se mi sta portando via una delle cose più importanti che ho, io lo perdonerò sempre.

«Non potevo chiamarti, Jace». I suoi occhi sono colmi di tristezza di fronte alle mie parole e io non ce la faccio. Non li so gestire, non riesco a darmi pace. «Non potevo proprio chiamarti! Perché avevo paura, perché tuo nonno aveva minacciato di farti del male se lo avessi fatto, e io ero solo una ragazzina ingenua di *quindici anni*. Volevo che stessi bene, che fossi felice, e lui mi aveva riempito la testa di mille stupidaggini. Ho letto il messaggio e ho spento il telefono. E ho pensato di riaccenderlo mille volte, ma i giorni passavano e tu non tornavi mai e io... non potevo chiamarti».

Jace guarda oltre le mie spalle, fissa il bosco silenzioso che ci circonda.

«Non ha più importanza. Davvero, June».

«Okay». Credevo di aver pronunciato ad alta voce quella parola, ma da come reagisce lui forse me la sono solo sognata. Stavolta sono io ad avvicinarmi di un passo, apro il palmo e gli mostro il ciondolo a forma di libellula. «Mi avevi chiesto di prendermene cura finché non fossi tornato a riprenderlo».

Jace esita, poi lo afferra e se lo rigira fra le dita. «Me lo stai ridando?»

«Non credo che tornerai più. E comunque era un regalo».

«Ho già la mia libellula». Sospira. Afferra la mia mano, la posa al centro del suo petto dove campeggia il tatuaggio. «Quindi, forse dovresti tenerla tu. Magari un giorno tornerò davvero».

«Non farlo». Mi riprendo il braccio, mi allontano di un passo, lui si appoggia di nuovo con entrambi gli avambracci su una delle ali della statua e mi fissa. «Non prendermi in giro».

«Non hai capito niente di me, June. Sarei rimasto, sai? Per anni, prima di addormentarmi, l'ultima cosa alla quale ho pensato è stata che, porca miseria, se mio nonno me l'avesse permesso, non sarei mai andato via da Red Oak Town. Poi la mattina mi svegliavo e dovevo fare uno sforzo incredibile per mandarti via. E ci riuscivo, sai? Aprivo gli occhi e basta, dimenticata. Solo che torni ogni volta che poggio la testa sul cuscino, e io non so come ci riesci. Dieci anni, June. Uno penserebbe che dieci anni siano un lasso di tempo sufficiente a dimenticare una persona. E invece no, non sono bastati. Magari fra altri dieci anni sarò più fortunato, magari non sarai più così bella, o probabilmente lo sarai. Magari sarò morto». Riprende fiato.

Si stacca dalla statua a forma di angelo e si va a sedere sulla tomba di Marnie Chestnut. Aggancia la catenina con l'indice e la fa dondolare.

«La mia prima notte di matrimonio ho chiamato Tammy

col tuo nome. Così, dal nulla. Le ho chiesto: 'June, hai visto la custodia dei miei gemelli?' Mi ha fatto una piazzata assurda, e più lei urlava, più io sprofondavo. Perché come cazzo era potuto succedere?» Ride, ma quel suono mi arriva alle orecchie distorto, ci sento dentro una sofferenza ingestibile. «Ero convinto di essere immune. Hai presente quando soffri tanto che poi non ti fa più effetto niente? Mi sentivo così quando pensavo a te. Anestetizzato».

Rimango immobile a guardarlo, le mani che tremano e lo stomaco al posto del cuore.

«Ti dico la verità. Quando mi hai aperto la porta, un mese fa, ho pensato: 'Ecco qua, sono fottuto'. Credevo di arrivare e fregarmene, volevo sbatterti in faccia talmente forte tutto il mio dolore e vederti strisciare, implorarmi di lasciarti questo posto, che mi sentivo quasi bene. Invece torno e scopro che sei andata avanti, che non sei stata poi così male perché avevi un altro a consolarti, che non hai mai avuto mezzo ripensamento. E io ho passato l'inferno. È colpa tua, dovevi solo allungare una mano per prendermi, invece ti sei voltata dall'altra parte».

«Non è andata così!» protesto. «Sono rimasta qua, perché ho sperato fino all'ultimo che tornassi. Ho rinunciato al college perché avevo paura che se fossi tornato non mi avresti trovata. Quindi, no, Jace, non potevo 'allungare una mano' e prenderti. Ho fatto l'unica cosa che potevo: ti ho aspettato».

Si alza di nuovo in piedi e infila il ciondolo nella tasca posteriore dei jeans. «Immagino non faccia più molta differenza, eh?!»

Rimaniamo a guardarci, mi sento così persa. Provo la stessa sensazione che avevo sentito quell'ultima notte al maniero con lui, dieci anni fa. Lui con le valigie pronte, io con il cuore a pezzi. Quella notte avevo vissuto la mia prima volta, ed era stato magico. Avevo avuto paura, di lui, di essere scoperta, di me, di vederlo andare via per sempre. Era davanti a me, eppure in certi momenti sentivo già la sua assenza. Come adesso, che mi parla, mi guarda, ma io so che è già andato via.

È venuto per salutarmi.

Mi sento come se fossi sulla banchina di una stazione ferroviaria. Lui sale sul treno, le porte si chiudono e io non sono abbastanza svelta. Per quanto veloce corra, non lo raggiungo mai.

Lui torna a casa, io rimango qua. Per poco ancora, ma rimango qua.

E i suoi stupidi occhi azzurri mi inchiodano a questo momento, che mi piega più di qualunque altra cosa al mondo. È un dolore sordo, una fitta a tradimento.

«Damian mi sta aspettando...»

Lui mi dice che va.

Io devo salutarlo. Non posso tenerlo con me.

«Capisco». Ma non capisco affatto. Non ci arrivo. Per quanto mi sforzi, non ci arrivo proprio. Perché io lo amo, e come fa, lui, ad andarsene? Dopo quello che ha detto, con quale coraggio fa un passo indietro e solleva una mano per congedarsi?

«Magari ci rivedremo alla fine dell'estate».

«Certo, mi troverai qui».

'Come sempre, Jace. Se vorrai, io sarò sempre qui...'

«E comunque ti tengo aggiornata su Lisa. Ti faccio sapere come sta, se fa progressi. E tu tienimi aggiornato sui ragazzi, okay? E se hai bisogno...»

«Lo so. Se ho bisogno, ti chiamo».

Distolgo lo sguardo, non trattengo più le lacrime. E lui lo sa, mi vede come nessun altro. Fa un passo avanti, un altro, mi abbraccia forte, mi tiene stretta a sé finché non è sicuro che non crollerò.

Il suo profumo cancella ogni altro odore del bosco. Cancella persino me.

«Adesso devi proprio andare» dico, staccandomi da lui e mordendomi forte l'interno della guancia per non scoppiare a piangere davanti a lui.

«Mi sa di sì. E comunque continuo a odiarle, quelle parole» dice ridacchiando. È una risata sommessa, imbarazzata.

Gli sorrido, mi costa tutta me stessa. «E grazie, per Simon. Per Lisa».

«Ci vediamo, June».

«Certo». In un'altra vita.

'Oh, lì ci vedremo di sicuro e saremo più coraggiosi e meno orgogliosi. Io non sarò più un'orfana di Red Oak Manor e tu non sarai solo al mondo, non avrai paura di fidarti delle persone, mi lascerai entrare. E io combatterò per te. Non permetterò a nessuno di farti paura o di mettersi fra di noi, sarò per sempre al tuo fianco.

Ma in questa vita ti lascio andare, non ti dico quanto ti amo, non ti dico niente. Rimango sulla banchina della stazione e ti guardo mentre ti allontani'.

Attraversa il cimitero, passa sotto l'arco, si immette nel sentiero che porta al maniero e se ne va davvero.

Capitolo 47

Jace

New York City, agosto 2022

Oggi è un giorno importante. Segna la fine di un sacco di cose, traccia una linea che non potrò più cancellare.

Metto la parola 'fine' al mio inesistente rapporto con Kevin Sherman e lo faccio a testa alta. Gli ho ridato i suoi soldi sporchi e le sue luride società piene di debiti, ma il maniero non glielo restituisco.

Damian arriva trafelato e mi distoglie dai miei pensieri, dal ricordo rabbioso di mio nonno quando, un mese fa, uscito dal maniero diretto a Philadelphia, sono andato da lui a informarlo di aver preso la mia decisione, dalla furia quando gli avevo ripetuto le stesse parole che lui aveva detto a me dieci anni prima: 'Devi prefissarti un obiettivo e calpestare chiunque si trovi sul tuo cammino. Hai capito bene?'

E io avevo finalmente calpestato lui. D'altronde, ho imparato dal migliore.

Lui mi aveva negato l'unica cosa che contasse davvero per me, e ora toccava a lui perdere.

«Sei in anticipo» mi sta dicendo Damian, posando la ventiquattrore sulla sedia accanto a quella dove sono seduto io.

«Ho pensato di evitare il traffico dell'ora di punta» ribatto distratto.

«Ci vorrà ancora mezz'ora. Entro dal notaio a controllare

le ultime carte, ti faccio chiamare quando è il momento di firmare».

«Certo».

«Stai bene?»

«Benissimo» confermo.

«Allora vado».

«Ti aspetto qua».

Damian cerca di incrociare il mio sguardo, io lo tengo fisso su una pianta da interni accanto alla scrivania della receptionist.

Oggi volto pagina.

Oggi perdo anche June...

La mia June, che non vedo da un mese, che non risponde ai miei messaggi se non con l'*emoticon* del pollice in su o con qualche 'okay' lapidario quando l'aggiorno sui pochi progressi di Lisa.

«Damian» lo richiamo un secondo prima che imbocchi il lungo corridoio dello studio notarile Wilkinsons. «Quando diventa definitiva la rinuncia di Lisa alla potestà genitoriale su Simon? Domani?»

«Oggi» mi informa.

«Okay. Grazie».

Oggi. Perché oggi è un giorno importante per tutti. Com'era il detto? 'Si chiude una porta, si apre un portone'?

Recupero il cellulare dal taschino interno della giacca e leggo una delle cento mail nella casella di posta elettronica. Mi passo una mano sul viso liscio, rispondo quando necessario, inoltro alla mia segretaria quando sono sicuro che se ne possa occupare lei.

E poi apro la mail di Vincent.

È a Red Oak Town da una settimana, con la sua squadra. Sono cominciati i lavori di ristrutturazione al maniero.

Leggo le poche righe che mi scrive, ha allegato un po' di foto. Esito prima di aprirle, perché rivedere quel posto mi fa male. Ho passato un mese infernale. All'apparenza sono tornato il vecchio Jace, con i completi sartoriali perfettamente stirati, i capelli in ordine, la barba tagliata al millimetro. Dentro implodo, mi faccio domande scomode, lascio che sia il bourbon a rispondere al posto mio. Solo che ora sono nella sala d'attesa del notaio Wilkinsons, ho un caffè freddo davanti a me e non posso nemmeno accendere una sigaretta.

Quindi non dovrei guardare le foto, non senza una rete di salvataggio. Invece ci clicco sopra e la morsa allo stomaco si intensifica, il senso di impotenza mi investe in pieno. C'è tutto: la facciata che presto verrà ritinteggiata, le impalcature, il prato curato, i vecchi stucchi, le cornici dorate nella sala da ballo foderate di cellophane, la biblioteca ricoperta di tendaggi trasparenti, uomini che indossano cinture piene di martelli e pinze, carriole.

E poi ci sono immagini che non dovrebbero esserci.

Ci sono i bambini che fanno merenda nel giardino sul retro, Miss Claire, Peyton che gioca a campana con Sammy, che sembra così cresciuta, anche se è impossibile che lo sia davvero dopo solo un mese. C'è Connor di profilo, con le mani infilate nelle tasche posteriori dei jeans, che guarda Misty a pochi metri da lui, non la perde di vista un secondo.

E poi c'è *lei*. Lei che sorride, mano nella mano con Simon.

Mi manca l'aria, sono costretto a chiudere gli occhi e a mettere via il telefono. Quel bastardo!

'Stai facendo la scelta giusta' mi ripete insistente una voce nella mia testa. 'Non avrebbe funzionato fra voi. Non siete niente, solo il ricordo di una stupida cotta adolescenziale presa mille anni fa. Tu *pensi* di essere innamorato di lei, ma non lo sei davvero. Ti sei aggrappato a questa fantasia per troppo tempo. La tua vita è qui, a New York, è ora di lasciarla andare'.

E se non volessi?

Squilla il telefono, lo riprendo in mano, rifiuto la chiamata della mia segretaria. Solo che, quando il suo nome sparisce dallo schermo, le foto che mi ha inviato Vincent sono ancora lì, aperte, e mi ritrovo davanti il viso sorridente di June. Quei suoi occhi verdi che raccontano una favola diversa da quella che mi sto raccontando io, una che ha un lieto fine grande quanto tutta la facciata del maniero.

Jace: Come stai?

Glielo scrivo senza pensarci, convinto che la sua risposta sarà l'ennesimo pollice alzato e che la nostra conversazione finirà così.

June: Nervosa.

Jace: Oggi è il grande giorno...

June: Da un momento all'altro mi aspetto di ricevere una telefonata da parte di Lisa che mi dice che ci ha ripensato.

Jace: Non succederà.

Lei non risponde più, io continuo a rileggere la chat aperta. E poi vedo che sta digitando.

June: Non ho ancora parlato con Simon. Oggi lo farò, glielo devo.

Jace: Ne sarà felice.

June: Mi manchi.

Il colpo arriva senza preavviso. Due parole che non mi aspettavo, che mi si piantano sul cuore, come una pugnalata data a tradimento. Perché non si è mai esposta davvero, nemmeno quando abbiamo fatto l'amore, nemmeno quando un cielo carico di stelle ci ha fatto da tetto. E quando mi ha urlato addosso il suo 'ti amo' pieno di risentimento, come se fosse il principio di tutti i mali, l'ha concluso con un 'ma' che ha rimesso il nostro amore nella giusta prospettiva.

'Ti amo e ti aspetto da sempre, *ma* non cambia niente. Non posso metterti davanti a loro'.

Annaspo, mi allento la cravatta, mi alzo in piedi.

June: Scusa, non avrei dovuto.

No, non avrebbe dovuto.

Perché non può mettermi davanti ai suoi ragazzi. Loro vengono prima. Lo ha detto lei. Ed è stata sincera dall'inizio: se le porterò via il maniero, non mi perdonerà mai.

Fisso i messaggi, lei smette di essere online.

«Signor Campbell?» mi chiama la receptionist. «Il notaio Wilkinsons e l'avvocato Smithson sono pronti a riceverla. Il signor Warton è imbottigliato nel traffico, ma dice che sarà qui fra dieci minuti al massimo».

Annuisco.

Dieci minuti e traccerò l'ultima linea.

Dieci minuti e ci metterò una pietra sopra.

«Vuole seguirmi?» Si alza dalla sua sedia, mi sorride educata, io mi sfilo del tutto la cravatta, mi sento strangolare.

Rileggo il messaggio di June, quel 'mi manchi' buttato là, il coraggio di mettere nero su bianco le cose come stanno. Coraggio che a me manca da sempre, soprattutto quando si tratta di lei. Perché se io faccio un passo avanti, verso l'ignoto, finisco sempre nel burrone.

Le manco... e non me lo merito.

«Sì, andiamo».

Capitolo 48

June

Red Oak Manor, agosto 2022

I mobili e la poltrona della vecchia biblioteca nell'ala ovest sono stati ricoperti da spessi teloni di plastica trasparente, mentre il pianoforte a coda, che da quando sono diventata la direttrice di Red Oak Manor faccio accordare regolarmente, non è stato toccato.

Gli spartiti ingialliti di Jace sono ancora sul leggio; la piccola panca con il cuscino foderato di velluto rosso, riposta in modo ordinato sotto i tasti.

«Possiamo aprire la finestra?» mi domanda Simon.

«Certo, aprila».

Torna dopo pochi secondi, si mette seduto accanto a me. Solleva il coperchio dei tasti d'avorio con cura, ripiega il velluto rosso protettivo e me lo passa.

«Cosa vuoi che suoni?» mi domanda.

È un pianista terribile, in questo ha preso da me.

Mi incupisco, che cosa stupida da pensare! Lui, biologicamente, non ha niente di mio. Nemmeno un particolare fisico ci accomuna, eppure lo amo come se lo avessi partorito io. E c'ero quel giorno di sei anni fa, al Red Oak Medical Center, a tenere la mano di una stravolta, distrutta e spaventata Lisa. Ricordo di essere scoppiata a piangere quando ho sentito il pianto di Simon per la prima volta e l'ostetrica ha urlato di gioia: «È un maschietto, ed è sanissimo». E ricordo di aver sentito una morsa forte allo stomaco quando Lisa non lo aveva voluto prendere in braccio. Lo avevano dato a me, le mie braccia sono state le prime che ha sentito intorno al corpo.

Era minuscolo, bellissimo.

«Prima voglio parlarti». Mi schiarisco la voce e mando giù il groppo in gola. Gli accarezzo la testa, lo aiuto a mettersi a cavalcioni sul banchetto. «Di una cosa importante» aggiungo.

Simon fissa i suoi occhioni nocciola nei miei, inclina appena la testa di lato. Il respiro accelera, la sua espressione cambia.

«È una cosa bella» mi affretto a precisare per tranquillizzarlo. «Riguarda me e te. E Lisa».

Al suono di quel nome, trattiene appena il fiato, la sua mano trova la mia e la stringe forte.

«Mi mandi da lei?» chiede con un filo di voce.

Scuoto la testa. «No, amore, non ti mando da lei. Al contrario. È arrivata una telefonata poco fa, da parte di una signora molto buona che ci sta aiutando. Dice che, fra qualche mese, se anche tu lo vorrai, potrai diventare mio figlio a tutti gli effetti».

Non capisce, le sue sopracciglia si aggrottano furiosamente, si morde il labbro inferiore. «Ma io sono già tuo figlio!» protesta.

«Certo, ma, vedi, nel mondo dei grandi non funziona come nel mondo dei bambini. Ci sono persone che, a volte, decidono chi è la tua mamma. Bisogna firmare dei documenti, così che sia tutto ufficiale. Come quando i ragazzi del maniero vengono adottati. Io vado a Philadelphia in un posto molto grande che si chiama 'tribunale', firmo dei fogli e i tuoi amici possono andare a vivere con i loro nuovi genitori».

Simon annuisce. «E tu vuoi andare a firmare i fogli che dicono che sarai tu la mia mamma, anche se sei già la mia mamma?»

«Esatto. Voglio adottarti, così che nessuno ti possa più portare via da me. Pensi che ti potrebbe piacere? Essere mio figlio a tutti gli effetti, intendo».

La sua risposta è un tuffo contro il mio corpo, braccia sottili che mi stringono forte. Mi scappa una lacrima, l'asciugo prima che se ne accorga.

«Andiamoci adesso!» strepita contro il mio petto.

Ridacchio, lo sposto all'indietro e avvolgo il suo visino dolce fra le mie mani. «Non possiamo farlo adesso, ma ci andremo presto. Però, Simon, devi capire una cosa importante... Lisa...»

Si irrigidisce di nuovo, io accentuo il sorriso.

«Lisa sarà per sempre tua madre, anche se starai con me. E quando starà meglio, se lo vorrai, potrai incontrarla, potrai parlarle, diventare suo amico».

«Io non voglio!» salta su il mio piccolo eroe. «Non la voglio vedere».

Gli accarezzo di nuovo i capelli. «Non adesso, tesoro. Ma magari fra qualche anno cambierai idea e voglio che tu sappia che io sarò felice se vorrai incontrarla. E che tra noi non cambia niente: sono io la tua mamma! Ti proteggerò, potrai sempre contare su di me, fino alla fine. Non ti porterà via nessuno».

Simon ci pensa un attimo. «Okay, ma non ti prometto niente. Perché, come dici sempre tu, non bisogna mai fare promesse che non sai se potrai mantenere. Adesso te la devo chiedere io una cosa».

«Dimmi».

«Tu vuoi davvero essere la mia mamma con tutti i fogli firmati?»

«Più di qualunque altra cosa al mondo». La voce si incrina, gli occhi si riempiono di lacrime. E lui sorride, tanto che penso gli esploderanno le gote.

«Allora va bene. Siamo mamma e figlio». Si volta verso il pianoforte, poi torna a guardare me. «Ma tanto lo eravamo già prima».

«Non ti chiamerai più Simon Heiz» gli faccio notare. «Diventerai un June».

Simon arriccia il naso. «Simon June? Non suona molto bene, mamma».

«Ehi, il mio cognome è bellissimo!»

«Tu sei bellissima». La sua manina sempre appiccicosa, sempre sporca di tempera, mi sfiora la guancia. «E se tu sei June, allora lo sono anch'io... anche se è bruttissimo» conclude.

«Hai ripassato *Twinkle Twinkle Little Star*?» gli domando con tono divertito, un po' per cambiare discorso, un po' perché non credo che tratterrò le lacrime ancora per molto.

«Sì, ti faccio sentire!»

Si concentra sulle note, pigia i tasti con la massima concentrazione.

È davvero negato.

Rimaniamo nella vecchia biblioteca ancora per un po'; Simon non ne vuole sapere di provare un'altra melodia, dice che suonerà *Twinkle Twinkle Little Star* finché non sarà *perfettissima* e io, a un certo punto, faccio correre i ricordi, lascio che Jace si insinui nei miei pensieri.

Gli ho scritto che mi manca. Poi gli ho chiesto scusa per averlo fatto. E lui non ha più risposto. Sono passate un paio d'ore, deve pensare che sia proprio una stupida a umiliarmi in quel modo.

Simon manca una nota, io torno alla realtà.

«Continuo a sbagliare proprio in questo punto. Sei sicura, mamma, che sia un Do? A me sembra che qui ci vada un altro Re. *Re-Re-Do*».

«È un Do» confermo.

«Non dar retta a tua madre. Se c'è una cosa che proprio non sa fare, è suonare il pianoforte».

Ci voltiamo entrambi di scatto al suono di quella voce. Simon spaventato, io con il cuore che mi schizza in gola.

«È un doppio Re e un Do lungo. *Re-Re-Do-oo*. Alcune note valgono due battute» chiarisce.

Non respiro. Jace avanza con passo lento verso il pianoforte e io penso che me lo stia solo immaginando in questa stanza, che la testa abbia iniziato a giocarmi brutti scherzi e che lui scomparirà da un momento all'altro.

«Jace!» strilla Simon, scendendo dallo sgabello per corrergli incontro.

Okay, quindi non me lo sto sognando...

«Ehi, nano, come stai?»

«Che ci fai qua?» gli domanda su di giri, abbracciandogli le gambe, poi forse si ricorda che a Jace non piace essere toccato con le mani sporche quando indossa vestiti eleganti e balza all'indietro, nascondendo le braccia dietro la schiena.

«Sono venuto a parlare con la tua mamma».

«Lo sai che andiamo in un posto che si chiama 'tribunale' e firmiamo dei fogli e poi lei diventa per sempre la mia mamma? E quando sarò più grande, se vorrò, potrò vedere Lisa». Simon ci riflette un attimo. «Anche se adesso non mi va» conclude con un tono da grande.

Jace mi guarda, io credo di avere ancora l'espressione di una che ha visto un fantasma. Un fantasma bellissimo, elegante, che mi fa sentire un vuoto allo stomaco come se stessi precipitando in caduta libera. Sorride appena, come solo lui sa fare: con gli occhi che brillano e gli angoli della bocca che si sollevano appena. E a me provoca un buco al centro del petto.

Annuisce. «Sì, un uccellino mi ha anticipato qualcosa».

«Tu sai suonare il pianoforte, Jace?»

«*Io?* Sono un maestro!»

«Ti va di insegnarmi?»

«Certo. Più tardi, però. Avrei bisogno di parlare con June. Ci puoi lasciare da soli per dieci minuti?» Si piega in avanti, gli poggia una mano sulla spalla e Simon pende dalle sue labbra. Fa 'sì' con la testa, non se lo fa ripetere di nuovo.

«Io vado a fare merenda. Ciao, mamma».

Lo saluto con una mano, perché credo di aver perso l'uso della parola. E Jace è qui, davanti a me, continua ad avanzare, mi guarda dritto negli occhi.

«Ciao» dice solo e fa fermare il tempo.

Io non rispondo, non ne sono in grado. Si guarda intorno, infila le mani in tasca.

«Insomma, è arrivata la conferma del tribunale? Per Simon, intendo. È ufficiale, Lisa ha rinunciato ai suoi diritti?»

«Lo ha fatto» confermo, più impacciata che mai. «Che... che ci fai qua?»

«Avrei dovuto avvertirti, hai ragione. Ma fino a cinque minuti fa, quando sono arrivato davanti al cancello del maniero, non sapevo nemmeno io se avrei trovato il coraggio di entrare. La salita la facciamo asfaltare e giuro che installo uno di quei cancelli automatici con tanto di videocitofono».

«Non hai risposto». Non riconosco la mia voce, voglio solo che mi risponda. Perché averlo qui, nella 'nostra' biblioteca, in questo momento, non ha alcun senso. Perché io, da quando se ne è andato, un mese fa, sto male. E lui che diavolo ci fa qua?

Allunga una mano, io sento che potrei scoppiare a piangere. L'afferro e lui mi strattona in avanti. Mi ritrovo a un soffio dal suo viso, il suo palmo alla vita, il suo respiro addosso.

«Hai vinto tu» sussurra contro la mia guancia. «E lo sai perché hai vinto? Perché il maniero alla fine te lo lascio. È tuo. Ancora una volta sei riuscita ad arrivare dove nessuno ha mai nemmeno provato ad avvicinarsi. Curi il mondo, June. Curi me».

Vorrei dirgli che non ha bisogno di essere curato da nessuno, che è perfetto così com'è.

«Che significa?»

«Non ho firmato i documenti per la compravendita. Ho fatto incazzare un sacco di gente, stamattina, e mi toccherà pagare una penale da capogiro, ma non avevo scelta. E ti ritengo responsabile al cento per cento. Con quel messaggio mi hai incasinato la testa una volta per tutte». Mi sorride, io precipito nel vuoto. Mi toglie il fiato, il cuore accelera i battiti, lo stomaco si attorciglia.

«È bastato così poco?» Non riconosco la mia voce.

«Pare di sì. E stasera torno a New York...» sospira sulla mia bocca.

Mi libero dalla sua presa e faccio un passo indietro. Sento i muscoli del viso contrarsi, le ginocchia tremare.

«Torni a New York? Che vuol dire?» Mi agito, mi aggrappo alla sua giacca. «Vieni qui per dirmi che non vendi più il maniero per poi andartene di nuovo? Non puoi!»

Non può! Perché è tornato, perché adesso è qui, perché io, senza di lui, mi sento persa in modi che odio.

«Non mi hai lasciato finire di parlare». Mi rivolge il suo mezzo sorriso storto che mi fa sentire una ragazzina irrimediabilmente innamorata del lupo cattivo. Mi circonda le spalle con le braccia, posa la sua fronte contro la mia. «Stasera torno a New York... oppure rimango qua, con voi».

Deve essere questo il suono della felicità: un sussurro che rimbomba all'infinito e riempie il vuoto. Due mani che ti toccano e un cuore solo che batte per due.

Poso una mano sulle sue labbra. «Se mi stai prendendo in giro, io...»

«Ho la faccia di uno che ha voglia di scherzare?» borbotta contro le mie dita. Gli libero la bocca. «Dovrò firmare un assegno da un milione e mezzo di dollari per colpa di questa bravata!»

«Jace...»

«Mi manchi anche tu, June. Ogni istante, ogni secondo. E se tu metti i tuoi ragazzi davanti al resto del mondo, io ci metto te. Io ci ho sempre messo te. Mi prendo tutto, mi prendo Simon che mi macchia i vestiti perché si dimentica di lavarsi le mani dopo che ha giocato con le tempere, Peyton che mi costringe a farle le trecce per poi piangere disperata perché non le piace come sono venute e Connor che mi chiede una mano per agganciare uno stupido unicorno di carta al soffitto, persino Dean che mi fa la pipì sui pantaloni... mi prendo te. Pacchetto completo, voglio tutto. Voglio proprio tutto, June».

Gli accarezzo una guancia liscia, lui socchiude gli occhi sotto il tocco delle mie dita. Respira piano.

«Ci hai pensato bene?» domando cauta, perché ho una paura folle di svegliarmi, di rendermi conto che ho ancora quindici anni e lui non c'è più, quando mi sveglio nel suo letto con il suo profumo ancora addosso e un macigno al posto del cuore. Se lui dovesse riandarsene, io...

«Oh, sì. Per almeno un'ora e mezza. E riflettevo che non si può davvero pensare di vivere in quel buco di stanza in mansarda. Meglio lo studio nell'ala ovest».

Mi asciugo una lacrima prima che possa scapparmi dagli

occhi. «Pensavo volessi farci una piscina *indoor*, lì dentro». Non so dove trovi il coraggio di scherzare, mentre il groppo in gola si fa sempre più doloroso e le sue labbra si posano delicate sulle mie.

«Nah, ne costruiamo una nel giardino sul retro». Mi imprigiona contro il suo corpo e il suo bellissimo cuore batte forte contro il mio petto. «Facciamo sistemare le stanze, dividiamo i dormitori, così che le camere siano più piccole e accoglienti. E trasformiamo questa vecchia biblioteca nella sala studio, perché quei ragazzi non possono seguire le lezioni rinchiusi fra quattro mura senza finestre. Sei d'accordo?»

«Hai pensato a tutto questo nel tragitto fra New York e Red Oak Town?» Stavolta sono io a baciarlo, a fondere le sue labbra con le mie. Ed è lui a curare me. L'ho aspettato per così tanto tempo.

«Forse ci penso da un po'. E nemmeno lo sapevo».

«E come la mettiamo con tuo nonno e la tua 'vendetta'?»

Jace mi sorride. «Mio nonno è un capitolo chiuso, June. Dio, non vedo l'ora di gustarmi la sua espressione quando gli dirò che mollo tutto a New York e vengo a vivere qui con te. Gli chiederò di farmi da testimone di nozze. Pensi che possa bastare per farcelo rimanere secco?» Mi posa un bacio delicato sulle labbra.

«Ti risposi?» chiedo mentre una lacrima traditrice proprio non ne vuole più sapere di rimanere incastrata fra le mie ciglia.

«Solo se posso sposare te» sussurra.

Bastano quelle poche parole dette sulle mie labbra, con il cuore in gola e una felicità che avevo dimenticato di poter provare, a cancellare il senso di vuoto che provo da sempre.

«Ne sei sicuro, Jace? Perché occuparsi di quei ragazzi non è un gioco. A ogni giornata dell'adozione che andrà a vuoto, ti si stringerà un pochino di più il cuore. A ogni lacrima che verseranno e tu non saprai come asciugare, ti si strapperà un pezzo di anima. E sono dei terremoti, ti fanno passare le notti in bianco, in preda alla preoccupazione, e quando se ne vanno senti di aver perso una parte di te. Un braccio, una gamba, un organo vitale. Le giornate non saranno tutte come quella del

4 luglio al parco divertimenti, saranno difficili, a volte monotone, e ti ritroverai spesso a chiederti chi te lo abbia fatto fare. Gli inverni sono lunghi. Le responsabilità, infinite».

«Se stai cercando di scoraggiarmi, devo ammettere che un po' ci stai riuscendo» scherza lui, baciandomi con più trasporto.

Mi sento sollevare da terra, gli avvolgo le gambe intorno alla vita.

«Stai scegliendo una strada tutta in salita» lo avverto. Perché deve ascoltarmi, perché la vita che mi sono scelta è difficile e le responsabilità certe volte ti schiacciano, e lui deve capirlo prima di lanciarsi nel vuoto.

«Sì, ma quella salita, da oggi, la facciamo insieme. Ci stai, June? Ricominciamo da qui?»

Non ho bisogno di rispondergli e impedisco a me stessa di incasinarmi la testa con mille dubbi. Mi sta offrendo la felicità fra un bacio e una carezza, nel bel mezzo di questa vecchia biblioteca abbandonata, dove per la prima volta, insieme a lui, mi sono sentita libera e 'giusta'.

Quindi gli dico di sì.

Perché se ti concedono un paio di ali, voli e basta.

Epilogo

Jace

Red Oak Manor, Natale 2022

Li sto aspettando da circa un'ora fuori dalla porta dell'ufficio del giudice Thompson. La sedia imbottita sulla quale sono seduto, grigia e datata, è scomoda, ma non è per quello che non riesco a stare fermo per più di una manciata di secondi. Lì dentro, un uomo che non sa niente di loro sta decidendo se Simon può diventare il figlio di June. Lei mi ha chiesto se volessi entrare anch'io, eppure ho avuto la sensazione che questa cosa volesse farla da sola.

Lei e Simon. L'epilogo felice di una storia d'amore potente come la loro.

E anche se Simon ha accolto di buon grado l'idea che domani sposerò sua madre – e che diventerò, in pratica, suo padre –, io non posso fare a meno di accettare le cose per quello che sono: June, in fondo in fondo, non vuole dividere quel bambino con nessuno. Nemmeno con me.

Sorrido a quel pensiero, mi provoca un moto d'orgoglio che parte dalla bocca dello stomaco e intrappola pure il cuore. Da quando mi sono trasferito in pianta stabile a Red Oak Manor, quattro mesi fa, ho imparato a conoscerla. Conoscerla sul serio. So come le piace prendere il caffè la mattina, ad esempio. So quanto tempo impiega a scegliere i vestiti che indosserà – poco. So quanto tempo passa sotto la doccia – tantissimo. Dettagli che ignoravo, che la rendono così reale e non più una fantasia perfetta costruita nella mia testa. E, se possibile, la amo ancora di più.

La porta davanti a me si apre e scatto in piedi. Li vedo uscire mano nella mano, i sorrisi così ampi da sembrare due cartoni animati giapponesi. Simon, poi, con quel cravattino al collo e la riga di lato, mi fa emozionare come nessun altro riesce a fare.

June cerca il mio sguardo, sospira e la tensione sembra lasciare il suo viso tutta in un colpo. Damian, dietro di loro, annuisce un'unica volta verso di me. È andata bene, su questo non ci sono dubbi.

«Be'?» chiedo, rivolgendomi a Simon.

«Mi sa che l'ho convinto» dichiara con tono solenne, facendo ridacchiare persino il mio avvocato.

Stringo la mano di June, intreccio le sue dita alle mie. La fascetta d'oro dell'anello di fidanzamento che le ho regalato mi gratta la pelle e, come ogni volta, lo fisso. Le avrei infilato al dito un cazzo di diamante degno di una regina... ma sapevo che non era quello che voleva. Così ho ripiegato su qualcosa di meno *appariscente*. Qualcosa che ero sicuro l'avrebbe resa felice senza farla sentire a disagio.

«Dobbiamo andare a ritirare il mio vestito» mi ricorda mentre ci lasciamo alle spalle il tribunale minorile di Philadelphia. Damian si congratula di nuovo con noi, ci fa gli auguri per il nostro matrimonio, promette di venirci a trovare presto insieme a Bernadette e si scusa di nuovo con me per non poterci essere domani. Lo congedo con una pacca sulla spalla e un 'non ti preoccupare' che spero lo faccia sentire meglio. D'altronde, non potevo pretendere che disdicesse i suoi impegni il giorno della Vigilia di Natale, e io e June abbiamo deciso all'ultimo di convolare a nozze.

Lei non voleva comunque una cerimonia in pompa magna, io non ci tenevo a ripetere l'esperienza. Non è finita bene la prima volta.

Ci sposeremo al maniero, circondati dai nostri ragazzi, da un paio di amici di June, da Maribel e Miss Claire, da un celebrante che abbiamo visto solo una volta e da una quantità di fiori che farà impallidire la mia promessa sposa. Si pentirà di avermi nominato 'addetto agli addobbi per la cerimonia'.

Le apro lo sportello, poi aiuto Simon a infilarsi nel sedile posteriore e gli allaccio la cintura. Mi prende la mano e la stringe forte. Non dice niente, mi sorride e basta. Non sono bravo come June, non riesco a interpretare i suoi silenzi, ma ci sto lavorando. Gli arruffo i capelli sopra la testa, distruggendo quella pettinatura da damerino che proprio non si addice al suo carattere esplosivo.

«Tutti a bordo?» domando mentre faccio prendere vita al motore del SUV che mi hanno consegnato proprio qualche giorno fa.

«Tutti a *bordooo*!» grida il bambino, su di giri.

Per tutto il viaggio fino a Red Oak Town, Simon non la smette più di parlare, sembra una macchinetta impazzita. Mi racconta nei dettagli le risposte che ha dato al giudice Thompson, dice che ha provato a fargli delle domande a trabocchetto, ma lui mica ci è cascato.

Gli chiedo se è pronto per domani, conferma che non porterà le fedi su un cuscino bianco, perché si vergogna. Ma poi mi fa una domanda che mi spiazza.

«Posso stare in piedi vicino a te mentre sposi la mamma?»

Lo guardo dallo specchietto retrovisore, June invece si volta con tutto il corpo.

«Pensavo volessi stare accanto a me» gli chiede con il suo solito tono dolce, pregno di curiosità e amore.

«Sì, ma ci ho pensato a lungo e credo che Jace abbia bisogno di me, molto più di te. Alla fine tu avrai Israel accanto, e Jace, Noah, nemmeno lo conosce» protesta il bambino.

Noah De Luca, il mio testimone di nozze. Una persona che ho visto in totale quattro volte, ma che June adora. E lei pensa che il suo caro amico sia *perfetto* per il ruolo. Io mi astengo da qualunque commento, non ho comunque voce in capitolo.

«Direi che mi sentirei molto più tranquillo con te accanto, amico» lo rassicuro.

«Immaginavo» sospira e ci fa ridere.

La mano di June si posa sulla mia coscia, sento che mi sta guardando di sottecchi. Io fisso la strada, impaziente di tornare in città, recuperare il suo abito in una boutique alla periferia di Red Oak Town e tornare a casa.

Casa...

Né io né Simon siamo autorizzati a entrare nel negozio dove June sta facendo l'ultima prova del vestito, così facciamo un giro in centro e ci fermiamo a prendere un gelato da M'o su Main Street. Mi fa sempre uno strano effetto trovarmi fra queste vie, il passato che si intreccia con il presente, i ricordi che lasciano spazio al *qui* e *ora*. Ho odiato queste strade con tutto me stesso, un tempo, poi ne ho provato una nostalgia incontrollabile, che mi chiudeva lo stomaco al solo pensiero.

Simon divora il suo gelato alla menta, io butto il mio a metà, perché fa un freddo cane e avrei preferito di gran lunga un caffè bollente. Quella piccola peste riesce a infilare i piedi in tutte le pozzanghere sul marciapiede, colpisce i blocchi di neve come se fossero palloni da calcio, finché ne prende uno un po' troppo forte e quello ruzzola a parecchi metri davanti a noi.

Sto per rimproverarlo, ma quando alzo lo sguardo per capire se ha danneggiato qualcuno incrocio gli occhi dell'ultima persona che volevo incontrare: nonna Helen.

Io mi fermo e lei fa lo stesso. Rimaniamo a pochi metri di distanza. Simon, che immagino l'avrà vista al maniero qualche volta negli ultimi anni, cerca e trova la mia mano. La stringe forte.

Io non parlo, non la saluto, non mi avvicino. Non la vedevo da due mesi e non ci tenevo a farlo oggi. Sa di cattivo presagio. Cerco di non farmi incasinare la testa da queste stronzate, perché niente può andare storto. Io sono dove voglio essere, con la donna che ho scelto e che amo più di me stesso, e lei invece non ha più niente.

«Jace» dice muovendo solo le labbra, o forse sono io che scelgo di non sentire la sua voce.

Mi limito a fare un cenno con la testa e lei rivolge la sua attenzione a Simon. Cerca di reprimere uno sguardo sdegnato, con scarso successo.

«Ho saputo che ti sposi». Stavolta la voce la tira fuori, me lo chiede con un sorriso crudele sulle labbra. «Immagino che le congratulazioni siano d'obbligo».

«No, in realtà non lo sono, *nonna*. Se vuoi scusarci...»

Rafforzo la presa sulla manina di Simon, che mi sta attaccato alle gambe.

«Mi piacerebbe esserci» dice mentre la superiamo.

«Sarà una cerimonia intima. Noi e i nostri ragazzi».

«Allora magari un altro giorno».

«Magari».

La lascio lì, davanti alla boutique pretenziosa dalla quale è uscita con indosso una pelliccia bianca e una valanga di sacchetti. E lascio lì anche il risentimento che ho sempre provato per lei, per mia madre, per mio padre... per mio nonno.

Raggiungiamo il negozio dove abbiamo lasciato June e mi rendo conto che Simon tiene gli occhi bassi e ha smesso di infilarsi nelle pozzanghere.

«Stai bene, piccoletto?»

«Non devo chiamarla nonna, vero?»

Mi viene da ridere. «Chi? Helen Sherman? Direi proprio di no. Ma se vuoi farla davvero infuriare, potresti chiamarla *bis*nonna. Oh, allora sì che ne vedremmo delle belle!» ironizzo e lui si rilassa. Ridacchia, poi ride sempre più forte, scaricando tutta la tensione.

«Dov'è la tua mamma?»

«Si sta curando. In un posto bellissimo con vista sul mare». Poggio la mano sulla sua testa, avvolta in un cappellino di lana blu che credo abbia fatto una delle tutrici dell'istituto.

«E lei? La devo chiamare 'nonna'?»

«Non credo. Perché me lo chiedi?»

«Non lo so. Se tu sei il mio papà e lei è la tua mamma, allora pensavo di doverla chiamare 'nonna'».

Il suo ragionamento, così infantile, così primordiale, mi fa comprimere il petto.

Papà...
Io sono il suo papà.
«E tu? Vorresti chiamarmi 'papà'?» Se June ci vedesse in questo momento, si preoccuperebbe a morte, perché Simon ha le guance incendiate dall'imbarazzo e io sono a un passo dallo stramazzare al suolo. Non posso credere di averglielo chiesto, quando mi ero ripromesso di non tirare mai fuori l'argomento. E non posso credere che cinque stupide parole come 'tu sei il mio papà' potessero fregarmi il cuore fino a questo punto.

Pensavo che non avrei mai amato nessuno come amo June. Invece mi sa che mi sono sbagliato.

«Potrei farlo» ribatte serio Simon. «Ogni tanto».

«Certo» confermo, senza fiato. «Senza impegno» aggiungo. «Magari da domani».

«Magari da domani...»

Mi ritrovo le sue braccine avvinghiate intorno alle gambe, lo afferro da sotto le ascelle e lo stringo a me. E lui mi stritola il collo, senza dire niente mi chiede di amarlo incondizionatamente e di non lasciarlo mai. E io gli chiedo esattamente la stessa cosa.

June

Non ha smesso di nevicare un secondo da stamattina. Il maniero è avvolto da una spessa coltre immacolata che lo rende incantevole. I ragazzi, ieri sera, hanno insistito per addobbare un grosso pino vicino all'entrata ed è finita a palle di neve e vestiti bagnati fino alle ginocchia.

Guardo fuori dalla finestra, davanti a me. Misty mi sta acconciando i capelli. Ci siamo accordate per una pettinatura sobria, non come l'ultimo chignon che mi aveva fatto per il matrimonio di Kolton. Sento che infila una quantità indecente di forcine nella mia testa, ma non ho il permesso di guardarmi allo specchio, così fisso la neve, che scende copiosa e rende questo posto magico.

Io e le ragazze del maniero ci siamo chiuse in mansarda, nella mia vecchia camera da letto. Le più piccole sono tutte pronte, nei loro vestitini bianchi e con delle deliziose coroncine tempestate di roselline. Credo che sarò la prima sposa al mondo ad avere più damigelle che invitati.

E non avrei potuto chiedere di meglio.

«Ne stai mettendo troppe! Sembrerà una sfigata» sta dicendo Margo, accanto a Misty.

«Tu ti sei occupata del trucco, io dei capelli. Vedi di farti i fatti tuoi».

Immagino che la loro brevissima tregua sia finita. Non mi lamento, tenerle nella stessa stanza per più di un'ora senza discutere è già un discreto successo.

Resisto all'impulso di passarmi una mano fra i capelli per capire cosa diavolo stia combinando Misty, poi mi ricordo che non è importante. Che mi fido di lei. Che mi sposerei anche con un sombrero in testa, oggi pomeriggio.

Peyton si alza dal letto dove sono sedute tutte in fila e mi viene davanti. I suoi occhioni troppo espressivi ridono più delle sue labbra.

«Che te ne pare?» le chiedo a bassa voce.

«Mi sa che Jace se la farà sotto dall'emozione quando ti vedrà».

Scoppio a ridere. L'affermazione di Peyton scoperchia un vaso di Pandora di cui ignoravo l'esistenza. Ognuna di loro vuole dire la sua sul mio futuro marito e non me l'aspettavo. Solo in questo momento mi rendo conto di non averle mai realmente incluse in questa mia scelta. In qualche modo ho semplicemente imposto la sua presenza. Sono stata talmente impegnata a tenere sotto controllo Jace, il suo modo di comportarsi e relazionarsi con i ragazzi, a farlo abituare gradualmente a questo posto e alle nostre abitudini, che non ho avuto tempo di chiedere loro se fossero d'accordo. Forse perché, da subito, lo hanno accolto come se fosse uno di noi.

Allyson è la più agguerrita nella conversazione. Credo abbia una cotta stratosferica per Jace già dalla gita al parco giochi del 4 luglio.

«Secondo me si è messo il completo blu» sta dicendo con voce sognante. «Quello che gli fa risaltare gli occhi».

«Guarda che *tutto* gli fa risaltare gli occhi. È impossibile non notarli. Sono troppo azzurri!» ribatte Peyton.

Misty, che mi sta infilando l'ennesima molletta in testa, ridacchia e Margo, accanto a lei, si schiarisce la gola.

«E si sarà pettinato i capelli all'indietro» interviene Sammy, ancora seduta sul letto, con in mano il suo cestino di vimini stracolmo di petali di rose bianche. Lo tiene stretto contro il grembo, lo custodisce a costo della sua stessa vita.

Le ragazze si sono allenate per giorni nel 'lancio dei petali'. Hanno usato carta velina tagliata a forma di cuore e fatto un gran disastro nel salone. E ora non stanno più nella pelle. Maribel si sta prendendo cura delle più piccole, mentre le 'grandi' sono tutte qui dentro.

«Io dico che li ha lasciati un po' selvaggi» continua Allyson.

«Ho finito!» esclama Misty, e percepisco la sua soddisfazione. Adoro questa ragazzina sempre imbronciata e troppo riflessiva, ma ho comunque paura del risultato finale.

Mi alzo in piedi e raggiungo il vecchio specchio della postazione trucco. Sorrido come una scema, perché l'acconciatura è perfetta, il trucco è delicato e io non vedo l'ora di infilarmi l'abito da sposa e raggiungere Jace al piano di sotto.

«È tutto perfetto. Non so come ringraziarvi».

E io forse non lo so, ma loro sì. Mi ritrovo in un abbraccio di gruppo, circondata da risatine emozionate e sorrisi che vanno da orecchio a orecchio.

«Forza, andate a finire di prepararvi, tra poco inizierà la cerimonia».

Misty e Margo radunano le loro cose, convincono le bambine a uscire dalla stanza così che possa vestirmi e mi dicono che mi verranno a chiamare quando sarà il momento.

Sola, in questa piccola camera pregna di ricordi bellissimi, mi concedo un paio di secondi per rimettere in ordine i pensieri. Raggiungo la sacca con dentro l'abito bianco – di cui mi sono innamorata al primo sguardo – e lo libero dalla sua stampella.

Faccio appena in tempo a indossarlo che bussano alla porta.

«Chi è?»

«Noah».

«Un minuto». Riesco a chiudere la cerniera e mi guardo un'ultima volta allo specchio. Non mi riconosco nemmeno, tutta questa felicità che mi sbatte addosso mi fa venire le vertigini. Non pensavo che si potesse esserlo in modo così assoluto e prepotente.

«Avanti» dico quasi senza fiato.

Noah apre la porta, rimane sulla soglia a fissarmi. Io lo guardo e cerco di interpretare dalla sua espressione se gli piace il vestito, o il trucco, o l'acconciatura. La risposta è un paio di sopracciglia sparate in cielo e qualcosa che assomiglia a un fischio di approvazione.

«Quel fischio vuol dire che Jace non scapperà a gambe levate quando mi vedrà scendere la scalinata?»

«Nah, non scapperà». Con due falcate mi è davanti e mi chiude in un abbraccio fraterno. «Ciao, June».

«Ciao, Noah».

«Sei pronta? Perché stanno aspettando tutti te. E Israel... anche lui è in ritardo». Tira fuori una sigaretta dal suo pacchetto e sto per dirgli che non può fumare qui dentro, invece allungo il palmo e gli faccio segno di passarmene una.

«Sono nervosa» mi giustifico di fronte alla sua espressione perplessa. «E ucciderò Israel».

«Avete fatto le cose in grande nella sala da ballo, eh?»

«In grande?» La sua affermazione mi mette sull'attenti. L'ultima volta che sono stata al piano di sotto, circa tre ore fa, un paio di ragazzi che non avevo mai visto stavano allestendo un arco in fondo alla sala da ballo e qualche vaso lungo il tappeto di velluto.

«I fiori» dice come se fosse ovvio.

«Tre vasi in croce li chiami 'i fiori'?»

Noah ridacchia. «Ah, okay. Non li hai ancora visti, allora».

«Visto cosa?» Mi agito. Mi agito sul serio. «Cosa diavolo è successo nella mia sala da ballo?»

«Ma niente... Diciamo solo che sembra di stare dentro una cazzo di serra di rose bianche, però tutto sotto controllo». Usa quel suo tono sarcastico del cavolo, di quello che non prende mai niente sul serio, di quello che non prende *me* sul serio.

Scoppia a ridere davanti alla mia faccia incredula e fa ridere anche me. Prima piano, poi sempre più forte.

«Jace era l'addetto ai fiori» specifico, anche se credo ci sia arrivato da solo.

«E non se l'è fatto ripetere due volte, mi sa. Sta' tranquilla, avrà speso giusto un paio di migliaia di dollari. Dieci al massimo» mi sfotte Noah.

Sospiro. Solo che succede qualcosa di strano nel mio petto. Credo sia il cuore che smette per un attimo di battere, per poi riprendere all'impazzata. Perché io e lui diamo un valore troppo diverso ai soldi ed è stato Jace, finora, a adeguarsi alle mie abitudini. A mantenere un profilo basso.

Voleva fare una cosa carina per me e io non vedo l'ora di scendere al piano di sotto per vedere quella sala da ballo, che per troppi anni è stata sinonimo di freddezza e offese, ornata di rose bianche.

Bussano di nuovo alla porta aperta e la testa biondo ossigenato di Israel sbuca da dietro lo stipite.

«Non sono in ritardo» si giustifica.

«Lo sei, ma non fa niente». Spengo la sigaretta nel posacenere improvvisato.

Ci incontriamo a metà strada e lo stringo forte fra le mie braccia.

«Cazzo, June, il bianco ti dona». Mi scocca un bacio sulla guancia.

«Vero?!»

Faccio una stupida piroetta su me stessa e poi butto fuori tutta l'aria che trattenevo nei polmoni. Mi porto entrambe le mani alla pancia. Il vestito è strettissimo, ma non credo sia per quello che non riesco a respirare.

È l'aspettativa.

L'impazienza di raggiungere Jace davanti a un officiante

che non ci conosce affatto e giurarci amore eterno. Di iniziare la nostra vita insieme a Simon e agli altri ragazzi del maniero.

Mi guardo un'ultima volta allo specchio. «Sono pronta».

«Niente velo?» mi domanda Noah.

«No, mi sentivo un po' stupida quando me lo hanno fatto provare in negozio. Preferisco senza. Però ho il bouquet». Lo recupero dal comodino accanto al letto: rose bianche.

«Chi ti accompagnerà all'altare?» mi domanda Israel, con un piede già fuori dalla porta.

«Nessuno. Ci andrò da sola».

I miei due amici si scambiano un'occhiata.

«No, non potete accompagnarmi voi. Ce la faccio da sola».

«O magari, Miss June, potrei farlo io». La voce di Connor mi arriva da dietro le spalle massicce di Noah, che invade tutta la cornice.

È davvero bello nel suo vestito elegante, anche se è di seconda mano. Si è pettinato i capelli all'indietro con il gel e se ne sta lì, nel corridoio semibuio, a guardarmi come se fosse davvero fiero di me.

«Sì... potresti farlo tu».

Prima sorride, poi ci ripensa e annuisce, mantenendo un atteggiamento serio e molto professionale.

«Dai, andate» dico a Noah e Israel. Mi baciano di nuovo, mi fanno gli auguri e Noah mi promette che non farà incazzare Jace. Quantomeno non durante la cerimonia.

Rimango da sola con Connor. «Non è necessario, sai? So che ti imbarazza stare al centro dell'attenzione, e io starò benissimo anche da sola» cerco di rassicurarlo.

Si sistema la cravatta. «Voglio farlo per te. E per me. Alla fine te lo devo».

«Non mi devi proprio niente, Connor. Non dirlo neanche per scherzo». Gli poso una mano sulla spalla, è più alto di me di un bel po'.

«Lo sai che è così, e per me sarebbe un onore. E poi, fidati, avrai bisogno di qualcuno che ti sorreggerà quando vedrai come abbiamo trasformato la sala da ballo» sogghigna.

Inizio seriamente ad avere paura.

«Ci sei di mezzo anche tu?» gli domando mentre usciamo dalla stanza in mansarda e ci avviciniamo alla scala di servizio.

«Io avevo bisogno di Jace per organizzare il pranzo di Natale di domani e lui aveva bisogno di me per organizzare il matrimonio del secolo».

«Quanto mi arrabbierò?»

«Credo che ne sarai felice. Le ragazze erano su di giri, Allyson si è commossa. E poi ci sono le... No, non ti dico niente. È una sorpresa».

Non credo sia il momento giusto per dire che odio le sorprese, che tutto ciò che sfugge al mio controllo mi mette in agitazione. Chiudo gli occhi, chi se ne frega! È il giorno del mio matrimonio, ho intenzione di godermi ogni singolo istante.

«Lo sapevi che sarebbe venuto anche Tyler?» mi domanda un po' sorpreso mentre mi porge il braccio. Io mi ci aggrappo.

«Speravo lo facesse». Sorrido fra me e me. Con una mano tengo il bouquet, con l'altra sollevo il vestito lungo fino ai piedi.

Ho scelto un modello semplice, seta lucida e dritta che svolazza a ogni passo. Un treno discreto e una scollatura profonda sulla schiena. L'unico gioiello che indosso, oltre all'anello di fidanzamento, è la libellula di Jace. È incredibile come questo pezzo di bigiotteria pagato un paio di dollari a un mercatino in città sia sopravvissuto per tutti questi anni.

Un po' come me e Jace, che per il resto del mondo non siamo mai valsi un granché, ma siamo stati indistruttibili l'uno per l'altra.

Mi fermo a un passo dalla scalinata che porta alla sala da ballo. Già da qui riesco a percepirne la trasformazione, ma non vedo Jace che, in linea d'aria, è sotto di me. Le mie bellissime damigelle sono sedute sul gradino più alto e quando mi vedono scattano in piedi, i loro cestini stretti fra le mani e i capelli ormai ridotti a un groviglio di ciuffi che scappano da tutte le parti. Sono bellissime nella loro imperfezione.

Qualcuno fa partire la musica e un motivo che non riconosco risuona per tutta la sala, creando un'atmosfera reverenziale.

Non proprio la melodia che ci si aspetterebbe per una marcia nuziale, ma è incredibilmente suggestiva.

«Si intitola *Church*» suggerisce Connor, come se, ancora una volta, riuscisse a leggermi nel pensiero.

Il cuore mi romba nel petto e a ogni gradino che scendo mi sento meno stabile sulle gambe. Sono felice che ci sia proprio Connor accanto a me, so che non lascerà che cada giù per le scale.

La prima cosa che noto, oltre al putiferio di rose bianche in ogni angolo della sala, sono le candele. Ce ne saranno mille. La maestrina che è in me non può fare a meno di pensare quanto sia pericoloso; la June che si prende la sua rivincita, sposando l'amore della sua vita, si lascia impressionare da tanta bellezza.

La luce soffusa crea un'atmosfera da sogno. Le bambine, davanti a me, scendono i gradini con grazia. Ogni tanto si dimenticano di lanciare i loro petali, troppo impegnate a guardarsi intorno.

E poi lo vedo, proprio sotto l'arco tempestato di fiori bianchi, nel suo completo blu scuro – che mette *sul serio* in risalto quei suoi ridicoli occhi azzurri –, le labbra ridotte a una linea sottile. Le fiammelle tremano quando gli passo accanto, un po' come le mie ginocchia.

La musica diventa un sussurro, le voci dei bimbi si spengono. E io ho occhi solo per lui, che è bellissimo ed elegante, che mi porge la mano e me la stringe come se volesse tenerla per sempre per sé. Facciamo un passo in avanti verso l'officiante. Lui parla, noi due non smettiamo di guardarci. Un po' increduli, un po' su di giri.

La cerimonia è breve, lo scambio delle fedi viene accolto da un battito di mani che riecheggia per tutta la sala, raggiunge il soffitto, torna giù in picchiata su di noi, investendoci in pieno. Maribel e Miss Claire si stanno asciugando le lacrime di commozione; la cuoca, soprattutto, sembra che non riesca a trattenere i singhiozzi.

Prima ancora che il celebrante ci dia il permesso di baciarci, sono già fra le braccia di Jace, le labbra premute sulle sue e la sua lingua nella mia bocca. Mi concede un bacio liberatorio, che mai prima di oggi ci saremmo dati davanti ai nostri ragazzi. Di nuovo, metto a tacere quella vocina fastidiosa nella mia testa e mi godo il momento.

Dopo aver ricevuto mille baci dai più piccoli e dai più grandi, dopo aver ringraziato Israel e Noah per averci fatto da testimoni nel giorno più importante della nostra vita, dopo aver asciugato le guance di Miss Claire ed essermi abbandonata a un abbraccio senza fine con Maribel, mi vado a riprendere mio marito, che se ne sta un po' appartato a godersi la scena.

«Le rose sono... bellissime».

«E non sai la parte migliore... Verranno donate alla chiesa di Red Oak Town per la cerimonia di Natale di domani» sostiene con uno sguardo furbo, come se mi stesse dicendo: 'Lo vedi, June? Ti ho fregata! Ti conosco bene, ormai, e non puoi proprio arrabbiarti, perché andranno in beneficenza. Non è uno spreco!'

«Mi sembra un'idea fantastica».

«Ma l'arco ce lo teniamo. Magari lo mettiamo in giardino».

«Grazie». Gli poso un bacio sulla guancia, lui mi stringe la vita con entrambe le mani.

«Tra quanto pensi che potremo liberarci di tutta questa gente? Insomma, non è quasi ora che i bimbi vadano a nanna?»

«Sono solo le sei del pomeriggio» gli faccio notare e lui alza gli occhi al cielo. «E poi c'è la cena. Vuoi perderti la cena del nostro matrimonio?»

«Sì, in tutta sincerità. Vorrei passare al dopo cena il prima possibile». Si accosta al mio orecchio e ci sussurra dentro: «E strapparti questo vestito di dosso. Perché, te lo dico, quella scollatura sulla schiena mi sta facendo impazzire».

Ci passa le dita sopra, mi fa rabbrividire. E non possiamo andarcene, proprio non possiamo. Così lo costringo a tornare al centro della sala da ballo, e più tardi a sedersi a tavola e a fare conversazione con i pochi altri adulti presenti.

Una quantità non ben definita di bicchieri di vino dopo, procediamo con il taglio della torta.

Noah sta dicendo a uno dei bambini più piccoli che nei sotterranei del maniero vive lo spirito di Miss Price e che la sua anima, di notte, vaga per i corridoi dell'ala ovest.

«Noah!» lo riprendo e Jace, che è evidentemente alticcio, scoppia a ridere. Quando hanno iniziato ad andare d'accordo, quei due?

«Oh, June, sei la solita fifona» mi prende in giro e Israel, che si sta infilando il piumino – grazie a Dio! –, mi rivolge un'occhiata a metà fra il divertito e l'esasperato. Quando eravamo piccoli, Noah se le inventava tutte per tormentarci.

«Ti va di venire vestito da Babbo Natale, domani?» gli chiedo con nonchalance, perché ho intenzione di vendicarmi e so esattamente che tasti premere con lui.

«Io?» mi domanda Noah, indicandosi.

«Be', di certo non Israel».

«No, di certo» conferma il mio amico, sistemandosi poi una spessa sciarpa intorno al collo.

«Avevo intenzione di indossare un Armani, bimba».

«Okay». Abbasso lo sguardo sulle mie scarpe con il tacco, in un gesto calcolato.

«Perché?»

L'ho incuriosito. Dio, dopo tanti anni riesco ancora a fregarlo! D'altronde, le regole del gioco le ho imparate da lui.

«Così. Ma, tranquillo, so che non lo faresti mai».

«Be', non proprio *mai*... anche se non mi va di rendermi ridicolo».

«Certo, capisco. I bambini rimarranno un po' delusi perché il Babbo Natale che avevo chiesto per domani ci ha dato buca all'ultimo» calco la mano, «ma, ehi, troverò una soluzione».

«Quale Babbo Natale?» domanda Jace, accanto a me. Gli mollo una gomitata, lo trafiggo con un'occhiataccia e lui non ci arriva comunque. «Avevamo prenotato un Babbo Natale?»

«Sì, e sei a tanto così dal travestirtici tu!»

«June...»

«Dimentica che te lo abbia chiesto, Noah. Ma poi la scema sono io. Figuriamoci se uno come te farebbe *mai* una cosa del genere. Non riusciresti comunque a calarti nella parte. Saresti ridicolo e il rosso non ti dona proprio».

«Io sto bene con tutto» precisa Noah e Israel, dietro di lui, se la ride un mondo.

Di' a Noah De Luca di non fare una cosa e... *bang*, avrai la vittoria in tasca.

«Ovvio».

«Ci penso» sostiene un po' perplesso. Poi mi abbraccia – forte – e mi sussurra all'orecchio che è stata una cerimonia bellissima. Che io sono bellissima. E un po' mi sento in colpa, perché, diciamocelo, domani verrà vestito da Babbo Natale!

«Buonanotte, ragazzi».

Li salutiamo sulla porta, aspettiamo che entrino in macchina. Nella sala da ballo, nel frattempo, non è rimasto nessuno. C'è un disastro di roba ancora da mettere in ordine, ma sono certa che a Jace non freghi nulla. Non mentre si slaccia il nodo della cravatta e mi squadra dalla testa ai piedi. Mi riprometto di impostare la sveglia alle sei del mattino per finire di riordinare.

«Babbo Natale, eh?»

«Già».

«Non lo farà mai» dichiara.

«Oh, vedrai» ridacchio.

«Scommettiamo?»

«Cinquanta dollari» ribatto convinta.

«Lily-Rose June, tu che giochi d'azzardo?» Jace mi prende in braccio, proprio come nei film. Lo strascico del vestito struscia a terra e il bellissimo sorriso di Jace si allarga, prima di spegnersi sulle mie labbra. Intreccio le dita dietro il suo collo, approfondisco il bacio.

«E se vinco io?» mi domanda sulla bocca.

«Cosa vuoi?»

«Tutto» sospira. «Voglio tutto. E ho già in mente un paio di idee... Dovrai toglierti questo vestito, però» mi avverte.

Si incammina verso l'ala ovest, dove da un mesetto abbiamo trasferito la nostra camera da letto. Spalanca la porta, la richiude con un calcio, mi guarda per tutto il tempo. Penso che mi lancerà sul materasso, invece mi ci posa sopra con una delicatezza disarmante. Facendo leva sui muscoli delle braccia, si sistema sopra di me, i suoi occhi nei miei.

«Mi hai fatto fermare il cuore quando sei scesa da quella scalinata, oggi pomeriggio».

«Sarebbe stato un gran peccato».

Inizio a sbottonargli la camicia, lui mi lascia fare. Afferra la libellula appesa al mio collo e ci gioca per alcuni secondi. Ne accarezza le ali con una reverenza che mi ammutolisce.

«Ci credi, June?» Ferma la mia mano contro il suo cuore.

«Sì... sempre».

Rimaniamo incastrati in un attimo che è perfetto, nel silenzio più bello che ci sia. Sento solo il suo cuore, il mio, il suo respiro, il nostro amore. Lasciamo fuori da questa stanza tutte le persone che avrebbero dovuto esserci, stasera, e che invece non ci sono mai state. E non ci servono. Non abbiamo mai avuto bisogno di loro.

Ci sono io. C'è lui. C'è il nostro amore, e quello ci salva.

Ci basta.

Le mie ali, le sue.

E tutta la nostra vita davanti.

La *Red Oak Manor Collection* continua...

Playlist

Consigliata per la lettura

▶ 1. *First Love* – Hillsong Young & Free

▶ 2. *Lay All Your Love On Me* – The Butterfly Effect

▶ 3. *Hymn for the Missing* – Red

▶ 4. *Our Home* – Akira Kosemura

▶ 5. *Angel by the Wings* – Sia

▶ 6. *Forest Fire* – Brighton

▶ 7. *Rise* – One Voice Children's Choir

▶ 8. *Preludio 24, opera 28* – Chopin

▶ 9. *Is This Love* – SWANN

▶ 10. *Paint Me Black* – Ben Hazlewood (*feat.* Mali Koa Hood)

▶ 11. *The Well-Tempered Clavier* – Bach (Alexandre Tharaud)

▶ 12. *The Sound of Silence* – Disturbed

▶ 13. *Couple of Kids* – Maggie Lindemann

▶ 14. *Turn to Stone* – Dalton Rapattoni

▶ 15. *How You Remind Me* – Avril Lavigne

▶ 16. *My Immortal* – We Rabbitz & Adam Christopher

▶ 17. *The Optimist* – Adam French

▶ 18. *Ghost of You* – 5 Seconds of Summer

▶ 19. *Home* – Edith Whiskers

▶ 20. *Hate & Love* – Jack Savoretti

▶ 21. *Lose My Mind (Acoustic)* – Dean Lewis
▶ 22. *Let This Go* – Joe Kirk
▶ 23. *Always Remember Us This Way* – Josh Rabenold
▶ 24. *Fire on Fire* – Sam Smith
▶ 25. *My Life* – Imagine Dragons
▶ 26. *Doesn't Mean Goodbye* – Jon McLaughlin
▶ 27. *Lost* – Kris Allen
▶ 28. *Falling* – Harry Styles
▶ 29. *Church* – Lawless (*feat.* Valen)
▶ 30. *Raining in June* – Olivia Klugman

Ringraziamenti

Ci sono trame che arrivano con una naturalezza incredibile. Quella di *Wings* è stata, senza esagerare, la trama alla quale mi sono affezionata dal primo istante.

Quando, nel 2020, io e altre nove autrici che stimo molto abbiamo dato vita a questo progetto, non ho avuto nessun dubbio: sapevo chi era June, sapevo chi era Jace.

Sapevo come erano fatti, come ragionavano, conoscevo il loro passato, le loro sofferenze, sapevo dove sarebbero arrivati. Li ho visti crescere sotto i miei occhi. È stato difficilissimo lasciarli andare. È stato impellente il bisogno di tornare da loro di tanto in tanto.

Questa storia mi ha dato moltissimo, ma è stato soprattutto questo progetto a lasciarmi addosso un'emozione incredibile. Perché la *Red Oak Manor Collection* è stata impegnativa, affascinante, emozionante, unica! E questi ringraziamenti sono tutti per le mie colleghe, per le nove bravissime autrici che insieme a me hanno creduto in questi romanzi e non si sono mai tirate indietro.

Vorrei potervi raccontare tutti i retroscena di questo entusiasmante progetto; vorrei potervi far ascoltare i nostri audio, leggere le nostre conversazioni, farvi toccare con mano la sintonia e la stima che ci legano.

Ogni passo in avanti è stato fatto insieme.

A ogni ostacolo ci siamo fermate e siamo ripartite tutte insieme.

Si sono creati legami che vanno oltre la semplice collaborazione fra colleghe, si sono strette delle amicizie.

Quando siamo partite con la *Collection*, non sapevamo fino in fondo cosa aspettarci. Dieci autrici, dieci teste, dieci stili molto diversi, eppure non abbiamo mai messo in dubbio che ce l'avremmo fatta. Eravamo partite con un'idea e l'abbiamo trasformata in qualcosa di molto più grande.

Mi porterò dietro il ricordo di un gruppo compatto che ha sempre sempre *sempre* messo il bene del progetto davanti alle proprie esigenze personali. Ed è stato un viaggio bellissimo...

A Jenny Anastan, per averci messo solo quindici mesi – giorno più, giorno meno – a scegliere il nome della sua protagonista femminile. Grazie per Opal, June aveva un disperato bisogno di lei nella sua vita.

A Naike Ror, per gli audio da lacrime agli occhi: mai dimenticherò i 'due maschioni' che, saltellando, si dirigono mano nella mano verso l'albero di Natale. Sei un vulcano di idee, una professionista con la quale è sempre un piacere confrontarsi.

A Robin C., che ha già organizzato i gadget da qui al 2035, perché è una persona previdente! Grazie per le risate e per esserci sempre stata.

A Marilena Barbagallo, per la pazienza infinita e l'infinita pazienza. Sei una persona con la quale è sempre un piacere collaborare.

A Bianca Ferrari, per averci insegnato che in natura esistono qualcosa come settecento gradazioni di verde... È stata una lezione di vita che non dimenticheremo facilmente. Grazie per avermi dedicato il tuo prezioso tempo senza mai tirarti indietro, ma soprattutto per la tua amicizia sincera.

A Valentina C. Brin, per aver accettato con molta grazia e compostezza il nostro: «Ti prego, il coniglietto horror no!» I tuoi consigli sono sempre preziosi.

A Debora C. Tepes, che nonostante il periodo a dir poco frenetico è sempre rimasta sul pezzo. Ce l'abbiamo fatta!

A Silvia Carbone, per le risate nel coordinare i nostri epiloghi e per aver messo l'anima in questo progetto.

A Mary Lin, che probabilmente è l'unica che si ricorda la

data del funerale della St***za, perché lei STA ATTENTA! Grazie per la tua coerenza e il tuo impegno costante.

Grazie per le risate, per le call fino a mezzanotte inoltrata, per i riassunti il giorno dopo, per aver sopportato tutti i miei file Excel (ma anche i moduli Google, i progetti su PowerPoint, la piantina interna del maniero...).

È stato un onore e un piacere lavorare con voi.

Come sempre ringrazio la mia famiglia, perché senza di loro tutto questo non avrebbe senso.

A Veronica Pigozzo, che ha avuto l'onere di lavorare al primo editing di *Wings*. Sei sempre al mio fianco, nel bene, nel male, nella gioia e nel dolore.

Ad Alessandra, che mi conosce e mi capisce come fosse una sorella.

A Erika, che con il suo entusiasmo mi riempie il cuore di gioia.

Ad Alessia, che odia gli audio ma durante la lettura me ne manda mille, perché sa che ci tengo: che persona speciale sei?

A tutte le blogger, bookstagrammer e tiktoker che hanno letto, amato, condiviso e supportato il progetto. Il vostro contributo è stato impagabile.

Al fantastico team di Magazzini Salani: la vostra professionalità è assoluta. A Marco, per aver creduto nel progetto dal primo istante e per avermi dato la possibilità di entrare a far parte di questa grande famiglia, è davvero un onore. A Francesca, per la sua educazione e competenza, è stato un piacere confrontarsi con te a ogni passo. A Isabella, per i preziosi consigli e per aver rimesso mano al testo con tanta grazia. A Laura, Riccardo e Pia, per avermi accolta a braccia aperte e per tutto il fantastico lavoro che hanno fatto per *Wings*.

Grazie a chi leggerà la storia di June e Jace e a chi vorrà lasciarmi un messaggio, un commento, una recensione, o un pensiero.

Vi aspetto sul mio sito internet www.valentinaferraro.com.

Valentina Ferraro
Before Dawn

Chase Williams ha lavorato sodo per riprendersi dal suo infortunio e vincere, finalmente, le Frozen Four di hockey con i Black Bears. La strada davanti a lui sembra spianata: l'NHL lo attende e Jordan Alexander, l'amore della sua vita, è pronta a seguirlo ovunque. Il suo futuro è pianificato alla perfezione: ogni dettaglio calcolato al millimetro, zero margine di errore. Ma non ha fatto i conti con Aiden McGuire, che dopo anni di indifferenza torna prepotentemente nella sua vita deciso a riallacciare i rapporti. Nonostante chi gli sta vicino lo avverta di non fidarsi, Chase decide comunque di concedergli una chance. Cedendo così al richiamo di un padre che ha sempre detestato per averlo abbandonato, ma di cui in fondo ha sempre sentito la mancanza, lo raggiunge a Montréal. Il Canada, però, segnerà un punto di non ritorno e, a un passo dal realizzare i suoi sogni, Chase finirà per perdere ogni cosa: l'hockey, l'università, i suoi amici. Perfino Jordan. Ma lui e Jordan si sono fatti una promessa: se uno si allontana, l'altro farà l'impossibile per andare a riprenderlo. E Jordan è disposta a tutto pur di onorarla, anche quando l'amore sembra non bastare e voltare pagina sembra l'unica scelta possibile. Riuscirà a riportare indietro Chase dal buio che minaccia di inghiottirlo, o alcune notti sono semplicemente destinate a non finire mai?

Magazzini Salani

GRAFICA VENETA
CARBON NEUTRAL

Questo libro è stampato da Grafica Veneta S.p.A.
con un processo di stampa e rilegatura certificato
100% carbon neutral in accordo con PAS 2060 BSI

Finito di stampare nel mese di giugno 2025
per conto della TEA S.r.l.
da Grafica Veneta S.p.A. di Trebaseleghe (PD)
Printed in Italy

Certificato PEFC
Questo prodotto è realizzato con materia prima da foreste gestite in maniera sostenibile e da fonti controllate
PEFC
PEFC/18-31-226
www.pefc.it